古蘭經的追緝

Koran Pursuit

追風人◎著

◎ 重要聲明 ◎

《古蘭經的追緝》是虛構的文學作品。除了歷史及公眾人物外，書中所有的人物，事件和對話都來自作者的想相，而不可當成事實。當歷史人物和公眾人物出現在書中時，所有和他們有關的情況，事件和對話都是虛構，絕不是在描述發生的真實事情或是改變本書為虛構的本質。在所有的其他考慮下，如與任何現在或已死去的個人有雷同之處，則純屬巧合。

"Koran Pursuit" is a work of fiction. All incidents and dialogue and all characters with the exception of some well-known historical and public figures are products of the author's imagination and are not to be construed as real. When real-time historical and public figures appear the situations incidents and dialogues concerning those persons are entirely fictional and are not intended to depict actual events or to change the entirely fictional nature of the work. In all other aspects any resemblance to persons living or dead is entirely coincidental.

目錄

Contents

作者的話

近年來，在世界舞臺上，中國採取了自己要扮演的角色，因此在世界局勢變化中的影響力逐漸增加。美國雖然還是世界最大的強國，但是在國際問題上，它的傳統主導地位已經動搖，在亞洲的問題上更為明顯。雖然中國已經成為美國的最大交易夥伴，但是中美在國際問題上，尤其是在亞洲，美國感到昔日的霸權地位像是日落西山，漸漸的消失中。要推動，甚至維持所謂的「美國利益」，已經是力不從心。

目前美國的對策是要求「盟友」聯手在外交、領土主權、經濟、人權、環保和其他的問題上對抗和全面封殺中國。日本是美國盟友中的老大，中國的崛起使它失去了在亞洲的領導地位，但是它還是堅持「跟著美國的腳步隨風起舞」的外交和經濟政策。利用扭曲的媒體報導，日本政客和保守勢力，以及「極右」組織和往日的「軍國主義者」煽風點火下，「逢中必反」，中日間緊張的關係日漸惡化，兩國的有識之士開始擔心，未來的兩國關係將是會如何走向。

「百賢亞洲研究院」就是在此背景下，由一個私人家族的基金會出資成立。採用已有百年成功歷史的「羅德獎學金計畫」為模式，每年提供一百名非常優厚的獎學金給七所（中國三所，日本四所）排名領先的大學。有鑒於中日兩國儘管在歷史上共用許多相同的文化傳統，中日關係的脆弱性和波動性令人擔憂。亞洲研究院資助培育亞洲未來的領袖，在七所大學裡建立相關課程，比較研究及七校集中暑期強化課程，讓學生還原歷史真相，面對未來的發展。筆者的老校長受聘擔任亞洲研究院院

追風人

長，他徵召筆者參與學術委員會。借此機會，目睹了香港、中國內地和日本大學的變化，頗為令人感慨。但是意外的收穫是為本書的男主人提供了回到香港的場景。

在《追風的人》故事裏，男主人鍾為從美國加州來到了香港的優德大學，因為不堪的命案和遭遇，又黯然離開。在《蘑菇雲的追緝》故事裡，鍾為協助舊友和中情局，在中東和北朝鮮，攔截恐怖份子的核彈頭，情節中埋下了優德大學命案另有內情的伏筆。在本書《古蘭經的追緝》裡，鍾為回到了香港，協助他的老校長處理「北亞學院」的工作，多年前的朋友和同事出現，而當年優德大學的命案真相終於大白。鍾為故事的三部曲：《追風的人》、《蘑菇雲的追緝》、《古蘭經的追緝》也就此結束了。

筆者非常感激風雲時代出版公司的同仁們所做的努力，尤其是社長陳曉林教授，不厭其煩的和筆者分析及取捨故事裏的各種情節，使筆者受益匪淺，僅在此致最誠摯的謝意。與之前的兩本一樣，《古蘭經的追緝》是可以獨立閱讀的小說，

第一章 舊地重遊舊案重提

最近幾年中國和日本這兩個堪稱亞洲，甚至世界級的經濟大國，在外交、經濟和文化上起了不少很嚴重的矛盾和衝突。中國雖然面對著國內的各種問題和壓力，但是最近幾年來它在經濟上還是取得了驚人的快速成長，多年來持續的以接近百分之十的成長率發展，成為世界第二大經濟強國。但是在世界舞台上，中國選擇了自己要扮演的角色，不像日本跟著美國的腳步隨風起舞，所以中國在世界局勢的影響力逐漸增加了。例如在美國的主導下，西方國家在聯合國提出的建議案沒有中國的支持就很難通過，如果中國和俄羅斯聯手，就能對美國和它的「盟友」進行全面封殺。

這種情況在亞洲的問題上更為明顯，美國的傳統上導地位已經完全動搖。因此，美國就和日本聯手，在外交、主權、經濟、人權、環保和其他的問題上和中國對抗。美、日兩國在國內都有一股保守勢力，傳統上是「逢中必反」，他們的反對理由很多是建立在不正確的資訊，甚至是故意製造的謊言上。這種情況越來越嚴重。尤其是「中日對抗」的心態已經在許多中國和日本老百姓的心中蔓延，在一些無知和非理性的群眾，還有日本的「極右」組織和往日的「軍國主義者」煽風點火下，中日間緊張的關係日漸惡化，這讓中日兩國的有識之士開始擔心未來的兩國關係將會是如何走向。

他們開始是在茶餘飯後時閒聊這個問題，後來漸漸發展成為專門聚會討論，有時還邀請專家學者給他們做報告，提出如何來改善中日之間關係的辦法。一年之後，三位香港的富豪商人和三位日本

富豪資本家在一起取得了一個結論，他們要讓中日兩國未來的「領袖人物」清楚和正確的認識到他們各自國家的歷史，人類文明社會的公平正義和各自應該扮演的角色。更進一步，他們認為這些中日的未來領袖精英應該有機會能在一起生活一個短時期，增加彼此之間的瞭解。為此，這六位富裕的有識之士，各拿出第一筆資金，每人出資一億美元，作為成立「北亞學院」籌辦費，說好了以後還要繼續投入經費來維持。

「北亞學院」並不是一個傳統的學校，它是一個「虛擬」的機構，主要的功能是為六所大學的本科生和研究生提供非常優厚的獎學金，這六所大學是在中國的北京大學、上海復旦大學和香港科技大學，它們的特點是都有不少日本的留學生。另外再加上在日本的東京大學、京都大學和早稻田大學，它們也是相對的有不少從中國來的留學生。這些大學裏的學生，無論是在任何學系，主修任何學科都可以申請「北亞學院」的優厚獎學金，唯一的條件是被選中的學生必須要選修由北亞學院提供的課程，這些課程都是和中日兩國的歷史文化有關的，尤其是特別注重在說明兩國的矛盾和衝突的真相。

北亞學院的行政作業是設在香港優德大學，中日的資金提供者同意由賈維吾校長全權負責。整個計畫裏最重要，也是最困難的就是這些特別課程的安排，中日雙方都有各自的意見和看法，課程應該不應該包括非常尖銳的主題，例如慰安婦、南京大屠殺、日軍侵佔朝鮮、中國和東南亞、蔣介石蔽護日本甲級戰犯岡村寧次的真相、汪精衛政權和重慶的關係，以及日本發起太平洋戰爭、日本領導人參拜靖國神社、中國共產黨的「抗日豐功偉業」和如何在抗日戰爭中壯大成長等等。這些課程的內容的深度應該有多大，如何處理學生們已建立的不正確認識，需要全盤否定，還是委曲求全？教員的資格和經驗，學術上的成就，種種的問題，這六所大學就有六個不同的意見，課程和教員之外還有一大堆的事情擺在賈維吾校長面前。

針對前者，賈校長在北亞學院內成立了「學術委員會」，由六個大學各派一名教授組成，主席是請從香港優德大學退休了的鍾為教授擔任。優德大學裏很多人都看得出來，賈維吾校長用心良苦，他請鍾為擔任學術委員會的主席不僅是因為他和鍾為之間多年的友誼，彼此的認識非常深，溝通完全沒有問題，而且鍾為和優德大學、日本京都大學和早稻田大學所指定的三位委員都是要好的老朋友或是以前的同學，這對於在敏感和尖銳問題上取得共識建立了良好的條件。

賈維吾教授是優德大學的創校校長，他是在香港長大的上海人，大學本科和博士學位都是在美國讀的，在回到香港任職前曾任美國加州州立三藩市大學的校長。賈維吾校長和鍾為認識了多年，他們第一次見面時，鍾為還在加州理工學院當研究生。

那時賈維吾剛從聖路易市的華聖頓大學取得物理學的博士學位，來到芝加哥的西北大學物理系做助理教授。有一個暑假，鍾為到芝加哥看朋友，幾個人一塊去西北大學打籃球，在球場上碰見了賈維吾，他們一見如故，談得很投機。他和一般由香港去的中國留學生不同，他熱愛中國的文化和歷史，談起《水滸傳》和《三國演義》時頭頭是道。不到幾年的功夫，賈維吾就被提拔當上了西北大學物理系的系主任。據說，他是當時全美最年輕的著名大學物理系系主任，他的管理能力已經是出人頭地了。

幾年後，賈維吾被聘為加州大學聖地牙哥分校的喇維爾學院的院長，加州大學系統共有九個分校，其中伯克萊分校是美國數一數二的大學。當時聖地牙哥分校成立不多年，但是加州政府投入了大量的財力物力，在全世界聘請著名學者和管理人員，包括了數位諾貝爾獎的得主，幾年裏它的排名就僅次於伯克萊分校。由於校園設在南加州的海邊，風景優美，氣候溫和，很快地成為優秀學生和優秀教師們所追求的對象。在很短的幾年中，它的物理系、生物系和海洋系都成了世界上名列前茅的科系。這三個學系都隸屬於喇維爾學院。因此這院長的學術領導地位是可想而知了。鍾為一直認為賈維吾當喇維爾學院院長時期是他學術事業的巔峰。

鍾為在畢業後就沒離開加州理工學院，他在巴莎地那市住下。巴莎地那市在洛杉磯市北方只有十幾分鐘的車程，洛杉磯市有數十萬的華人居民，這裏是南加州重要的政治和經濟活動所在地。賈維吾經常來參加這些活動，漸漸地賈維吾就成了華人界裏的名人。

這段時期是七〇年代初，中國經過了乒乓外交、尼克森訪華、中美建交等事件後，急於開展與西方先進國家的學術交流。賈維吾建議使用「訪問學者」的名義，這樣就不用交學費只要帶生活費就可以作實質上的交流和學習，有些國外的教授還會在研究經費裏支付生活費。這一個神來之筆，促成了數千名中國的學者和幹部在七〇年代後有機會到國外去見識，去取經驗。後來這批人在回國後都成為當時改革開放的得力推手。也促成了八〇年代中國的大學畢業生出國深造的浪潮。

很少人知道「訪問學者」一詞是來自賈維吾教授，鍾為一直認為這是賈維吾教授對中國的最大貢獻之一。又過了幾年後，賈維吾受聘出任加州三藩市州立大學的校長。當時在美國，他是第一位出任校長的華人。

加州州立大學系統和加州大學系統完全不同，前者是以教學為主，後者是以研究為主，兩者的學術地位可想而知。因此鍾為並不贊成賈維吾的變動，他認為賈維吾會因此而結束了學術事業。沒想到，當香港的優德大學在招聘創校校長時，他們的目標就對準了這位美國的第一位華人大學校長。加上他又是香港出身，就很自然地當了優德大學的第一任校長。

知道了這件事後，鍾為著實的高興，他一直認為美國的華人學術界應該為中國人做點事。但是中國大陸和台灣的種種情況使許多人都很猶豫，裹足不前。優德大學是港英政府為了一九九七香港回歸中國，送給香港人民的禮物。它的創建有政府的大力支持和香港賽馬會的財力支持。最重要的是賈維吾的創校理念：「建立世界一流的大學一定要有世界一流的教授。」

當年加州大學聖地牙哥分校的創校理念又體現出來了。鍾為一直認為大學是學術的廟堂，在那裏你獻出自己最好的研究成果，同時也看到別人的最佳成就。因此，鍾為毫不猶豫地響應了優德大學的號召，加入了創校教授的行列。

在近五百個的教員中，約有百分之二十是老外，剩下的都是華人學者。他們是來自三個不同的背景：台灣、香港和大陸內地。由於不同的文化背景，台灣社會的精英，多選擇到西方國家，尤其是美國，去深造，然後從事學術或教育活動。其中有不少人成了世界著名的學者。但是香港的精英則是去經商的為多。大陸的學子則是在改革開放後才大批的到西方國家去念研究生，他們到優德大學任教的都是年輕的學者。這些背景，很自然地使優德大學在學術方面的管理層都是原先來自台灣的留學生而後又在西方世界功成名就的學者。

對於賈校長提出由他來主持北亞學院的學術委員會的要求，鍾為是無法拒絕的，同時他正好也答應了香港、台灣和北京的民航單位討論一些航空氣象的事，所以他就欣然答應了賈校長的要求，來幫他把北亞學院運作起來。

先前鍾為是住在一排八個二層樓的別墅式宿舍中的一棟，它是坐落在大學路上，那是一條長只有百米左右的路，一頭連接著清水灣半島的主要公路，清水灣道。另一頭是座橋，過了橋就是優德大學的大門，實際上宿舍是在校園之外，因此非常清靜，這也是鍾為喜歡住這裏的原因。它有一個不算小的後院，還可以種些花草樹木，房子面積大，學生們來聚餐或是做其他的活動都很方便。這排房子

位於大學外邊不遠的海邊，站在房頂的陽台上就可以看見清水灣和牛尾海，夜深人靜時還能聽到海浪衝擊岸邊的聲音，現在這棟宿舍正好空了出來，就順理成章的暫時再分給他住了。

鍾為一頭栽進了北亞學院的工作，起早貪黑，一個多月下來後，漸漸的看出一條路來，雖然前面還是有不少路障，但是已經讓他和賈維吾校長感覺到那是可以克服的困難，只是需要花時間和精力找出方法及合適的人選。

賈校長非常高興，他看見鍾為在離開了大學的圈子多年，但是他對於學術的敬業態度一點都沒有變，而鍾為對自己也感到很驚訝，回到優德大學來短暫的工作，居然給他帶來意想不到的滿足感。唯一的遺憾是現在的優德大學已經和他離開時很不一樣了，雖然校園依舊，但是人事滄桑。他最敬佩的學術副校長李洛埃教授是一位世界級的學者，因為肝硬化的情況不見好轉，已經退休了，鍾為還去了加州聖地牙哥探望過他。

李洛埃教授與優德大學大部分的其他資深教授一樣是來自台灣。原先是讀電機的，進了史丹福大學後改讀物理，取得了學位就在ＩＢＭ公司從事科研，退休前來到優德大學。他是美國科學院和工程學院的雙重院士、中國科學院的外籍院士和台灣中央研究院院士，好幾次和諾貝爾物理獎擦肩而過。毫無疑問地他是優德大學裏學術地位最高的教授。他為人正直，沒有私心，很得大家的尊敬。他又是個聰明絕頂的人，什麼事都瞞不過他。雖然在全世界最大的電腦公司工作了二三十年，他對電腦還是一竅不通，不用電郵，還是使用黃色的筆記本寫下他要說的事送給你。

鍾為多年前在美國就聽過這位久負盛名的華人學者，可是沒見過面，到了優德大學才算是認識了。在優德大學有人傳說，鍾為是李洛埃副校長手下的「愛將」，他一手促成了一個跨科系的「海岸與大氣研究中心」，並且是請鍾為來主持。優德大學裏和教學有關的設施像教室、實驗室、教員和研究生辦公室、圖書館、室內體育館和餐廳等都是在一個建築裏。因此這是個很長的建築，如把它立起來，會比紐約市的帝國大廈還高。由於是沿著海邊的山坡而建，這棟長長的建築物上下一共有十四層，地上七層，地下七層。所有的教員辦公室都是面對著牛尾海。

優德大學的七樓是校園的最高點，它除了校董會會議室外還有另一個較大的會議室和兩個小型會議室。鍾為是這裏的常客，除了是來開會外，到這裏來的另一個理由是它的景觀。會議室外是個寬敞的走廊，它是用一整面的落地窗，從地板到天花板，從一頭的會議室到另一頭的會議室，落地窗就是一整片的玻璃，窗外的景色一覽無遺，就在腳底下。站在窗前首先看到的是整個的校園，分散在校園內的教職員宿舍、研究生宿舍、本科生宿舍、室外游泳池、海邊的大運動場和長長的海堤，再往外看就是優德大學濱臨的牛尾海和整個清水灣半島。星羅密佈的海島和偶爾出現的點點白帆在碧藍的海水和天空的背景下就像是一幅畫。香港人叫它為「無敵海景」，鍾為說看多了這樣的景色，像是喝酒似的，會醉人的。副校長李洛埃教授曾開玩笑的說過，就憑這校園景色，優德大學就必須要設立近岸海洋學科和研究專案。

讓他最為傷感的就是他一手創立的「海岸與大氣研究中心」在他離開後經費的來源就中斷了，維持不到兩年就只能結束了，教員和學生們回到各自的系裏，中心裏原來的技術人員和行政人員都分散調到不同的部門。大規模的近岸海洋和大氣科學的應用研究項目完全沒有了，剩下來的是環境和生態學的基礎研究項目，並且都只是局限在實驗室裏的小專案，從前的上天下海，無處不去的日子已經不見了。

他記得有一年，夏天一個強烈颱風來了，香港天文台掛出十號風球和發出紅色強大暴雨訊號，鍾為帶著「海岸與大氣研究中心」的兩名技術員和一名研究生離開了校園，奔向大嶼山。他們是要去

鳳凰山山頂搶修他們的自動氣象站，因為資料和訊號中斷了。副校長李洛埃把他們攔住，叫他們等颱風過後再去。鍾為說不行，因為在風切變的合同裏有特別的要求，就是在最惡劣的天氣來臨時要對氣象參數採樣。這是承諾，一定要做，更何況這些資料是為來日在狂風暴雨中降落到香港機場的民航機提供安全保證，同時也是在表現首席科學家的責任、誠信、良心和道德的勇氣。

自動氣象站在七個小時後恢復正常，又開始收到信號和資料。但是鍾為他們失去了聯絡，雖然他們帶了三部通訊器材，兩個手機，一個短波無線電話，但是收不到信號。優德大學要求政府的飛行服務隊進行搜救。但是因為風太大，直升機無法起飛。十八個小時後，鍾為看見了直升機到達鳳凰山附近盤旋搜索，他發射紅色信號彈建立了聯繫。那是一次驚心動魄的行動，但是從此也建立起他們義無反顧、勇往直前的敬業精神和美譽。

鍾為和舊同事們見面，大吃大喝，感歎往日的風光一去不返，特別是「香港機場風切變預警系統」的專案，留下了太多永遠難忘的回憶，大家帶著無限的傷感說起了已經死去了的兩位好同事，「天風一號」的飛行員包博．派屈克和電腦師石莎。鍾為問起他們有沒有見到邵冰，大家互相對看了一下，才說前不久她回到優德大學一趟，還告訴大家說她已經結婚了，也生了孩子。沒有人問起鍾為和她分手的事。但是在碰到某些同事時，不曉得說什麼好，互相都感到有些尷尬，鍾為以前也聽過退休了的教授有同樣的感覺。回到機械系時，這種感覺更是強烈，顯然的，和他還在的時候相比，整個系都很不一樣了。鍾為問自己，他還受歡迎嗎？是不是因為他是個開書店的人，有人會問，你到我們大學來幹什麼？有一件事讓鍾為感到驚訝，就是工學院的院長換人了，原來的席孟章院長非常突然的辭職離開。

沒有特別的事，鍾為不再到校園裏閒逛，他不是在北亞學院幹活，就是待在宿舍裏寫他的小說。和他一起工作的是優德大學人文社會學院的盛西期教授，和這位知心的老朋友，他們還是無話不談，談起了席孟章，他說那是件怪事，堂堂的一個大工學院院長，在中午的時候把辭職書送進去，下午就走人。沒有留下任何聯絡的地址。至於他的辭職原因就眾說紛紜，有人說是工作壓力大，但也有人指出他什麼事都沒做，不可能有壓力，有人說是因為女人和婚姻的問題，但也有人說他是發了一筆「橫財」，所以去享受人生了。唯一能確定的是：沒有人知道他如今在什麼地方。

走在優德大學的校園，鍾為也想起他到香港後除了幫忙建立了優德大學之外，還有兩件「小事」一直被知情的人津津樂道。一個大學的奠基典禮是非常重要的。它讓創校校長要把大學的創校目的、大學的定位和遠景做詳細的敘述。他的演講將成為大學的重要檔案，作為日後大學發展方向的依據。優德大學的奠基典禮一共只安排了三十分鐘，其中演奏英國國歌，「天佑吾后」就占了近十分鐘。因此校長講話的時間就遠遠的不夠了。

當時在港英殖民政府下，任何重要慶典中負責奏樂的是香港員警樂隊，因為這三十多人的大樂隊是非常訓練有素，是香港最有水準的，它是歸警署的公關部節制。正好公關部又是負責奠基典禮的安排和保安，因為典禮的貴賓是英國皇室的查理王子和戴安娜王妃。鍾為代表優德大學來見公關部的負責人羅伯遜督查，商量把國歌縮短，節省時間。首先鍾為把校長演講的重要性說明，但是羅伯遜完全不同意；他認為作為大不列顛帝國的皇家殖民地，香港在接待皇室繼承人和王妃時必須按照傳統，演奏國歌是重要部分，絕不能改。但是鍾為提醒他，大學的成立和皇室繼承沒有任何關係，優德大學是為了香港的年輕人建立的。

幾天後，羅伯遜督查又接到通知說政府決定邀請兩百五十位中學生參加慶典，他很不同意，也提出抗議，說是已經邀請了兩百五十位香港賽馬會的會員，查理王子是個馬迷，同時邀請信也已經發

出了，但是他的上級否決了羅伯遜督查的抗議。他後來查清楚，原來是鍾為把一份教授會議的記錄送給香港的總都辦公室，上面有記載決議案：如果兩百五十位中學生沒有被邀請參加奠基典禮，優德大學的全體教授將拒絕出席。結果在奠基典禮上有兩百五十個中學生和優德大學的教授們一起參加儀式，香港員警樂隊演奏英國國歌「天佑吾后」，但是只持續了三十秒。

在當晚的慶祝酒會上，當司儀正要帶領來賓高舉香檳酒杯，高呼傳統的「為女王乾杯」時，會場裏突然有人高呼「為優德大學乾杯」，接著在場的教授和其他的來賓也應聲舉杯歡呼。從那天開始，在香港所有的英國國歌演奏都只有三十秒，鍾為一直把這事看成是他對香港回歸的最大貢獻之一。另外從那次酒會後，香港就停止在酒會開始時為英國女王乾杯了。鍾為認為這是他為香港回歸所做的貢獻之二。也就是在這事件裏，鍾為第一次遇見蘇齊媚，當時她是一名警官，也是羅伯遜督查的妻子。

鍾為到香港來還有一個很重要的任務，他需要去見另一位老朋友。

何族右是香港警務總署，九龍員警署的署長，他是從基層出身的刑警，有實戰的經驗和功績，但是他最感驕傲的是「神探」的美譽。多年來，何族右偵破了許多困難的案子，將犯罪份子繩之於法。多年前鍾為第一次認識他的時候，他還是九龍警署刑事科重案組的組長，當年優德大學電腦師石莎被殺害，屍體被拋棄在海裏，何族右負責指揮調查命案，在過程中，他和鍾為有了很好的互動，成為朋友。在重案組刑警們抽絲剝繭的努力下，案情的真相大白，原來是優德大學的副校長周催林和他的私人助手康達前企圖取得鍾為的研究團隊所開發的軟體原始程式，買通了黑幫去威脅石莎交出軟體編碼，但是她奮起反抗而被殺。

重案組實際負責偵查行動的是一位蘇齊媚女警官。她從小就羨慕員警，中學畢業後很自然地進了警校。因為成績優秀，畢業後分發到每一個員警都想進的中央警署，做了兩年多的軍裝警員，在尖沙咀巡邏，壓馬路。亭亭玉立的蘇齊媚長得漂亮又有氣質，警方在招募廣告裏都使用她的照片。有一次碰上三個匪徒持槍當街搶劫銀行，她馬上用對講機呼叫請求支援，同時把搶匪堵在銀行大門口，叫他們把槍放下。搶匪正要綁架人質時，蘇齊媚連開三槍，撂倒了三個匪徒。一時「美女神槍」的故事傳為佳話。蘇齊媚被破格連升兩級，並調入她夢寐以求的刑事科。

蘇齊媚是一位優秀的刑警，在好幾件重大的案件偵破過程中做了重要的貢獻，得到上司的欣賞和同事們的認同。大家都認為這位蘇警官的前途不可限量。她和一位英國人同事，也就是羅伯遜督查結婚了。但是丈夫因貪污被警署開除，蘇齊媚跟隨他離開香港回到英國定居，但是不到兩年，她的婚姻破裂，獨自一人又回到香港，重新又到警署社會科做調查員。她的主要工作是為社區裏的老幼居民排難解決糾紛，工作更像是社工而不是員警工作。典型的日子是早上八點到下午三點就把所有要辦的事全做完了。剩下的時間，蘇齊媚就呆坐著，思考著自己的一生。後來因為她有當過刑警的經驗，再加上何族右警長的妻子是蘇齊媚的二表姨，就將她安插在重案組。

優德大學的命案是她重回重案組後的第一個大案子，蘇齊媚破釜沉舟，精心策劃，逮捕了殺害電腦師的兇手和他的同夥，在審問中他們不僅供出了幕後的元兇，提出了證據，同時也查出了軟體原始程式是優德大學的副校長要出售給國際軍火販子，交換導彈，勾結伊斯蘭恐怖份子和解放軍叛徒，準備襲擊飛越中國南方和香港地區的美國民航客機。重案組在轉移嫌疑犯時，遭遇到多名裝備精良的職業槍手伏擊，重案組浴血奮戰，頑強的抵抗，但是傷亡慘重，嫌疑犯被當場槍殺，何族右和蘇齊媚都負了傷，但是犯罪證據和嫌疑犯審訊錄影帶都保住了。

鍾為和蘇齊媚都曾有過不堪的感情生活，他們克服了開始時的障礙，漸漸的走進彼此的生活。

何族右和蘇齊媚率領重案組配合中國國安部阻止恐怖份子襲擊民航客機的計畫，在關鍵時刻，鍾為將優德大學用來進行科學探測的「天風一號」飛機清艙，趕走了機上的研究生，他和駕駛員緊急升空，會合了民航客機，編隊飛行，成為導彈目標的誘餌，促成民航客機得以死裏逃生。

但是導彈爆炸後，「天風一號」嚴重受損，駕駛員重傷昏迷，鍾為雖然也負了傷，但是他掙扎返航安全迫降，駕駛員傷重不治身亡。蘇齊媚在優德大學的教授會議上出示法院拘捕證，以謀殺及進行恐怖活動的罪名將副校長逮捕。但是他的私人助手康達前漏網脫逃，不久他潛返優德大學校園，企圖刺殺鍾為，蘇齊媚挺身保護，出槍擊斃了凶徒，但是她也中彈，在鍾為的懷裏香消玉殞。事後鍾為黯然的離開了優德大學和香港，遠走加拿大的溫哥華。

香港的「浩園」是安葬因公殉職的香港公務員的地方，浩園位於香港新界粉嶺和合石墳場，於一九九六年啟用，名字是取其「浩氣長存」之意。園內共設有一百一十個土葬葬位、一百六十五個甕盅葬位、一百二十個壁龕葬位，周圍環境的設計和維持讓人感到在肅靜的悲蒼裏帶了一份天國中的絕美。多年前何族右帶著他的手下在巡邏時遭遇到一幫帶著火力強大的衝鋒槍匪徒，隨即展開了槍戰，激戰過後，匪徒們被打倒，但是警方也只剩下了身負重傷的何族右和他的好戰友蔡邁可，一起的四個軍裝警員，都中彈了，兩個被打倒後就再沒起來，現在還躺在浩園。沒有一天何族右不想起多年前那個慘烈的槍戰。

鍾為帶著一束鮮花在約定時間的前二十分鐘來到蘇齊媚的墓前，聚精會神的看著墓碑上滿臉是燦爛笑容的照片。何族右來到時也是帶著鮮花，兩個男人的共同點，就是在這片土地裏躺著為他們擋住了子彈的人，所以他們才活了下來。無窮無盡和刻骨銘心的思念帶來了多少的痛苦和哀傷，已經成為他們生命的一部分，到浩園來坐在已去的朋友身邊，是唯一能療傷的方法。

何族右的員警夢是發生在義薄雲天的人間，那裏也有得是鐵血柔情：何族右從警校畢業後被派在旺角巡邏，一天，三個小流氓要勒索一個推車賣魚丸的小姑娘，她不肯，這三個小混混就把她拉進小巷子裏，想要剝下她的衣服，威脅當場就強姦她，給她一個教訓。小姑娘拚命地喊叫反抗，全身的衣服都被撕下來了，露出她光溜溜的裸體，原來她有個惹火的身材，全身散發著極度的性感，激起了小混混的性欲，脫了衣服就要撲上去。這時何族右正好經過，他撂倒了小流氓，救了這人稱魚蛋妹的小姑娘。

魚蛋妹看見這位從天而降救她出虎口的白馬王子，英俊瀟灑，身手矯健，就非要嫁給這員警不可。那時何族右剛結婚不久，於是魚蛋妹說她當小老婆也行，她拿了一個小包就要走馬上任去了。何族右的妻子那時大學剛畢業，是位中學老師。莫名其妙地看見一個面目嬌好、身材惹火，渾身發散著青春氣息的驃悍女郎，堅持要當自己老公的小老婆。她說何警官救了她的命，又看到她赤裸裸的全身，根據她們水上人家的傳統，她是再也嫁不出去了，就只好投奔到何家來。這下子何太太那能受得了這個？於是就又罵又打，魚蛋妹也不還手。最後還是把她的家人請出面，由旺角警署署長保證為魚蛋妹找個好婆家，這才把事情擺平。

兩年後，魚蛋妹嫁了人，也生了個兒子，在以後的十幾年裏把一個在路邊賣魚丸的小攤變成了旺角區的大餐館之一。但是魚蛋妹對老何還是不能忘情，只是在為人妻，為人母之後，加上年齡的成熟，以往的激情變成柔情的關心了。何族右也會每隔一兩個月就會穿了一身警長的制服到她的餐館去走動走動，目的是告訴別人這是員警的關係戶，別動歪念頭。

有一天何族右來到餐館剛上二樓就聽見魚蛋妹尖叫要小心，然後槍聲就響了。原來是有個通緝犯和兩個保鏢也在二樓吃飯，看見有員警上來就要拔槍開火，但是魚蛋妹早已注意到這三個人可疑，

等她一看到何警官上樓來她就撲了過去。他本能的拔槍還擊，近距離駁火，幾秒鐘就結束。三個嫌犯被撂倒了，何警官也身中兩槍，魚蛋妹也中了兩槍，打中了要害血流如注。

他不顧自己的槍傷，抱起她下樓想在門口攔車送去三條街外的醫院。但是路上交通擁擠，車子動不了，何族右就抱著魚蛋妹向醫院狂奔，一路嘶喊著叫行人讓路。兩人的血把警服染成鮮紅。在手術台上，魚蛋妹突然清醒過來，告訴何族右要好好照顧她的兒子。最終她用自己的生命表達了她對何警官的一往情深。

魚蛋妹死在手術台上。在讓人敬佩的員警英雄面前，這位絲毫沒有後天的裝扮，用她充滿著原始野性的感受，在世上橫衝直撞，魚蛋妹讓人們終於明白，在這世界上任何地方都是十步之內必有芳草。第二天香港所有的報紙頭版頭條都登了這個故事，還附一幅混身是血的員警，抱著一個婦人衝進醫院的照片，新聞的標題是：「鐵血柔情」。這件事曾轟動一時。魚蛋妹的兒子在何族右夫婦的照顧下，順利從中學畢業，然後以第一志願考進了優德大學。

何族右帶著鍾為離開了浩園，他們來到一間在九龍的私人會所，坐定後，他說：

「鍾為，我有很多事情和問題要跟你說，如果今天你沒有別的約會，我們就待在這裏吃飯、喝酒、吃宵夜，到半夜才散夥。要不然我們今天就吃個下午茶，再找時間繼續。」

「等一下我需要到嶺南大學去見一個人，明天你有空嗎？」

「空是要安排出來的，我明天上班後給你電話，約我們見面的時間。」

何族右點了兩份下午茶，他們就一邊喝茶，吃點心，一邊說話。兩個人都把這幾年的情況說給對方，雖然只是轉眼和彈指之間，好幾年就過了，但是那些觸動了他們內心深處的往事卻是歷歷在目，都不勝唏噓。許久後，何族右才回到要說的話題：

「我想先告訴你，前一陣子，我重新把優德大學的命案再仔仔細細的看了一遍，發覺它還不能結案。」

「老何，為什麼？兇手和幕後的主使者不都抓捕歸案了嗎？」

「你還記得嗎？我在電話裏曾經告訴過你，我發現案子裏有兩個完全不合乎犯罪心理學邏輯的嚴重疑點。我打了個報告給警政署署長，他成立了一個委員會來重新審查整個案子，委員會同意我的看法，所以下了指示，一定要把案子裏的疑點一查到底。」

「這一定是挺折騰的，是嗎？」

「可是這事也非得這麼辦不可，這有我們員警的人命在裏頭，是一定要查清楚的。」

「你是說蘇齊媚，是不是？」

「鍾為，我們在旺角那場槍戰，他們殺了我們押解的嫌疑犯，重案組的幾個同事也倒下了，從此沒再起來，我們要有個清清楚楚的交代。」

鍾為的臉色很沉重，隔了一會兒他才說：「再怎麼查，這些人也是回不來了。」

「鍾為，你聽我說，我是一輩子生活在這打打殺殺、你死我活的世界，你知道埋在浩園那塊土裏，除了蘇齊媚之外還有多少我的戰友嗎？好些都是替我老何擋了顆子彈才躺在那，而我老何活下來了，我沒有一天不在想，為什麼是這樣？這些思念和哀傷有時候會讓我發瘋，所以我才常去浩園和他們說說話。蘇齊媚用她的生命保護了你，就是要你好好的活下去，世界上沒有比這更崇高的愛，你一定要珍惜它。」

「我明白，老何。說說你發現的疑點吧！」

「其實我想跟你說的疑點，是我在事後對優德大學命案的後續調查裏發現的。記得嗎？我們在

澳門攔截了一個叫扎克的人，他是來送錢的，身上帶著三百五十萬美金，但是根據被他們格殺的梁童口供，扎克先前已經到澳門送過三次錢給康達前，每次兩百萬美金，總共是六百萬美金。但是他交給解放軍叛徒劉廣昆的錢才相當於一百萬美金左右，那麼剩下的五百萬到哪裏去了？」

「是不是被康達前給吞了？」

「但是鍾為，我們找遍了所有的地方，就是找不到他們藏錢的地方。這點需要查清楚。」

「除了錢的去處不清之外，還有其他的疑點嗎？」

「這個說來話長，我們下次再談。」

多年前，當鍾為還是優德大學機械系的教授時，因為平易近人的個性，他和其他同事們都相處得很好，但是工學院院長席孟章卻時常找他麻煩。工學院院長辦公室裏的行政人員包括了兩名「高級行政助理」，他們是資深、有經驗的校務工作人員，是院長處理行政的左右手，不僅負責全工學院的院務運作策劃，也要為院長的政策把關。

席孟章院長的兩位助理是莊文吉和許菲迪。前者是在席孟章辭職離開優德大學前三個月就去了嶺南大學另謀高就了，後者則是在她的頂頭上司走後的兩個月才辭職。

嶺南大學是坐落在香港島的跑馬地，鍾為比約定好的時間早了二十分鐘來到了跑馬地的賽馬場咖啡樓，可是他看見莊文吉比他還早到了。雖然他們有好幾年沒見了，鍾為發現他看來沒怎麼變，以前是非常消瘦的身材，現在略微胖了些，唯一顯眼的是一身筆挺的西裝領帶，像是名牌貨，顏色配得很高雅。兩人握手時，莊文吉伸出了雙手，緊緊的握住了鍾為的手：

「太高興了，這麼多年過去了，昨天接到您的電話都睡不著覺，急著盼望見到您。」

「當年因為突發事件，我很快地離開了優德大學，沒來得及跟你告別，一直感到很抱歉。」

「您的事我在媒體上看到了報導，也聽了很多優德大學同事們的講述，鍾為教授，您是個英雄人物，認識您是榮幸。我們坐下來談，是不是先來一杯咖啡？」

鍾為坐下來點了咖啡，雖然在電話裏已經說明了他的來意，他再一次向莊文吉保證，他完全明白他作為一個幕僚人員的職業道德，就是一切都要在幕後，不能露臉，所以他不會透露資訊的來源。鍾為首先發問：「莊先生，您現在還和席院長有聯繫嗎？」

莊文吉把手舉了一下說：「您在我的心目中永遠是鍾為教授，我更不會忘記您多次在抬面上和抬面下對我的支持，為此您在院長面前受過委曲和責難，當時的情況不允許我向您表示感激，但是我記住了。這幾年過去了，您還是我的鍾為大教授，我還是您的文吉助理，或是還叫我小莊吧！回答您的問題，我在離開優德大學後就沒有和席院長有過任何聯繫，當時我和院長的關係已經非常不好，他很想把我換走，但我是大學人事處聘任的，沒有確切的換人理由，人事處不同意，但我明白優德大學不是我久留之地，所以當嶺南大學決定要我時，我馬上就辭職了，但沒想到席教授在三個月後也離開了，我相信他不會記得曾經有我這麼個人替他幹過活。但是我和優德大學的那些好同事還是有來往的，上個月我們幾個人在一起吃中飯時，還提起您寫的小說呢！」

「是不是大家都認為寫得太糟了，無法看下去？」

「哈！你死我活的鬥爭是驚心動魄，香豔的愛情是銷魂蝕骨，但是最精彩的描述是發生在優德大學的故事。我們都沒想到一位大教授和科學家，竟會有這樣的文采。」

「讓你們見笑了。你們見面時有沒有談起席孟章教授？」

「每次都是重要話題之一。」

「有人知道他到哪裏去了嗎？」

「如果有的話，他也就不會成為我們的話題了。」

「所以，文吉，在你們的眼裏，他是失蹤了？」

「是的，但是奇怪的是，同事們說，席院長的家人從來沒有向優德大學打聽過他的下落。也許他的家人知道他在哪裏。鍾為教授，您知道嗎？香港員警也在找他。」

「我聽說了，他們要再重新調查石莎被殺的案子。」

「是的，員警來找過我，說當年他們沒有把吳宗湘教授的角色調查清楚，而他和席孟章之間的關係很不尋常，所以懷疑席孟章也可能是涉案的人。」

「你向他們說了些具體的情況嗎？」

「吳宗湘已經被關在美國的大牢裏了，但是，鍾為教授，顯然他在不遠千里去提審他的香港員警面前不賣賬，什麼都不說，尤其對席院長的去處是滴水不漏，所以員警對我的詢問主要是想找出席院長可能的去處。但是他離開優德大學是在我之後，雖然我是有問必答，也都無法直接的說出席院長是到哪去了。」

「文吉，員警有沒有問你對席院長突然失蹤的個人看法？」

莊文吉沉默不語了一會兒，喝了一口咖啡才回答：「問了，但是我沒說。」

鍾為很吃驚，正要開口問話時，莊文吉說：「我們認為要先讓您知道後，才能跟員警說。」

「是嗎？是什麼……你剛說了『我們』，你是和別人商量過了嗎？」

「我和許菲迪談過，我們都認為有一些事情一定要告訴您，她對您一直非常敬佩。」

「是嗎？我一直以為她對我很有意見，甚至是充滿了敵意。」

「您誤會了，她和我都是院長的助理，我們的職業就是要推行院長的意願和在公共場合維護他，給外人看起來，我們就是院長的馬仔。但是明眼人還是能看出來，我們的目的是為了工學院。鍾為教授，您不是就把我看透了嗎？所以諒解我，我是非常感激您，但一直沒有機會向您道謝，我們就分道揚鑣，各自離開了優德大學。」

「文吉，工學院裏有人傳說許菲迪和院長有『特別關係』，你知道那是指什麼意思，難道你沒聽過嗎？」

「當然聽過，也許是因為許菲迪是個漂亮有魅力的女人，席院長對她有好感是可以理解的。但是他們之間是不是有那種『特別關係』，您得去問她自己了。我要說的是：許菲迪不止一次的跟我說，您對她有很深的誤會。」

「為什麼她不來跟我說清楚呢？」

「鍾為教授，也許她怕您。」

「我有那麼可怕嗎？」

「我覺得您是個很平易近人的人，但是許菲迪親口說過，她怕您。」

「無法理解。告訴我，什麼事，你們認為要先和我談過，才能跟員警說？」

「讓我先說明一下背景，我和許菲迪的工作經驗幾乎是完全相同，我們都是先在香港中文大學幹過，後來都轉到香港大學，並且都曾在學院裏當過院長助理，我是在工學院，她是在社會學院。毫無疑問的，院長所做的一切決定都是為了學院的發展，而我們當助理的所提出的各種做法也是朝這方向走。我們在中文大學和香港大學的經驗都是這樣的。但是席院長不是，他似乎有另一個目標，他朝另一個和工學院完全沒有關係的方向走，而在這過程中不惜犧牲工學院的利益。」

「文吉，你能說個例子嗎？」

「記得李洛埃副校長和周催林副校長都要爭取分管剛成立的『海岸與大氣研究中心』嗎？我們當初嚇了一大跳，席教授居然不支持自己的上司，也就是學術副校長李洛埃，反而去支持周催林副校長。我和許菲迪問他為什麼？席教授說，他不贊成有一個和工學院『平行』的『海岸與大氣研究中心』，我們去調查了一下，所有工學院的系主任都不同意院長的看法。」

「真沒想到，席院長居然會不顧系主任們而一意孤行。」

「我認為事態嚴重，需要做成記錄。許菲迪說，我會惹火燒身，被院長趕走。但我還是給院長打了個報告，副本送給人事處。我說：『海岸與大氣研究中心』的成立，是優德大學鼓勵交叉科學研究的具體安排，它是個跨學院的課題，因此在行政管理上和學院平行是合理的，而『中心』和各學院同是歸學術副校長管轄是理所當然。把一億兩千萬港幣的『風切變預警計畫』，科技部六百五十萬人民幣的『八六三珠江項目』和一千八百萬港幣作為配套經費的『特首計畫』都一起納入了這個新的『中心』，很自然而然的請這三個專案的『首席科學家』鍾為教授擔任中心主任。所以您就成為我們優德大學有史以來最富裕的研究中心，因為您是工學院的教授，我們工學院就成了最大的受益者。我寫了這報告後，院長開始把我冷凍起來，什麼事都不讓我辦，同時叫許菲迪傳話，叫我最好另謀高就。所以我就識相的走人了。」

「文吉，你認為席教授這麼做的目的是什麼？他不照顧工學院，那他照顧誰呢？」

「鍾教授，我不知道他的目的，但我知道，更準確的說，是我感覺到，他的背後有人在操控他。」

鍾為問：「誰？」

「席院長的朋友不多，在優德大學和他來往最多的就是數學系的吳宗湘教授和周催林副校長。我在整理院長的行事錄時，曾把院長的電郵和電話來往記錄歸納起來，雖然沒有內容，但是從時間上看得出來，吳宗湘教授基本上是替席院長做決定的人。」

「你有具體的事實嗎？」

「很遺憾，我沒有。這只是我的感覺。但是有很多次當我問起為什麼要這麼做？他的回答是吳宗湘教授的意見。很多次，他在許非迪面前也是這麼說的。所以有一次她就頂了回去問說，到底誰是我們工學院院長？」

鍾為很感慨的說：「當年他是靠了什麼來當優德大學的工學院長？」

莊文吉笑著說：「人事處的人傳說，當年是看中了他的夫人來當圖書館館長，她開出來的條件是要請她的老公當院長。」

「沒想到是用裙帶關係來的。現在可好了，這一對夫婦都不見了。」

「鍾為教授，還有兩件事，不曉得是不是重要，但是許菲迪叫我一定要先告訴您。一件是席教授似乎很愛錢，他每隔六個月就會要求校長給他調整薪水。第二件是有一個叫科莫克維奇的人給他發過電郵，在我離開前的一周內他們通信多次，還通過電話，是往俄羅斯的海外電話。您知道這個人嗎？」

「我知道。」

莊文吉說：「我還有一件事，希望您不介意我直說了。許菲迪是個善良的人，她曾告訴我說，她非常愛慕您，但是為了邵冰和石沙，她只能將感情深藏起來，因為受到席教授的影響，您對她有了不友好的態度，使她非常痛苦，現在過了這麼多年了，我希望你們能把心結打開。」

當鍾為來到私人會所時，何族右已經先到了，他是坐在一個角落的桌子，一瓶紅酒和兩個酒杯已經擺好了。等鍾為坐定後，何族右告訴他：

「我們先喝酒，等喝得差不多了才開始吃晚飯，我看今天的菜不錯，我就先點好了。」

「太好了，老何，你上次說到哪裏了？你就繼續吧！」

何族右說：「好的，當初我們都認為周催林和康達前是為了中東的伊斯蘭恐怖組織給了他們錢，他們才去買通了解放軍叛徒襲擊美國民航飛機。但是我問自己，他們有沒有可能不是為了錢，而是為了一股信念，才走上了不歸路？」

鍾為回答：「我認為非常有可能。」

「鍾為，記得嗎？我在電話裏跟你說過：中情局前一陣子傳出來說，中東的伊斯蘭恐怖組織裏有不少中國人，大部份是新疆一帶的疆獨份子，但也有少數是從中國沿海地區，包括了香港特區的回教徒。中情局拿到了一份名單，我拿了周催林和康達前的資料去要求核對，他們告訴我有這兩個人，雖然名字不同，但是其他的全對上了。毫無疑問，這兩個人是恐怖組織裏的成員。」

何族右喝了一口酒再接著說：

「中情局的富爾頓還告訴我：周催林他們是屬於中東伊斯蘭恐怖組織裏的一個旁支，原來是由一群沙烏地阿拉伯的學者和知識份子所組成的，但是後來也走上了極端，他們之中最有名的成員就是阿塔，他是埃及的伊斯蘭學者，也就是後來策劃和領導九一一事件的同一個人。為這個組織採購軍火的人，就是中情局一直在追捕的頭號恐怖份子，他也是個軍火商，名字叫哈勒．伊塞艾，有時他也用另一個哈勒．森將尼的名字，但是知道他的人都叫他的代號——《銀狐》。」

「他就是那個在酒店裏想強姦梅根的那個伊朗人，是不是？」

「沒錯，就是他，夜路走多了，還是在陰溝裏翻了船，不過你的那位梅根大美人居然能把一個世界級恐怖份子的老二給燴了，也真不容易啊！」

「老何，梅根是我們海天書坊的總經理，她什麼時候變成我的大美人了？人家是有老公的人，別再亂扯了。」

「我派朱小娟當了幾天梅根的貼身保鏢，是梅根自己說的，她是你的人了。」

鍾為轉開了話題：「老何，周催林和康達前原來是恐怖組織的成員，這太不可思議了，恐怖活動也是全球化了。」

「我也是一樣的想法，所以就特別仔細調查了這兩人的身世。原來他們的父親都是澳門人，在他們之前的世世代代都是在澳門成長的客家人，是屬於只有幾百戶信奉回教的人家。周催林的父親還曾當過澳門清真寺的祭師，後來因為和水房幫扯上關係，在幫裏做到了很高的位置，才辭掉了祭師的事，所以他的兒子周催林在水房幫裏一直很有影響力。周催林是在念大學時擁抱了激進的伊斯蘭主義，開始參加他們的活動，當美國開始調查他時，他就回到了台灣。」

「所以這兩個人早已經擁抱了伊斯蘭的極端主義，成為隱蔽的恐怖份子，他們應該是有堅定信念的人。襲擊美國民航客機是他們的神聖任務。企圖拿到我們正在開發中的軟體原始程式也是執行任務的手段，是計畫中的一部分，是不是？」

何族右回答說：「說得沒錯。這一點是我們當初完全沒想到的。」

「那麼康達前是什麼時候當上了周催林的馬仔？」

「康達前是離開澳門到台灣去念書，畢業後進了軍情局，一路升到特勤處的上校處長。因為和

周催林是小同鄉，就搭上線了。」

「老何，這些事你有沒有去問問周催林？他不是還關在青海的大牢裏嗎？」

「你知道我們這裏的規矩，這種事要經過特首辦公室請中聯辦轉達，我申請了兩次都石沉大海，我還直接給國安部部長打過電話，他們就只跟我打哈哈，我感覺到他們是有什麼顧忌，不願意讓我見周催林，就只告訴我，他現在吃得白白胖胖的。國安部一直把你看成是他們的大恩人，也許他們會讓你見見周催林。」

「好的，讓我去試試看。老何，你是發現了周催林和康達前兩個人隱蔽了多年的身分背景，但是你說的疑點，具體事實是什麼？」

何族右又喝了一口紅酒，然後端起酒瓶把兩人的酒杯斟滿：「鍾為，你對優德大學的數學教授吳宗湘瞭解多深？」

「不深，很表面，雖然我在保釣運動的時候就認識他了，當時他在華人圈子裏已經是個名人，但是我們並沒有建立起友誼，還起過衝突。等到了優德大學後就一點來往都沒有了。但是我知道在石莎被害前，他還追求過她，我還知道吳宗湘對另外的幾個女同事，或是男同事的老婆有興趣，甚至有所行動。不過這些都是小道消息，真實度不能保證。」

「你知道他後來的下場嗎？」

「我知道。」

鍾為是在報上看到的報導：「一位前香港優德大學的數學教授吳宗湘在著名學府普林斯頓大學被聯邦調查局逮捕，罪名是參與國際恐怖組織的活動。據報導，他的罪證是來自香港警方。」後來在中國國安部透露了他們調查和收集所有關於解放軍叛徒劉廣昆的背景和活動裏，說是在大約十年前他被台灣軍情局吸收開始了他叛國的間諜活動，當時他還是個解放軍的中級軍官，由於官階不高，所能取得的情報價值有限，他能換來的金錢也只能供他用來玩女人。當時在部隊裏的安全單位也發現了劉廣昆的行為不對勁，就成立了專案來調查，當案子查清楚後正要逮捕他時，國安部介入，硬是把它給壓下來了。因為他們發現來吸收劉廣昆的是一位台灣軍情局非常高級的情報員，代號為「秀才」，他長期在海外活動，已取得了美國國籍。

「秀才」第一次接觸劉廣昆時的身分就是「美籍華裔學者」，當時他已經是美國一家著名大學的教授了。為了「秀才」身分的敏感性，和更重要的未來可利用價值，雖然國安部有足夠的證據，但還是把案子繼續壓下來。後來劉廣昆被調進了後勤部門，就是要保證他拿不到第一手或是重要的「軍事情報」。十年來，劉廣昆已升為少將，他累積了足夠的財富，也取得了他國的護照，他準備逃亡海外了。「秀才」到香港優德大學當了數學系教授後，康達前就成了他的上線，負責直接和他聯繫，代號為「秀才」的情報員就是吳宗湘。

何族右接著說：「但是你知道他現在關在什麼地方嗎？」

「我想應該在聯邦監獄吧！」

「不是，他現在被關在關塔那摩美軍基地的看守所裏。」

「你是說，美國人有證據或是證人，說他是伊斯蘭恐怖組織的成員？」

「要不是，他會和留著大鬍子的阿拉伯人關在一起嗎？」

「吳宗湘不是個回回，我親眼見過他大口吃豬肉。」

「也許他是個吃豬肉的異類回回，就不知道他是不是也要嘴裏念著阿拉偉大和定時朝西面向麥加跪拜。但是我想著的是另一個疑點。」

鍾為不說話，何族右就繼續說：

「我們在押送嫌疑犯時，在旺角街頭碰上了埋伏，結果是我們的嫌疑犯被殺，槍手是來自大陸，全都受過特別訓練，裝備精良。其中也有水房幫的人，他們主要是擔任帶路的任務。根據事後的調查，埋伏的目的除了要把我們重要的證人和嫌疑犯梁童殺人滅口之外，還要奪回梁童提供的檔。這是誰的主意？誰下的命令？要從大陸調來槍手執行任務，明明知道結果會是一片血腥，但還照幹。」

「一定是個非常重要的人物。」

「水房幫的人告訴我，命令是來自香港，但不是他們水房幫的人發出的。」

「香港有這麼一號人物，你老何會一點風聲都沒有嗎？」

「如果他不是來幹刑事犯罪的，並且也會隱蔽的功夫，我們可能不會察覺到，但是我對這事是耿耿於懷。」

「現在你懷疑這位重要人物就是吳宗湘，是不是？」

「是的，但這個想法也充滿了漏洞，台灣軍情局的高級情報員應該沒有這麼大的能量，吳宗湘是不是還有別的身分是我們不曉得的？不管他幹了多大的壞事，美國政府是不會把他關在關塔那摩的軍事監獄裏，除非他是個老美所說的《敵方戰鬥員》。」

鍾為問說：「那你的後續調查裏發現了什麼線索嗎？你證明了他是老美的《敵方戰鬥員》嗎？」

「我沒找到直接的證據，但是發現了很多有意思的情況和更多的疑點。」何族右喝了一口酒繼續說：「我們查證到吳宗湘因為個性的關係，他在優德大學的朋友不多，走得比較近的就只有席孟章教授。當年在一次優德大學教授會議裏，周催林和吳宗湘聯合了席孟章教授企圖取得你們開發的

ＭＴＳＰ軟體原始程式，結果沒有成功。我把那次教授會議的記錄借調出來看了一次，這三個人的親密關係完全表露無遺。」

「那時大家都知道他們是三個志同道合的死黨。」

「鍾為，你說他們志同道合，是什麼志？什麼道？你明白嗎？」

「我想他們如果沒有共同的興趣，至少會有共同的利益，但是現在我還不能確定這兩人為什麼會走到一起。我在優德大學的朋友也告訴我，這位工學院院長上午送上了辭職書，下午就走人，並且不留任何聯絡的地址電話。」

「是的，他基本上是消失了。美國所有的入境口岸到今天為止還沒有他返回美國入境的記錄。不知道他到底到哪裏去了。」

「老何，你追查了席孟章老婆的去向了嗎？她是優德大學圖書館的館長。」

「也同時不見了。鍾為，你知道他是什麼時候失蹤的嗎？」

「什麼時候？」

「吳宗湘被逮捕的第二天上午，他向優德大學辭職，當天下午優德大學的車送他到機場，但是機場和所有的出入境處都沒有席孟章出境的記錄。所以他是用另一個名字的護照出境，或者是他還在香港。」

「席孟章的行為太可疑了。你有沒有要求去提審吳宗湘？」

「當然有了，但是和中國國安部對我要求提審周催林的要求一樣，美國的回應是石沉大海。」

鍾為沉默不語，隔了好一陣才又問說：「你曾在電話裏告訴我說，那個叫扎克的人，在往澳門送錢時，被你們把錢給攔截下來，但是他不但沒有逃走，反而又回來香港執行槍殺解放軍叛徒劉廣昆的任務。最後被蘇齊媚的飛虎隊包圍在大嶼山的梅窩碧園度假村，才自殺身亡。你說一個行動員在曝光後的第一件事就是要遠走高飛，但是扎克回來還繼續完成任務，一定是個信念非常強的人，為了保證不被捕，不洩漏秘密，他結束了自己的生命。這是典型宗教狂熱份子的行為。」

何族右說：「這種人是最可怕的犯罪份子，他們是沒有理性的認識。」

「可是老何，你認為扎克槍殺解放軍叛徒劉廣昆和優德大學的命案有具體的關係嗎？」

「這也是我想問的問題，但是首先要問的是，劉廣昆已經是解放軍的叛徒，也是康達前和周催林的同夥人，接受了他們的錢財，鍾為，你認為是什麼理由他們要殺劉廣昆呢？」

「因為他的存在威脅到了周催林和康達前的計畫，你有答案嗎？」

「我還沒有明確的答案，但是有絲絲縷縷，若隱若現的痕跡，讓我渾身出冷汗。」

「能說來聽聽嗎？」

「我們在台北聘請的私家偵探陳克安在他的報告裏提到，康達前以『情婦』的身分，放在劉廣昆身邊一個『釘子』，她名叫鄭豔紅，是一名有經驗的情報員，也是個冷血『殺手』，她和劉廣昆做了三年的夫妻，產生了感情，後來被國安部的人圍捕，吞槍自殺，當時她才二十九歲。陳克安還調查出，劉廣昆和鄭豔紅都是穆斯林。」

何族右繼續說：「報告裏還說，扎克從澳門逃到台北後，曾和康達前在一起出現過，這並不奇怪，因為他去澳門本來就和吳宗湘及周催林一夥人有關。但是他在台北和這夥人在一起時還有一個叫科莫克維奇的烏克蘭人，此人原來是蘇聯紅軍的上校軍官，是個核彈專家，他的專長是將前紅軍的核彈頭改造成便於移動的箱型核彈。朝鮮請他去當他們發展核武器的顧問，後來他被中情局在朝鮮臥底的特工格殺了。我想你是很清楚這件事的。」

鍾為想到了在朝鮮時驚心動魄的「蘑菇雲」事件：

當大殺傷性武器，尤其是核子武器，如果落入極端主義的政府或恐怖組織，不僅將嚴重威脅世界和平和安全，也會給人類帶來災難。

當前蘇聯解體時，有上千枚在前紅軍控制下的核彈頭從一片混亂的記錄和檔案裏消失了，美國和俄羅斯政府聯手追查和阻截它們，中央情報局建立了「蘑菇雲檔案」，追蹤流失了的核彈頭。

由於不堪的遭遇，鍾為離開了香港優德大學，放棄了科研和教學工作，來到溫哥華開了「海天書坊」，除了傳統的書店業務之外，還從事古本書籍的買賣，修復和採購委託。

「海天」的總經理梅根是追尋失傳古書的專家，她接受紐約收藏家重金委託尋購失蹤了多年的《阿勒頗抄本》古籍。但是收藏家和出售古本裏的頁張者相繼在紐約及溫哥華被害，警方追查，發現兇手來自同一恐怖組織，他們是志在必得古本中的天大秘密，用來和阿拉伯金主交換融資，在軍火黑市購買核彈頭。梅根雖然已是有夫之婦，但是和鍾為陷入了苦戀，可是她堅持著職業道德，勇往直前，為了死去的客戶完成委託任務。

朝鮮的獨裁政權在金正日的健康狀況日益惡化時出現了危機，兒子們為了爭奪繼承權進行的暗鬥，在不同支持勢力的推波助瀾下擠上了檯面，成為明爭。

在此同時，為了私利和財政困境，朝鮮開始提煉濃縮核原料，發展及出口核武系統。中情局派出核子科學家李建成以叛徒身分在朝鮮臥底，追查流失的核彈頭及實地取得朝鮮的核武發展情況。

鍾為不忘舊情，協助多年前的女友凱薩琳，為她主持的聯合國開發總署的朝鮮圖們江計畫進行航空測量，他們聯手在大馬士革攔截從朝鮮輸出的箱型核彈頭。臥底的情報員李建成奉命滲透進入

朝鮮的秘密核武基地，在核彈頭裝置了定時爆炸器，摧毀朝鮮的地下核子設施。當鍾為在朝鮮上空飛行，執行航空測量時，緊急強行降落在朝鮮的山區，接走李建成，爆炸器準時將核彈頭引爆，他們在空中看到了徐徐升起的蘑菇雲。

鍾為回答說：「是的，我見過這位臥底的特工，後來是我將他撤離朝鮮的。老何，這個烏克蘭人和優德大學命案是有關係的嗎？」

「這就是我說的絲絲縷縷，若隱若現的關係。我告訴過你，我在扎克的遺物裏發現了一本日記，寫著指派他任務的人就是他的哥哥，原來他們是伊朗人。他哥哥就是鼎鼎大名的恐怖份子兼軍火商，他的代號叫《銀狐》，他和一個代號為《黃狼》的中情局叛徒是恐怖組織裏的哼哈二將，狼狽為奸幹了不少壞事。」

「你認為周催林和康達前也對核彈頭有興趣嗎？」

「要不然我怎麼會渾身出冷汗呢？鍾為，我跟你說過，這是信念問題。到目前為止，周催林、康達前、劉廣昆，還有他的情婦鄭豔紅，都和那些恐怖份子一樣，都是信奉伊斯蘭的穆斯林，唯獨吳宗湘似乎是個非教徒，但是前兩天我們聘請台北徵信社的私家偵探陳克安又傳來消息說：吳宗湘的母親姓馬，是以前在西北青海的軍閥，馬家軍的頭頭，馬步芳的直屬後代，所以他也是和穆斯林有關係的人。」

鍾為說：「哈！原來是一脈相傳，怪不得。」

何族右滿臉迷惑的問：「你在說什麼？」

「老何，你聽過馬家軍的故事嗎？」

「沒聽過，你說吧！」

鍾為喝了一口酒：「在中國的穆斯林回民中，尤其是有權有勢和富裕的家族有很多是姓馬的，這是取自伊斯蘭教真主穆罕默德的名字。在中國的西北就有一個馬姓的大族，他們有自己的地方武力，稱為『馬家軍』。它的核心權力採取父死子繼，兄終弟及的封建繼承方式，經數十年的發展，逐漸成為左右中國西北地方局勢的軍閥武裝。二十世紀四〇年代後期，家族中以馬鴻賓、馬鴻逵、馬步芳三個集團最具實力，人稱『西北三馬』。他們因各自的行為而造就了天壤之別的結局，馬步芳家族從他的父親馬騏和叔父馬麟統率的青海地方軍事集團開始統治了青海四十年，尤以馬步芳最為殘忍兇狠、荒淫橫暴，人稱『土皇帝』。」

「後來呢？難道共產黨還容得下他們，不消滅他們嗎？」

「老何，你知道嗎？共產黨在二萬五千里長征到了延安後，他們派了一批隊伍向西北進軍，歷史把它稱為『西路紅軍』，他們遭遇到強悍的馬家軍，發生了慘烈的戰鬥，部隊裏著名的『紅軍女兵』隊，也投入了作戰。但是『馬家軍』打敗了西路紅軍，擊斃了大部分的紅軍戰士，被俘虜的男兵被迫做奴隸，紅軍女兵被迫和馬家軍軍官睡覺，生孩子。所以共產黨和他們有不共戴天的血海深仇。」

何族右一邊喝著紅酒一邊聚精會神的聽鍾為的講述：

「中華人民共和國成立後，『西北三馬』面臨著前途的抉擇，當時儘管解放軍的攻勢已如破竹，卻還有少數執迷不悟的人，仍舊在做著接任西北軍政長官職位，再當幾年『西北王』的黃粱美夢。一九四九年五月馬步芳被任命為代理西北軍政長官，實現了他夢寐以求的夙願。但是當解放軍兵臨城下時，他花了重金雇陳納德『飛虎隊』的九架飛機，將歷年搜刮來的財富源源不斷地運往國外，先運往香港，後運往中東。他自己則逃跑到埃及定居。」

鍾為又喝了一口紅酒，繼續說：

「馬步芳的為人荒淫無恥，他曾公開說過：『生我，我生者外無不姦』。他部屬的妻女，自己家族的胞妹、侄女、兄嫂、弟媳，都難逃他的魔爪。在埃及，馬步芳仍然難改其風流本性，酒店的女侍、舞廳的舞女、隨他到開羅謀生的部屬的家眷，都被他姦淫。甚至連他的外孫女也被他強姦，還生下一個兒子，為了掩人耳目，馬步芳親手將這個嬰兒殺死。據後來旅居中東的回族僑民的控訴，包括漢、回、滿、蒙、藏、哈薩克、撒拉等各族女性在內，被馬步芳蹂躪過的女人，不下五千人之多。」

何族右說：「這個人不僅是禽獸，而且還是個變態的禽獸。」

「在五〇年代末，蔣介石想乘國際反共反華，社會主義陣營出現矛盾和青海藏區、甘南地區發生的一些民族糾紛和衝突的機會，認為策劃反攻大陸的機會來臨。馬步芳也抓住這機會吹噓，說由他指揮的游擊隊仍在大西北堅持反共鬥爭。並且行賄台灣當局，謀得了台灣當局派他為駐沙烏地阿拉伯的『全權大使』。在任時，他還是不改他一貫的作風，看上了大使館一位參贊的妻子，她也是大使館的阿拉伯語翻譯。但是馬步芳居然不顧她還是馬家的遠房親戚，就想把她占為己有。沒想到他踢到了鐵板，這位參贊的妻子用流利的外語和阿拉伯語向媒體揭露了馬步芳傷天害理、令人髮指的罪行。這事件成為傳遍世界的醜聞後，台灣當局要他立即自動辭職並馬上返國，並且派出了特工要去制裁他。後來聽說他把所有的黃金珠寶都捐了出來，台灣當局才放他一馬。馬步芳在沙烏地阿拉伯弄得聲名狼藉，中東各國也不歡迎這個披著宗教外衣的丑類，他在錢財都用盡後過著潦倒的生活。一九七五年七月，惡貫滿盈的馬步芳暴斃在沙烏地阿拉伯，這個大淫蟲終年七十三歲。」

「鍾為，我明白了，你是在說優德大學裏傳聞的吳宗湘是個大色鬼是其來有自，他是馬步芳的後人，當然血液裏也會有淫蟲的基因了。」

從商業的觀點看，香港的中環地區毫無疑問是最昂貴值錢的，雖然是寸土寸金，但還是被人追捧，所以那裏的房價和租金一直居高不下。中環是沿著九龍半島和香港島之間維多利亞港南岸的一條狹窄地帶，在兩百年前這裏就已經是南中國的通商口岸，它不僅開始了中國和西方的商業往來，也觸發了文化的交流和溝通，中國的大門從此向西方人打開，再也無法關上了。

走在今天的香港中環，擦肩而過的人來人往裏一定會有黃、白、黑以及棕色皮膚的人，拉長了耳朵仔細的聽，也能聽到在廣東方言的話語之間，還摻雜著各國的語言。

在已經成為香港地標，出現在無數的媒體、書報雜誌和明信片上的「中環密集高樓大廈」中，置地廣場大樓是個非常現代化的商業，租賃辦公室，餐飲業和旅遊酒店等行業的綜合性大樓，鍾為來到了五十六樓的「菲菲旅遊服務中心」，他是來找許菲迪的。走近了玻璃門，它就自動的拉開了，一位年輕的女郎滿臉笑容的從辦公桌後站起來相迎：

「請問先生是來辦理旅遊業務的嗎？」

鍾為遞上一張名片：「我是來見許菲迪小姐的，我已經定好了約會。」

她接過了名片，看了一眼：「鍾先生，您請坐，我這就去通報。」

鍾為和許菲迪的約見是定在下午的三點四十五分，他提早了一刻鐘，在三點半就到了，但是坐在進門的沙發上已經有半個小時了， 本《中國旅遊》雜誌已經快被他看完了，他看了一眼坐在辦公桌後面接待他的年輕女士，她不安的笑了一下，站起來又去給鍾為倒了一杯水，她說：

「許總經理最近很忙，我想再過一會兒她就能見您了。」

鍾為苦笑了一下：「沒關係，我有的是時間。你的總經理是很執著的，也有很好的記憶。」

她聽得一頭霧水，滿臉迷惑不解的表情，但鍾為已經低頭在看他的第二本《中國旅遊》雜誌。

許菲迪是在約定的時間遲了一小時後，在四點四十五分請鍾為來到她的辦公室。接待小姐領他到了總經理辦公室，只敲了一下門就推門而入，那是一個很大的房間，一邊是從天花板到地板的一片落地窗，窗外的近處是林立著一棟棟看起來像是火柴棒似的摩天大樓在腳底下拔地而起，遠處是中環和尖沙咀之間的維多利亞海港，航行中的船隻和拖在後面的白色浪花，一條條的白線，像似有人在「穿針引線」。再向遠看就是九龍半島的繁華街道，小山丘和點綴在其中樹林茂密蒼翠的公園，整個的落地窗是一幅名副其實的「無敵景觀」。

房間的一邊是一張大辦公桌，不一樣的是它沒有一般的木質桌面，它用的是一片透明的玻璃板，上面除了被翻閱的《中國旅遊》雜誌外，沒有放著任何紙張文件，辦公室裏沒有給人很忙碌的印象。許菲迪坐在大辦公桌的後面，她沒有站起來相迎，也沒有要握手的意圖，只是瞪著眼睛看他。鍾為看見眼前的人還是跟多年前一樣的漂亮，一樣的散發著女人魅力，她穿著一身標準的職業女性工作服，白色的襯衫緊包著上身，外面是個短短的黑色馬甲，經常成為優德大學男同事們談論的豐滿胸部仍然高挺著。還是鍾為先開口：

「謝謝許小姐在百忙中接見我，我是來打聽幾件事，用不了二十分鐘，您就可以再繼續閱讀《中國旅遊》了，裏頭有一篇關於西藏阿里地區的報導寫得不錯。」

「作為『菲菲旅遊』的總經理，閱讀《中國旅遊》是重要的工作。」

「當然了。」

「你想問的事，我不一定能回答。」

「我相信如果你願意的話，一定能回答的。許小姐，我可以坐下來嗎？」

「如果我說不可以呢？」

鍾為感到了許菲迪的敵意比他想像的要深得多了，看樣子他是問不出任何資訊了，他歎了一口氣，正要開口時聽見許菲迪說：「桌子前面不就有一張椅子嗎？」

坐下來後，透過了玻璃桌面，鍾為看見她坐在椅子上，黑色的短裙提了上來，讓那一雙修長誘人的美腿完全暴露在外面，他的盯看讓許菲迪下意識的往下拉她的短裙，但是無補於事，鍾為忍不住的說：「再往下拉的話，你就會把裙子撕破了，要不就是會把它拉得脫下來了。」

「看女人大腿的惡習慣還是沒改。」

「說錯了，我和優德大學所有的男人一樣，喜歡看許菲迪大腿的好習慣依然維持著。」

「我真希望早晚會有人來收拾你那張嘴。」

「老天爺給你那麼美的一雙大腿，為什麼不讓男人多看兩眼呢？你穿超短的迷你裙不就是要人看你的美腿嗎？」

許菲迪被鍾為說得更不自在，她又在拉她的短裙，同時也挪動了一下座椅，突然她發現鍾為的目光注視她的身後，回頭一看，原來鍾為是看到了先前被她擋住了的那幅三個人的照片，中間是許菲迪，左右兩邊是石莎和邵冰。鍾為愣住了，在石莎遇害後的第一次優德大學教授會議上，為了追悼她，會議室的大銀幕上曾出現過石莎的全身照片。她穿了一套很合身的衣服，淺綠色的緊身露臂襯衫，墨綠色的裙子，配套的高跟鞋，脖子上圍的絲巾是唯一的裝飾。手上有一株長枝鮮紅的玫瑰花，背景是優德大學廣場前的紅色日規。雖然她不施脂粉，但是柔和的綠色打扮和鮮紅的玫瑰花和飛鳥日規背景，將她光亮雪白的皮膚襯托出來，一對綠色的大眼睛鑲在一臉喜悅和頑皮的笑容裏。原來銀幕上的照片是取自眼前這張三人照片。鍾為的心裏思潮洶湧，這是他回到香港後第一次看到石莎的影像，過了好一陣子，鍾為才開口：

「是的，你們三人是從香港大學來的好朋友。當年她們兩人都說你是個非常善良的人，說我完全錯怪了你。」

「我們三個人是在三個不同的系，但成了難捨難分的好朋友。我們還有個共同點，就是我們的命都不好。」

鍾為又陷入了沉思。

「鍾為教授，你常想念石莎嗎？」

他沒回答，但是許菲迪看見鍾為點一點頭，她說：

「其實我很羨慕石莎，她能有一個她愛的男人在思念她，一生也就值得了。」

「她走了，留下了思念她的男人，太不堪了。」

許菲迪沒說話，鍾為就接著說：「香港警方決定要再度啟動調查石莎的案子，因為出現了很多疑點，我也很想知道這些疑點的答案。所以去見了莊文吉。」

「我知道，那個叫朱小娟的年輕女員警來找過我。鍾為教授，你不相信警方的調查嗎？」

「這些疑點都很複雜，我擔心官方的調查會有政治上的考慮。但是我一定要找出石莎被害的真正基本原因。這至少是我應該做的，否則我對不起她。」

「所以我說我羨慕她。」

「員警也去找過莊文吉問話，我去找了他，但是他無法回答一些問題，他叫我來見你。許小姐，你是石莎的好朋友，能幫我這個忙嗎？」

她沉默不語，鍾為再說：「以前我對許小姐的態度非常惡劣，但是那並不是針對你，只是你和席院長的特別關係讓我把氣出在你頭上，再加上席孟章教授對我的一切處置也都是由你傳達給我，所以我才有了對你不該的反應，那是我的不對，我向你道歉，請你原諒我吧。」

「是不是現在你有求於我了，才跟我說好話，對嗎？」

「如果你真是石莎和邵冰的好朋友，你應該知道我不是口是心非的人。」

「那你是不是不懷好意而來？」

「我不明白。」

「你看了我的大腿，然後又看見了那張照片，裏頭的兩個女人都被你蹂躪過，只有我是漏網之魚，是不是想把我也擺平了？」

「是我來求你，來向你道歉，所以你要如何的讓我難過，包括讓我在外面乾等，甚至污辱我的人格，我都不會反駁和抵抗的。當年作了理虧的事，現在要受懲罰，本來就是應該的。」

「看你還挺講理的。可是你還是不理解我，不說它了，如果你是真心向我道歉，那是不是應該要有所表示？」

「當然是應該的。你就提出來吧，我一定照辦。」

「首先，第一步，請我吃飯，我選餐館，我點菜。滿意後，再決定第二步。」

「沒問題，就這麼辦。但是我一定要先說清楚，石莎命案的疑點是圍繞著四個人，他們是周催林、吳宗湘、康達前和席孟章，頭兩人關在大牢裏，關他們的政府不讓香港警方去提審他們，康達前已經死了，只剩下了席孟章可以提供所要的資訊，但是他失蹤了。他會不會也牽涉進了命案呢？這些問題的答案，對他造成不利的可能性是很大的，如果你不希望回答問題，我會理解的。」

許菲迪看著鍾為好一陣子才回答：「你不會為席孟章著想的，所以你是在為我著想，是不是？你真的不再和我作對了嗎？」

「我從來都不是針對你的，只是你一直在維護著席孟章。」

「我是他的助理，我能不維護他嗎？石莎和邵冰難道不是在維護著你嗎？為了你，石莎連命都不要了。」

「現在呢？你還會護著席孟章嗎？」

許菲迪苦笑了一下說：「現在我什麼感覺都沒有了。你是不是覺得我很可憐？不說過去了，我要幹活了，你走吧！我們八點鐘在置地廣場的五樓，有一家也叫『菲菲』的餐廳見，我會去訂位。」

就這樣，鍾為被趕了出來。

鍾為在置地廣場一樓大廳的一家西雅圖咖啡館叫了一杯拿鐵，他需要消磨兩個半小時才會是晚上八點。但是許菲迪剛剛所說的讓他感到這其中有很大的玄機，雖然她的言語之間還是充滿了尖銳的攻擊性，但是也讓他感覺到她有一絲無奈的情懷，可是她欲語還休，沒說清楚。

他和許菲迪多年不見，短短的言談話語是在想像之中，但是那幅桌上的照片卻給他帶來了洶湧的思潮，石莎為他離開了這世界，邵冰因得不到所要的愛情而離去，她們留給他的是無比的傷痛和遺憾，現在他要面對的是石莎和邵冰的好友許菲迪，她是敵還是友？

鍾為在八點鐘準時來到了「菲菲西餐廳」，許菲迪已經先到了，坐在靠窗的一張桌子，看著街上的行人、車輛和五光十色的燈光在發呆。餐館的迎賓經理將鍾為帶到她身旁的椅子，他說：

「能把腦子裏的想念告訴我嗎？」

許菲迪轉過身來，和兩小時前的見面不同，她站了起來，臉上出現了燦爛的笑容，把手伸出來了。鍾為有些驚訝，但是他很高興的將她的手握住。迎賓經理說：

「許小姐，現在先把酒上來嗎？」

許菲迪說：「鍾為教授，我點了一瓶法國香檳，如果您想先喝點烈酒，就點吧！」

「太好了，我也正想喝香檳酒。」

迎賓經理離開後，許菲迪說：「我們坐下來吧！」

等兩人坐定後，許菲迪小聲的說：「別老抓住我的手，快放開！」

「不行，放開了你以後就不會再讓我握你的手了。」

「那你輕一點好不好？手骨頭都被你捏碎了。」

顯然的，許菲迪是換了一身衣服，職業性的黑色工作服，雖然也將她的女性美豔顯露出來，但是她換上的晚間出客裝更讓她的女性魅力四射，不僅是一雙美腿完全顯露在暗色綢布的寬裙外面，搭配的高跟鞋將均勻的小腿襯托得更是誘人。她的半個肩膀裸露著，雪白的胸脯上沒有任何首飾，但是一個手臂和手腕上卻帶著翡翠鐲子，臉上的化裝和頭髮的式樣顯然是出自美容院的專業人員。

鍾為目不轉睛瞪著看她：「真想不到，兩個小時不見，許小姐就有了脫胎換骨的變化。」

「鍾為教授走了後，我就大哭了一場，哭完了就發現自己變得好醜，我怕會把我們的大教授嚇一跳，就趕快上美容院和換衣服。」

「如果不是天生麗質，衣服和美容都無濟於事。」

「是不是因為有求於我，開始給我灌迷湯了？」

「我還是那句話，我從來不是個口是心非的人。還有，我已經不是大學教授了，我是個開書店的人。所以就免了給我頭銜，叫我鍾為就行了。」

「那你是不是也取消給我小姐的頭銜呢？」

「那就一言為定。我們既然沒有敵意了，互相稱呼也要親熱一點，」

「那你是準備要叫我『親愛的』，是不是？」

鍾為正打算還嘴時，侍者端來了銀質冰桶，裏頭是一瓶香檳酒，還有兩個高腳的香檳酒杯，侍者很熟練的把酒打開，鍾為看見酒瓶上的標籤，他心裏一愣，因為那是非常名牌的香檳，價格昂貴，不是他平常喝的。

侍者把放在兩人面前的酒杯斟滿，然後微微鞠躬：

「請許小姐和先生慢慢享用。許小姐，您還有其他的吩咐嗎？」

「喬治，謝謝你，沒有別的事了。」

許菲迪舉起酒杯，笑著說：「鍾為，祝我們從此不再作對了。」

「太好了！親愛的菲迪。」

「太肉麻了！」

「老天爺，這是我喝過最好的香檳，不早點跟我說你有這麼好的酒，否則我早就……」

「否則就怎麼樣？」

「你知道我的意思。」

「我不知道，你要告訴我。」

「你說，一個男人對一個有美酒的美女會有什麼意思？」

「可能嗎？」

「完全有可能。」

兩人又喝了一口香檳，鍾為把酒杯倒滿，說：「你和這裏的人很熟，是不是常來照顧他們？」

許菲迪笑出聲來說：「你真的不知道嗎？這家餐館是我們家開的。」

「原來你是老闆的千金。那『菲菲旅行社』也是你們許家開的了？」

「準確的說，旅行社是我開的，由我自己來當總經理。我父親現在年歲大了，我一離開優德大學，他就把一部份家業交給我來管。」

「所以除了旅行社，你還得到處去管不少的事業了，很辛苦嗎？」

「還好，我主要是負責在置地廣場裏的事業，我父親是置地集團的創始人，也是最大的股東。這些事邵冰都沒跟你說嗎？」

「她從來都沒說過，你是個大富婆。」

「說起富婆，你知道嗎？邵冰現在才是真正的大富婆了。」

「她最近好嗎？」

許菲迪低頭不語，隔一會兒才說：「現在不說她了。我告訴你，我點了羊排，是這裏的拿手菜，配上上好濃湯和極新鮮的沙拉，我希望不會讓你失望。」

「做給大小姐吃的一定是最可口的了。但是，許菲迪，我們是講好了的，你點菜，我請客，所以我還是要買單的。」

「鍾為，你是誠心想叫我在我的人面前丟臉，是不是？」

鍾為不再跟她爭了，他轉開了話題：「原來你是為了幫父親打理你們家族事業，才離開優德大學的。」

「我才沒那個好命呢，我是被人一棒子打倒在地上，狼狽不堪，落荒而逃。難道你沒聽到小道消息的風言風雨嗎？你們男人不就喜歡聽這種事嗎？」

「你是說謠傳的桃色新聞是真的嗎？」

許菲迪的臉色變了，她不回答，端起酒杯喝了一大口香檳。

「這個世界是很不公平的。」

鍾為趕快轉變了話題：「菲迪，你是什麼時候把長髮剪短了？」

「哎呀！我的大教授終於注意到我的頭髮了，美容院是沒白去了。」

「我的大小姐，當年在優德大學，所有的男同事都是看你的小腿，所有的女同事都在讚美你的長髮，為什麼你要換成短髮呢？」

「你是說，我的頭髮很難看是不是？」

「那倒不是，短髮也有它的風韻。」

「離開優德大學時，我是沉淪到我人生的谷底，我想把所有和優德大學有關的東西都從我身上除掉，所以長髮也剪了。」

「你現在不是有了新生活了嗎？為什麼不再留長呢？」

「短頭髮比較好打理，不像長髮那麼麻煩，節省我好多時間。」

「說得也對，你的短髮梳得蓬蓬的，也很好看。」

「真的嗎？還是你在給我灌迷湯了？」

多年前的誤會和敵意似乎慢慢的煙消雲散，許菲迪點的羊排大餐果然是美味無窮，讓鍾為的注意力很快的從美女身上轉到美食上，那一瓶上好的香檳酒對兩人之間友好的推動，也作了重要的貢獻。許菲迪笑著說：「一頓羊排大餐，就能化敵為友，鍾為，你是個很容易上鉤的人。」

「做一個男人，追求美食、美酒和美女是自古以來的不變規律。」

「那從今天起，我們就不是敵人，是朋友了。」

「當然了。」

「發誓？」

鍾為舉起了右手說：「我發誓！我們是永遠的朋友。」

他沒有把手放下來，而是握住了她放在桌上的手。等到吃完了甜點，鍾為才把話題從回憶從前轉入了正題：「你知道席孟章現在人在哪裏嗎？」

許菲迪把被握住的手抽了回去，她低頭不語。鍾為又繼續說：

「菲迪，請聽我說，雖然我和席教授不是朋友，對他的一些做法也無法認同，但是我對他沒有個人的恩怨，對他日後要如何過日子更是沒有興趣。我回來找他完全是為了石莎的案子，它的背後有更複雜的隱情，而香港警方和我在美國中央情報局的朋友都說席孟章握有關鍵性的內情，我是為了石莎才來找你的，我不是來對付席孟章，更不是來傷害你。如果你能幫我，我會感激你。但是你如果有困難，我不勉強你。」

「我知道你以前很看不起我，我們剛剛才恢復了正常的邦交，我害怕又會變成你的敵人了。」

「菲迪，我說過了，我對你從來都不曾有過敵意，只是席孟章對我有很大的不滿，才影響到我們之間的關係。你是石莎和邵冰的好朋友，她們說了你不少的好話，我知道你是個善良的人，我不是說過了嗎，只是因為有很多人，包括我在內，對席孟章有很大的意見，所以你才遭受池魚之殃。要不

然，我們怎麼會就只說了幾分鐘的話，就把過去的問題說清楚了。也就是你善良的本性，我才二話不說就發了誓，不當你的敵人了。」

鍾為發現許菲迪的臉色變得有些蒼白，他說：「我們不說他了……」

「不，我一定要說。」

她握住了鍾為的手，他可以感覺到許菲迪的激動情緒，鍾為輕輕的撫摸著她的手說：

「菲迪，不要太激動了，你平心靜氣的思考一下再決定要不要回答我的問題。如果有必要，你要我保密，不能告訴任何人，我會堅守承諾的。」

「其實莊文吉叫我一定要對你全盤說明，他說我們雖然是當助理的，我們的職業道德是要對我們的老闆忠心耿耿，但是我們不能違背普世的公平正義，面對著你，我失去了對席孟章要忠心的勇氣，我一定要回答你的問題。」

「如果能促成石莎命案的水落石出，她在天之靈也會感激你的。」

「席孟章在失蹤後有跟我聯繫過，最後一次是大約兩個月前。」

「他是從什麼地方，用什麼方式和你聯絡的？」

「他是發電子郵件給我，我不知道是從什麼地方發出來的。」

「他還是用他原來優德大學的信箱嗎？」

「他老早就有一個谷歌電子信箱作私人通信用的，只有我知道這個信箱。」

許菲迪把信箱地址寫在一張紙條上交給鍾為，顯然她是同意他去調查這個信箱。她傳出來的友善資訊和在他面前一吐為快的意願讓鍾為驚愕，它來得太快了。許菲迪想把手抽回來，但是沒有使勁，鍾為沒有鬆手：

「讓我多握一會兒，我喜歡這感覺。」

許菲迪有點臉紅：「邵冰早就跟我說過，你對女人會發動攻勢，現在開始了嗎？」

「看樣子邵冰不僅是棄我而去，還跟你說了我不少的壞話，我這輩子沒戲唱了。」

「鍾為，你說話要講良心，是誰先喜新厭舊，見異思遷，把邵冰氣走了？她跟我說了你和梅根的事。」

鍾為沉默不語，他回想自己多年前不堪的遭遇，離開了香港優德大學，放棄了他如日中天的科學研究和教學工作，一往情深愛戀著他的同事邵冰，對他不棄不捨，一路相隨來到溫哥華，為他「療傷」。在那裏，邵冰認識了一位新朋友，她是「海天書坊」的經理，梅根·班達。鬼使神差，這位有夫之婦，不顧對丈夫和知心好友邵冰的背叛，竟愛上了感情上是個殘障人的鍾為，當邵冰感覺到鍾為也愛上了梅根時，黯然離去了。

「邵冰一手把我從黑暗的深淵裏拉出來，讓我活了下來，我欠她的一切是我一輩子都無法償還給她的，也許有一天，用我的生命去補償她。」

「她不要你的命，她要你的心。」

鍾為沉默一會兒才說：「邵冰現在還好嗎？她在哪裏？」

「對不起，這個我不能告訴你，這是我答應她的。」

「她一定恨死我了。」

許菲迪看著他說：「鍾為，你會恨你真正愛過的人嗎？這就是愛情定義的一部分。我可以告訴你，邵冰從來沒恨過你，但是對你的遺憾是無與倫比。」

鍾為轉開了話題：「謝謝你給了我席孟章的私人電子信箱，我會交給九龍警署的何族右署長，

他也許能查出來席孟章是從什麼地方發郵件給你。你能先告訴我，他最近的郵件都跟你說些什麼嗎？」

「我就知道你會問的，他在電郵裏說他如何的愛我，一定要和我天長地久，要我必須等他。」

「你會等著他嗎？」

許菲迪苦笑了一聲：「到現在這時候了，還有任何區別嗎？我必須生活下去，既使是不想等他，也沒有人會對我有興趣了。」

「別小看自己，你仍然是個很有魅力的女人。」

「是嗎？你會對我感興趣嗎？當年就只看著石莎和邵冰，眼裏根本沒有我這個人，現在就更別說了。」

「許菲迪，你錯了。我們別轉開話題，莊文吉告訴我，席孟章是個很愛錢的人，是真的嗎？」

「他有不少缺點，愛錢是其中之一。」

「何族右署長說，他們在調查優德大學命案的過程中，發現恐怖組織曾經將六百萬美金運到澳門，目地是用來買通解放軍叛徒，要他們參與用飛彈襲擊民航機。但是事後調查結果顯示，只有一百萬美金交給了解放軍叛徒，剩下的五百萬不翼而飛。最有可能拿走的人是吳宗湘，但是他被美國逮捕後，這筆錢還是沒有找到。你覺得席孟章有可能牽涉到這件事嗎？」

「我不知道他有沒有牽涉到恐怖組織和解放軍叛徒的金錢來往裏，但是他有一次問我，如果他有五百萬美金現鈔，他應該存放在哪裏。我說應該存在銀行或是去買藍籌股票，不但安全還能錢上滾錢。但是他瞪了我一眼說，他的目的不是賺錢，是要隱蔽。」

「那你怎麼回答？」

「我說去放在銀行的保險箱裏，沒人會知道。我想他最大的目的是想告訴我他有錢，因為他也問我，能不能存在我父親的公司生利息，他一直對我們家族事業很感興趣。我告訴他死了這條心，我父親的律師會把錢的來龍去脈問得一清二楚。」

「他最後把錢放在什麼地方，你知道嗎？」

許菲迪搖一搖頭，但是她說：「鍾為，別再揉我的手了，都被你揉碎了。」

他放開了她的手，但是他還是不放過她：「我撫摸你的手已經上癮了，怎麼辦？」

許菲迪瞪了他一眼，鍾為就一本正經的說：「菲迪，當年在優德大學，圍繞著席孟章的人有周催林、吳宗湘和康達前，現在這三人中的兩個關在監獄裏，另一個已經被員警擊斃，他們和席孟章是什麼關係？你能說說嗎？」

「我當然能說了，但是我有些個人的事，急著想跟你說。我不想待在這裏，不想讓我們的人看見我痛哭。」

鍾為嚇了一跳，他說：「我們換個地方也好，但是你不要為了我難過，不一定要把所有的事都告訴我。我們去哪？」

「去山頂好不好？我就住在那裏。」

太平山頂是香港島的最高點，海拔五百五十四公尺，位於香港島的西北部，它一直是香港的標誌。它另外還有兩個名稱：維多利亞峰和扯旗山。歷史傳說在清朝嘉慶年間，海盜張保仔盤踞在香港島時，在山下設了「東西營盤」，但是利用山頂當作瞭望台，看見海上有商船經過，就用旗號通知山下營寨，出動船隻去截劫，所以被稱為「扯旗山」。

雖然已經沒有人用這名稱了，但是在太平山下還有兩個叫「東營盤」和「西營盤」的地方。

一八四二年，香港正式受到英國的統治，英國人為了宣示主權，在山頂懸掛英國國旗，這是「扯旗山」來源的另一種說法。後來，英國人又將它易名為柯士甸山，再後，又以維多利亞女王的名字命名為維多利亞山，英文名稱一直沿用至今。

太平山頂是港島最負盛名的豪華高級住宅區，也是香港最著名的遊覽勝地之一，在那裏可以鳥瞰享譽全球的維多利亞海港，層層疊疊的摩天高樓，絢麗的大都市景象。它也有風景優美的山頂步道，以及清新宜人的翠綠山巒。

鍾為和許菲迪在香港中環花園道聖約翰大廈登上山頂纜車，太平山頂纜車是從一八八八年就開始營運，一百多年來從未出過事故。從山下到山頂全程一點四公里，只需八分鐘就可到達山頂。以鋼索拖行的纜車，沿斜坡攀升三百七十三公尺，坡度陡峭，讓人以為沿途的高樓峻宇都在傾斜。置身車廂內，身子不由得向後傾。高樓大廈和茂密叢木看起來彷彿倒往一旁，感覺非常奇妙。

許菲迪把身體靠在鍾為的身上，從離開菲菲西餐廳後，她就非常沉默，她抬起頭來看著鍾為，他能感受到她身上香水的芬芳和她的呼吸，她喃喃的說：「你還是會恨我的。」

鍾為沒聽懂她在說什麼：「怎麼會呢？我們不是都說好是朋友了嗎？我都還發了誓。」

「但是你不會原諒我的。」

「你是不是在想用高跟鞋踩了我一腳的事？」

許菲迪不好意思的笑了：「我聽說，把你踩得流血，還到醫院去了，是不是？」

「你那細細尖尖的鞋跟是金屬做的，踩在我的小腳趾頭上，當然會傷人了。我到醫院去是把脫落的腳趾甲去除，免得受感染。」

「難怪當時你痛得哇哇叫，可是我馬上就跟你道歉了。多久傷口才痊癒了呢？」

「大概一個月後新的腳趾甲就長出來了。」

「鍾為，對不起。」

「你還沒有補償我呢？」

「傷不是都好了嗎？已經過了這麼久了，怎麼補償啊？你要我用錢來滿足你嗎？」

「我和席孟章不同，我不要錢。在這世界上只有快樂可以補償痛苦，我需要你給我快樂。」

「我能給你什麼樣的快樂？」

「你不知道一個美女能給男人什麼樣的快樂嗎？」

許菲迪不說話，只是和鍾為靠得更緊，隔了一會兒，她才回答：「抱抱我。」

鍾為緊摟著她的腰，可以感到她薄薄的襯衫裏就是她的肉體，他的手開始遊走、撫摸。她的眼睛閉了起來，從喉嚨裏低聲的哼了一聲：

「好舒服！」

許菲迪拉著鍾為的手離開了纜車，在山頂車站的大廳就能俯看山腳下的維多利亞港及九龍半島，一覽無遺，完全體現了香港的夜景果然是名不虛傳，世界著名。

他們在附近古色古香的獅子亭逗留了一會兒，就去到空曠怡人的山頂公園。那裏林蔭夾道，古樹茂密。也許是時間已經很晚了，公園裏的觀光客似乎見不到了，徘徊在內的都是一對對的情侶，有的手拉著手，有的攬腰而行，還有不少在擁抱親吻。在濃密的樹叢中也能依稀分辨出有人影在做各種各樣的互動，如果豎起耳朵，夾在風吹草動的聲中，還能聽見低沉的呻吟聲。

鍾為把她摟得更緊一些，她只能把高挺的胸部壓在他身上，他們沒有說話，默默中互相將體溫

和感受傳給對方。他們在角落的一張長椅上坐了下來，鍾為說：

「許菲迪，你把我帶到這裏來，讓我看著我們周邊的人都在幹好事，你就不怕我會發瘋嗎？」

「我要是怕的話，就不會帶你來了。我看說不定是我發瘋把你嚇跑了。」

「那你坐得再靠緊一點。」

鍾為的兩隻手臂把她緊緊的摟抱在懷裏，她身上的香水味迎面撲來。

「我要跟你說一件事，但是你得答應我，不准生氣。」

「我沒那麼大的氣，說吧！」

「你知道為什麼席孟章處處和你為難的原因嗎？」

「是因為我不肯把香港政府給我的大專案交出來給管科研的副校長周催林，而席孟章是他的好朋友，所以他就開始找我麻煩。」

「那只是原因之一，但是主要還是因為我。」

「是嗎？從來沒有人跟我說過。」

「你知道，我一到優德大學工學院，席孟章就開始追求我。有人告訴我，席孟章的老婆，就是我們圖書館的館長，她是個女強人，我們給她的外號是『老妖婆』，他們貌合神離，婚姻已瀕臨破裂。也許我比他老婆年輕漂亮，他看上了我。但是時間一久，大家都看出來，席孟章和優德大學的教授們一比還差了一節，都在納悶他是如何當上工學院的院長。尤其是我們的大老闆學術副校長李洛埃和校長賈維吾常常問他一些很尖銳的問題，讓他下不了台，當眾出醜。而你這位大教授的研究和課業則是如日中天，又有石莎和邵冰兩位大美女在你身邊伺候你，讓人非常羡慕。」

「在大學裏做研究就是這樣，有困難也有順利，此一時，彼一時。席孟章應該很清楚這種情況。何況我是工學院的人，是在替他爭光。」

「但是他沒有這份心胸，這也是他在優德大學沒有朋友的原因。而我同時又從石莎和邵冰的嘴裏聽到她們對你是讚不絕口，所以有一次我跟席孟章說，我很羨慕我的好朋友石莎，因為她有個老闆是男朋友，而且還單身。他立刻就反駁我，說我錯了，他叫我把眼睛睜大，走著瞧。從那以後他就幫著周催林處處刁難你。」

「我還以為是周催林給了他很多好處。」

「沒錯，這我最清楚了。可是我要告訴你的是，其實我不是羨慕石莎，我發現自己是喜歡上你。石莎倒不怎麼樣在意，她是一心一意要把你從舊情人的陰影裏拉出來，但是邵冰並不是很高興。可是我發現你很仇視我，看都不看我一眼，所以才有一次我惡向膽邊生，踩了你一腳。沒想到把你踩傷了，我好後悔。」

「原來你是故意踩我，那我一定要你補償我。其實我和優德大學的所有男人一樣，都感到你是個非常漂亮和吸引人的性感美女，但是有席孟章無時無刻虎視眈眈的看著你，誰敢有非份之想啊？更何況他是在找我麻煩的院長。我也只能躲得遠遠的。但是我很高興，我們終於成為朋友了。」

鍾為的手已經是在撫摸她，現在加大了力度，他的手停留在一個乳房上，許菲迪沒有掙扎和反對，只是將他的手移到另一個乳房上。她用沙啞的聲音說：「不能厚此薄彼。」

過了一會兒，鍾為感到全身發熱，他輕輕的在她耳邊說：「我想吻你。」

當他把嘴唇印上去時，許菲迪已經張開了嘴迎接他，他們開始了很長久的濕吻，配合著雙方探索的撫摸，兩個人都在享受著對方。為了需求氧氣才中止了接吻，鍾為說：

「你是要邀請我到你那去睡一晚，還是要我去睡在纜車站裏，等天亮的第一班纜車？」

「都不是，我家的司機已經在等著要送你回優德大學了。」

看著他滿臉的失望，許菲迪繼續說：

「鍾為，今天下午我看到你的第一眼，我就知道這一次我是逃不出你的掌心，一定會被你征服，並且會很慘。但是我希望你給我時間和空間，讓我掙扎和反抗，至少留給我一點尊嚴，好嗎？你還有很多問題想問我，我也有好多話要告訴你，我不會放過你的。」

第二章 浪茄灣畔再吐真情

鍾為和許菲迪聯絡，說他還是急著要問她一些和石莎命案有關的問題，她也正想利用星期天的好天氣，帶他出去走走，重游舊地，回憶一下以前的日子，於是約好了第二天一早，她會開車到優德大學來接他。

鍾為起了個大早，等他梳洗完畢，換好衣服，喝完了自己煮的咖啡，再把南華早報上重要的新聞流覽後，就看見窗外有一輛寶馬牌越野車開進了停車場，從駕駛座開門下車的人就是許菲迪。她今天是一副青春又豔麗的打扮，上身是緊身的短袖襯衫，大開的領口將誘人的乳溝顯露出來，下身是剪裁非常合身的牛仔褲，緊緊的包著，像是一層膜皮貼在她的肉體上，鍾為曾經得到過結論：身材好的女人穿衣服的時候一定不會忘記，要想盡辦法在穿衣是蔽體的前提下，如何提醒別人她的天賦。

許菲迪正要按門鈴時，大門就開了，鍾為滿臉笑容的說：

「菲迪，早安，你真準時。」

「要是準備好了，我們就走吧！」

「不進來喝杯咖啡嗎？我早上剛煮的。」

「不了，說不定你樓上還有女人，要是殺下來了，怎麼辦？」

「別把我也當成席孟章，這裏沒有老妖婆。」

鍾為上了車後就問：「你說要帶我去舊地重遊，是什麼地方？遠嗎？」

「不遠，到了你就知道。」

汽車離開了優德大學就上了清水灣道，朝著清水灣方向開去，不到五分鐘，過了往銀線灣去小圓環，許菲迪就把車子轉進了右邊的一條小路，路口的牌子上寫的是「孟公屋」。鍾為馬上就認出來這是他來過的「舊地」，但是舊人已去，留下來的是不堪的思念和回憶。

在這裏鍾為和她度過了幾個月浪漫和激情的白天與夜晚，這裏也是石莎遇害的地方，她的屍體被拋棄在不遠的海裏，三天後被發現漂浮在優德大學校園的海邊。這一事件幾乎讓鍾為崩潰，毀了他的一生。

石莎是優德大學創校時就受聘來擔任大學電腦中心的「電腦師」。她和許多其他優德大學的技術人員一樣是從香港大學跳槽過來的，是電腦中心裏五、六十號員工中唯一的美國「鬼婆」，但是又會說一口流利的廣東話。

她來自美國佛幾尼亞州的夏洛芝市，大學是就讀於自己父親任教的佛幾尼亞州立大學，是學植物學的。參加畢業旅行時來到了香港。佛幾尼亞州算是美國的南方，那裏的人比較樸實和土里土氣。可以想見這位年輕的「灰姑娘」到了五光十色的東方之珠會有多大的驚訝。

從此她愛上了這塊地方。和相愛了三年的男朋友分手後，她又再度來到香港，打算長久住下來。可是發現她唯一能合法留下來的方式，就是去念書。於是她進了香港大學，念了個植物學博士學位，然後留在香港大學當了「演示員」。

在英國的大學制度裏，「演示員」是介於助理教授和助教之間的一個怪物。雖然沒有「教員」的資格，但又和助教不同，可以開課。石莎的個性開朗、溫和，很容易接近。工作之外，她是環境保護主義者，身體力行的去觀察各種生態系統，香港的郊野公園和能到的外島都有她的足跡。她熱愛的不是西方人說的「探險家樂園」的香港，而是這塊「東方之珠」的土地，土地上的人和他們的文化。幾年裏，她出版了三本書，是關於《香港的植物》、《食物的藥性》和《香港佳餚》。第三本書是她多年來為報刊雜誌寫「餐館評述」方塊文章的集子。就憑了這第三本書，石莎往往出去吃飯，餐館主人都不收錢，鍾為就沾過光，白吃過不少次。

石莎的個性和興趣使她成為一個很好的談話對象。給人帶來很多的喜悅。她喜歡帶朋友去翻山越嶺，講解香港的大白然環境。她也會帶朋友去餐館當她的「白老鼠」，品嘗佳餚，然後作為她方塊文章裏的素材。

石莎是很有風韻的女人，瘦瘦的身材和披肩的長髮，配上高雅的服飾，使她看起來顯得非常文氣，但是該凸的地方凸，該凹的地方凹，滿頭的金髮和飽滿的嘴唇，加上她優美的談吐，看久了會醉人的。那些年追求她的男人不在少數，石莎也認真的去戀愛。其中和四個人，來自美國、加拿大、日本和香港，感情都曾發展到了談婚論嫁的地步，但是最後還是吹了。

石莎也說不出個道理來，只曾說過，大部分的好男人都已經結婚了。但是她的日子過得快快樂樂，也很豐富多彩。唯一遺憾的是感情生活還沒有結果，也看不出有令人鼓舞的未來。更恐怖的是不知不覺中讓光陰蹉跎，她已經是快四十歲的人了。隨著年歲增長，石莎想過一個「正常」人生活的欲望越來越強，她經常幻想著身邊有個愛她也屬於她的男人，和他生一群小孩，自己有個家，每天晚上都能和自己所愛的人在自己的小天地裏度過。孤家寡人的生活，給她四處飄泊的感覺。

石莎在當「演示員」的時候還住在香港大學的研究生宿舍，她就是在那裏和邵冰認識的。邵冰是中國文學系的本科生，兩人一見如故，成了好朋友。但是兩人的個性和背景卻非常不同。邵冰的父親是商人，她從小在富裕的環境裏長大，是最小的孩子，上面有哥哥和姐姐。大夥都很愛護她，慣著她，因此養成她橫衝直撞和天不怕地不怕的任性行為。她對任何事包括愛情在內，都會大膽的去嘗試，她敢大膽去愛也敢大膽去恨。可是她是個心地非常善良的人，非常富於同情心。石莎就是喜歡邵冰的這點個性。而邵冰則被石莎的不食人間煙火和飄飄欲仙的境界給深深吸引住了。兩人成了形影不離的閨中膩友。雖然邵冰會使性子和石莎鬥嘴，石莎還是處處照顧邵冰，而在節骨眼的時候，邵冰還會聽石莎的話。由於人長得漂亮，又是富家女兒，拜倒在石榴裙下的男人就數不清了。其中有不少很優秀又有經濟能力的年輕人。幾年來，邵冰像是一個單槍匹馬的破壞份子，讓不少男人帶著一顆破碎了的心，黯然離去。

三年後為了改善收入，石莎又去念了個「電腦科學」的碩士學位，然後去當了香港大學電腦中心的「軟體師」。出乎她自己的預料，石莎成為一位很優秀的軟體師，由於她的細心及強烈的邏輯思維，使她很快的能理解他人的問題和解決問題所需的軟體要求。

石莎決定去學電腦時，邵冰也正好從中文系畢業。她不愁吃，不愁穿，只愁生活沒意思。所以就跟著石莎去學電腦，她覺得念電腦是件很時髦的事。沒想到兩個人對電腦的興趣越來越大，變成非常投入。學成後，兩人一塊在香港大學的電腦中心找到一份電腦師的工作。也許是因為對工作的濃厚興趣，很快的她們都成為優秀的電腦師了。

優德大學在創校時頭一批一股腦兒要招聘三十位電腦方面的專業人才，石莎和邵冰聽說了優德大學的雄厚財力和濟濟人才，再加上優美的環境和挑戰性的任務，石莎和邵冰決定去應徵。

來應徵的人太多了，電腦中心主任麥艾偉要求成立一個評審組來口試應徵者，評審組的成員由李洛埃副校長指定，鍾為也是其中一員。他們的任務是向麥艾偉主任建議應該聘請那些應徵者。口試之前，石莎和邵冰聽說鍾為是美國一所著名的大學來的，就以為他和香港大學那些從英國來的大教授一樣，高不可攀。

出乎她們的意料，鍾為是個非常平易近人，態度很隨和的教授。在口試時沒問任何的專業問題，反而對她們倆為什麼要改行學電腦的理由和利用電腦來解決問題的宏觀看法感興趣。當石莎和邵冰接到錄取通知要她們去上班時，她們還是相當的驚訝，居然打敗了那麼多科班出身的電腦師，其中有不少是香港大學的同事，因此免不了有點自我膨脹，沾沾自喜。後來才有人告訴她們，在原先的錄取名單中是沒有她們倆，但是鍾為教授在電腦中心主任面前力爭，說電腦中心就應當有幾個不是科班出身的電腦師，有一天碰上難題，說不定就要這些非正統的異類使出旁門左道的怪招來解決問題。最後說服了麥艾偉主任錄取了石莎和邵冰。

在工作的過程中，石莎的專長是「寫軟體程式」，她很細心的寫下一條一條的程式，組成完整的軟體，然後完成所有的規範測試，最後再把「使用手冊」寫好。而邵冰的專長是「系統集成」，她喜歡把各個不同的「子系統」功能清清楚楚的瞭解後，再根據終端使用者的要求，把子系統集合成一個系統來完成任務。

在集成的過程中常常需要特別的軟體來驅動不同的子系統，邵冰就得去求石莎替她寫。工作上的互動使這一對好朋友的友誼更為深厚。邵冰起初還和雙親住在一起，每天要從香港島開車到九龍的清水灣上班，碰到交通擁擠時，得花一小時才能到。就拿這當理由，邵冰說要搬到優德大學附近去住。她嫌父母老是要管她的私生活，好幾次要搬出家來，但是老爸和老媽怎麼也不肯讓這小女兒單獨出去住，除非她嫁人。可是這回他們答應邵冰搬到離優德大學較近的地方住，到底女兒大了，要飛出籠子了。

比起邵冰來，石莎對住房的事就開心得多。她找到了一個位於樹林中，叫做「孟公屋」的地方，它是位在清水灣半島的一個小村子，裏頭稀稀落落的有幾棟「丁屋」。當年在割讓香港時，大清帝國就在和約裏要求大英帝國在香港保持「丁屋」制度，就是當香港的原住民家庭有男孩出生時，政府就會撥一塊七百平方英呎的土地給這戶人家蓋一棟三層樓的房子。當這男孩長大時，這兩千一百平方英呎的房子就由他來當家作主了。

孟公屋村子裏的丁屋已建有多年，轉手過許多次。石莎生前最後的居住地就在孟公屋村子裏最後面的一間丁屋，她租的是底層，七百平方呎的面積，對她一個人正好大小合適，能放置她收集了不少的書籍。但是讓她最開心的是屋子外面有個小小的院子，她種滿了一盆盆她最喜愛的蘭花，還有些其他的花草樹木，當花開了的時候，美不勝收，成了孟公屋村子的一個景觀，走過這裏的人都會停停腳欣賞一會兒。

她選擇住在這裏的另一個理由是方便，到優德大學上班，走路二十分鐘就可以到大學的後門。此外，孟公屋村子裏到處是參天古樹，有一股濃郁的泥土和花草樹木的香味。在樹上和地上還不時有各種鳥類和小動物出現。作為一個植物學出身的環保份子，孟公屋是理想的居住地。除了石莎自己外，來這丁屋最多的當然是邵冰了，還有她們另外一位原先在香港大學的同學，後來去了香港中文大學當行政助理，最後也轉來到了優德大學的好朋友，她就是工學院院長席孟章的助理許菲迪。

優德大學在拿到機場風切變預警專案的時候，鍾為就要求電腦中心提供人力支援。石莎和邵冰就是被派來支援的「電腦師」隊伍中的成員。

她們是從媒體的報導才明白這是個挑戰性和創新性很高的項目，有一億兩千萬的天大經費，要在四年裏完成。鍾為帶著一批航空氣象專家及飛行人員把風切變預警系統的科學概念形成具體的運作過程裏，它包括了地面和空中的氣象資料獲取和建立精準的數學模擬。最後形成了預報程序。機場的風切變是來自低空垂直對流，當都普勒雷達在監測到機場附近方圓廿五公里內的大氣有低空對流的出現，工作站就會做模擬運算，預測低空對流變化成下擊雷暴和風切變的時間和空間座標，這是發出預警的基礎。

傳統的運算方法是串聯式的一個目標算完了再開始下一個。但是當雷達測到同時發生或是相隔很短就出現的低空垂直對流，就要同時進行運算，這是個很新的概念，叫做「多目標同時處理」(Multiple Targets Simultaneous Processing) 或ＭＴＳＰ。

風切變預警系統是由五個工作站和一個超級電腦的子系統所組成。每一個子系統都有其特定的計算和處理任務。預警系統在任何情況下都不允許停機的，因此當任何一個子系統出了問題，其他四個子系統中的一個就會自動切換它。整體的系統功能要保持連續運行。當然，整體的速度和效率會受到影響。邵冰的任務就是在把子系統集成時，在整個系統運行過程中，建立子系統自動切換的功能。石莎的任務是建立軟體程式，將多個運算要在同一個ＣＰＵ中同時進行，當然雷達偵測到的目標越多，運行的速度就會越慢，但是通常不會有三個以上的目標會同時出現。

就這麼樣，石莎和邵冰一頭栽進了鍾為的隊伍，開始工作。她們沒有想到的是工作帶給她們的快樂。這些快樂不單是由成就感而來，工作的環境、同事們的互動和鍾為嚴肅中的幽默都是使她們每天生活在歡笑中。漸漸的她們明白了鍾為的原則，那就是工作品質的要求是絕對的嚴格控制，絲毫不能妥協。但是其他的就非常寬鬆。

讓石莎和邵冰最驚喜的是在工作的過程中發現了自己的潛力，以前自己都不知道有這份能力。

她們的自信心也隨著增加，這些都慢慢的表現在開會和討論問題時，不僅更堅持自己的主張，同時對別人的工作也有了看法。

石莎和邵冰成為風切變隊伍中的活躍份子。她們和鍾為之間上級和下級的緊張關係消失了，取代的是友誼的成長。以前石莎和邵冰稱呼他「鍾教授」，現在他發現，越來越多的時候她們就指名道姓叫他「鍾為」。當然在正式的場合，她們會跟別人一樣叫他「鍾教授」。校園裏都知道這兩位大美人是鍾為的愛將。但是悄悄地，愛情來到了，它打開了鍾為和石莎的心扉，他們戀愛了。

在夜深人靜時，這些刻骨銘心的往事會在瞬間出現在鍾為的腦海裏，有時讓他久久不能釋懷。

許菲迪將車子開進了孟公屋村子的停車場，看見鍾為的神色有點不對，她握住了他的手：

「鍾為，請聽我說，昨晚你離開了山頂以後，我又大哭了一場，這一輩子還是第一次在不到五個小時裏大哭了兩次。知道是為什麼嗎？是因為我做了對不起石莎和對不起你的事。但是我又沒有勇氣跟你說實話，因為你會立刻把我看成十惡不赦的大壞人，再也不會理我了。」

許菲迪捧著鍾為的手吻了一下，繼續的說：「但是我終於想通了，鍾為，我一定要把所有的事告訴你，否則我就會永遠生活在黑暗裏。如果你從此就把我當成陌路人，我也只能怪自己了，但是我還是期待你會多少的原諒我一點，給我一次機會。」

「你把我帶到這裏來，是有特別目的嗎？」

「這裏不會有人來打攪的。」

「沒有房客嗎？那房東呢？」

許菲迪笑著說：「我忘了告訴你了，我是在一年多前買下了這間丁屋，我把它裏裏外外徹底的裝修一次。它是我的秘密隱居之處，沒有人知道我有這間房子。這裏是我恢復惡劣心情的地方，你是我帶到這裏來的第一個男人。」

「這就是我的命運，永遠是如此。」

「你說什麼呢？沒聽懂。」

鍾為曖昧的笑著說：「如果我是你帶到這裏來的最後一個男人，那該多好啊！但是我沒那麼好的命。」

「隨你怎麼調侃和諷刺我，反正我在你眼裏是一錢不值。」

「菲迪，我是在說實話，看看你自己，你說男人是願意當被你帶到你秘密香閨的第一人，還是最後一人？」

「反正你是大教授，我說不過你。」

「又錯了，我是開書店的。」

鍾為跟著許菲迪走進了大門，他驚訝的說：「真的是煥然一新，完全改裝了。」

「你知道嗎？我們香港人迷信，因為這間屋子是凶宅，房東一直找不到租客，他擺在市場上很久也賣不出去，所以我出了個便宜的價錢，他就賣給我了。然後我就把它改頭換面，一樓是客廳，飯廳和廚房，二樓是我的臥房和書房，三樓是兩間客房。」

鍾為不能相信，他今生還能又回到曾經和石莎花好月圓的地方，當年的柔情蜜意，一幕幕的浮現在他腦海，許菲迪靠過來摟住了他，高挺的胸部壓得他心猿意馬：

「你先坐一下，我去給你泡杯茶，我有上好的雨前龍井。」

鍾為坐在長沙發上，發現原來小小的客廳、書房和臥室已經改成了一間大客廳和飯廳，還有連著的廚房，再加一個浴室。客廳的裝飾和傢俱都非常現代化，很接近抽象的意識。窗子也加大了，外面的院子可以一目了然，花草樹木整理得有條不紊，顯然是出自職業的園藝工人，鍾為凝視著窗外，回想起那醉人的詠歎聲，是來自被風撫摸著的樹林，還是歡愉的呻吟？深深的烙印在鍾為心中的石莎和那優雅的蘭花都已無影無蹤，不堪回首。一股清幽的龍井茶香飄了過來，他一回頭，愣了一下，脫口而出：「石莎……」

瞬間，眼前的美女變了一個人。

「鍾為，是我。」

「對不起，菲迪，是我走神了。」

她握住鍾為的手，將他牽回到長沙發坐下，許菲迪說：

「已經過了這些年了，沒想到你還是會觸景生情，別難過了，喝口茶吧！」

鍾為端起茶杯喝了一口：「好香的龍井。你現在知道了，觸景生情，我是個很沒有用的人。」

「這個客廳原來就是石莎時候的臥室，我們現在坐的長沙發就是她放床的地方，石莎曾跟我說過，她在浪茄灣的沙灘上勾引你沒成，就把你帶到這裏來，才把你擺平了。後來這裏就成了她把你帶進天堂的地方，你當然會觸景生情了。邵冰也說過，你是個用情很深的人。」

「她還說了我一些什麼壞話？」

「看你，一副做了虧心事的樣子。」

「菲迪，別忘了我們現在是朋友了，別老是跟我作對。」

「邵冰愛你都來不及，怎麼還會說你的壞話呢？她說你用情很深，是在誇你。」

「是嗎？」

「不說她了，你不是有話要問我嗎？還是你要我先說我的事？」

「是不是應該繼續那天我們在太平山頂還沒完成的事？」

許菲迪的臉紅了，她能感到鍾為是在把他們的距離拉近，同時也將她壓住了，她說：

「那天晚上的一瓶香檳酒都是我喝的，我有點醉了，所以我的言行是不正常的，但是我現在非常清醒，別想占我便宜。」

「那好辦，菲迪，你這裏有酒嗎？」

許菲迪嬌嗔的說：「壞心眼！」

然後用握住的拳頭捶了他一下，鍾為覺得她越來越可愛，就像她說的，成了毫無敵意的朋友了，他多看了她兩眼，發現自己逃不出許菲迪誘人的身材對他發出的一股熱力，將他一步一步的吸引過去。他趕緊轉開話題：

「菲迪，我們回到我問你的事，根據你的看法，吳宗湘、周催林和康達前這三個人，除了是席孟章的同事外，他們還有什麼關係？」

「你知道嗎？除了康達前是周催林雇用的合同工，當他的馬仔外，他們都沒有直屬的關係，席孟章是優德大學學術部門的工學院院長，周催林是研究發展部門的副校長，而吳宗湘是理學院數學系的教授。各自的工作沒有直接關係。但是他們有一個共同的特點，就是他們在優德大學都沒有什麼朋友，這是我們幹行政助理和秘書最清楚的了，我們之間只要一交換資訊，你們這些大教授和大老闆們幹什麼壞事，我們都會知道。鍾為大教授在那一天晚上到孟公屋來和石莎攜手共赴巫山，我們馬上就知道，甚至從前戲到高潮用了多少時間，我們也都知道。」

「沒有你說的這麼可怕吧？」

「沒有嗎？那我們怎麼老早就知道有一個叫嚴曉珠的是你的老情人呢？就是從石莎嘴裏挖出

來，你被她搞迷糊了的時候，口吐真言，喊著嚴曉珠衝進了天堂的。」

「上帝！」

「回到這四個人來，他們沒有共事過程，之所以走在一起是因為私交，但是他們以前並不相識，是到了優德大學才認識的，那麼沒有過去的友誼，剩下來的一定是他們有共同的目標。在我們工學院辦公室裏工作的人都很清楚，這四個人在一起談話的內容，最後就會歸納到兩件事，一個是石莎參與的ＭＴＳＰ軟體程式，另一個是錢。」

「席孟章有沒有說他為什麼對ＭＴＳＰ軟體程式有興趣呢？」

「我問過他，他說因為你們不懂得市場的情況，他和周催林只是想幫你賣個好價錢，沒想到你並不領他的情。」

「他就只說了這些嗎？」

「是的，我覺得他是在應付我，所以我跟他說，我不相信他的話，結果他大發火，還把我罵了一頓。」

「當時我們還沒有完成ＭＴＳＰ的研發工作，離最後的實際應用還有一段路呢！他們怎麼知道要賣什麼價錢，這不是理由。何況它的所有權不是屬於優德大學的，是屬於香港政府的，我們根本沒有權力去賣它。這就是後來他們想在教授會議上用提案把我打垮，結果自己弄得灰頭土臉的原因。」

「這事我很清楚，他用好處去收買一些學校裏的教員，是派我和莊文吉去執行的。」

「他自己幹壞事，還要把你們也牽扯進去，太差勁了。」

「對不起，鍾為，我是不是更差勁？」

「你是席孟章的助理，你是無能為力，不能怪你。」

「謝謝你的寬宏大量。」

「要謝我，也不能說句話就算完事了。」

「隨便你處置了。」

「太好了，我們一言為定，不許反悔。菲迪，石莎命案後來牽引出來的恐怖事件裏，除了有金錢的交易外，還有伊斯蘭極端份子的參與，這些事你都聽席孟章說過嗎？」

許菲迪愣了一下，臉色有點變，她說：「我來找你是想利用這麼好的天氣帶你去你從前喜歡的地方走走，免得老是待在房間裏。我們有的是時間，這些事情我們慢慢的談。」

在大陸內地和香港緊鄰著的是廣東省的深圳市，實際上是它的羅湖區和福田區是和九龍的新界相接。這兩個區所佔有的面積雖然最小，但人口卻是最多，也是深圳的經濟和行政的中心。

在這中心地區的西邊是新開發的南山區，它是高新科技的製造和研發的集中地，也是深圳市高等教育院校的所在地。相對的在中心區的東邊是鹽田區，它的主要行業是旅遊、觀光和海運。這兩個相對比較新開發的區在未來的深圳發展計畫裏的地位越來越重要。剩下來的兩個區，一個是在西邊的寶安區，一個是在東邊的龍崗區，區內有一個叫葵湧的小鎮是當年著名的抗日游擊隊，東江縱隊司令部的所在地。

在抗日戰爭時，它接受中國共產黨港澳工委的指揮，一九四四年他們奉命擔任搶救一名在香港上空跳傘逃生的美軍飛行員任務，約有三百多名游擊隊員乘船由牛尾海登陸九龍半島，就在現今的香港優德大學北方以大刀和紅櫻槍對押送的日軍發起攻擊，他們雖然成功的救出了美軍飛行員，但是有近半數的游擊隊隊員也犧牲了。

在當年肉搏的戰場，立有一塊紀念碑，記述這件英勇事蹟。高大的石碑就是豎立在優德大學邊上一個叫西貢的小鎮上，石碑上刻有一百五十多名戰死的遊擊隊員名字。

著名的「東江縱隊」不僅在抗日戰爭中做出了重大的犧牲，也在日後的解放戰爭中立下汗馬功勞。東江縱隊的成員和他們的後代，在香港成立了左派工會，六〇年代曾發動工人暴動，當時的港英政府下令調動駐港英軍開槍鎮壓，打死了六百多人和關押了一千多人。最後一批人是在九〇年初時才放出來的。

但是在一九九七年七月一日香港回歸的大典上，沒有一個當年的東江縱隊或左派工會的成員被邀請到典禮台上，在台上的除了官員們外，就是清一色的「資本家」。香港有一份媒體曾報導了這件事，標題是「情何以堪！」。

這個石碑曾是鍾為常去徘徊的地方。許菲迪把車停在不遠的路邊，鍾為開門下車：

「你怎麼知道我喜歡到這裏來？」

「石莎告訴我的，她還說你把石碑上的中文讚美詩詞翻譯給她聽，還記得嗎？石莎還曾寫過一篇短文描寫了這個石碑的來龍去脈，和在她身邊的人為她作的感性敘述。後來這篇短文登在英文南華早報，優德大學的同事們全都能對號入座，知道石莎身邊的人是誰。」

「這些以前的事你還都記得嗎？」

「只要是跟你有關的，我都不會忘記的。」

鍾為又感到一股力量從許菲迪身上傳出來，但是他分辨不出是壓力還是吸引力。鍾為拉起她的手，但是她將身體靠過來讓他摟住。

鍾為和許菲迪是在西貢小鎮吃的午餐，這裏已經是香港著名的觀光景點，它是以香港漁村和「生猛海鮮」為吸引觀光客的招牌，海邊有一排排的海鮮店，把各種各樣活生生的「海洋生物」養在玻璃缸內。從巨大的石斑魚到說不出名字的小海蟲都能在玻璃缸裏找到。鍾為曾說優德大學的海洋物種分類學的課，應該到西貢來實習。他對香港人在海鮮多樣性的選擇曾表示高度的欽佩。

徘徊在這些玻璃缸前也是觀光行為的重要部分。遊客們選好了要吃的「物種」後，店家就按顧客的要求烹調好，然後就是坐在海邊的桌子上一邊喝啤酒一邊把美食送進肚子裏，這是神仙般的日子。在風和日麗時，如果碰到一群法國遊客說著法語，還真以為是來到了地中海邊的馬賽港。

不愧是出生在香港的美食者，許菲迪選購了幾樣新鮮的海產，仔細的告訴店家要如何的烹調，端上來的菜肴配上冰鎮啤酒，讓鍾為吃得「連舌頭都捲進去了」。午餐過後，許菲迪說她要帶鍾為經歷一次會讓他動心的舊地重遊。

一般人不會想到，香港這麼一個寸土寸金、高度發展的商業城市，居然保持了很大面積的「郊野公園」。

事實上，香港的住宅區和商業區加起來的占地不到百分之二十。郊野公園保持著沒有被干擾或破壞的大自然風景，也是生態系統的保護區。是愛好大自然和環境保護者的去處。香港的每一個郊野公園裏都曾留下了石莎的足跡。許菲迪說，她要帶鍾為去另一個石莎喜愛的地方，她開車上了西貢公路沿著牛尾海的海邊走。先是往北，不久就往東。

這裏的風景真是美極了，碧藍的海灣裏有點點風帆點綴著，不時有滑水者激起的浪花像一支畫筆在大自然裏勾出一條白線。遠望牛尾海，大大小小的島嶼星羅棋佈，不規則的大小和不規則的位置，眼前就像是一幅現代畫，美得讓人激動，但又說不出它的寓意。

鍾為想起來，其中一個叫黃宜洲的小島，在八〇年代常見報紙，島上有個聯合國的難民營，曾住過幾百號怒海餘生的越南難民，在逃亡過程中，他們除了承受無情大海的磨難，還經歷了沿途海盜的殺戮和殘害，最後還被監禁在難民營裏好幾年。鍾為曾感慨過，這些歷史上的人間悲劇，就好像是「東江縱隊」的事蹟一樣，都從人們集體的記憶裏被淡忘了，現在的香港人裏，還有幾個人會記得這群曾經來到過香港的人呢？

不久，他們來到了北潭湧的西貢郊野公園，這裏有一個著名的「萬宜水庫」景點，它是七〇年代香港耗資最龐大的公務工程，同時政府也首次因為工程需要而改變地方行政區域的劃分，將新界的民政署一分為二，成立了西貢民政署和離島民政署，同時也規劃了全港範圍最廣的郊野公園。在水庫的建造過程中淹沒了不少的小村落，包括一個古老、有歷史背景的「爛泥灣村」。

香港是一個效率奇高，高得容不下任何建築物在原地倒塌，然後又腐化的一個城市。為了要紀念一個逾百年歷史的小村落被淹沒了，就將水庫取名「萬宜」，它是取「爛泥」的廣東話諧音，同時也將「百年前就叫『爛泥』的地方一定逃不出被淹沒的命運」的詛咒去除了。

香港在五〇年代至七〇年代曾經興建了好幾個大型水庫，本地人叫做「水塘」，主要是用來儲存生活用的淡水，當時因為人口暴漲，淡水的供應量還是不能滿足居民所需，後來又興建了一個「船灣淡水湖」，容量雖然龐大，但是仍然不足以應付不斷增長的食水需求。在一九六三年至一九六四年天氣特別乾旱，造成嚴重的水荒，香港曾經有過每四天才供水一次的情況，因此政府決定在大海中建造「萬宜水庫」。

水庫位於西貢半島南岸與糧船灣洲小島中間的狹窄海道之中，水庫是建立在前寒武紀形成的火成流紋岩地形上。工程人員需要將海道東西端的官門海峽加建兩道主堤壩、東壩及西壩。大壩封閉了海峽兩端，形成龐大的水庫，然後再將海水抽出，注入淡水，成為淡水湖。

東壩面向南海，長一五九三呎，高三四八呎；西壩面對牛尾海及糧船灣海，長二四七〇呎，高三三三呎，工程極為複雜。東壩在一九七八年落成，當時是世界最高的岩填人壩，為了對抗外海洶湧的海濤和加強及鞏固建築結構，還有阻擋對海浪所造成的侵蝕，東西兩條主壩都以主副壩形式建立，以主壩攔蓄淡水，同時建造防波堤壩副壩，主壩和副壩間以緩衝區隔開。

東壩防波堤以七千塊錨形，雙T形混凝土預製構件組成，直接面向外海，成為獨具特色的防波堤。西壩由於位於內海灣內，沖蝕遠較東壩為少，所以未設置混凝土防波堤，而只以流紋岩石塊堆成副堤。這項龐大的工程歷時七年，一九七八年十一月底建成，費用達十三點五億港元，水庫容量為六百億加侖，是當時全香港存水量的百分之五十。

最終「萬宜水庫」成為西貢郊野公園的一部分，九〇年代起，香港開始從廣東省買來東江的淡水，徹底解決了香港的供水問題，「萬宜水庫」成為香港最重要的蓄水庫之一。

因為辦了汽車通行證，許菲迪開車進了郊野公園，一路開到水庫大壩的停車場，鍾為看見了東大壩的巨大錨形水泥石構建，別具特色的防波堤，他馬上就想起了這裏曾是他和石莎常來的地方，他們在壩上迎著濕潤的海風觀望日落，別有一番滋味。

大壩外面和「破邊洲」小島一帶還有奇異的六角柱狀凝灰岩圍繞，氣勢非凡。這裏叫大浪灣，顧名思義一年四季都有大浪，鍾為記得，坐在壩上一邊聽浪，一邊和石莎說情話，也曾是很浪漫的經驗。許菲迪從行李箱裏拿出個背包請鍾為背上，沿著大壩邊上的一條小山路往上走，郊野公園裏的登山步道取名為「麥理浩徑」，這條小路就是這步道的一段，他們翻越了一個小山頭，在山頂上就看見腳下的浪茄灣，灣口很小，灣外是洶湧的巨浪，但灣內的水平靜得像一面鏡子。

這兒沙灘非常優美，水清沙幼，清澈見底，藍天之下，碧水之旁，除了遠處的一個遮陽傘下，有一對男女躺在那裏，放眼望去，不見任何其他人影，大自然的安排下，浪茄灣有如世外桃源。鍾為和許菲迪找到一塊有樹蔭的沙灘安頓下來，從背包裏拿出一條大毛巾毯子鋪在沙灘上，兩個人都在毯子上坐下。鍾為說：

「這幾年來，這裏是一點都沒有變，還是這麼美，還是不見人跡，唯一的是增加了一個淋浴的設備。」

「那大陽傘底下不是有兩個人嗎？」

「他們已經進入了忘我的境界，所以不能算數。」

許菲迪才注意到，那對男女已經把對方的衣服剝下了，赤裸裸的擁抱著。

「看他們多熱情啊！是不是讓你想起從前你也曾經在此地如此這般呢？」

鍾為不說話，他開始把鞋和襪子脫下來。

「鍾為，你想游泳嗎？」

「太想了，但是我沒帶游泳褲。」

「我買了一條泳褲給你。」

「啊！太好了，你是個很會體貼人的朋友。」

「哼！現在才發現，後知後覺。」

許菲迪從背包裏拿出一個小盒子遞給他，露出一臉曖昧的笑容說：

「拿去吧！」

「這小盒子是什麼？你不是要給我一條游泳褲嗎？」

「打開就知道了。」

鍾為打開了盒子，裏頭有一個黑布做的「袋子」，袋口還有黑色的細繩，他驚呼的說：

「哎呀！菲迪，你買錯了，你買了個大保險套。」

「誰說的，我看過一部電影，裏頭的猛男都是穿這樣的泳褲。」

「原來你把我看成是個猛男，太浹氣了。」

「哼！石莎和邵冰說你比猛男還猛，別以為我不知道。」

鍾為能感到許菲迪是一步一步的逼近，他喝了一口從背包裏拿出來的礦泉水：

「菲迪，上次我問你，從石莎命案牽引出來的恐怖事件裏，除了有金錢的交易外，還有伊斯蘭極端份子的參與，你說下次再說，現在能告訴我嗎？」

「我有聽到過他們四個人在席孟章的辦公室談到『中東來的朋友』，覺得很納悶，後來席孟章告訴我吳宗湘和周催林都是穆斯林，他們是宗教上的朋友，當時我也知道席孟章對中東的文化和歷史很感興趣，還請我收集過參考資料。」

「我也是後來才知道周催林的家族是澳門客家人的回回，而他也是個虔誠的穆斯林。但是沒想到吳宗湘也是個穆斯林。」

「好像是他的家族裏有大人物是中國的回族。」

「你知道這個大人物是誰嗎？」

「我知道他姓馬，曾經在老蔣時代當過大官，叫什麼名字就不知道了。」

鍾為陷入了沉思：「原來是這樣。」

「鍾為，我想要跟你說些事情，是跟石莎的案子有直接關係的。」

「案子的後續調查是由九龍警署重案組的朱小娟警官負責，她沒來找過你嗎？」

「有來找過我，當年她和蘇齊媚警官來問我話時，她還是個實習刑警，非常的客氣，現在對我是凶巴巴的，充滿了敵意，但是我沒跟她透露我要跟你說的事。她大概感覺到我在瞞著一些事，她還威脅我，如果不說實話，她會把我關進監牢裏。所以我會不會被關進去，鍾為，你就看著辦吧！」

「菲迪，你放心，我保證你不會被送到監獄裏去。」

許菲迪握住了鍾為的手：

「就在石莎被害之前，有一天晚上我在趕一份報告，所以在家裏開夜車，但是發現有一份資料還放在辦公室，決定回到優德大學來取，我到了工學院辦公室的時候已經是九點多快十點了，但是發現燈是亮著的，等我進去後才發現院長辦公室的門是虛掩著，裏頭傳出來他們四個人在激烈辯論的聲音，顯然他們沒有查覺我來了，我趕快拿了資料離開，但是我聽見他們是在說ＭＴＳＰ軟體的原始程式，還聽見了有人說起石莎的名字。當時還模模糊糊的聽到一句，『一定要做成是跳水自殺』，但是並沒有往心裏去。等到石莎失蹤了，屍體漂回到優德大學的海邊時，我出了一身冷汗，但是我沒敢去質問席孟章，怕他知道我聽到了他們的談話。後來等法醫的驗屍報告說石莎的死因是心臟病發作，然後被拋屍，我就真的害怕了。」

「如果你聽到的沒錯，他們是有預謀殺人的企圖，這也是犯法的，是和謀殺罪一樣。」

「我相信那位女員警朱小娟也是這麼的推論，她問的問題都圍繞著他們四個人，很少問我的問題，就是因為找不到這些人了，把我當成是他們的同夥，才對那麼我凶，好像是我在窩藏他們似的。」

鍾為，這些事我都沒跟員警說，他們會不會拿這來當藉口，把我關起來？」

「不會的，更何況我也不會跟他們說。你聽到的關鍵資訊是偽裝溺水自殺的一點，但是事後周催林也放出空氣說，石莎是因為受不了我給她的工作壓力才跳水而死。但是等法醫報告一出來，還有人證明石莎是個很會游泳的人，跳水之說不攻自破，周催林為了這事還被校長訓了一頓，叫他不要說沒有證實的事來迷惑大學裏的同事。」

「鍾為，警方在石莎命案調查報告所做的結論是，兇手梁童在威脅石莎交出ＭＴＳＰ的原始程式時，阻止石莎企圖報警，觸發了她的心臟病，是誤殺了石莎而不是預謀殺人。但是這和我所聽到又不一樣了，這到底是怎麼回事呢？」

鍾為默默不語，陷入了沉思。許菲迪就繼續說：

「員警的調查報告說幕後的主謀是周催林，但是我聽他們大聲辯論時，是吳宗湘在堅持要將石莎做成落水自殺，席孟章和周催林都很反對，所以主謀者應該是吳宗湘。」

許菲迪聽見鍾為喃喃自語：「難道真的是何族右和蘇齊媚都犯了錯誤嗎？」

突然鍾為站起來，用兩手抓住了她的千臂說：

「菲迪，你老實的回答我，當時你沒把這些事告訴員警是為什麼？你是不是愛上了席孟章？」

「鍾為，對不起。」

許菲迪把頭低了下來不說話，等她再抬起頭來時，兩眼裏已經有淚光在閃爍，她輕聲的說：

「你讓他睡了你，是不是？」

她還是不說話，鍾為：「所以學校裏的傳聞說你們有緋聞是真的？你怎麼能把自己給了這種人？為什麼？」

她再抬起頭來時，淚水已經滾滾流下，鍾為越來越憤怒：「你把自己給任何人都可以，就是不能給他，他憑什麼能佔有你？他沒資格。」

「你想知道為什麼嗎？我喜歡的人，我想愛的人，已經被我的好朋友佔領了，他不但不理不睬我，連一眼都不看我，我用高跟鞋去踩了他一腳都沒有反應，我能怎麼辦呢？鍾為，我不是要花好月圓，也不是要天長地久，我只要你告訴我，你明白我有一份情，我就心滿意足了，但是你連這都捨不得，所以我才自暴自棄。你明白嗎？鍾為，你弄痛我了！」

他趕快鬆手，許菲迪倒在毯子上哭出聲來，鍾為把她抱起來，緊緊的摟住說：

「對不起，菲迪，我把你弄痛了，不哭了，快別難過了。」

許菲迪用鍾為遞給她的面紙把淚擦乾：「鍾為，你真的這麼在意我嗎？為什麼你不告訴我呢？我還以為你根本不知道有我這麼一個人存在。」

「你記得嗎？我們第一次見面時，我看了你一眼，你也回看了我一眼，當時石莎已經進入了我的世界，我也知道你是有丈夫的人，但是我們互換了一個『你知我知的眼神』，從那時起，你就已經佔據了我心裏的一個角落，我當然在意你了。我盼望你有美好快樂的人生，我知道席孟章只會帶給你痛苦和災難。當有人告訴我，你和他有了婚外情時，我還在替你否認。」

許菲迪破涕為笑，她說：「鍾為，現在我很高興，終於知道你心裏還有我。但是我被你說中了，席孟章給我的只是噩夢，一個又一個的噩夢。我一定要跟你說。」

她喝了一口礦泉水又繼續：「我被優德大學迷住了，特別是你們這些有學問又愛女生的教授們讓我醉心，我的婚姻開始走下坡，老公開始有了外遇，我的心情惡劣極了，席孟章又在強烈的追求我，而他的老婆也有點查覺，開始對我施展各種手段，就是想逼我離開優德大學。」

「她有這本事嗎？你們是歸人事部門聘請的。」

「沒錯，所以我就和她頂著對抗。席孟章失蹤前的半年，有一天，他突然問我想不想到巴黎去，他要去參加一個學術會議，要我一起去，我問他的老婆呢？他說她正好有別的事。那時候我的婚姻正瀕臨破裂，你也已經被邵冰帶走了，我的人生走到了谷底，所以我就答應了。我們是分別飛到巴黎，住進不同的酒店，第二天晚上他來找我，告訴我『私奔』泡湯了，因為他老婆臨時跟著來了，當時我整個人都麻木得說不出話來，他一再的跟我保證，他是真心愛我，他一回去就會和老妖婆離婚。他動手脫了我的衣服，壓在我身上動了兩下就完事，馬上穿上衣服，開門就落荒而去。當時我差一點就想打開窗子跳樓，但是一想是為了他自殺，太不值得了。這就是我如何轟轟烈烈的被優德大學工學院院長睡了的經過。可憐嗎？」

鍾為撫摸著她：「做為 個男人，你的老闆也太差勁了。後來呢？」

「我第二天就坐飛機回到香港，到家後，看到了我老公的律師事務所送來他要求離婚的信，我馬上就簽字同意。到底是我的不對，做了他的妻子，但是愛上了一個不愛我的男人，又和另一個男人上了床，我是個如假包換的壞女人。但是讓我崩潰的是，我發現席孟章老早就安排好了要跟他老婆到歐洲去度假，還跟別人說，這是他們的二度蜜月。」

「其實席孟章只是看上你的美色，要你和他上床，騙了你的人，也騙了你的感情。」

「也只有我這個大笨蛋才讓他給騙了。我失去了所有的一切，丈夫和朋友都離我而去，最難過的是我想到你會更看不起我。但是你卻還會回來找我，這是我沒想到的。」

「菲迪，對不起，是我害了你。」

許菲迪摸著他的臉：「跟你沒關係，都是我的命不好。也許有一點點是邵冰害的。」

「怎麼會呢？」

「她曾跟我說過，有一次你們一起到義大利的米蘭出差，你們在酒店裏做愛，你沒完沒了的伺候她，讓她一整夜進進出出天堂，說得我好羨慕。我以為大教授都是會這樣的疼愛女人。鍾為，你知道嗎？我在巴黎的時候，心裏在想著誰嗎？」

「我知道，你一定是在想你的老公。」

許菲迪握住拳頭打他一下：「鍾為，你不許氣我，否則我就閉嘴不再說了。」

「好了，我不開玩笑了，還有別的事快說吧！」

「我從巴黎回來後在家裏待了三天，也哭了三天，第四天我把辭職書送到人事處，按規定要兩個月才生效，但是我已經累積了兩個月的年假，所以我馬上就把東西收拾好離開了優德大學，再也沒回去過。等席孟章從他的二度蜜月回來後，我已經不在了，他打電話和我聯絡，我不接，他到我家來找我，我不開門，最後他就開始給我寫信，他的文筆本來就不錯，以前也寫過不少情書給我，這回他就寫得赤裸裸，非常肉麻，終於讓我得到了報復的工具，我把這些信全部寄給他老婆，並且告訴他，如果他再來騷擾我，這些信就會在網上出現。」

「結果呢？」

「莊文吉告訴我，席孟章來上班時，鼻青眼腫的。」

「報應。菲迪，剛剛我一急把你抓痛了，對不起。」

「沒關係，我知道是你在關心我，就好了。鍾為，我要你吻我。」

許菲迪倒在毯子上，將鍾為拉下來，俯身在她身上開始了長長的濕吻，她吸了一口氣說：

「看那兩個在陽傘下的男女多幸福。」

那一對男女已經展開了全方位的做愛，熱烈的激情在向遠方傳去。鍾為直瞪著許菲迪高挺的乳房，感覺到無比的性感。她說：「要是喜歡，就摸吧！但是別忘了還有別的地方也有需要的。」

她把一條長長的腿彎起來，讓鍾為的手可以夠得到她的小腿。她又說了：

「再吻我一次，我就再告訴你要的資訊。」

鍾為已經感到她全面的展開她的行動了，但是又情不自禁的吻了她。

「鍾為，朱小娟警官來調閱我們的電話記錄，要查看席孟章在失蹤前都曾經和那些人通過電話，她對一個叫科莫克維奇的人特別注意，問了很多細節的問題。你知道這個人嗎？」

「我知道，他是烏克蘭人，曾經是前蘇聯紅軍的上校軍官，是個核彈專家，後來被北朝鮮聘去當顧問，最後被美國派到朝鮮臥底的特工格殺了。菲迪，你知道這人和席孟章來往的目的是什麼嗎？」

「我不知道，但是我覺得這個人主要是要找周傕林和吳宗湘，席孟章是個配角，找他只是要傳遞資訊。」

「你還知道別的事嗎？」

「我還知道你有一個青梅竹馬的初戀情人叫嚴曉珠。」

「你是怎麼知道的？」

「是石莎說的，就是嚴曉珠傷害了你，讓你在感情上成了殘障人，是石莎在替你療傷時，她被害了。告訴我你和青梅竹馬小情人的故事，好嗎？」

鍾為娓娓的道來：

鍾為在讀小學四年級的時候，他住的那條巷子裏搬進來一戶人家。有三個孩子，老大和鍾為同歲，是個非常乖巧可愛的女孩子。她被分發到鍾為就讀的台北師範學校的附屬小學，還分到同一個班上。他們常常在一起上下學，一路上說說笑笑，無憂無慮地過著快樂的孩子生活。

雖然鍾為是個成績好的學生，但他也和其他同年的男孩一樣調皮搗蛋，喜歡去逗女孩子找樂子，但是他從不去惹這位鄰居的女孩。小學畢業後，鍾為考進了師範大學的附屬中學，鄰居的小女孩考進了台北第一女子中學。他們還是一對鄰居的孩子，只是見面的時候越來越少了，偶爾在巷子裏碰見就打個招呼。又過了幾年他們都已經是高中生時，有一天鍾為突然發現這位鄰居的小女孩已經變成一個亭亭玉立、落落大方的美麗少女了。從那天開始，他們的交往進入了一個新階段，鍾為把她當成了「女朋友」，她就是嚴曉珠。一個跨越了三十多年的時間和跨越了超大空間，亞洲、美洲和歐洲的愛情故事開始了。

因為是鄰居，可以時常見面，女孩子成熟較早，嚴曉珠會很大方地到鍾為家來串門，很自然地和他的家人周旋。反而是鍾為顯得靦腆得多。也許是他們對文學的共同愛好，他們常互通「情書」，寫好了就放在對方家的信箱裏，也不用寄了。他們發現在信中傾訴的感情是可以凍結在字裏行間，一次又一次的拿出來看，來感受。鍾為曾問過，這就是永恆嗎？

那時鍾為熱愛閱讀的個性就顯出來了，由於他又是個會講故事的人，左右鄰居的小孩就常圍著他要聽他講故事，其中最忠實的聽眾就是嚴曉珠。她說這是她們這巷子的「天方夜譚」裏的一千零一夜。但是鍾為最喜歡的是在星期天，約嚴曉珠一塊騎自行車到新店去。

新店是台北市南方的一個小鎮，那兒有一條河，叫新店溪，清澈的河水緩緩的流著。有一個古老的吊橋橫跨新店溪，橋下的那一段河水特別的綠，人們稱它「碧潭」，那裏可以划船，也是鍾為和嚴曉珠要去的目的地。

鍾為將小船往上游一直划去，到了遊人較少的地方，他們會下船到樹林裏換上泳衣，然後下水游泳。其實鍾為最大的目的就是要看穿著泳裝的嚴曉珠，她已經是成熟了的青春少女，那小一號的泳衣緊緊地包住了她曲線玲瓏的身材。他也是個「懂事」的小男人了。「異性相吸」在這對青梅竹馬的戀人中再也擋不住了。當鍾為目不轉睛的盯著她時，嚴曉珠就提醒他「非禮勿視」，也不許鍾為碰她的身體。但是等他們一到河裏時，嚴曉珠就會主動的把身體靠在他身上，也會緊緊地摟著他，這是他們肌膚相親的啟蒙。

他們十八歲那年從高中畢業，嚴曉珠考進了在台北附近的政治大學的新聞學系，學新聞是她的第一志願，但是政治大學卻是她的第三選擇。鍾為是以非常優秀的成績從最好的中學之一的師大附中畢業。因此獲准免試直升大學。但是鍾為沒有選擇最熱門的台灣大學而去了南部的成功大學。原因是那裏的機械系有一位著名的航空工程教授，他可以去追求他熱愛的航空和飛行。

兩個年輕的戀人首次分開兩地當然都很難受，但是也讓他們開始利用郵局來傳遞他們的愛情和相思之苦。在不知不覺中，這對青梅竹馬的小戀人長大了。學校放假時，鍾為會匆匆忙忙地回到台北，嚴曉珠會在火車站用熱情的擁抱迎接他。他們在一起吃晚飯、看電影和到他們家對面的師範大學去散步，他們相識已經超過十年了，但是還是有說不完的話。和其他熱戀中的情人一樣，在夜深人靜的時候，他們走在師範大學的運動場上會擁抱著熱吻和愛撫對方的身體。鍾為最喜歡的是帶嚴曉珠到新公園旁邊的田園咖啡館，在那裏喝濃郁芬芳的烏龍茶，聽古典音樂。那裏燈光昏暗，他們可以放肆的溫存，嚴曉珠最喜歡向他索吻。

大學三年級的時候，嚴曉珠參加了一個天主教的青年朝聖團去羅馬朝聖，但是她沒有再回台灣來，而是去英國念書了。鍾為的反應很矛盾，一方面他生氣事前沒和他先商量，另一方面他也為嚴曉珠找到深造的機會高興。

也許是因為大學生活的多元和忙碌，他們之間的書信由多年來的每週一封，漸漸地變為每月一封。但是鍾為並沒有在意，因為他要做的事實在是太多了。大學畢業後，鍾為完成了服兵役的義務，然後就出國留學了。他沒有去英國找嚴曉珠，而選擇了美國的加州理工學院。那是一所著名的學府，是世界上研究航空學的重鎮。加上優厚的全獎學金，更促成了鍾為的決定。

他們橫跨大西洋的往來書信繼續著他們的愛情。但是到美國後的第二年，鍾為的愛情世界毀滅了，他接到嚴曉珠寫給他最短的一封信，說她將要結婚了，對方是位英國員警，請鍾為諒解。有兩個禮拜的時間，鍾為茶飯不思，最後他將嚴曉珠寫給他的數百封情書裝訂成冊。他告訴自己這將是他一生裏唯一的愛情，現在已經凍結在這本冊子裏。在他的世界裏，嚴曉珠已經不存在了。

鍾為批上了黑色的袈裟，走進孤獨。

此後，鍾為投入了學術的世界，義無反顧。三年後他拿到了博士學位並獲留校任教。在不到十年的時間，鍾為當上了終身職的正教授，成為一位很有成就的學者。在這期間沒有人再走進他的感情世界。每次他拿起裝訂成冊的情書時，鍾為已經是心平氣和，沒有憤怒或哀傷了。每當他在思考問題遇到困難時，他會翻開這本「情書集」讀幾篇多年前嚴曉珠寫的情書，回憶那份濃濃的愛情，

時間不停地前進，鍾為來到德國的那一年他已經四十多歲了。德國有一個優良的傳統，就是研製高性能滑翔機。將近一百年來，全世界最好的高性能滑翔機都是在距離法蘭克福北方不遠的一個小鎮裏製造的。鍾為在專業和業餘愛好上對滑翔機是情有獨鍾，他認為在所有的飛機中，滑翔機的線條最美，而無聲的飛行也是最動人，最讓人感到舒暢的。

最近德國人研製了一架飛行超長距離的滑翔機，鍾為安排在附近的馬普學院作三個月的短期研究。這一天鍾為特別高興，因為第二天終於輪到他來做長途飛行了。

飛行的路線是從溫特爾堡滑翔機基地出發，先向西，到達萊茵河上空時轉向南飛行，最後的目的地是海德堡滑翔機基地。多日的緊張準備就將看到成果了，鍾為的心情特別興奮。在下班前他將辦公室整理一下，他是來做客的，又沒有自己的秘書替他打理房間，這次出去試飛也要好幾天才回來，不能太亂。

馬普學院的花園在德國是很有名的，有人說它是全歐洲高等學府中最美的校園。鍾為每天都要在這裏待上一段時候，這是他思考問題的地方。花園裏還有一條小河，河水清澈，河上有一個小吊橋，它的設計讓他想起在台北碧潭的吊橋。他忘不了在新店溪畔的情懷。

但是嚴曉珠突然出現了，她到德國來告訴他，她的婚姻走到了盡頭。在以後的一個星期，鍾為帶著她在風景如畫的萊茵河上空穿梭滑翔，鍾為在三千公尺的高空脫離了前方的牽引飛機，開始自由滑翔，利用強大的上升熱氣流，維持住高度。他們先向西飛，經過德國的心臟地帶。嚴曉珠頭一次經歷了「天籟」，那是全世界一點聲音都沒有的情況，只有風與風互吻的聲音，偶爾來自耳機中傳來地面塔台的呼叫聲。

這是真正的「天人合一」，他們像鳥一樣的自由飛翔，上有青天白雲，下有綠草大地，而他們就在其中做著各自的白日夢。腳下的萊茵河河畔是著名的美酒產地。白天們他們沉醉在忘我的往日愛情裏，夜晚他們互相享受著彼此火熱的身體和積壓了二十年的說不完愛情。

激情過後，鍾為和嚴曉珠心裏都明白他們不能再沉浸在過去，而是要面對未來該如何的走完他們之間的路。這是二十年來，頭一次他們把自己的一切詳詳細細地說給對方。更重要的是把心路歷程

和變化告訴了對方。兩個人都被他們之間的巨大分歧嚇住了。原來二十年前他們分頭走上了方向相反的路，鍾為還是在堅持他的理想和生活方式，但是嚴曉珠成了一個資本主義社會裏典型的婦人，她曾和鍾為分享過的理想、價值觀和對生活的期待全都消失了，她追求物資生活、社會的知名度和財富。嚴曉珠坦白的承認，也就是對這些的要求，造成了她目前婚姻的破裂。當她很自然的問起鍾為目前的資產有多少時，他目瞪口呆地不敢相信自己的耳朵。赤裸裸地打破沙鍋問到底的個性倒是一點都沒有變。

談完了過去就開始談未來，嚴曉珠說她最大的願望就是要在倫敦最高尚的地區，布爾格維亞，買一棟房子，然後要賺很多、很多的錢。鍾為說他就是要當一個教書匠終老一生。尤其希望能有機會到亞洲去教教在中國的年輕人。嚴曉珠很不以為然，她認為目前鍾為已經在世界上最著名的學府教書，人生的目的已經達到了，而她還是在掙扎著要到她想去的目的地。英國有世界上最高的文化，最高尚的社會和最好的大學。她提醒鍾為，他到英國劍橋大學去演講時不是很受歡迎嗎？為什麼不選擇倫敦，而要去東方的亞洲呢？

回到英國後的第三個星期，嚴曉珠給鍾為發了電郵，說她已經開始辦離婚手續了。同時她也有了新的男友，對方是一個員警出身的律師，是認識多年的朋友。離婚生效後他們會馬上結婚。她對鍾為的愛情將會是永恆的刻骨銘心，也是永遠的遺憾。她誠懇地勸鍾為夢醒的時刻應該來臨了。

鍾為的夢是醒了，喚醒他的是他對人性，尤其是對愛情的徹底絕望。「女友要出嫁，新郎不是我。」第二次在他身上演出，這是人性的鬧劇，要如何去刻骨銘心呢？鍾為第一次見到嚴曉珠是他十歲念小學的時候，現在他已經過了四十，一個夢怎麼要用三十多年，一個人的半生，才能醒來？情何以堪？

鍾為第二次批上了黑色的袈裟，又走進了孤獨。

「許菲迪，這就是我輝煌的二十年戀愛史，你沒想到我會是這麼可憐吧？我這個當教授的，居然又笨又傻，鬧了一次笑話還不夠，還得來第二次。你是不是應該同情我，好好的安慰我呢？」

「你是被自己的善良傷害了。嚴曉珠用愛情的鞭子把你打得遍體鱗傷，你不在意，她用愛情的寶劍刺了你的心，然後揚長而去，但是你還是不後悔。」

「和嚴曉珠第二次分手後，我曾把自己未來要走的路好好的思考過，當時確實想重新開始，找一個志同道合的人做終身伴侶，相濡以沫終了此生。石莎的出現給我帶來了新希望，但是她的柔情也不時的勾起了我痛苦的往事。但是她努力的帶著我走出陰影，可是她也走了。」

鍾為的聲音不對了，許菲迪抱住他說：

「你想她了？」

「有時候很想石莎。我也像你說的，感歎我一生的命運，沒有好好的打點老天爺，所以不讓我過好日子。」

「邵冰告訴我，你不是和你海天書坊的總經理梅根在談戀愛嗎？」

「人家有老公，我能有什麼戲唱呢？所以我才說，我是個又笨又傻的人。咦！你問這些老掉牙的事幹什麼？」

「我想要告訴你的是，席孟章曾經說過，嚴曉珠認識吳宗湘，他們都是穆斯林，他們也可能是多年的戀人。」

鍾為陷入了沉思，默默的感歎命運是如何的捉弄自己。他聽見許菲迪又問說：

「你從前就知道嚴曉珠是穆斯林嗎？」

「她以前不是的，她還參加過天主教的朝聖團，至少那時候她還不是。」

「我知道吳宗湘是個大色鬼，優德大學有傳聞說他和好幾個教授的老婆，還有一位物業管理處的同事，都過有親密關係，我懷疑他也睡過席孟章的『老妖婆』。我想他一定是看上了嚴曉珠的美色。」

「石莎曾跟我說過，吳宗湘也追過她，還給她寫過情書。他沒動過你的念頭嗎？」

「吳宗湘透過席孟章告訴我，說他喜歡我，想跟我做朋友。」

「所以你就趕快去投懷送抱了？」

「鍾為，你又在氣我了。」

「抱歉，別在意。我老早就想到了，吳宗湘老是去辦公室找席孟章，一定是想對你下手。沒想到席孟章會為吳宗湘傳話，難道他是想當拉皮條嗎？」

「還真讓你猜對了。席孟章對我說，吳宗湘是個有特別需要的人，我應該對他好，成全他，對我一定有好處的。」

鍾為吃驚的說：「他怎麼會說這種話？他是拿了他多少的好處，還是有把柄被吳宗湘拿在手裏。你是怎麼反應的？」

「我跟他說：『你知道我是結了婚的人，而你又再三的表示你愛我，要和我天長地久，但是你又要我獻身給吳宗湘，你還是男人嗎？』更何況他老是用他色瞇瞇的眼光看我，在言語上占我便宜，有時候還會動手動腳的。我看見他就噁心。」

「結果席孟章怎麼說？」

「他給我講了個故事，說是發生在台灣的真實事件。」

「什麼故事？」

「他說：有一對要好的朋友，他們成了結拜兄弟，在一次喝醉酒後弟弟和人打架，失手殺人。做哥哥的看到弟弟已經定好了日子將要娶媳婦，就在員警面前替弟弟頂罪，說人是他殺的，結果法院判了他十五年的徒刑。哥哥在監獄裏被關滿了十年後，因為品行優良被提前釋放。弟弟把哥哥接回到家裏大大的吃喝了一頓後，問他最想做的是什麼？哥哥說他當了十年和尚，最想做的當然就是找一個女人睡一覺了。」

鍾為插嘴說：「男人憋了十年沒碰女人，當然就只想這一件事。」

「於是兄弟兩人就到城裏準備花錢去物色一個女人，他們走遍了所有的聲色場所，結果都沒找到小姐，就只好回家。哥哥看見渾身散發著成熟女人性感氣息的弟媳婦，只好猛喝了幾口酒就去睡覺了。弟弟想了一下就去求老婆，要她去陪哥哥睡一覺，老婆當然死活不肯。弟弟就向老婆下跪苦求，一跪就是兩小時，老婆終於答應了。」

「要是你老公在你面前跪了兩小時，求你和別人睡覺，你肯嗎？」

「當然不肯！」

「花容月貌，但是鐵石心腸。」

「別打插！後來哥哥睡到半夜發現有人進來把燈打開，原來是弟媳婦，她說既然找不到別的女人，就拿她來代替吧！這也是弟弟同意的，但是做哥哥的說不行。可是弟媳婦已經開始脫衣服了，當一個曲線玲瓏，全身赤裸裸的少婦，站在一個血氣方剛，而又是十年沒碰過女人的男人面前時，你說會是什麼樣的結果呢？」

「男人只有投降，然後開始享受了。」

「哥哥閉上了眼睛還在掙扎，但是女人從喉嚨深處低喊了一聲就撲上來投懷送抱。壓抑了十年的衝動再也無法控制了，男人像是一隻野獸，肆意的蹂躪著壓在身下的獵物，被捕捉到的女人全身在扭動著，她在承受男人在她身上釋放出積聚了十年的能量，在男人語無倫次的喊叫中她反抗著，同時也是在配合著，但是最後只剩下了氣若遊絲的呻吟，男人就像是一匹在草原上脫了韁的野馬，任意的奔馳著，兩人全身的汗水反射了屋裏的燈光，弟弟看見了兩個人的臉上出現了滿足的表情。」

鍾為說：「我不信會有這樣的事發生，很不可思議。」

許菲迪說：「我也是這麼說，但是席孟章認為：大部份的人看到的是一個壓抑了十年的男人和一個女人有了一次淋漓盡致的性行為。但是這故事的真諦是，哥哥為弟弟犧牲了十年的青春，弟弟苦求妻子獻出身體，而妻子打破了所有禮教的約束為丈夫還債。男女做愛的歡愉是正常的生理反應，它不應該將它背後高尚的情操給掩蓋了。這就是我們席大教授的大道理。」

「你相信了嗎？」

「他最後露出了馬腳，席孟章告訴我，吳宗湘手上很可能有一張古代穆斯林寶藏所在地的地圖，或者他知道藏寶圖的所在地，他要我從吳宗湘身上探聽有關資訊。說那是價值連城，拿到手後，保證他和我遠走高飛花好月圓後，一輩子不愁吃，不愁穿，同時也會成為世界級的富豪。我聽了大怒，差點給他一個耳光，好幾天我都不跟他說話。」

「他為了錢，可以拿你的身體做犧牲品，難道他就沒想到會對你造成傷害嗎？」

「從錢孔看出去，在他的眼裏，女人讓男人睡一覺算什麼？」

「男人和女人睡覺，如果是情投意合，兩相情願，那是愛情的一部分，會帶來歡愉。否則就會造成傷害。」

「席孟章不懂得這道理，鍾為，我憤怒的問他，為什麼不叫他老婆去勾引吳宗湘，那還能肥水不落外人田。他愣得沒說話。」

「哈！他是不是責怪自己怎麼沒想到這一點？」

「我想不是，他是在擔心我是不是已經知道他老婆偷人的事。他很清楚這種事一讓我們知道，馬上就會傳遍全校。他還去問過壯文吉，打聽到底我知不知道他的私事，我相信他沒問出個所以然來。」

「為了錢，他是活得滿辛苦的。」

「鍾為，我知道的全都說了，別忘了，你答應過不讓員警來抓我，所以我就靠你了。」

「菲迪，你放心，沒問題。」

「鍾為，你不是想游泳嗎？」

「是啊，這麼美的沙灘，海水又像鏡子似的平靜，我真想下水，但是沒有游泳褲呀！」

許菲迪拿起那個小盒子說：「我不是給你帶來了嗎？」

「我沒那個膽子帶個大保險套去游泳，除非你陪我一塊下水。」

「我不會游泳，所以不能下水，但是我要做日光浴，拜託，你替我擦防曬油，好嗎？」

「沒問題，這個我敢。」

「但是我要你換上我帶來的游泳褲才行，我想看你的身體，我聽過石莎和邵冰形容你，所以我要親眼看看。」

許菲迪站起來把牛仔褲從她長長的腿上脫下來，再把上身緊身的短袖襯衫也脫下來，她裏頭沒有戴胸罩，全身只有一件特小號的鮮紅色迷你比基尼三角褲，薄薄的布料緊貼在皮膚上，高挺著的乳房向他接近，鍾為被眼前的絕美女神壓得透不過氣來，他聽見了：

「我要你換上泳褲。」

許菲迪把一瓶防曬油交給他後，就倒下來趴在毯子上把頭枕在手臂上，她說：

「石莎沒有騙我，你看起來是很可口，吃起來一定……」

她沒有把話說完就閉上了眼睛，鍾為將防曬油擠在手掌上開始在許菲迪的身上擦抹，潤滑的手遊走在光滑的皮膚上帶給他非常奇特的手感，他開始感到她也有了反應，在手掌撫摸到敏感部位時，她會從喉嚨深處發出無法識別的聲音，也會扭動身體來迎接他的手，索求更強的接觸和撫摸。許菲迪把身體翻過來躺在毯子上，她把三角褲扯下：

「我要你把我全身所有的地方都擦防曬油。鍾為，你是從哪裏學的？被你摸得好舒服。」

「只要你喜歡就好了。」

鍾為慢慢的但是全面的撫摸，時強時弱的力度，顯然挑起了她的情慾，許菲迪的臉變得通紅，兩個乳頭漲得又大又硬。當他的手撫摸到她大腿中間時，挪動了腰身，她分開了兩腿，把鍾為夾在中間，用腿勾住他，坐起來抱著他，張開嘴吻他，她的手也開始玩他。許菲迪渾身發熱，顫抖的在他耳邊說：「我要你，你都硬了……」

鍾為的腦海裏出現了石莎和蘇齊媚的身影，她們都穿著特小號的鮮紅色迷你比基尼泳裝，走進浪茄灣碧藍的海水裏翻騰。她們快速的在一平如鏡的海面上游著，不時的潛入海裏，然後躍出水面，薄薄的比基尼緊貼在陽光下閃亮的肉體。他掙脫的站起來，像是看見了追尋已久的愛人，向浪茄灣的沙灘飛奔而去，然後縱身入海。

二十分鐘後，鍾為游上岸來時，許菲迪拿著大毛巾在水邊接他，她穿上了襯衫，但下身只有比基尼三角褲，她又將傲人的胸部和又白又長的玉腿呈現給鍾為，他接過大毛巾：

「菲迪，謝謝你。」

「鍾為，我問你，你在優德大學的工作還要多久？」

「現在還不能確定。」

「那你就搬到孟公屋我那裏來住好不好？那裏離優德大學也很近的。」

鍾為沒說話，許菲迪就繼續說：

「你不一定要睡在我的房間裏，可以睡在客房。但是我想你的時候，你就得來陪我。」

「我住在優德大學的招待所也可以來陪你啊！」

「這可是你自己說的，要隨叫隨到，不准後悔。」

「那我不成了午夜牛郎了嗎？」

她想了一下，又說：「不行，你必須睡在孟公屋我的房子裏。」

鍾為問：「為什麼？」

「邵冰說，你在早上醒來的時候最猛。所以你的早上是我的，只能伺候我。」

「菲迪，我很喜歡你，也很關心你，你應該能感覺到我跟你在一起時，雖然言語上有抗爭，但是很開心。優德大學有人傷害了你，讓你的工作失敗，婚姻破裂，現在你的事業和生活都在一步步的回復，可以看得出有很好的前途，我不能再帶給你任何的傷害。菲迪，請你原諒我吧！」

鍾為把他跟莊文吉和許菲迪的談話內容告訴了香港九龍警署署長何族右，他寫了正式的文件，向香港法院申請裁決，要求優德大學有關部門提供吳宗湘、周催林和席孟章所有的電子郵件記錄，同時也要求香港兩間最大的電訊公司，電訊盈科及和記黃埔，提供這三人的通聯記錄。

香港法院同意，發出庭喻，允許香港員警取得所要求的資料。經過整理後，從資料裏，他們發現了沒有想到和驚人的事實。

何族右通知了鍾為，請他到九龍旺角的警署，在署長辦公室見面。簡短的寒暄後，何族右首先開口：「鍾為，不好意思，不但沒去登門拜訪你，還讓你跑到旺角來。多多包涵。」

「沒事，我是個開書店的人，不像你這位大署長這麼忙，我來看你是應該的。」

「其實我們是想要謝你，要請你吃飯，飯館就定在旺角，所以才想到乾脆就請你先來一趟辦公室。」

「謝我？我幹了什麼事？值得你們請我一頓晚飯。」

「我們用了你從優德大學工學院行政助理莊文吉給你的資料，向法院申請允許我們調閱優德大學的通聯記錄，法官同意，發出了同意的裁決庭喻。」

「這些資料對你們有用嗎？」

何族右的臉上出現了一副奇怪的似笑非笑表情：

「何止是有用，它對我們優德大學命案的後續調查，有了驚人的發展，這也是我找你來的原因之一，我覺得你應該是第一個知情者。」

早先在鍾為和中情局的富爾頓以及何族右的談話裏，就已經隱隱約約感覺到「石莎命案」還沒了結，還有隱情，他說：「現在的後續調查是由誰在負責？」

「朱小娟，當年她還是個見習刑警，是蘇齊媚的徒弟。優德大學命案的後續調查工作是交給她負責，這幾年她是我們香港警隊的後起之秀，現在已經是個很優秀的刑警了，當年我沒看走眼，她是個幹刑警的料子，尤其是她的分析能力特別強，犯罪心理學是她的強項。北京的國安部也看上她的這份能力和她的外語背景，正式的借調她，所以她經常在國內。」

何族右把桌上的對講機打開說：「請朱警官進來。」

朱小娟穿著一身剪裁非常合身的警服進來，燙過的短頭髮梳理得很時尚，鍾為起身和她握手：「朱警官，這才幾年沒見，你越長越漂亮了。」

朱小娟說：「我師父曾警告過我說，大學教授的嘴最甜，最會灌迷湯。」

對鍾為，來到九龍警署是舊地重遊，當年負責偵辦「石莎命案」的蘇齊媚就是九龍警署重案組的刑警，她是朱小娟實習時的師父。

優德大學成立時是在九七年香港回歸的前夕，成立慶典活動的嘉賓是英國的王儲查理王子夫婦，香港警政總署負責他們的安全，在優德大學的慶典活動上鍾為和當時的負責警官起了很大的衝突，他就是蘇齊媚的前夫，當時鍾為對這對員警夫婦起了很大的反感，曾當眾口出惡言羞辱他們。香港回歸後，蘇齊媚跟丈夫回到英國，但是不久婚姻破裂，她隻身返回香港，警署接受了她複職的申請，何族右，她的二姨丈收留她進了重案組，把「石莎命案」交給她。

因為鍾為是石莎的戀人，按辦案程序，蘇齊媚將他列為頭號嫌疑犯，他提出不在場的證據，才將他的名字剔除，鍾為認為她公報私仇，一狀把她告到警政總署。為了不讓何族右為難，蘇齊媚決定辭職。何族右請鍾為到九龍警署聽取蘇齊媚在去職前的案情進展報告，非常專業和詳盡的報告徹底的改變了鍾為對蘇齊媚的看法，他撤回了告訴，向她道歉，開始積極配合她的調查工作。但是最大的改變是他們開始戀愛。

多年前鍾為的青梅竹馬情人背叛了他，給了他很大的打擊，從此就沒有過任何的感情生活，直到他來到了香港，先是石莎，後來是蘇齊媚，先後的走進他的人生。可是好景不長，這兩人都為了保護鍾為而死。朱小娟的話，將他人生裏的起伏在鍾為的腦海裏很快的閃過。她查覺鍾為的臉色有點變了：

「對不起，我不是要勾起你的傷感。」

「我沒事，只是越老越不中用，容易傷感。我們還是談正事吧！」何族右趕緊接著說：「我們在石莎的結案報告的結論裏很明確的寫明，還有一個沒有完結的尾巴。朱小娟，你來說吧！」

朱小娟說：「好的。當年蘇齊媚曾說過，在石莎命案的偵查過程裏，最遺憾的就是這個留下來的尾巴。鍾為，你將『天風一號』安全滑翔降落在跑道時，飛行員包博．派屈克已經死亡，但是『天風一號』是在香港駐冊的航空器，根據法醫判定的死亡時間和飛機的滑翔航線，死亡是發生在香港地區的上空，因此我們香港員警依法有責任要緝拿殺害飛行員包博．派屈克的兇手和幕後的主謀和同謀者。」

鍾為說：「主謀阿布都拉．沙拉馬已經被我台灣的朋友黃念福格殺了，同謀的周催林和吳宗湘不是都已經關在大牢裏了嗎？如果發射飛彈的人是實際動手的兇手，那應該是編號為『深蛇－二一三』的貨櫃小貨船上的人。當時它被我們的海洋科學考察船，『海雨一號』，撞沉在擔杆列島的水域。」

「是的，小貨船上的全體人員跳水逃生，被你們的科考船『海雨一號』救起來，送到龜山島，交給了公安。當時，小貨船的船長身受重傷，在龜山島的醫院裏死亡，其餘的船員都被國安部逮捕了。」

鍾為問說：「這些船員都是從哪裏來的？」

何族右說：「根據國安部給我們的調查報告，『深蛇－二一三』貨櫃小貨船上一共有十三名船員，除了受傷死去的船長是澳門人外，其他的船員全是從大陸來的。其中有四個人是有經驗的船工，剩下的八個人都是當過兵的，包括三名導彈部隊的技術軍士。」

朱小娟接著說：「這個澳門人船長是個穆斯林，我們查出來他和水房幫有關係，他的家人說他是康達前雇用的，而由他再請了那四個船工。其他的人全是劉廣昆找來的，鍾為教授，還記得這個人嗎？」

「就是那個解放軍的叛徒，是不是？後來在大嶼山的梅窩被槍殺了。」

何族右說：「你說得沒錯。朱小娟在後續的調查裏發現了那條小貨船『深蛇－二一三』的來歷不明，本來是為了要找殺害飛行員包博．派屈克的兇手，但是從我們剛拿到的優德大學通聯記錄裏，一個新的幕後同謀者出現了。朱小娟，你來把調查結果和來龍去脈，詳細的告訴鍾為吧！」

「『深蛇－二一三』在海上被撞沉是個海難事件，是需要經過調查，寫出報告，給船公司，遇難人員家屬和保險公司作為追究責任的根據，因為優德大學的『海雨一號』是在香港駐冊的船，香港海事署參與了調查。結果發現它是一條黑船。」

鍾為問：「什麼是黑船？」

「黑船是指冒名頂替，用別人的船名。在船頭和船尾的『深蛇－二一三』船牌底下有另外的一個船名，它叫做『廣澳通』，它是在澳門駐冊的一條專門航行在廣州和澳門之間的小貨輪。」

「為什麼要冒名頂替別人的船名呢？有目的嗎？」

「真正的『深蛇－二一三』是在深圳蛇口登記駐冊的小貨輪，專門走蛇口和廣東中山港航線，當時它是在中山港的船塢裏進行大整修。因為它的船東是香港居民，如果有香港人雇用它運貨，小貨輪可以停靠香港的碼頭，但是需要雇用人在事先提出申請，這只是個手續，只要運的是合法貨物，政府是會批准的。冒牌的『深蛇－二一三』申請停靠香港屯門碼頭，理由是有香港人要它送一批小量散貨到中山港。申請人是一個叫唐大凱的商人。」

鍾為問：「他就是幕後的同謀嗎？」

朱小娟說：「他不是。我們是在優德大學的通聯記錄裏看到了一項記錄，就是當年吳宗湘要求席孟章為冒牌的『深蛇－二一三』申請在屯門碼頭的停靠許可。兩天前我把唐大凱找來警署，一嚇唬他，他就招供說，當年他是替席孟章當人頭，申請停靠許可。所以席孟章成為謀殺包博．派屈克的嫌疑犯。署長，向法院申請逮捕證的報告，我已經寫好了，現在總署的司法處，他們同意後就請您簽字了。」

何族右說：「今天下午他們在申請書上簽字同意了，我剛剛也簽了字，明天就送法院。逮捕證是沒問題，問題是席孟章跑到哪裏去了，我們一點消息都沒有。」

鍾為想到了他答應過許菲迪不讓她在員警面前有困難，他沒有透露他們間的談話：

「我不明白，當年按計劃，從海上發射飛彈的地點就是在擔杆列島附近，為什麼他們需要去停靠屯門碼頭呢？」

朱小娟回答說：「他們越洋長途跋涉，來到了珠江河口，他們需要加油和加水，還要上一些生活補給品，才能在擔杆列島附近巡航等待。到屯門碼頭是過境上貨，船上貨櫃的目的地不是香港，一般情況下香港的海關是不會開箱檢查的。但是大陸沿海的那些小港口就不同了，好不容易來了個從外國運來的貨櫃，一定會打開看看有沒有什麼油水可以撈一把。為了不讓裝飛彈的貨櫃曝光，所以才決定在屯門靠岸。鍾為，你知道他們要上的散貨是什麼嗎？兩捆衛生紙。大陸會缺衛生紙嗎？真正的停靠理由是加油、加水和上生活用品。但是重要的是席孟章現在是我們的通緝犯了。」

鍾為明白了何族右所說的，朱小娟是個很優秀的刑警，有很強的分析能力。他問：

「從通聯記錄裏還取得了些什麼重要的資訊？」

何族右說：「吳宗湘和席孟章是跟一個電郵叫《夢斷魂》的人通信，顯然這個人是他們的上家，給他們很多指示和要求，鍾為，你知道這個人是誰嗎？」

鍾為沒有回答，他陷入了沉思，隔了一會兒，他說：「我想可能是嚴曉珠。」

朱小娟馬上脫口而出：「你的根據是什麼？」

鍾為緩緩的道出他的故事：

嚴曉珠遺棄了鍾為嫁給別人後，她不能忘懷青梅竹馬時的初戀，她花了整整兩年的時間，利用她為人妻、為人母和記者工作所剩下的工夫和精力出版了一本小說，故事的內容就是根據她和鍾為幾十年來的「愛情」上。她把所有無法跟別人說的內心感受和那午夜夢迴的激情寫進了這本小說，將很多鍾為寫給她熱情揚溢的情書包括在裏頭。她原來是希望用這本書將這段無法忘懷的往事畫上句號，但是她發現每當她很憂鬱時，她就會再拿來讀一讀。也許是因為書中夾著一張鍾為寄來的謝卡，用那熟悉又讓她動心的筆跡，寫著：「謝謝你的書，我應該分到點稿費嗎？」這是她婚後鍾為給她的唯一資訊。每當她讀這本書時，她會重溫鍾為的柔情蜜意。就是這樣二十多年過去了，嚴曉珠的婚姻也走到了盡頭。她的心路歷程是嚴曉珠到德國找他時說的。但是朱小娟問：「從她的心路歷程就能判斷嚴曉珠就是發電郵的《夢斷魂》嗎？」

鍾為說：「嚴曉珠寫的小說書名是《夢兒已斷魂》。」

這一回輪到朱小娟沉默不語，她看了何族右一眼：

「署長，我同意鍾為的看法，《夢斷魂》應該是嚴曉珠。有一封她給吳宗湘的電郵裏說，『在任何情況下都不允許傷害鍾為』。她對鍾為還是沒有忘情，她是個非常複雜的女人，不容易捉摸她的心理狀態。」

說完了，她看了何族右一眼，臉上的表情有點奇怪。何族右轉開了話題：

「朱小娟還發現，當年我們可能誤判了飛彈襲擊美國民航機的真正原因。」

鍾為說：「你是說，伊斯蘭聖戰組織的恐怖份子不是為了要報復老美嗎？」

朱小娟說：「根據屯門港的記錄，『深蛇－二一三』在完成上貨後，加滿了油箱和水箱離港，那是在鍾為和包博．派屈克緊急起飛去阻擋飛彈的前五天，我認為貨輪是開到擔杆水道南方的公海上待命，因為廣東中山港和所有其他廣東沿海的港口都沒有『深蛇－二一三』進港的記錄。」

何族右說：「『夢斷魂』在飛彈襲擊事件的前十五個小時，發給吳宗湘一個非常簡短的電郵：『目標登機，聯合－八六五』。我們也查出在澳門的一家私人海事電台曾替吳宗湘發出一個同樣的無線電資訊，發給在海上的輪船，發射的信號頻率顯示，就是發給『深蛇－二一三』。」

鍾為說：「所以整個事件的背後還有更大的陰謀，你們查出來誰是『目標』了嗎？我想你們也應該讓老美知道。」

何族右曖昧的笑著說：「我們已經打報告給國安部了，通知老美是他們的事。但是昨天我找了美國領事館的老朋友吃飯，事前講好了是我請他，但是飯後他堅持買單。我相信老美會查出來誰是目標，吳宗湘不是還在他們手上嗎？」

朱小娟說：「說不定，他會拿這個情報來換取他的人身自由，這個世界就是這麼不公平。」

鍾為歎了一口氣：「是的，我們活在一個不公平的世界，好人走了，壞人卻活得好好的。所以有的時候會活得很累人的。你們還看到別的驚人資訊嗎？」

何族右說：「夢斷魂說她正在尋找一個手抄本古蘭經，裏頭可能有價值連城的資料。還說這本古籍手抄本和吳宗湘的親戚有關，請他去探聽一下。她是找錯了人，鍾為，你們的海天書坊才是找古本書籍的專家啊！」

朱小娟也接著說：「是啊！梅根和我說了你們去追尋《阿勒頗抄本》古籍手抄本聖經的事，驚心動魄，我好羨慕，我告訴梅根，下次有這種事別忘了找我。」

「知道找這本古籍古蘭經的目的是什麼嗎？」

「除了說它可能含有價值連城的資訊外，聯通記錄裏沒提別的。」

何族右說：「還有就是和科莫克維奇的幾通電子郵件，都是討論核彈頭的交貨時間和地點。我想起這個名字，當年我們請台灣私家偵探陳克安，去調查優德大學副校長周催林的馬仔康達前時，他看見有一個香港人和一位像是從歐洲來的老外在一起，把他們偷拍了照片，後來才知道，香港人是因企圖盜竊ＭＴＳＰ軟體，被優德人學開除的電腦師羅勞勃，那位老外是來驗對ＭＴＳＰ軟體的導彈專家。」

鍾為說：「科莫克維奇是烏克蘭人，是前蘇聯紅軍的核導彈專家，被北朝鮮請去當顧問，負責將前紅軍流失的核彈頭改裝成箱型核彈，賣給中東的恐怖組織。之後他被美國中情局在北朝鮮臥底的情報員格殺。」

何族右說：「看了聯通記錄後，我寫了報告給香港的中聯部轉送國安部，同時也通知了中情局的富爾頓。他很高興，說他現在也是中情局『蘑菇雲檔案』的負責人，追蹤世界上黑市核彈頭軍火交易，是他把科莫克維奇的照片傳給我們，才知道他就是陳克安在台灣看見的那名老外，這世界是很小的。富爾頓還告訴我，他們那位臥底的情報員還是你用『天風一號』飛機把他撤離北朝鮮的，鍾為，我看你雖然是開書店，可是還真沒閒著。」

鍾為說：「我就是跑跑龍套而已，沒幹什麼大事。」

朱小娟說：「是嗎？那你陪著你的舊情人，一個以色列的摩薩德特工，到大馬士革把兩枚前紅軍的箱型核彈頭攔截下來，那不算大事嗎？」

何族右說：「我怎麼不知道這事，朱小娟，你是聽誰說的？」

「是梅根告訴我的。」

「她怎麼會知道這種事，這是要保密的。」

朱小娟笑著說：「署長，您是有所不知，海天書坊的風流主人和美麗性感的總經理是熱戀中的情人，當然會無話不說了。」

鍾為說：「朱警官，梅根是有老公的人，不可以胡說。」

朱小娟正要回嘴，何族右打斷了她：

「行了，我們還是說正經的，你把優德案子的後續調查說說。」

朱小娟說：「鍾為教授，您還記得一個叫林大雄的人嗎？」

「當然記得了，雖然我沒見過他本人，但是蘇齊媚把他的事都說給我聽了。他是石莎命案裏第一個被逮捕的嫌疑人，蘇齊媚說從他身上找到了不少的突破口，把案子展開。後來他在追查解放軍叛徒，阻止飛彈襲擊民航機的過程裏也做了貢獻。」

朱小娟說：「沒錯，就是他。」

林大雄，外號叫「狗熊」，是香港十四K黑幫的週邊份子，平日遊手好閒，做地下賭場打手，或夜總會的馬夫。曾為康達前送錢給解放軍的叛徒。他有不少小打小鬧的犯案記錄，但是他在石莎命案的時間留下了出現在孟公屋村的痕跡和證據。同時在他的住處找到了一把打造的石莎大門鑰匙。他被捕後供出了共犯，但是否認他們殺人，只承認拋屍。事後法醫的驗屍報告，證實石莎是死於心臟病發作。何族右動員林大雄的母親，說服他立功贖罪，再次進入大陸送錢，引導國安部的行動員追捕解放軍叛徒，摧毀飛彈發射場。

鍾為問說：「他還是你們後續調查的對象嗎？」

「他死了。」

「啊！這是怎麼回事？這和石莎命案有關係嗎？」

朱小娟說出了驚人的故事：

「這是石莎命案的延續。在飛彈襲擊民航機的事件結束後，林大雄以拋屍罪被起訴，他在法庭上認罪，法官接受了我們的建議，判他兩個半月的徒刑，也就是他已經關在看守所裏的時間，所以他就被當庭釋放了。回去後他真的是革心洗面，改邪歸正。他用國安部給他的一筆獎金，在深圳開了個小飯館，招牌菜是一道燒鵝飯。林大雄把老媽也接去了，回家鄉娶了個潮州姑娘做老婆，不久就生了個兒子，老婆幫忙打理飯館，老媽每天樂著看她的孫子，一家四口人過著快樂的日子。我們還去光顧過他的飯館，真的是挺不錯的。」

鍾為說：「浪子回頭金不換，老何，當初你沒看走眼。」

何族右說：「林大雄是個小混混，是個人渣，但是他是個孝子。我把他老媽抬了出來，他果然就範，替我們幹了件大事。他老媽護這個寶貝兒子護了一輩子，她一走，兒子就被人殺了。朱小娟，你繼續說。」

「林大雄的老媽在六個月前心臟病發作去世，不久有人打電話找林大雄去打牌，當晚他沒回來，第二天早上他被人發現死在停車場，有人在他後腦門上開了一槍。這不是打鬥時的槍擊，這是黑社會在執行死刑。林大雄死後的第三天，他老婆從深圳過來，拿了一封信來找何署長，她說林大雄生前告訴她，如果他被殺，這封信一定要交給香港員警的何族右。」

鍾為問：「林大雄的信裏都說了些什麼？」

「他說，石莎的被害是另有陰謀的。當年他沒說是因為水房幫有人威脅他，如果他洩密，就會殺他老媽。原來的計畫是要在梁童取得ＭＴＳＰ軟體後，然後由另一個殺手去取石莎的命，做成落水溺斃的自殺假像。但是石莎心臟病發作而死。下令殺害石莎的人不是周催林，是另有他人來買兇殺人，行動是通過吳宗湘傳達下來的。」

鍾為想到了許菲迪意外的聽到周催林、吳宗湘和席孟章在討論偽裝石莎自殺的事，但是他不能說：「所以老媽一死，他們害怕林大雄會洩密，就不留他的活口了，是不是？」

朱小娟說：「這就是黑社會的本質，沒有任何的道德觀念。林大雄的信，讓我們重新把石莎命案所收集的證據和相關人的證詞再從頭整理了一次，我發現了一個重要的證據，當時還沒有出現相關性，但是現在有了。鍾為，你記得嗎？蘇齊媚是在優德大學的物管處租屋鑰匙盒裏採取到四個不同的指紋，當時是和案情相關人的指紋對比，順藤摸瓜，查出來是羅勞勃打造了石莎房門的鑰匙交給周催林的。但是其中的一個指紋當時沒有找到任何對比。可是現在找到了。」

鍾為問：「是誰？」

「是你們工學院院長席孟章，顯然他也打造了一把石莎的門鑰匙，既然他沒交給梁童或林大雄，他一定是交給了另一個殺手用的。所以席孟章參與了殺害包博．派屈克和石莎兩人的陰謀，他是死定了。」

何族右說：「我當時對林大雄的信還是半信半疑，到底他曾經有過很不光彩的過去。但是從聯通記錄裏證明了他所說的都是正確的。『夢斷魂』發給吳宗湘非常明確的指示，要他安排殺害石莎。」

鍾為的臉色有點不對，他問：「你們知道嚴曉珠為什麼要置石莎於死地嗎？」

何族右和朱小娟都沒有回答，過了一會兒，何族右才說：

「我們不明白她真正的動機是什麼，鍾為，你認識她這麼多年了，也許你能捉摸出個道理來。但是，鍾為，嚴曉珠當年曾指示吳宗湘殺害蘇齊媚，並且說這是伊斯蘭宗教任務，要求康達前去執行。這是在通聯記錄裏看到的，我會盡一切力量從吳宗湘和周催林兩人取得證明，如果屬實，我老何走遍天涯海角，也要將『夢斷魂』拿下，繩之於法。香港的員警不是隨便就讓人殺的。這是我今天找你來，要告訴你最重要的話。」

何族右的眼睛睜得大大的看著鍾為，眼中露出凶光。鍾為的心思起伏，不知如何回答。『夢斷魂』是他的青梅竹馬小情人，會變成兩手都沾滿了鮮血的兇手嗎？他曾熱愛過的石莎和蘇齊媚都是死在她的手裏嗎？鍾為無語問蒼天。何族右辦公桌上的紅色電話響了，他即刻拿起來：

「我是何族右。」

他握住電話專心的聽著：「是的……太好了……明白……我就帶朱小娟和林亮明天一早就動身……好，等一會見。」

掛上了電話後，何族右說：「是一哥的電話。」

「一哥」是香港所有的員警稱呼香港警務總署署長，也就是他們最高的「領導人」，香港頭號員警的尊稱。何族右繼續說：

「還是我們的鍾為大教授的面子大，一通電話打給國安部的胡定軍部長，就把事情搞定了。中聯部來了通知，說要請我們協助提審周催林。國安部派了代表來見香港特首有重要事件會報，要我到場。我馬上要到總部去開會，朱小娟，你和林亮準備好，明天一早我們到深圳機場飛北京。看來事情是要急轉直下，鍾為，你有什麼問題要我問周催林的嗎？」

「問他『夢斷魂』是不是嚴曉珠。再問他知不知道，當初她到德國去找我的目的何在？」

何族右說：「好的。鍾為，本來我是想請你吃飯喝酒的，現在就只能請朱小娟代勞了。找個好一點的飯館，朱小娟，別替我省錢，看我們大教授想吃什麼，你就滿足他，儘量的叫吧！」

鍾為和朱小娟是約好了在將軍澳的假日皇冠大酒店的九樓一家義大利餐廳吃晚飯，選來這裏主要是因為離在清水灣的優德大學很近，同時離朱小娟住的藍田香港警員宿舍也不遠，酒店的樓下就是地鐵站，非常方便。

朱小娟來到酒店時，鍾為已經在大廳等她，她一身便服，剪裁合身的素色連衣裙只到膝蓋的上面，均勻的兩條小腿和腳上的高跟鞋，讓鍾為的眼光多停了一下，才又看到了鮮豔的圍巾和薄施脂粉的臉上那一對大眼睛。他們來到了九樓的紫雲軒，入座後，鍾為主動的建議他們叫套餐，這樣就不用操心，所有的都包括在內，然後他們可以叫一瓶上好的紅酒。朱小娟提醒老闆說過不必省錢，鍾為說等他看到那瓶紅酒的價錢，保證何族右會心疼。在上菜之前，鍾為說：

「朱警官，今天下午見到你時，我不是在灌你的迷湯，我說你變漂亮了是說真心話。」

「首先，請你別叫我朱警官，叫我朱小娟。可以嗎？」

「當然可以，我一向就主張稱名道姓。交換條件是我叫鍾為，後面不必加教授兩個字，反正我現在已經不是教書的了。」

「那就一言為定。鍾為你上次來香港時，正碰上我在出差，老何請客我沒能參加，沒見到你，很遺憾。本來我是有重要的事要跟你說，也有重要的東西要讓你看。所以等我從北京回來後，我還要再見你一次，我請你吃飯好不好？」

「不行，今天是你請我，下次是輪到我請你了。」

「今天是老何請客，不用我花錢。」

鍾為盯著她說：「我不是在說錢，我是在說你的人，是你來陪我的，不是嗎？」

朱小娟看著他沒說話，鍾為就接著說：「怎麼？不願意了！」

「我當然願意，有人請客還不好嗎？但是我也有條件，我要選地方。」

「沒問題，任何地方，赴湯蹈火我都會去。」

「行，到時候別黃牛了。」

「和美女的約會黃牛了，這不是發瘋嗎？啊！差一點忘了。」

鍾為從口袋裏拿出一個小盒子遞給朱小娟：「這是梅根要我交給你的，她很感激你陪她度過難關，送你個小東西做紀念。我沒敢在老何面前給你，怕他不讓你收下來。」

小盒子裏是一個鑲著藍寶石的別針，朱小娟驚呼的說：「這一定是非常貴重的，我怎麼能收呢？我們在天南地北的瞎聊天時，我告訴她我最喜歡藍寶石，她就去買了這個又大又漂亮的別針，一定是花了不少錢。我真的不能收，給老何知道了，他會炒我魷魚的。」

「別擔心，這事只有我們三個人知道，如果老何看見了，就說是你男朋友送你的。」

「老何知道我沒有男朋友。」

說完了，朱小娟就把頭低了下來，鍾為問：

「你不是和陳建勇分手已經有一陣子了嗎？沒再找男朋友嗎？」

「沒有，工作太忙，想找女員警的男人太少，最糟糕的是還沒有中意的男人出現過。」

「那是因為你的眼界太高了。」

「哈！我已經把標準一再的降低，只要不是瘸腿瞎眼的就行。這樣的眼界還高嗎？鍾為，陳建勇跟你還有聯絡嗎？」

「他寫了封短信給我，說他決定不去幹科研工作，要改行做生意了。後來我是從優德大學的同事那聽說，他沒通過博士候選人資格考試，挺可惜的。」

朱小娟說：「他沒跟你說和我分手的事嗎？」

「他有提到說跟你沒有緣分，所以兩個人同意分手了。到底是發生了什麼事？」

「鍾為，你離開了以後，他對研究的興趣就減少了很多，而我又成為正式員警，能分給他的時間也少了。當他告訴我說他家人反對他和女員警來往，而他也想改行做生意，我們之間失去了所有共同追求的期待，同時他也有了新的女朋友，所以當他提出說要分手，我就同意了。既使我不同意，他也會棄我而去，他的新女友是大陸富豪的女兒，送他汽車，給他買樓房。我這個窮員警就只能靠邊站了。」

朱小娟的聲音有點哽咽，鍾為握住她的手：「對不起，朱小娟，請你不要難過了。像你這麼漂亮的女人還怕找不到好男人嗎？」

「你不理解我。鍾為，我求你一件事好嗎？在我面前再也不提他，行不行？」

餐館開始端上他們點的套餐，鍾為要的一瓶紅酒也來了，每一道菜都非常的可口，尤其是紅酒，是人間仙品。朱小娟說：「鍾為，你是怎麼找到這家餐館的？菜好吃，酒也好喝。」

「同事介紹的。」

鍾為沒有說出來，餐館的真正老闆是許菲迪。兩人的注意力轉到眼前的美食和美酒，但是朱小娟發現眼前的男人不時的將眼光轉到她身上，她說：

「是我的臉上有問題嗎？怎麼這麼看人呢？」

「你沒聽說過嗎？男人最幸福的時刻就是有美食、美酒和美人在面前的時候。」

朱小娟抬起頭來看著他說：「蘇齊媚就說過很多次，你的那張嘴有多厲害。梅根也告訴我，說你的嘴是最會迷人。」

「怎麼個迷人法？」

「給女人灌迷湯，還會讓女人信以為真。」

「就只會灌迷湯嗎？」

「當然還有其他更迷人的功夫了。」

「能不能說來聽聽？」

「別太自我膨脹，洋洋得意。總有一天會有人把你收拾了。」

他們一邊鬥嘴，一邊享受美食和美酒，不知不覺的就把主食吃完，上來了甜點和咖啡。朱小娟說：「鍾為，你和梅根的愛情會開花結果嗎？」

「我這輩子是沒有女人會嫁給我的。」

「梅根告訴我，她和她老公已經沒有實質的婚姻了，她早晚都是要嫁給你的。就是她那份要把自己給你的信念，她才奮力的抵抗要強姦她的人。」

「梅根的老公查理，多年前因中風成了植物人，住在醫院裏，但是梅根還是在照顧他，因為是天主教徒，她不能離婚，我們的愛情，是要如何開花結果呢？」

「這也真是的，你們總不能沒完沒了的苦等啊！」

「朱小娟，你相信命運嗎？」

「我本來是不信，現在不同了，我不但去找了算命的人，我還跟我媽一起去給黃大仙燒香，想要改變我的命運。但是看樣子是沒什麼用。」

「你還這麼年輕，男朋友移情別戀，就這麼傷感，居然還要找人算命。那我不是老早就該上吊了嗎？」

「你和我不同，你是個大情聖，美女一個接一個的被你拿下，然後就被你遺棄，為了你而心碎。」

「看你把我說的，我愛過的人，嚴曉珠、石莎、蘇齊媚，都是棄我而去。結果呢？到頭來，我還是孤家寡人。」

兩人都不說話了，靜悄悄的喝著可口的紅酒在思念著。

「鍾為，你想她嗎？」

「想誰？」

「蘇齊媚，我知道你每次到香港來都要去浩園，放一束花在她墳墓上，坐下來和她說說話。」

「其實……」

朱小娟打斷了他的話：「蘇齊媚告訴我說，她第一次見到你時，就對你產生了愛慕，但是你和她當時的老公有了很大的衝突，結果她受了池魚之殃，你連她都罵了。後來她在偵辦石莎案子，開始時你們之間的矛盾還是來自以前的衝突。等到你們把心結打開之後，她又認為你只是因為她長得像嚴曉珠，把她當成代用品，才跟她談情說愛。但是蘇齊媚還是一頭栽進了你的魔掌，這是她真正的初戀，她想逃都逃不出去。」

「但是你知道嗎？我追她是多辛苦，愛理不理的把我掛在那裏。」

「結果呢？還不是被你拿下了嗎？那時候她很害怕老何知道，會把她開除警隊的。但是她擋不住你排山倒海的攻勢，壓得她都無法透氣，就只能投降了。」

「你是說，她嫌我體重太重，是不是？」

「鍾為，你別跟我嘻皮笑臉，我是在說正經的事。她說是在辦案的過程中，明白了你的確是個感情上的殘障人，而石莎替你療傷，把你恢復成正常的人，蘇齊媚知道了你對她是真心的。所以她很感激石莎，不止一次的說，石莎是來耕耘，而她是來收成。」

「我也回想過，我認識石莎超過了三年，我和她的感情像是在冬天曬太陽，從心底裏就溫暖。她走了以後我才認識蘇齊媚，前後才幾個月，但是沒想到她把我埋住了二十年的激情，一下就挑了出來，火熱的燃燒著。」

「也許這就是所謂的命運，老天爺老早就替你決定的，沒辦法改了。」

「好了，我們不談命運。我有幾個問題想問你，可以嗎？」

「你說。」

「朱小娟，我對嚴曉珠到了英國後的日子是一無所知，她很快的嫁人，作為被遺棄的男人，我沒有權力去問她，也沒有去究根掘底的心思。當中情局的富爾頓先生告訴了我嚴曉珠在英國的生活後，我才明白她已經是個陌生人了。」

「中情局是怎麼說的？」

鍾為說出了嚴曉珠的故事：

「根據英國反間機構ＭＩ５的情報，在英國的伊斯蘭恐怖組織原來是由埃及人阿塔領導的，九一一以後這個組織就由一個叫巴伯拉的英國人來領導，他原來是個基督徒，後來才改變信仰伊斯蘭。他和嚴曉珠相識，有了婚外情。嚴曉珠離開了前夫與巴伯拉同居，一年後才正式的離婚和巴伯拉結婚。後來巴伯拉因病去世，英國的伊斯蘭恐怖組織就由嚴曉珠接管了。在倫敦發生了數起地鐵爆炸事件後，嚴曉珠的組織被警方懷疑，ＭＩ５對它的總部進行搜查，發現了一個優德大學的檔案，裏面有鍾為、周催林、康達前、吳宗湘和大衛·巴伯拉五個人的資料。大衛·巴伯拉是優德大學的教授，是一位材料學專家，他是嚴曉珠的小叔，後來被ＭＩ５吸收，提供了很多有關在英國的伊斯蘭組織資訊。但是他和優德大學的合同期滿後就失蹤了，ＭＩ５懷疑是嚴曉珠下令制裁他的。在這檔案裏也記載了嚴曉珠到德國去的任務，她除了和在慕尼克的伊斯蘭組織建立聯繫外，還要說服鍾為轉換工作，跟她去英國，作為吸收加入她組織的第一步。」

朱小娟說：「所以當嚴曉珠去德國找你，告訴你，她離婚了，但是她並沒有說她已經又結婚了。做一個女朋友，她真是夠狠的了。」

「也許是她不忍心讓青梅竹馬的小情人第二度嘗到『女友結婚，新郎不是我』的苦果。所以就決定保密了。」

「鍾為，不要自我虐待。我們都知道你是個非常講原則的人，你在英國一定也有不少朋友，要打聽嚴曉珠的婚姻狀況和宗教信仰還不容易嗎？但是你不會。其實她沒有必要騙你，如果她告訴你，她改變了宗教信仰，有了婚外情，和男人同居了，你會不理解嗎？所以我認為她是另有目的。」

「你是說她想要說服我，跟著她走，是嗎？」

「不是，我有另外的想法。這次到北京去也許就能有答案。我回來再告訴你。」

「那就一言為定。我等你回來請你吃飯。」

「別忘了，你答應讓我選地方的。鍾為，你還想問什麼？」

「能告訴我，你在後續調查裏還發現了些什麼？」

「中情局曾透露說中東的伊斯蘭恐怖組織裏有不少中國人，大部份是新疆一帶的疆獨份子，但是也有很少數是從中國沿海地區，包括了香港特區的回教徒。我們拿了周催林和康達前的資料去要求核對，結果是毫無疑問，這兩個人是恐怖組織裏的成員。我們的調查發現，原來他們是澳門人，他們之前的世世代代都是在澳門成長的客家人，是屬於只有幾百戶信奉回教的人家。周催林的父親還曾當過澳門清真寺的祭師，後來因為和水房幫扯上關係，在幫裏做到了很高的位置，才辭掉了祭師的事，所以他的兒子周催林在水房幫裏一直是很有影響力。周催林是在念大學時擁抱了激進的伊斯蘭主義，開始參加他們的活動，當美國開始調查他時，他就回到了台灣。康達前是離開澳門到台灣去念書，畢業後進了軍情局，一路升到特勤處的上校處長。因為和周催林是小同鄉，就搭上線了。」

鍾為說：「朱小娟，根據你的理解，吳宗湘、周催林、席孟章和康達前都是一夥的人，有他們

共同的目標嗎？」

「後續的調查還在進行中，不能下最後的結論，這次到北京去提審周催林是一個重大的突破，很多的問題都會有答案了。但是我的初步看法是：周催林和康達前是穆斯林，他們的行動含有宗教的信仰，甚至狂熱。席孟章就是為了錢。但是吳宗湘是為什麼就捉摸不住，他後面還有一個更神秘的嚴曉珠在指揮他。老何說她可能是為了宗教，但是我並不完全同意。她指示要制裁石莎和蘇齊媚不可能是因為宗教的理由。」

鍾為又沉默不語，朱小娟握住他的手說：「鍾為，心理分析是我的拿手，但是我還是不知道嚴曉珠的心裏頭是在想什麼？從表面上看，你曾熱愛過她，但是她卻要作讓你最傷心的事，奪走了你所愛的另外兩個人。也許在後續調查結束後，我會給你一個答案。」

「老何有沒有跟你討論過蘇齊媚和康達前的槍擊？」

「我們曾談過多次，以前他認為康達前的目標是在你身後的大衛．巴伯拉，我當時就不同意。因為蘇齊媚也是坐在你身後，她的第一個動作是把你推開，離她遠一點，康達前是來殺她的，但是她先把你推開的動作，延遲了她的出槍，否則她能槍擊康達前兩次，讓他馬上就喪失任何的反擊能力，也許蘇齊媚就不會死在你懷裏了。」

「她怎麼會知道她是康達前的目標？那時你們還沒看過通聯記錄，不是嗎？」

隔了好一會兒，朱小娟才回答：

「鍾為，請你相信我，她知道。我現在不能說，等我從北京回來後再告訴你。」

「你們會通緝嚴曉珠嗎？」

「如果周催林能夠證實通聯記錄的資訊，檢察院會同意發出對嚴曉珠的逮捕證。鍾為，她已經不是你當年的小情人了，她背叛了你，她手上染有殺害包博．派屈克、石莎和蘇齊媚的鮮血。像老何說的，作為香港的員警，我們走遍天涯海角都要把她拿下。」

「朱小娟，席孟章的助理許菲迪說，你對她很凶，還說要抓她和關她，是嗎？」

「我找她談話時，就跟她說得很清楚，我是在調查殺人案，作為公民，她有義務誠實的將她所知道的事實告訴警方，如果有任何隱瞞，都是違法。當時我就感覺到她是在替席孟章隱瞞，所以才嚇唬她。」

「其實她是個很善良的人，因為是席孟章的助理，她覺得道義上該護著他。你們到法院去申請裁決的那些資訊都是她和另 位助理莊文吉告訴我的，你就放她一馬吧！」

朱小娟瞪著鍾為：「有她混身性感，是不是她在你身上施展功夫了？邵冰曾說過許菲迪喜歡你，要不是石莎是她的好朋友，她早就對你下手，把你吃了。」

「但是當年我們的關係很不好，主要是她處處替席孟章打前鋒，把我們這些教書的都得罪了。」

「她是不是讓席孟章睡了？」

鍾為不說話，朱小娟就擠著說：「你要我放許菲迪一馬，還不告訴我實話嗎？」

「有一次席孟章帶她去巴黎開會，想借機睡她，但是他老婆追來，席孟章就草草了事，許菲迪很後悔。」

「邵冰說，當年你不理她，她一氣之下就用高跟鞋踩了你一腳，把你踩流血了。有這回事嗎？」

「她的鞋跟是那種細細尖尖還有一個鐵塊，把我的小腳趾指甲踩下來了。」

「她還這麼凶，為什麼你不去告她傷害？」

「不過是我對她的態度一直不好，也不能完全怪她。」

「我看多半是因為她的性感，男人逃不出她的手心。我問你，你是怎麼把席孟章的事從她嘴裏問出來的？我審問她時，她就是死活不說。」

「其實，我去找她是因為她的同事莊文吉，他也是席孟章的行政助理，是他說許菲迪有重要的事要告訴我。」

「所以是她主動要說的，就這麼簡單嗎？你們還幹了些什麼事？」

鍾為曖昧的笑著說：「朱小娟，如果我沒記錯的話，何族右是叫你請我吃飯，還說一定要滿足我，不曉得是不是指飯後的餘興節目。但是被香港員警像犯人似的審問，絕對不是我想要的滿足方式，我提醒你，不要違反上級的指示。」

「上級是指示我要滿足你的食欲。」

「哈！老何是男人，他一定知道男人除了好吃的食欲之外，還有其他的欲望。」

「何族右是香港員警，不是拉皮條的。」

鍾為搖著頭說：「長江後浪推前浪，完全是青出於藍。」

「你是什麼意思？」

「顯然徒弟比師父厲害得多。」

「徒弟沒有師父那麼漂亮性感，又長得不像嚴曉珠，沒有本錢壓住你，就只好靠潑辣來對抗了。」

「沒有人告訴你，女人的潑辣也是一種美嗎？你要小心，挑戰性會刺激男人的征服欲。」

朱小娟笑了：「鍾為，你要是還想叫我放許菲迪一馬，你就跟我說老實話。你們還去幹了什麼事？」

「她帶我去了浪茄灣。」

「我就知道，那裏是石莎和蘇齊媚她們跟你談戀愛的地方，許菲迪還在那裏對你下手嗎？」

「她沒有那麼窮凶極惡，光天化日之下，她能對我怎麼樣，就是說了席孟章和吳宗湘的事。」

「然後呢？」

「我下水去游泳，她在沙灘上曬日光浴。」

「所以她還是把身體赤裸裸的攤開給你，讓你看看她最大的本錢，聽說她的身材是一級棒。後來呢？」

「我們也去了孟公屋。」

「你們到那去幹什麼？」

「許菲迪把石莎住過的那棟丁屋買下來了，改裝成豪宅，她有時候去住在那裏。」

「這個女人可真是厲害，先把你帶到浪茄灣，再把你帶到孟公屋，這都是你曾經和戀人纏綿的地方，她設計好了，你逃不出她的手掌，我說的對不對？」

隔了一會兒，鍾為才回答：「她要我搬到孟公屋去住，但是我沒同意。」

「喂！是鍾為嗎？我是許菲迪。」

「啊！菲迪，你好！」

「朱小娟剛剛才走，她還帶了兩個軍裝員警來，嚇死我了，我還以為她是來抓我的。」

「我不是說了，她不會逮捕你的嗎？她是在找殺人犯，你沒殺人，她抓你幹什麼？」

「她說重案組是看在你的面子上，決定暫時不追究我隱瞞事實的責任。但是朱小娟威脅我，叫我絕不能去碰你，否則就對我不客氣了。她不准我再帶你去浪茄灣和孟公屋小村，對我太狠了。」

「她是在嚇唬你，其實她人滿好的。」

「我看她是自私，想把你占為己有，才不准我碰你，氣死我了。明天我要去深圳辦事，你下班後到深圳的香格里拉酒店來，我等你。」

英國的伊斯蘭組織原來是由一位名叫阿塔的埃及人來領導的，他是一位很有成就的伊斯蘭宗教學者，也是後來精心策劃在美國的九一一恐怖事件的主要負責人和執行人。在他和紐約的世貿大樓一起都化成灰燼以後，這個組織就由一個叫巴伯拉的英國人來接管。

此人也是一位很有地位的伊斯蘭宗教歷史學家，原來是個基督徒，後來才改變信仰，成為信仰伊斯蘭的穆斯林。他一生致力於潛心研究伊斯蘭的宗教歷史，對於它的兩大支派，遜尼派和什葉派之間的異同和矛盾，學有專長，也有他的獨特見解。

他曾經發表論文敘述：宗教在歷史上一直是被政治家作為統治社會和人民的工具，因此教會也分享到了統治者的利益，甚至為了保持既得的利益，不惜犧牲教義中崇高的理想和精神。統治者為了鞏固和延續統治權，不主張貴族和平民通婚，而教會就成為具體執行這主張的機構。

但是五世紀末葉，在波斯第二帝國創立了「馬茲達克教」，它是從當時的拜火教中分裂出來的一個異端，創始者馬茲達克遠遠走在時代的前面，提出「人生而平等」的概念，雖然佛教也有「眾生平等」的概念，但是在宗教意義上的，它是指包括動、植物在內的「眾生」都能修行成佛，佛教把個人的貧困歸因在前世行為的因果報應，因此「眾生平等」的說法並沒有成為要求社會改革的依據。

而馬茲達克則不同，他從「人生而平等」進一步訴求「人活而平等」，並發動一場運動來實施他的主張，鼓勵當時社會裏的貴族和平民通婚。西元八〇一年，就是唐朝德宗貞元十七年，在杜佑

《通典》中第一百九十三卷「波斯」條下有記載說：「婚合不擇尊卑。」恰恰是馬茲達克運動的成果之一。

一些西方學者同意巴伯拉的論述，認為馬茲達克運動是人類社會裏最早的共產主義和無產階級運動。馬茲達克的思想，在後來滲透到伊斯蘭教什葉派的教義之中，對什葉派居多數的現代伊朗仍然是有一定的影響力。

巴伯拉也曾被邀請到各地的神學院講學，將他對伊斯蘭教的研究成果講解給宗教學者和研究神學的學生們。有一次他被邀請到伊拉克的阿宰米耶伊斯蘭大學作短期的講學和研究，遇見了一位年輕的學子，易卜拉欣，他出生於伊拉克的薩邁拉附近，曾經就讀於阿宰米耶伊斯蘭大學，獲得了伊斯蘭學碩士學位和博士學位，他的博士論文是關於伊斯蘭教遜尼派和什葉派之間的矛盾和鬥爭。

很自然的，當巴伯拉去到阿宰米耶伊斯蘭大學訪問時，易卜拉欣就找到他當面請教寫論文的問題了，巴伯拉很欣賞這位年輕上進的學生，易卜拉欣也很敬佩這位老師的學識，師生之間的互動建立了友誼和感情。易卜拉欣畢業後，就到一間清真寺當了「阿訇」，繼續他的伊斯蘭學研究。「阿訇」是一個古波斯語詞彙，意思是「老師」或「學者」。

在古代凡是受波斯文化影響的民族，對本民族中各種宗教的宗教場所首領及德高望重者都是用這個尊稱。如今也是被中國的回族，保安族，東鄉族和撒拉族穆斯林所使用。

「阿訇」易卜拉欣曾多次來到倫敦向巴伯拉請教伊斯蘭學術問題，師生兩人曾海闊天空的暢談在歷史上第七世紀時，穆罕默德和他的繼承者用龐大的軍事力量建立了穆斯林帝國，到了十三世紀版圖擴張到跨越歐亞非三洲，蒙古鐵木真和拔都西征以後，造成了蒙古／突厥／波斯／阿拉伯等四大種族將近五百年交錯的歷史。在易卜拉欣面前，巴伯拉曾說過：

「目前中東地區的國家邊界都是由溫斯頓・邱吉爾在一個多世紀前所創建的，他的考慮和指導原則是滿足西方國家的殖民政策和西方大財團的最大利益，而並沒有把當地的歷史，宗教和人文因素考慮進去。」

易卜拉欣很投入的問說：「是不是在中東應該儘快的建立起一個『伊斯蘭國』？在有了自己的武力後，才會有能力用各種方法來維護我們的歷史、宗教和文化。」

巴伯拉說：「你還記得嗎？一九五一年伊朗伊斯蘭議會提名一名忠實的穆斯林信徒，穆罕默德・摩薩台，為首相和第一位總統，進行政治改革。因為影響到西方的利益，在一九五三年被美國中央情報局策動的政變推翻。美國支持巴列維國王重新上台，導致伊朗人民的不滿，種下了日後的動亂。」

易卜拉欣說：「但是美國政府三心二意，在一九七九年迫使巴列維出國『長期度假』，委任巴赫蒂亞爾組織內閣。但是就在此時，伊朗的宗教領袖霍梅尼結束了他長達十五年的流亡生活，由巴黎回到德黑蘭，宣佈廢除君主立憲制度，成立伊斯蘭臨時革命政府，任命馬赫迪・巴札爾甘為伊朗總理正式接管政權，巴列維王朝從此覆亡。霍梅尼宣佈改國名為伊朗伊斯蘭共和國，舉行公民投票，建立了政教合一制度的神權國家。一九七九年的伊朗什葉派伊斯蘭革命，不僅僅讓一個基於傳統神學主張的政權得以成立，還為遜尼派群體起到了示範效應，那就是推翻世俗政權建立神權國家，並非遙不可及的夢想。」

巴伯拉語重心長的回應說：「也許這真是上帝阿拉的安排，讓遜尼派穆斯林有了一個絕好的機會。面對著伊朗革命的成功，美國的對策是啟動了一連串莫名其妙的中東外交和軍事政策，一方面為

它國內的大資本家財團在中東搜刮利益，另一方面又無視當地的歷史和人文社會，利用所謂的『顏色革命』，盲目的輸出和推行美國式的民主制度。而美國在中東唯一有連貫性和持久的外交政策就是被以色列和猶太人把持住的巴勒斯坦政策，半個多世紀來，那裏的戰爭從未間斷過，生靈塗炭，人們生活在水深火熱之中。中東地區人民反美的心態已經形成，同時也慢慢的根深蒂固。我認為，中東變天的時機將要來臨了。」

易卜拉欣說：「您說的完全正確，我在清真寺裏，有不少普通的老百姓會來找阿訇說話，聊天。我是很歡迎這種機會的。他們中絕大部分都認為在薩達姆、卡札菲、阿薩德等泛阿拉伯主義和世俗主義政權式微的今天，中東面臨著又回到遜尼派和什葉派宗教混戰的危機。事實上，目前伊拉克政府軍與反政府武裝力量的對抗，其中一部分就是一場遜尼派和什葉派的宗教混戰。」

巴伯拉很興奮地說：「易卜拉欣，你還記得嗎？我曾在課堂上說過：海灣遜尼派宗教神權國家與團體對什葉派國家的敵視，與對叛亂組織或明或暗的支持和資助，都是造成今日中東局勢混亂的主要因素之一。由奧薩馬・賓拉登領導的『基地組織』曾經成功的發動了在美國本土的九一一事件，徹底的震撼了這個世界最強大的國家和它的人民。美國開始集中全力對抗，結果是促成了其他反抗組織的風起雲湧。但是這些組織，包括賓拉登的基地組織在內，都只是停留在進行恐怖活動的階段，換來的是很多國家的譴責和聯合國的杯葛。易卜拉欣，你知道是為什麼嗎？」

「巴伯拉老師，我當然知道，最大的理由就是因為沒有建立我們剛剛說的『伊斯蘭國』。」

「孺子可教，易卜拉欣，你說的完全對了。但是這裏也有它的客觀原因，那就是時機和條件都還沒成熟。你想想看，伊朗的霍梅尼流亡在巴黎，苦等了十五年，終於讓他等到了時機，而革命建國的條件也來到了，所以他成功了。」

「老師，您認為現在要建立伊斯蘭國的時機和條件都成熟了嗎？」

「你還記得嗎？易卜拉欣，我在課堂上講的立國的三個條件。」

「就是人民、土地和政府。」

「是的，伊斯蘭國的人民是要來自信仰遜尼派的穆斯林，有了人民就能建立自己的武裝力量。至於土地，毫無疑問的是要在目前的伊拉克和敘利亞的境內。你剛剛也說了目前伊拉克政府軍與反政府武裝力量的對抗就是一場遜尼派和什葉派的宗教混戰。此外，敘利亞四分之三的人口是遜尼派穆斯林，但該國卻由占少數的什葉派分支阿拉維派統治，目前敘利亞內戰的主要原因就是遜尼派穆斯林反對什葉派的敘利亞總統巴沙爾・阿薩德政權。我認為如果只談伊斯蘭國的建國時機，它已經成熟了。別忘了，時機是會來臨，但是也會消失的。」

易卜拉欣聽得很入神，他陷入了深思。巴伯拉就繼續說：

「我認為建立伊斯蘭國最困難的是如何形成一個有效的政府，它需要組織與有能力和理想的人，這是中東地區最缺乏的。」

易卜拉欣說：「在建國的過程中，我們一定要去合併或是處理已經存在的許多組織，從他們中間也許能找到建國的人才。」

「可能性不大，即使有，人數也不多，不夠組成一個建立國家的隊伍。原因是中東地區沒有現代教育的基礎，無法培養出足夠的人，而社會中也沒有儲備這樣的人。所以我認為這些人才是要從發展國家中引進。」

「您是說，我們需要從西方國家裏找人嗎？這些信仰基督教的人，基本上都是很敵視伊斯蘭，他們不會來幫助我們的。」

「這也未必，我們的『英倫伊斯蘭學會』裏不就有不少改變了信仰，成為穆斯林了嗎？我自己就是個例子。他們之中也有人問我去中東工作的可能，問題是他們是否是我們所需要的人。我們學會裏的白種英國人還是不多，這和伊斯蘭的形象有關，很多英國人都以為所有的中東穆斯林都是恐怖份子。」

易卜拉欣說：「這是個問題，我們一定要認真的去思考，想出個辦法來。我記得您還講過，在政府的運作中，和人才及方法同等重要的是資金來源，老師，說說您的看法好嗎？」

「沒錯。政府沒有資金是無法運作的。目前所有的不同伊斯蘭運動組織的資金主要來自海灣國家，特別是來自沙烏地阿拉伯，以及卡達、科威特和阿拉伯聯合大公國。但是要注意，主要不是來自沙烏地阿拉伯和其他國家的政府，而是來自那些國家富有的阿拉伯人。伊斯蘭國成立後要特別用心來維持和這些富人的關係。其次就是中東地區最大的天然資源石油，敘利亞北部有很大的油田，如果能將這些資源掌控在自己手中，用卡車將石油跨境運送到土耳其，能獲得很大的利潤。」

易卜拉欣也興奮的接著說：「在清真寺裏，還有人告訴我，在敘利亞還有很大量的流動資金。他們說就只拿摩蘇爾市的中央銀行為例子，那裏就存有超過四點二九億美元的流動資金。這筆錢可以用來為至少五萬名軍人發放一年的軍餉，每人每月可得六百美元。或者在國際市場上購買更好的武器。」

巴伯拉說：「是的，流動資金的運用是很重要，並且它的效果也是會立竿見影，非常明顯。但是需要有專業人員的參與。所以這又回到了人才的問題上。還有，易卜拉欣，你別忘了，我們要有能力自己籌集大部分資金。要努力建立社會網路，來創造持久的資金管道。」

「老師，您說的是，歸根結底，要建立伊斯蘭國，就需要人才，自己培養在短期內是不可能，看來也只能按您說的由西方國家引進。這就又要按您說的，首先要改變形象，爭取國際認同，以及爭取同情我們的人。」

巴伯拉說：「這就對了。你要好好的和我妻子嚴曉珠談談，她是學新聞的，又有媒體工作的經驗，她很欣賞你，會願意幫你的。」

二〇〇四年的二月裏，在美國入侵伊拉克期間，易卜拉欣被美軍以平民被拘留者的身分扣留，拘押在「布卡營」。二〇〇四年十二月初，因為沒有審查出他有犯罪前科和被關押的記錄，他就被無條件的釋放了。二〇〇六年十月十三日，「伊拉克伊斯蘭國」宣告成立。設立了內閣，由一位叫「阿布・阿卜杜拉・拉希德・巴格達迪」的人，成為掛名「埃米爾」，也就是它的首領，還宣佈了它的國境包括了：敘利亞、黎巴嫩、約旦、以色列和巴勒斯坦。它的目標是消除二戰結束後現代中東的國家邊界，並在這一地區創立一個由基地組織運作的酋長國。

二〇一〇年，一位前薩達姆軍隊的將軍將一位被美軍拘捕過而又釋放了的清真寺「阿訇」易卜拉欣介紹去到「伊拉克伊斯蘭國」。由於他的學歷，能力和過人一等的聰敏才智，易卜拉欣很快的被拉希德・巴格達迪所賞識，成為「伊拉克伊斯蘭國」裏的重要人物。

之後，易卜拉欣接到了山伯拉病危的消息，他冒著被英美和北大西洋公約國家情治人員逮捕的危險，易容改名來到了倫敦，目的是來探望病重的恩師巴伯拉。但是他心裏的另一個目的是想看看讓他日夜思念的師母，他心中的那一股火焰一直在燃燒著。當巴伯拉的妻子嚴曉珠第一次見到易卜拉欣時，他雖然已經是個博士研究生了，但是還很靦腆，她的美豔使他臉紅。在嚴曉珠的眼裏，他是個身材魁梧，面貌端正英俊，來自伊拉克的青年學子，特別是那一對似乎會穿刺的目光，吸引了她。

當易卜拉欣成了清真寺的「阿訇」後，他每年還是會來拜訪巴伯拉，師生二人暢談各自的研究成果。成熟多了的易卜拉欣除了有英俊的面孔和在體格上有著男人的健壯外，在談吐和行為上也是充滿了智慧，充分的表現出男人的魅力，很顯然的，更是吸引了嚴曉珠的注意力。而「阿訇」也是被這位年歲比他大的「師母」罩住了，他們之間有了異性相吸，在言語上也開始出現了挑逗的字句。但是讓易卜拉欣感動的是，有一次嚴曉珠握著他的手，看著他說：

「不要忘記你的名字是《易卜拉欣・阿瓦德・阿里・穆罕默德・巴德里・薩瑪拉》，你的祖先是伊斯蘭世界的創始人，你有天賦的責任把伊斯蘭發揚光大。你應該放棄《阿訇》和追求學問，轉而投入伊斯蘭國的創建，你將會在伊斯蘭世界裏有更輝煌的成就。」

這一番話說得讓易卜拉欣熱淚盈眶，他把嚴曉珠看成是他的再造恩人，覺得她是世界上最美最性感的女人。

他們是在醫院的病榻旁相見，嚴曉珠看見易卜拉欣把很長的絡腮鬍子剃掉了，人顯得更是年輕。巴伯拉的病情已經是脾臟癌的末期，躺在病床上大部分的時間都是在止痛的嗎啡藥劑下所造成的昏迷狀態裏，師生兩人已經無法做任何有意義的交談了。

嚴曉珠告訴易卜拉欣，當巴伯拉感覺到身體有了狀況，去見了醫生做檢查，發現是脾臟癌時，已經進入到末期，癌細胞完全擴散了。專家醫生們會診認為以手術切除和化療都太晚了，只能用標靶藥物給病人，看能不能出現奇蹟。嚴曉珠告訴他，從所有的跡象看來，她丈夫的生命是走到盡頭了。

等到了探望病人的時間結束時，嚴曉珠告訴易卜拉欣，目前的安全情況很危險，英國的反間諜情治機構軍情五處，已經開始對所有的伊斯蘭組織和穆斯林的積極份子進行全面監控，她的住處不僅有特工盯著，還已經被秘密的搜查過好幾次了，甚至有時還會跟蹤她。雖然他這次到英國來不是用的真名真姓，也改變了容貌，但是稍一不留神，軍情五處的特工就會貼上來有所行動。嚴曉珠交給他一把門鑰匙和一個地址，跟他說那是個安全住房，還沒有被ＭＩ５的特工發現，要他今晚去住在那裏。又交給他一個手機，告訴他雖然裏頭是個新的預付儲值晶片，但是絕不要用，手機響了也不要接聽。只有她知道號碼，打給他時，第一次會響三聲就掛斷，接著馬上又會打來，但是響兩聲就掛斷，第三次再響時才接。為了確保安全，她會用公共電話，同時到了安全房後，就好好的梳洗休息，不要再出門了，她會把晚餐帶過來，他們可以邊吃邊談。易卜拉欣感到了情勢的緊張。

嚴曉珠是叫了計程車去到了易卜拉欣的安全住房，但是她是在兩條街之外就下了車，然後在附近的街上步行，來回兩次，仔細的觀察，她確定了沒有發現有同樣的面孔出現過兩次後，才用既定的方法和易卜拉欣聯絡上，當電話第三次響起，他一拿起來就聽見了嚴曉珠的聲音：

「你把房門的鎖打開，但是不要把房門打開。」

五分鐘後，嚴曉珠推門而入，易卜拉欣著實的看清楚了，進來的是一位美婦人，臉上薄施脂粉，但是眼睛和嘴唇卻刻意的化妝，凸顯了她的美豔。她穿了一件薄外套，手裏提著一個購物袋，神色有些慌張：

「我一個小時前就到了，在這附近的街道上來回的走動，沒有發現有可疑的人物在觀察這間安全房子，我才打電話叫你開門。」

易卜拉欣很感動的說：「每次來看老師，看見您，受到您的照顧，就感到非常的溫暖。現在還為了我的安全操心，真讓我感動，」

嚴曉珠把購物袋放下來，往前靠了上來說：「你是巴伯拉最欣賞的學生，我當然要好好的照顧你了，就不知道你的感覺是不是真心的。」

兩人之間的距離很近了，嚴曉珠身上的香水味已經能聞到了，易卜拉欣抱住了她說：

「你難道還看不出來我對你的眼神嗎？」

嚴曉珠沒有回答，但是她的一隻手摟住他，將身體貼上來，把頭靠在他的胸脯，嘴裏吐出一聲：「嗯！」

當兩個人都感到對方的體溫時，易卜拉欣用手抬起她的臉，要把嘴湊上來時，嚴曉珠的手擋住了他的臉：「我們吃飯吧，要不然菜都要涼了。」

從她的肢體動作和語言裏，易卜拉欣得到的資訊是：嚴曉珠知道他的意圖，也並沒有拒絕他的索吻，只是時間不巧。她將身上的薄外套脫下，裏頭穿的是很時尚的套裝，緊身的短裙配著套頭的上衣，讓她誘人的雙腿和胸部出現在易卜拉欣的眼前，她沒有戴胸罩，上身的衣料很清楚的把兩個乳頭印出來。臉上的妝和頭上的髮飾也看得出是經過精心打理，雖然衣服的顏色是一身素雅，但是和她下午在醫院裏看望重病中的丈夫時，所穿的衣著完全不同。易卜拉欣將這些都看成是眼前這位女人要傳給他資訊裏的一部分。嚴曉珠把晚餐的飯菜以及用餐的刀叉在桌上擺好之後，菜肴的香味就瀰漫在屋裏，易卜拉欣說：

「好香啊！你一定是在一家很貴的餐館買的，不好意思，還讓你破費了。」

嚴曉珠花枝招展的笑著說：「你猜錯了，這些菜都是我做的，也不知道會不會合你的胃口。」

他驚喜的說：「太好了，老師在我面前說過好幾次，說您燒的菜是如何的可口，今天是我走運了，我真要再謝謝你了。」

他靠過來，摟住了嚴曉珠的細腰，低下頭來在她的耳邊說：「你對我真好，我想吻你。」她把頭抬起來迎接，一隻手掌又抵住了他的胸膛，把頭歪了一下，只讓易卜拉欣吻了她的臉頰。但是她抬起了膝蓋，輕輕的磨擦他大腿的根部，他將嚴曉珠摟得更緊了。她說：

「我剛才說過，菜都要涼了，快放開我。」

易卜拉欣的胃口很好，他大口大口的吃著嚴曉珠為他準備的晚餐，這也很可能是他深深的感覺到眼前這位美豔的婦人，雖然還是他的師母，但是給了他非常強烈的資訊，不拒絕他對她的非份之想，對於期待中的魚水之歡，刺激了他強烈的食欲。他們把嚴曉珠準備的晚餐一掃而光，收拾了碗盤後，兩人到客廳裏喝茶，嚴曉珠主導了他們的對話。

「我想把我們的《英倫伊斯蘭學會》，正式改名登記為《英倫伊斯蘭運動促進會》，你認為合適嗎？」

「這是個成立已有三十多年的組織，不僅在英國、歐洲，還有整個穆斯林世界，都已經有它一定的知名度了，為什麼要改呢？」

「它原先成立的宗旨是學術研究，因此前幾屆的會長都有伊斯蘭學者的背景，會中的資深大佬和有影響力的會員也都熱衷於伊斯蘭的研究。但現在的情勢已經很清楚了，我們不能再只是沉醉在學術的研究裏，需要行動的時候到了。你說不是嗎？」

易卜拉欣說：「這一點，我非常同意。」

嚴曉珠說：「和我們聯繫最多的是在德國慕尼克的穆斯林，他們也把學會的名字改了，現在吸收了不少年輕的會員，包括了從基督教家庭長大的純種日耳曼人。」

「我認為你這麼做是對的，但是巴伯拉老師同意嗎？」

嚴曉珠沉默不語，易卜拉欣就接著說：「嚴曉珠，我可以這麼稱呼你嗎？」

「叫我的名字，我會更高興。」

「嚴曉珠，巴伯拉是一位優秀的伊斯蘭學者，我們需要他來傳播伊斯蘭思想的博大精深。但是我們穆斯林更需要像你這樣的人來把我們團結起來。」

「穆斯林需要我，但是你需要我嗎？」

嚴曉珠在直接的挑逗他了，易卜拉欣不放過機會：「你要我馬上展現給你，我是如何的需要你嗎？」

嚴曉珠看著他，不說話。再開口時，她說：「你和我都要期待那一刻的來臨。」

易卜拉欣說：「嚴曉珠，別讓我等得太久。」

「但是你知道我已經等待了多久了嗎？巴伯拉日夜的潛心在學術研究裏，英國伊斯蘭組織裏的日常事務就自然而然的都落在我身上。現在巴伯拉又病成這樣，隨時都會離開這世界，我需要有像你這樣的人來支持我，讓目前一些有影響力的人靠邊站，而我確實的拿下巴伯拉留下來的組織，完成我們的新計畫和目標。易卜拉欣，你願意幫我嗎？」

這回輪到他來挑逗嚴曉珠了：「當你是我的人以後，我當然會幫你的。像你剛剛說的，你和我都要期待那一刻的來臨。」

「我一定會滿足你的。」

「那就讓我再說一次，嚴曉珠，別讓我等得太久了。」

「不會的，你要有耐心。讓我先說說我們目前的情況：當我們開始向歐洲的伊斯蘭團體靠攏時，倫敦發生了數起地鐵爆炸事件，英國的反間諜情治單位軍情五處對我們的總部進行了秘密搜查，他們發現了一個有關香港優德大學的檔案，裏面有鍾為、周催林、吳宗湘、康達前和大衛．巴伯拉五個人的資料。鍾為是一位從美國去的資深教授，他在建立了輝煌的學術成就後才到了香港優德大學。他是我青梅竹馬的戀人，我離開他和我前夫結婚後，他就沒再戀愛，一直是單身不娶，等去到香港後才又開始有了女朋友。」

「他是個癡情的男人，你沒思念他嗎？」

嚴曉珠沒有回答問題，她說：「鍾為是個非常優秀的男人，但是我們不僅是沒有緣分，也選擇了不同的生活，南轅北轍，不可能走到一塊。後來他的女朋友相繼去世，因為不堪的命運遭遇，鍾為遠走加拿大的溫哥華，去經營一家書店。」

「軍情五處搜查到的檔案重要嗎？」

「我們和歐洲的組織一直想要把勢力擴張到在東北亞洲的國家，尤其是香港。他們取得的檔案裏，除了鍾為，其他的人都是穆斯林，都和我們有絲絲縷縷的關係。周催林和吳宗湘因為涉及殺害鍾為的助手和參與我們的行動，而被分別關在中國和美國的大牢裏。康達前因為同一個案子，在企圖刺殺鍾為時，被警方擊斃。大衛．巴伯拉是一位材料學專家，他是優德大學的教授，也是我的小叔，但是他在合同期滿回到倫敦後就失蹤了。在這檔案裏也記載了我去德國慕尼克，和那裏的伊斯蘭組織建立聯繫的資料。」

「軍情五處是怎麼盯上你們的？」

「我有不少的證據，顯示出我的小叔大衛．巴伯拉，是軍情五處的臥底，他是我們的心腹大患，但是我們已經找不到他了。」

「這個人如果不除掉，你們早晚會毀在他的手裏。我回去後就請我們的行動員來幫你們完成任務。不僅是他，在他的家人和他周邊的人都要一起消滅，不能留下任何的後患。」

「別忘了他是你恩師的親弟弟，他們兄弟的感情非常好，這也一直是我最大的顧忌。」

易卜拉欣的眼睛裏出現了嚴曉珠從未見過的凶光：

「這是你死我活的關鍵時刻，決不能手軟。我問你，你手下有得力的行動員嗎？」

她深深的體會到面前男人的殘酷本性，也暗暗的自喜，覺得他是個有領袖性格的人，她說：

「我前夫是個警官，我吸收進來幾個他的員警朋友，讓他們改變信仰，成為穆斯林。他們有行動經驗。」

「太好了，嚴曉珠，你讓他們去散佈說，巴伯拉病重，生命沒幾天了。我相信他的親弟弟一定會到醫院來看他哥哥最後一面，派你的人看好醫院，他一出現就盯上他，再通知我們的人，進行制裁他和他周邊人的行動。」

嚴曉珠思考了一會兒才說：「那這事就這麼辦了。易卜拉欣，說說你目前的情況吧！」

易卜拉欣的臉色變得很沉重，他說：「我目前的情況很複雜，我被介紹加入了『伊拉克伊斯蘭國』後，很快的被領導人拉希德・巴格達迪所賞識，我可以感覺到他對我的信任，基本上他會接受我的建議。但是我同時也看出來，並不是所有的人都同意我的看法，我需要佔據更高的位置，否則只能去實現別人的理想和目標。有時候想起來還是挺鬱悶的。」

「你和巴格達迪身邊的重要人物有矛盾嗎？」

「嚴曉珠，你知道嗎？他們之中有我的仇人，我是該把他殺了報仇的。」

「為什麼？」

「巴格達迪的第一副手，阿布・馬斯里，曾經看上過我的老婆，霸佔了她。」

嚴曉珠曖昧的笑著說：「難道沒想過要促成他早一點走嗎？報了仇，還要取而代之，當伊斯蘭國的第二把手，然後再睡他的老婆。易卜拉欣，你知道嗎？有野心的人才能做大事。」

他沒想到眼前這位將要和他有魚水之歡的美豔師母，也是個很有野心的女人，他說：

「談何容易，他的安全，對外和對內，都做得滴水不漏，無從下手。更何況一旦曝光，我自身就難保了。」

「你知道嗎？在中國歷史上有一本著名的兵法策略，它是根據中國古代卓越的軍事思想和豐富的鬥爭經驗總結而寫成的兵書，叫做《三十六計》，大約是在西元四三六年成書的。原書共分為，勝戰、敵戰、攻戰、混戰，並戰和敗戰等六套。每套各包含六計，總共三十六計。其中的一計是《借刀殺人》。書中指出，在對付敵人的時候，自己不動手，而利用第三者的力量去攻擊敵人，以達到致敵於死地的目的。明白了嗎？」

易卜拉欣對嚴曉珠的智慧和深謀遠慮佩服得五體投地，他說：「真沒想到，你比我認識的很多男人都要有智慧，你必須是我的人了。」

「看你現在說得好，等你玩了我，登上二把手的大位，身邊有了年輕的美女，你就會把我忘了。」

「我保證不會的，何況我還需要你的專業知識和能力來幫助我建國，這都是巴伯拉說的。嚴曉珠，你就祝我一臂之力吧！」

她深情的看著易卜拉欣說：「我會的。你走之前我會給你一個黎巴嫩，貝魯特市的電話號碼，你等兩周後打電話，會有人替你安排你的復仇行動。」

他激動的說：「我不知道這是阿拉的安排還是我的好命，讓我認識了你，也讓你來助我一臂之

力。可是嚴曉珠，我已經愛上了你，現在全身都繃緊了，就在這一刻，我一定要擁有你，否則我馬上就會爆炸了。但是我不敢侵犯你，我該怎麼辦呢？」

嚴曉珠說：「易卜拉欣，你冷靜一下。我的丈夫雖然已經走到他生命的最後一刻了，但是他還是躺在離這兒不遠的醫院裏，在這一刻，我還是屬於他的，我不能讓你佔有我的身體，那會褻瀆我們共同敬畏的神明。你知道嗎？這幾年裏巴伯拉的身體一直很不好，而他又是全心投入在他的伊斯蘭學的研究裏，我在精神和肉體上都非常的寂寞，渴望著有一個強壯的男人帶給我歡愉。而你的出現更讓我有了強烈的反應。但是我們現在還不能合體，還得再等待，不會太久的，我會很快的把我給你。那時候我就不會有心理上的障礙，會把自己完全放開來給你。我會讓你獲得從沒有過的肉體歡愉，一生難忘。」

「可是我快要發瘋了！」

嚴曉珠歎口氣說：「哎！男人就是這麼猴急，真是沒辦法。那你就親親我吧！」

易卜拉欣以為嚴曉珠又是只讓他親親她的臉，沒想到，她站了起來，同時也把他拉起來，主動的抱住他，將嘴唇印在他的嘴上。她緊緊的摟著他，全身都貼住了他，她的身體在蠕動，磨擦著他，感受著他的生理變化。她的舌頭伸進了易卜拉欣的嘴裏，玩弄他的舌頭。兩人的身體都需要氧氣，他們放開了對方，深深的吸了一口氣，嚴曉珠看著他，用低沉的聲音說：

「我要你用舌頭侵佔我的喉嚨，用手玩我的乳房。」

易卜拉欣將他的舌頭強力的進入了嚴曉珠的嘴，一手握住她的後腦，一推一送的模仿強姦她，另一隻手伸進了她的上衣，用力的撫摸完全膨脹了的堅硬乳頭。但是不久之後，易卜拉欣的雙手放開了，同時眼睛也閉了起來，他感到有一股電流通過了他的全身，讓他四肢無力，但是帶給他從沒有過的快感。他摟著嚴曉珠的腰來撐住自己，她的嘴緊緊的吸住了他的舌頭，頭部在左右的搖晃，讓他的舌頭和她嘴裏的每一個細胞接觸，傳遞著令他瘋狂的感覺。易卜拉欣的褲子被解開了，嚴曉珠的一隻手若即若離的遊走在他臀部最敏感，神經最密佈的地方，另一隻手握住了他充血和堅硬的男性，一下鬆一下緊的配合著她頭和嘴的動作。易卜拉欣進入了天堂，在那裏，他一瀉千里。

易卜拉欣倒在嚴曉珠的懷裏好一陣子才恢復了神智，她幫助他在浴室裏清理了一番，換了乾淨的衣服後才又回到客廳裏，嚴曉珠把熱茶端了上來：

「易卜拉欣，來喝點茶，幫助你恢復體力。為了你的安全，你需要儘早離開倫敦。但是我們還得談談我們以後的計畫。」

「嚴曉珠，我相信在你的協助下，我一定會在伊斯蘭國建立一番事業。我不會忘記你，我會期待你來到我的身邊。你這樣的幫助我，也得讓我為你做些事才行啊！」

「我是有一件事要求你幫忙的，但是我想先聽聽你說說目前伊斯蘭國的情況。」

「在動盪的伊斯蘭世界裏，塔利班和基地組織，還有我們的伊斯蘭國都是信奉宗教原教旨主義的團體，但是我們形成的現實條件和具體訴求不同，只是目標一致，就是致力於回歸早期伊斯蘭擴張時期的傳統，一定要打破西方主導的現代化世界格局，重建神權至上的文明共同體。我們一路走來，聲勢日漸壯大，伊斯蘭國終於在伊斯蘭世界早期倭馬亞王朝和阿拔斯王朝的心臟地帶，也就是兩河流域生根發芽。」

「伊斯蘭國在宗教行為上，會有特別的訴求嗎？」

「我們的宗教行為會具有強烈的瓦哈比教派色彩，它是屬於遜尼派的分支，認為伊斯蘭世界需

要淨化，需要回歸到伊斯蘭創教初期的主張，我們認為其他遜尼派的穆斯林並沒有完全達到真正穆斯林的標準，有些甚至接近異教徒。」

「你們對於遜尼派和什葉派自七世紀中葉就開始的教派戰爭，有什麼看法？」

「在我們眼裏，什葉派是穆斯林土地上的異教徒，必須徹底的消滅。嚴曉珠，你的看法呢？」

「巴伯拉曾告訴過我，遜尼派穆斯林和什葉派穆斯林的鬥爭一直在持續，並且愈演愈烈，歷代什葉派的最高領袖『伊瑪姆』，開始有系統的累積金銀財寶，做為和遜尼派鬥爭的本錢。後來歐洲的基督徒發動了十字軍東征，阿拉伯人和土耳其人為了保護家園浴血奮戰，十字軍東征徹底失敗，但是在這近兩百年的戰爭中，雙方軍隊掠奪了無數的財寶，其中的部分最後也落到了『伊瑪姆』的手裏。西元一二五八年蒙古風暴興起，消滅了阿拔斯王朝。『伊瑪姆』開始將巨大的金銀財寶隱藏，並且製作了詳細的藏寶地圖。易不拉欣，我需要你的幫助去找藏寶地圖。」

易卜拉欣安全的離開倫敦回到了伊拉克，他投入了「伊拉克伊斯蘭國」的行政工作，他的能力漸漸的被人看中，讓他成為這個組織裏的高層人物之一。時間過得很快，三年一轉眼就過去了，易卜拉欣向領導人，拉希德・巴格達迪，建議應該派二把手，阿布・馬斯里，到薩拉赫丁省首府提克里特視察。

當出巡視察的行程決定後，易卜拉欣秘密的往黎巴嫩的貝魯特市打了一個電話。阿布・馬斯里和他隨行人員的行蹤被附近的美國和伊拉克聯軍發現，在優勢的火力和軍隊包圍下，聯軍發起攻擊，擊斃了馬斯里和他的隨行隊伍。易卜拉欣接替了馬斯里成為「伊拉克伊斯蘭國」的新任二把手首領。他上任後的第一件事就是展開調查前任二把手行蹤洩密的事件。

兩周後宣佈調查結果，洩密叛徒是馬斯里年輕的第四個妻子和他大老婆所生的女兒，她們因同性戀被揭穿，彼此串通好共同出賣了馬斯里的行蹤。兩個女人都被判了死刑，有人說在她們被處死前，易卜拉欣當著多人面前，將她們強姦了。

第二件事是他策劃派遣武裝份子進入敘利亞，在那裏組建了「勝利陣線」的激進組織。巴格達迪宣佈將「伊拉克伊斯蘭國」和「勝利陣線」合併成一個組織「伊拉克和沙姆伊斯蘭國」又稱為「伊拉克和黎凡特伊斯蘭國」，這兩種不同名稱的產生是由於對於敘利亞及周邊地區，阿拉伯人稱為「沙姆地區」，而歐美對相近的地理概念慣用「黎凡特」一詞。後來，巴格達迪宣佈將「伊拉克和沙姆」字樣捨去，直接稱「伊斯蘭國」。

巴格達迪自稱是「哈里發巴格達迪」，在穆斯林的世界裏，「哈里發」是國王和先知的意思。雖然實際上它只是一個活躍在伊拉克和敘利亞的聖戰組織和一個極端的恐怖主義組織，它的領袖「巴格達迪哈里發」宣稱「伊斯蘭國」對於整個穆斯林世界，包括整個中東、非洲東部、中部和北部、黑海東部、南部和西部，亞洲中部和西部、甚至歐洲的伊比利亞半島、印度、中國西部地區都擁有權威地位。

觀念保守的「伊斯蘭國」，在傳播他們的理念手段上卻能緊跟著時代。

在宣佈「建國」後不久，幾個大的全球社交網路上，就出現了打著他們旗號的諸多網頁。在這些網頁上，「伊斯蘭國」呼喚全世界的穆斯林，特別他們現在匱乏的人才，譬如：工程師、商人甚至律師，來投奔和「彙集」到哈里發國，將新建立的「伊斯蘭國」視為真主應許之地。他們在招募志願者的歌曲中，這樣唱道：

伊斯蘭之國已經建立
讓我們掃除一切邊界
我們的戰車所到之處
猶太拉比必將蒙羞
哦，追求真理的戰士，出發吧！

「伊斯蘭國」和它的支持者有著嫻熟的互聯網傳播技巧。許多西歐國家的第二代年輕穆斯林移民受到感召，有人組織在短期內先後把一千多名外國人送進敘利亞，他們有從中國來的，也有美國人、俄羅斯人、阿爾巴尼亞人、英國人和法國人，有人甚至還把妻小帶來。除了人數外，「伊斯蘭國」軍事成員的國籍也難以統計，有資料顯示，該組織起初多在伊拉克、阿富汗、車臣等地招募武裝份子。

另據一份法國研究機構的報告分析，該組織頭目多來自伊拉克、利比亞、沙烏地阿拉伯和突尼斯，如今有著三千多名來自德國、法國、英國、澳大利亞、美國、加拿大等西方國家的「志願者」。其中有約五百名英國人在伊拉克和敘利亞為伊斯蘭國作戰。據英國《每日郵報》報導，一群「伊斯蘭國」的支持者在倫敦牛津街分發宣傳該極端組織的傳單，鼓動人們離開英國，移民到新的「伊斯蘭國」。很多知情的人會說，這一切做法都是伊斯蘭國的二把手易卜拉欣所出的主意。但是不知道真正的幕後推手卻是美豔性感的《英倫伊斯蘭運動促進會》會長嚴曉珠。

伊斯蘭國曾發佈一段主要用英語旁述的影片，解釋他們的立國願景。其中聲言要終結英法兩國一戰中為瓜分土耳其奧斯曼帝國中東地盤而達成的「賽克斯—皮科協定」，不僅要消除伊拉克與敘利亞的邊界，還要消除約旦和黎巴嫩的邊境，並且要「從猶太人手裏解放巴勒斯坦」。可以想見，站在他們的立場上，受到西方影響的現代中東歷史依然是從屬宗教戰爭的範疇。他們的發言人敦促全球的穆斯林要向「哈里發巴格達迪」效忠，同時更宣佈：「隨著哈里發的權威擴張，其軍隊所到之處，所有酋長國、組織、國家、團體的合法性俱將無效。」

伊斯蘭國規劃著數年後佔領西亞、北非、西班牙、中亞、印度次大陸全境乃至中國新疆。他們似乎從不害怕樹敵眾多，在巴格達迪明晰的講話中，他點名了全世界的許多國家，他說道：

「在中國、印度、巴勒斯坦、索馬里、阿拉伯半島、高加索、摩洛哥、埃及、伊拉克、印尼、阿富汗、菲律賓、什葉派伊朗、巴基斯坦、突尼斯、利比亞、阿爾及利亞和摩洛哥，在東方和西方，穆斯林的權利都被強行剝奪了……你們看到的中非和緬甸，只是他們水深火熱處境的冰山一角。阿拉在上，我們要復仇！」。

值得注意的是，中國被排在了第一位。巴格達迪的講話中，多次提到中國以及中國新疆，指責中國政府在新疆的政策，並要求中國穆斯林和全世界穆斯林一樣向其效忠。

在西方國家媒體眼中「巴格達迪哈里發」是一個十分神秘的人物，媒體稱他為「拉登接班人」。他自己聲稱是先知穆罕默德的直系後裔，而他的名字則反映出了這種血統，因為這一名字指的正是先知的部落和家族。他成為了全球聖戰運動中的一個令人敬畏的人物，他出現在電視螢幕上時，是個身著黑袍，裹著黑色纏頭的阿拉伯男子，登上清真寺內的高台時一步一停，讓人覺得腿腳頗不靈便。當他坐下，唱經聲響起。男子從袍子中掏出一把梳子，打理蓄得很長的絡腮鬍子。很快的，他站了起來。在麥克風前發表演講：

「全天下的穆斯林們，我帶來了喜訊並向你們問好。今天，你們可以揚起頭來！在真主的庇佑下，你們建立了屬於自己的哈里發國家，這將還給你們尊嚴和力量、權利乃至領袖。」

在接近十五分鐘的演講中，他的頭頂並沒有出現神聖的光環，只有一台白色的電風扇嗡嗡作響。雖然在演講中，他否定了全部西方文明和價值觀，但他伸出的右手手腕上，赫然是一塊藍色錶盤的歐米茄海馬款式手錶，價格約為七千元美金。長期以來只有幾張模糊照片流傳於世的這位男子，在伊拉克北部城市摩蘇爾發表了「建國宣言」。他所領導的組織，彷彿從天而降席捲了伊拉克西北部遼闊的領土，速度堪比四大哈里發時期的伊斯蘭征服風暴。全世界都在注視著他所領導的「伊斯蘭國」和這塊數十年動盪從未平息的土地。

在伊斯蘭世界歷史上，哈里發被認為是先知穆罕默德的繼承人，全世界穆斯林應奉哈里發為領袖。這一身分與其說是神學意義上的領袖地位，不如說更有伊斯蘭帝國宗主的意味。在此之前，伊斯蘭世界最後一任哈里發的封號為奧斯曼土耳其執掌。而在上世紀初奧斯曼土耳其解體後，哈里發的封號已被封存了一百多年。此次重新提出哈里發的稱號，帶給人一種「穿越時空」的感覺，相當於有東方政治人物提出中國要回到漢唐、日本政治要回到幕府時代。巴格達迪的演講中，不僅痛陳「穆斯林世界在失去哈里發之後落敗了，他們的國亡了」，更否定了一切發源於西方的現代性思潮和價值取向，他說：

「不通道的人一度攻佔穆斯林的土地……散播虛假口號，諸如文明、和平、共存、自由、民主、政教分離、復興主義、民族主義和愛國主義，只有伊斯蘭國才是穆斯林的真正歸宿之地。」

「伊斯蘭國」的保守觀念和它緊跟著時代的理念傳播手段有著強烈的對比，但是最讓人吃驚的是「巴格達迪哈里發」打擊敵人和清除異己的非常殘忍手段。從不同的新聞報導中不斷的有消息傳出來說：伊斯蘭國武裝份子擊敗尼尼微省的庫爾德族武裝，攻佔有大量少數宗教群體人口的辛賈爾、克拉克斯等城鎮，大量基督教徒、庫爾德人和雅茲迪人被迫逃離家園。他們對少數族群進行種族屠殺，在敘利亞東部代爾祖爾省共殺死了當地部族七百人，原因是他們拒絕合作。

「伊斯蘭國」武裝份子已處決至少五百名雅茲迪教徒。包括婦孺在內，當中許多人是遭到活埋。為了對美軍空襲行動的報復，將在敘利亞被抓的美國記者，詹姆斯・佛利，斯蒂文・索特洛夫和英國人質大衛・海恩斯公開斬首，並製成影片在網上公開，執行斬首的劊子手是一位從英國來的志願者。造成了聯合國安理會全票通過制裁「伊拉克和黎凡特伊斯蘭國」的決議。

另一個出人意料的是，伊斯蘭國對女性的非人道迫害，據報導數百名雅茲迪族的女子被俘虜，囚禁在摩蘇爾，她們是被伊斯蘭國的武裝份子留下成為性奴，拿來滿足他們獸性的生理需求，或是被販賣到奴隸市場。伊斯蘭國的軍營中，也有許多女性工作人員，多是負責打掃與炊事工作。有些年輕貌美的女子則被安排成為「軍妓」。他們是利用互聯網發放影片或通過社交網站宣傳，在歐洲招攬少女到中東與伊斯蘭國的「聖戰士」結婚。有報導指出，一些女子抵達敘利亞後，才發覺她們並非單一武裝份子的新娘，而是被安排每天與數名武裝份子締結「臨時婚姻」，每次「結婚」只維持一到兩小時，也就是性交後就離婚，變相淪為武裝份子的性奴。

伊斯蘭國在建國後所進行的一連串行動都是驚世駭俗，其中最為震驚的是一次「種族淨化」事件，他們對世界最古老的「雅茲迪族」進行屠殺。

伊斯蘭國在伊拉克北部發動戰爭以來，總共攻佔了十七個城市與一處軍事基地，包括辛賈爾鎮，當地的居民是少數民族雅茲迪族，雅茲迪族是世界上生存最久的民族，他們信奉庫德族的古老教

派，宗教源自袄教、伊斯蘭教與基督教，主要信奉孔雀天使。雖然雅茲迪族的教義較偏向伊斯蘭教，但是伊斯蘭遜尼派對他們有強烈的歧視，稱雅茲迪是「惡魔的信仰者」，因為孔雀天使的形象與撒旦極為接近，因此，許多遜尼教徒甚至還把雅茲迪族當作魔鬼來嚇唬小孩。

伊斯蘭國發出了「信教令」，宣佈要屠殺所有不願改信伊斯蘭教的雅茲迪族人。當伊斯蘭國攻陷了辛賈爾鎮時，造成二十多萬人的大逃亡，伊斯蘭國也釋出多張處決戰俘的照片，在照片中，一批俘虜被押到沙漠中，他們被要求在定點跪下，然後在背後對他們開槍，屍體就落在事先挖掘的壕溝裏，與先前戰俘的屍體疊在一起。

根據英國額新聞報導，已經有五百多名雅茲迪族的戰士被處決，其中包括了四十名兒童，有些是被砍頭，或被斬斷手腳釘在十字架上，慘不忍睹。目前世界上只有七十萬名雅茲迪族，其中五十萬人都集中在伊拉克北部。由於伊斯蘭國的攻擊，估計有二十萬人被困在辛賈爾山區，等待援助。

從逃出記者的敘述和照片，顯示一排排雅茲迪人頭部中槍，伊斯蘭國武裝份子站在屍體上歡呼和揮舞武器。還有人，包括了婦孺，被活埋在亂葬崗，有三百名婦女被關在警署，然後送到塔爾阿費爾鎮做性奴。還說在幾個村落裏，有三百戶雅茲迪家庭被圍困，他們被勒令在中午之前改信伊斯蘭教，否則會將被統統屠殺，限期已屆滿，不清楚他們的命運。

現在的伊斯蘭國就是在延續了兩千多年的宗教戰爭和近代西方勢力主導的國際現勢中誕生的，它不僅發起了前所未有的血腥殺戮，也繼承了尋找伊斯蘭寶藏的傳奇。

嚴曉珠的丈夫是在易卜拉欣來到倫敦探望他之後的一個月去世的，在以後的三年裏，易卜拉欣堅守她在臨別時非常嚴肅的告誡，沒有用任何方式和她聯繫。但是嚴曉珠知道易卜拉欣已經在執行他們定好和同意的計畫，因為已經失去蹤跡的小叔大衛．巴伯拉突然被發現死在一起神秘的車禍裏，發生地點是在沒有人的小路上，肇事的人車都不見了。負責調查的警方認為這不是一樁簡單的車禍，而可能是殺人案。

嚴曉珠接掌了《英倫伊斯蘭學會》，成為會長，她將學會改名登記為《英倫伊斯蘭運動促進會》，同時將她自己的人安插在重要的位置。《促進會》聘請了著名的律師事務所擔任法律顧問，阻止了情治單位對他們為所欲為的監視。而《英倫伊斯蘭運動促進會》不僅是改頭換面，它的目標也徹底的變了，它成為名副其實的「智庫」，專門為激進的伊斯蘭運動組織出主意。當她接到黎巴嫩朋友從貝魯特來的電話後，她就將資訊以無名氏方式轉告給美國中央情報局倫敦情報站。隨後，當她看到了伊斯蘭國的二號頭目被擊斃的新聞時，她非常的高興，她的「借刀殺人」謀略成功了。當她在電視媒體上看到「巴格達迪哈里發」的公開演說時，她感覺到尋找古蘭經寶藏的成功機會大大增加了，嚴曉珠期待和他見面。

《英倫伊斯蘭運動促進會》的轉型帶來了意想不到的結果，首先是阿拉伯國家的王室和財團委託《促進會》在英國和歐洲作巨額的投資和創業，讓嚴曉珠活躍在商業和金融世界裏，讓她開始走向「富婆」的道路。再以她的美貌和聰明才智，很快的成為呼風喚雨的社會人物。

其次是開始有人在媒體上鼓吹，嚴曉珠應該走進政治舞台，競選英國下議院的議員，身為亞裔的女性社會知名人物，在商界裏有一定的影響力，又是《英倫伊斯蘭運動促進會》的主席，她將在婦女，非白人，以及非基督徒的投票人中佔有很大的優勢。

嚴曉珠不僅沒有反對或阻止它的發展，她建立了特別帳戶，開始累積「政治競選捐款」，在她

的商業和金融客戶與穆斯林信徒全力支援下，特別帳戶裏累積了可觀的捐款。但是讓嚴曉珠最高興的是私人或團體，甚至政府，尤其是西方的政府，開始注意到《促進會》有直通伊斯蘭國高層的通道，在國際上的「秘密外交」和不能曝光的「情報和人質」交換，《促進會》成為必不可少的中間人，而嚴曉珠的「政治地位」也隨著水漲船高。英國政府不僅是要監視《促進會》和嚴曉珠，還要特別的保護他們。

嚴曉珠是以觀光客的身分來到了土耳其的伊斯坦布爾，每年從英國來此的遊客超過萬人，她的出現沒有引起任何人的注意。與所有的觀光客一樣，她去參觀了藍色清真寺，索菲亞大教堂和香料市場等景點。在她住進了伊斯坦布爾錫蘭洲際大酒店的第三天，易卜拉欣才出現。嚴曉珠聽見了敲門聲，她應聲開門，一位西裝革履的男人很快的閃身進來，把門關上後，一把摟住了她。她把頭埋在他健壯的胸脯上低聲的說：

「我的男人已經走了三年多了，你現在才來找我，你不知道我是多麼的想念你嗎？」

「我當然知道，你輾轉送給我的片紙隻字成了我的生命糧食，我就是靠著它一天一天的活下來。老美出了一千萬美金買我的人頭，在阿拉伯人裏充滿了愛錢的人，我被出賣的可能隨時都能發生，所以我活的每一天都可能是我生命的最後一天。」

嚴曉珠沒想到身邊這位有著魔鬼似的殘酷男人，居然對她有意想不到的柔情。她有了成就感，把他摟得更緊：「真是苦了你，來，讓我好好看看你。」

她將上身向後仰，眼睛看著他，而她的下身就更是緊緊的貼著他最敏感的部位：

「易卜拉欣，你瘦多了，是不是工作太辛苦了？還是身邊的女人太多了。」

他沒有回答，因為他突然看清楚他摟著的是一位絕美的婦人，他享受著和她緊貼住的感覺，也感到自己身體開始有了變化：「三年前你就應該知道我對你的感覺了，工作的忙碌讓我無法來看你，但是我心裏的火並沒有降溫。遺憾的是現在我的安全情況越來越惡劣，很多事情都身不由己了。」

嚴曉珠放開了他，但是盯著看他，關心的問說：「到這裏來安全嗎？」

「我的人從一周前就到這裏來踩點了，我是帶了一個小分隊的行動員來的，他們都佈置在酒店裏了，但是我在明天天黑前必須要離開。」

「我也想到了你來這裏的安全問題，土耳其政府到底不是你們的同路人。我叫酒店的客房服務把晚餐送來，免得你到飯廳吃飯，造成你曝光的機會。」

嚴曉珠拉著他的手來到桌前，上面的飯菜都擺好了。但是易卜拉欣注意到的是嚴曉珠本人，她臉上沒有濃妝，嘴唇上塗著淡淡的口紅，沒有戴任何的珠寶首飾，原始的美，讓人有更大的幻想空間。身上穿著的淡藍色長衫觸及到她的高跟鞋，在高貴優雅的儀態裏，散發著強烈的女性魅力。易卜拉欣忍不住的說：「曉珠，我想要你。」

然後又摟住了她。她張開了櫻桃小口，但是沒有出聲，只用鮮紅的舌尖，很性感的把塗著淡淡口紅的嘴唇舔了一圈，易卜拉欣要湊過去吻她，她不但沒有抗拒，還主動的迎接他，吸住了他的舌頭，讓他佔領她的嘴。她的頭在前後的推送，左右的搖晃著，似乎是讓他的舌頭接觸到她嘴裏的每一個細胞，來傳遞她的感覺。同時她的手若即若離的遊走在他的背上，帶給他從沒有過的快感。但是她突然的把他推開：「我們先吃飯，菜都要涼了。我有好些事要跟你說，我們邊吃邊談好不好？」

「好的，我也是真餓了，但是吃飽飯了以後，你就要讓我吃你了。」

「易卜拉欣，你是把我當成你的甜點了嗎？」

「嚴曉珠，我是很喜歡甜點的人，但是你一定比我吃過的所有甜點，還更甜。」

看到易卜拉欣大口大口地狼吞虎嚥，她說：「慢點吃，不要噎住了，這些全是你的。」

「包括期待中的甜點嗎？」

「你說呢？難道你都沒有感覺嗎？」

「當然，所以我才說，我是在期待。對了，我還要謝謝你教我的『借刀殺人』那一招，要不是它，我易卜拉欣也沒有今天了。曉珠，你要我如何謝你？只要我辦得到的，一定給你。」

「我就只有一件事需要你的幫忙，就是幫我找到『古蘭經寶藏』的藏寶圖。你上次說要開始進行這事，有眉目嗎？」

「當年巴伯拉老師跟我們講過，當蒙古人攻佔了阿拔斯王朝國都巴格達後，消滅了阿拔斯王朝，什葉派的領導人『伊瑪姆』開始將巨大的金銀財寶隱藏起來，他選擇了貝多因遊牧民族的地盤作為藏寶地點，製作了詳細的藏寶地圖，交給了從當地出來的貝多因伊斯蘭宗教學者，依薩克‧沙爾基。十四世紀時，遜尼派裏的居心不良份子知道了寶藏的事，計畫以武力奪取藏寶文件。因此依薩克‧沙爾基的後人將藏寶圖放進一部《古蘭經手抄本》交給撒拉族的阿合莽帶出到東方的中國。」

嚴曉珠問說：「現在，藏寶圖還在撒拉族的手裏嗎？」

「我們的考證是：依薩克‧沙爾基的後人同時還做了一件事，就是請了當時最有名的繪圖專家製作了假的藏寶圖，同時也模擬製作了一張真圖。他將一張藏寶圖千辛萬苦的送到什葉派穆斯林最大的集中地波斯，交給一個清真寺裏的大祭師。同時將另一張藏寶圖帶回他的家鄉，交給了他的家人。還有一張交給了撒拉族。」

「那張假藏寶圖是給誰了？」

「這就不清楚了。找到後要請專家來鑒定才行。」

「你們查出來依薩克・沙爾基他的家人目前在哪裏嗎？」

「這位家人就是當時的富查伊拉酋長國的酋長，哈馬德・本・穆罕默德・沙爾基。」

「富查伊拉酋長國在哪裏？」

「它是阿拉伯聯合大公國裏最東邊的一個很小，又非常貧窮落後的酋長國，面積只有一一六五平方公里，只有十三萬人口，全都是虔誠的什葉派穆斯林。」

易卜拉欣接著說：「二十一世紀初，來了一群蒙面的武裝份子，強行進入波斯的清真寺，奪走了藏寶圖。最後落入了伊朗恐怖份子，也是黑市軍火商伊塞艾的手裏。他把藏寶圖交給了當時的朝鮮金家王朝大太子金正男，作為他準備購買一系列核彈頭的預定金。」

嚴曉珠說：「記得巴伯拉說過，歷代的什葉派的最高領袖『伊瑪目』，考慮到日後和遜尼派鬥爭和生存的問題，就有系統的累積金銀財寶，當西方勢力進入中東時，『伊瑪目』將財寶交給親信的波斯商人處理財寶要如何隱藏的事。十四世紀時，遜尼派裏的居心不良份子知道了寶藏的事，計畫以武力奪取藏寶檔。因此才有尕勒莽和阿合莽兩兄弟帶著藏有秘密的《古蘭經》出走的事。」

易卜拉欣說：「現在的問題是，這三張藏寶圖，兩張是真的，一張是假的。」

「那只好把這三張都找到，再請專家來鑒定。還是你有更好的辦法？」

「嚴曉珠，你托我幫你找藏寶圖，我當然要仔細地思考了。我認為藏寶圖的真假不重要，重要的是如何幫你找到藏寶圖裏的寶藏。我說的對不對？」

「沒錯，我當然對那張老舊的地圖沒有興趣，我要的是寶藏。」

「那好，現在目的清楚了，我們就能擬出計畫和方案來追尋這多年前的寶藏，或者更準確的說，把藏寶圖所帶來的財富拿到手。」

「你是不是心裏有數了？」

「為了你嚴曉珠，我當然要盡我的全力了。首先，朝鮮的金家太子金正男沒拿到大位，他的弟弟金正恩當了最高領導。顯然，朝鮮需要錢，所以還是繼續販賣核彈頭。我們獲得的情報是；雖然伊朗軍火商伊塞艾，已經被美國中情局格殺，但是朝鮮接受了藏寶圖訂金，已經組裝了兩枚箱型核彈頭，因為買家都已經到位了，他們準備輸出交貨。現在已經到了一手交貨一手交錢的時候，只要到了中東地區，我們就發動攔截，把貨和藏寶圖都拿到。到時候我們伊斯蘭國就會有了核彈頭，我們把藏寶地圖交給你。這樣行嗎？」

「太好啦！易卜拉欣，我認為這是個天上掉下來的絕好機會，伊朗軍火商伊塞艾已經死了，你們應該取代他。我想朝鮮人不會在乎替他們賣核彈頭中間人的信仰，伊朗的什葉派穆斯林還是伊斯蘭國的遜尼派穆斯林，只要是能為他們找到出錢的買家就行了。黑市的軍火買賣可是一本萬利的生意，你們不能放棄。」

「嚴曉珠，你的聰明才智和你的美豔一樣的出色。」

「你別老是給我灌迷湯，那另外的兩張圖呢？」

「在富查伊拉酋長國的藏寶圖我們暫時不去動它，因為這個貧窮的小國現在是很富裕了，他們也成了我們的金主之一，捐了不少錢給我們。等以後弄清楚了他們那張圖的真偽，我們再行動。但是在撒拉族手裏的那張藏寶圖我還沒想出該怎麼去拿到。」

「撒拉族是中國的一個少數民族，我有辦法。」

「我知道你在中國有你的資源和人脈關係，但是我決定把我的得力行動員裏最有能力的幾個派給你，聽你的指揮，他們都跟我來了，你自己見見他們，同意了就留住。」

「那我就先謝謝你了。」

易卜拉欣看著嚴曉珠說：「不用謝。我吃完飯了，想要吃甜點了。」

「甜點早晚都是你的，別急，我還有話要問你。你要我為你營造一個好形象出主意，我告訴你千萬不要去做西方人認為不道德的事，可是你不聽我話，造成很多的負面形象。我聽說你親自帶頭強姦敵人和異教徒的女人，然後把她們當性奴隸使用，是嗎？還有你在處決阿布・馬斯里的老婆和女兒時，當著眾人的面前，把她們強姦了，是這樣嗎？」

「曉珠，我們現在最大的安全問題就是內部會出現叛徒，西方的情報組織大把大把的灑銀子，就是要買通叛徒，這是我們最大的隱憂。因此我要非常嚴格的懲罰叛徒，他們不僅會喪失自己的生命，我要他們最親愛的家人也受到最大的羞辱，所以要當眾強姦他們的妻女。」

「我看不見得。你為什麼不叫你的手下去強姦她們，非要你自己去幹呢？還不是為了要滿足你的性欲嗎？」

「這你就不懂了，她們在被我強姦時，開始會不要命的反抗，但是等我用各種不同的方法和姿勢穿刺了她們，讓她們感受到從沒有過的肉體快感，她們會忘我的呼喊，求我不要停下來。一個男人看到自己的老婆赤裸裸的被另一個男人帶入高潮只會說明一件事，那就是他當男人的能力有問題。在穆斯林文化的社會裏，這種男人是丟臉到無法生存的。我聽說蒙古的成吉思汗大帝也是如此的對待他的敵人和叛徒的。我是要告訴我身邊的人，背叛我的後果不僅會失去生命，還要受更殘酷的懲罰。」

嚴曉珠說：「但是現代社會學卻有不同的說法，那就是自古就有的『男尊女卑』和『女人是男人的附屬品』觀念。中世紀的一些基督教神學家認為女人是最低賤的，他們甚至說女人或許根本就沒有靈魂。因此她們的肉體是屬於男人的。男人發起戰爭是為了要占領敵人的領土，掠奪敵人的所屬。強姦敵人的女人，就是宣示敵人的女人換了主人了。」

易卜拉欣說：「男人強姦女人是作戰的後果，也可說是作戰的一部分過程。在現代的男女社會關係中，做愛就是作戰，所以要講求『征服對方』。在做愛中，包括了強姦，如要征服對方，男人不僅是要穿刺女人，還要讓對方徹底的得到滿足。」

「但是你別忘了，我們女人的身體也可以吞噬男人的『槍』，也能讓男人得到徹底的滿足。」

「那就要看誰的本事大，技術好，才能決定鹿死誰手。」

嚴曉珠曖昧的笑著說：「易卜拉欣，我不相信你有異於常人的性能力，可以把對你有殺夫之仇而反抗你的女人帶進高潮。強姦是暴力行為，而男女之間的性高潮是要有愛情的。」

「你不信，等我吃甜點的時候就明白了。」

嚴曉珠牽著易卜拉欣的兩手，深情的看著眼前比她還年輕，也是她去世先夫的學生說：

「我很感激你，但是這一刻，我也很需要你。」

嚴曉珠穿的緊身長袍是改良式的旗袍，上身沒有袖子，只有脖子上的小領子，不但是兩條手臂都露出來，連大半個肩膀都在外面，下身的兩邊有長長的開叉，露出了若隱若現的長腿。一頭滿滿的黑髮燙得卷卷的，只是把雙耳蓋住了。她一步步的往後退，讓易卜拉欣看到師母性感的脖子和肩，由於長袍是用薄薄的料子做的，又剪裁得非常合身，把她身上的每一根曲線都顯露無遺。近距離的觀察讓他看得更清楚了，高挺著的乳房像是要把胸前的衣料給撐破了，兩個乳頭清楚的印了出來，下身穿的超小號比基尼底褲的輪廓也顯出來了，很清楚的告訴他，除了小小的內褲和薄薄的長袍外，就是她軟玉溫香的肉體了。

易卜拉欣被領到床前，嚴曉珠放開了他，在他面前慢慢的轉了一圈，腳上穿著的高跟鞋使她走起來特別的婀娜多姿，散發出來的女性魅力隨著她移動。易卜拉欣再也忍不住了，他從後面把她攔腰抱住，開始親吻她的脖子，他的一隻手緊緊的按住她的小腹，然後開始向下移動。另一隻手在她的胸前遊動，撫摸著她的乳房，緊貼在身體上薄薄的衣料，讓他感覺就像是在摸她赤裸裸的身體，他在快速的膨脹。嚴曉珠抬起了頭，閉起了兩眼，從喉嚨的深處她發出了低沉但是充滿著渴望和情欲的聲音，同時慢慢的扭動著全身，柔軟的臀部在磨擦著易卜拉欣身上的膨脹，硬起來的乳頭透過正在撫摸的手傳出了錯不了的資訊。他緊貼在她的身後，沒有看見嚴曉珠閉上了的眼睛有一滴淚珠流下她的臉頰，塗著淡淡口紅的小嘴微微的張開，從喉嚨的深處發出了他聽不懂，但似乎是性饑渴喃喃的話語，她是在用中國話說：「鍾為，我愛你。」

嚴曉珠轉過身來將自己完全給了他，讓他瘋狂的吻她和撫摸她，她將舌頭伸進了易卜拉欣的嘴裏，兩個人的身體做了全方位的接觸，在最敏感的地方，她更是主動的頂撞和磨擦，他把長袍後面的拉鍊拉開，把手伸進去，接觸到她光滑的皮膚，伸手抓住了她光溜溜的臀部，摸到了那小比基尼上的細細帶子，當他要把它扯斷時，她在他的耳根說：

「我要你強暴我。」

易卜拉欣愣了一下，但是很快的反應，他的右手抓住她長袍的領子，用力向下一撕，整件袍子就完全撕裂開了，他再一拉，嚴曉珠的身上就只剩下一個小小三角布塊的黑色比基尼，緊繃著的帶子把小布塊裏的線條都顯示得一清二楚，眼前誘人的女體，有高挺的胸部和兩個豐滿的乳房，平坦但是微微隆起的小腹連著那修長的大腿。最讓他興奮的是他從沒見過的全身非常光滑又細緻的雪白皮膚，他已經膨脹到了極點。

嚴曉珠往後倒下躺在床上，她赤裸裸的全身只剩下一對很高的高跟鞋，一隻大腿彎了起來，將渾圓誘人的雪白臀部，勻稱的小腿和黑色的高跟鞋構成一幅扣人心弦的畫。易卜拉欣很快的把衣服脫了，將她的兩腿分開跪在中間，俯身下去從兩邊把她的下腰握住，然後很粗暴的強力進入穿刺她，嚴曉珠充滿了疼痛的驚叫在房間裏振盪，她的雙手抗拒著他的侵入，喉嚨裏發出了似乎是哀求的中國話呻吟：

「鍾為，我永遠是你的。」

被壓在他身下女人的美豔和誘人的身體在轉動掙扎，但似乎也在迎接他，加上她的哀求呻吟，把易卜拉欣的本性激發出來，他的第二次強力穿刺侵入又引來嚴曉珠的一聲夾帶著欲迎還拒的驚叫，他立刻發起了第三次的進攻，聽到從他身下再一次發出的驚叫聲，在激起他更大的征服欲時，他驚訝的感覺到從沒有經驗過的收縮，同時有一股電流通過了全身，麻醉了所有的神經，使他完全失控，接著他一泄千里，然後就癱瘓在嚴曉珠的身上。過了一會兒，易卜拉欣翻下身來躺在床上，他說：

「對不起，我讓你失望了。是你太美了，讓我太興奮了，我才失去控制。」

「沒事，你太緊張，放輕鬆一點就好了。」

易卜拉欣閉起了眼睛，他對自己感到從沒有過的失望和失敗。但是有一個柔軟細膩的手在撫摸他的全身，不時地停留在他的敏感部位，撫摸著和揉弄著。嚴曉珠開始吻他，從嘴唇開始，慢慢的，一點一點的向下移動，吻遍了他的全身。

就在她的濕吻和玩弄中，易卜拉欣發現他又進入到了興奮狀態，當他再度雄風挺立時，嚴曉珠騎上了他，對他發起進攻，吞噬了他的男性，她控制著快慢，身體有韻律的收縮著，讓他感覺到前所未有過的經驗，易卜拉欣又開始興奮了，但是嚴曉珠溫柔的敦促他要放輕鬆，等待即將來臨的昇華。

就在沿著即將爆發的邊緣，易卜拉欣被蹂躪著，同時也被一步一步的帶到了高潮，最後讓他的眼睛裏出現了滿天的星斗。

易卜拉欣是在快天亮的時候被嚴曉珠從睡夢裏叫醒的：

「你該起來了，接你的車和安全人員都到了。」

他看見嚴曉珠都穿好衣服，收拾好要帶的東西了，他睡眼惺忪的說：

「曉珠，你給了我人生裏的第一次經驗，沒想到被你征服的感覺是這麼的爽。」

「只要你是個聽話的孩子，下次我一定會讓你更爽。」

在尋找古蘭經寶藏的事上，易卜拉欣是被嚴曉珠完全控制了。

第四章 巴黎重逢燃舊情

美國中央情報局的副局長威爾遜是分管中東情報站的負責人，伊斯蘭國的恐怖活動日益增強，使用手段的殘忍暴烈可以說是突飛猛進，這使中情局的中東情報站工作量大為增加，接近到不勝負擔的地步。

但是當威爾遜看到送上來最新有關伊斯蘭國的情報時，他出了一身冷汗，太多的老戰友，以及曾為他出力的新朋友又都可能要牽連進來了。

他提起電話叫秘書請富爾頓來見他。富爾頓是威爾遜的老戰友，當年一起在中東的情報戰場上打拚，一起立下了豐功偉績，是一位不折不扣的英雄人物，但是在一場恐怖事件中，他受了重傷，雖然活了下來，但喪失了所有的家人，包括他的妻子和孩子。

事後，中情局將他調離了工作了二十年的中東，回到總部來負責北朝鮮的情報工作，以及追查前蘇聯紅軍流失的核子彈頭。

到底是個老情報員，他在北朝鮮建立了令人意想不到的在地情報網，為美國政府在外交上以及限禁核子武器談判上取得了關鍵性的情報。

兩人坐定後，富爾頓首先開口：

「看你的臉色，是不是又有難題了？說吧！我能替你做什麼？」

「伊斯蘭國在收購核子彈頭。」

「誰的情報？我們的還是外來的？」

「軍情六處送來的，是他們在開羅的情報站得到的在地情報。」

「軍情六處」是英國負責海外情報的「秘密情報處」俗名，是世界上最古老的間諜組織之一。

富爾頓說：「慢點，雖然開羅情報站是屬於軍情六處的，但是他們是兩碼事。你明白我的意思吧？」

威爾遜說：「我當然明白了，這也是我煩心的理由，所以找你來商量。」

軍情六處最近在中東的活動中，發生了好幾件事情，不僅讓他們損失慘重，而且還造成人員的傷亡。為了這些事，他們內部進行了好幾次的檢討，但是都無法解釋為什麼會發生的原因。

唯一的合理解釋，就是內部有叛徒，一直在將最機密的情報外泄。因此中情局已經不輕易和軍情六處交換重要的情報。

但是他們的開羅情報站是由一位老情報員負責，他扎扎實實的做事，也是富爾頓和威爾遜的老朋友，因此他的情報可信度很高。所以富爾頓才把軍情六處和開羅站分開，他將目前的軍情六處比成在五〇年代冷戰時期所發生的事：

當時他們的一個高級情報員，金・費爾比，在劍橋大學讀書時加入了共產黨，一九三三年成為蘇聯的諜報人員。他加入了英國情報機構，軍情六處，負責反間諜任務，是蘇聯在冷戰時期潛伏在英國的第一號間諜，暗中替蘇聯內務人民委員部和克格勃效力，提供情報。

他和其他四個潛伏在英國的蘇聯間諜：唐納德・麥克林、蓋伊・伯吉斯、安東尼・布倫特並稱為「劍橋四傑」。多年後，另一位身分至今仍未被發現的英國人也被認為是蘇聯臥底，因此又稱為「劍橋五傑」。金・費爾比成為英國對外情報工作最高領導人之一，由於對他的疑點累積得太多，在一九五五年被逐出軍情六處，後來在貝魯特擔任記者，一九六三年逃往蘇聯。為克格勃工作，升至上校軍銜，一九八八年在莫斯科病逝。富爾頓嚴肅的說：

「我認為，為了我們的安全，目前我們還是少跟軍情六處來往。開羅站有沒有說是伊斯蘭國的什麼人要買核彈？」

威爾遜說：「說是他們的二把手，易卜拉欣。」

「不是有情報說，這個易卜拉欣和在英國的《伊斯蘭運動促進會》的會長嚴曉珠關係很好嗎？」

「這就是我要找你來談談的主要原因。嚴曉珠現在已經是英國和伊斯蘭國互通消息的非正式通道。而嚴曉珠又是你的好朋友鍾為的老情人，你認為核彈頭的事，我們要不要找他談談？」

富爾頓說：「鍾為可是為咱們中情局玩過命的，我們欠他的還沒還清呢！」

威爾遜說：「可是他的老朋友，那位香港員警何族右說過，鍾為還是很關心這位老情人的。」

「沒錯，鍾為是個很念舊的人，他們分手這麼多年了，也許過去的事都淡泊了。我想透過那位摩薩德的凱薩琳，請她接觸一下嚴曉珠。」

和往常一樣，嚴曉珠把《夢先已斷魂》從書架上拿下來，這是她寫的一本小說，故事是根據她和鍾為跨越時空的愛情，這本書是治療她心煩的萬靈丹。

當她神遊在鍾為的擁抱裏時，手機響了，嚴曉珠看到來電顯示的號碼時，她立刻清醒過來：

「我是嚴曉珠。」

「你現在在哪裏？」

「我在家。」

「聽好了，你馬上離開，進入隔壁三〇九號，號碼鎖是七四三一，不要開燈。」

電話隨即掛斷，但是嚴曉珠知道是怎麼回事。

她拿起手機和手提包，迅速的閃身離開，進入了隔壁公寓，她問自己為什麼沒發現自己的鄰居原來就是一間「安全屋」。

她坐在地板上，打開了手機，連接了互聯網，然後上了她家裏的監聽系統，走廊上的電視探頭顯示了空空的長廊，但是馬上就出現了三個人，他們在嚴曉珠的門前停下，其中一人用萬能鑰匙把房門打開，三人同時拔出手槍進入屋內，客廳的探頭將三個入侵者從近距離攝影，嚴曉珠認出來，帶頭進來的就是軍情六處的行動員。他們很快的搜索了全家，然後在客廳裏討論，手機裏傳出他們的對話：

「全家都找過，目標失蹤了。」

「不可能，目標從進門後，我們就將公寓包圍，所有的進出通道都在我們目視之中。」

「是不是有人通風報信，目標逃跑了？」

「不可能，我們明明親眼看見她走進這間公寓，我們有人看見她出來嗎？我們上來前還去查了停車間，看見她的車還在。她是不可能離開這棟大樓的。」

「唯一的可能是她還在這棟大樓裏，我們要搜嗎？」

「這麼大的公寓樓，怎麼搜啊？」

遠處有警車響著警笛在接近，軍情六處的行動員下令撤退，但為時已晚，手持衝鋒槍，身穿防彈背心的特警，破門蜂擁而入，緊跟在後面的是大批的新聞媒體和他們的攝影和燈光器材。

嚴曉珠回到自己的公寓，看見那本《夢兒已斷魂》還是擺在書桌上，翻開在她剛才看的那頁，她想到了鍾為，他會知道，他的青梅竹馬戀人有一顆還在燃燒著火熱的心嗎？

軍情六處的行動在第二天的報上曝光，引起了軒然大波，英國的法律不允許軍情六處在國內行動，那是軍情五處的地盤，軍情六處又是一次灰頭土臉的向公眾解釋他們的違法行動，但是社會的壓力迫使他們將負責行動的人開除，然後還得向嚴曉珠道歉。她以受害人的姿態出現在媒體上，博得了社會大眾的同情。

除了在地理和歷史等教科書上看到對巴黎的說明外，鍾為第一次讀到對巴黎的感性描述是來自像朱自清在他的《歐遊雜記》中所寫的：「從前人說『六朝』賣菜的人都有煙水氣，巴黎人身上大概都長著一兩根雅骨吧。幾乎像呼吸空氣一樣呼吸著藝術氣，自然而然就會雅起來了。」

後來在讀海明威的《流動的盛宴》時，發現這位美國的現代小說家寫道：「如果你有幸在年輕時在巴黎待過，那以後不管你跑到哪裏，它都會跟著你一生一世：巴黎就是一種流動的盛宴。」

鍾為在沒到過巴黎之前，實在不能想像這個城市何以令大作家海明威如此的鍾情。

他第一次到巴黎是他還沒畢業，還是個博士班研究生的時候，他的指導教授領他來參加一個學術會議，發表他的一篇論文。會議是在索邦大學裏舉行，所以他們就住在索邦大學所在的巴黎第五區裏的一間小旅館裏。像是劉姥姥進大觀園，也像是個大孩子進了遊樂場，對所有的東西都充滿了好奇和喜悅。

巴黎的第五區又常被稱為是「萬神殿區」或是「拉丁區」。區裏有先賢寺、植物園、教堂、著名的法蘭西學院、還有理工、專科學院等各種類型的學校，還有博物館、紀念碑、書店等等。是屬於巴黎頂尖的文化、藝術、學術氣息最濃厚的地區。但是它也有不少巴黎別有特色的露天咖啡館和讓人垂涎的各國美食餐館。

鍾為第一次漫步在巴黎著名的聖蜜雪兒大道和聖熱爾曼大道上，混在如鯽的遊客之中，深深的被巴黎，美麗的巴黎和神奇的巴黎給迷住了。鍾為在索邦大學的會議結束後，又多停留了三天，去遊覽觀光巴黎城市的各個社區，他到處可以看到博物館、影劇院、花園、噴泉和雕塑，同時也去體會了各種藝術活動和文化環境，巴黎的「街頭藝術」十分活躍，城市西北部的泰爾特爾藝術廣場是世界聞名的露天畫廊，每天都有不少畫家在這裏即席作畫出售。鍾為在市中心的沙特萊廣場和聖・日耳曼德伯廣場等地，看見年輕的學生和市民帶著樂器舉行音樂會，表演各種節目。巴黎人的文化生活豐富多彩，娛樂形式文雅，藝術氣氛很濃，鍾為終於明白了朱自清會描述巴黎人之所以文雅的理由。同時也感受到海明威所寫的「巴黎是跟著你一生一世的流動盛宴」。

巴黎讓鍾為感覺到這城市裏瀰漫著愛情的氣氛，他看到一對一對的情侶浸沉在濃郁的羅曼蒂克忘我中，寂寞像針一樣的刺痛著他，讓他想到嚴曉珠就在不遠的倫敦，是不是該和她通個電話了。但是想到她已經是別人的妻子，也就作罷了。在以後的歲月裏，鍾為曾經多次的來到巴黎，但是他從沒有來觀光旅遊過，每次都是為了出差。

多次的光臨讓鍾為深深地體會到巴黎是一座世界歷史名城，名勝古蹟比比皆是，例如：艾菲爾鐵塔、凱旋門、愛麗舍宮、凡爾賽宮、羅浮宮、協和廣場、巴黎聖母院、喬治・蓬皮杜全國文化藝術中心等，是世界上文化最富裕的城市。他特別的愛上了美麗的塞納河，它的兩岸有星羅棋佈的公園和綠地，還有三十多座大橋橫跨河上，使河上的風光更加嫵媚多姿。河中心的城島是巴黎的搖籃和發源地。塞納河畔聖蜜雪兒林蔭大道有綿延數公里的舊書市場，每天都有不少愛書者和遊客來選購心愛的古籍，形成了塞納河畔很有特色的古老文化區。

鍾為喜歡在塞納河邊的晚上看著岸邊上一對對的情侶，還有在河裏航行的玻璃船。他曾讀過：塞納河玻璃船上的觀光客雖然都是說要看巴黎的景色，但是女遊客的心中都是在回憶多年前，她們是如何的將初夜給了巴黎的男人，他想那份激情應該是她們終生難忘的，也許這就是她們一次又一次的回到玻璃船上，來重溫她們的舊夢。

鍾為也曾和異性同事或朋友在辦完公事後結伴同遊巴黎，也曾邂逅美女遊客或是巴黎的佳麗，在塞納河畔攜手漫步，或是同乘河上的遊船。鍾為的溫文儒雅和高尚的談吐會吸引不少的女性，在美食美酒和誘人的氣氛下，他也經歷了好幾次激情的男歡女愛，但是種種的原因，讓最後留下來的都只是沒有下文的一夜情。

唯獨不同的是上次和梅根一起來到巴黎，那是在她成了文君新寡不久，鍾為對她展開猛烈的追求，他藉口陪梅根到巴黎的舊書市場尋找古籍書本，白天帶她參觀和感受巴黎，晚上有說不完的情話和互相享受著對方的身體。也就是在這裏，梅根終於答應鍾為，在她守寡滿一年後，她會和鍾為一生長相廝守。可想而知，鍾為對巴黎不但有好感，還有一份感恩的心情。

從上世紀末，值得人們關注的是，由於國家動盪和地區衝突造成的核材料、核物質的流失，也有加劇的趨勢，這也是核恐怖主義威脅日益上升的重要因素。

眾所周知，蘇聯解體就曾導致核管理的混亂和失控，大量的核燃料和核物質，甚至核彈頭都不知所終。中亞、歐洲和巴爾幹地區自二十世紀九〇年代以來形成的核交易黑市也一直在活躍著。中東國家目前的政治動盪、伊拉克安全局勢惡化以及伊朗核問題的不斷激化，都可能導致核材料和核物質

流失到個人手中。如果恐怖份子從這些不同的管道獲得了核武器，那麼人類面臨的核災難可能就在咫尺之遙了。

另外，隨著人類對核能的倚重正在加深，發生針對各國核電站和核設施的恐怖風險也在加大。目前向國際原子能機構申報並接受保障監督的核設施超過一千座，但印度等非《不擴散核武器條約》國家的核設施並沒有在保障監督之列，核走私的源頭並沒有被完全堵死。

大殺傷性武器，尤其是核子武器，如果落入極端主義的政府或恐怖組織，不僅將嚴重的威脅世界和平和安全，也會給人類帶來災難。當前蘇聯解體時，有上千枚在前紅軍控制下的核彈頭從一片混亂的記錄和檔案裏消失了，美國和俄羅斯政府聯手追查和阻截它們，中央情報局建立了「蘑菇雲檔案」，追蹤流失了的核彈頭。

因此在近幾十年中，美國的外交事務的絕大部分力量都是投入在面對和應付這項危機。在檯面上是由國務院和國防部來主導，美國幾次在中東地區的軍事行動背後的誘因多少都是和「核武擴散」有關。在檯面下的隱蔽行動的主要負責機構就是中央情報局。為此，中情局建立了「蘑菇雲檔案」，將世界上所有流失的核彈頭及核武器原料的相關資料做成有系統的資料庫，建立追緝的基礎。

他們面對的非法核子武器來源有兩個，其中最大就是前面說的來自前蘇聯政權解體後失蹤了的核材料、核物質與核彈頭，它們是被前紅軍的叛徒或不法份子竊取，其中一些還輾轉到了黑社會的手裏，最終都流入了國際上販賣軍火的「黑市」，待價而沽，而恐怖組織成了最可能的買家。

為此，美國和俄羅斯達成協議，清查所有前蘇聯的核彈頭和核彈原料，並共同追蹤失蹤了的「核武」，並同意由美方提供財政支援。第二個來源是由「自行生產」的國家所提供的，最大的「嫌疑犯」就是伊朗和北朝鮮。

所謂的「朝核問題」是始於二十世紀九〇年代初，當時，美國根據衛星資料懷疑朝鮮開發核武器，揚言要對朝鮮的核設施實行檢查。朝鮮則宣佈無意也無力開發核武器，同時指責美國從一九五八年開始，在朝鮮半島南部及其臨近地區部署了大約兩千六百件核武器，雖然都是短程核導彈、核炮彈等，但是它針對朝鮮的目的很明確，同時美國還為韓國提供了核保護傘。

美國在韓國部署核武器威脅到朝鮮的安全，第一次朝鮮半島核危機由此爆發。根據國際原子能機構（ＩＡＥＡ）的資料，朝鮮是在二十世紀五〇年代末開始核技術研究。六〇年代中期，在蘇聯的幫助下，朝鮮創建了寧邊原子能研究基地，培訓了大批核技術人才。

當時，朝鮮從蘇聯引進了第一座八百千瓦核反應爐，使朝鮮核技術研究初具規模。此後，寧邊成為朝鮮核工業重地。寧邊核設施是在朝鮮首都平壤以北約一百三十公里處，是朝鮮主要的核研究中心。寧邊的五兆瓦核反應爐是屬於石墨反應堆，是於一九八〇年動工，一九八七年建成。這種核反應爐的廢燃料棒可被用來提取成為製造核武器的原料。

美國從二十世紀七〇年代起關注朝鮮的核項目，一九八八年美國正式對國際宣稱朝鮮在寧邊的核反應爐已經能生產可製造兩至三枚原子彈的核子原料，立刻引起朝鮮的強烈反應和國際社會的廣泛關注。

在寧邊上空，美國間諜衛星二十四小時對其監視。一九八五年，美國官方首次宣佈其情報資料顯示朝鮮正在位於平壤以北九十公里的寧邊附近秘密建造反應堆。一九九〇年七月《華盛頓郵報》透露，新的衛星照片顯示朝鮮在寧邊的設施可能被用來從核燃料中分離出製造核彈頭的原料「鈽」。但是與此同時，華盛頓一些智庫的專家表示，美國官員所謂的朝鮮濃縮鈾計畫的說法，跟先前有關伊拉克大規模殺傷性武器的說法一樣，純屬子虛烏有。

北朝鮮向外界公開的聲明，他們生產了三十七公斤的核彈頭原料「鈽」，但是美國堅持根據衛星圖片和分析，認為北朝鮮的鈽存儲量應該為五十公斤左右。事後ＩＡＥＡ的監督人員進入了北朝鮮的核設施，證實了他們所說的三十七公斤。這件事在美國的朝野和輿論引起了軒然大波，在白宮和國會雙重的壓力下，中情局重新將「在地情報和隱蔽行動」提升到優先地位，成立了「北朝鮮專案辦公室」，直屬於副局長領導和節制。它的目的就是要在北朝鮮取得「在地情報」，也就是要將中情局的特工滲透到北朝鮮。

朝鮮的獨裁政權在金正日的健康狀況日益惡化時出現了危機，兒子們為了爭奪繼承權進行的暗鬥在不同支持勢力的推波助瀾下擠上了檯面，成為明爭。

在此同時，為了私利和財政困境，朝鮮開始提煉濃縮核原料，發展及出口核武系統。中情局派出核子科學家李建成以叛徒身分在朝鮮臥底，追查流失的核彈頭及實地取得朝鮮的核武發展情況。

鍾為協助多年前的女友凱薩琳主持聯合國開發總署的圖們江計畫，他們聯手在大馬士革攔截從朝鮮輸出的箱型核彈頭。

李建成奉命摧毀朝鮮的地下核子設施，他滲透進入後在核彈頭裝置了定時爆炸器。鍾為在執行圖們江計畫中的航空測量時，緊急強行降落在朝鮮的山區，接走李建成，爆炸器準時將核彈頭引爆，他們在空中看到了徐徐升起的蘑菇雲。

中情局北朝鮮專案辦公室的主任是威廉（比爾）．富爾頓，他是一位非常有經驗的情報員，多年前曾經出生入死，為中情局立下過汗馬功勞，是中情局裏的英雄人物。他也是「蘑菇雲檔案」的負責人，當年就是他將一位年輕的核子科學家李建成吸收進了中情局，一手把他訓練成非常優秀的行動情報員，派他到朝鮮臥底。

李建成是美籍華人，父母是韓國的華僑，所以他能說一口流利的朝鮮話，也能懂得韓文。他沒有讓富爾頓失望，在朝鮮取得了極有價值有關朝鮮核子武器發展的情報，最後還冒死完成了摧毀隱蔽在山洞裏的核彈頭製造設施的艱巨任務，他攔截下兩枚正將出口的箱型核彈頭，但是在撤離時行蹤已被發現，正走上前面是山窮水盡，後面是追兵遍野時，鍾為正在為聯合國開發總署在朝鮮執行圖們江計畫的航空測量任務，他強行降落在朝鮮北方的山區，接走了李建成。雖然他撤離了，但是李建成還留下了兩名他吸收的「間諜」，一名是朝鮮勞動黨總書記辦公室主任趙晨倩，另一名是負責監視他，而嫁給他的女特工崔蓉姬。

富爾頓第一次聽見鍾為的名字是來自以色列的情報機構摩薩德的簡報，說有一位大學教授幫助他們的特工，凱薩琳．波頓，在敘利亞首都大馬士革成功的攔截了兩枚朝鮮出口的箱型核彈頭。

在整個過程中，將伊斯蘭恐怖組織企圖收購核彈頭的活動曝光，海天書坊的珍本書室和總經理梅根都曾出力扮演了重要的角色。尤其是梅根將中情局追緝多年的恐怖份子殺手銀狐在香港拿下的行動，引起了富爾頓的注意。所以他在關鍵時刻請求鍾為伸出援手，將他的愛將李建成帶著核彈頭從空中撤離了朝鮮。這一連串的事件使鍾為和海天書坊成為中情局的「特別關係戶」。

朝鮮的年輕三太子金正恩，出乎意料的成為獨裁者金正日的繼承人，和所有的極權國家一樣，為了鞏固權力，對和他競爭大位的兄弟們進行清洗，他最大的威脅是來自掌握國安情報機構的長兄親家，他們擁有龐大的特工隊伍和武裝力量，血腥的清洗幾乎將曾為朝鮮立過汗馬功勞的情報員和特工殺害殆盡，只有事前聽到風聲，及時逃亡的極少數人員成為「脫北者」，偷渡到中國境內。

中情局取得中國政府的合作，對這些脫北的朝鮮特工進行談話，目的是想得到朝鮮政局發展的最新情況，但沒有想到的是，朝鮮特工們透露了一些關於核彈頭的絲絲縷縷資訊。經過了將近一年有

系統的詳細審問，一個驚人的情況似乎在水面下躍躍欲出，有好幾個從鬼門關逃出來，出生入死的渡過了鴨綠江或是圖們江進入了中國境內的特工，繪聲繪影的描述：前蘇聯紅軍流失的兩枚核彈頭，在朝鮮改造後，被金正日的大太子金正男私藏起來，他們也提供了核彈頭的序號。

也有逃出來的特工說，實際上是金正男的老婆申婷熙，她的娘家人從上一代就一直是在掌控朝鮮的情報和安全機構，是她收藏了這兩枚核彈頭。但是就在金正日病危時，申婷熙慫恿金正男發起政變，企圖奪取政權。但是失敗後，金正男被關押，申婷熙自殺身亡，而這兩枚核彈頭就此失蹤。

最近，當中情局和俄羅斯安全部門再次核查流失的核子武器時，他們發現了先前的核查曾有漏網之魚的失誤，證實了是有兩枚核彈頭在朝鮮新領導人接班後清除異已時消失了。中情局的朝鮮專案辦公室主任威廉．富爾頓同時也是蘑菇雲檔案的負責人，他受命追查，曾多次赴俄羅斯與曾經在朝鮮擔任過顧問的核武器專家會談，希望找到核彈頭的下落，但還是無功而返。一直到了兩周前，中情局從他們的潛伏間諜趙晨倩傳出的情報，得到了有關這兩枚核彈頭的確切資訊。中情局的富爾頓和鍾為通了一個很長的電話。

凱薩琳．波頓是烏克蘭人，多年前，她和鍾為曾有過一段沒有開花結果的戀情，鍾為對她有著一份深深的歉意。他們上一次見面幾乎是三年前的事了，她幫助鍾為去尋找不辭而別的申婷熙，而鍾為也義不容辭的用他的專長協助她在聯合國開發總署負責的朝鮮圖們江計畫。也就是這項任務，讓凱薩琳．波頓在聯合國的事業起飛，成為一名重要的官員。但是最讓她欣慰和感動的是鍾為對她另一個「業餘」工作所作的貢獻。

凱薩琳．波頓的祖先是猶太人，在離開學校不久後就被以色列的情報組織摩薩德吸收，成為他們的「兼職特工」。三年前，以色列獲得可靠的情報，說伊斯蘭恐怖組織將用核彈襲擊他們，而核彈頭是來自朝鮮，目前已經運到近在咫尺的大馬士革，藏匿在一間由龐大猶太教教堂改裝為專售古本文物的書店裏，凱薩琳．波頓被派擔任攔截核彈頭的緊急任務。她來求助於鍾為，以海天書坊尋求古本聖經的名義，隻身進入了由恐怖份子重重警戒的書店去踩點，刺探虛實和瞭解情況，確定了核彈頭所在的地下室，並且為摩薩德突擊隊繪製了詳細的內部圖案，使得他們順利的攻破目標，成功的截獲了核彈頭。

凱薩琳對鍾為義無反顧的為她冒死犯難有無限的感激，也對自己無法捕捉鍾為的心感到萬般的無奈，但是舊戀人變成了好朋友。

凱薩琳．波頓如今是聯合國開發總署的高官，辦公室在巴黎總部。梅根和鍾為聯絡，告訴他凱薩琳有重要的事情找他。但在電話裏凱薩琳只說了：她主持的朝鮮圖們江計畫總結報告寫好了，其中的航空測量部分還須要他過目，希望他能抽空來巴黎。鍾為正想說把報告用電子郵件傳給他就行了，凱薩琳就告訴他，還有一件非常重要的事，要當面才能說。

鍾為在巴黎機場見到了凱薩琳，兩個舊情人見面格外高興，但是凱薩琳先將鍾為帶到辦公室，讓他將圖們江計畫總結報告看了一遍，鍾為將航空測量的部分稍作修改，就算定稿了。因為到了晚飯的時間，凱薩琳做東，請鍾為到一家精美的法國餐館享受美食和美酒。酒足飯飽，上甜點時，凱薩琳的談話才進入正題，她問：

「鍾為，這家的法國菜和紅酒還對你的口味嗎？」

「太好了！美食與美酒，別忘了還有美女，一個男人還有什麼可求的？」

「只可惜你已經是屬於別人的了。」

「不是說好了，我們是一輩子的朋友了嗎？」

「那有什麼用？我還是只能乾瞪眼，看著你和別人天長地久。」

「但是你一個電話，這我不就來了嗎？」

「那我是先得到梅根的批准，否則你會來看我嗎？男人都是有了新人忘舊人。還有，你可千萬別以為梅根是個很大方的女人，不在乎你身邊的花花草草，她那麼精明能幹，誰要是有意搶她的男人，她是決不手軟的。因為她知道我在你心裏是個沒戲唱的人，所以她才對我很大方。」

「她說過，她很喜歡你這個人，要和你做朋友。」

「那是因為我先喜歡她，她才沒拒絕我。可是我知道好歹，我現在有事要求你，我還是要先跟她打個招呼，她認可了我才叫你來。」

鍾為問：「怎麼？你們聯合國又有什麼活要我幹的嗎？」

「不是聯合國的事，是以色列的事，也是跟恐怖份子和核彈頭有關的。」

「你是說，我們又要去大馬士革嗎？」

凱薩琳說：「不是大馬士革，我們要你去見一個在巴黎的人，探聽消息。」

鍾為說：「我這個開書店的人，人家憑什麼要告訴我關於恐怖份子和核子彈頭的事。」

「你要見的人是你夢寐難忘的初戀情人嚴曉珠，這份差事不錯吧？還能讓你重溫舊夢。」

「是她？她和你們以色列有什麼關係？」

「自從嚴曉珠接手她的丈夫成為英倫伊斯蘭運動促進會會長之後，她就平步青雲，不僅有了更高的社會地位，累積了財富，還成為西方政府跟伊斯蘭國打交道的通道。最近我們和中情局從不同的消息來源得到了情報，說伊斯蘭國正在黑市軍火市場上尋求核彈頭。任何人都不難想像，這個核子彈頭只有一個目標，就是以色列。我們要你從嚴曉珠那裏探聽出這枚核彈頭在什麼地方。」

「我的香港員警朋友何族右曾說過，他們有證據顯示嚴曉珠和一個科莫克維奇上校有過聯繫，你應該還記得他吧？」

凱薩琳問：「當然記得，後來不是被你救出來的中情局臥底情報員殺了的那個人嗎？」

「沒錯，就是他。但是嚴曉珠很可能也不知道你們想要的資訊。跟核彈頭有關的事，保密是非常嚴格的。」

凱薩琳說：「負責採購核彈頭的人是伊斯蘭國的二把手，易卜拉欣，有確實的消息說嚴曉珠和他的關係非比尋常。她會知道的，如果還不知道，她有能力取得這些資訊。」

鍾為說：「嚴曉珠現在是個虔誠的穆斯林，她不會向我這外人透露消息的。」

「嚴曉珠多年來一再的聲明，你是她一生裏唯一愛過的男人，用你的魅力，讓她口吐真言。」

「你信嗎？我看你們是走投無路，就拿我去送死。但是看在你的份上，沒問題，我去見她，反正我也有事要問她。不過如果事成後，你的摩薩德要如何的謝我呢？」

凱薩琳曖昧的說：「比照上次辦理，滿意嗎？」她的臉漲得通紅，繼續說：「梅根給我下了軍令狀，絕對不能讓嚴曉珠勾引你上床。她有女人媚術的特異功能，能把你迷住。所以我要做好保護你的準備。」

「嚴曉珠現在是個政治人物了，又是個富婆，拜倒在她石榴裙下的男人比比皆是，有達官貴人，也有年輕的帥哥，我這個開書店的在她眼裏算什麼？你就放心吧，她對我沒有興趣，否則老早就嫁給我了，就沒有這些折騰了。」

「我怎麼感到有一股酸味呢？你是不是在吃嚴曉珠身邊男人的醋？我看梅根對你不放心是有道

理的。我的責任重大，不能讓嚴曉珠把你給拐跑了。梅根叫我把你餵得飽飽的，絕不能有任何的饑渴。所以你今天晚上哪裏都不能去，一定要住在我那。」

鍾為驚訝的問：「這是梅根要你做的嗎？」

凱薩琳停了好一會兒才回答：「是我求她的。」

「我看她是不是還在猶豫要不要嫁給我，還是她在享受單身女人的生活，當她的風流寡婦，樂不思蜀，才把我往你身上推。」

「你別冤枉梅根，人家一心一意的在等著你。是我把嚴曉珠的情況詳細的說給她聽之後，她覺得你有被她綁架的危險，要我好好的保護你。她順水推舟就讓我把你留下。其實我們的人也都到了巴黎，所以你可以想像情況現在是很緊張了。」

鍾為說：「真的嗎？你們有具體的證據懷疑嚴曉珠嗎？」

凱薩琳打開手提包拿出一張照片給鍾為看，她說：「這是一周前，我們的人在羅浮宮博物館門前拍的，穿著漂亮摩登的女人就是你的嚴曉珠，有一個人正在交給她一個信封。我要你看看，見過這個人嗎？」

鍾為拿著照片很仔細的看了一陣子，除了嚴曉珠還是那麼的迷人之外，他感到，他是見過手中拿著信封的人，但是想不起來是在何時何地。他說：「很像我的初戀情人。」

「我知道你是被她豔麗依舊的影像震驚了，但是別開玩笑，見過那個男的嗎？」

「我敢確定是見過，但是時間和地點想不起來了。」

凱薩琳說：「如果我說，我也見過此人，你會想起來嗎？」

鍾為驚歎的說：「啊！是的，我們在北朝鮮見過他，他是個特工，負責安全和監視我們。」

「我們是在六個多月前得到情報說伊斯蘭國對前紅軍流失的核彈頭有興趣，同時得到的資訊是：穿針引線的是英倫伊斯蘭運動促進會，所以我們就盯上了他們的會長嚴曉珠。正像你說的，嚴曉珠的政治影響力，以及她的財富，都不可和當年同日而語。她現在有一半的時間是住在巴黎的一個豪宅，經常走動在歐洲的大城市，進行串聯的工作。她現在進出都有隨扈人員，都是從西方國家投奔去伊斯蘭國的白人，很多還是受過特種軍事訓練的。梅根知道了這些情況，就想到嚴曉珠見到你之後，可能會把你留下，不放你走。所以她才要我近距離的保護你。」

「你沒告訴她嗎？當年在大馬士革，我也是單槍匹馬，一個人進入虎穴，不也是為你完成任務了嗎？」

凱薩琳說：「但是這次不一樣，嚴曉珠，她不是要核彈，她要的是你，你活生生的身體。」

「我知道你們摩薩德是要攔截核彈頭，但是很可能嚴曉珠也不知道目前核彈頭所在的位置。」

「沒錯，你就把她所知道有關核彈頭的消息全打聽清楚，好讓我們制定攔截計畫。」

鍾為說：「我就盡力而為，但是你們不要抱太大的希望。嚴曉珠能走到她今天的位置，一定有她獨特的能力。」

凱薩琳情深的看著鍾為說：「那我就先謝謝你了。你還記得我們頭一次到巴黎來的事嗎？」

鍾為沒有回答，她就繼續的說：「那是我的初戀，因為你忘不了嚴曉珠，我們沒有開花結果而分手了，而我的人生也有了驚天動地的改變。一直等你從一個小教授變成個著名學者的大教授後，我們才在阿姆斯特丹見面。你又進入了我的生活，但是你已經有了梅根，我還是沒戲唱。現在我們又在巴黎相遇，可是我要把你送到嚴曉珠的手裏。鍾為，在此之前，你能讓我重溫我的舊夢嗎？」

巴黎是一個得天獨厚的城市，它是一個擁有浪漫、充滿感性和與物質享受的城市，不僅在市區內就有很多的歷史古蹟與建築美景可供遊覽，還有無可挑剔的美食和葡萄美酒，鍾為每次來到巴黎享受這些都會感到無比的榮幸。

離開餐館前，凱薩琳大膽而充滿著性感的濕吻了鍾為，他們手拉著手，或是互摟著腰，像是一對觀光客戀人，漫步在夜晚的巴黎街頭，雖然兩人都能感到這是短暫片刻的幻覺，但還是沉溺在巴黎特有的濃郁愛情氣氛裏。

首先進入他們眼簾的，是燈光閃亮矗立於巴黎市中心塞納河右岸戰神廣場上的艾菲爾鐵塔，巴黎為了迎接世界博覽會在一八八九年建成的。它以鐵塔的設計者居斯塔夫・艾菲爾的名字命名。全塔分為三層，塔高三二〇點七米：第一層高五十七米，第二層高一一五米，第三層高二七六米。登上鐵塔最高層的平台眺望，不僅可以看見獨具風采的整個巴黎市區的燦爛夜景，連巴黎市郊的村莊也能收入眼底。但是排隊的人太多，兩個人就沒去湊熱鬧。

鍾為牽著凱薩琳往塞納河方向走，沿河有看不盡的建築名勝，還有三十六座各式各樣的橋，其中的亞歷山大三世大橋，是一個世界級的藝術珍品，橋頭上展翅騰空的鍍金飛馬是俄國沙皇送給法國的禮品。鍾為說：「我曾經聽不少法國人說過，沒有巴黎就沒有法國，而巴黎人卻說，沒有塞納河就沒有巴黎。」

凱薩琳說：「沒錯，我現在是巴黎的居民了，我不僅有同感，也看過有不少的書上寫說：從羅浮宮到艾菲爾鐵塔或是從協和廣場到大小凡爾賽宮，巴黎的歷史變遷被看作起源於塞納河。」

「我一直認為，有江河流過的城市有它獨特的地方，一般也比較優美。不管是西方或是東方的城市，都是這樣。」

「我走的地方沒你多，但是我同意你。像是倫敦，如果沒有泰晤士河，或是紐約沒有赫德遜河，就完全不一樣了。」

沿著塞納河不時會出現懷古尋幽的羊腸小徑，兩旁濃密的樹林把夜晚的星光都遮擋住，一對一對的情侶站在那裏擁吻、撫摸、享受著對方。鍾為和凱薩琳回到了從前大學時的年代，在熱吻中重溫他們多年前的熱戀。走上了塞納河的橋，就離開了第七區進入了第八區，這是巴黎市區最熱鬧、遊客最繁多的一區，這裏有名揚四海的香榭麗舍大道，從著名的協和廣場到凱旋門，全長約兩公里，車水馬龍、遊客如鯽。入夜後，香榭麗舍大道兩旁的時裝店、精品店、香水店都是燈火通明。大街小巷裏的五星級旅館和高級餐廳都還是鬧哄哄的。法語的香榭麗舍是田園樂土的意思，十七世紀初，這裏還是一片田野。法國皇帝路易十四在位時下令在此植樹造林，闢為專供宮廷貴族消遣遊樂的場地。到了一七〇九年這條街才取了現在的名字。

雖然經過了幾百年的變遷，它的古意猶存，大街分為風格迥異的東西兩段，其前半段被綠地和一些建築物包圍著，後半段是繁華區，有很多奢侈品商店。鍾為買了一瓶昂貴的香水送給凱薩琳，她非常的高興，但是告訴鍾為，這是他們認識以來，他第一次送香水給她，希望這不是最後一次。

坐落在河邊的《塞納河酒吧》是著名的巴黎觀光景點，坐在那裏可以一覽無遺的看到塞納河。鍾為把凱薩琳帶進來時，裏頭已經擠滿了顧客，水泄不通，酒吧門前擺滿了兩排的桌椅，也完全都坐了客人，鍾為說：「凱薩琳，拉住我的手，我們到吧台去。」

她握住鍾為的上臂，把上身貼上去，緊跟著。長長的吧台後面有三位配酒的酒保，其中一位是個妖豔惹火，渾身散發著性感的女酒保，顯然她認識鍾為：「哈！終於想起來看我了。不幸的是還帶了一位美女，看樣子今晚是泡湯了。」然後就抱著鍾為的頭，在他的嘴上重重的吻了一下才說：「鍾為，這些年你都跑到哪裏去了？」

鍾為笑著說：「瑪麗安，好久沒見你了，還是這麼漂亮性感，一定是那個幸運男人把你伺候到家了。」

「男人都被我嚇得當逃兵了，所以我還在等你來伺候我呢！是不是要找個隱秘的包廂座位把你的美女擺平？」

「沒錯，但是要能看到塞納河的座位，拜託你了！還要兩杯你最拿手的香檳雞尾酒。」

酒保拿起櫃檯下的電話，大聲的說了幾句話就放下，她對著鍾為很曖昧的笑著說：

「東尼說二樓的七號包廂，那是個大靠背椅的座位，在那裏幹什麼都沒人看得到，你可以非常放心的伺候你的美女。」

鍾為拿出一張大鈔放在櫃檯上說：「瑪麗安，謝了，不用找錢給我了。」

「錢我要了，但是我還是要你的人。別不要命的伺候你的美女，留一點精力給我。喂！大美女，你不要把他榨乾了，留一點給我。」

酒吧裏大部分的客人都是一對一對的男女，身體貼在一起，互相緊摟著，狹窄的樓梯讓鍾為和凱薩琳有了不可避免的身體接觸，肌膚之親讓兩人都有一股說不出的感覺，彷彿是走進了時空隧道，回到了青梅竹馬的時代和地方。樓上的包廂都是兩人的情侶座，座位前面是個小桌子，再前面就是落地的大窗戶，外面是著名的塞納河，河裏來回走著的是巴黎觀光客乘坐的玻璃船。船內的燈火通明，而酒吧包廂裏卻是一片昏暗，鍾為說：

「塞納河酒吧的包廂是全巴黎看塞納河夜景最好的地方，但是這裏都是情侶座，可以接受嗎？」

凱薩琳沒回答，陷入了沉思，在昏暗的光線裏，她看見在角落有一對激烈運動的人影，所有的男女都在擁抱、熱吻著，互相的撫摸著，享受著對方的身體。鍾為接著又問：

「能告訴我，你在想什麼嗎？」

凱薩琳說：「你是我的初戀，我無法忘記你。你現在還時常想起你的初戀嗎？」

「那是很多年前的事了，但是我和你一樣的忘不了，一想到我和她的起伏折騰，也很痛苦。」

香檳雞尾酒端過來了，兩人舉杯互碰，鍾為說：「讓我們慶祝巴黎成為我們重溫舊夢之地。」

隔壁的包廂傳來了一聲女人滿足的呻吟，她轉過頭去，但是高高的椅背擋住了視線，只看見座位前一個跪著的身影，肩膀上有一對雪白的大腿。

「鍾為，原來你是心懷不軌，帶我到這種地方來重溫舊夢。但是我要你注意，坐在隔壁的巴黎男人是如何的伺候他的女人，讓她發出了滿足的呻吟，你需要入境隨俗，知道嗎？」

凱薩琳充滿著嬌嗔的憤怒語氣，以及鄰座傳來的男歡女愛之聲，讓鍾為想起了他們初戀時的情景。

凱薩琳把上身靠過來伏在他胸上，鍾為立刻能感覺到她的乳房緊壓著他，酒精和氣氛讓鍾為不知不覺的開始撫摸她，從臉蛋和脖子，一直到撫摸她的胸部，鍾為找回了手感，而凱薩琳也似乎找回了被他進攻時的享受，她閉上了眼睛，陶醉在多年前的回憶裏。她換了姿式，上身半躺的靠緊著他，把身體完全張開來，讓鍾為的手任意的在她身上漫遊，主動的引導著他停留在她身體的敏感部位。她抬起頭來，小嘴微微的張開，小聲的說：

「我們第一次來巴黎時，是我求你吻我，現在巴黎的塞納河邊，還是我要向你索吻。」

鍾為擁抱著她親吻，凱薩琳將嘴張開來，讓他完全的佔領了她。她的手也同時開始撫摸鍾為，

慢慢的在他身上游走，徘徊在敏感的部位，讓她的手指帶給他無比的快感。但是當她停留在鍾為的大腿中間時，他的身體起了反應，凱薩琳推開了他，滿臉堆著笑容說：

「別忘了家裏的大美女梅根，小心她會把你閹了，這事她是有經驗的。」

「像你這麼的摸人，誰能受得了？你沒聽說過嗎？到巴黎來最重要的事，就是要做愛。」

「我當然聽過了，所以剛剛那位妖豔性感的瑪麗安配酒師就曾是你的做愛對象，是不是？」

「這是隱私，需要保密。」

凱薩琳的手指加強了力度，撫摸變成了侵犯，她說：

「你說不說？如果你想要我就地解決你，讓你當場出醜，你就繼續保密。」

「瑪麗安是巴黎索邦大學的研究生，也是個單親，扶養一個女兒，她半工半讀，是個很上進的好學生，挺不容易的。」

「我是問你有沒有和她上過床？」

「我們只是露水姻緣。」

「上過多少次床？」

「一夜情。」

「騙人，只是一次，巴黎的女人就會這麼對你不能忘情嗎？」

鍾為說：「巴黎女人對功夫好的男人，特別的不能忘情。」

凱薩琳反駁說：「從前就有的自我膨脹惡習，到現在還是不改。」

「凱薩琳，你對你初戀男人的劍拔弩張狀態不關心嗎？」

「我當然要關心了，但是我怕你吃不了，要兜著走。」

他們緊緊的擁抱著，深深的親吻著。鍾為將她的身體轉過來，從後面摟住她的腰，把她抱緊了，撫摸她的小腹和胸部，雖然是隔著衣服，他感覺到她的乳頭挺起來變硬了，他開始吻她的脖子，撫摸的動作逐漸的變成侵犯，突然，凱薩琳翻過身來，饑渴的尋找他的嘴唇，他們激情的吻著。時間和空間似乎是在飛快的轉動，前一刻鍾為還沉溺在過去的思念中，後一刻他們就來到互相將要吞噬對方的火熱男歡女愛空間。他的喉嚨發出了低沉的呻吟，聲音裏充滿了將要暴發的欲望，他閉上了眼睛，兩手握住她的臀部緊貼在他身上，凱薩琳稍微的將腿分開，讓他的下身恰好貼在她大腿的中間。她的手是輕輕的放在他頭髮裏，主導他們的擁吻，她充滿了情欲的強烈反應讓鍾為驚訝。凱薩琳沒有停下，持續地吻著他。他迫不及待的把凱薩琳的衣服脫下來，他先是用眼睛，然後就用手在她的肩膀、胸部、乳房、細腰、臀部和大腿上移動，很快的將她全身都撫摸了。最後他將發燙的臉龐貼在她的小腹，她站在鍾為雙膝中間，抱住了他的頭，讓他撫摸著她的小腿肚，然後移到她的大腿，緊壓她柔軟的臀部股肉，他將頭埋在她大腿的中間，隔著小小的比基尼三角褲，用力的吻和磨擦。

當她已經很濕潤時，鍾為褪下了她的三角褲，開始在她最敏感的地方按摩，她緊緊的閉著眼睛，但是喉嚨發出了低沉讓人聽不懂的話，全身在他的手掌下激烈的扭動著，但是他不但不鬆手，還增加了按摩的力度，最後她張開了眼睛，抓住了他的手：「鍾為，快脫衣服，我要爆炸了。」

當進入她的身體，穿刺了她的剎那，鍾為發出了一聲驚呼，那是他征服凱薩琳的開始，期待著的勝利使他全身充滿了麻醉性的快感。

凱薩琳一隻手摟住鍾為的肩膀，兩條長長的腿彎起來，緊緊的把他夾住，在他的身體下開始了她的進攻，她配合著鍾為的穿刺韻律，像野馬奔騰似的向上挺著小腹。鍾為的長驅直入帶給他意想不到的快感，但是他堅持著他入侵的節奏。凱薩琳也使出了混身解數，在一陣一陣不停的扭動和呼喊

中，她強烈的收縮著。鍾為俯身深深的吻她，他的舌頭佔領了凱薩琳的嘴，一直擴張到她的喉嚨。上下同時被穿刺入侵，將她帶進了奇妙的境界裏，已經完全被汗水濕透了的身體，突然在鍾為的身下停止了奔騰，本來就是絕美的臉龐出現了天使般的寧靜和笑容，在他的身下，凱薩琳高高的胸脯在起伏著，她張開了嘴，咬住了下嘴唇，在一陣顫抖後全身就完全的癱瘓了。

凱薩琳醒過來睜開眼睛時，發現她躺在鍾為的懷裏，她的背緊貼在鍾為的身上，感覺非常的舒服，她靜靜的不敢動，深怕這感覺會離開。她又閉上了眼睛，這才發現讓她舒暢是來自鍾為的手在輕輕的撫摸她，在她的乳房和小腹上遊動著。她小聲的說：

「被初戀的情人摸醒了，好舒服。」

「你醒了？剛剛睡著了嗎？」

「我沒睡著，我是被你整死了，現在才又活了過來的。」

星光在凱薩琳赤裸的皮膚上跳躍著，鍾為的眼睛、手指和嘴唇也緊隨著星光漫遊在眼前女神的身體上，女神的酥胸，和堅挺的乳房是格外徘徊的地方。他終於又把凱薩琳全身的神經啟動了，將她的慾望又召回來。鍾為翻身到她的上面，用雙腿和兩臂支撐著身體，親吻她的上額，她的眼睛，她的雙唇，再慢慢的往下移到她的頸部和耳朵。凱薩琳撫摸他的頭髮，再執著的往下引導，讓他吻她的乳房，再伏在她的小腹上，他們的身體在全面的接觸，他伸手用力的摸撫著已經變成粉紅色的乳房，同時勇往直前的吻著女神最敏感的地方。她喃喃的說：「鍾為，我好熱，我全身起火了。」

歡愉的水溢滿了全身，凱薩琳已經不能動彈，鍾為強力的穿刺，再度進入了她，很深，很深的，停住了。凱薩琳的呼吸停止了：「鍾為，不要……啊！」

鍾為的第二次穿刺衝擊來到了，接著就是一波接一波，排山倒海的侵犯著她。他不放過凱薩琳身上的每一個細胞，瘋狂的佔領著她。凱薩琳用一隻手臂緊緊的抓住鍾為的肩膀，另一隻手掌抵住他的胸口，抵抗他的侵犯，但是她的兩腿緊緊的勾住鍾為的下腰，用小腹接納他，以劇烈的韻律運動，配合著一波又一波強有力的穿刺侵犯。她看見了初戀情人溫柔的眼光裏充滿了濃情蜜意，又聽見了他娓娓地敘說著他們的激情往事和天長地久的夢想，凱薩琳的心碎了。但是持續的男歡女愛，使她氣若遊絲地說：「鍾為，我愛你，我永遠是你的，我快死了，你就饒了我吧！」

凱薩琳的兩腿伸直，完全癱瘓了，但是鍾為想要徹底征服她的意願沒有降低，他的兩手緊緊的握住了她的臀部騎著她馳騁，用身體在征服她，同時也用無比的柔情，對她有說不完的愛情故事，他用愛情佔領了凱薩琳，她已經毫無招架之力，本能的配合著，不停的激烈運動，汗水將他們濕潤，赤裸的皮膚在星光下閃亮。鍾為擁抱著她，反覆的用輕聲細語和激情的濕吻安撫著在他身下的凱薩琳，在他們的身體全方位的融合後，鍾為將她推送到最高的山峰上。

鍾為醒過來時，感覺到一隻手在輕輕的摸著他的臉，然後在昏暗的晨曦裏看見凱薩琳滿臉的笑容，她依偎在鍾為的懷裏，抬著頭看著他：「鍾為，你醒了？折騰了一夜，你累不累？」

「全身骨頭都散了。」

「都是你自己沒完沒了的，我都被你整死好幾回了。現在你應該吃飽了吧？」

鍾為摟著她濕吻，撫摸著她光滑的皮膚：「嗯，謝謝你，讓我好爽啊！」

凱薩琳把頭枕在鍾為的胸脯上，聽著他的心跳，一隻手開始了漫遊，兩個人都不說話了，他們在享受著對方的身體，隔了一會兒，鍾為說：「凱薩琳，我還是有沒吃飽的感覺。」

凱薩琳驚訝的抬起頭來：「鍾為，你不可以嚇唬我。」

但是鍾為已經將她的身體翻了過來，讓她趴著，將她的兩腿分開，跪在中間，他說：

「是你要我到巴黎來的，到了這裏，就要日夜的做愛，否則巴黎人會不高興的。」

凱薩琳說：「鍾為，你一定要溫柔。」

她把臀部微微的挺起來，迎接鍾為的進入，把他吞噬，緊緊的包住。而鍾為在她的身體裏，像是小河裏的流水，慢慢的，輕柔的，流進一個河溝，然後更緩慢的，更柔和的流進另一個河溝，不錯過任何的彎曲幽谷。鍾為感到一股麻醉性的電流在身上的一點開始，慢慢的延伸到全身，所有的神經都被觸動，越來越強烈，在她不停的收縮下，被引進了流向天堂的管道。在巴黎的太陽升起過了地平線時，凱薩琳的持續，終於使堤防全面崩潰，河水一湧而出，滋潤了大地和草原。鍾為在一陣顫抖後，呼喊著伏倒在她身上。兩人的手臂緊緊的擁抱著，兩腿緊緊的糾纏著，互相上下停留在對方的身體裏，等待新一天的到來。

太陽升起來後，巴黎分外的溫暖和光明，鍾為在這充滿了愛情的城市裏，在凱薩琳的居所又多停留了三天。

嚴曉珠寫了一封短信給鍾為，希望他的海天書坊能接受她的委託，尋找一本古書。沒想到鍾為居然打電話來了，她說：「你怎麼知道我在巴黎的電話？」

「你有生意找上海天書坊，我當然要跟顧客聯絡了。打到你倫敦的促進會找你，是他們告訴我你的號碼。曉珠，好久不見了，你好嗎？」

「你還敢問，這麼久了沒有片紙隻字，要不是有生意，你也不會老遠的從溫哥華打電話給我。」

「看在老朋友的面上，別生氣。曉珠，多年前我們在德國相遇，但是不歡而散。我有心理上的障礙，不能確定我們是否還是朋友。接到你的短信，知道你並沒有把老朋友忘記，所以才拿起勇氣找你。其實我人不在溫哥華，我也在巴黎。」

「你什麼話都別說了，馬上過來，我要見你。」

嚴曉珠給的地址是在巴黎市的第七區，又稱為「波旁宮區」。這區內有聞名世界的艾菲爾鐵塔、拿破崙墓、奧塞美術館，軍事博物館、軍事學院等等；它位於塞納河的南岸，街道寬廣，建築物雄偉，是名勝、各國使館以及國家機構集中的地方，它也有很高尚的住宅區。鍾為就是在這裏的一間小洋房見到了嚴曉珠。

多年不見，在精心打扮和盛妝下，青梅竹馬的老情人依然是那麼讓人動心的美豔，剪裁合身的襯衫和及膝的裙子，把沒有走樣的身材凸顯，襯衫是淡藍色帶有小花點的料子，短裙用的是深藍色的料子，一身的衣著，無論是手工或是材料都散發著價值昂貴的資訊。嚴曉珠的美豔有一大部分是來自她迷人的臉蛋，出現在非常細緻的皮膚和傳統東方美女臉型上的是一對水汪汪的大眼睛，當她看著你時，會比她誘人的櫻桃小嘴更能傳情。

但是在瞬間出現在鍾為腦海裏的是她的背叛，和她可能是殺害石莎和蘇齊媚的幕後兇手。嚴曉珠正要趨前擁抱他，鍾為已經把手伸了出來，她就只好握手寒暄了。嚴曉珠倒了兩杯茶放在客廳的茶桌上，兩人面對面的在客廳沙發坐下，嚴曉珠襯衫上的第一個扣子是打開的，露出了雪白的胸脯和乳溝，那裏有一個小小的項鍊墜子，她說：

「別再盯著看了，沒錯，那是你送給我的翡翠墜子，我喜歡它給我皮膚上的感覺，所以總是戴著它。鍾為，你要茶還是要咖啡？」

「給我咖啡吧！不加糖，加牛奶。嚴曉珠，好久不見，你好嗎？」

「你說，剛死了丈夫的女人能有多好呢？」

「對不起，你要節哀和保重。」

一位女僕端來兩杯熱騰騰的咖啡放在他們的桌上，嚴曉珠接著說：

「鍾為，謝謝你的關心，我會好好的活下去。我想你一定會覺得我這個老朋友是個很可笑的人。我們分手那麼多年後，第一次到德國去找你是因為離婚。現在第二次在巴黎見面時，我是死了丈夫當了寡婦，你是不是覺得我太可笑了吧？」

「沒有人能預料人生中將要發生的事，我們的分手不是也出人意料嗎？」

然後鍾為就馬上轉開了話題：「你是什麼時候搬到巴黎的？這棟房子好漂亮。」

「我還是住在倫敦，這房子是我們《英倫伊斯蘭運動促進會》的產業。」

「對了，曉珠，我忘了恭喜你，你現在是個很有成就的名人了，在商界和政界都很有影響力，是不是要競選下議院的議員了？我是很幸運還能見到你。」

「鍾為，我知道你有一萬個理由不想見我，但是我也有一萬個理由一定要見你。是我應該感激你，你最後還是依了我，讓我見到你。」

「其實我每年都有寄賀年卡給你，這麼多年來從沒間斷過。」

「沒錯，每年都是同樣的卡片，上面印的句子也是一樣，從來沒變過，這有意義嗎？」

鍾為不說話，但是過了一會兒後，他說：「也許千篇一律的賀詞是象徵永恆，這不是很好嗎？你該很滿意的。」

嚴曉珠的臉色有點變了，她說：「多年前我背叛了你，你成了名教授，我陷入了痛苦的婚姻，你隻身不娶，認識我們的人都把你看成是難得的有情有義男人，把我看成是用情不專的殘花敗柳，比起你來，我是很差勁，但是這樣對待我，也太殘忍了。」

「別人要如何的看你，說起來是和我沒有關係，但是我認為很多人都喜歡多管閒事，你和我之間的恩怨和別人無關，他們要如何指手畫腳，我們無能為力，所以就當耳邊風吧！」

「你說得容易，因為都是說你的好話。我問你，你是不是很恨我？」

「知道我們過去的朋友曾經說過，我是被自己的善良傷害了。他們說你嚴曉珠用愛情的鞭子把我打得遍體鱗傷，而我不在意。最後你用愛情的寶劍刺破了我的心，然後揚長而去，但是我還是不後悔。」

嚴曉珠說：「雖然你不後悔，但是你恨我。」

「從前每當深夜想起自己像孤鬼遊魂似的活在這世上，再想到你有了新老公，兒女都養大了，也達到生活在英國上流社會的願望了，我是曾對你有過怨恨。但是我也冷靜的思考過，你我除了青梅竹馬那幾年外，我們的思想、價值觀和生活方式都是在兩條路上，而它們是絕對平行，沒有交叉。年輕的時候我被你的溫柔體貼、善解人意和讓我心醉的美豔給迷住了，不能自拔。我們本來就不應該走到一起的，這麼想我也就心平氣和了。所以我不恨你。」

「這些我都知道，你以前也曾跟我說過，這些都不是問題，我的恐懼是想到了你在這幾年裏聽到關於我的事。」

鍾為說：「是嗎？為什麼要恐懼呢？」

「因為你聽到的都不是真的，都是我的敵人，或是另有目的的人，為了要中傷我，散佈的謠言。鍾為，你知道嗎？作為一個政治人物，尤其是有不同宗教信仰和非白種人，在英國的社會就自然而然的會樹立了敵人。不說別的，在政府裏，就有不少人，尤其是保守派的人，把我這種人視為眼中釘。」

「曉珠，這種事我明白，在美國的社會也是一樣。但是我有一些問題是跟我有關的，我想要問你。」

「這也是我想見你的理由之一。英國的反間機構，軍情五處，曾經搜查過我，偷取了我的檔。他們向香港的警方傳遞了不少資訊，可能和你是有關的。但是我有他們內部的情報，說明很多資訊是捏造的，目的是要挑撥你我的友誼，我的恐懼是你會相信他們。」

鍾為沉默不語，隔了好一會兒才說：「你看，我們老朋友，幾年不見，一見面就吵嘴，都是我不好。曉珠，對不起。」

「那你抱抱我，吻吻我，好不好？」

「我來見你是有些重要的問題要弄清楚，相信你也是同樣的要問我一些事情。我們之間的感情是很多年前的事，都成了過眼雲煙。何況你和我一直都生活在不同的世界裏，很難有共同的觀點，同時也在追求不同的生活目標。我們的過去能讓我們做真正的老朋友應該是最好的結果了。」

嚴曉珠感到有一個重大的鐵錘撞擊在她的身上，幾乎讓她倒在地上。鍾為第一次拒絕了她肌膚之親的要求。難道她夢寐以求的男人真的要離她而去嗎？滄海桑田時過境遷，到頭來，意想不到的風雲變化將青梅竹馬的純情撕裂得支離破碎，嚴曉珠的世界在旋轉，但是她要掙扎：

「我是在萬般無奈下離開了你，等鼓足了勇氣到德國去找你，我們曾一度舊情復燃。但是想法不合，結果又是匆匆的離別。現在我們又在巴黎見面，我以為舊情人久別重逢，你會熱烈的擁吻我，表達相思之苦。沒想到你是充滿了敵意而來。」

「曉珠，你錯了。現在我已經有了新的生活目標，也有了相愛的人。我沒有任何企圖要回到從前。如果我對你有敵意，就不會來找你了。我說了，我來的目的是和客戶聯繫，我問你一些過去的問題是因為我要做個了斷，重新開始。如果你能接受，我們就繼續，要不我就不打攪你了。」

嚴曉珠說：「我當然能接受，但是如果我們是像你所說的老朋友，我希望知道你最近的情況，你反對嗎？」

鍾為說：「那你就先問吧！」

「我聽說，你在香港時，身邊有不少花花草草的。」

「一個男人的身邊有不少女人是意味他內心的空虛，我想要的是身邊有一個深愛我的女人，我能夠看著她，她也能夠看著我，一步一腳印，直到地老天荒。我們第二次分手後，我是曾把自己未來要走的路好好的思考過，也確實想重新開始，找一個同路的人做終身伴侶，相濡以沫終了此生。但是老天爺和我作對，和我發生感情的女人都走了，所以還是孤家寡人一個。」

「但是我接到的資訊是：在經過一場驚濤駭浪的生命掙扎和感情驚變後，鍾為教授終於夢醒了。他離開了香港，離開了他熱愛的大學生活，走出了象牙塔，遠走在加拿大的溫哥華，在那裏開了『海天書坊』，那是一間很特別的書店，他愛上了幫他經營書店的總經理梅根。鍾為，這報告正確嗎？」

「基本正確。梅根和你一樣也是文君新寡，但是她現在還不想嫁人。」

「這麼說，你已經有了一個文君新寡的心上人，那我這個文君新寡又沒戲唱了。」

「你有關於我的報告，我也有關於你的報告，追求你這位富婆和熱門政治人物的男人如過江之鯽，還包括一位中東新興國家的重要人物，對不對？」

嚴曉珠趕快傳開了話題：「鍾為，我們《英倫伊斯蘭運動促進會》想要尋找一個珍本手抄古蘭經的古書，我知道你的海天書坊是這方面的專家。我也看了你們先前找到猶太教古聖經《阿勒頗抄本》的報導，非常精彩，令人佩服，我恭喜你了。」

「謝謝，都是海天書坊同事們的功勞。」

「我聽說了，是你的文君新寡心上人梅根立下的汗馬功勞。」

鍾為說：「我們海天書坊是有個很不錯的搜尋珍本古書團隊，梅根是他們的頭頭。」

「我還聽說，她隻身去追尋，差點被人給強姦了，你一定很心疼吧？」

「她是個很善良的人，也很能幹。她答應守寡一年後，就嫁給我。沒錯，我是很愛她。」

嚴曉珠的臉上出現了很奇怪的表情，但是瞬間就閃過去了。她說：

「企圖強姦她的人，也是我們要找的人，我們知道此人後來被中情局的特工在香港格殺了。我相信梅根一定是個很強勢的女人，才能把你拿下。」

「不說她了，說你要我們辦的事吧！」

「那好吧，你知道我們伊斯蘭教一開始就分成兩個大派系，遜尼派和什葉派。我們《促進會》的會員都是信奉遜尼派的穆斯林。數百年來什葉派的領導人『伊瑪姆』就將巨大的金銀財寶隱藏起來，製作了詳細的藏寶地圖，以便讓日後的什葉派信徒去取得。但是，鍾為，你知道穆斯林中絕大部分都是我們遜尼派的信徒。我丈夫在去世前要求我一定要把藏寶地圖找到，然後取得這些價值連城的寶藏。我想委託海天書坊去尋找藏寶地圖。」

「嚴曉珠，關於什葉派的『伊瑪姆』隱藏寶物的事，我也讀到過不少的報導，也有不同的說法，你剛剛說的是其中之一。這些對我們都不重要，但是我們必須聲明，一旦藏寶圖被我們找到了，如果有不同的個人或是團體都宣稱自己是藏寶圖的合法所有人時，我們海天書坊也只能依照法庭的判決，將藏寶圖交給判決書裏的所有人。」

「這一點我明白，我不是要你取得藏寶圖，再把它交給我，我只要你們告訴我藏寶圖存放的地點就行了。」

鍾為沒有回答，他陷入了沉思，嚴曉珠又繼續的問：「怎麼？有難處嗎？」

「曉珠，我想我們之間不必繞著圈子說話，就直話直說了。如果你們知道了藏寶圖的所在地，就要進行武力奪取，是嗎？」

嚴曉珠的臉色變得很難看，她憤怒的說：「鍾為，你憑什麼這樣污蔑我們？」

「請你息怒，你誤會了，我是在問一個問題，不是在下結論，並且如果我沒記錯的話，我曾讀到過，在十四世紀時，是曾有過居心不良份子計畫以武力奪取藏寶檔。」

「對不起，鍾為，我錯怪了你，看在老同學的面子上，你就別生氣了。我不是對你說氣話，你也知道，我們穆斯林在基督教的社會裏是異類，是少數族群，到處都受歧視，所以我才爆發的。鍾為，你願意接受我們的委託嗎？」

「讓我再問兩個問題。在香港優德大學，我有位同事，是你先夫的弟弟，他說他的哥哥是一位很有成就的伊斯蘭學者，他在生前跟你們說過藏寶圖的可能所在地嗎？」

「根據他的研究和考證，他說很可能有三張藏寶圖，最可能隱藏在三個地方，就是伊朗、阿拉伯聯合大公國和中國。」

「在中國也有一張藏寶圖？你確定嗎？」

「就是你剛剛說的，在十四世紀時，遜尼派裏的人曾計畫以武力取得藏寶檔，所以什葉派的人就將藏寶圖放進一部《古蘭經手抄本》，交給撒拉族的阿合莽帶出到東方的中國。」

「撒拉族是定居在中國青海省的少數民族，都是信奉伊斯蘭的穆斯林。如果他們從第十四世紀就有了這張藏寶圖，可想而知，他們一定是藏寶圖的合法所有人，你們要怎麼去取得呢？」

「這就是我剛剛對你發火的原因，你難道認為中國會讓我們用武力去奪取藏寶圖嗎？當然不可能，我們只能和他們協商共同去尋寶，然後合理的分配所得。你這位充滿正義感的大教授可以接受了嗎？」

「這裏沒有我說話的權力，只有撒拉族才可以發表意見。」

「鍾為，那現在你們海天書坊可以接受我們的委託，去追尋在撒拉族手裏的藏寶圖了嗎？」

「原則上我們不會拒絕上門的生意，但是讓我查一下，看看有沒有別人已經委託我們海天書坊去尋找同樣的藏寶圖。我們不能為兩個客戶去追尋同一本古文件。」

「這我理解。但是我希望知道是什麼人也在找這藏寶圖。」

鍾為說：「徵得客戶的同意後，我們才會透露他的身分。」

嚴曉珠說：「那我就等你的消息了。」

鍾為端起咖啡喝了一口：「曉珠，我問你，你是什麼時候，因為什麼事，讓你改變信仰，皈依了伊斯蘭成為穆斯林？」

「告訴你，我改變信仰，你是始作俑者。」

鍾為說：「我？怎麼可能？別跟我開玩笑了。」

「你忘了，當年我是個很虔誠的天主教徒，還曾經要拉你信教，去金門街的教堂見神父和修女，你死活都不肯，你都不記得了嗎？」

「我父母都是基督徒，他們都沒法說服我去信教，我要是跟你去教堂，那不是要把他們氣死了嗎？」

「那時你說有三個理由，你特別的反對天主教，一個是你們的科學家祖師爺伽利略在文藝復興時，曾被天主教迫害，因為他的科學理論違背了教義，他犯了妖言惑眾，造謠生事的罪，他被判關禁閉，並且不許說話。第二個理由是，天主教同情法西斯份子，二戰時，幫助希特勒幹壞事，助紂為虐。二戰結束後，又幫助德國戰犯，逃亡到南美洲。」

鍾為說：「你還記得我說的第三件事嗎？」

「你說，有不少天主教神父不幹好事，他們性侵不懂事的男童，做為一個組織，天主教一直是在遮蓋醜事，想私下解決。但是這是犯法行為，被告到法院才曝光。這些事我後來慢慢的都知道了，雖然我還見過教皇，但是我開始對天主教失望。同時，我第二次結婚後，開始對伊斯蘭有了認識，也去接觸了古蘭經，我才知道它是一本文學作品，用散文的方式把教義娓娓寫出來。鍾為，你知道嗎？默罕默德是伊斯蘭的先知，他曾說：『世界上最重要的是知識，即使遠在中國也一定要去尋找。』」

「我知道古蘭經裏記載的默罕默德教訓，我也看見過一幅伊朗的畫，是描繪一個巨大的老鷹載著波斯國王飛向中國去尋找知識。那是畫家按一個波斯傳奇故事所作，而傳奇是來自古蘭經的內容。曉珠，是什麼事讓你終於決定離開天主教改信伊斯蘭呢？」

「其實，真正的說來，我是決定放棄了天主教，但是我對伊斯蘭的教義並不是很瞭解，說不上有了信仰。但是我對穆斯林，尤其是中東地區的人產生了同情。西方國家一直在高呼中東的穆斯林生活在水深火熱之中，因為他們被極權的獨裁者統治，沒有民主，沒有自由。他們用各種方法去改變政權，去除了獨裁的統治者。但是人民的生活不但沒有改善，而且噩夢來臨。看看伊拉克，為了要救老百姓，吊死了薩達姆，結果讓人民陷入內戰的殺戮，只是帶來更多動亂及大量的平民死亡。我現在明白，西方勢力是在用騙人的口號，企圖保持或奪取中東的利益。薩達姆是個獨裁者沒錯，但是伊拉克在他的統治下，人民的生活在提升，他建學校讓所有的適齡學童，包括女孩都能受教育。唯一沒有的是西方式的民主。西方國家中的保守派還大聲疾呼說伊斯蘭是邪惡的宗教，因此才造成了恐怖份子的氾濫。但是看看中東最腐化的極權國家，沙烏地阿拉伯，西方國家或媒體從不用民主人權來批判它，政治領袖們還和極權統治者稱兄道弟，難道那裏的伊斯蘭，同樣是默罕默德的信徒，就不邪惡，不恐怖了嗎？唯一不同的是，西方的石油公司可以在那裏長期的賺錢，並受到統治者的保護。所以到頭來，說白了，都是利益在作祟，說什麼民主、自由、宗教的優越都是騙人的。就是因為我常把我的看法說出來，保守派的人就把我恨死了。」

鍾為聽得啞口無言，坐在他面前的是他從沒見過的嚴曉珠另一面，他愣在那，兩眼直盯著她，目不轉睛的看著，看得嚴曉珠坐立不安：

「鍾為，你怎麼這樣看人，不認識我了，還是我臉上出現個大疤了？」

「士別三日，刮目相看。我真的沒想到你是個很有思想和見地的人，我相信你也一定是很有說服力的人，所以保守派的人才不能容忍你。」

「你總是把我看成是整天嘻嘻哈哈，沒心沒肺，不用大腦，四肢發達的人。每次在你面前談起正經八百的事，我就矮了半截，站不起來。現在終於敢講話了，也還有不少人同意我的說法，所以有人建議我出來競選下議院的議員。至於我的說服能力，還是有問題，當年我去德國想說服一個人和我天長地久，結果是一敗塗地，只好落荒而去。你不記得了嗎？」

鍾為說：「曉珠，對不起。我是沒有慧眼，所以不識英雄。」

「現在後悔來不及了，你已經是梅根的人了。鍾為，我想問你一件事，方便就告訴我，不方便的話，也沒關係，我會理解。我聽說你到北朝鮮去過，是去做什麼呢？」

鍾為說：「我是去替聯合國開發總署做專案。」

「但是暗中還替美國中情局幹活，是不是？」

「我是為聯合國進行一項農業計畫，其中有一個航空測量，採集氣象資料的任務。我同意在執行任務時，在北朝鮮的山區強行降落，撤出一位被追緝的中情局情報員。聯合國開發總署並不知道這件事。」

鍾為思考了一下，再問說：「朝鮮人有去向伊斯蘭國兜售核彈頭嗎？」

「這我就不清楚了，在中東有不少伊斯蘭的各種組織，還有地區性的部落，他們都對核彈頭有興趣，伊斯蘭國雖然只是其中之一，但是可能性很大。西方的保守派，尤其是美國的基本教義派，以及以色列，都誓言旦旦的說要消滅伊斯蘭國，他們尋求核子武器來自保是很合理的。」

「我聽說你和伊斯蘭國的領導高層很熟，還為他們做了不少公關的事情？」

嚴曉珠說：「伊斯蘭國的二把手，易卜拉欣，是我去世老公的學生，後來他到清真寺做事時也一直和我們有聯繫。等到他去了伊斯蘭國後，他把一些公關的業務交給我在倫敦開的公關顧問公司。」

「那你對伊斯蘭國的崛起發展和它的領導高層應該很熟了，說說你對他們的瞭解。」

「伊斯蘭國是美國和西方國家莫名其妙的中東政策下典型產物。開始時是打著伊斯蘭大旗的武裝集團。」

鍾為說：「但是它為什麼會成為西方媒體，尤其是美國新聞界的焦點呢？」

「主要是因為它的殘暴手段和迎合西方的傳播能力。雖然它充滿著神秘色彩，但是從它的公開

聲明裏，可以看到它的領袖巴格達迪哈里發的基本思維，和一般武裝集團頭目不同。」

「曉珠，我在報紙上看到伊斯蘭國的建國宣言，它是要建立哈里發國，它的政治領袖也是穆斯林宗教領袖，是一個神權國家。它要擴張版圖，不僅涵蓋整個中東地區，還要拓展到西至西班牙，北至俄羅斯邊界，南至北非，東至中國新疆。這位哈里發的野心是不是有點荒謬呢？」

「但是在歷史上是有跡可循的，伊斯蘭的版圖是在默罕默德和他的繼承人領導下，從第三世紀開始擴張，一直到了十三世紀造成了跨越歐亞非三洲的穆斯林帝國，以及蒙古、突厥、波斯、阿拉伯四大種族將近五百年的歷史交錯。巴格達迪哈里發是想要還原歷史，同時自己也想當歷史上的超級可汗。」

鍾為說：「如果要說歷史，到了十九世紀末，橫跨歐亞非的伊斯蘭帝國，紛紛淪為西方列強和俄羅斯的殖民地。第一次世界大戰後，伊斯蘭土耳其幾乎遭到瓜分，它告別了古老的穆斯林體制，建立了政教分離的政府，融入了西方體系。社會除了要受政治制度的控制外，它也會受到文化和經濟的影響，自我發展。要恢復歷史，必然會造成社會的矛盾，談何容易。」

「鍾為，你說的一點都沒錯。但是在一九七九年伊朗的革命成功，趕走了西方勢力，建立了伊斯蘭神權國家，雖然伊朗是什葉派的穆斯林，而其他大部分地區都是遜尼派穆斯林，它開啟了伊斯蘭基本教義復興運動。伊斯蘭國更是走上了極端，它不僅是要恢復正統的伊斯蘭，而且還要追捧蒙古和突厥式的征戰和屠殺。」

「但是有一點讓我納悶，就是有不少受過西方歐美教育，有民主思想的年輕人，會抱著極高的熱情，跋山涉水，遠渡重洋，去加入伊斯蘭國，甚至還會成為殘暴殺戮的執行者。曉珠，為什麼會這樣呢？」

「娛樂業在社會的發展裏所產生的影響越來越重要，西方的娛樂文化中，好萊塢的電影和流行音樂成為社會時尚和趨勢的驅動力。在它的媒體產品中經常包含了殘忍暴力元素，例如在限制級的電影中，有很多是用血腥殺戮為賣點，透過特別效果的技術，影像非常的逼真。在網路遊戲裏更是如此。在這些產品的購買者裏，很多是來自不正常家庭，遭受歧視，孤獨苦悶的年輕人，或者是有變態心理的人。他們將這些虛擬的暴行看成為追求自我價值的榜樣，從而變成可怕的現實。鍾為，這就是為什麼才有了你說的年輕人抱著極高的熱情，投奔伊斯蘭國。」

鍾為聽得動容，嚴曉珠在他面前展示了她從沒有過的內涵。他說：

「曉珠，我從來不知道你的學識是這麼豐富，你很不夠朋友，有這麼好的東西，還深深的藏起來，不讓老朋友知道。」

「以前我不敢說這些東西，怕說錯了，被你瞧不起。現在我是個沒戲唱的人，不在乎了，豁出去，說給你聽。」

鍾為說：「我在電視上看過伊斯蘭國的劊了手處決人質，一個蒙面人站在穿橘色囚服，跪在地上，面色茫然的人身後，執行斬首。一望無際的沙漠背景，任務色調的鮮明，效果非常驚駭。曉珠，你說的一點沒錯，這和好萊塢的限制級電影沒什麼兩樣。」

「還有一個畫面是一群包著頭巾，只露兩眼的伊斯蘭國戰士，站在日本豐田牌小卡車上，前面架著機槍，在沙漠裏風馳電掣的奔馳，揚起一片黃沙，同時機槍也在射擊著。這是史泰龍主演的藍波系列電影翻版，伊斯蘭國戰士取代了史泰龍，成為追捧的對象。」

「我想這是伊斯蘭國的建國理想和現代流行文化的混合。他們要重建龐大的伊斯蘭帝國，但是不用彎刀騎馬，吶喊奔馳，而是利用好萊塢的娛樂文化手段。這些都是他們的領導巴格達迪哈里發所

策劃的嗎？」

嚴曉珠說：「他的二把手易卜拉欣是伊斯蘭學者出身，在政治上是很有野心的。他改變了巴格達迪哈里發，同時也找來很多『謀士』出現在他身邊，包括從西方社會裏過去的人。我非常相信，為了實現他當上超級可汗的夢想，他會去尋求取得核彈頭，引爆核彈，升起蘑菇雲，這也是好萊塢大片裏的場景。」

鍾為說：「購買核彈頭要有國家級的財力和技術能力，那不是件容易的事。」

嚴曉珠說：「易卜拉欣會替他想辦法。」

鍾為沒有說話，隔了一會兒，嚴曉珠說：「好了，我求你的事說完了，你不是有話要問我嗎？」

鍾為思考了一下，很嚴肅的說：「曉珠，我要問你的事，很可能又會惹你發火，但是我希望你看在我們相識多年的情面上，給我一個真實的回答。我並不是要有所行動，但是我需要知道真相，好把我生命裏的一段畫上句點，正式的結束，再重新開始新的一段。行嗎？」

「你就問吧，我按實回答就是了。」

「我們在德國第二次分手後，我的感情生活起了變化，開始戀愛了。第一個進入我生活裏的人是一位同事石莎，她是一位從美國來的電腦軟體師，石莎把我從失戀的深淵裏拉出來，開始過正常人的生活。但是她在保護我們的科研成果時，遭人殺害。香港警方派來負責調查的刑警是個女警官，她叫蘇齊媚，她長得和你一模一樣。我和她陷入了愛河，我們還一起參與了協助中國的國安部人員，成功的阻止了恐怖份子在香港領空用導彈襲擊民航機的企圖。後來在一次頒獎典禮上，有暴徒持槍企圖殺我，蘇齊媚為我擋住了子彈，她死在我的懷裏。嚴曉珠，你是不是殺害石莎和蘇齊媚的幕後策劃者？」

鍾為一口氣把所有指責嚴曉珠的罪行說完，然後就目不轉睛的盯著看她。嚴曉珠也毫不示弱的回瞪著鍾為，兩人都不說話，空氣在他們之間似乎是凍結住了。最後還是嚴曉珠先開口：

「鍾為，你有證據嗎？」

「這些都是香港警方的調查結果。」

鍾為沒有透露美國中情局也是情報的來源，嚴曉珠又問：「那麼香港警方的證據呢？」

「他們是從英國警方和反間機構軍情五處獲得的資訊。」

「鍾為，如果我說這些指控我的事都是捏造的，不是事實，你相信我嗎？」

他不說話了，但是鍾為對嚴曉珠的誠信很顯然的是不存在了。她歎了一口氣：

「唉！我們怎麼會變成這樣了？從相愛的戀人，一瞬間，變成了互不信任的仇人。我不能怨恨任何人，只能恨我當年背叛了你，背叛了我們的愛情。鍾為，三個月前，我接到檢察院的通知，說香港警方要求引渡我，理由是我成為謀殺和參與恐怖活動的嫌疑犯。我否認犯罪，引渡案就進了法院。」

「曉珠，法院是怎麼判決的？」

「你說呢？如果法院同意香港警方的要求，我現在還能離開倫敦到巴黎來見你嗎？香港警方在法庭上承認他們要求引渡的理由是因為英國警方和反間機構，軍情五處，所提供的資訊，而這兩個機構在法庭上說，資訊是他們根據審問另一個案子的嫌疑犯口供所做的推論，沒有具體的物證，證人的可信度也有很大的問題，所以法庭駁回了引渡的要求。」

鍾為意識到嚴曉珠不說實話，企圖矇騙他。

引渡案子在被告嚴曉珠的要求下，法官同意審判不公開，因此媒體無法做報導。但是香港警方是原告，可以出庭，因此整個的過程他們是明白的。何族右告訴鍾為，嚴曉珠聘請了倫敦最著名的辯護律師，他提出了許多「程序」是否合法的問題，例如：軍情五處和英國警方在取得證人口供時，沒有事先取得法院開出的許可，也沒有提供律師給證人等等。

但是法官並沒有駁回引渡要求，只是要求檢察官重新以合法的程序取證，因此審判延期。嚴曉珠之所以離開倫敦，搬到巴黎來住，也是預料她會敗訴而被引渡。

鍾為決定不拆破謊言，只是輕描淡寫的說：「沒想到香港警方做事會這麼草率。」

「這不能怪他們，其實真正的理由是有人要打擊我，和我們的《英倫伊斯蘭運動促進會》。像你剛剛說的，我現在是政治人物了，而有很多人非常反對我們。」

「我還見過一封你寫給我同事吳宗湘的情書，裏頭提到是你下令要殺害石莎和蘇齊媚。」

嚴曉珠很冷靜的回答：「這封信被香港警方拿來做為控訴我的物證，在我的律師要求下，法庭請了專家檢驗，證明信不是我寫的，筆跡不對。」

這又不是實話，法庭上一共有三個筆跡專家，一位說是嚴曉珠的筆跡，一位說不是，第三位不能決定，因此法庭還要請另外三位專家。鍾為轉了方式問：

「那是誰寫的？偽造信者的目的又是什麼呢？」

「警方還在調查，但是我相信是我們內部的人，目的就是要打擊我。在我丈夫死後，我接手了伊斯蘭組織，將它改了名字，又把一批掌權的老人換下來，因而樹立了一些敵人，我相信是他們中的人幹的。」

「嚴曉珠，你認識吳宗湘很久了嗎？」

「認識有幾年了，你和他是多年的朋友，他沒跟你說嗎？」

「我們是在當年保釣運動時認識的，但是我們起了衝突，有了矛盾，基本上是沒有來往的。後來他也來到了香港優德大學數學系任教，我們成了同事，但是我們還是沒有來往，他是個喜歡女色的教授，校園裏有很多他的緋聞，他還追求過石莎。當香港警方懷疑他參與恐怖活動，開始調查他，他就失蹤了。曉珠，你和吳宗湘是戀人嗎？」

「你問這幹什麼？難道你會在意嗎？」

「當年在優德大學，吳宗湘喜歡跟別人說他如何的在床上把你玩得死去活來，尖聲呼喊著向他求饒，一方面他是炫耀他玩女人的功夫，同時他也強調被他玩的女人就是我多年來的青梅竹馬戀人，企圖來羞辱我。曉珠，你被他玩過嗎？」

「吳宗湘是穆斯林，他到倫敦來開會時我們認識的。你說的一點都沒錯，他是個好色之徒，對我有野心，見到我就想侵犯我。他的母親姓馬，是西北軍閥馬步芳的親戚，聽說馬步芳曾經帶兵闖進撒拉族的清真寺，搶走了放在那的手抄本古蘭經，將它占為己有一段時候。為了追查藏寶圖，我找吳宗湘幫忙，他乘機騷擾我，占了我便宜。」

「你在吳宗湘手裏死去活來之後，他幫了你嗎？」

嚴曉珠做憤怒狀說：「這麼多年了，你那張嘴還是不饒人。告訴你，你的同事吳宗湘是頭色狼，自以為是玩女人的高手，實際是個銀樣蠟槍頭，不中用，動兩下就完事了。我這輩子，就只有一次死去活來的經驗，但不是和吳宗湘。」

鍾為問：「那是和哪個男人？」

「是我的初戀男人。在德國的一個小鎮，很寒冷的夜晚，在壁爐裏的熊熊火光下，他把我壓在身體下面，穿刺了我，然後就沒完沒了的侵犯我，把我弄得死去活來。」

鍾為小聲的說：「我怎麼不知道？」

嚴曉珠說：「你就只顧著欺負我，把我往死裏整，當然沒注意我是怎麼反應了。鍾為，我們念小學的時候，你都是處處護著我，從來不欺負我，反而是長大了，你就一點都不手軟了。說到小時候，你和我們附小的同學還有聯絡嗎？」

「每次去到台灣時，任彥平都會召集一些人來，見個面吃頓飯。」

「任彥平是不是有個哥哥也是我們同班的？」

「沒錯，她哥哥叫任彥昇，已經因病去世了。任彥平很熱心，成了我們的聯絡人。只要有人從外地回到台灣，她就會召集大家見面。」

嚴曉珠說：「你都見到些什麼人？都還記得嗎？我們曾是班上的一對青梅竹馬小戀人，現在一個是功成名就的大教授，還是隻身未娶。一個是當了寡婦又無情無義的壞女人。但是小戀人卻成了陌路人，這不是我們的命運嗎？」

鍾為說：「我們是陌路人嗎？」

「我是說，大教授已有了心上人，寡婦也就沒戲唱了，這就是我的命。」

鍾為趕快轉開了話題：「我們同學都說你是班上最漂亮的女生，最會打扮，也最討老師的喜歡。」

嚴曉珠急著問：「他們還說了我些什麼？稱讚你的時候，一定少不了要罵我。」

「你放心吧，沒人罵你。都說我們兩人沒有開花結果一定是我做了對不起你的事，你才離我而去。」

嚴曉珠說：「我不信，你又在騙我了。」

「信不信由你，去問任何一位同學，你就知道我沒在騙你。」

「鍾為，謝謝你在同學面前給我留了面子。你是什麼時候進了北師附小的？記得好像是比我要早兩年，你都還記得那時候的事嗎？」

「記得我是在小學三年級時進了北師附小，第一個印象是班上有一半是女生，這是我一生求學時期唯一和女同學們一起上課的經驗，後來進了師大附中是男校，成功大學的機械系全系只有一位外號叫『機寶』的女生，後來到美國念研究生時，航空系的同班中也只有兩個女生，但都是非我族類，一個是瑞典人，另一個是以色列人。所以也難怪北師附小的經驗讓我難忘。」

「我現在明白了，你這麼早就陷入了花叢，造就了你一身沾花惹草的功夫。班上的女生你都還記得嗎？」

「當時的附小雖然是男女同班，課桌是兩人同坐，我的同桌是曾慧琳，是個好漂亮溫柔的女孩，班上的男生都很羨慕我。」

「怎麼好事都輪到你身上了？」

「哈！但是到了學期末考體育時，我的噩夢開始了。那是考五十公尺短跑，兩人一組，全班只有曾慧琳和我是男女生混合組，當時我還很得意，以為這下子我一定是跑第一了，但是從起跑她就一路領先，在全班女生的歡呼聲中她跑到終點。在跑不過女生的陰影下，讓我著實的沮喪了一陣子。」

嚴曉珠說：「這下你應該知道女生的厲害了。」

「現在回想起來，在附小有一個特點，就是女生當道，霸凌男生。班上的第一名永遠是女生，女生的個子高，跑得快，跳得高，歌唱得好聽，討老師的歡心。挨老師罰的向來都是男生，班上的粗活都是男生的事，沒做好還要被打手心，罰站舉椅子。最要命的是公平正義蕩然無存。記得你的老相好嗎？」

「我怎麼不知道，我在小學裏還有個老相好，他是誰？」

鍾為說：「就是那位英俊瀟灑的楊惠書。」

「是他啊！那是我們畢業以後的事了，他曾寫過一封信給我，說他喜歡我。把我嚇了一跳。我記得有一次你和楊惠書在教室後面偷偷的打彈珠，不小心失控，你的一顆彈珠滾到了我腳下，我二話不說，飛起一腳就把那顆彈珠踢進臭水溝裏。想起來有這回事了嗎？」

「那是一生難忘的悲劇，我小小心靈受了無比的打擊，使我一生都活在黑暗中。」

嚴曉珠說：「胡說，你這不是活得挺好的嗎？生命裏是一片陽光。」

「你是有所不知，那顆彩色彈珠價值連城，不知用了多少的東西才從楊惠書那裏換來的。我想去和你理論，但是看見你一臉凶相，就只好忍氣吞聲，當時差一點就掉眼淚了。」

「鍾為，抱歉，你後來怎麼都沒跟我提這件事呢？」

「後來我是在辛辛苦苦的追你，我還敢提這事嗎？」

嚴曉珠說：「你剛說起楊惠書，記得你和他是好朋友，也同時考進了師大附中。」

「是的，我們進了師大附中後，楊惠書被分配到實驗六班，而我在實驗五班，教室就在隔壁，每天都見面。」

鍾為說出了他的情況：

楊惠書是個不折不扣的玩伴，點子特別多。北一女、市女中和靜修女中校慶時，他會帶著男生大夥去參觀女生的作業展覽，然後專挑附小女生的周記和作文本詳細閱讀，男生們看到過讓人臉紅的少女懷春傾訴，偶爾也發現懷春的對象竟然是附小的男生。還發現有附小的女生在偷窺男生，但是女生的害羞狀，加上男生的靦腆和忐忑不安的心情，雙方都不敢先開口打招呼。

楊惠書最大的收穫是讓他從那些文章裏證明了他亂點鴛鴦譜，捉對撕殺的假定，證明了女生的心中還掂記著男生，延續了天真無邪的青梅竹馬感情，害羞狀的背後隱藏著含情默默的沾沾自喜。

進了附中後，楊惠書的校外活動增加，功課慢慢的落後，等到快畢業時他的成績已經到了全面崩盤的邊緣，在萬般無奈下，他決定進軍校。在去報到前，楊惠書告訴鍾為，他喜歡嚴曉珠，已經把她當成女朋友了，並且警告鍾為，停止追求嚴曉珠，否則就要絕交。

嚴曉珠聽得很入神：「你對楊惠書的警告是怎麼回答的？」

「我說你要誰當你的男朋友，只有你說了才算數，他和我的決定都沒有用。」

「那他是怎麼反應的？他和你絕交了嗎？」

「他覺得我說的有道理，結果就不了了之了。多年後，我才知道楊惠書的一生坎坷，他和我一樣終生未娶，但是他英年早逝，孤獨的離開了這世界。嚴曉珠，是不是小時候追求你的人，一輩子都找不到老婆？」

「你不是已經有女人了嗎？」

「那是我一廂情願的單相思，人家要不要嫁給我，都還不知道呢。」

嚴曉珠沒有回應，但是她說：「你還記得蕭曉星小時候嗎？」

「我記得她有一副天生的好嗓子，唱起歌來好聽極了，是音樂老師的寵兒。但是她的體育運動也是班上的佼佼者，天生的飛毛腿跑得比誰都快。我也記得，玩官兵捉強盜時，不是永遠抓不到她，就是被她手到擒來。有一次我在被追得走投無路，正想跳過防空壕逃走時，看見裏頭有積水，稍一猶豫，她就趕上來了，我還以為她會看在曾是她的歌迷份上，手下留情放我一馬，但是她毫不手軟，上來就踹了我一腳，結果我那天回家時一身是泥，費了不少的口舌，我父母還是半信半疑，我是被那可愛的蕭曉星踢下了防空壕。」

嚴曉珠說：「踢得好，憑什麼她要放你一馬？」

「你還記得我們班上的另一位美女嗎？她叫朱如玉，後來嫁給我們附中的同學，比我高兩班，他是附中的名人，籃球校隊的射手，田徑健將，他的四百公尺接力記錄曾在台灣中學運動會裏保持了十年，畢業後保送台大電機系，是個文武雙全，出類拔萃的人物。我在念研究生時，他來參觀我們實驗室，跟在他後面的是一位美婦人，她就是朱如玉。那是自從小學畢業後，第一次見到她。」

「小時候分手，長大了才又見面，你們一定很高興了。」

「她看見我之後，把頭一摔，理都不理我，扭頭就走。後來我才想起來，以前問她借過一本小說《唐吉軻德》，那是一九三九年，傅東華翻譯，上海商務印書館出版的第一部中文版，已經絕版了，被我占為己有，所以她耿耿於懷，就不理我了。」

「看你，拿了人家的書也不還，當然生氣了。後來呢？你們恢復邦交了嗎？」

「又過了好多年，我輾轉的把書還給她了。」

嚴曉珠說：「我現在明白了，雖然你和我們在一起經過了幾年天真無邪的童年小學生活，但是你得到了它特殊的內涵，甚至影響了你的一生，讓你的生命更豐富，更多彩。」

鍾為看著她說：「曉珠，你也曾是那豐富多彩生命的一部分。」

嚴曉珠突然覺得很傷感，她說：「一個人，在一生裏的某一個時段所做的決定，會影響一輩子。我的錯誤是我在大學沒有畢業前就出國朝聖，走上了不歸路。但是歸根究柢，就是我沒有真正的得到你的心。」

鍾為不說話，嚴曉珠就繼續說：

「我們真正開始戀愛是從我們進了高中以後，從小男生和小女生的羞澀相處，到進了大學後的熱情肌膚相親，那是我一生裏最讓我心動的一段時候。因為我們是小學同學，很自然的就被人認為是青梅竹馬的戀人，並且理所當然的會成為夫妻。」

嚴曉珠和鍾為陷入了多年前的回憶：

雖然鍾為和嚴曉珠的年齡和成長過程幾乎完全相同，但是心智的發展卻有差別，並且隨著年齡的增長，差距越來越大。既是在他們共同愛好的文學上，兩個人的方向和追求也不一樣。

上高中的時候，鍾為帶著嚴曉珠跑遍了西門町，中華路上的舊書攤，目的是找像魯迅和巴金的書，這些書都是當時在台灣的禁書。而嚴曉珠則是瓊瑤的忠實讀者，醉心在《煙雨濛濛》和《窗外》之類的小說。

進了大學後，每當鍾為說到他從讀托爾斯泰的《戰爭與和平》和雨果的《悲慘世界》所得到的感受時，嚴曉珠只有耐著心去聽，她無法插嘴也沒有興趣。她喜歡印度詩人泰戈爾寫的詩，文字和詞句的華美是嚴曉珠所追求的。

高中畢業的那年，嚴曉珠頭一次感到他們之間的差距將會撕裂他們的愛情，以前，她就讀的一女中是女生最好的學校，鍾為就讀的師大附中是男生最好的學校，所以他們是門當戶對。但是嚴曉珠考進了一所三流大學，而鍾為是免考直升，在階級觀念還很重的台灣社會，嚴曉珠馬上就能感到別人在指手畫腳。

更難受的是圍繞在鍾為身邊的男男女女，一個個都是像鍾為一樣的優秀，雖然她還是鍾為的女朋友，他的男女哥兒們也是這麼的對待她，但是嚴曉珠很清楚，她並沒有真正抓住鍾為的心，鍾為對她的感情完全是因為那段青梅竹馬的過去和異性的吸引，早晚會有另外一個更好的女孩子走進他的視線。

在大學畢業後，鍾為完成了服兵役的義務，然後出國留學。但到美國後的第二年，鍾為接到嚴曉珠寫給他最短的一封信，說她將要結婚了，對方是位英國員警，請鍾為諒解。

嚴曉珠原以為其他的女孩子會很快地進入他的生命，讓他找到快樂。當她得知鍾為開始了「自閉」式的生活，使她痛苦不堪，她後來寫給他的信，托朋友帶的口信，都是石沉大海。唯一讓嚴曉珠欣慰的是，她陸陸續續地聽到和在報紙上讀到鍾為成為很有成就的學者、科學家，獲得很多大獎。

嚴曉珠花了整整兩年的時間，利用她為人妻和記者工作所剩下的工夫和精力寫了一本小說：《夢兒已斷魂》，故事就是建立在她和鍾為幾十年來的愛情上。

她把所有無法跟別人說的內心感受和那午夜夢迴的激情寫進了這本小說，將很多鍾為寫給她熱情揚溢的情書包括在裏頭。她原來是希望用這本書將這段無法忘懷的往事畫上句號，但是她發現每當她很憂鬱時，她就會再拿來讀一讀，重溫鍾為的柔情蜜意。

有兩個禮拜的時間，鍾為茶飯不思，最後他將嚴曉珠寫給他的數百封情書裝訂成冊。他告訴自己這將是他一生裏唯一的愛情，現在已經凍結在這本冊子裏。在他的世界裏，嚴曉珠已經不存在了。

之後，鍾為投入了學術的世界，義無反顧。三年後他拿到了博士學位並獲留校任教。在不到十年的時間，鍾為當上了終身職的正教授，成為一位很有成就的學者。

在這期間沒有人再走進他的感情世界。每次他拿起裝訂成冊的情書時，鍾為已經是心平氣和，沒有憤怒或哀傷了。每當他在思考問題遇到困難時，他會翻開這本《情書集》，讀幾篇多年前嚴曉珠寫的情書，回憶那份濃濃的愛情，然後打開光碟聽聽那首盪氣迴腸的歌：「送別」，懷念愛人的離去。

長亭外，古道邊，芳草碧連天，晚風拂柳笛聲殘，夕陽山外山。天之涯，地之角，
知交半零落，人生難得是歡聚，唯有別離多。
長亭外，古道邊，芳草碧連天，問君此去幾時還，來時莫徘徊。天之涯，地之角，
知交半零落，一壺濁灑盡餘歡，今宵別夢寒。

鍾為特別愛聽這首歌，它是如此淒迷陰柔、詞淺意深但哀而不傷的詞句，配以中國化的舒緩旋律，能深刻地引起鍾為的共鳴，使他特別的平靜。

逝去的愛情加上時間的沖淡，一切都已平靜。但是在夜深人靜時，那份刻骨銘心的感覺卻揮之不去，絲毫未減。

嚴曉珠寫的《夢兒已斷魂》裏有很多鍾為的情書。鍾為有一股莫名的傷感，也有一絲喜悅。傷感來自這段愛情的句號似乎終於來到了，喜悅的是他寫的信回來了，一來一往的情書將這苦戀的故事終於編織完整了。

《情書集》和《夢兒已斷魂》這兩本書並排出現在鍾為的書架上。

鍾為說：「那是我一生裏最刻骨銘心的經驗。」

「但是事實的真相是，進了大學後我們漸漸的分道揚鑣了。你是在追求學問，而我是在追求生活。說得簡單一點，就是你會讀書，我會跳舞。甚至連我們共同喜愛的文學都不一樣，你喜歡看世界名著，我喜歡陶醉在瓊瑤的愛情小說裏。我們開始生活在兩個不同的世界。」

「錯誤是我們沒有好好的坐下來，把問題說清楚。曉珠，我是個遲鈍，後知後覺的人，等到我意識到問題時，你已經出國了。」

「鍾為，你知道嗎？大一那年，我們班在陽明山開了一次校友會。你和班長高碧照高談闊論，有說有笑，但是你們談的內容我一點都不懂。我終於明白了，不但我沒有抓住你的心，我也失去了你。」

鍾為問：「為什麼你沒來和我說明白呢？」

「事後我曾經試過，但是我們的隔閡已經太大了。我也曾想過，要不要和你生個孩子，牽住你，等我使出渾身解數，勾引你時，就把你嚇跑了。那時我才決定參加朝聖團出國，和你分開一陣子，也許你會恍然大悟，回心轉意，求我回來。但是，鍾為，你知道嗎？你從沒有說過一句話，或是寫過片紙隻字，叫我回到你身邊。」

鍾為說：「曉珠，對不起。」

嚴曉珠轉過身來，鍾為看見她淚流滿面，哭泣著說：「你沒有對不起我，是我背叛了我們的愛情，我只是想要告訴你，我配不上你，但是又捨不得放棄你。上次在德國時就想告訴你，但是我被你迷住了，失去了勇氣，沒說出來。鍾為，請你原諒我。」

嚴曉珠終於哭出聲來，她以為鍾為會過來抱抱她，安慰她，但是她失望了。隔了一陣等平靜後，她才去洗手間，洗臉整理，重新又打扮一下，回復了美婦人的樣子。

回到客廳時，鍾為很驚訝的說：「剛剛還一把鼻涕，一把眼淚，哭得都不行了，怎麼一轉眼的功夫又變成大美人了！」

「鍾為，別拿我尋開心，我是用了很大的力量和勇氣跟你把事情說清楚了。現在好多了，」

「可是回憶我們的小學生活，是很開心的。你說到我們的班長高碧照，你們有聯絡嗎？」

「我記得她在班上永遠是考第一名，你總是跟在她後面考第二名。鍾為，你老實告訴我，你是不是偷偷的愛過她？」

「小時候她是個像謎一樣的同學，是班上永遠的第一名。不管我如何的努力，都無法超越她的考試成績。她輕飄飄的，站在你面前看著你掙扎的同時，不費吹灰之力就拿了個一百分。」

嚴曉珠說：「別轉開話題，我問你，有沒有暗戀過她？」

「明的，暗的，都沒有。但是後來我們曾有過莫名其妙和說不清楚的關係。」

「是男女關係嗎？」

「她嫁給一位教過我的年輕教授，他是去了紐約州立大學的石溪分校，在那裏成家立業。多年後她的兒子來我們學校念書，鬼使神差的來上我的課，當了我的學生。所以高碧照是我的小學同學，是我的師母，同時也是我學生的老媽。這關係夠亂了吧！」

「難道她沒有堅持要你叫她師母嗎？」

「當然，她多次的要求，但是我也多次的拒絕。我聽說她雖然拿到了高學位，但是從來沒有出來做過事，就在家裏相夫教子。」

嚴曉珠感慨的說：「高碧照是有福之人，讓人羨慕。」

鍾為說：「你也可以選擇當家庭主婦，為什麼沒有呢？」

「你要是不知道，我就不說了。其實我後來和高碧照見過面，她問起你來，對你很關心，所以我才懷疑你們是地下情人。」

「她也問過我，當年你為什麼沒有嫁給我，我說是被別人捷足先登了。但是她不相信我就這麼輕易的把你放棄了。我說這世界裏有很多的事情是由不得你的。」

嚴曉珠說：「她怎麼說呢？」

「她說，青梅竹馬的戀人，雖然最後是各奔東西，但是世界還是一樣沒變，只是留下了遺憾和傷感。」

「那你怎麼回答？」

「我借用了一句詩，『去年今日此門中，人面桃花相映紅，人面不知何處去，桃花依舊笑春風。』來回答她。你嫁了人，雖然新郎不是我，但是新娘依然是美豔無比。我想高碧照明白我當時的心境。」

嚴曉珠看見鍾為的臉扭曲了，眼睛裏充滿著淚水，她終於深深的理解，失去了的清純初戀對鍾為的打擊是如何的沉重，幾乎毀了他的人生。她說：

「我再說任何向你道歉的話都無法補償我對你的傷害，但是我有生之日將記住我的罪行，請你不要放棄我，好不好？我們剛剛在說高碧照，你後來還見過她嗎？」

「見過，有一年她和老公，還有他們的兒子去北京，經過香港時待了兩天，我招待他們吃喝玩樂，大家都挺高興的。她兒子叫我老師，我管他爸叫老師，所以他兒子問高碧照是不是要叫他老爸師爺。弄得大家哈哈大笑，但是沒法回答他。」

嚴曉珠也笑了，她說：

「你們教書的也會破壞倫理，也不怕孔老夫子在地下翻身。鍾為，你後來突然放棄了你在加州的事業，去了香港，真正的理由是什麼？是去找老婆嗎？」

「我跟認識的朋友們都是開玩笑的說，我老大不小了，要成家了。但是真正的理由是我被一首歌吸引住了。」

「是嗎？是哪一首歌？」

「就是『東方之珠』那首歌，它是台灣歌手羅大佑作曲、作詞和主唱的，歌詞是：『小河彎彎向東流，流到香江去看一看，東方之珠我的愛人，你的風采是否浪漫依然，月兒彎彎的海港，夜色深深燈火閃亮，東方之珠整夜未眠，守著滄海桑田變幻的諾言，讓海風吹拂了五千年，每一滴淚珠彷彿都說出你的尊嚴，讓海潮伴我來保佑你，請別忘記我永遠不變黃色的臉。船兒彎彎入海港，回頭望望滄海茫茫，東方之珠擁抱著我，讓我溫暖你那滄涼的胸膛。』台灣歌手羅大佑用他低沉宏偉的聲音唱出這首為香港回歸所作的歌曲，它曾讓我動容。」

嚴曉珠說：「這不會是你真正的理由吧？」

「當然，我也一直想回到亞洲來教書，所以當機會來臨時，我就接受了。另外我的專業是應用科學，但是我的研究成果絕大部份都是在科學理論方面，應用方面是少得可憐，所以一直想要做一件大事。在香港終於能夠如願以償走出了象牙塔，學以致用為它的新機場建立了低空風切變預警系統。」

「我知道你的工作很精彩，我想也一定很辛苦。」

「在四年的期間，我帶著同事們和研究生走遍了全香港地區，包括了好些離島，鋪天蓋地的設置了自動氣象觀測站，採集資料。我們又向美國國家科學基金會租用了一架渦輪螺旋槳雙發動機的氣

象探測專用飛機，聘請了一位專業駕駛員做機師，啟動了十三個月的空中探測和採樣。從天上和地上得到的同步資料為預警系統建立了嚴謹的科學基礎，使它如期的在香港回歸的那天正式啟用。」

嚴曉珠說：「你從小就嚮往飛行，終於如願以償了。」

「這架科學探測飛機的無線電呼叫代號是『天風一號』，在香港它享有飛行中的優先權，讓我們在非常繁忙的香港空域可以橫衝直撞，天空裏充滿了『天風一號』呼叫要求讓路或是插隊的請求。我曾在小說裏這麼的寫：『天風一號』在珠江河口的天空翱翔，往北看是這條南方的母親河遠遠的和藍天連在一起，夾帶著大量泥沙的河口水體，像是一位貴婦人的胸脯，往南看是浩瀚碧藍的南中國海，擔杆列島像是一串綠色的瑪瑙，掛在貴婦人肉色的胸脯上。每當任務完成返航時，『天風一號』的機艙內響起了『東方之珠』的歌聲，在太陽消失在海平線下之前，香港的萬家燈火亮了，機艙外的東方之珠開始閃爍。『天風一號』呼叫啟德機場塔台，要求改變航線，飛向九龍清水灣岸邊的大學。從牛尾海方向低空通過，在大操場上的同學們會向這漆著大學校徽和字樣的飛機狂舞著雙手，『天風一號』也上下左右搖擺著機翼，在地上和天上的人一片歡呼聲中，發動機開大馬力，呼嘯著掉頭翻滾爬升，飛向落地前火紅的大太陽，呼叫塔台要求降落指示，前方的機場跑道在等待。』」

嚴曉珠說：「飛行曾經是你的夢想，沒想到香港成了你圓夢之地。你還用了你飛行的本事，在德國把我騙上了你的滑翔機，帶我到一個上不著天，下不著地的小鎮，圓了我們那麼多年的夢。鍾為，那是我們的第一次，你還記得嗎？」

「那是我第一次佔有了你，怎麼會忘記呢？」

兩人都陷入了沉思，回到了多年前的德國小鎮，風雨交加的寒冷夜晚，壁爐裏的火和他們激情爆發的火熱讓溫度昇華，溶化了兩個赤裸的身體。嚴曉珠和鍾為喝著冰冷的礦泉水，將心裏的火降溫，鍾為先開口說：

「我在香港遇到了石莎，我們有了戀情，她幫助我走出孤獨，脫離了黑暗，恢復了正常生活。但是她被害了。蘇齊媚是來查案的員警，因為她長得很像你，吸引了我。但是她的專業和你是南轅北轍，所以到頭來是她的個性吸引了我，我深深的愛上了她。但是她也被害了。我幾乎崩潰，就遠走溫哥華，開了間書店。」

雖然鍾為很平靜的說出他的經歷，但是嚴曉珠聽得出語氣中對人生的絕望，她無言的譴責自己，她說：「你剛剛說到你寫的小說，你是什麼時候開始當作家了？」

「你知道我從小就喜愛文字，曾有想寫小說的夢，進了大學工作後，戰戰兢兢的寫了近兩百篇的科學論文。但是從沒用中文發表過文章，所以決定一不做二不休，用『追風人』的筆名去寫長篇小說，並且是寫不登大雅之堂的偵探小說，我是在自得其樂。」

嚴曉珠說：「從大教授變成大作家，真是不容易。」

「因為沒有任何的寫作目的，完全不去理睬出版社編輯和粉絲們的要求，可以隨心所欲，天馬行空。感覺非常的奇妙。美國近代的著名小說家海明威和英年早逝的菲茨傑拉德都曾說過，小說裏的故事和人物都是取材於作者的夢想，人生經歷和相識者的複合體，所以在我的書裏，隱約的可以看到北師附小人和事的影子。」

「終於真相大白，你原來是在寫小說罵我，把我寫成個大壞人。是不是？」

「我的第一本小說裏是有一個青梅竹馬的愛情故事，還有男女主人的夢想。」

「真是的，我已經用我們的故事做背景寫了一本愛情小說，你還來跟我搶生意。」

鍾為說：「其實一個人的夢想並不重要，因為人生的旅途要比目的地更有意義，在旅途上遇見

的人，可能是你一生難忘的旅伴，是在午夜夢醒時，思念的對象。青梅竹馬的戀人是特別的旅伴，從小開始，就是我看著你，你看著我，一步一腳印的一路相隨到地老天荒。曉珠，你還記得我們上音樂課時的一首歌嗎？」

嚴曉珠馬上就哼出來：「記得當時年紀小，我愛談天你愛笑，有一天坐在桃樹下，風在林梢鳥在叫，我們不知怎麼睡著了，夢裏花兒落多少。」

嚴曉珠的心碎了：「一切都太晚了，你的心已經給了別的女人。鍾為，你真的在午夜夢迴時，會夢見我們從前的事嗎？」

「有一段時候，那曾經是我生命裏的唯一喜悅。」

嚴曉珠說：「你還記得我們的第一次嗎？你是怎麼穿刺我，進入我的身體，你都記得嗎？」

「我們是在德國溫特堡滑翔機基地降落，住進了附近鎮上的小旅店，入睡前我情不自禁的擁抱著你熱吻，但是你把我著了火似的身體推開，說你是已婚的婦人，身體是屬於另一個男人的。我只好就睡沙發了。當時還想到那首歌詞，『一壺濁灑盡餘歡，今宵別夢寒』。」

嚴曉珠說：「結果在天快亮的時候，我被凍醒了。叫你把壁爐的火生起來，你就乘機侵犯我。」

「但是我的記憶是，我把壁爐重新點燃後，你就脫了衣服赤裸裸的在床上，誘人的身體在魚肚色的晨曦和火光下，散發著無可抗拒的熱力。我過去抱住了你熱吻，你不但不反抗，還迫不及待的把我的衣服也脫了。」

嚴曉珠說：「你真的是沒忘記我們的初夜。」

「你用赤裸的身體和熱情迎接我，我就輕輕的把你推倒在床上，開始吻遍了你已經是火熱的身體每一寸肌膚。我感覺到你的皮膚將要起火燃燒了，嘴裏說著我聽不懂的話，把我的上身緊緊的抱住，我看你快要失控了，才穿刺了你，進到你的身體裏，佔有了你。」

嚴曉珠接著說：「其實是你失控了，像是個發瘋的古代騎士，把我從敵人的懷抱裏搶過來，毫不憐憫地侵犯著我，既使是完全征服了我，還是不停的蹂躪著我。」

鍾為說：「當時我感覺你的反應是很喜歡我的進攻。」

「就是因為你埋在心裏二十多年的思念和怨恨，一旦爆發在我身上，就成了無情的侵犯。但是也把你對我的愛情激發出來，你的蹂躪中交織著濃濃的溫柔和憐愛。所以我被你迷醉了，就在我已經是氣若遊絲的時候，我告訴你，我愛你，求你饒了我，把我帶走。」

鍾為沒有說話，嚴曉珠就繼續的說：

「第二天早上，我從疲憊不堪的沉睡中醒來。發現自己是一絲不掛的躺在你的懷裏。你也醒了。你終於把我徹底的征服了，臉上露出了征服者燦爛的笑容。但是你並沒有表示要帶我走。」

鍾為還是沉默，不說話。

「當時我就想到，鍾為，你是在報復我背叛了你，你使出渾身解數來征服我，就是要在我身上發洩你這麼多年來的怨恨。但是當我把一隻手緊緊的摟住你的肩膀，把頭放在你的胸口，更把身體上每一寸的肌膚都貼在你的身上時，我感覺到的是你的愛情，甚至在你瘋狂的穿刺我，侵犯我時，你還讓我陶醉在多年前你對我的濃情蜜意和溫柔體貼的感覺裏。我們的初夜有你的復仇之火和我的愛情之火同時在燃燒，你在愛與恨的矛盾中掙扎，它使你更加瘋狂，但是也給我帶來了無比的歡愉。我努力的配合著你，就是要還這麼多年來，我欠你的債。」

「曉珠，我可從來沒要你還過債，也從來沒認為你曾欠過我任何東西。」

「可是當我問你，你是不是恨我，你說你曾經恨過。但是你接著說的話，讓我終於明白了我是多麼殘忍的傷害了你，而你面對著我的背叛，給我的愛情又是有多麼的深。」

鍾為說：「是嗎？我說了什麼？」

「你說，你也是有七情六慾的血肉之軀，許多人有被愛和愛人的經驗，而你失去的初戀卻是活生生、赤裸裸的。你曾想過我的初夜，是被奪去的，還是獻出的？想到我在婚禮上打扮得如花似玉，展現出誘人的身材，就是要獻給新郎來享受，你曾想到向情敵挑戰，背對背，各走十步，反身開槍，讓命運來決定一切。也曾夢想過，拔劍與情敵決鬥，最後攜美而歸。但是你覺得自己卻像是十七世紀西班牙作家賽凡提斯筆下的唐吉軻德，把風車當成敵人，騎著戰馬去和風車開戰，可笑又可憐。鍾為，你恨我為什麼不讓你是佔有我的第一個男人，是不是？」

「曉珠，如果你想知道我當時是什麼感覺，我的答案是：這就是洞房花燭夜嗎？你呢？」

「我記得，後來我就不顧你是不是來報仇，把自己完全給了你。你用了無比的溫柔和無比的耐心，吻了我全身的每一寸肌膚，最後停留在我的胸前，尋找我心跳的韻律。我沒想到肉體上的期待，還會那麼的醉人。當時我感到全身像是沉默中張開的弓，隨時要釋放出巨大的能量把你吞噬。也像是一朵盛開的花，正期待著將要被暴風雨撕裂。似乎是經過一段漫長的時間後，輕風細雨終於形成了暴風雨，剎那間，你把我一步一步的帶上了山峰，我開始呻吟和求饒，但是你吻著我的臉，輕輕的撫摸著我炙熱的身體，溫柔的呼喚著我，告訴我將要來臨的歡愉，要我再忍耐。我用一隻手抵住了你的胸膛，另一隻手緊緊的抓住了床單，準備抵抗或者迎接即將來臨的穿刺。你在我喘息的抗議和渴望中，堅定的帶著我攀登更高的山峰，一峰又一峰，最後到達了最高的山頂。你的輕風細雨又帶回來無限的溫柔。這就是你在我身體裏給我的感受，它已經深深的刻畫在我的生命裏，和我的生命成為一體了。

鍾為，請你告訴我，這是愛情嗎？」

鍾為語重心長的說：「是的，這絕對是愛情。但是它現在只存在我們的記憶裏，不會回來了。」

嚴曉珠強忍住將要流下的眼淚：「這麼多年了，你還是耿耿於懷我曾背叛過你，但是我沒想到你現在是這麼的絕情，一點都不在乎我對你的感覺了。」

鍾為說：「是的，這麼多年了，整個世界都變了，更何況是你和我呢？我們都有了不同的人生，不可能再回頭了。」

「但是我們有共同的過去，是個多麼美好，多麼賞心悅目的過去。就在剛剛我們還陶醉在我們的兒時回憶裏。我不想也不能忘記它，鍾為，我們在一起一定可以創造出一片天地，那會是讓你非常快樂的世界。我已經不是以前的嚴曉珠了，我有能力辦到。」

鍾為沉默不語，嚴曉珠就繼續說：「鍾為，我瞭解你，你的本質還是個學者，你心目中的廟堂是大學，你一生追求知識和教授學生。我知道你從沒有放棄你的夢想，就是要有一個自己的廟堂。鍾為，你聽我說，我現在有能力為你建設一間世界最好的大學。你知道嗎？伊斯蘭國佔領了大片的油田，是我為他們安排出口到西方國家，而我收取百分之十五的費用，你知道那是多少錢嗎？」

鍾為還是沉默不語，嚴曉珠也就繼續的說：

「你想一想，世界上最好的大學是以你為名，這不就是你的夢嗎？鍾為，老天爺把我們從小就擺在一起，是不能分開的。鍾為，你不能放棄我，我也不允許你離開我。在這世界上，你只能和我嚴曉珠天長地久。」

鍾為終於開口了，他說：「我該走了。」然後就站起來。

嚴曉珠的臉色和目光突然變得讓鍾為不認識了，她也站了起來，張開了兩臂，開始行動，鍾為驚呼以為她要撲過來：「你要幹什麼？」

嚴曉珠回答：「我要吹蕭。」

鍾為正要反應，但是為時已晚，嚴曉珠單膝點地跪在鍾為前面，很快的把他褲子的拉鍊拉了下來，兩手伸了進去，她的臉靠了上去，張開了她的小嘴。她主動的推送和左右的搖晃，讓她的嘴和他做全面的接觸，傳遞感覺的資訊，同時將兩手伸進去，一前一後若即若離的遊走在神經最密佈的地方，一鬆一緊的配合著她頭和嘴的動作。

鍾為的眼睛閉了起來，有一股電流通過了他的全身，帶著麻醉性的快感從身體的一點擴散，傳到了全身，徹底的癱瘓了他，他四肢無力，雙手扶在嚴曉珠的肩膀上，她的兩隻手，小嘴和舌頭已經完全的征服了他，她繼續著一抽一送的動作，不停的吸吮著，並且慢慢的加快速度。

「啊！我快挺不住了，曉珠，慢一點，慢一點。」

她慢了下來，鍾為的神經還是緊繃著，但是他可以換一口氣了。就在這時她又恢復了攻勢，重新佔領失地。就這樣周而復始，一次又一次，沒完沒了。每一次都把他帶上了更高的高潮，讓他感受到從來沒經歷過的快感。最後他無法自控，完全崩潰，一瀉千里。嚴曉珠說：

「鍾為，看你還想往哪跑。告訴你，下一次，我要你好好的吃我。」

一位高頭大馬的安全人員開門進來，他宣佈：

「以色列的摩薩德行動員正在接近，意圖不明，我們需要暫時撤離。」

嚴曉珠說：「把他留在這裏讓他們去打理。」

巴黎之行讓鍾為認識到嚴曉珠的嶄新一面，她的能力、思維、知識和野心，比起從前的她，已經是今非昔比，唯一留下來沒有變的是往日的美豔。

最讓鍾為震驚的是她要累集財富的決心，以及要把他捉住的意願。鍾為認為香港警方要將嚴曉珠送進法院，以教唆殺人罪起訴是有理由的。

但是讓鍾為恐懼的是：梅根的生命有危險嗎？

嚴曉珠是真的要把他愛的女人都殺害嗎？

第五章 憶舊事大嶼山愛情傳承

何族右帶著朱小娟和林亮，一行三位香港員警在北京見到了國安部的胡定軍部長。在優德大學的「石莎命案」之後，伊斯蘭恐怖份子企圖用飛彈襲擊民航客機，何族右率領香港警隊接受國安部的節制，提供在獄中的香港黑道份子，進入中國大陸，引出了解放軍的叛徒，最後在鍾為教授的協助下，成功的阻止了恐怖事件的空難。

事後，國安部認為香港員警在整個事件裏立下了汗馬功勞，除了頒發了獎狀和獎章外，何族右和胡定軍也成為職業上的朋友。

其實，胡定軍的堂兄很早就認識鍾為，而他在清華大學讀書時還去聽過鍾為的演講，所以很自然的，開場的話題就是談起鍾為。胡定軍說：

「聽說鍾為現在香港，你們見面了嗎？」

何族右說：「我見到了，他住在優德大學的教授宿舍，是被請來參加創辦北亞學院的事。」

「他還好嗎？真沒想到他會放棄了如日中天的學術成就，跑到加拿大去開書店。」

「胡部長，其實鍾為是很喜歡香港的，他一直就想回到亞洲來教書，所以他才放棄了美國，到香港來參加優德大學的創校工作，然後就留下來。但是他的感情生活太不堪了，為了他自己，他是應該離開香港的。」

胡定軍說：「我就是覺得太可惜了，沒能留住他。我有一位堂兄，多年前就認識鍾為教授，他在世時就說過，鍾為是一位了不起的學者和教授。不過我聽說，他的書店現在也是開得有聲有色的。」

何族右說：「我相信是的，至少我覺得他是很投入的。」

「太好了。我們還是言歸正傳。何署長，二位警官，我看了你們給中聯部的報告，明白了石莎命案的後續調查。我們對你們要追查和逮捕殺害蘇齊媚警官、石莎電腦師和飛行員包博．派屈克幕後主謀的決心，非常欽佩，我們一定會全力配合。」

何族右說：「那我就先謝謝部長了。」

胡定軍說：「不客氣。嫌疑犯嚴曉珠與穆斯林有絲絲縷縷的關聯，目前，我們在新疆和其他西部的地區，面臨了穆斯林分裂主義份子的騷亂，為了避免刺激，希望香港警方在處理案件的過程時，儘量保持低調。」

何族右說：「請放心，部長，這一點，我們是可以保證能做到。」

「那就輪到我來先感謝你們了。」

作為石莎命案後續調查的負責警官，朱小娟很驚訝，但是也很高興，優德大學的前副校長周催林採取了完全合作的態度，他是有問必答，並且同意有必要時，他願意在香港的法庭上當「污點證人」。

在周催林的審訊中，因為缺少具體證據，他無法證實嚴曉珠就是發電郵的《夢斷魂》，其實，他並沒有見過嚴曉珠本人。對於工學院院長席孟章，他認為是個成事不足敗事有餘的人，並且愛財如命，就因為吳宗湘給了他不少金錢上的好處，他就死心塌地的幹他的馬仔。但是又因為替吳宗湘辦事不力，常常挨罵，擔心會被炒魷魚，對吳宗湘染指他老婆就只能忍氣吞聲了。

周催林證實：是吳宗湘要求席孟章為「深蛇－二一三」小貨輪辦理在香港屯門碼頭靠岸的手續，因此朱小娟認為「深蛇－二一三」小貨輪船長和「天風一號」的駕駛員包博．派屈克都因為他殺死亡，而在被害過程中的幫兇是席孟章，得到了進一步的人證。

石莎命案的後續調查是基於一個重要的前提，那就是林大雄生前留下的信裏所說的，幕後還有隱藏的陰謀。

周催林證實了陰謀的存在和席孟章打造了一把石莎的鑰匙的事，他成為石莎命案的幫兇也有了證物和證人。但是當問到為什麼恐怖份子扎克在暴露後還要冒死回到香港，在大嶼山的梅窩槍殺了解放軍的叛徒劉廣昆時，周催林的回答是他不知道。

對於殺害石莎和蘇齊媚，他知道是吳宗湘下達他上家的指令，背後的真正動機是什麼，他並不清楚。

對於以飛彈襲擊民航機的事，周催林證實了吳宗湘曾告訴他，那是因為「聯合－八六五」班機上有一位特定的目標，是伊斯蘭恐怖組織企圖要消滅的，他不清楚是什麼人，也不知道要消滅他的理由，但是他確定吳宗湘知道。

當問到前蘇聯紅軍核彈專家科吳克維奇和席孟章通電子郵件，說到核彈頭的交貨時間和地點的事，周催林說吳宗湘曾為此事非常的煩惱，他說是那個烏克蘭人一時糊塗，把電子郵件送錯了人，吳宗湘特別囑咐席孟章，決不能走漏任何風聲，還威脅他，如果他的嘴巴不牢，他就會把他老婆偷人的事公開。

周催林對於《夢斷魂》正在尋找一冊手抄本古蘭經，裏頭可能有價值連城的質料，以及這本古籍手抄本和吳宗湘的親戚有關的事，他是一無所知。

周催林用了一整天的時間，把朱小娟的每一個問題都做了非常詳細的回答，同時還把問題的來龍去脈也詳詳細細的解釋。

當天晚上，朱小娟就將審訊周催林的筆錄整理出來，還特別的列出了三個問題；「聯合一八六五」航班上的目標是什麼人？「核彈頭」和案子的關係是什麼？以及手抄本古蘭經和案子的關係。這些是需要和美國中情局聯繫，從吳宗湘身上取得答案。

第二天上午，朱小娟再度提審周催林，這次是將她做的筆錄，一條一條的和他核對，確定了所有的記錄包括朱小娟寫的摘要，都是正確的，然後要周催林簽字。

在整個審訊的過程，何族右並沒有參加，說是國安部有重要的會議，他需要參加，因此只有朱小娟和林亮兩人審問周催林，還有一位國安部的官員在場，但是他沒有提問，只是全神貫注在記筆錄。

下午，朱小娟找到了何族右，把筆錄交給他。何族右很快的把摘要看了一遍，就很嚴肅的告訴她和林亮，有關審訊周催林的所有內容，都已經列入了一級保密，沒有他的事先許可，不能向任何人洩露。朱小娟和林亮飛回香港，何族右繼續留在北京。

鍾為對朱小娟似乎產生了很大的吸引力，她在北京多次的打電話和鍾為長談，她除了遵守規定不說任何有關審問周催林的事，他們無話不聊，談得非常開心。鍾為也感覺朱小娟這幾年來變得很成熟，也越來越像蘇齊媚。但是讓朱小娟吃驚的是，走出香港機場時，看見鍾為來接她。兩個人什麼話都沒說，擁抱了一下就拉著手上了機場快線火車。

他們之間的距離在快速縮短，高速火車沿著大嶼山的岸邊在飛快的行駛，它的一邊是連續的山丘，另一邊是碧藍的海水，這是香港的主要航道，各式各樣的大小船隻一個接一個的穿梭來往。鍾為指著窗外每隔一會兒就出現的聲波測風儀說：

「你看到這些沿著機場快線的測風儀了嗎？這些都是強風預警系統的監測設備，是為了機場快線的行車安全而裝設的。你知道是誰設計和安裝的嗎？」

「聽你這麼說，當然就是你鍾為大教授了，太棒了！」

「沒錯，小事一樁，不足道也。」

「鍾為，你不用在我面前謙虛了，我知道你曾經為香港的建設立過大功勞，機場的低空風切變預警系統不就是你帶著人花了四年的時間建起來的嗎？但是你不堪回首，就遠走他鄉了。」

朱小娟觸及到鍾為最敏感的過去，他突然沉默不語，回憶起多年前那段燦爛輝煌，但是驚心動魄的日子，他有無限的傷感。

朱小娟突然握住了鍾為的手：「你如果不忙，今天能陪陪我嗎？」

他們在九龍站下車，轉乘計程車，先送朱小娟到旺角的九龍警署，然後鍾為才回到優德大學。

飛鵝山，也有人叫它九龍峰，是在香港的黃大仙區、觀塘區、西貢區和沙田區的交界地，在那裏可以看到整個九龍半島和香港島北岸，還有近海一帶的景色，包括了優德大學岸邊的清水灣和牛尾海，浩瀚的大海及數十個島嶼都能盡收眼底。

飛鵝山是香港觀賞夜景最高的一處觀景台，幾乎可以欣賞到半個香港的夜色，它成為不少情侶談情說愛的地方。

朱小娟開車帶鍾為到飛鵝山時已經是黃昏了，他們漫步在小徑上，清風徐來，感覺非常的舒服，朱小娟不僅把頭髮梳了起來，全身還刻意的打扮了一番，她脫下了平常穿的牛仔褲和休閒衫，換上了一套天藍色的超短半身裙，脖子上有一條深藍的絲巾，把露出來的雪白胸脯襯托出來，她沒有穿褲襪，把兩條修長雪白的大腿露了出來，她腳下穿著一雙高跟鞋，走起路來婀娜多姿，寬寬大大的半身裙下擺，飄了起來，讓鍾為看見她的整條大腿。他們找到一個無人的長椅坐下，朱小娟把上身靠著鍾為：

「剛剛在辦公室裏，我打了電話到北京，老何要我把一些從台灣來的資訊跟你說，他想聽聽你的意見。我們的私家偵探陳克安拿到的資訊是：台灣國防部的軍情局在十年前就和吳宗湘斷絕了關係，不再付他海外情報員的工資了。說得更明白一點，就是把他開除了，理由是他們對吳宗湘的忠誠起了懷疑。這是任何情報機構都最忌諱的事，所以就請他滾蛋了。」

「可是周催林不是還說他是台灣軍情局的人嗎？」

「顯然情報員裏也有不要臉的。但是吳宗湘在台灣還是有其他的人脈關係。他的親戚就是一位有錢有勢的人，他是大軍閥馬步芳的後人，他知道馬步芳曾經把一張伊斯蘭藏寶圖賣給一位阿拉伯親王，很可能就是他從撒拉族那搶來的。但是這並不重要，重要的是吳宗湘的上家不是台灣的特工，而是另有其人，但是會是誰呢？」

天色暗了下來，飛鵝山下是燈光閃爍的香港，

鍾為說：「香港的夜晚比白天好看，你們香港人也這麼認為嗎？」

「有人說，香港女人晚上比較漂亮，所以蘇齊媚曾告訴我，她常帶你到這裏來。」

鍾為沒有回答，朱小娟看了他一眼，但是太暗了，看不出他的臉色，就問說：

「這裏是香港情侶們最喜歡來談情說愛的地方，我想你和蘇齊媚一定也很喜歡這裏。」

鍾為轉開了話題：「在這裏，我曾問過她，飛鵝山這名字是怎麼來的，她說不知道。但是你知道嗎？」

「傳說很久以前，在一片茫茫的大海中有個叫『竹洲頭』的小島，上面有個小村莊，住著十多戶人家。後來有一群海盜進來，為了打劫過往船隻，海盜強迫村民修築碉樓壘，還讓他們挨餓。有一天村民仰頭望去，看見一隻巨大的飛鵝橫空飛過，一邊飛一邊把白羽毛抖下來。白羽毛飄落到田野上，竟然變成一大碗一大碗的白米飯，每碗都有一大塊燒鵝肉，村民們很高興的有飯吃了。海盜們也來搶吃白米飯，但是他們的白米馬上就變成了沙了。一怒之下，海盜們就開槍射殺飛鵝，飛鵝終於栽落海中，頓時，海中奇蹟般出現了一座山，從此人們就叫它是飛鵝山。」

鍾為說：「小娟，所有讓情侶們喜愛的地方，都有一個美麗的傳說。」

朱小娟拉住了鍾為的手：「你想她嗎？」

鍾為說：「你叫我出來，不是要告訴我你們審問周催林的事嗎？」

「內容是一級保密，我們要求透露給你，國安部要經過一道手續之後，我們才能把案子的內容告訴你。再等兩三天就可以了。」

朱小娟領著鍾為走上一條幽深的小徑，燈光照不到了，只有天上的星光把前面的一片草地和小樹林籠罩在朦朧的夜色裏，但是放眼望去，還是能依稀的看到被古藤攀爬著的建築物，讓人感覺出在古樸中流蕩著的淡淡詩意，在昏暗的夜色下，隱隱約約的有幾對情侶在互動著，鍾為輕輕的歎了一口氣，但是沒有說話。

朱小娟又再問：「你想她了嗎？蘇齊媚曾給我一個任務，要在飛鵝山執行。」

鍾為不說話了，朱小娟轉過身來，面對著他，用雙臂把他摟住，她的嘴唇吻了上去，鍾為吃驚的正要掙扎，但是她的舌頭已經佔領了他，讓他失去了控制，身體有了強烈的反應，他一邊緊抱著朱小娟的細腰，同時還在她身上游走著，撫摸著，當他用力的擠壓她已經漲大挺堅了的乳房時，她仰起了頭，看見鍾為滿臉情欲的表情，她很輕聲的說：

「鍾為，我要你……」

他的手遊走到她赤裸的兩腿，向上移動，透過薄薄的三角褲，開始向她進攻，兩人都進入了迷惘的境界，互相的在享受著對方身體所帶來感官上的刺激，她從喉嚨深處發出了呻吟：

「啊……，伸到裏頭……用力……快一點……啊…」

時間和天上的星星一樣慢慢的在移動，許久以後，一陣涼風吹醒了激情。

「鍾為，求你停停，我都不行了，全都濕了，……」

他毫不留情的持續著，朱小娟的下身開始往上挺，配合著他，兩人的動作加快了，她張開了嘴，呻吟著，鍾為吻住她的嘴，用舌頭進入了她，上下同時的侵犯，讓她的全身都麻醉了，無力的癱瘓在他的懷裏，但是攻勢沒有停止，反而更是急迫，最後她全身顫抖一下就全面的崩潰了，她看見了滿天的星斗。

朱小娟說：「是蘇齊媚要我一定把你帶到飛鵝山上來，把你擺平。剛剛我是奉命完成任務，你不准胡思亂想。」

香港特別行政區百分之九十以上的土地是由兩個島和一個半島所組成，兩個海島就是大嶼山和香港島。一個半島當然就是深圳特區南邊的九龍半島了。剩下的百分之十的土地是來自近百個大大小小的島嶼。

所有用駁船起卸貨櫃和貨輪及在等候碼頭泊位的船都是在這裏下錨，所以夜間的香港內海處處都是輪船的燈火。而那些近百個的海島中比較大的，又是開發較好的也都是集中在這內海，例如，馬灣、坪洲、喜靈洲和長洲。其中除了喜靈洲因為島上有戒毒所和羈留中心被劃為禁區外，其餘的島上都有完整的居民社區、道路和交通系統。

大嶼山本身在香港也是個非常吸引人的地方，它的大部分地方是「郊野公園」，有保養得非常好的行山路徑和名勝，香港最著名的寶剎，寶蓮禪寺，就是坐落在昂坪山上，它的對面就是全世界最大的露天青銅坐佛像，佛像的座基仿照北京的天壇，故名為「天壇大佛」。

大嶼山的最南端叫做「分流」，相傳由珠江流下來的江水就在這裏分成兩股，一股向北流，另一股向南流。根據現代海洋動力學，珠江的水在人海後是分成南北兩股，只是它們發生在不同的季節，夏季向北流，冬季向南流。「分流」的北邊有一個小小的村落叫「分流村」，至今還有幾戶原住民居住在那裏。在「分流村」的西南方有一座山崗，上面建有一個炮台，它是在清朝的「雍正七年」為了守衛珠江河口和鎮壓出沒在該海域的海盜所建立。

大嶼山島上最高的山峰是鳳凰山，也是香港特區裏最高的山。八十年代香港的發展商將大嶼山東北角的一個叫「大白灣」的海灣買下來開發為一個現代化的高級住宅區。發展商將這住宅區取名為「愉景灣」。在愉景灣的北邊就是亞洲的第二個狄斯奈樂園的所在地，當然，大嶼山為世人所知的最重要原因是在它的北岸有一個世界第一流的飛機場。

世界上大部分的人來到這東方之珠的香港時，就是從這裏走出了第一步。有人說，大嶼山就是這樣神奇的一個地方。

當初蘇齊媚和她的前夫在婚後不久就在愉景灣買了一棟公寓，他們離婚時，法庭將公寓判給了蘇齊媚，她花了大錢把房子裏裏外外徹底的大翻修。公寓佈置得很優雅，有一個陽台，可以看見「香港內海」的輪船，夜晚還能看見船上的點點燈光，窗外的星光會將遠處鳳凰山的輪廓和近處的樹林變成一幅水墨畫印在窗戶上。蘇齊媚非常喜歡這間公寓和大嶼山的大環境。蘇齊媚死後，在她的遺囑裏，將愉景灣的公寓和裏頭所有的東西都留給了朱小娟，是她打電話在這裏約見了鍾為。

到了愉景灣後，鍾為按著朱小娟說的地址，來到了公寓的門前時，他才恍然大悟，這裏他以前來過，原來就是蘇齊媚生前的住所。按了電鈴後，朱小娟來應門，她穿了一身雅致的連衣裙，但只到膝蓋上面，小腿和半個大腿都露在外面，脖子上的一條絲巾似曾相識，腰上的一條寬皮帶把薄薄衣料緊壓在裙子裏的身體，把身材突顯出來。她張開了雙臂：

「鍾為，歡迎你來舊地重遊。」

朱小娟輕輕的擁抱他，但是鍾為緊摟著她，按住她的後腦親吻她，朱小娟象徵性的掙扎了一下，就也緊抱著他，並且張開了她的嘴。鬆了手後，朱小娟問：

「你這是幹什麼？」

「我每次到這裏時，都要和來開門的女主人熱烈的親吻。」

「是嗎？但是你現在失望了，是不是？」

「為什麼？」

朱小娟笑著說：「我有自知之明，比不上我師父。快進來吧！看看你以前常來的舊地。」

屋內的擺設完全沒有改變，所有的傢俱、裝飾和牆上的畫都還是一樣，鍾為說：

「你把這裏保持得和原來一樣，一點都沒有變。」

「我根本都沒想到蘇齊媚會把這房子留給我，她的審美觀要比我高得很多，房子裏的傢俱，還有全部的鍋碗瓢盆都是高檔貨，沒有更換的必要。更何況我和她一樣，只有週末或是放假的日子，我才到這裏來，平常都是住在城裏，但是我越來越喜歡這裏了。」

「我跟你一樣，也是很喜歡這裏的。」

「那當然，是住在這裏的人把你吸引住了。」

「在認識蘇齊媚之前，我就很喜歡大嶼山的環境，我和石莎幾乎走遍了大嶼山。」

朱小娟說：「我也是喜歡這裏的環境，能讓我靜下來思考。」

「到這裏來，不是會勾起你想念蘇齊媚嗎？」

「是會的。也許這也是吸引我的原因。」

鍾為轉開了話題：「你們在北京見到了周催林嗎？」

「見到了，現在他養得白白胖胖的，一點都不像是個被判了刑的犯人。」

「你們想知道的資料他都說了嗎？對了，你現在可以和我談案子了嗎？」

「可以了。鍾為，我相信北京的國安部正在調查一件大案子，顯然跟香港有關，所以他們要老何留下來開會。在我們拿到的通聯記錄裏，有關核彈頭和那個叫科莫克維奇的前紅軍上校的資料，國安部像是發現寶藏似的，一直謝我們。但是我的級別不夠高，把我先趕走了。我的感覺是周催林也牽涉在裏頭，因為他給我的印象是我剛說過的，不是個罪犯，而是個『污點證人』。對於問他的事，他是有問必答，完全合作的態度。」

「也許是他們的『抗拒從嚴，坦白從寬』政策發生效力了。」

「我想周催林的『坦白』一定和他是穆斯林的背景和組織有關，看北京國安部那個緊張的樣子，大概周催林是當了叛徒，把他的『同志』出賣了。」

鍾為問：「他對優德大學的案子，具體的都說了些什麼？」

「他說，千不該，萬不該，他不應該到了優德大學，一開始就和你作對，所以他才一敗塗地。他認為席孟章是個愛錢如命的人，但是他拿了錢又不會辦事，他的能力實在太差。他汙了聖戰組織的五百萬美金，讓他們只能將一艘漁船改裝為發射飛彈的平台，而不是改裝三艘，直接的影響到他們襲擊美國民航機的行動。周催林認為席孟章已經被制裁了，所以才不見人影。」

「朱小娟，他對吳宗湘的角色有透露新的資料嗎？」

「周催林認為他是個非常有能力的人，所以他才能成為一名老特工，同時也是美國一流大學裏的教授。他的毛病就是太好色，喜歡玩女人。他負責從石莎的手上取得ＭＴＳＰ軟體的原始程式，但是他遲遲不動手，就是想先把石莎追到手後再行動，但是被你捷足先登，把她拿下，吳宗湘恨死你了。周催林還說，吳宗湘在他面前得意的說，席孟章不能滿足他老婆，還要他代勞。」

鍾為：「他還說了些什麼嗎？」

朱小娟握住了鍾為的手說：「我說了你別難過，鍾為。周催林說，吳宗湘告訴他，除了台灣的軍情局之外，他真正的上家是個女人，代號叫『夢斷魂』，現在已經是他的女人了，她是伊斯蘭組織在歐洲的重要領導人。是她指示要殺害石莎和蘇齊媚。」

「為了什麼理由，她要殺害這兩個人？」

「周催林說他不知道，同時他也不知道嚴曉珠這個人的存在，更不知道你和她的關係。記得嗎？是英國的反間機構軍情五處在倫敦執行一次反恐行動時，對嚴曉珠的住處和她領導的伊斯蘭運動促進會進行搜查，從查出的檔中發現了她有優德大學和你的檔案。這才讓我們在石莎命案的後續調查中，抽絲剝繭找出了嚴曉珠所扮演的角色。」

「真沒想到，一個天真浪漫的小女孩，長大了後會變成一個女魔頭。人的變化也太大了，讓人無法想像。」

「如果你仔細的回想一下，你們從一進大學開始，主要的溝通聯繫就是靠你們的魚雁往返。從這些談情說愛的情書裏，你對嚴曉珠有多少的瞭解？你一生都是在大學裏，是最純潔的環境，但是你知道她所成長的環境嗎？不說別的，她以一個小小年紀就曾經去過梵帝岡教廷朝聖，見過天主教教皇，是一個顯然的虔誠天主教教徒，但是她可以搖身一變，就成為激進的伊斯蘭信徒，這不是普通一般人能夠做得到的。相信你們在青梅竹馬的時候，你也一定沒想到。」

鍾為沉思了好一陣子才抬起頭來說：

「朱小娟，你說對嚴曉珠為什麼要殺害石莎和蘇齊媚有你的看法，但是要等從北京回來以後才跟我說，現在能告訴我嗎？」

「犯罪心理學的觀點裏一再的強調，『謀殺』，也就是有計劃的殺人，一定是有非常明確的目的性，這就是和一時衝動，憤怒中的殺人，最大的區別。你想想，嚴曉珠要殺石莎的目的是什麼？殺了她，對取得ＭＴＳＰ軟體有幫助嗎？拿到了軟體後就更沒有要殺她的理由了。再看看蘇齊媚的遇害，任何有頭腦的犯罪份子都知道，殺害了員警，不但不能制止調查，員警還會加倍的增強力度去辦案，幾乎所有的員警被殺都是發生在執行任務的時候。所以我的結論是，這裏頭還有更複雜的原因。」

鍾為說：「我和嚴曉珠分開了二十多年，在這期間我們見了兩次面，都是不歡而散。我對她在英國的人生，還是一無所知。」

「她離開了你到英國，在那裏她嫁了人，生了孩子，但是你是孤家寡人，過著不食人間煙火的日子，在心裏守護著那份刻骨銘心的愛情。在她的眼裏，你這一輩子就是她的了，不管她是去幹什麼，你的心裏只有她。特別是你們在德國重逢後，你給她的精神和肉體上的重溫舊夢讓她再一次的迷住了，她拿定決心不能再失去你了。你必須成為她的禁臠。」

「你怎麼會知道？你又不是嚴曉珠肚子裏的蛔蟲。」

「沒錯，我個人的想法是她有了更大的人生目標，一定要去完成。可是她又要把你養在身邊，好好的伺候她。在北京時，周催林也證實了，吳宗湘曾告訴過他，嚴曉珠有很大的野心，也有周密的計畫來完成她的目的。我認為就是因為如此，她可以容忍你身邊有別的女人，但是不能容忍得到你心的女人，一定要消滅。」

鍾為沒說話，朱小娟坐過來握住他的手說：

「鍾為，我要告訴你一件事，但是如果你透露出去，我會被老何開除，蘇齊媚的靈位也會被移出浩園。所以你一定要替我保密。你能答應嗎？」

「是什麼事，會有這麼嚴重？」

「是關於你的事。」

「我答應，一定替你保密。」

「鍾為，還記得嗎？我們在澳門攔截那個叫扎克的恐怖份子，是我把他的背包帶回香港交給蘇齊媚。裏頭除了那五百萬美金的現鈔外還有一個大信封。那是嚴曉珠要給吳宗湘的，裏頭是一張她寫的信和一件玉器。蘇齊媚只把錢交上去，但是把大信封扣下，沒有交給老何。」

朱小娟起身從抽屜裏拿出一個牛皮紙信封給鍾為，她說：

「蘇齊媚是經過了一場非常痛苦的天人交戰後才決定把這個信封扣下來，當時她認為，你在感情上還是很脆弱，你還是把她當成嚴曉珠才和她戀愛，嚴曉珠的信會讓你崩潰。她說，老何一定會把信讓你過目。所以不能上交，要扣下來。」

嚴曉珠給吳宗湘的信是寫道：

親愛的宗湘：

昨晚是我們的定情之夜，你匆匆忙忙的就走了，沒有留下旦旦的誓言。雖然很遺憾，但還是將我們未來的計畫做了最後的決定，現在我們就可以牽著手一起啟程，邁步走出我們倆人生旅途中，最後，但也將是最燦爛的一段路。

如我說的，我會把我的組織和所有的人力都投入我們的計畫，勇往直前，義無反顧。但是最關鍵的所在，是要取得那張歷史性的藏寶圖。它的流傳始作俑者是你的母舅親家馬步芳將軍，你一定要善加利用這一層關係，找到可靠的資訊，我會派人按圖索驥，找到藏寶圖。我有一塊翠玉牌子，上面刻有馬步芳的題字，就算是我送給你的定情物。你也許會派上用場。

我們的計畫裏充滿了曲折的過程和困難，但是你我同心，有信心克服一切障礙，達到目的地。取得ＭＴＳＰ軟體的原始程式是達到最後目標的重要手段，一定要按我原定的方案去完成。我已經把我和我的初戀情人鍾為的過去都一五一十的告訴你了，他是影響我一生的第一個男人，但是他拒絕了我，讓我感到奇恥大辱。

你現在是鍾為的同事，我要求你除掉石莎和蘇齊媚，就是因為鍾為把她們放在心裏，我要讓他成為一無所有的男人，最後赤裸裸的撲伏在我面前，求我饒恕他。所以不到萬不得已，決不能傷害他，要留他下來，讓我親自動手。

切記，切記。

期待你再次的來到。愛你的嚴曉珠。

夢斷魂

鍾為苦笑了一聲說：「當時如果蘇齊媚讓我看了這封信，不是就讓我早一點看清楚嚴曉珠的真面目了嗎？」

「我師父是被愛情迷昏了頭。鍾為，你是個大迷人精。」

「朱小娟，我認為這封信要比你們拿到的通聯記錄和周催林的口供更有說服力，讓檢察院開出對嚴曉珠的逮捕證。」

「鍾為，我不能這麼做，因為我認為這封信很可能是偽造的，是個圈套。」

「什麼？你的理由呢？」

朱小娟說：「首先，這是一封嚴曉珠給吳宗湘的私人信，內容雖然也說了公事，但它是一封情書。她不擔心恐怖份子扎克會偷看嗎？其次，嚴曉珠為什麼不用郵寄或是電郵呢？那不是更安全，更可靠嗎？嚴曉珠難道不明白這些道理嗎？」

鍾為想了一會後說：「你說得也是，這都是很不合理的情況，但是當時蘇齊媚為什麼沒有認識到呢？」

「也許她是認識到這些疑點，但是除了我這個沒心沒肺的小徒弟外，她不能告訴任何人，更不能去查證這封信的真實性了，其實要去查證是否是嚴曉珠的筆跡是不難的。另一個可能是她被愛情迷得失去了她的職業警覺，所以我說你是個大迷人精，把蘇齊媚迷得都忘了怎麼當員警。」

「如果這封信是偽造的，那麼『夢斷魂』是什麼人？偽造信的目的又是什麼？」

「在北京提審周催林時，他曾說過：『吳宗湘告訴他，除了台灣的軍情局之外，他真正的上家是個女人，代號叫『夢斷魂』，現在已經是他的女人了，她是伊斯蘭組織在歐洲的重要領導人。是她指示要殺害石莎和蘇齊媚。』可是他又說，他感覺吳宗湘是在故意的傳達一個不實資訊給他。我的判斷是吳宗湘有另外一個老闆，如果能查出來是誰，也許所有的問題都會有答案了。可是我不能將這封信曝光。」

「沒問題，把信給我，我來交給老何。我會請中情局的富爾頓跟老何說，是他們從吳宗湘手裏拿到的。」

「太好了，老何說，中情局欠了你和梅根一大堆人情，這點小事他們一定會買帳的。鍾為，我感謝你，終於讓我把心裏的一塊大石頭放下來，我是害怕有一天被老何發現，我就慘了。」

朱小娟親親他的臉，然後轉開了話題：

「鍾為，你還記得我們曾說過，國安部曾來要求我們協助緝拿一名竊盜犯的事嗎？」

「記得，我還納悶，什麼時候開始，國安部管起小偷了。」

朱小娟說：「國安部的人說，竊盜犯偷的就是一幅古代的藏寶圖。」

鍾為說：「國安部的職責是為國家安全提供保障，也許這幅古代的藏寶地圖是和國家安全有關。朱小娟，你餓不餓？想吃晚飯了嗎？你找好飯館了嗎？」

「找好了。」

「在哪裏？」

「就在這裏。我的拿手是我老媽真傳的紅燒牛肉麵，我都準備好了，我還有新鮮的青菜，可以炒兩個菜。願意嘗嘗嗎？」

「太好了，就不曉得你這位大廚的工錢我是不是付得起，我們是講好了的，我請客。」

「沒問題，可以先記帳。那就請你等一下，」

朱小娟進去廚房準備晚飯，鍾為一個人再次把這間多年前曾給他留下美好記憶的房間好好的看看，勾起他從未忘懷過的記憶。窗前有一個仿古的明代小桌，鍾為記得蘇齊媚曾在桌上擺著她家人的照片，但是現在擺著的兩個相片框裏的照片都是鍾為拍的，一幅是穿著一件紅色比基尼泳衣的蘇齊媚，背景是浪加灣。另一幅是笑得很開心的蘇齊媚和朱小娟兩人站在「天風一號」飛機前面。鍾為想起了他的短暫但是刻骨銘心的愛情：

鍾為和蘇齊媚之間的感情發展有兩個轉淚點，第一次是發生在尖沙咀的維多利亞港畔。鍾為說服了蘇齊媚由他做東請客，算是他向蘇齊媚道歉賠不是。約好了在尖沙咀的香港洲際大酒店二樓的西餐廳吃晚飯。

他們選了一個靠窗的桌子，窗外就是維多利亞港，對岸是香港島，一眼望去可以看到香港島的上環、中環、金鐘、灣仔和銅鑼灣。維多利亞港是個非常好的深水港，數十萬噸級的輪船都可以進來，常見到一艘龐然大物的輪船後面跟著一個小小的舢舨在大船的尾浪中搖晃通過。穿插其中的還有天星小輪，自一八九八年來，這批不分船頭船尾的綠色渡輪就穿梭於維多利亞港，往來於香港島和九龍半島之間。它曾是好些小說和電影的背景，女作家韓素英寫的「蘇西黃世界」裏的男女主人，就是在這渡輪上相遇、相戀和分手。拍成電影的女主角是由關南茜演的，她一身緊包著的高叉旗袍，代表了六〇年代在香港的冒險女郎。

偶爾在維多利亞港還會出現一條古董船「鴨靈號」，它原是一條中國漁船，一百五十年前縱橫香港水域，是典型的中國帆船，現在用來搭載觀光客。香港旅遊局就是用這艘中國帆船的投影做為注冊商標。入夜後，在水天一色的背景下，香港和九龍兩地高樓上的燈火輝煌，配上水中航行船隻上的燈光，它把每個頭一次來香港的人都迷住了，包括多年前的鍾為在內。

蘇齊媚第一次赴鍾為的約會，著實把自己打扮了一番，上身是黑色露肩背心，下身是黑色緊身裙，輕妝淡抹，臉上薄施脂粉，除了一副小小的珍珠耳環外沒戴任何首飾。她把外套脫下，雪白的兩臂和上肩沒戴任何珠寶，兩條細細的黑色背心肩帶和披肩的黑髮比任何珠寶更襯托出她的雍容華貴，緊身的衣服把她玲瓏誘人的身材顯露無遺。她讓鍾為愣住了，嚴曉珠的身影出現在他眼前，但是一頓飯之間的傾訴和傾聽，不僅增加了彼此之間的瞭解，更將互相的愛慕和吸引無限的擴張。

飯後，他們在沿著維多利亞港岸邊的星光大道散步，她緊緊的靠在鍾為身上，也讓他摟著她的腰，對於他遊走和不安份的手也沒有提出抗議和反對。

在這次的約會後，鍾為就不再把蘇齊媚和嚴曉珠連在一起了，他開始了對她的追求，雖然蘇齊媚無法掃除她是嚴曉珠替身的感覺，但是鍾為排山倒海而來的愛情，對她起了翻天覆地的震撼。他們成了無話不談的親密朋友。

後來在押送一名已經招供的重要涉案嫌疑犯和他提交的證據時，何族右和蘇齊媚，以及他們的同事遭遇埋伏，蘇齊媚負傷，被送到醫院，鍾為去看她，向她表達了無限的愛意和天長地久的願望，讓她感動不已。事後她寫了一封信給鍾為：

……「送別」的光碟我已經聽了無數次，沒想到聽了一首樂曲，內心的激動，可以使我熱淚盈眶，那樣的音樂好像觸動了我心裏最深層的什麼部分，可是我說不出來，也描繪不清楚。

以前當我讀到一篇小說，讀完一首詩，我生命裏面的一種情懷彷彿被文字或者文學裏某一種非常深刻的東西觸動了，心裏覺得激動，可是也往往說不清楚。聲音像潮汐，一波一波，或輕或重，或低沉或飛揚，在空氣裏蕩漾……當音樂完了，一個人，聽到自己的心跳聲音在安靜的空氣裏震盪。我很享受這樣的感覺，也很珍惜這樣完全孤獨地與自己相處的時刻。我終於明白你在極度哀傷時為什麼要走進孤獨。

你同意嗎？這份無法描繪，也說不清楚的感覺，其實就是我們對生命的熱愛。為什麼要逃避我的問題？嚴曉珠帶給你對愛情的絕望，使你走進孤獨，但是並沒有減少你豐富的人生和對生命的熱愛。石莎的離去是你生命裏的打擊，但是你不應該就此老去，你的生命力要比我們任何人都年輕。生命的滋味，有受寵的甜美，有失敗時忌妒的辛酸，有勞苦中像流汗一樣的鹹味，有巨大的失敗挫折的痛苦。這些加上輝煌的成就，成為豐富的生命記憶。你應該是還在堆積這些記憶，而不是沉沒在這些記憶中。

幾天前，當我負傷倒在街頭，看見到處都是鮮血，聽到的都是槍聲和呼救聲，我曾想到也許我的生命將要結束，但是我沒感到恐懼，倒是有一絲遺憾，離開這世界前能再見你一面嗎？好不容易把一個敵人說服了變成朋友，就要分手了。在醫院看見你來了，覺得生命多好啊！

我不在意你把我當成嚴曉珠……

但是鍾為深深愛上的已經是蘇齊媚了。

他們感情發展的第二個轉淚點就是發生在大嶼山的愉景灣，鍾為找上門來，到了蘇齊媚的公寓，也就是現在朱小娟住的地方。蘇齊媚緊緊的摟著他，深深地吻著他，告訴他：

「我就是嚴曉珠，我都給你了，全拿去吧！」

蘇齊媚把鍾為帶進她的臥室，然後一件一件的將衣服脫下來，站在他面前的是一位星光下的裸體女神，她有美麗的面孔，豐滿但相稱的乳房，細細的腰身和修長的大腿，每一根線條都是極度的美，線條間的光滑肌膚反射著窗外的星光，同時也在輻射柔和的女性熱力，鍾為的每一根神經都燃燒了。星光在兩個赤裸的身體上跳躍著，兩人的手指和嘴唇漫遊和享受著對方，但是壓抑了多年的激情終於在瞬間爆發，鍾為排山倒海，一波接一波的侵犯著她，不放過她身上的每一個細胞，瘋狂地佔領著她。

蘇齊媚的本能在抵抗他的侵犯，但是也在配合的接納他，她看見鍾為溫柔的眼神充滿了濃情蜜

意，輕聲地在耳邊說著男女激情的故事，告訴她，這是他們的一千零一夜，有說不完的柔情，鍾為用身體征服了她，但是用愛情佔領她，他們呼喊著，一齊登上了窗外鳳凰山的最高峰。極度的疲憊不堪使他們陷入半昏迷，但是蘇齊媚清楚地聽見：

「你知道嗎？鍾為教授愛上了蘇齊媚警官。」

她淚流滿面，枕頭濕了一片，蘇齊媚終於合上了眼睛入睡了。大嶼山的晚風吹起來了，細聽，又傳來了歡愉的哀求聲，還夾著無限的愛情。

鍾為已經完全的投入到多年前的回憶，當他鼓起勇氣走出了孤獨，再次的走進了愛情，接受了愛人的來臨，但是隨即而來的又是毀滅，不堪的回首，再加上大白的真相，原來一再出手打擊他的竟然是他的青梅竹馬初戀情人，他正感覺到黑暗又來臨時，聽見身後有人說：

「鍾為，你怎麼了？」

他一轉身看見了一個女人出現，放下了手上的相片框，把她擁抱在懷裏：

「蘇齊媚，你終於來了。」

鍾為激情的濕吻她，佔領了她張開的嘴，緊緊的摟著她，讓兩個身體完全的貼在一起。隔了許久，鍾為鬆了手，看著朱小娟說：「對不起，我失態了。」

她摟著鍾為，把頭靠在他的胸上：

「沒關係，我挺喜歡的。都過了好幾年了，你還是沒忘記蘇齊媚。」

「香港女員警對我有特別的誘惑力，我才會失態的。」

「是嗎？可是你還是去找了妖豔的許菲迪，讓她把你拿下，我一想就生氣。晚飯做好了，請賞光吧！」

鍾為沒想到朱小娟的紅燒牛肉麵非常的好吃，兩個人不僅把麵吃了，也把兩盤炒青菜和一瓶紅酒都一掃而光。朱小娟說：「鍾為，我看你是真餓了，全吃光了，太高興了。」

「不是我餓，是你做的好吃。」

「看你，一出口，就是甜言蜜語，你迷昏過多少女人？」

「朱小娟，別冤枉好人，我是在說實話，何況你是員警，看許菲迪被你嚇的樣子，我還敢說假話嗎？」

「行了，你先到客廳坐一會兒，讓我把這裏收拾一下，就把咖啡和甜點端出去。」

但是鍾為走到廚房裏，站在朱小娟身後，看著她在水槽前洗碗盤，她回頭發現鍾為的臉色有點怪異：「鍾為，你怎麼了？」

「你想她了，是不是？」

「我覺得你的一舉手，一投足，越來越像蘇齊媚了。」

鍾為不說話，只是盯著她：「我想抱抱你。」

「我的手是濕的。」

他從後面摟住了朱小娟的腰，把身體貼了上去。她回過頭來主動的吻鍾為，自來水龍頭的熱水還是在流著，當她將舌頭伸進他的嘴裏時，鍾為的兩手從她的身後開始撫摸她的小腹和豐滿的胸部，兩個人都在享受著對方。朱小娟轉回頭來，關上了水龍頭：

「鍾為，讓我把碗盤洗了，就能喝咖啡吃甜點了，我還有話要和你說。」

朱小娟把咖啡和黑森林蛋糕端到客廳的小桌上時，天色已經黑了。她坐在長沙發上，緊挨著鍾為，把一杯熱騰騰的咖啡端給他。鍾為喝了一口：

「我看了你房間裏放的一些照片，都是和當年我們優德大學有關的。是你放的還是以前蘇齊媚擺的？」

「照相框是提醒我們曾經歷過的難忘時刻。我和蘇齊媚都曾在旺角的浴血槍戰裏活了下來，那是我一生中的第一次殺人經驗。但是我和蘇齊媚都認為那天在香港機場，等候你駕著嚴重受損的『天風一號』，載著受了重傷的派屈克掙扎著返航，是一生裏最難忘的一天。你看見小桌上那張照片了？」

「看到了，在溫哥華，我也有同樣的一幅照片。」

「鍾為，我們聽到了你的呼救，要求緊急降落，但是又聽見你和大家說再見和『血染的風采』那首歌，然後所有的通訊都中斷，蘇齊媚都快發瘋了。」

鍾為陷入了多年前的回憶裏，他心愛的「天風一號」和飛行的喜悅，那是一架雙渦輪發動機，螺旋槳式飛機，是美國雷神公司製造的。這個型號的飛機已經有近三十年的飛行歷史紀錄。它的性能、航程和載重量在和它同型的飛機中是最好的，作為氣象觀測和儀器空中採樣最為合適，多年來已經有不少架改裝成為科學探測用的飛行平台了。美國國家科學基金會就擁有一架，但是一直是長期配給美國國家大氣研究中心使用，飛機上已經裝置了許多大氣觀測儀器。

當鍾為在香港優德大學主持為香港國際機場建立風切變預警系統時，曾租用了這架飛機，作了為期一年的空中觀測和採樣。

當時在美國和香港註冊時，飛機的呼號是「天風一號」，除了進行科學觀測和採樣外，鍾為常帶著邵冰和研究生在浩瀚碧藍的南中國海上空翱翔，飛越夾帶著大量泥沙的珠江河口，看到擔杆列島像是一串綠色的瑪瑙，掛在貴婦人肉色的胸脯上。

「天風一號」有時也會飛到優德大學，從牛尾海方向低空通過，看見大操場上的同學們會向他們狂舞著雙手，而「天風一號」也會左右搖擺回應，在地上和天上的人一片歡呼聲中，「天風一號」呼嘯著掉頭爬升，飛向前方大嶼山的機場。

這些場景經常出現在鍾為的腦海，帶給他無限的回憶和傷感。「天風一號」最後一次的任務是當鍾為接到了確切的資訊，恐怖份子將在香港海域發射地對空導彈襲擊一架將要抵達的美國民航客機「聯合－八六五」，他和駕駛員派屈克兩人從香港機場緊急起飛，在南中國海的上空和民航機會合後，緊密的編隊飛行，他指示民航機機長在聽到他的口令後，將所有的發動機關閉熄火並快速向海面俯衝逃生。而天風一號將繼續以全馬力按原航線飛行，用它的發動機熱源所發出的紅外線輻射做誘餌，取代成為飛彈的目標。

鍾為看見了一條細長的白色煙塵從擔杆島北方的小船上升起，恐怖份子發起了襲擊，在最後的關鍵時刻，鍾為向民航機發出俯衝逃生的指示。「天風一號」取代了民航機成為飛彈最後鎖定的紅外線熱源追蹤導航目標。「聯合－八六五」是一架波音七四七－四〇〇型的龐然大物，它毫無聲息的一頭栽向中國南方的大海，但是機艙內卻是一片乘客們面臨死神時的哀叫，機長在距離海面一千五百公尺的高度將四具發動機點火起動，拉起機頭，重新開始爬升。

「聯合－八六五」航班在香港機場緊急安全降落。「天風一號」和「聯合－八六五」脫離編隊飛行後繼續向前爬升，快速的增加兩機的距離。機艙內的飛彈接近警報器信號在不斷的增強，最後響起了刺耳的警報聲，兩人同時將「天風一號」的機頭拉起到最大攻角，飛機即刻失速喪失了浮力，「天風一號」像是一塊石頭，也同樣的向中國南方的大海掉下去。

他們的躲閃未能完全擺脫，飛彈在近距離爆炸，重傷了派屈克。鍾為和嚴重損壞了的「天風一號」掙扎返航，一個發動機著火關閉，控制系統的油壓在逐漸喪失，鍾為看見了前方的清水灣半島和牛尾海，優德大學也進入了視線，想到學生們會知道他和派屈克正在死亡線上掙扎嗎？碧綠的浪茄灣出現在腳下，石莎的影子出現在腦海裏，他們真的要在另一個世界見面了？但是瞬間蘇齊媚的影子也出現了，浪茄灣、孟公屋和愉景灣都有不能忘懷的愛情，但是這一切都走到了盡頭。

飛彈的爆炸奪走了飛行員包博．派屈克的生命，他最後的話是要求再聽一次他喜愛的「Unchained Melody」，鍾為的視覺模糊了，他按下了答錄機。即刻機艙裏充滿了歌聲：

Oh my love, my darling, I hunger for your touch. I longed the lonely time and time goes so slowly. I can only do so much. Are you still mine?

在你門前台階上，有許多夢兒，躺在那裏，都已斷魂。啊！我的情人，我的愛，我渴望你的撫慰。在寂寞而漫長的日子裏，時間過得緩慢，又可變遷事物。

你仍屬於我，是嗎？

「天風一號」也正在慢慢地走向死亡，剩下來的右翼發動機溫度一直在上升，出現了黑煙，表示潤滑機油已經在燃燒了。控制油壓在繼續降低，突然砰的一聲響，火光就從右翼發動機冒出來，發動機的溫度錶指針轉到紅色危險區，機艙裏的火警警報器也響起了。鍾為將右翼發動機關上，啟動了滅火器，通知塔台即將迫降坪洲東北海面，要求疏散船隻和海上救援。優德大學在機場的風切變辦公室一直都在監聽塔台的語音通信，從「聯合－八六五」的逃生，到「天風一號」因飛彈的爆炸受損，在幾分鐘的時間裏，所有的人都感受到這麼多人在死神面前徘徊著的悲涼和無助。但是現在是他們朝夕在一起工作的上司、朋友和老師走到了死神面前，所有的人都在流眼淚，但是說不出任何話。「天風一號」傳來了最後的通訊，那是一首「血染的風采」歌聲：

也許我告別將不再回來，你是否理解，你是否明白？也許我倒下將不再起來，你是否還要永久的期待？如果是這樣，你不要悲哀，共和國的旗幟上，有我們血染的風采。也許我的眼睛再不能睜開，你是否理解我沉默的情懷？也許我長眠再不能醒來，你是否相信我化作了山脈？如果是這樣，你不要悲哀，共和國的土壤裏，有我們付出的愛！

蘇齊媚知道這是鍾為在和她道別。

機場的東方天空出現了一條細長的黑線，那是「天風一號」右翼發動機在高溫下將機油燃燒所產生的黑煙。飛機的兩個螺旋槳都停轉，機身保持在十五度攻角，像似靜止在空中，「天風一號」滑翔進入了機場的下滑航道，在最後的一刻放下了起落架，機身稍微抬起，兩個後輪首先觸地，然後鼻輪在跑道中線上觸地。包博．派屈克離開了人世，成為這次恐怖襲擊事件中唯一的受難者。

鍾為看著朱小娟說：「我回來了，但是蘇齊媚卻放下我走了。我常常想，如果當年我和包博．派屈克一起走了，她今天是不是還會活著？」

她抱住了鍾為說：「鍾為，不要折磨自己了，你一定要記住，蘇齊媚的所有努力就是為了要讓你好好的活著，你不能讓她失望。」

「朱小娟，你相信人有來生嗎？」

「我以前不信，但是現在我信了。」

「如果真是有來生，你願意我們再相逢，再回到那些難忘的日子嗎？」

兩個人都沉默不語，思念著難忘的人和事，朱小娟說：

「以前的人和事曾經好幾次出現在我的夢裏，醒來的時候會發現我的枕頭濕了。我真希望永遠不要醒過來。」

「你沒回答我的問題。」

「我當然願意和你再相逢了，唯一遺憾的是我又要變成個實習警官了。」

鍾為笑著說：「老何跟我說了好幾次，說你現在是個非常優秀的警務人員，出人頭地，建立了你自己的名聲，他說有一天你很可能會成為香港最高位的女員警。所以我明白你不想再去當實習的小員警了。」

朱小娟歎了一口氣：「哎！這就是我的命，你不明白。」

她不等鍾為的回應就站起來去打開了音響設備，把一張光碟放進去，高模擬度的喇叭傳出了「送別」盪氣迴腸的歌聲：

長亭外，古道邊，芳草碧連天。
晚風拂柳笛聲殘，夕陽山外山。

天之涯，地之角，知交半零落。
人生難得是歡聚，唯有別離多。
長亭外，古道邊，芳草碧連天。
問君此去幾時還，來時莫徘徊。
天之涯，地之角，知交半零落。
一壺濁灑盡餘歡，今宵別夢寒。

一份濃濃的愛情和對離去的愛人懷念，馬上就瀰漫在屋子裏。朱小娟說：

「蘇齊媚留給我這間屋子和一屋子的東西，就是這一張光碟是我最喜歡的，它給我帶來了所有的回憶。」

兩人依靠著聽完了這首旋律舒緩的名曲，她接著說：「這首歌曲和它的詞作者都是李叔同，但是有人說它也借用了一首美國通俗歌曲的曲調，歌詞也參考了一首日本歌曲，同時詞意也濃縮了『西廂記』裏的意境，所以才有如此淒迷陰柔的歌曲，而詞淺意深但哀而不傷。難怪它會成為中國的名曲。」

鍾為說：「朱小娟，你是個有詩情畫意的美麗女員警，太可愛了。」

「是嗎？那你為什麼都不理我？」

「朱小娟……」

「對不起，鍾為，請讓我說出來，我已經憋得很久了。」

「送別」的歌曲還是在播放著，「晚風拂柳笛聲殘，夕陽山外山……一壺濁灑盡餘歡，今宵別夢寒。」

「記得嗎？你和蘇齊媚經過了那麼多的風風雨雨，終於走到了一起，你千辛萬苦的克服了重重的困難，特別是嚴曉珠給你的傷害，讓蘇齊媚相信你對她的是真愛，她不是代用品。就在這裏，她將自己在你面前攤開，給了你。她跟我口吐真言，說你的愛情讓她陶醉，但是你也像狂風暴雨似的，毫不留情的，蹂躪她的肉體，因為你那張多情的嘴，不斷的說著愛情的故事，她徹底的失去了反抗的能力，讓你周而復始的長驅直入，把她完全的征服了。」

「朱小娟，我……」

「你別插嘴，讓我說完。鍾為，你進入了蘇齊媚的靈魂和肉體，將她完全的改變了。不僅是在外表上從一個包緊了的花苞變成了鮮豔奪目，盛開了的花朵，在言行上蘇齊媚變得非常溫柔體貼，不再咄咄逼人了。我們看著她從一個優秀能幹的女員警變成一個完全的女人，也驚歎愛情力量的偉大。」

鍾為說：「其實我也感覺到，她一開始對我一切都是公事公辦的兇狠，到後來有了很大的改變。」

朱小娟接著說：「就在我們投入國安部追緝襲擊民航機叛徒事件之前，蘇齊媚把我叫到這裏來，求我一件事。她說，現在她明白了嚴曉珠是有能力動員和指揮恐怖組織，蘇齊媚感到嚴曉珠要置她於死地的目的可能會成功。如果有一天她遇害了，她要我進入你的生活，在你身邊，繼續保護你。我說，這是她自己一廂情願，你不會同意的。何況還有一個邵冰在等著呢。但是她說，她會好好的跟你說，你會同意，她一走你就會來找我。蘇齊媚有跟你說嗎？」

「她是有說過，但是我說她是胡思亂想，我們從事航空測量的，出意外的機會要比你們當員警遭遇槍戰的機會要大得多。」

「後來呢？」

「她告訴我，有恐怖組織將她列為格殺的目標，所以她要有所安排。」

「那你答應了？」

「是，我答應了。」

「那蘇齊媚走了後，你為什麼沒來找我？」

「你是已經訂了婚的人，未婚夫是我的學生，我怎麼去找你？更何況，蘇齊媚也不知道你願不願意。」

「她知道我願意。我跟她說過，我喜歡你。」

鍾為沉默不語，但是他握住了朱小娟的手：「對不起。我不知道，辜負了你的心意。」

「這就是我的命，一切都晚了。先是被邵冰捷足先登，把你帶走。但是你愛上了梅根，邵冰只能黯然的離開你。其實我知道自己是個什麼料子，我沒有蘇齊媚的魅力和美豔，不能讓你動心。所以邵冰把你帶走，離開了香港的是非之地，我還很感謝她，至少對蘇齊媚是有個交代了。但是現在你已經把心給梅根了。」

鍾為拿起他握住的手吻著：「朱小娟，千萬不要小看自己。你是很有吸引力的美女，更何況還是高不可及的女員警。」

她將被鍾為握住的手抽回來說：「鍾為，你既然來了，今晚就留下別走了。你不一定要跟我做愛，只要不抗拒我就行了。」

朱小娟看鍾為不說話了，就接著說：「蘇齊媚不在意你把她當成嚴曉珠，我也不在意你把我當成蘇齊媚。還有，鍾為，對不起，我沒跟你說實話，其實我在北京有了一個愛人了。」

鍾為沒有反應，但是他完全聽到了。

朱小娟繼續說：「我們大吵了一架，因為發現我愛上別人了。」

窗外吹進來的微風輕輕的撫摸著在熟睡中赤裸的身體，朱小娟躺在他的懷裏，全身都緊貼著他在熟睡，背靠在鍾為的身上，微微張開著的小嘴帶著滿足的笑容，她的身體蠕動了一下，睡眼惺忪的說：「鍾為，對不起，我侵犯了你。」

鍾為的手機響了，他問：「鍾為，請問是哪一位？」

「我是朱小娟，鍾為，你現在講話方便嗎？」

「說吧！」

「我要告訴你兩件事，一好一壞，你想先聽哪一件？」

「當然要先聽好的了。」

「蘇齊媚扣下來的那封嚴曉珠寫給吳宗湘的情書，從中情局的香港情報站轉給何族右了。富爾頓說是從吳宗湘那裏拿到的。我終於得救了，可以安心不會被老何開除了。鍾為，真謝謝你救了我。」

「太好了，那你是不是還得再請我吃一碗你那特好吃的牛肉麵。」

「這就是老何說的壞事，他給我下了軍令狀，說在進行石莎命案後續調查時，絕對不允許我和你發生任何違反我們員警行為守則的事。」

「員警行為守則裏還規定連吃你一碗牛肉麵都不行嗎？」

「牛肉麵不是問題，問題是吃完了後的事。」

「太遺憾了，你不能走私嗎？」

「太危險了，我們瞞不過老何。」

朱小娟是個感情豐富，敢愛敢恨的人，雖然何族右祭出了員警行為守則來嚇唬她，但是擋不住她對鍾為的愛慕。她也非常清楚，面對著自己目前的感情生活和她身邊的人，再面對鍾為目前的情況，在鍾為的未來裏是沒有她的空間，但是鍾為已經牢牢的把她吸住，讓她無法脫身，其實，她也不想脫身，雖然面對著絕望的未來，她要緊緊的抓住每一個時刻，去體驗鍾為帶給她的愛情感覺。

而鍾為也深深的感覺到朱小娟特有的女性魅力，以及她排山倒海而來的愛意，但是最讓他動容的是在她對優德大學命案後續調查的新分析，特別是有關嚴曉珠的新認識；多年來他一直認為嚴曉珠背叛了他們初戀的愛情，現在很可能被朱小娟推翻了。

利用討論案情和鍾為欠她一頓飯的理由，朱小娟又約會了鍾為。

吃完了可口的晚餐，他們到一家著名的情人咖啡館去吃甜點及喝咖啡。他們和其他的客人一樣，沒有面對面的坐，而是並排的坐在一張椅子上，朱小娟依偎在鍾為的身上，她說：

「美國中情局終於回應了我們的請求，調查了當年聯合航空八六五航班上旅客的背景。現在我們明白，恐怖組織是有備而來，專門是針對這個航班。所以非常可能有乘客是他們的目標。」

「可是他們的效率太低了，用了這麼長的時間。」

「也不儘然，他們查對了所有的可能名單，都沒有結果。最後，他們把乘客名單送到以色列的

摩薩德特工組織，結果查到一個叫『瓦倫伯』的人，是個可能目標。」

「這個瓦倫伯是做什麼的？」

「他是黎巴嫩人，雖然有個類似猶太人的名字，但是他是穆斯林，因為他是去清真寺朝拜。名義上他是個地毯商人，從中東購買地毯，銷售到歐洲國家。但他也是個情報販子，因此有不少朋友，也有同樣多的敵人。當年他是從紐約乘聯合八六五航班飛香港，原定是從香港轉飛四川的成都，但是在香港落地後，改變主意，飛回黎巴嫩的貝魯特。」

「一定是嚇壞了，決定回家。中情局有沒有找到他問清楚，他是不是目標？」

「瓦倫伯在離開貝魯特機場時出車禍死了，但是事後驗屍，證明他是死於槍擊頭部。」

鍾為歎了口氣：「唉！這是什麼世界了。」

「我知道你是在感歎，恐怖份子為了殺一個人，就要把整架飛機裏的一百多人葬身海底。但是我要感歎的是，要殺瓦倫伯的人是有如此巨大的能量，他能在目標決定從香港逃回貝魯特後，動員資源，派出行動員，在目標到達貝魯特後，要了他的命。鍾為，你想到了嗎？這個人很可能就是我們要找的優德大學命案的幕後主凶。非常可能他就是『夢斷魂』。」

兩人都陷入了沉思，但是朱小娟採取主動，發起攻勢，向鍾為索吻和愛撫，有過了肌膚之親和魚水之歡以後，天不怕地不怕的個性讓她有點肆無忌憚，把他弄得心猿意馬。鍾為說：

「你就不怕何族右和你的愛人來興師問罪嗎？」

「鍾為，我知道你的心是在梅根身上，可是我喜歡你，我只要你的短暫時刻，別對我太小氣。說到老何，我想通了，是他要我接手蘇齊媚的案子，而你是案子的主角，我當然要接管你了。明白嗎？你是我的了，別想逃跑。」

時間凍結住了，讓兩人熱吻和愛撫。當時間又啟動後，鍾為問：

「目前案子的進展情況怎麼樣？」

「我們確定嚴曉珠不是『夢斷魂』，必須要找出誰是『夢斷魂』，確定他是否是命案的主凶和殺人動機。林大雄所說的幕後主凶另有其人，是誰？我們抽絲剝繭的找出來為席孟章打造石莎大門鑰匙的鎖匠，根據他的形容，拿著收據來取鑰匙的人是吳宗湘，他的目的為何？這就是案子目前的進展情況。關鍵是吳宗湘和藏寶圖，他們和命案的關係一定要理清楚。」

「但是我看是越來越複雜了。不說案子了，說說你自己吧！老何說你最近一年來，大多的時間是在北京，替國安部幹活，還喜歡那兒的工作嗎？」

「我喜歡調查案子的工作，在哪裏都一樣。但是我喜歡北京的文化氛圍。鍾為，我和國安部的同事還一起到北京大學去旁聽了一門課。」

「是嗎？原來你還是個好學不倦的女員警，你是去聽什麼課？」

「《中國歷史》，我很喜歡。」

鍾為問：「有心得嗎？能說來聽聽嗎？」

朱小娟說：「聽過『靖康之變』的故事嗎？」

鍾為說：「我記得在中學的歷史課裏，老師講過靖康之變，但是不記得是怎麼回事了。」

「那我就給你上一堂複習課。靖康之變是發生在西元一一二七年，北方的金人南下滅了宋朝，他們裹挾徽、欽二帝和三千宗室嬪妃公主北歸，他們的命運你是可想而知。宋徽宗的韋妃，也就是高宗趙構的生母，被俘時已經是三十八歲，她在金朝被金人凌辱了十五年，還為金人生了兩個混血的男孩，說起來他們應該是宋高宗的兄弟。紹興和議後，她才被放回南宋，成為宋高宗的韋太后。這件事被南宋的人認為是奇恥大辱，皇帝的老媽不但被人給睡了十五年，還替別人生了兩個小雜種，是可忍，孰不可忍，此仇非報不可。」

「我想起來了，小時候學的一首歌，『滿江紅』，歌詞是來自岳飛寫的著名詞牌：『怒髮衝冠，憑欄處，瀟瀟雨歇。抬望眼，仰天長嘯，壯懷激烈。三十功名塵與土，八千里路雲和月。莫等閒，白了少年頭，空悲切。靖康恥，猶未雪；臣子恨，何時滅？駕長車，踏破賀蘭山缺。壯志饑餐胡虜肉，笑談渴飲匈奴血。待從頭，收拾舊山河，朝天闕！』裏頭說的『靖康恥』，原來就是我們說的靖康之變，匈奴就是北方的金人。在南宋居然會有人會恨得要吃仇人的肉，喝仇人的血。太恐怖了。」

朱小娟說：「歷史往往會重演。百年後，南宋在一二三四年，聯合蒙古，滅了北方的金朝，南宋軍人也施加了性報復，強姦了金人的皇后，還把強姦金后的情景畫成一副春宮圖，題為『嘗后圖』，意思是：『嘗一嘗金朝皇后的滋味圖』。圖上的題字是：『南叱驚風，汴城吹動，吹出鮮花紅薰薰，潑蝶攢蜂不珍重。棄雪拼香，無處著這面孔，一綜兒是清風鎮，好將軍是極黏罕的孟珙。」孟珙就是最終打敗金國的宋朝將軍，意思是說他帶頭強姦了金朝的皇后。」

「真是想不到，南宋人會等一百年來報仇，要比《基度山恩仇記》裏的男主人還要有耐心。」

「有一本沒有作者的古書，《樵書》，曾提到這幅南宋末年的《嘗后圖》，裏頭寫到：『一婦人裸跣，為數人抬舁，人皆甲冑帶刀，有翻唇與乳及臂股者，至有以口其足者，惟一大將露形近之，更一人掣之不就。又有持足帛履襪相追逐者，計有十九人。』給人的印象是，金朝皇后先被孟珙將軍嘗了滋味後，又被其他的軍人給輪姦了。我認為這是南宋漢人的一種滿足報復心理的意淫。」

朱小娟和鍾為都沉默不語，互相在享受對方身體的熱力，朱小娟說：

「你們男人就是會打打殺殺的，但是等到要報復的時候，就去強姦對手的女人。殺過來，殺過去，姦過來，姦過去，你們不覺得很沒意思嗎？」

「我同意，太無聊了。」

「鍾為，你老實的告訴我，你會不會強姦一個女人？」

「當然不會，我不是使用暴力的人。」

「可是有人告訴我，你會用你的溫柔體貼去征服女人。我認為這和男人征服、蹂躪和強姦女人，之間的分界線是很模糊的，只是程度不同而已。」

「不對，強姦是暴力行為，和男人喜歡女人沒有關係。但是因為男女的不同，在性行為中也出現了男人是強勢而女人是弱者的現象，所以就有了征服和被征服之別。我認為重要的是在過程，如果是有愛情，男人在征服和蹂躪女人時就會出現溫柔和體貼。被人施暴後留下的是仇恨和報復，但是有愛情的征服結果是男歡女愛。其實很多持久和感人的愛情都是從男女的肉體關係開始的，我認為沒有性生活的愛情是不正常，你看中國在封建時代，女人不都是洞房花燭夜被她的丈夫強姦了嗎？然後就啟動了一生的愛情。」

鍾為感到朱小娟的熱吻來勢兇猛，兩手的愛撫也充滿了侵略性。但是讓他吃驚的是她的學識，多年前，他曾夢想過，有一天嚴曉姝會成為文采四溢的才女，沒想到他在朱小娟身上體會到了。

他聽見朱小娟說：

「所以，鍾為，你不會在意同時愛兩個女人，是不是？」

第六章 情陷珠江浮出古蘭經寶藏

優德大學是位於九龍半島的牛尾海海岸，它是沿著海邊的山坡而建，和教學有關的設施像教室、實驗室、教員和研究生辦公室、圖書館、室內體育館和餐廳等，都是在同一個主建築樓裏。因此這是個很長的建築物，如果把它立起來，會比紐約市的帝國大廈還高。

這棟長長的建築物上下一共有十四層，地上七層，地下七層。大部分的教員辦公室都是面對著牛尾海。從學校的大門進來，首先要走一條長廊，或是開車經過林蔭遮天的車道，就到了優德大學的地標「紅鳥」，它是用金屬焊制，有兩米高的巨型「寫意」藝術品，象徵一隻大鳥振翅飛翔，因漆成鮮紅色，顧名思義，大學裏的師生們就取名叫它為「紅鳥」，優德大學的校刊也取名「紅鳥」。地標是在大學校園廣場前圓環中央的平台上，圓環約有一米高，外牆上都是浮雕繪畫，描繪中國古代的科技成果，但是其中的人物面孔卻是從「三星堆」出土的上古時期人物，高鼻大眼，完全不像現在的漢人。

「紅鳥」是一座非常精準的「日晷」，在古老的埃及就有日晷的存在，且其他文化古國，包括中國、希臘和羅馬都存在使用日晷的史料。人類在很早的時代就已經知道陰影的長度可以量度時間，最古老的日晷是西元前三千五百年古埃及天文學的方尖碑和西元前一千五百年巴比倫天文學的影鐘。在西元前約七百年的舊約聖經裏曾描述了日晷，在它的列王紀裏提到過「亞哈謝的日晷」。中國在古代時就將一根標準高度為八尺的竿子垂直豎立在水平的地面上，在一天裏從早到晚觀察竿子投影的變化，就可以用來計量白天的時間。

在東漢許慎的《說文解字》寫道：「晷，日景也。」。從十六世紀以後，日晷就被廣泛的使用。「日晷」是從古代以來，就是人類科技文明的象徵，簡單的原理和方便的實用，使它延續到今天。「紅鳥日晷」沒有竿子，而是用鳥身上的一支管子，只要是有太陽出現的時候，它的影子就會投射在鐘面上，指出精確的時間。

廣場前的圓環是幾條進出優德大學道路的交會點，不僅人車繁忙，「紅鳥」也成為校園的參觀景點，在週末和假日，也有校外的人將它作為「婚紗照」的背景。大學廣場的左邊是圖書館的大門和頂層，往地下五層都是它的範圍。右邊是「學術長廊」的起點，最前面的是一家「咖啡坊」，鍾為和朱小娟坐在室外的座位，面對著清水灣和遠處牛尾海，享受溫暖的陽光和吹來的徐風。

朱小娟覺得這裏的風景真是美極了，碧藍的海灣裏有點點風帆點綴著，不時有滑水者激起的浪花像一支畫筆在大自然裏勾出一條白線。遠望牛尾海，大大小小的島嶼星羅棋佈，不規則的大小和不規則的位置，眼前就像是一幅現代畫，美得讓人激動，但又說不出它的寓意。兩人之間發生了許多令人激蕩的事，面對著各人的情況，都有疏理不清的無奈。他們沒有說話，沉浸在令人窒息的美景。朱小娟先開口：

「鍾為，我知道你在這裏相繼的失去了兩個心愛的人，石莎和蘇齊媚，所以你不常回到這裏來了。」

「也不全是，主要的是我失去了在大學裏工作的意願。我曾經回來過幾次，但是都只停留一兩天。這次來參與北亞學院的項目是頭一次長時期住在這裏。」

「那以後還會常回來嗎？」

鍾為說：「我想不太會了，我在溫哥華還有個書店需要照顧。」

「我想你還有一位梅根大美女也需要你的照顧。其實我來是告訴你，案子可能有新的突破點。」

「會直接影響大學命案的偵破嗎？」

「是的，同時對國安部在調查的案子也有很重要的影響。鍾為，如果你這兩天有空，我希望你能陪我去廣州見一個人。」

「沒問題，但是我想乘機會看看珠江三角洲在這幾年裏的變化，以前我們在那留下不少的心血，很關心那片土地。」

一般人所認為的深圳是指和香港緊鄰著的兩個區，羅湖區和福田區。這兩個區所佔有的面積是最小，但是人口卻是最多，也是深圳的經濟和行政的中心。在這中心地區的西邊是新開發的南山區，它是高新科技的製造和研發的集中地，也是深圳市高等教育院校的所在地。相對的在中心區的東邊是鹽田區，它的主要行業是旅遊，觀光和海運。

這兩個相對比較新開發的區在未來的深圳發展計畫裏的地位越來越重要。剩下來的兩個區，一個是在西邊的寶安區，一個是在東邊的龍崗區，這兩個區的單獨面積都比前面四個區的總合都還大很多，可想而知因為地大人稀，遠離人口密度極大的城市區域，使大自然的環境成為被關注的重點，尤其是環境保護的研究人員，這兩個區是他們的工作重點區域。

深圳市除了在西邊為珠江的沿岸外，它的南方從西到東還面對著三個海灣，就是深圳灣、大鵬灣和大亞灣。龍崗區面對大鵬灣和大亞灣，夾在這兩個海灣中間的是大鵬半島，半島的西邊，離風景

絕美的七娘山不遠地方有一個叫南澳的小漁村，這裏就是朱小娟和鍾為要去的第一站。

他們是在一早從深圳的羅湖入境，預定好的計程車已經準備好了在等他們，朱小娟開車。在深圳特區西邊的南山區是深圳的高科技產業和高等教育的所在地，它是往深圳機場必經之地，同時也因為深圳灣大橋，從南山區可以直通香港的屯門，成為深港兩地的西部通道。他們來到了深圳高新科技園區裏的一棟外觀很現代化的建築物。它的左右兩邊是兩個八層大樓，中間是個圓形全是玻璃的五層樓。整個三棟樓群是屬於「深港聯合發展中心」，它是由三個單位，也就是深圳市政府，北京大學和香港優德大學，聯合成立的。

香港優德大學在成立之初就接受了香港政府的要求，將香港的環境問題作為重點的基礎和應用研究。空氣污染已經列為化工系的研究專案，雖然香港四面環海，但是沒有一個教授是研究海洋環境的，在大學的教授會議討論後，校方指定由鍾為組成近岸海洋研究小組，來爭取和承擔這一領域裏的專案。鍾為教授首先找到了他當年在美國求學時在保釣運動認識的，也是從台灣來的一位海洋學方面的朋友，他後來由美國回到中國，成為有名的海洋科學家，也當選成為中國科學院的院士。他推薦了幾位從事海洋環境研究的年輕人，成為近岸海洋研究小組的骨幹。鍾為透過香港政府向香港賽馬會申請了一筆很大的研究經費，同時也申請了中國科技部「八六三計畫」的專案經費，在以後的幾年裏，這批年輕人有了很精彩的科學成果，取得了幾個國內和國際上的大獎，但是最為人稱道的是他們對研究工作的嚴謹態度和對科學資料精準的要求。

在鍾為離開優德大學前，他幫助這批年輕人轉移到了深圳，成立了「深圳近岸海洋研究重點實驗室」，它是由深圳市的科技局審批成立的，但是依託在「深港聯合發展中心」。他們將研究的範圍擴大，同時將珠江作為他們關鍵的研究對象，在他們的重點實驗室簡介裏寫：「珠江是中國的第二大河口。珠江河口坐落在南中國海北部，靠近香港，是中國南方最具有代表性的河口。河口流域覆蓋中國人口最稠密的地區，因此珠江也是污染最嚴重的河流系統。珠江三角洲及其沿岸區域在香港經濟發展中起著重要作用。監測、認識和科學管理珠江河口的重要性，已經得到了人們的普遍認同。為了給珠江河口管理提供科學依據，我們首先要監測和研究河口水域生態中的水動力、水質和生物的演化和發展過程以及相關的動力機制。另外，同時我們也開發了數值模型，用來分析在這一區域發生的短期事件和預報將來環境發展的趨勢。」

鍾為一直非常關心他留在深圳的這群年輕人，但是他在那裏流連了一會兒，沒有入內就走了。他領著朱小娟來到了南山區最西邊的蛇口，這是個林蔭夾道，安靜幽雅的住宅社區，但是它是珠江三角洲的重要港口，曾在廣東的改革開放裏扮演過重要的角色。他們到南海大酒店樓上的咖啡廳靠窗坐下，兩人都要了冰紅茶。鍾為說：

「你以前曾來到過珠江嗎？」

「只有在書本裏來到過，並且是來到過不同年代的珠江。」

「但是在這裏，你可以近距離的觀察珠江。同時你如果願意的話，還可以聽聽我在珠江發生的故事。」

「太好了，快點說吧！」

鍾為娓娓的說出他和珠江的故事：

在優德大學由鍾為主持的「海岸與大氣研究中心」有兩個很大的研究專案，「風切變預警系統」和「珠江環境污染計畫」。兩個專案的共同特點就是需要採集大量的即時現場資料。所以鍾為帶著他的同事和學生鋪天蓋地的設立自動氣象站收集天氣變化的資料。他們在珠江河口近岸建立「岸基自動監測站」，利用「高頻地波雷達」對水體的水動力做連續觀測，連同自動水質分析儀，進行即時資料的傳輸，接收，分析和處理。中心還有一架氣象科學探測飛機，取名為「天風一號」。以及珠江上的船載監測平台，它們是租用一艘海洋局的專業監測船和數艘小型漁船所組成。鍾為替它們取名為「海雨船隊」，為首的是那艘專業監測船，通信呼號和資料平台代號為「海雨一號」，其餘的小船代號分別為：「海雨二號」，「海雨三號」……當天氣晴朗時，偶爾會聽到無線電通信裏有「天風一號」呼叫「海雨一號」的聲音。

對大氣和海洋做立體和同步的觀測成為「近岸與大氣研究中心」的最大特點，這也是為鍾為最關心的「海氣交互作用」採集資料。鍾為是學航空的，他要在海洋學裏從事科學研究一定要有一個得力的助手是海洋學科班出身的「海洋專家」。他從內地請了一位「博士後」，李東。

他是山東農村出生的，十六歲時入伍當兵，分到海軍裏在軍艦上當航海兵。後來因為腦子聰明被選拔去陪訓做技術員。出來後就調到當時隸屬於海軍的海洋研究所，當國務院成立中國海洋總局，就把海洋研究所調過來，脫下了軍裝。李東被派到海洋大學去進修讀本科，畢業後又到吉林大學修了個碩士學位。以後的幾年，是李東全職做研究工作的日子，也開始建立了小小的名氣。在他快四十歲時他參加國家留學考試被錄取，他選擇去法國的巴黎第六大學，也就是居理夫人大學，在法國海洋學大師馬丁教授門下取得博士學位。

鍾為說李東從農民變成海洋學博士的故事像是一本童話小說。另一位鍾為的博士後助手是嚴禮，他和李東正好相反，出身在書香之家，父親是北京大學的地學教授，母親也是在大學裏教法語，他們家兄弟三個都是學海洋學的，嚴禮年紀輕輕就在廈門大學當教授。他和李東有一個共同點，也是鍾為欣賞他們的特點，就是對科學研究的嚴謹態度，尤其是在採樣和資料處理上，他們和鍾為一樣，一絲不苟。他們教鍾為海洋學，換取鍾為教他們最新的儀器設備知識和創新的思路。不管海上的風浪有多大，他們二人從不暈船，但是讓他們坐上「天風一號」，只要稍有顛簸，他們就臉色發青，要吐。嚴禮還有一樣本事，他會做一手好菜，每個月，鍾為會邀請所有的人到他家裏聚會，除了在緊張的工作裏輕鬆一下，也讓這些背井離鄉的人減少一些想家的悲涼。在這場合，嚴禮當然是大廚。

珠江河口是中國的第二人河口，也是中國人口最密集、經濟最發達的地區之一，而且是經濟發展最快的區域之一。由於歷史、人文和特殊的地理原因，這裏的人具有冒險和吃苦的精神，甚至有人願意生活在法律的邊緣上。

鍾為的船載平台所使用的近海漁船就是在這附近的小漁村裏租的，通常船老大的老婆和孩子都是住在這些船上。有時候還有一條狗也在船上。不同的是，狗沒有用繩子綁住，可以到處跑。但是孩子卻是用繩子牽住，不能走遠了。雖然是漁船，除了打漁之外，他們還靠另外兩件事維生。一個是如果有機會，他們會承擔一些運輸的工作，在珠江三角洲星羅棋佈的小港口間為他人運送各種貨物。這些雖然不是漁民該做的事，但是還不是違法的。另一件事就是他們不願意說的。在休漁期，這些漁船帶著他們的婦人和小孩，在月黑風高的夜晚，進行走私。他們是在公海上把私貨接下來，再運到指定的地點卸貨，通常都是在沒有人去，但是又離公路不遠的地方。什麼樣的走私貨都有，只要是需要打關稅的貨，就有人來走私。但是最多的走私品是柴油，所以一般小小的漁船都會有一個巨大的油箱。他們世世代代，就這樣過著珠江河口水上人家的生活。

走私是犯法的，但是由於極高的利潤，歷代的政府都無法根除它，所以成為一個古老的行業，它隨著時代的變化生生不息。但是讓鍾為沒有想到的是這些小漁船卻是同樣的古老。船上的駕駛艙裏

只有兩樣東西，一個是船控系統，包括了控制方向的舵輪、輪機油門和螺旋槳轉向控制器。另一樣東西是個半導體收音機，用來接聽海上天氣報告。

鍾為沒有看到航海圖也沒見到羅盤。他問船老大，沒有海圖，沒有羅盤怎麼航行呢？船老大說他在這條船上生活了四十多年，幾乎每天都是在跑珠江河口，所有的航標、地標、水流等等資料都在他的腦子裏，所以不需要海圖和羅盤。問他遇上真正的困難時怎麼辦？船老大伸手從櫃子裏拿出一瓶老酒，說是有這個，所有的困難都解決了。鍾為只有搖頭的份兒了。其實他還有一個法寶，在船頭上有一個小小的媽祖娘娘像，每天船老大和老婆都會燒香膜拜，求娘娘保佑平安。

「媽祖」是中國南方沿海地區土生土長的「宗教」，也有人說是迷信，但是它和其他的宗教一樣，一千多年來，她給這裏的人，尤其是在海上討生活的人，在他們最困難，最無計可施的時候，帶來了最後的一線希望，也許就是這一絲的期待，讓他們一次又一次地度過了難關。李東說，當風高浪大時，如果看見船老大的老婆開始在船頭燒香膜拜時，回航避風的時候就到了。船老大告訴鍾為，這位美麗的媽祖娘娘世世代代在守護著這片土地和這片海上的人。有一次鍾為也親身的體驗了媽祖娘娘的無邊法力。

「海雨」船隊在珠江河口的內伶仃洋海底佈設「錨系」。它是一個金字塔型的鐵架子，上面裝滿了各種儀器和資料儲存系統。他們要把它放在海底四十八小時，記錄各種參數的變化。潮汐對中國南方近岸海域的水體運動有很大的影響，因此各種環境參數也是隨之而變。在這區域的潮汐主要是半日潮，它的週期是十二個小時，所以，記錄了四十八小時就能覆蓋四個週期的變化，應該是一套非常完整和有價值的資料。

但是兩天後，其中的一個錨系找不到了，海雨船隊的船老大們都說是被吃水很深的船撞擊和意外的帶到別的地方。李東和嚴禮的眼睛都紅了非要把丟了的錨系撈回來，因為價值好幾百萬元的儀器設備附加在上面。李東和鍾為商量拿出十萬元做為獎金，找到了就給。在重賞之下，船老大們很快地動員起來，首先他們把鍾為、李東和嚴禮帶到虎門旁邊的南沙鎮，那裏有珠江岸邊最大的一間媽祖廟，船老大們堅持要他們給媽祖娘娘燒香許願。

鍾為是在基督教的家庭長大的，李東和嚴禮是無神論的共產黨黨員，但是他們知道在這一片海上，耶穌和馬克思的影響力還沒到位，是媽祖娘娘說了算。於是三個大科學家乖乖地點了香，膜拜了一番。船老大們去買了兩根三十多米長的鋼索，上面每隔三尺就焊一個鉤子，每兩條船拉開一根鋼索，四條漁船，兩根帶滿了鋼鉤的長鋼繩，以拖網撈漁的方法，就在珠江河口，日夜的上上下下航行者，三天後，媽祖娘娘終於被感動了，他們把錨系給撈上來了。

「海雨船隊」小船停靠的地方都是在那些上不著天，下不著地的小河灣裏，只要是離他們要調查和採樣的水域近一點就行。在最近幾年才沖積形成的海埔新生地，上面長滿了蘆葦，當地的人叫它為「湧」，這些地方使鍾為深深地體會到當地民風的彪悍，敢做敢當和喜歡冒險的個性。

有一次他們在「二十九湧」附近的小河灣上船，出發前請船老大燒一頓飯給要出海的人和來送船的人在一起吃他一頓。船老大當場就殺了一條狗，叫他老婆做紅燒狗肉。還有一次是「海雨三號」裝滿了海水的樣品，要送到岸上的實驗室分析，同時想上岸休息一天來補充食品、食水和整修或更換儀器，他們在「二十九湧」上岸，看了好幾家旅館，全都是「雞窩」，裏頭坐滿了濃妝豔抹，花枝招展的年輕小姐，房間是以鐘點論價。每家旅館外面都有巨大的霓虹燈做廣告，赤裸裸的字眼是徹底和露骨地形容了這就是個賣淫的地方。鍾為他們又只好回到小船上去過一晚了。這些小小的事件給鍾為留下了不少非常深刻的印象，成為夜深人靜時永遠的思念。

「小娟，我講完了，有什麼批評嗎？」

「鍾為，我好佩服你，也很羨慕你，因為你有一個好感動人的故事。我記得小時候讀過馬克吐溫的《湯姆歷險記》，是說他在密西西比河上的故事。」

「以前我也讀過馬克吐溫的《湯姆歷險記》，還有海明威的《老人與海》，當時就覺得，在這兩位作家筆下的大河與大海都有很豐富多彩的生命，後來我在珠江河口航行時也有了同樣的感覺。」

朱小娟說：「所以在你的小說裏，珠江也有了活生生的人性和故事，尤其是火熱的愛情故事。」

「我不是在說文學創作，我是在說科學上一條大河似乎是有它的生命。小娟，你知道嗎？我在河口採一杯水，將它做各種分析，我就能說出在兩千多公里外的源頭所發生的事。如果我在不同的地點和時間採水，我就能說出這條大河在不同的時間和空間所發生的故事。」

「你們這些科學家真是太神奇了，鍾為，當年如果我學了海洋學，也許我也會被你收為學生，跟你一起在珠江上幹活。」

鍾為說：「千萬別，跟了我不一定會有好下場的，石莎不就是個例子嗎？」

朱小娟聽了沉默不語，她又聽見鍾為繼續的說：

「有時候一個人的命運是完全無法理解的，像從你的後續調查中發現了是嚴曉珠下的殺人命令，當初會有人想到嗎？」

朱小娟換了座位，坐到鍾為的身旁，抱住他說：

「鍾為，對不起，我們不談這些難過的往事了，從現在開始，我會讓你開開心心的陪我。」

他們在南海大酒店吃了個簡便的午餐後就再度上路，鍾為做導遊，他們從南山區直奔龍崗區，不久他們到了一個叫葵涌的小鎮，經過著名的抗日遊擊隊，東江縱隊司令部的所在地。鍾為講說，在抗日戰爭時，東江縱隊接受中國共產黨港澳工委的指揮，一九四四年他們奉命執行搶救一名在香港上空跳傘逃生的美軍飛行員任務，約有一百名遊擊隊員乘船由牛尾海登陸九龍半島，在現今的香港優德大學北方以大刀和紅櫻槍對押送的日軍發起攻擊，他們雖然成功的救出了美軍飛行員，但是有近半數的遊擊隊隊員也犧牲了。

在當年肉搏的戰場，立有一塊紀念碑，記述這件英勇事蹟。他們繼續向東往惠州的方向開，不久就經過了鹽田鎮，原來這裏的海邊是有一片曬海鹽的田地，香港的首富李嘉誠在這裏投資開發基礎建設，現在是深圳市最大的貨櫃碼頭，它的輸送量直逼香港的貨櫃碼頭。

車子離開繁華的市區進入了龍崗區，高速公路的兩邊看不見高樓大廈了，路的一邊是碧藍的大海，另一邊是起伏的青山和點綴在其中的別墅。這裏就是深圳特區下一個重點開發的地方，包括了「東華僑城」，它是按照深圳最先開發出來，也是最成功的「華僑城」的開發理念來規劃的。他們的車繼續朝東往惠州方向開，經過大亞灣在到達南澳的漁船碼頭前，有一大片警戒森嚴的發電站，它是中國的第一間核能發電廠。在鍾為的指點下，他們就在這裏向南轉進一條只有兩個車道的小路，路牌上指著前方是「西沖度假村」。

西沖是位在半島的最南端，南邊就是南中國海的大洋，西邊是大鵬灣，東邊是大亞灣，一眼看去除了碧藍的海水外，還有許多海島，包括了香港島和在九龍的清水灣半島，無敵的海景和這裏有深圳，甚至是整個廣東省裏最優美的海灘，很自然的就有人在這裏建造了「度假村」，裏頭有各種旅遊度假的設施，其中有二十幾間獨門獨戶的出租別墅。他們開到度假村裏的豪華海鮮餐廳停車場，鍾為告訴她，這裏的海鮮是真正的從附近的海上捕撈的，跟香港的海鮮相比，是價廉物美，他們可以大吃一頓。找到一張靠窗的桌子坐下，鍾為告訴她窗外的海域就是大鵬灣和大亞灣，它們和香港的牛尾海是互相連著的，他指給朱小娟看遠處對岸的一片淺白色的建築物，說那就是優德大學。可口的海鮮佳餚，配著冰凍的啤酒，他們吃了一頓非常豐盛的晚餐，等喝完了咖啡，太陽開始西下，窗外的海水反射出金色的波光。

鍾為叫朱小娟注意看著海對面的優德大學，原本是淺白色的建築物，開始改變顏色，首先是變成了反射著夕陽的金色，在他們的眼皮下，顏色慢慢的變成淺紅色，再成為大紅色，當天色昏暗下來時，整棟建築物就被燈光籠罩住了。朱小娟被大自然的色彩深深迷住了。

鍾為在度假村定了一個有兩間臥室和一個客廳的別墅，他淋浴完，穿著浴袍坐在客廳沙發上翻看旅遊雜誌。朱小娟從她的臥室出來坐在他身邊的小沙發椅，她穿著一件短睡衣，頭髮放下來披到肩膀上。嘴唇上顯然塗了薄薄的淡色口紅，他感到了她身上散發出來的成熟女人味。

「鍾為，你如果不是很累，我想跟你說說話。」

「沒問題，你說吧！」

朱小娟在椅子上挪動了一下，短睡衣的下擺滑下來，露出了長長雪白的大腿。她不說話，只是盯著看他說：「我想告訴你，我個人的事，它積壓在我身上，我都快發瘋了。」

鍾為說：「如果是讓你自己煩心的事，是不是和感情有關？」

「鍾為，我跟你不一樣，沒有陷入感情的糾纏，因為我後來發現未婚夫是個陌生人，我對他已經沒有感覺了。他認識了新女友，可是一直瞞著我，等到生米煮成熟飯了，我才知道，也就只能分手了。」

「我相信你們的個性也不是很配合，也許分手是早晚的事。」

「我想你說得對，我是女人裏的異類，何況又是個員警。可是我在北京碰見了秉思，一個和我一樣的傷心人，我們就走到一起了。」

鍾為的心情有點怪異，他不知道該說什麼好，朱小娟繼續說：

「秉思是國安部的同事，我們在同一個組裏工作，在北京我們是住在一起的。」

「你們同居了，所以關係一定是很好的了。」

「秉思很愛我，也很會體貼人，我們生活的很快樂。」

「你們都是先走了一段彎路，然後互相找到了對方，這不是很好嗎？這次回去是碰到了什麼事？讓你那麼煩心。」

「秉思很生氣，覺得我移情別戀，愛上了別人。」

「那你是怎麼回答的呢？」

「我承認了。」

「是嗎？你愛上了誰？」

「鍾為教授。」

他愣住了，但是朱小娟繼續的說：

「別害怕，我不是要跟你天長地久，我知道你有一個不堪的過去，但是已經找到了心愛的人，決心和梅根天長地久。我只是想要短暫的擁有你，和你有一段情，然後就把你深深的藏在我的心裏，回去和秉思過日子。我只要能偶爾的把你放在心裏，思念你，我就滿足了。」

「你也是這麼跟你的秉思說的嗎？」

「但是秉思還是不原諒我，所以我使出了渾身解數，讓秉思在我身上為所欲為，秉思的情緒才穩定下來。」

鍾為說：「那你為什麼要和我……」

朱小娟搶著回答：「鍾為，當我近距離的和你接觸後，我就完全的被你迷住了，愛上了你。我很清楚，你有梅根在心裏，我是不可能在你的人生裏占一席之地，可是我可以做夢，我夢想過你把我壓在你身下，我用兩腿勾著你的下半身，我們互相熱吻著，在我耳邊講著愛情故事，你穿刺了我的身體，越來越猛的騎著我，窗外瀉進來的月光讓我們身上的汗水閃閃發光，我受不了，要你停，但是你更使勁的折騰我，我一邊向你求饒，一邊用身體配合著你。在你強烈的男性侵犯裏，你給了我無比的溫柔，讓我陷入了如醉如癡的夢幻境界。我的夢都是從你的小說裏會意得來的。所以就下定決心，要把你拿下，短暫的擁有你。」

「沒想到你和我一樣，也是個會做夢的人。但是在真實的世界裏，你和秉思的人生裏，已經互相的佔有了重要的地位，為什麼你們不結婚呢？」

「婚姻往往會決定一個人的一生，秉思的前一個婚姻就非常不快樂，只能遺憾終生。」

「不是每一個人都會有這樣的遭遇，這世界上美滿的婚姻到底是比不美滿的多。你不該恐懼婚姻，為什麼不去試試呢？」

「因為我們不可能結婚。」

「為什麼？」

「秉思是女人。」

沒等鍾為的反應，朱小娟已經站起來把身體壓了上來，兩臂緊緊的抱住了他，開始親吻他。他正要推開她時，就感到熱哄哄的舌頭伸到他的嘴裏，還有一隻手在他身上撫摸著，他失去了反抗的能力，一股快感氾濫到全身。熱吻終於結束，她的頭枕在鍾為的胸口，一條腿壓著他的下身，他能感到在那睡衣裏面就是赤裸裸的肉體。

「鍾為，我是女人，我愛你。」

他不敢回答，因為他對自己的答案感到恐慌。他聽見：

「你不用回答，我知道你有反應了，我太高興了。」

說完了，朱小娟就像一陣風似的回到自己的臥室了。

離開了西沖度假村，他們往回走，不久朱小娟把車開上了廣深高速公路，開往廣州市，在到達市區前，來到了虎門。

朱小娟提醒鍾為說這裏有一座在中國近代史裏具有關鍵性的虎門大橋，它跨越珠江出海口的虎門水道和蒲州水道，東連東莞市虎門鎮，西通廣州市南沙區。虎門大橋的橋址兩岸為低山丘陵地帶，西岸是南沙的南北台，江中心為上橫檔島和下橫檔島，兩島均分佈有古炮台。東岸是威遠山，沿山分佈有威遠炮台、靖遠炮台、鎮遠炮台等古炮台，是鴉片戰爭的古戰場之一。

清朝的兩廣總督林則徐曾在這裏燒毀了東印度公司輸運到中國來販賣的鴉片，導致英國大興問罪之師，派海軍來到此地，炮擊虎門，但是林則徐下令虎門炮台反擊，驅退了英軍。但是換來的卻是鴉片戰爭最終的戰敗，開始了滿清末年，中國長期受列強的欺壓，簽定不平等條約和割地賠款。

優德大學的所在地香港就是因鴉片戰爭而成為英國的戰利品，直到一百多年之後，在優德大學的第三屆畢業典禮上，英國的國旗才沒有出現。

鍾為預定了廣州的白天鵝賓館，是坐落在風光旖旎的沙面島，毗鄰三江彙聚的白鵝潭，它有獨特的庭園式設計，將周圍幽雅的環境與酒店融合為一體，還有一條專用引橋把賓館與市中心聯接起來，進出極為方便。鍾為定的是豪華套間，臥室和客廳都很大，兩間都有面對著珠江的落地窗。鍾為說：

「臥室是給你專用的，我睡客廳。」

朱小娟轉過身去摟住了鍾為小聲的說：「你還是耿耿於懷，對我就這麼小氣嗎？」

「你是世界上第一個說我小氣的人，我問你，你不喜歡這間酒店，是不是？」

「我特別喜歡有河流的城市，所以我嚮往廣州，我們這間房看出去就是珠江，我太喜歡這裏了。」

「那你為什麼還說我小氣？」

「我以為你對我在愉景灣侵犯了你，你就耿耿於懷，昨天我們分房睡，今天又趕快告訴我，你要睡客廳，不要跟我同床。鍾為，你就陪我睡，我保證一定不強暴你了。好不好？」

朱小娟默默的告訴自己，她下定決心了。

兩個人先後洗了淋浴，把一整天旅途上的汗水和風塵洗掉，換上了衣服，準備下樓用晚餐。鍾為發現朱小娟又穿上她在台灣買的那套天藍色的超短半身裙，脖子還是原來的那條深藍的絲巾，當然最吸引鍾為的是她沒穿褲襪，露出兩條修長雪白的大腿，鍾為說：

「我很喜歡你這身衣服，的確是很高雅、漂亮，穿在你身上更是女人魅力十足，非常誘人。」

朱小娟說：「不愧是個大教授，說得文縐縐的，不就是喜歡看我的大腿嗎？別忘了，這套衣服是我用來強暴你的。」

他們決定到一樓的西餐廳吃晚飯，主要是因為餐廳就在江邊，坐在靠窗的座位上，伸出手去好像就能碰到江中的流水。也許是真的餓了，他們靜靜的享受著美食，也同時各有所思。鍾為看見朱小娟的臉紅了，是紅酒還是另有原因？她抬起頭來說：

「鍾為，我真沒想到有一天，我居然會坐在我曾經夢想過的珠江岸邊，吃大餐、喝紅酒。我應該感謝你。」

「你對夢想中的珠江有多少的認識？」

「全都是從書本上學到的：珠江，舊稱粵江，是東、西、北三江及下游三角洲諸河的總稱，發源於雲貴高原烏蒙山系馬雄山，流經中國中西部六省區及越南北部，在下游從八個入海口注入南海。是中國境內第三長河流，全長二四〇〇公里。西江是珠江最大的水系，流域面積達三十五點三萬平方公里，占全流域面積的百分之八十。西江上游各河段名稱不同。其主流南盤江與北盤江匯合後，稱為紅水河，向東奔流與柳江匯合過大藤峽後稱為黔江，黔江與郁江匯合後稱為潯江，至梧州與桂江匯合後才稱為西江。西江上游的急流瀑布較多，其中以白水河上的黃果樹瀑布最為出名。雲貴高原以東主要是低山丘陵，也就是兩廣丘陵。珠江下游的沖積平原是著名的珠江三角洲，河海交匯，河網交錯，具有南國水鄉的獨特風貌。在廣州市內段的江中，有一洲島名叫『海珠石』，所以得名珠江。」

鍾為說：「僅此而已嗎？」

「其實我是對廣東珠江一帶的社會和人文感興趣，鍾為，你知道嗎？在五胡亂華的時代，北方的胡人侵入了中原，他們殺了男人，強姦了女人，從此改變了中原的漢人種族和文明。但是有一批彪悍的漢人，他們出走南下，來到南方的福建和廣東定居，他們保持了純粹的中原文化，同時也培養出他們開放的思維和奮發圖強的精神。你知道嗎？有很多中國的古代詩詞，像詩經裏的詩和三字經，如果用北京話讀，就不會押韻，但是用廣東話或是福建話去讀就押韻了。」

「你說得沒錯，小娟，我們台灣話管曬太陽叫曝日，所以閩南話裏還保持了古代的文言文。我聽說，在舊時，珠江廣州段江面寬闊，所以廣州人喜歡稱呼珠江為『海』，渡江稱作『過海』，江邊叫『海皮』。即使到了今天仍保持這種俗稱。」

「廣東人的特性是很有意思的，就拿我們現在能看見的眼前這座海珠大橋吧！它是珠江最古老的橋，是在一九二九年動工興建，至今已快有上百年的歷史了。在國共內戰時，國軍撤退時曾把橋墩炸毀，讓鐵橋掉到江底。但是解放後廣東人又把鐵橋從江底撈起來，按照原樣重建。」

鍾為說：「也許就是廣東人這種特別的執著個性和開放的思維，所以民國的革命和幾年前的改革開放都是從廣東開始的。」

美食和美酒，再加上衷心互動的談話，讓時間在不知不覺中飛快的過去，窗外的夜幕深沉，珠江南北兩岸的江邊燈光，通明的渡船碼頭，還有亮著五光十色霓虹燈的觀光遊江輪，把緩緩流動的江面渾渾的照明，流水上的波紋不停的閃爍著，像是在訴說那兩千多公里外，在雲貴高原馬雄山下，珠江源頭所發生的故事。

鍾為牽著朱小娟上了電梯，回到十五樓的房間，看著面前的美女，他想到了飛鵝山上幽深的小徑，星光下的一片草地和小樹林，古藤攀爬著的建築物以及朦朧的夜色和空氣中蕩漾著的淡淡詩意，他想到了熱情的擁抱和親吻，她的細腰，堅挺的乳房和他的手遊走到她赤裸的兩腿，向上移動，透過薄薄的三角褲，撫摸她最敏感的地方。朱小娟感覺到了鍾為的想像，她扭動了身體，讓短裙的下擺搖晃，大腿根部若隱若現：

「昨天晚上我的房門是開的，可是你沒來找我。」

「今天也不遲。」

朱小娟從皮包裏拿出房門磁卡將門打開時，就感覺到鍾為的身體從後面靠過來，她轉過身來，還沒來得及反應，鍾為就已經將她的身體緊緊壓在門上，吻住了她的嘴，她張開來迎接他的舌頭。鍾為摟著她的腰，將她從上到下和自己融合在一起，他推開了門，吻著她一步步的向臥室移動。每一次被他熱情的親吻時，朱小娟就會失去所有的抵抗力量，任憑他擺佈，至少這一次她要主導他們的互動，一切要聽她的指揮。

朱小娟的手按在他的胸脯，隔著襯衫撫摸，但是她感覺他在用緞毯似柔軟的舌頭撫摸她的全嘴，一股震撼的顫動波浪從頭上一直傳到她的腳趾。她迫不及待的將他的襯衫從褲腰裏扯出來，把兩隻手掌壓在他的小腹上，鍾為起了很強烈的反應，他吸了一口大氣，縮起了小腹，開始動手脫她的衣服，他說：

「你把我的獸性本能激發出來了，你要負責的。」

「我這才剛開始，你就等著吧！」

他們緊緊的擁抱著，深深的親吻著。朱小娟很慢的，一件一件的把鍾為身上的衣服脫下來，她一邊欣賞著站在她面前的裸體男人，一邊也讓鍾為看見了站在面前的裸體女神，她美麗的面孔，她豐滿的胸脯和高挺著的乳房，細細的腰身和修長的大腿，全身的線條和光滑的肌膚輻射著柔和但是成熟的女性熱力。她的手和嘴唇開始在鍾為的身上遊動，她能感到他體內的一股熱力在燃燒，循著熱力的擴散，她找到膨脹了的源頭。朱小娟也只剩下了一個小小的胸罩和一件丁點的黑色比基尼內褲。她趕緊說：

「鍾為，你不許動，讓我好好欣賞你的裸體。」

進到臥室前，他用靈活的動作把她只蓋住了乳頭的小小胸罩解下來：「我要把窗簾打開。」

朱小娟說：「不行，會有人看我們。」

「我們是在十五樓，要坐直升機才能看見我們。」

「你不許騙人，把我害了。」

「你把這麼誘人的身材包得緊緊的，我想看你的身體，已經想了很久了。」

「多久？」

「第一天見面。」

鍾為將她的小小比基尼褪下來，全身光滑的皮膚在燈光下反射出無可抗拒的熱力，朱小娟的一隻手撫摸著鍾為的後背，另一隻手在他的前胸遊走，從上到下，由脖子開始，慢慢的往下移動，手掌往復的接觸到他每一寸的皮膚，在胸前停留了一會兒就移動到他的小腹，她感到鍾為的緊張，再往下時就聽見他輕聲的呻吟，朱小娟握住了他，感覺到他男性的熱度和在她的手裏膨脹著，想到面前的男人將要在她身上的行動，她閉上了眼睛輕聲的說：

「你好燙，好大，好硬，你一定要疼我。」

「別怕，我不會侵犯你。」

朱小娟誤解了他的意思：「可是我要你侵犯我。」

朱小娟將鍾為推倒在床上，自己也躺在黑色綢緞的床單上，她像是正燦爛盛開著的花卉，光滑的皮膚在閃閃的發亮，頭髮散開在枕頭上，赤裸的身體享受著緞子床單的柔滑，她的兩腿伸直，但是緊緊的夾住，她渴望著男人撫摸她和親吻全身的感覺，她引導鍾為的手和嘴唇隨著在她身上跳躍著的夜光，漫遊在她的肉體上，皮膚和緞子的滑潤已經無法分別，但是她發覺她的酥胸和堅挺的乳房是他的手格外徘徊的地方。朱小娟翻身騎上了他，她感到極度膨脹的男性在她的大腿根部徘徊著，探索著，她親吻鍾為的上額，他的眼睛，他的雙唇，再慢慢的往下移到她的頸部和耳朵。朱小娟輕輕的撫摸著他的頭髮，俯下身來輪流的把兩個乳房放進他的嘴裏，被吸吻的奇妙感覺傳遍了她的全身，她貪得無厭的把身體繼續的往前移動，讓鍾為的嘴唇磨擦她的腹部和肚臍眼，再一步步很慢的移動，把她微微凸起的小腹壓了上去。

她感到鍾為用兩手抓住她的臀部，勇往直前的吻著她最敏感的地方，朱小娟感覺到她被穿刺了，她彎起了兩腿開始夾住他的頭，突然她全身著火燃燒，一陣顫抖後，繃緊的神經鬆懈了，歡愉的水溢滿了全身，朱小娟用她赤裸的身體覆蓋了他，再起身張開兩腿騎著他，引導鍾為進入她的身體，當他強力的上挺，很深，很深的進入了她，她驚叫了一聲後，開始了她有韻律的衝刺，他的配合上挺幾乎使她失控，她開始呻吟，一隻手臂緊緊的抓住了鍾為的肩膀，另一隻張開的手掌壓住他的胸口，兩腿夾緊了他，接納他，將他緊緊的包住。

兩人的韻律動作越來越緊迫，一波接一波的最後衝擊來到了，來勢兇猛，穿刺進攻更為強有力，朱小娟感覺到似乎被穿刺到她的喉嚨，她的象徵性控制抵抗已經完全的崩潰了，眼睛緊緊的閉著，但是身下的坐騎還是在上挺著，一波接一波，排山倒海的侵犯著身上的騎士，不放過她身上的每一個細胞，瘋狂的佔領著她。她的呻吟和哀怨抗議阻擋不住鍾為連續而強有力的侵犯，反而她的身體似乎失控，還是以劇烈的運動在配合著她身下的坐騎。朱小娟無力的伏在鍾為的身上，看見他溫柔的看著她，充滿了濃情蜜意的眼神，似乎是在訴說著男女的愛情故事，同時也聽見了他在委婉而細緻的跟她說，她的表情，身體和反應是多麼的美，多麼的醉人，他也形容他將要發起對她的強勢進攻，叫她一定不要害怕，隨著攻勢而來的會是他無限的愛意。

雖然在他強力侵犯的韻律下，她也同時感到他似水的柔情。她已經毫無招架之力了，本能的緊摟著他的肩膀，加大了壓在他胸部的力度，她喜歡鍾為的胸脯接觸她乳房的感覺，修長的兩腿緊緊的夾住他的下腰，本能的以有韻律的動作來配合迎接和包圍越來越兇猛的攻勢，朱小娟的全身在燃燒，血液在倒流和沸騰，身上所有的神經都讓她感到是被她壓在身下的男人正在百般的蹂躪她，折磨她，但是同時也以無比的柔情在愛她，帶著她一步步的往上走向她從來沒有到過，但是常常夢想過的境界。當他的熱吻來到時，朱小娟用力的把鍾為的舌頭吸進嘴裏，感覺到了和壓在她身下的男人有了全身裏裏外外的全面接觸，不停的激烈運動，使汗水浸濕了他們的皮膚，在微弱的夜光下閃爍，朱小娟終於再也忍不住，她緊緊的抱住鍾為，呼喊著到達了窗外珠江的源頭。片刻後，鍾為在她的身體裏爆發。

天還沒亮時鍾為醒了，朱小娟躺在他的懷裏，全身都緊貼著他還在熟睡，臉上帶著滿足的笑容，鍾為伏下頭來輕輕的吻她，但是朱小娟把嘴張開來，讓他佔領。她的身體蠕動了一下，迷迷糊糊的說：「昨晚是我把你強姦了嗎？」

鍾為撫摸著她的小腹說：「沒關係，我喜歡。但是現在輪到我了。」

朱小娟發現鍾為已經又是劍拔弩張，她說：

「你好厲害啊。鍾為，我跟你商量一件事，你一定要答應我。」

「你說吧！」

「鍾為，昨晚我被你百般的蹂躪和折磨，你也拋開了所有的男人傳統拘束，義無反顧的佔領了我身體的每一個角落，讓我深深的感覺到，你是用身體和靈魂把我帶進了天堂，鍾為，我失控了，我一次又一次的呼喊著你，到了高潮。最後我還讓你在我的身體裏播種。」

「這不是很好嗎？讓我再把你帶進天堂去，我會更溫柔的。」

「不行，鍾為，你饒了我吧，秉思發現我被男人穿刺了，她會殺了我的。」

「昨晚就不算了嗎？」

「犯規一次，也許她會原諒我。你是不是劍拔弩張，很難受了，你們男人也真怪可憐的。鍾為，你要怎麼玩我都行，但是不能穿刺我，求你了。」

朱小娟閉住了呼吸，期待著他的來臨。他側臥在她身旁，撫摸她已經發燙的皮膚，親吻她的嘴，然後停留在她的乳房，當他將乳頭放進嘴裏時，她的身體裏像是有一股電流突然通過，當鍾為開始吻她的肚臍眼時，那股電流使她的全身舒麻，他的手不停的在朱小娟身上游走，但是在她兩條大腿的根部停下來，用力的按住佔領了它，她的神智開始模糊，喃喃的說些讓人聽不懂的語言，她不自住的彎起了兩腿，兩手放在鍾為的頭頂往下推，鍾為的舌頭接觸到她大腿根內側時她覺得要發瘋了，她不能控制自己往上挺的下腰，也不能停止用她的大腿將鍾為的頭越夾越緊，等他的手一離開佔領地，朱小娟就將他完全鎖住了。他握住了她的雙臂，男往直前，展開了他的攻勢，重新佔領陣地，讓朱小娟經歷了她前所未有過的男人愛撫，她徹底的瘋狂了，張開了大腿，兩手攤在床上捉住了床單，期待著。鍾為跪在她兩腿之間，兩臂和肩膀的肌肉都繃緊了，突然，朱小娟的眼睛睜開了，帶著祈求的神色說：

「不行，鍾為，不可以進到我的身體，你答應的。」

「小娟，對不起，我要失控了。」

朱小娟的兩臂用力的抵擋住鍾為的肩膀：「不行，絕對不行！啊！」

鍾為用力的進入，她從喉嚨裏發出大聲的呻吟，他進到最深時馬上就抽出來，但是就在朱小娟的眼神出現了一絲的感激時，他開始了第二次的強力推進，她又驚呼了一聲就放棄了抗拒，將兩腿勾住他的下腰，兩手抱住他的後背，再也不讓他抽出去了。她配合著他持續的推送，他們像是兩個在角力搏鬥的選手，使出全力在消耗對方的體力和意志，兩人的身體被汗水和燈光覆蓋著，耀眼的反射著。但是漸漸的朱小娟的配合動作力度小了，呻吟的聲音大了，她睜開了眼睛，看著蹂躪著她的人，喘著氣乞求：

「我快不行了。」

「小娟，你太美，太誘人了，你永遠是我的，我要再愛你，告訴我，你也愛我。」

鍾為低頭吻她，但是攻勢還在持續的增長，朱小娟的呻吟聲也在持續的加大，她喃喃的說：

「鍾為，我愛你，我是你的，但是你一定要溫柔，不然我會死去的。」

她將臉貼在鍾為的胸上，吻著，用牙齒輕輕的咬他發燙的皮膚，她有很強的願望要在他身上留下她們做愛的標記，讓鍾為永遠記得，她曾經擁有他。

在她進入全身無法控制的顫抖時，使出了還剩下的一點餘力，在鍾為的身上留下了她的齒痕。但是她沒有想到來臨的反應，鍾為粗魯的將她翻過來，全身趴在床上，將她的兩腿分開，微微的提起她的後臀，從後面進入她，他饑渴的享受著她的肉體，而她覺得全身都被穿刺，一直到了喉嚨，她已經失去了所有的力量，只剩下氣若遊絲的哀求，但是讓她驚訝的是，她感到又一個高潮從身體的深處形成，在快速的漫延和擴散到全身，最後在她的身體裏爆炸，將她帶上了九霄雲外。在朦朧的雲霧裏，她聽見鍾為大聲的呼喊，然後就攤在她的身上。

許久以後，朱小娟的神智似乎出現在她的昏迷和睡夢裏，她感到自己的背是緊靠在鍾為的身上側睡著，他的手在撫摸著她的乳房，還在她的耳邊輕輕的說著愛情的話，她感到非常的舒服，也許她還是在夢中，她不敢動彈，因為鍾為還停留在她的身體裏。

朱小娟是被摸醒的，但是她不想睜開眼睛，她能感到照在身上的陽光和遊走在她身上的手，帶給她溫暖和從來沒有過的舒暢。她懶洋洋的說：

「鍾為，你怎麼這麼早就醒了？不累嗎？」

「員警小姐，已經日上三竿，不早了。洗了淋浴就不累了。」

「看你把我蹂躪得死去活來，你總該滿足了吧？」

「小娟，我知道你疼我，讓我愛得你死去活來，可是你太誘惑了，我才豁出去，也是死去活來的拚了老命，我一輩子都不會忘記你。」

「是不是每一個被你蹂躪過的女人都會聽到你這句話？」

「每一個？一共有幾個？你不能破壞我名譽。小娟，我也會記得你被我蹂躪時說的每一句話。」

「鍾為，你不可以，那是我被你弄得神智昏迷了說的。」

「可是我相信你說的每一句都是真心話，你敢說不是嗎？」

朱小娟不說話了，她摟住了鍾為：「要是被秉思知道了，我把自己完全的攤開來給了你，我會很慘的。上次在她面前，我只是讚美了你兩句，她就受不了，說我移情別戀。」

鍾為坐了起來，捧著她的臉：

「你聽我說，你是一個百分之一百的女人，也有非常出色的聰明才智和魅力。你的生命裏一定要有愛你和你愛的男人，那才是個完整的人生。」

「可是秉思很愛我，對我很好，我也愛她。」

「你們之間，有深深的友情，互相關心和愛惜，在這世界上充滿了感人肺腑的偉大友情，在關鍵時刻，為朋友赴湯蹈火，在所不辭。這在歷史上比比皆是。但是，這不是愛情，你明白愛情是什麼，否則你也不會像你說的，把自己攤開來給我。」

朱小娟的眼圈紅了，眼睛出現了淚光。鍾為說：「對不起，昨晚我失控了，傷害了你。」

她急了：「沒有，你沒有，是我喜歡的。」

等她看見了鍾為臉上曖昧的笑容，她不好意思的臉紅了：

「你好厲害，昨晚我以為被你搞死了。誰要是當了你的老婆，早晚會被你整死的。」

「你不覺得我很溫柔嗎？」

「但是動作太大膽了，你什麼地方都敢吻，都被你吻得癱瘓了。你比西藏的歡喜佛還厲害，坐在你懷裏，也會被你穿刺。」

「我以為你喜歡。」

「只要你舒服，我就喜歡。我被你撫摸著全身睡著了，然後又被你摸醒了，就好像是整夜都被你撫摸，沒停過。你的摸功是誰教的？」

「你現在還要嗎？」

「不行，我會被你摸發瘋的。」

「那我就在你身邊躺一下吧！」

朱小娟吃驚的說：「你幹什麼要脫衣服，赤裸裸的，一絲不掛啊！」

「躺在美女身邊是不能穿衣服的，一定要裸體，你怎麼連這個都不明白。」

她拿掉了蓋在身上的薄被，兩手把頭托住，目不轉睛的看著鍾為：

「你確定不會有直升飛機來看我們嗎？」

「我確定，一定沒有。」

朱小娟的臉上出現了似笑非笑的表情：

「我以為你是累了才要躺下來，原來還是劍拔弩張的。」

「那跟累不累沒關係，但是和擺在眼前的美女有關。」

朱小娟引導著鍾為的手撫摸她，她大腿的皮膚摸起來非常的光滑和清涼，他的手慢慢的上下移動著，一點都不急促，期待著將要在陽光下發生的事讓他感到興奮，過了一會兒，她把大腿分開，引導著他的手，她倒吸了一口氣：「啊！我好喜歡。」

突然，朱小娟滑下了床，她把頭靠在鍾為的腰上：

「我告訴你，你不許動，我將要做一件想了很久的事。」

朱小娟張開了嘴把鍾為帶進了大堂，鍾為在一陣顫抖後回歸了平靜，她說：

「現在你全身每一寸的肉體都被我佔領過了，看你還往哪裏跑？」

何族右利用他在水房幫裏的人脈關係，發出了資訊，說他在追查康達前和吳宗湘的背景質料，特別是關於這兩個人和澳門以外的人來往關係。因為這兩人都不是正式成員，在水房幫裏，不但沒有他們的活動記錄，認識他們的人也不多。他們兩人，一個已經死了，另一個被關在大牢裏，因此更沒有人去注意他們，甚至記得他們了。

過了一陣時候，從澳門沒有任何反應的消息送來，何族右認為這是條沒用的線索。但是沒想到，突然間，何族右接到電話說，有一位已經退休了的老雜工，可能有相關的消息。

退休老人名叫劉金輝，潮州人，兩年前因病造成行動不便，家人將他送到廣州的一家養老院，何族右決定派朱小娟去訪問他。

朱小娟和鍾為在養老院的會客室見到了劉金輝，他是個彎腰駝背老態龍鍾的老人，顯然一生的雜工影響到他年老時的健康，但是他的神智似乎很正常，他很高興，朱小娟為他帶來了不少吃和用的東西。說完了客套話後，朱小娟進入正題：

「劉老先生，您在水房幫是做什麼工作的？」

「我是二號小樓的雜工，負責看門和維修的工作。」

「二號小樓是幹什麼用的？您還記得嗎？」

「那是水房幫用來招待外地客人住宿的。但是多數時間是用來開會的。」

朱小娟看了鍾為一眼點一點頭，表示這位劉老先生的頭腦還清楚，沒有糊塗。

「劉老先生，您還記不記得康達前和吳宗湘兩位先生？」

劉金輝笑了一聲說：「他們是水房的重要客人，我當然記得他們了。但是他們不會記得我這老雜工的。」

「那您記不記得有一次他們兩位或其中一位，曾在二號小樓會見過一個外地來的客人。」

「是的，我記得。通常來這裏開會的人都不喜歡被人打擾，他們會通知我，叫我準備好茶水和水果，有時候他們還要啤酒。他們會自己開門進來，開完會自己離開。我記得是康達前先生通知我他們開會的時間。」

「所以當時您沒有看見那位來開會的客人了？」

「我看見了，因為他們開會時客廳裏的落地燈燈泡滅了，他們打電話下來叫我去換燈泡。所以我看見他們了。」

朱小娟問：「那您在此之前，曾見過這位客人嗎？」

劉金輝說：「從來沒見過。」

鍾為問：「您有沒有聽見他們的談話？」

「我在那的時間很短，只是換個燈泡而已，但是我聽見那位客人說；『我就是夢斷魂』。」

朱小娟緊張的問：「夢斷魂！您沒聽錯嗎？」

劉金輝說：「當時康達前先生沒聽懂，客人就解釋說：做夢的夢，切斷的斷，靈魂的魂。」

朱小娟再問：「聽他的口音，他是廣東人還是內地人？」

「都不是，他是個鬼佬。」

朱小娟驚訝地問：「外國人？他會說中國話？」

「非常標準的廣州白話，比我說的還要標準。」

鍾為問：「您看得出來，他是哪一國人嗎？」

「他穿的西裝非常畢挺，上衣夾克、領帶和擦得亮亮的皮鞋都是上等貨，我認為他是英國人，是個紳士。」

在這一片廣大的阿拉伯帝國的版圖中，有一片人煙稀少，土地貧瘠的區域，它位於西南亞的阿拉伯半島東南部，濱臨阿曼灣和波斯灣，夾在阿曼和沙烏地阿拉伯中間。沿海平原是一片荒涼的沙漠，再往裏走就成為沙丘，靠東部的是山地。它的北面是霍爾木茲海峽，是波斯灣向外界唯一的海上通道，他們是傳統的遊牧民族，貝多因人與他們的駱駝和羊群穿越沙漠，從一個牧場到另一個牧場。也有部分人是定居的，至少一年中的大部分時間定居一地。他們從事簡單的農業，或者在東部阿拉伯海灣採集珍珠和從事漁業。

就在這一群純樸的貝多因人遊牧民族中，有一名年輕人，依薩克・沙爾基，選擇了伊斯蘭宗教，將他的一生奉獻給阿拉。他是當地富查伊拉酋長國酋長的兒子，酋長一家都是虔誠的什葉派穆斯林，在他們的支持下，年輕的王子走出了遼闊的沙漠，來到了聖地麥加城。他在清真寺裏度過了二十個寒暑，終於成為很有實力的伊斯蘭學者，以精研古蘭經為專長。

遜尼派穆斯林和什葉派穆斯林的鬥爭一直在持續，並且愈演愈烈，歷代什葉派的最高領袖「伊瑪姆」，考慮到日後和遜尼派鬥爭和生存的問題，同時伊斯蘭阿拉伯帝國因為領土過於遼闊，無法作到有效的統治，內部形成了許多各自為政的酋長小王朝，整個地區日漸混亂，「伊瑪姆」就開始有系統的累積金銀財寶。

西元一〇九五年，歐洲的基督徒發動了十字軍東征，阿拉伯人和土耳其人為了保護家園浴血奮戰，到了西元一二九一年，十字軍東征徹底失敗，但是在這近兩百年的戰爭中，雙方軍隊掠奪了無數的財寶，其中的部分最後也落入了「伊瑪姆」的手裏。西元一二五八年蒙古風暴興起，成吉思汗的孫子旭烈兀攻佔了阿拔斯王朝國都巴格達，處死王朝最後一個哈里法，阿拔斯王朝消失了。「伊瑪姆」開始將巨大的金銀財寶隱藏，他選擇了貝多因遊牧民族的地盤作為藏寶地點，製作了詳細的藏寶地圖，交給了從當地出來的貝多因伊斯蘭宗教學者，依薩克・沙爾基。

十四世紀時，遜尼派裏的居心不良份子知道了寶藏的事，計畫以武力奪取藏寶檔。因此依薩克

・沙爾基的後人將藏寶圖放進一部《古蘭經手抄本》，交給撒拉族的阿合莽帶出到東方的中國。

撒拉族的祖先尕勒莽和阿合莽兩兄弟向東遷徙，輾轉來到了青海的循化，定居下來，他們帶了一本手抄本的《古蘭經》，到今天已經有七百多年的歷史。

根據傳統，《古蘭經》是歸世襲後人保存。因此在二十世紀後，就由韓姓族人保管。但是他們的《古蘭經》裏有一個天大的秘密：什葉派大祭師將一份藏寶地點的文件和地圖放進了《古蘭經》，交給尕勒莽和阿合莽兩兄出走。

在青海循化，《古蘭經》是被放在同一個木盒裏，十九世紀初，青海軍閥，馬家軍的頭頭，馬步芳，強行奪走了木盒。但是當還回來時，木盒裏只有一本《古蘭經》，藏寶地點的文件和地圖不見了。

在撒拉族的伊斯蘭教組織裏，有一位「總掌教」，他的職責是執掌宗教法規和監督宗教儀式的執行，也是宗教法庭的總法官，在歷史上他被稱為「尕最」，是世襲的職位，在清真寺裏，他負責保管世代相傳的《古蘭經》。

「尕最」的後代，街子鄉農民「韓五十八」有一個弟弟，為了改善生活，他尋找出路，舉家移居到山西，這位弟弟的第二代出了一個富豪，他就是以開煤礦發財的「煤老闆」韓本偉。多年來，他一直都沒有放棄他的宗教信仰，並且還是虔誠的穆斯林，學會了阿拉伯文。他多次回到青海循化縣去「尋根」，浸沉在撒拉族的歷史裏。包括去參訪和長時間的逗留在街子清真大寺裏。

在那裏，韓本偉會沐浴更衣，面向西方的聖城麥加跪拜，虔誠的祈禱，請求伊斯蘭先知穆罕默德，再給他更多的智慧和力量，完成他的人生目標。他得到了清真寺大祭師的允許，多次的細讀保存在寺裏的《古蘭經手抄本》。同時他也從一些虔誠的穆斯林老人口中，得知和原來的《古蘭經手抄

本》放在一起的還附有一張「藏寶圖」，指出價值連城的巨大寶藏所在地，但是後來不見了。已經是富豪的韓本偉，他的人生目標就是要累積更多的財富，《古蘭經手抄本》和失蹤了的「藏寶圖」讓他看到了成為全世界超級富豪的道路，他必須找到這張「藏寶圖」。

在十五年前召開的上海經濟合作組織會議上，成員國簽署了《打擊恐怖主義、分裂主義和極端主義上海公約》，首次對恐怖主義、分裂主義和極端主義作了明確定義。這就是後來被稱為的「三股勢力」，它就是指：宗教極端勢力、民族分裂勢力、暴力恐怖勢力。

中國也同樣遭受恐怖主義、分裂主義和極端主義的侵擾，「東突厥斯坦伊斯蘭運動」，也稱為「東突」，是中亞「三股勢力」的主要力量之一，它是以將新疆從中國分裂出去為目標，與中亞地區的一些組織相勾結和參與，製造了一系列的惡性恐怖事件，包括襲擊中國駐外使館、殺害中國公民等。

新疆的「三股勢力」打著民族和宗教的旗幟，煽動民族仇視，製造宗教狂熱，鼓吹對「異教徒」進行「聖戰」，進行暴力恐怖活動，殘殺無辜，挑起暴亂騷亂。他們的目標就是把新疆從中國版圖中分裂出來，建立他們的「東突厥斯坦伊斯蘭國」。

在境外的「東突」組織有五十餘個。在新疆境內，有組織，有綱領和有計劃的恐怖主義組織也有四十多個，一些組織已形成一定規模。「東突」組織同很多外國恐怖機構都有聯繫，並且在經濟上依靠他們。中國政府在盡全力阻止和打擊新疆境內的「東突組織」和他們的一切活動。但是「伊斯蘭國」的成立，造成了新形勢，對中國政府的努力有了威脅，更提升了中國政府的警戒。

「伊斯蘭國」的不斷擴張，威脅最大的，是伊拉克、敘利亞、伊朗這樣的中東國家。但是在它規劃的最終版圖中，還包括有中國的新疆等地區。它的領導人在「建國宣言」中曾多次提到中國以及中國新疆，指責中國政府在新疆的政策，並要求中國穆斯林和全世界穆斯林一樣向其效忠。

朱小娟不在香港的時間越來越多，和鍾為見面的機會就越來越少了，因此她和鍾為都很珍惜他們每一次的見面。乘著鍾為去上海的機會，他們約好了在浦西的文華大酒店見面。

鍾為說：「朱小娟，你是什麼時候調到北京去的？你是香港人，在北京習慣嗎？」

朱小娟說：「快一年了，我很喜歡北京，特別是它的文化氛圍，鍾為教授，不是跟你說了嗎？我在晚上還去北京大學旁聽呢！所以我要感激伊斯蘭國的巴格達迪。都是因為他，才把我調到北京的國安部去。」

「太好了。伊斯蘭國的巴格達迪幹了什麼事得罪了國安部？」

「他揚言要在五年後佔領新疆。」

鍾為說：「那是該歸外交部管的事。在伊斯蘭國的立國願景裏，他們聲言要終結英法兩國在第一次世界大戰後，為瓜分土耳其奧斯曼帝國中東地盤而達成的《賽克斯—皮科協定》，不僅要消除伊拉克與敘利亞的邊界，還要消除約旦和黎巴嫩的邊境，還要從猶太人手裏解放巴勒斯坦。很顯然的是伊斯蘭恐怖組織典型宣言，依然是在宗教戰爭的範疇。」

「現在有情報和證據顯示，疆獨份子和伊斯蘭國建立了關係。更可怕的是，中共黨內的高層裏，有居心不良份子，企圖利用機會進行奪權叛亂。」

鍾為說：「有這麼嚴重嗎？」

「種種的跡象顯示，疆獨份子現階段堅持的是『遷徙聖戰，團夥行動』，他們從廣東、廣西以及雲南等口岸偷渡到周邊國家後，再轉到伊斯蘭國。但隨著各國加大反恐力度，增強打擊活動，疆獨份子已由早前的固定路線轉變多途徑路線，比如分散到土耳其、敘利亞、印尼以及吉爾吉斯斯坦等國。」

「我曾看過報導說，伊斯蘭國裏有六十多名印尼人，五十多名馬來西亞人，一百多名菲律賓人和一百多名中國人。我相信他們絕大多數是屬於疆獨份子，國安部知道他們去到伊斯蘭國是做什麼嗎？」

朱小娟說：「他們的目的是要在新疆成立東突，在伊斯蘭國除了研究信仰，就是在訓練營內接受體能訓練和軍事訓練，重點是衝鋒槍、步槍射擊以及學習組裝炸彈的技能和其他武器的使用，他們的最終目的是打回中國實施暴力恐怖行動，進而實現解放全世界的聖戰目標。但是中國政府一定要把他們拒於國境之外。我在國安部的工作，就是負責和外國的反恐怖活動部門聯繫。」

「你知道嗎？有一個總部設在英國的『敘利亞人權觀察』，他們曾報導說，在一次攻打敘利亞邊境，庫爾德族自治武裝控制的科巴尼城鎮時，有十八名伊斯蘭國戰士被擊斃，其中包括一名中國新疆籍的武裝人員。同時也說；還有多名中國籍武裝份子在那裏戰鬥。」

「鍾為，根據我們的瞭解，直接到敘利亞和伊拉克參加伊斯蘭國的『三股勢力』份子非常複雜，他們既想接受暴力恐怖活動的技能訓練，又想通過實戰來擴展國際恐怖組織人脈，為他們爭取活動資金，做為打回中國後的財政基礎。為此，還有一些東突份子也參與了伊斯蘭國籌畫的在中國尋找伊斯蘭寶藏活動。」

「但是朱小娟，我的感覺是，新疆的三股勢力武裝份子參加伊斯蘭國的武裝活動越來越多。我曾看過一個伊朗製作，標題為《深入「伊斯蘭國」恐怖訓練營》的紀錄片中，可以看到有新疆人集體效忠伊斯蘭國的儀式，伏擊敘利亞和伊拉克政府軍，接受各種武器訓練，還有在發動自殺式襲擊前相互擁抱告別的畫面。」

「是的，我們也看過這個紀錄片。我們最擔心的是，這些恐怖份子一旦回到中國，他們作案的手法會更加瘋狂，造成更大的傷亡和財產損失。所以我們解決當前危機的方案是：切斷他們網路的傳播，打擊他們跨境流動，以及最為重要的，阻止他們秘密融資的通道。」

思考了一會兒後，鍾為說：「我認為你們的方案很好，相信是會很有效果的。它不像某些西方國家，應對的辦法是把所有的穆斯林都當成恐怖份子嫌疑犯，不分青紅皂白，先監視起來再說。」

朱小娟說：「在我們得到的，關於伊斯蘭國秘密融資的情報中，有一個人，是你多年前的老朋友，也是在我們調查的案子裏，陰魂不散，老是出現。」

鍾為驚訝的問：「是嗎？會是誰呢？」

「嚴曉珠。」

「她是總部設在英國倫敦的『伊斯蘭運動促進會』會長，他們對全球的穆斯林都抱有同情心。我很難想像她會是個恐怖份子。」

中國人民解放軍的指揮系統是中國共產黨內的組織，它的最高指揮權是在中央軍事委員會，簡稱「中央軍委」，歷屆的委員長都是由中國共產黨總書記兼任。中央軍委的組織編制內設有「財務審計處」，它的主要職責是對各大軍區的財務進行檢查和統計，確定所有的經費支出是否按照中央軍委的政策和規定。在各大軍區都有財務審計處派出的「中央軍委審計小組」，通常都是由三名高級會計師擔任，各小組在軍區的當地再聘用辦事員從事具體的文書和統計工作。

在成都軍區的中央軍委審計小組辦公室最近新聘請了一位辦事員，負責財務統計報表的工作，

她的名字叫虞思佳，是個年輕的美豔婦人，她不僅天生有漂亮的臉蛋和動人的身材，還很會化妝和打扮，每天的穿著都非常時尚，全身都散發著女人的魅力。在大部分都是男性的軍區，虞思佳很快的就成為軍區裏男士們的夢中情人，但是他們也只能做夢，因為在她身邊出現了高華沖大校。

他是成都軍區安全處的處長，在軍區裏以辦事力強、思想敏銳著稱，和他交往過的人都會感到他的心黑手辣個性。可是高華沖最大的本錢是軍區司令員牛道峰對他的信任和依賴，毫無疑問的，他是替牛道峰出主意和為他執行黑箱作業的人。在軍區裏的事情，如果有高華沖反對，基本上是過不了司令員的這一關。牛道峰司令員還將一個連隊的特種兵派給安全處指揮，這個不尋常的調派理由是執行特別的安全任務。這一連的連長是馮志剛，副連長是平原，他們成了高華沖的馬仔和如影隨形的貼身保鏢。但是高華沖也有不少毛病，最嚴重的就是「好色」，軍區裏不少漂亮女人都逃不出他的魔掌，同時他也有喜新厭舊的習慣，被他玩弄過的女人，最後都逃不過被他遺棄的命運。有人說他有異於常人的荷爾蒙分泌，造成他超強的性需求，不能一晚沒有女人，他經常出入成都的聲色場所，時日一久，被人取了一個外號，叫他「搞花王」。

虞思佳的出現，自然激起了他的獵豔本性，但是一個多月以來，她的不假辭色和機警應對，將自己包得滴水不漏，讓他一步都不能越雷池，他是毫無進展，到了無技可施。唯一的希望是她的若即若離態度，以及偶爾在言語上的挑逗，讓他恨得牙癢癢的。

高華沖以前也有碰到過類似的女人，經驗告訴他，這種女人也是有強烈的感情和肉體需求，一旦防禦工事被攻破，就會落花流水，讓他為所欲為。高華沖決定要用強了，但是他非常明白，一定要選擇地點，否則一旦公安介入，他就要吃不了，兜著走，不論牛道峰是如何的保護他，他會被趕出解放軍，還會吃上官司。所以要用強，一定要找公安不能到的地方，那就是在軍區裏了。

高華沖在等待機會的到來，但是他又有些猶疑，他感覺到這位美女不是個簡單人物，很可能是個威脅。他曾把他的感覺報告給軍區司令員，牛道峰指示他，事關身家性命，一定要查清楚。

虞思佳的真實身分是國安部的偵查員，被派到成都軍區臥底，任務是收集中央政治局委員康雍洲、成都軍區司令員牛道峰和有上將軍銜的第一炮兵部隊政委馮向華團夥密謀發起政變的證據。早先，國安部曾派出另一名調查員，他取得了康雍洲、牛道峰和馮向華三人不尋常的聚會證據。他也獲得了一個非比尋常的情報，就是有一份康雍洲簽署的白紙黑字宣告，是要在政變發起後，分發給媒體，宣佈康雍洲代理執行總書記的職務。但是在他正要取得這份文件時，被識破身分。在撤離現場後，因軍區安全處派出特種兵追殺而犧牲。虞思佳剩下最重要的任務就是要取得這份宣告，經過快兩個月的調查，她確定所要的文件是存放在安全處處長辦公室裏的保險箱。

虞思佳是在午夜時來到了軍區的大門，告訴大門的警衛，說她在趕寫報表，要到辦公室去取一份參考文件，雖然她有軍區的工作證，但是因為時間不對，還是要被停車檢查，但是她沒想到半小時後才被放行。她沒有去審計小組辦公室，而是直接來到了安全處的停車場。在確定四周沒有人以後，來到了二樓的處長辦公室，用萬能鑰匙把門打開。

當虞思佳正要關門時，腰上被人從後面重擊一拳，刺骨的疼痛頓時傳遍全身，接著又被用力的踹了一腳，她的膝蓋一軟，全身就往前跌下去，最後是手腳張開趴倒在地上。有一個人走了過來，貼在地板上的臉讓她無法看見這人的面孔，可是她知道是誰，因為她認出了眼前的一雙黑皮鞋，那是高華沖告訴她，在義大利特別定做的。

虞思佳正要掙扎站起來時，穿著黑皮鞋的腳用力的把她的頭踩在地上，她痛得尖叫了一聲，但是被踩得緊緊的一點都動彈不得。但是讓她最不安的是眼前的情況不明，她不曉得這屋子裏有多少人，下一步該如何的行動也無法考慮。高華沖把踩著她的力度加大，同時虐待狂式的冷笑也出現在他的臉上，虞思佳已經痛得腦門上出現了汗珠，她開始呻吟了。高華沖說：「他媽的，親愛的虞小姐，終於等到你了。門衛通知我你到了軍區，我就想你是要來這裏。我想了很久了，就是要聽你那股騷勁的叫聲。」

虞思佳喘著氣說：「你把我搞得半死不活的，等一會兒我就叫不出來了，你要是玩我就沒意思啦！」

高華沖的腳鬆開了，但是他把虞思佳的長頭髮握住在手裏，粗暴的往上拉，她又是痛得叫出聲來，抓住高華沖的手臂，頭部被拉得歪歪斜斜的起身跪在地板上。她的嘴微微張開，細聲細氣的呻吟，高華沖近距離的看在眼裏，覺得她非常的性感，他俯身強吻，虞思佳開始掙扎，高華沖將另一隻手從她襯衫領口伸進去把玩她的乳房，她停止了掙扎，把嘴張開來給他，過了一會兒，她的眼睛閉上了，但是屋子裏的情況她也已經看清楚了，除了高華沖外，還有他的貼身保鏢馮志剛和平原，他們三個人都是配著手槍，屋裏的電燈打開了，她看到房間裏擺了很多的傢俱，空間有限，每一個人都是在近距離。高華沖對虞思佳的反應有點吃驚，但是又恢復了他的冷笑，他鬆開了兩手：

「你老實告訴我，你用萬能鑰匙偷開我的辦公室是想幹什麼？」

她立刻就想到了面臨的兩個選擇：如果說出真實的身分，無疑的她也會像在她之前的同事一樣被殺害，如果堅持不暴露身分，最後也會難逃一死，同時被殺之前一定會受到非常殘酷的處置。她說：「高華沖，人家不是叫你搞花王嗎？前幾天你還誇我，說我的美貌像是一朵花。所以我就來找你，想和你玩玩。你要是能搞得我很爽，說不定，我有空就常來和你玩玩。你先把他們請出去，我就讓你嘗嘗我搞你的功夫。」

虞思佳正要站起來時，高華沖揮起手來就給了她一巴掌，打得她眼冒金星，她用手撫摸著紅了的臉霞，她需要將另外三個人的注意力吸引在她和高華沖之間的鬥爭，她繼續說：

「我老早就聽說了，你是用毆打女人來達到你的性高潮，是不是？」

高華沖握緊了拳頭，對準她的腰子重擊，麻痺性的極度疼痛頓時漫延到了她的全身，她慘叫一聲後就昏倒在地上。高華沖對馮志剛說：

「老馮，你給司令員的副官個電話，告訴他這裏的情況，別忘了說，我們對虞思佳懷疑有一段時候了，她很可能是和上回來臥底的那小子是一夥的。讓他請示司令員，該怎麼處理。」

馮志剛在打電話時，高華沖又忍不住在玩弄虞思佳的身體，她從喉嚨裏發出了一聲呻吟，似乎引起了高華沖更強烈的欲望，他說：「要是就這麼把她弄死了，實在是太可惜了，應該把她留下來，讓我們好好的玩玩她。」

另一個馬仔平原說：「你別忘了司令員說的，我們已經進入了最後最緊要的關頭，所有的事都要萬無一失。他不會讓你把這女人留下的，萬一出差錯，後患不得了。」

馮志剛把電話掛上，高華沖問：「司令員是怎麼說的？」

「副官說，司令員今晚沒回家，住在城裏的錦江賓館。他說司令員不喜歡有人去打擾他，所以副官要我們一定要弄清楚，這個女人半夜到安全處的目的是什麼？」

高華沖說：「他媽的，司令員在賓館裏睡女人，我們就不能打擾。但是擺在我們面前這麼性感的女人，就非要她說出身分，再決定怎麼處置。你們不覺得這太過分了嗎？」

馮志剛說：「老高，你別急，副官要我們用各種方法讓這女人招供，我認為往死裏玩她，不也是方法之一嗎？但是副官要我們提高警覺，以防她有同夥來接應。」

高華沖說：「平原，你馬上打電話到警衛室，告訴今晚的軍區值勤軍官，說我們安全處得到情報，可能有破壞份子滲透進入軍區活動，從現在到天亮，全軍區內及附近地區進入戒嚴，任何移動的車輛及人員都必須接受檢查，然後通知安全處，等待處理。」

倒在地上的虞思佳把這些對話都聽到了，她很清楚，要保住自己的生命機會不大，但是她下定決心要完成任務。她開始呻吟：

「高華沖，你是個騙子，前幾天你還對我說你是如何的愛我，要和我天長地久，要我馬上跟你上床。我不肯，你就這麼狠心，想打死我，是不是？我要見你們司令員。」

「哈！哈！我們司令員正在伺候美女，沒時間見你。所以你就老實說，是什麼人派你來的？」

「那你叫那兩個人出去，我就跟你說。」

「沒門，我就是要讓他們看看我是怎麼樣把你玩得死去活來，等我完事後，他們也要上你。」

「你看你是不敢跟我單打獨鬥，你需要別人幫你一把才能玩女人，是不是？我還聽說你的老二不但太小，而且還得吃藥才能硬得起來，有這回事嗎？」

「要我證明給你看嗎？把衣服給我脫了。」

虞思佳也冷笑著說：「沒問題，我給你跳個脫衣舞，好讓你的老二硬起來。」

虞思佳開始把襯衫的扣子從上面一個個解開，露出一大片雪白的胸脯和誘人的深深乳溝。她沒有把襯衫脫下來，但是動手把胸罩解開取了下來，兩個高挺的乳房在解開了扣子的襯衫裏晃動著，兩個暗紅的乳頭若隱若現，房裏的三個男人看得目瞪口呆，血脈噴張。

虞思佳的下一個動作是開始脫下緊繃在她身上的長褲，當把頭兩個扣子解開後，她的小腹就有韻律的往上挺著，裏頭小小的黑色比基尼三角褲已經露出來了，她誘人的身材和她的動作都在散發無比的性誘惑，突然，襯衫從肩上脫了下來，將兩個大乳房完全暴露，隨著小腹的上挺，也是上下的抖動著，襯衫變成了毛巾，虞思佳拿著它的兩端在背上做了兩下擦拭的動作，又在腰間來回的擦了一下才輕放在地上。然後就把長褲脫下來放在襯衫上面，最後把小小的比基尼三角褲也脫了，虞思佳全身是光溜溜赤裸裸的，她倒下來躺在她的衣褲上，伸出手來說：

「怎麼樣？你是在等我發請帖給你嗎？來上我啊！」

高華沖很快的解下配槍，把衣服脫下，他已經是在極度的興奮狀態，虞思佳的手在她身下找到了她要的東西。高華沖將她修長的大腿分開，跪在中間，完全膨脹了的男性強力的進入她，乾涸的撕裂讓她痛徹心肺的嘶喊：「啊！痛死我了！」

「他媽的，還真像處女一樣的緊，看我怎麼樣整你，快點叫吧！」

高華沖正要作第二次的衝刺時，虞思佳的右手握住了一把彈簧刀，按下了刀柄上的按鈕，鋒利的刀刃馬上就彈出來，立刻就刺進了高華沖的小腹，虞思佳用力的將彈簧刀扭轉，高華沖就嘶喊：

「啊呀！………」

虞思佳拔出彈簧刀，第二次刺進了高華沖的腰部，又是一聲嘶喊：

「啊呀！………」

房間裏的另外兩個人沒有看見彈簧刀的出現，聽見了男女的喊叫，以為是強烈的男歡女愛活春宮裏的一部份，他們看見高華沖壓在虞思佳身上，但隨即被推了下來，等他們看見了滿是血跡的彈簧刀時已經太晚了，赤裸裸的虞思佳飛身撲了過來，馮志剛沒有閃開，也沒有做出抵擋的動作，而是要拔出手槍。

但錯誤使他喪失了生命，在槍還沒有出槍套時，鋒利的刀尖，刺破了他的喉管，他肺裏的空氣開始泄出時，虞思佳已經又撲向平原，他一邊拔槍，一邊往後退，想拉開距離，但是屋子的傢俱擋住了退路，當他的手槍拔出槍套時，虞思佳飛起的赤腳踢中了目標，他的手槍脫手，但是他立刻對虞思佳的頭揮出一個左直拳，虞思佳靈活的閃開，彈簧刀再次出擊，刺進他的左胸，在倒地時他聽見了他同夥的喉管發出了像氣球被刺破時的出氣聲音。兩個高華沖的馬仔，也是多年的好朋友，幾乎是在同一時刻死亡。虞思佳看見倒在地上的高華沖，他臉色蒼白，氣若遊絲的說：

「你不能殺我，你送我到醫院，我就給你，你想要的東西。」

「是嗎？都到這種時候了，我還會相信你的話嗎？」

「我死了，你就永遠也拿不到你想要的東西了。」

「那你就帶著它去死吧！」

虞思佳開始慢條斯理的穿衣服，高華沖蒼白的臉上開始出汗，這是疼痛的跡象，高華沖又開口了：「我要是先讓你看，你怎麼保證會守信用呢？」

「我建議你先去買個保險吧。」

虞思佳的衣服都穿好了，高跟鞋也穿上了，最後她正要把彈簧刀收回刀鞘時，她說：

「腹部的刀傷會越來越痛，你大概還有兩小時才會上西天，你就忍耐一點吧！」

「等等！」

「你想快一點死，要我再多給你兩刀，是不是？」

「桌子後面的牆壁是活動的，後面有一個保險箱。」

「鑰匙在哪裏？」

「是號碼鎖，三一七四。」

一打開保險箱的門就看見滿滿的都是鈔票，最底下有一個牛皮紙的大信封，虞思佳坐在桌子前的椅子，將信封打開，裏面正是她要的東西：「接替總書記的運作過程及人事安排」，在這份報告的上面是一張書寫非常工整的宣告，通知全國人民，因重大事件的發生，中共中央政治局臨時會議決定，由中央委員康雍洲代理中國共產黨總書記。虞思佳站起來看見大出血的高華沖，臉色白得像紙，但是眼睛還是張開的，祈求的看著她，嘴裏喃喃的說：

「……救護車……」

「姓高的，你這一輩子用花言巧語欺騙和傷害了多少女人？我現在是傷了你，捅了你的腸子和腰子。但是我決定也要讓你嘗嘗被騙的滋味。你給了我要的文件，但是我是騙你的，我並不想要把你送到醫院。」

虞思佳把他的三角內褲塞進他的嘴裏，頓時他的疼痛哀叫就聽不見了，她拿起了彈簧刀：

「高華沖，你穿刺了我，我就用彈簧刀穿刺你。」

她將整把彈簧刀完全的插進了高華沖的下體，他的眼珠似乎是要爆裂，崩出眼眶，但是聽不見他發出任何聲音。

在高華沖的辦公桌抽屜裏，虞思佳找到了信封和郵票，她將那張工整的宣告放進信封，在收信人的空白寫上北京的一個信箱和名字。然後將「接替總書記的運作過程及人事安排」報告放回牛皮紙大信封，然後放回保險箱，再把牆還原。當她再看高華沖時，他的兩眼還是睜得很大，充滿了恐懼的表情，但是看不出是否還在呼吸。她將電話線拉斷，從地上撿起高華沖和馮志剛的手槍，確定彈夾是滿的，將子彈推進槍膛。她關上房間的燈，拿著信封和兩把手槍，把門虛掩，快速的下樓，進了她的汽車。

發動了引擎，但是沒有開車燈，她很慢的開著，將車聲降到最低，在第一個轉彎後她看見了對街的郵筒。雖然這是軍區內，但是郵筒還是屬於郵政局的，由他們負責收信。在確定四周都沒人後，她將車開到對街，從車窗裏就將信件投入了郵筒。虞思佳將油門踩到底，汽車在一片震耳的引擎和輪胎磨擦的雜訊裏突然前衝，在街口轉彎時發出了刺耳的聲音，讓寂靜的夜晚平添一分災難降臨的預感。軍區大門的警衛和安全處的特種兵看見一輛沒有開燈的黑色汽車快速接近，他們在發出警告後開始射擊，汽車內也開始還擊，一時槍聲大作。汽車衝撞了阻擋欄杆，失控後撞上路邊的汽車，起火燃燒。

駕車者死亡，她的名字是吳秉思。國安部是在一星期後接到從成都軍區寄出的信。

朱小娟轉開了話題說：「鍾為，我想問你一件事，非常的重要，你能不能老老實實的回答我？」

「真的有這麼嚴重嗎？當然我會誠實的回答你。」

「你認識一位叫申婷熙的朝鮮美女嗎？」

「我認識她，我們是在溫哥華的陽光海岸碰見的，我是在晨跑，她是替我的朋友麥法臣夫婦在溜狗，在步道上相遇，史酷特介紹我們認識的。」

「史酷特是誰？」

「牠是麥法臣夫婦的金毛獵狗。」

「你們交往了很久，是老朋友了嗎？」

「沒有，其實我們只認識了很短的一段時間。」

「但是你們上床了，是不是？」

鍾為有點驚訝的說：「是，我們是有了肌膚之親。然後她就毫無音信的消失了，好像我這人根本不存在。」

「你們沒有再見過面嗎？」

「當我們再相逢時，她的身分完全變了。我認識她時，她是在陽光海岸步道上為我鄰居溜狗的大美女，我們天南地北的聊天互動，雖然是很短的相處，但是非常賞心悅目。她告訴我，她是生長在朝鮮的一個很興旺的大家族，從小就不愁吃，不愁穿。同時也讓他們受很好的教育。但是最痛苦的是父母為她安排了婚姻，堅決不同意她嫁給她自己找的男朋友。將她嫁給一個和她沒有愛情的男人，但是男人的家族有顯赫的權勢，她的婚姻保證了兩個家族的利益結合。婚後，她成為她公公的得力助手，幫助他維持龐大的家業。」

「這都是她說的嗎？」

「小娟，我有必要胡說八道嗎？後來她丈夫在外面有了野女人，而她公公居然要她同意把野女人召進家門，所以她就帶著孩子離開了平壤，離家出走去了澳門。」

朱小娟說：「申婷熙是朝鮮前任領導人金正日的大媳婦，當時她是想完成一件艱巨的任務。」

「所以我和她再見面時，她已經搖身一變成了朝鮮獨裁者的大媳婦，全力的投入了為丈夫取得接班人的鬥爭。」

「她是有難言之苦，才沒有告訴你她真實的身分。」

「是嗎？你認為我會阻攔她去幫助她丈夫爭取接班權嗎？」

朱小娟沒有回答他，但是問：「你和她再見面時，她有沒有告訴你，她為什麼要隱瞞她的身世嗎？」

「再次見面也就是我們最後一次的見面，她告訴我：她的祖父和金日成是在一起出生入死的戰友，建立了長期的互信。朝鮮建國後，她祖父就一直是主持國家安全和情報部門的工作，等到金日成病危時，她祖父就全力支持金正日為接班人，他們的第二代，她的父親也成了金正日的心腹，接掌了安全和情報部門。這時候申家和金家已經成為通家之好，兩家的孩子都是在一起長大的。申婷熙的初戀就是她青梅竹馬的玩伴，也是金正日的老二，金正哲。在她十八歲生日那天，他的哥哥金正男的幾個狐群狗黨按住了金正哲，眼睜睜的看著他哥哥把申婷熙的衣服撕下來，強姦了她。」

「那申婷熙還說了些什麼？」

鍾為說：「她說在封建的金家王朝，獨裁者會肆無忌憚的做出令人髮指的事，自從她被金正男強姦後，她父母親就變得非常憂鬱，不出門見人，也不跟人來往，在兩年之內他們都相繼的去世。她母親在死前告訴她，金正日好色，尤其喜歡部屬的老婆，他垂涎申婷熙母親的美色，有一次不顧她的丈夫在場，就強暴了她。金家父子兩代，強姦了通家之好的申家兩代。她母親要申婷熙一定要為申家報仇。」

朱小娟接下來說：「申婷熙一開始就認定，唯有把金家王朝徹底毀滅，才能為申家報復這筆血海深仇。所以她下嫁給強姦她的金正男，以大太子老婆的地位，聯合了一批她父親身邊的老部下，控制了安全和情報部門，申婷熙準備發起政變，她的目的是經過一個短暫的金正男執政時期，以健康理由將他架高，由她來接掌實權。她的計畫是最後由金正男的兒子來接班。她認為朝鮮勞動黨和軍方都會接受和支持傳統的『傳位長子』觀念。」

鍾為說：「那朝鮮還不是金家的王朝嗎？」

朱小娟說：「不是的。金正男強姦了申婷熙，她就給金正男戴綠帽子，她的兒子不是跟金正男生的。」

「我明白了，申婷熙不僅要徹底的毀滅金家的王朝，而且她還要開創申家王朝。」

「所以我才說申婷熙有艱巨的任務在身，不能告訴你她的真實身分。」

鍾為突然愣了一下，他睜大眼睛看著朱小娟說：「朱小娟，你老實告訴我，你是怎麼會知道這些事的？」

「鍾為，我要是說了，你不准生氣，也不准不理我了。」

「那就快說。」

「鍾為，對不起，我瞞了你。申婷熙是我愛人吳秉思的親姐姐。」

鍾為說：「這到底是怎麼回事？」

朱小娟說出了一個三代人的傳奇故事：

申婷熙的祖父和父親雖然都得到了朝鮮兩代領導人的重用，但是他們都親身經歷了金日成和金正日在掌握大權後，如何殘酷血腥的殺害競爭者和清洗一同打天下的戰友，還有他們毫不手軟的侵佔他人妻女的惡劣行為。申婷熙的父母深深的感覺到，總有一天申家會在金家的手裏遭到滅門的災難。

申婷熙沒有兄弟，只有一個小妹妹，但是在她兩歲時就得了腦膜炎去世。實際是她被交給一個親信，帶著她「脫北」，然後寄養在吉林的一個鮮族家庭，申家對這家人曾有過大恩，這位兩歲的女孩就是後來的吳秉思。她的養父母對她非常好，把她當成像自己的孩子一樣的培養。等她明白事理後，申婷熙成了她的唯一親人，兩個人很自然的走得很近。兩個人見一次面很困難，一直等到申婷熙去了澳門，兩人見面的次數增多，吳秉思也長大了，終於完全明白了自己的身世。

鍾為說：「吳秉思知道我和她姐姐申婷熙交往的事嗎？」

「吳秉思的姐姐跟她說了很多你的事，對你有深深的愛意。她對你不告而別有無限的歉意，她說，你是她懂事後，唯一愛過的男人，她把一顆心留在溫哥華的陽光步道。但是等到你們再相逢時，她正在面臨生死的關頭，對你的一份情，她已經無能為力了。」

「申婷熙的政變顯然是失敗了，金正恩接班掌權，金家王朝還是在延續著。小娟，你知道整個事件的詳情嗎？」

朱小娟說：「秉思說，政變失敗後，她姐姐就死了。」

鍾為在深深的思念著，她就繼續說：

「金正日對朝鮮的國家安全和情報部門展開了空前的大清洗，和申家有任何關係的人都被處死，對申家更是雞犬不留，連小小的嬰兒和幼童都不放過，申家的遠近親戚一百多人，大部分都是平常的老百姓，不涉政治，但是他們無一倖免。可是還是有極少數國安和情報部門的特工脫逃出來，傳出一些資訊，聽說申婷熙是被送到病重的金正日面前，他親自告訴她，為了金家世世代代的千秋大業，所有的申家人都必須處死。她在絕望之餘，就引爆了汽車裏的炸彈，自殺身亡。她和秉思最後一次的見面，什麼都沒說，從頭到尾都是在談你。」

鍾為說：「但是她還是選擇了回朝鮮，為什麼她不選擇留在加拿大呢？」

「可能嗎？在你的人生裏，有申婷熙的空間嗎？秉思和她姐姐最後一次見面時，申婷熙留下了一封信，請秉思設法交給溫哥華海天書坊的鍾為，我現在替她把信轉交你。」

那是一封短信：

親愛的鍾為：

看到這封信時，我已經離開這世界了。我的生命中有太多的不堪和無奈，最後讓我思念的就是你，鍾為。我以為愛情已離我而去，沒想到在陽光步道上，史酷特把你引來，而你是帶著驚天動地的愛情和我相逢。除了對你的愛，我失去了一切，剩下來讓我放不下心的就是我的兒子申飛和妹妹吳秉思。如有可能，把你的溫暖分一點給他們吧！

我從一個伊朗人伊塞，手裏拿到了一份古代伊斯蘭寶藏的地圖，我知道你的海天書坊收集古本文物，請你收下，作為我們相逢的紀念。

愛著你的申婷熙　絕筆

鍾為沉默了很久，最後是朱小娟先開口：

「吳秉思整整的哭了兩天，她無法理解為什麼她姐姐會把親人留下不管，而去復仇，難道她會不知道那是不可能的嗎？我告訴秉思，這是她的個性，敢恨也敢愛，為了愛和恨，她會奮不顧身。唯一讓她猶豫的，就是你鍾為。」

「但是，到頭來，她還是把我也放棄了。」

「別忘了，她給你留了一張古代的藏寶圖。」

朱小娟拿給鍾為一個大牛皮紙信封。

「小娟，其實我知道這個伊朗人伊塞艾，他是個恐怖份子，長期在中東活動，殺害了不少中情局的行動員，他也是專門為恐怖組織賣刀的軍火商，曾經去到朝鮮購買核彈頭。他的外號叫銀狐，被中情局的特工追殺，最後是被燒死在香港。誰知道那張藏寶圖是真的還是假的。」

「海天書坊不是有專家可以驗證嗎？梅根就是古本文物的專家。」

鍾為說：「對了，申飛的父親是誰？」

「他是個特工，是申婷熙的貼身保鏢，他成了替金正男戴綠帽子的工具。申飛出生不久，他就死了，死因是非自然死亡。」

「申飛現在人在哪裏？」

「他一直在溫哥華的寄宿學校讀書，你的鄰居麥法臣老夫婦一直就近在照顧申飛。鍾為，我打算領養這孩子，你覺得合適嗎？」

「申飛是需要有一個家庭讓他正常的成長，麥法臣夫婦的年歲都大了，你的閨中好友吳秉思是最合適來領養他的人。」

「但是她離開了。」

「對不起，小娟，是我害你們分手了。」

「跟你沒關係，她原諒我愛上了你。但是她死了，她是在太原執行任務時犧牲的。」

鍾為說：「怎麼會是這樣呢？你也別太難過了。」

「秉思會是我一生的遺憾，是一輩子都不能擺脫的陰影。」

「她是為工作而犧牲的，不要責難你自己了。」

朱小娟說：「我哭了兩天，眼淚都哭乾了。但是她在去太原的前幾天，對我特別的溫柔，特別的體貼。還叫我一定要好好的照顧自己。當時我並沒有特別感到有什麼不對，我以為是她要出差了，行前說的關心話。但是現在想起來，她是拿定主意不想回來了，因為我已經移情別戀，不愛她了。可是她錯了，我是愛上了你，但是我還是愛她，我不會放棄秉思的。鍾為，是不是我殺了她？她原來是幹內勤的，不是幹打打殺殺的事。」

鍾為說：「你千萬別這麼想，你這只是在折磨自己。現在最重要的事，就是你要好好的把中飛扶養成人。小娟，你知道，只要是在我的能力所及，我一定會全力的幫你。」

朱小娟說：「你聽過一個叫『二號人物』的朝鮮人嗎？」

鍾為說：「是不是張成澤？媒體說是他把大太子擠下台，全力促成金正恩為接班人。」

朱小娟說出了吳秉思所告訴她的張成澤來歷：

張成澤，生於一九四六年，朝鮮江原道內川郡人。朝鮮原最高領導人金日成的女婿、金正日的妹夫，現任最高領導人金正恩的姑父。現任朝鮮勞動黨政治局委員、朝鮮國防委員會副委員長、朝鮮勞動黨中央委員、中央軍委委員、行政部部長兼中央指導部第一副部長。他的大哥張成禹是前任朝鮮社會安全部部長，二○○二年被授予次帥軍銜。他被認為是朝鮮「二號人物」，張成澤畢業於金日成綜合大學政治經濟學系和金日成高級黨校。

一九六九年從莫斯科留學歸國，在大學期間，張成澤有「第一美男」之稱。

一九七二年，時年廿六歲的張成澤克服身分差距，與金正日唯一的親妹妹金敬姬結為伉儷。與金敬姬結婚十年後，張成澤開始在朝鮮勞動黨內擔任要職。

一九八二年，他出任朝鮮勞動黨黨中央青少年事業部副部長。

二○○二年，張成澤受金正日之命，「史無前例」地率團訪問韓國。

二○○七年，他晉升為朝鮮勞動黨中央行政部部長。金正日出殯時，他是八名「扶靈人」之一。

張成澤遵照金正日生前的遺囑，協助金正恩接班後鞏固政權。為了掌控軍隊，金正恩在姑父張成澤的協助下，首先開始了對軍隊的清洗，即以「飲酒享樂」為由處死了人民武力部副部長金哲以及其他十多名高官，包括一名總參謀部副總參謀長和一名軍團長。

其後，又將受朝鮮軍隊控制的兩大吸金機構「勝利貿易」和「強先貿易」收歸自己掌管，控制了資金來源。最後拿下人民軍總參謀長李英浩，當時他的警衛隊與張成澤派出的武裝人員發生交火。張成澤的陰險惡毒早已有名，一九七七年，關員徐寬熙縱容親戚挪用了三十噸化肥而被扣押。金正日指示當時任黨中央行政部長張成澤，以及社會安全省的李哲及蔡文德對案件進行調查。他們給徐寬熙扣上了「作為美國和南朝鮮的間諜，迫害朝鮮農民，造成饑餓」的罪名。將徐寬熙和另一名女官員黃今淑，在平壤公開處死。這就是著名的「徐寬熙，黃今淑事件」。

之後，張成澤說服了金正日，正式在朝鮮社會安全部內成立了「深化組」，專門負責反間諜的特殊任務。它曾經紅極一時，最多時曾擁有八千名人員。「深化組」成立後，積極進行「反間諜」行動，在前五年裏就抓捕了無數的朝鮮幹部和他們的家屬，在審訊過程中就打死了三千多人，關押了一萬多名，包括了勞動黨的責任書記，平壤市書記等高官都在抓捕之列。其後又處決了包括四名內閣官員的兩千多人。

在「深化組」之前，朝鮮的反間諜活動是由朝鮮國安部主管，負責人就是金正日的親家，也就是他的大媳婦申婷熙的父親。但是「深化組」成立後，權力急劇膨脹，濫捕濫殺無辜，還調查及迫害包括軍方在內的重要國家機構，「深化組」成為眾矢之的，在強大的壓力下，金正日撤銷了「深化組」，平反了無辜的被害人。

在始作俑者的三人中，李哲被處死，蔡文德被關押，但是張成澤卻安然無恙，但是他非常清楚，他和朝鮮國安部結下了血海深仇，到頭來是免不了一場你死我活的鬥爭。當申婷熙企圖發起政變奪權失敗時，張成澤以受命調查為名，他毫不手軟的將國安部和申婷熙全家作了血腥的大清洗，申家的男女老少，包括她的父母，兄弟和遠近親戚，無一倖免，全都被處死，並且是使用了慘絕人倫的血腥方法置人死地。國安部裏所有曾替申家三代人效過力的人員和他們的家屬，全部處死。只有少數的特工能夠逃命。

朱小娟接著說：「現在張成澤為了進一步鞏固他在金正恩面前的地位，放出了風聲，說金正男還有一個兒子藏身在海外，企圖在時機成熟時歸國接掌執政，申婷熙說過，朝鮮軍方及勞動黨的大老們都會支持『大位傳長了』的傳統，金正恩感到了威脅，他已經要求張成澤成立專案，派出特工到海外來追殺申飛。」

鍾為說：「你知道目前專案進展到什麼地步了嗎？」

「在朝鮮有能力和有經驗的特工都被張成澤清洗乾淨了，他們正積極的訓練新人。同時也有傳言說，張成澤也在物色國際殺手，來執行格殺任務。我擔心他們早晚會找到申飛。鍾為，你說我該怎麼辦？是不是要請保鏢來保護申飛呢？」

「我覺得那不是辦法，誰也不敢保證，保鏢就不會被張成澤買通了。我認為我們要釜底抽薪。」

「我不懂。」

「想辦法讓金正恩對張成澤失去信心，最好還能造成金正恩懷疑他有謀權的野心，是在欺騙他，剝奪他的影響力，那就圓滿成功了。」

「鍾為，我只要讓申飛能安心的活在世上。你的想法太好了，但是我們能做到嗎？」

「朝鮮開國元勳金日成曾下令國家永遠不准出售黃金，最近華爾街報刊發表新聞說朝鮮向中國和其他國家秘密出售大量黃金和稀土金屬，意味朝鮮面臨嚴重的經濟崩潰。你知道這消息是怎麼傳出來的嗎？」

「是不是從脫北者的口中傳出來的？」

「幾個月前，朝鮮有兩位副總理外逃到中國，其中一名還是兼任國家計畫委員長的盧鬥哲，另一名副總理，是兼任化學工業部部長的李武榮，兩人目前都已獲得中國的庇護，華爾街報刊的消息就是他們說的。所以消息的可信度是很高的。如果我們再添油加醋，說是這些交易的幕後推手就是張成澤本人，我想就能大功告成了。」

「但是進出朝鮮所有的資訊都是要受到檢查的，現在張成澤控制了所有的特工和國家安全部門，這樣的資訊在送到金正恩手上之前，一定會被扣下來的。」

「也許我有辦法。」

「鍾為，謝謝你，那我就一切拜託了。」

鍾為盯著看朱小娟，她終於抬起頭來：「今晚你一定要回香港嗎？」

「是要我陪陪你嗎？」

「我很想。也讓你得意，滿足你大男人的虛榮心，可是你不能像上次似的沒完沒了的蹂躪我。」

「你等一等，我去一下櫃檯。」

「鍾為，我已經定好房間了。」

鍾為回到香港的第三天，何族右和朱小娟來到了他在優德大學的辦公室，握手寒暄後談話進入主題，何族右說：

「昨天我們對後續調查的進展總結了一下，想聽聽你的看法。小娟你來說吧！」

「是的，鍾為，你對調查的情況也陸續的聽我們說了，在北京對周催林的審訊和在廣州對退休老人劉金輝的訪談之後，我們有了以下的結論：首先我們認為『夢斷魂』非常可能是英國人，同時他和嚴曉珠的關係非同一般，是他傳達了嚴曉珠殺害石莎和蘇齊媚的指令。中情局有確鑿的證據，顯示軍火販子銀狐在被格殺前，是在推銷北朝鮮的核彈頭，而嚴曉珠在巴黎跟你說，她們，也就是『促進會』也是在找銀狐，問題是找他幹什麼？答案只有一個，就是要買核彈頭。顯然，嚴曉珠是伊斯蘭國的中間人。鍾為，你同意我們的分析嗎？」

鍾為說：「我同意。但是你們有沒有和中情局討論過這些分析結果？」

何族右插嘴說：「是的，不僅做了很詳細的討論，富爾頓還提供了他們的在地情報，說銀狐向北朝鮮訂購了兩枚核彈頭，並且已經付清了費用。小娟說，北朝鮮的申婷熙留給你一張古蘭經的藏寶圖，我們相信那是銀狐用來做為採購核彈頭費用的。富爾頓的在地情報來源也證實了這一點。朱小娟還有進一步的看法。」

朱小娟接著說：「這張藏寶圖原來是放在伊朗什葉派的清真寺裏，後來是被遜尼派的武裝份子搶走的。顯然銀狐這個遜尼派的軍火販子是幕後黑手，他拿到了藏寶圖，然後用它去買北朝鮮的核彈頭。以目前嚴曉珠在伊斯蘭國所有的影響力，她不可能不知道這張藏寶圖的來龍去脈，那她為什麼還要委託你的海天書坊去尋找它呢？」

鍾為說：「咦！是啊，這真是很奇怪，也許嚴曉珠另有目的。」

朱小娟說：「你說得對，嚴曉珠很可能另有陰謀，也許她要加害梅根。」

「你說什麼？嚴曉珠已經殺了兩個人還不夠嗎？」

何族右說：「鍾為，我同意小娟的看法，她是根據犯罪心理學所做的分析。」

「你們從小到大，嚴曉珠就深深的認為，你的心是永遠屬於她的，不管你身邊有多少女人，或是她嫁給不同的男人，你的那顆心永遠不會離開她。當她明白了石莎和蘇齊媚得到了原本是屬於她的，她就決定下毒手了。所以現在梅根的生命安全受到威脅了。」

何族右接著說：「我已經和溫哥華的警方朋友聯繫了，他們派了警力監視海天書坊。但是，鍾為你需要通知梅根採取必要的行動。」

何族右看了看手錶：「我還有事，要先走一步，小娟還有些細節跟你說，她過幾天就動身。」

何族右走了後，朱小娟把座椅移動一點，靠近鍾為，她說：

「你別擔心，老何已經找了他在溫哥華的員警朋友，在海天書坊的裏外安裝兩道安全系統，院子裏和屋內是獨立的監視和警報系統，但是要你們海天書坊出這筆錢行嗎？」

鍾為說：「當然沒問題，我很感激你，還有老何，這麼照顧梅根。」

「等我一有空，我也會去一趟溫哥華，去看看梅根和申飛，順便找個律師商量領養的事。」

「你可以和梅根談談，她會幫你的。」

「會嗎？她會不會還在生我的氣？」

「怎麼會呢，你上次做她的保鏢，她挺高興的。」

「梅根沒跟你說，我睡了她的事嗎？」

「她有告訴我，你們在同一張床上睡覺。」

「她沒說我們是脫了衣服，赤裸裸的睡在一起嗎？」

「梅根說她喜歡你，在她情緒很差的時候，你用身體來安慰她。」

「鍾為，我是說，我把她弄濕了，她也把我弄濕了。她擔心你會不高興，你會嗎？」

鍾為說：「總比那個銀狐弄濕了她要好。」

朱小娟說：「梅根告訴我，你很在意銀狐吃了她的時候，她有沒有反應。所以我才擔心。」

「我不在意是因為梅根真心的喜歡你，而你對她很溫柔。」

「我也是真心的喜歡梅根。」

「可是你說，你也喜歡我啊！如果要你二選一，你要誰？」

「兩個都要。」

第七章 奪權陰謀捨命救初戀

當朱小娟和林亮在審問周催林時，何族右是在國安部部長辦公室與胡定軍部長密談。胡定軍說：「老何，你最近見到鍾為教授了嗎？」

「見過，他是被優德大學請來籌畫北亞學院的事。」

「我還是無法忘懷幾年前，我們聯手成功的阻止了恐怖組織襲擊民航機的緊張情景，要不是鍾為最後的一招，可能我老胡現還在寫反省報告呢！他為了我們出生入死，本來以為可以常到香港來招待他，對他聊表謝意，沒想到他會離開香港到溫哥華去開書店了。」

「整個事件對他個人的打擊太大，所以他離開了香港。聽說他開的那間『海天書坊』很成功。」

「其實，老何，鍾為這個書店老闆可是沒閒著，他也幫了中情局，出生入死的去攔截了兩枚箱型核彈頭。」

「部長，我也聽說這件事了。」

「沒錯，中情局的富爾頓先生曾跟我說過，你老何還幫他們把一個有血海深仇的中東恐怖份子拿下，他們挺感激你的。這傢伙就是在軍火黑市推銷核彈頭的人。」

何族右說：「其實是那傢伙在香港犯了強姦未遂罪，法院判他驅逐出境，我只是順水推舟，把他送到富爾頓的手裏。就是這位富爾頓先生，他原本是負責朝鮮專案辦公室的，現在也分管中情局的

『蘑菇雲檔案』。」

「這是不是為了追查前蘇聯紅軍流失的核彈頭而設立的特別檔案？」

「部長，中情局裏有一個叛徒，他勾結了前蘇聯紅軍裏的不法份子，包括那個叫科莫克維奇的烏克蘭導彈專家，在一個軍火庫裏存了不少流失的核彈頭，準備在國際軍火市場上待價而沽，主要是賣給恐怖組織。」

胡定軍說：「中情局給我們的情報是這個軍火庫是在俄羅斯西伯利亞的符拉迪沃斯托克城外的樹林裏，那裏就是我們說的『符拉迪沃斯托克』，它是俄羅斯遠東地區最大的城市，有一個長年不凍的深水港，也是俄羅斯太平洋艦隊的基地。那裏距離朝鮮和中國的東北都很近，在第二次世界大戰時，蘇聯為了避免東西兩面受敵，同時要保持幅員遼闊的西伯利亞為腹地，集中力量在西部戰場對抗入侵的德軍，就和日本簽訂了日蘇友好條約，互不侵犯。但是蘇聯還是非常擔心日本駐紮在東北的關東軍，因為日本和德國也是簽約的軸心國，說不定有一天關東軍就會出兵西伯利亞，為了保衛符拉迪沃斯托克，紅軍在城市南方的樹林中構築了堅強的防禦工事，包括大大小小的軍火庫。

「但是在二戰中，日本恰守友好條約，關東軍按兵不動，反而是蘇聯，在日本被兩顆原子彈襲擊後準備投降的前六天向日本宣戰，紅軍跨越黑龍江進入中國東北接受日本關東軍的投降。在戰後，雖然紅軍撤離了這些防禦工事，但是它還是軍事設施，是屬於『閒人莫入』的地方。但是年久無人理睬，在一片茂密的樹林和遍地的雜草中，有一個完全隱蔽住的小型軍火庫，它被中情局的叛徒作為藏匿核彈頭的地方。但是最終還是被發現了。」

「裏頭有多少個核彈頭？」

「俄羅斯的特種部隊突襲了軍火庫，發現裏頭窩藏了從烏克蘭偷運出來的十五顆核彈頭。富爾頓的人最近取得了當年紅軍的核彈頭記錄，發現數目不合，那裏應該是有十七個核彈頭，失蹤了兩個。」

何族右問說：「啊！我明白了，胡部長現在知道這兩個失蹤了的核彈頭在什麼地方。是在香港嗎？」

胡定軍回答說：「你放心，不是在香港，但是很可能和香港有關。」

何族右說：「我想起來了，這是跟上次你們要查一個跑到香港的盜竊犯是有關的，對嗎？」

「我們已經找到了盜竊犯，但是他死了。沒有想到的是，他留下的後果可能是個天大的災難。」

「這是怎麼回事？」

胡定軍說：「我們得到了兩份情報，一個是從中情局來的，一個是我們內部的情報。但是都是同一件事，所以情報的真實度是非常可信的。中情局朝鮮專案辦公室的富爾頓主任在幾年前成功的派出一個情報員潛伏在平壤，取得了很多的在地情報員，讓美國在朝核六方會談中有了主動的地位。後來這位情報員又完成了摧毀朝鮮核武設施的任務，當時鍾為正在朝鮮替聯合國進行航空測量工作，他強降在山裏，將這位情報員用飛機撤離。所以我說鍾為這個書店老闆沒閒著。」

何族右說：「我知道鍾為是替聯合國開發總署到朝鮮幹活的事，但是沒想到他又是去用他的『天風一號』飛機去玩命，也許是在香港用飛機去當飛彈的誘餌，讓他當上癮了。」

胡定軍接著說：「中情局的這位潛伏在朝鮮的情報員叫李建成，現在是他們朝鮮專案辦公室的副主任，他到北京來過，我們見過面。顯然，他在平壤吸收了另一個為他臥底的間諜，因為他離開了朝鮮後，中情局還是源源不斷接到在地情報。」

何族右說：「這個姓李的情報員看來很不簡單，替中情局立下了汗馬功勞。」

胡定軍說：「這種情報人員，千載難逢，可遇不可求，我們管他叫王牌情報員，文武全能。金正恩在繼承大位後，開始對和他競爭繼承權的長兄金正男清洗，主要是將金正男的親家消滅，因為他老婆申婷熙和她娘家控制了國安情報部門的特工，是有後患的。但是申婷熙做了預先安排，雖然她自己引爆炸彈自殺，她讓一部份人得以逃亡。中情局的臥底大概是從漏網之魚中得知，當年，金正男曾利用陪金正日訪問中國時將一個箱型核彈帶到中國出售給一個叫韓本偉的山西人。」

何族右說：「胡部長，有時候，我不明白朝鮮和朝鮮人是在想什麼？賣核彈頭給中國的目的是幹什麼？這有道理嗎？」

胡定軍說：「其實說白了理由很簡單。朝鮮人賣核彈頭給中國就是為了錢。可怕的是買核彈頭的人目的是什麼？中國政府不需要核彈頭，那麼這個姓韓的拿了核彈頭要幹什麼？他不是賓拉登式的恐怖份子，他的名字不在我們國安部的名單上，他是買核彈頭來玩玩的嗎？不太可能。那麼他是想來引爆嗎？還是有其他的目的？」

何族右說：「要是這麼說，事情就不簡單了，並且還很恐怖。部長，您找我來一定是有事，您就把話全說了吧！」

「中情局的情報還有第二部分。有一些被清洗的漏網之魚特工成了脫北者，中情局從他們口中得到的資訊是：當年的計畫是金正男要賣兩個核彈頭給中國，雖然這和從海三歲軍火庫失蹤的核彈頭數目是對上了，但是這兩個核彈頭目前是在哪裏，在中國？朝鮮？還是在途中？我們卻一點都不知道。」

「這個韓本偉呢？沒把他看管起來嗎？」

胡定軍說：「我們在確定了核彈頭不在他身邊後，決定暫時不動他，以防他一時衝動，把事情弄得不可收拾。另外他很可能是唯一知道核彈頭所在地的人。但是他三天前去了香港。這個案子很可能是我們國家建國以來最嚴重的案子。老何，你也有份，我們需要你的全力合作。」

何族右說：「這沒問題，在部長的領導下，玩官兵捉強盜，我們會盡全力一路奉陪到底，更何況強盜是跑到我們的地盤上來了，我們當然是義不容辭。是不是上次要我們查的那個盜竊犯也是跟這事有關？」

「到底是刑警出身的大偵探，永遠是在推敲真相。沒錯，是有關聯的。」

「您剛剛還說了，國安部也有內部情報，證明了中情局情報的可信度，但是關於韓本偉要購買核彈頭的目的有進一步的資訊嗎？」

「老何，請聽我說。」

早在一九六六年文化大革命開始，老紅衛兵登上了中國政治舞台時，「紅二代」就已經宣佈：「我們的老子拿下了政權，兒子們就要接過來，這就叫一代接一代往下傳」，「幹部子弟要掌權，天下是我們的」，「二十年後的世界是我們幹部子弟的」等等。「紅二代」是一群中國第一代高幹的子弟，而本身也已經身居高位。由於他們經常在一起交流活動，就被稱為是「紅二代結盟」。

他們的共同點是他們的父輩都是曾參加過二萬五千里長征的中共老黨員，在一九四九年中華人民共和國成立時和毛澤東一起站在天安門廣場的城樓上，還有就是在文革時受到了迫害，甚至被毛澤東親自指使的紅衛兵所加害。典型的代表是現任的中央政治局委員康雍洲，成都軍區司令員牛道峰和上將軍銜的第二炮兵政委馮向華。這些紅二代結盟還有很強的共同意識，他們的第一個共識是強烈的

「江山意識」。他們認為共產黨的江山是他們的父兄打下來的，只有他們才是繼承江山的真命天子，這就是文革時一度盛行的「老子革命兒子接班」的血統論。

第二個共識是，他們認為自己父兄打下的江山現正在風雨飄搖中，對共產黨政權紅旗還能扛多久有很深的危機感，不滿意現在的領導班子太過軟弱，只做「維持會長」，缺乏鎮壓異議的鐵腕手段，因此紅二代有保衛江山的重擔，要挺身而出。據一位曾與紅二代面談過一個半小時的記者說，康雍洲和他的盟友都充滿了「我母生我時，頓覺滿室異香。」的強烈自我意識，對承繼中共江山有舍我其誰的自信，並把現任領導班子是出身平民子弟的領袖，輕蔑地視為暫時代為共產黨管理江山的家奴，認為最終權力應該交回到中共紅二代手中。

康雍洲的父親是毛澤東在景崗山時代就在一起的戰友，帶領過遊擊隊作戰，也曾擔任過紅軍司令員。在升任為中央政治局委員前曾擔任過新疆的第一把手黨委書記，文革時受到過迫害。康雍洲自己是在新疆長大，他進了石油學院讀書，畢業後就一直在石油部系統工作。後來調任重慶直轄市的市委書記，在任時大張旗鼓的「唱紅打黑」，成為中外媒體的焦點人物。

也就是在這時期，康雍洲的狂妄和野心開始表露出來了。他批評現任的領導班子只知維穩而缺乏鐵腕的手段，對他們相當不滿而且充滿輕視，說他們是「漢獻帝」、「現代慈禧太后」和「劉阿斗」。康雍洲曾向一位記者說，現任的九個政治局常委的智商都很低。媒體曾報導，今年二月上旬，前中共重慶市委書記康雍洲曾參觀昆明的軍事基地，昆明是第十四集團軍的大本營，前身是一九三〇年代康雍洲的父親帶領的遊擊部隊。在第十四集團軍的基地，立有一個康雍洲父親的銅像。媒體稱，康雍洲到昆明是去「緬懷革命先烈」。但據中共和軍界官員消息，康雍洲此行震驚了中共最高層政治領導人。

在「紅二代結盟」中和康雍洲來往最密切的是牛道峰，他在擔任上將軍銜的成都軍區司令員之前是解放軍總後勤部政委。他的父親在文革前是毛澤東最親信的助手，後來失寵，在文革時被打入大牢，最後死在牢裏。他現在握有實際的兵權。另一位「紅二代結盟」的親密戰友是上將軍銜的第二炮兵政委馮向華，他的父親曾是前中央軍委副主席，而他是控制中國的核導彈部隊的負責人。與康雍洲一樣，牛道峰與馮向華都是「太子黨」，他們的父輩都曾幫助中國共產黨奪取江山，他們與康雍洲從小就認識。近年來紅二代相當活躍，紛紛亮相提出各種保江山救江山的理論和策略。

除康雍洲外，牛道峰是紅二代保江山的領軍人物，是為首的軍隊少壯派，其他的還有包括已故中共特務頭的兒子，是一位少將軍官。還有一位揚言不惜犧牲半個中國向美國發動核子戰爭的解放軍將軍，以及宣揚恐怖主義戰爭《超限戰》一書的空軍少將作者。這些紅二代還有一個共同的政治理念，就是對台灣問題的「極端愛國主義」，他們主張「血洗台灣」來完成統一祖國的大業。

康雍洲和他的紅二代同盟認為中共十八大應該是紅二代全面繼承父兄政治遺產的時候，這是他們紅二代的歷史使命。他們利用接受記者採訪時，一再提及「未來的當政者」，強調「我們國家已經被一些軟弱無能，沒有血性的領導者帶入了一場嚴重的政治和社會危機當中」，「下一屆最高領導者絕不會允許目前的狀況再延續下去」，「會有人很高地舉起旗幟」，「用很高的政治智慧來解決當時他所面臨的問題」。同時還說：這樣的「下一代的領導人」是存在的，並且點名說康雍洲，牛道峰和馮向華就是這樣的「非常有理想」的共產黨員。在媒體面前，他們毫不猶豫的完全暴露了紅二代結盟急於上位的政治野心。

山西煤老闆是一個特殊的老闆群體，在中國幾乎沒有任何富人階層能夠像他們一樣讓人們產生好奇與關注。他們身處中國的山西能源大省，在那裏只要挖地三尺，就可能挖出煤來，碰到中國近二十年經濟騰飛的發展時機，全國急切的需要能源，於是讓他們一夜暴富，擁有數目可觀的財富。但是就在同時，關於他們如何與官員勾結，如何一擲千金，如何揮金如土，如何醉生夢死的傳聞，也不脛而走，例如傳說中的：「一次購得二十輛悍馬車」，「在北京、上海等地購房一出手就是一棟樓」、「澳門賭場賭資少則幾百萬，多則幾千萬」、「包二奶不是一房兩房」等等。

山西煤都有很多令人奇怪的矛盾，例如，它的道路交通是全中國最爛的，但是跑在上面的汽車卻是全中國最好的。每一個初到煤都的駕車者，都會感到道路顛簸不平。無論你從南城到北城，還是從東城到西城，根本不會感覺到是在城市裏行駛，而是在崎嶇不平的山地上穿行，顛得人渾身難受，更嚴重的屁滾尿流。如果，你打開車窗看去，又會發現另外一個奇異的景象：在凹凸不平的路上，穿梭奔流的，大都是豪華車。賓士、寶馬、悍馬、路虎、勞斯萊斯、凱迪拉克等等屢見不鮮。煤都，簡直就是一個塵土飛揚、流動穿梭的豪華汽車展覽館。

另一個矛盾是城裏整天黑霧瀰漫，城外經常豔陽高照，在地理位置上煤都是處在東西兩山的夾縫中間，東山一年四季，花草滿坡，豔陽高照；西山從春到秋，蒼松翠柏，清泉飛瀑。可是，無論什麼時候，無論你站在東山之巔，還是西山之峰，俯身一望：腳下的城市，如同跌到一個巨大的煤坑裏，黑霧瀰漫，濃煙繚繞。城市的樓房，如同大煤坑裏聳立的黑色墓碑；流動的車流，好像緩緩爬行的黑蟻；近處來來往往的人們，簡直就是忽明忽暗的祟祟鬼影。

還有一個矛盾是那裏的煤炭產業氣壯如牛，但是文化遺址棄同廢墟，無論是國有的、民營的，還是地下的煤礦，都發展得膘肥體壯，油脂橫流。大大小小的煤老闆們，在這個鬼域裏生活得有滋有味。他們的一些典型囂張舉動：例如用二十輛悍馬車一起迎親的場面，無意間就成了互聯網上最「雷人」的照片；煤老闆們遠在海南、北京、上海的豪宅，成了「狗仔隊」搜索的重點目標。落魄的攝影師，可以從這裏抓拍到時下最當紅的女星與大腹便便的山西煤老闆形影相隨，男歡女愛的豔照，憑藉幾張焦點圖片，狗崽隊員會一舉成名，財源滾滾。與此形成鮮明對比的是，曾經作為華夏文明重要城邦之一的煤都，區域範圍內分佈著眾多遠古遺址，如春秋霸城、北朝石刻、隋唐佛像、宋元戲台等等文化遺址，但卻因為無人問津，經費匱乏，保護不力，最終逃脫不了被盜、坍塌、凹陷、風化，甚至成為廢墟的厄運。

在山西大同和臨汾爆發的一系列大案，都和煤老闆瞞報大礦難，非法處理遇難者的屍體，威脅利誘遇難者家屬，以及對來採訪的媒體人員施用暴力，等等有關。出一場礦難，倒下一批幹部；抓一個礦主，咬出一群官員。這樣的戲腳，在山西的煤都頻頻上演，剖析每個案件，都能看到缺乏制約的公權魔影，它肆無忌憚的侵犯私權，兩者的界線則日漸模糊，公權和少數私權的合流，侵犯了多數私權的領域，甚至乾脆大公權吃掉小公權，上演了官場的「黑吃黑」。目無法紀的執法者為禍社會，其慘烈遠遠的超過明火執仗的匪徒，正所謂「匪過如梳，官過如剃」。這一系列的大案，正殘酷地為上述古語寫下了注腳。

山西的最大的煤老闆雖然是富可敵國，但是他的私生活與眾不同，他是個虔誠的穆斯林，恰守教規。他就是韓本偉。

英國秘密情報局，又稱為「軍情六處」，是英國對外的情報機構，負責在海外進行間諜工作。自伊莉莎白一世時期，英國國務大臣法蘭西斯・沃爾辛厄姆爵士創建英國保密局後，曾幾度變更機構形式，直到二十世紀初，它都被公認為世界上效能最高的情報機構。在納粹德國侵略歐洲時，它在歐洲，南美洲以及亞洲大部地區從事諜報活動。當美國參加第二次世界大戰時，它曾幫助美國戰略情報局，也就是後來的中央情報局，培訓情報人員。

從那時起，這兩個機構之間一直保持著緊密合作關係。

從五〇年代中期開始，關於蘇聯間諜長期滲透進入其組織內部的醜聞敗露，引起人們震驚。英國的新聞報導傳統上是極少透露軍情六處的工作情況，以及與該部門有關聯的新聞。西方情報界把軍情六處看成是英國情報機關的「開山祖師」，從伊莉莎白的開創初期至今，它和它的前身都是嚴格保密，軍情六處的主要任務是：負責在國內外搜集政治，經濟和軍事情報，從事間諜情報和國外反間諜活動。目前，它工作的重點是防範恐怖主義，大規模殺傷性武器擴散，政局不穩，犯罪活動和販賣毒品等方面。

英國秘密情報局在政府的組織裏是隸屬於英國外交部，英國駐香港總領事館位於香港金鐘法院道一號，是英國在香港的官方機構，並為英國在全球最大的外交代表機構。它和美國駐香港總領事館是不同於其他國家的領事館，都是在一棟獨立的建築物裏。英國總領事館與毗鄰的英國文化協會是英國在香港的最大型機構。它為香港及澳門居民，也為英國公民提供領事服務。興建英國駐香港總領事館及英國文化協會的建築項目耗資兩億九千萬港元，是由設計倫敦軍情六處總部大樓的英國建築師法雷爾設計的。

大樓並沒有採用具英國殖民色彩的設計，而採用了具香港在二次大戰後，整齊得體和彼此對稱風格的設計。兩幢大樓均為長方形，兩旁的外邊樓座向外作四十五度角伸展。除總領事館大樓在中央部份多了一個半圓形設計外，兩幢大樓的外型幾乎完全一樣。兩幢大樓並排列於中軸線的兩旁，以一個地面保安大堂及停車場入口相連接，大樓之間隱約可見後面的小型花園。英國軍情六處的香港情報站就設在總領事館裏。

朱小娟開車，帶著鍾為，來到了香港金鐘法院道一號的英國總領事館。一路上她的臉色都很難看，除了說這是何族右指示她來接人外，其他是　問三不知。領事館的接待人員已經在門口等著，朱小娟出示她的警證，有人替他們停車，同時也有人領他們到三樓的會議室。顯然樓下已經通知他們的來到，一位腰上帶著手槍的軍士敲了一下門，就推門宣佈：

「朱小娟警官及客人來到。」

會議室裏有五個人在等他們，其中兩人是香港九龍警署署長何族右，以及美國中央情報局蘑菇雲檔案負責人富爾頓。何族右介紹了另三位陌生人：一位是約翰・索厄斯爵士，英國秘密情報局的局長，他身著深色西裝，年歲看起來有六十出頭，頭髮已經發白了，他身邊的是哈利・菲力浦斯，軍情六處香港情報站的站長，也是索厄斯最信任的助手。另一位是富爾頓的老闆，中情局副局長威爾遜，他身穿灰色西裝上衣，黑色長褲，臉龐消瘦，但是精神飽滿，看來有五十多歲了。等大家握手寒暄坐下，服務人員給大家倒了咖啡或熱茶，英國秘密情報局局長立刻進入話題：

「首先，我感謝鍾為教授，還有朱小娟警官，在非常匆忙的情況下，來到這裏。根據中情局和香港警方的告知，您和多年前的朋友嚴曉珠女士保持著聯繫。我們很抱歉的告訴您，倫敦法院簽署了對她的通緝令，但是嚴曉珠女士離開了英國，因此軍情六處的任務是緝拿她歸案，我們希望知道她最近有跟您聯絡嗎？」

鍾為沒有回答，他看了何族右和富爾頓一眼，這兩個人面無表情，他明白了傳遞的資訊：

「約翰閣下，請問倫敦法院通緝嚴曉珠的理由什麼？」

「您一定知道，嚴曉珠是『英倫伊斯蘭運動促進會』的會長，英國的安全機構在最近的幾年發現這個『促進會』參與了多起恐怖活動，因此通緝嚴曉珠的理由是介入『恐怖活動』。」

「嚴曉珠是繼承她丈夫成為『促進會』的會長，根據我的瞭解，促進會還是在運作中，因此通緝的真正理由是她個人的行為，是嗎？」

「鍾為教授，為了安全，有很多事件的細節都還是保密的，我們無法向您解釋的很清楚，希望您能諒解。」

「約翰閣下，根據媒體的報導，嚴曉珠是英國政府和西方政府與伊斯蘭國互通資訊的唯一通道，你們決定要關閉這個通道嗎？」

軍情六處的負責人一時啞口無言，鍾為還是緊追不捨：「根據貴國的法律，軍情六處沒有國內的司法權，也沒有逮捕英國公民的權力。所以當你們找到嚴曉珠時，是不是要將她就地格殺了呢？」

一直保持沉默，沒說一句話的中情局副局長威爾遜說：

「約翰，我看你就別轉圈圈了，你要人家幫忙，又不把事情講清楚，怎麼幫你啊？你不想說，我來說吧！我不怕中情局會炒我魷魚，我樂得回家休息。鍾為教授，事情是這樣的，和世界上所有的情報機構一樣，軍情六處從前曾有過叛徒，現在又發現了叛徒。他們懷疑嚴曉珠和這叛徒是同夥，所以想透過她，把叛徒找出來。」

鍾為說：「威爾遜先生，你們中情局今天被邀請來參加軍情六處和我見面，是有特別目的嗎？」

「因為中情局也發現了叛徒，而且是和軍情六處的叛徒是同夥，共同交叉點就是嚴曉珠。」

鍾為好奇的問：「中情局和軍情六處的叛徒團夥有他們的共同目的嗎？」

索厄斯搶在前回答：「在情報事業的歷史裏，所有的叛徒都是為了三個原因，就是理想信仰，金錢和女人。這團夥雖然是隔著一個大西洋，但是他們的政治理念完全相同，都是極端保守主義，認為非信仰基督教的人，尤其是信奉伊斯蘭的穆斯林都是邪惡的，必須加以剷除。其次，他們都是覬覦伊斯蘭寶藏所代表的龐大財富，志在必得。」

威爾遜說：「根據我們的情報，在倫敦曾有人企圖殺害嚴曉珠，是嗎？」

約翰・索厄斯爵士有點尷尬：「你們是怎麼知道的？」

「約翰閣下，我們中情局偶爾也會有兩把刷子。」

「威爾遜，你到底在我們軍情六處擺了多少顆釘子？」

「彼此，彼此！」

盟友間的情報機構，互相刺探對方的底細，有時也會劍拔弩張。鍾為說：

「目前，你們是如何處理這個叛徒團夥呢？利用嚴曉珠是你們唯一的辦法嗎？」

威爾遜回答說：「我們的內部安全人員已經在嚴密的監控他們，我們到倫敦來，就是商討要如何協調，把大西洋兩岸所有和叛徒相關的人梳理出來。」

鍾為聽見約翰・索厄斯爵士說：「鍾為教授，嚴曉珠和您在巴黎見面後，就從我們的視線裏消失了。情報顯示，她很可能是來到了香港，因此很有可能要和您見面。」

一直是沉默的何族右突然開口：「嚴曉珠在香港是教唆謀殺的嫌疑犯，我們已取得了法院的逮捕證。除了香港員警，我不會允許任何人在香港逮捕她。」

屋子裏鴉雀無聲，鍾為站了起來，向大家宣佈：

「嚴曉珠和我是在十歲時就認識的，她現在失蹤了，我可以告訴各位，我赴湯蹈火，走遍天涯海角，是死是活，我都要找到她。要她在法庭上說清楚她是不是這些殺人案的幕後兇手，她的殺人動

機是什麼。香港警方的目標和我一致，我可以提供資訊。除此之外，我無能為力。」

鍾為轉身走出了會議室，朱小娟追了出來，她到停車場取車，叫鍾為在大門口等她，但是等她開車過來時，鍾為已經離開了。

鍾為是來到離領事館不遠的萬豪大酒店的酒吧，他坐下叫了一杯啤酒。他的腦子裏思潮洶湧，都是想到他和青梅竹馬的戀人嚴曉珠，他們之間這麼多年來的風風雨雨，最終她成了世界上最古老的特務組織追殺的目標，他的心情惡劣極了。他看看手錶，心中計算一下美國東岸的時間，覺得差不多了，鍾為離開了座位，走到洗手間門外的公用電話亭，把他剛買的電話卡插進去，撥了電話。對方的電話響了一聲就接通了，鍾為說了一聲：

「喂！請問是哪一位？」

「我知道你是誰，不要說你的名字。告訴我，你是在哪裏打電話？」

「酒吧裏的公用電話。」

「很好，告訴我電話號碼，我會在一個小時後打給你。」

鍾為的電話是打給中情局朝鮮專案辦公室的李建成，但是他等了一個半小時，才來了回電。李建成在電話裏說：

「鍾為，抱歉，讓你久等了，我是要確定不被監聽，才花了些功夫。至少在以後的三十分鐘裏，這個電話是不會被監聽錄音的。」

「是你們那裏有情況嗎？」

「也不完全是，但是你知道現在的政府和國會裏，有一批極右派的保守主義份子，正在積極的推行他們的政策，我們局裏也有一批人在跟著起哄，就到處在找叛徒。我不想跟他們惹是生非，所以我要避開監聽。我們話歸正題，在你的電話之前，富爾頓就和我通過電話了，他說你一定會找我。」

「他跟你把情況說明了嗎？」

「是的，他說你的老情人嚴曉珠失蹤了，軍情六處要你幫忙找她。」

「他們是要利用嚴曉珠去找內部的叛徒，但是我很懷疑他們有利害衝突，嚴曉珠會被他們格殺。建成，我要去找嚴曉珠，但是我不想跟軍情六處有瓜葛，你能不能幫我探聽看看，嚴曉珠現在她會在什麼地方？」

「我剛剛跟我老婆崔蓉姬打了電話，她人還在我們北京情報站，審問從朝鮮脫北逃出來的前特工。她記得曾有特工提起嚴曉珠的名字，仔細的情況，她要去查看審問記錄。崔蓉姬的分析和整合的能力很強，零零碎碎的資訊，到了她手裏就成了整體報告。你自己打個電話和她談談，她對你的印象很好，你動之以情，她會全力幫你的。」

「好的，請你把她的電話給我。」

李建成把崔蓉姬的電話號碼念給鍾為，然後繼續的說：

「我還給你的另一個老情人波頓也打了個電話。」

「你是說凱薩琳嗎？她是以色列摩薩德的特工，她能有嚴曉珠的信息嗎？」

「你知道她一直是參與以色列對中東伊斯蘭恐怖組織的監視任務，她說有一個摩薩德的同事，在一次臥底任務裏，曾經聽到過伊斯蘭國的高層領袖說起嚴曉珠，但是這位同事對你有意見，不願意提供資訊。」

「我不記得曾經得罪過任何摩薩德的特工。」

「大教授認識的女人太多，記不清楚了。凱薩琳說，有一次你在荷蘭阿姆斯特丹去見一位北朝鮮人時，有一位烏克蘭美女向你自動獻身，被你拒絕。她認為是一生中的奇恥大辱，所以對你很有意見。記得嗎？」

「好像是有點印象，但是當時我並不知道她是摩薩德特工。」

「不過，烏克蘭美女現在被派在以色列航空公司擔任空服員，經常飛往香港，你可以親自去見她，把她伺候好了，也許會回心轉意，助你一臂之力。她是用伊娃的名字當空服員。」

「李建成，我問你，是不是你們幹特工的都是怪人？」

「說起幹特工，我們中情局的日子可不好過了。我的老闆，富爾頓，還有威爾遜，都在說要提早退休了。」

「是不是因為你剛剛說的，中情局開始被政治化了，失去了從前專業的氛圍。」

「一點都沒錯。幹下去也沒意思，老闆們要是不幹，我也打算捲舖蓋了。」

「那你想去幹什麼？」

「南韓要替中東的幾個國家，在今後的十年裏，建造四十個核能發電廠，他們正在召兵買馬，我會講韓國話，又是在韓國長大的，再加上我是加州大學的核子物理博士，他們會搶著要我的。」

「但是建成，你是個有理想的核子物理學家，是你說的，你想看到人類永遠不會受到核子武器的傷害，所以你才參加了中情局，當了情報員到北朝鮮臥底，去追查流失的核彈頭。這世界上就是要有你這樣的科學家，日子才會過得安穩。你不像是會被幾個保守主義的基本教義派政客給嚇住的人，別讓我們這些老百姓失望了。別忘了，如果這些政客們都是在幹陷害自己人的事，那是犯法行為，早晚會被拿下。」

停了一會兒，李建成才回答：「我李建成在這世界上可以讓任何人失望，但是就不能讓鍾為教授失望，否則我這條命就一錢不值了。行！等我把北朝鮮折騰核彈頭的能力徹底的廢了，我再去蓋核電廠。可是有一件事，您要明白，雖然在西方的民主法治國家裏，合法的政府也會利用政客們不合法的行為，來達到某種目的。」

鍾為好奇的問：「會是這樣嗎？」

「我們中情局裏有一些所謂的愛國情報工作者，他們聯合了保守國會議員的助理，進行不合法的計畫，但是政府會睜一眼閉一眼，因為他們的目的是打擊政府的意識形態敵人。」

「你是在說中國政府嗎？」

李建成沒有回答問題，但是他說：「來自軍情六處內部的危險，是會要命的，你一定要當心。」

鍾為的心情惡劣，一個人坐在酒吧裏喝悶酒。鍾為回到優德大學時，天已經黑了。朱小娟坐在車裏在門口等他。進門後，鍾為問：「你是什麼時候來的？」

「有一陣子了，你不接我的電話，只好就來這裏等了。我帶了你喜歡的牛肉麵來了。」

「朱小娟，如果你不忙，就多待一會兒陪陪我好嗎？」

「我知道你心煩，我以為許菲迪會來陪你的。」

「她已經被你嚇跑了，不回來了。」

第二天早上朱小娟離開後，鍾為迫不及待的掛電話到北京，找到了崔蓉姬：

「崔女士，早安，我是鍾為。」

「鍾為早，我們不是講好了，你叫我蓉姬嗎！」

「太好了，讓我重新再來一次。蓉姬早，我是鍾為，你好嗎？」

「我很喜歡在北京的工作，但是太寂寞了，如果鍾為大教授有機會來北京出差，別忘了來看我，我會好好的招待你。」

「就只能在出差的時候來看你嗎？不可以專程去找你嗎？」

「哎呀！太好了，我是求之不得，我們說好了，別讓我期待的太久。」

「蓉姬，我找你是想求你幫忙……」

崔蓉姬打斷了他，插嘴說：

「鍾為，看你為了兒時的初戀，急成這樣了，當你的初戀可真幸福。建成已經和我聯絡過了，我也完成任務，收集到你要的資訊。鍾為，你說要怎麼謝我？」

「二話不說，要什麼給什麼。」

「那好，別到時候就反悔了。根據我的記錄，有兩名北朝鮮的特工曾聽說過，在伊斯蘭國的高層裏有一個女人，她看起來像是東方人，用的是中國人名字，叫嚴曉珠。她似乎很有影響力，因為伊斯蘭國要購買核彈頭的經費是由她來融資的。」

鍾為問說：「蓉姬，他們有沒有聽說過，嚴曉珠這女人曾用過『夢斷魂』的代號？」

「我想這不太可能，因為脫北的朝鮮特工說，嚴曉珠也在追問『夢斷魂』的事。建成告訴我，嚴曉珠是你的青梅竹馬初戀，多年前她背叛了你，但是你還是愛著她，你是個大情聖，當你的初戀可真幸福。」

「你有沒有資訊說明，嚴曉珠購買核彈頭的融資是從哪裏來的？」

「好像是從中國來的。我得到的資訊是嚴曉珠堅持她要掌握核彈頭的移動路線，這一點她和伊斯蘭國的高層起了很大的矛盾，他們很可能會不歡而散。我能找到的就是這些了。」

「根據你的分析，嚴曉珠這個外來的女人，她在伊斯蘭國的目的是什麼？她是在扮演什麼角色？」

崔蓉姬說：「我沒有直接的證據，但是我感覺到她最大的興趣是在找伊斯蘭寶藏。」

鍾為說：「蓉姬，如果你得到任何關於嚴曉珠的資訊，能不能馬上通知我？」

「我一定會的，鍾為。更何況我也有事要求你幫忙，你不可以拒絕我。最近我要去一趟澳門，我們在那裏見面時再談，你會幫助我嗎？」

「當然，一定會的。事成後，你要怎麼謝我？」

崔蓉姬說：「跟你一樣，要什麼給什麼，我一定滿足你。」

鍾為聯繫到以色列航空公司的伊娃空服員，說服了她，在她的航班下一次經過香港時見面。他們是在中環的文華大酒店中餐館共進晚餐，上次見面時，伊娃是個阿姆斯特丹紅燈區裏，濃妝豔抹，妖豔性感的櫥窗女郎，現在是淡妝素雅的職業婦女。洗盡了鉛華後，伊娃顯得年輕，更漂亮了。等點完了菜，叫好了酒，他們就開始邊吃邊談。鍾為瞪眼看著伊娃說：

「左看，右看，怎麼看你都不像是我在阿姆斯特丹碰到的那位女郎，希望凱薩琳沒有張冠李戴，弄錯了人吧？首先你們的年紀就不對，你看起來至少比荷蘭的那位年輕十歲，還有你現在要比當時美麗太多了。當時如果你是現在的樣子，我絕對不會令你失望的。」

也許是酒精的作用，也可能是紅酒顏色的反映，伊娃的臉色變得通紅：

「鍾為教授，我不像凱薩琳那麼會說話，請不要用言語攻擊我，我會招架不住。」

「那第一，你就不要叫我教授，我現在是開書店的人，所以凱薩琳也不太理我了。」

伊娃曖昧的笑著說：「別以為我不知道。鍾為，你先有嚴曉珠，後又梅根，兩位大美女把你捆得牢牢的，凱薩琳無法碰到你，只好知難而退了。凱薩琳還警告過我，要當心你會灌迷湯，把我弄迷糊了，就把想要的資訊都套出來。可是我覺得你這人還真的像凱薩琳說的，滿可愛的，又叫了好菜和好酒請我，所以你就問吧，我知道的一定告訴你。」

鍾為替伊娃夾了幾樣菜到她的盤子裏，又把她的酒杯加滿：

「那我要感謝你們二位摩薩德特工了。可不可以先說說，你們是怎麼認識嚴曉珠的？」

伊娃吃了一口菜，再喝了一口酒：

「其實我們並不認識她。是我們在伊斯蘭國執行臥底任務時，碰見過幾個老美的特殊人物，他們津津有味的談起嚴曉珠。」

「你說的『老美的特殊人物』都是些什麼人？」

「他們都是國會裏保守派議員們的助理或朋友，但是對外號稱是能在中情局裏呼風喚雨，久而久之大家就把他們當成中情局的人，他們自己也不做任何否認。這批人到中東來是替中國買黑市裏的核彈頭的。」

「中國還需要買黑市的核彈頭嗎？是不是有人在開玩笑呢？」

「開始的時候我們也是這麼的認為，後來我們才知道他們是在為中國的一個團夥做採購，目的是奪取政權。」

鍾為喝了一口酒：「那嚴曉珠是怎麼進入你們的視線呢？」

「後來出現了一名從英國來的商人，他名叫歐文先生，有人說他的真實身分是英國軍情六處的情報員，也是中國叛徒團夥要購買核彈頭的金主。鍾為，流入中東的核彈頭買主都是伊斯蘭恐怖組織，他們的目標是毀滅以色列，因此買一枚核彈頭給中國，我們以色列就少了一顆核彈頭的威脅。所以我們不會去干涉歐文先生。我們也探聽出，除了核彈頭，歐文還有一個目標，就是嚴曉珠，她是你青梅竹馬的初戀，所以你急了。」

「你說嚴曉珠是歐文的目標，是什麼意思？」

「嚴曉珠是英倫伊斯蘭促進會的負責人，是個同情伊斯蘭國的人。我們相信她也是軍情六處要調查的人物。但是歐文先生愛上了她，一定要把她擺平，但是她心裏有大情聖鍾為，不肯就範，所以歐文就要綁架她，把她占為己有。我們又聽說嚴曉珠堅持要掌握核彈頭的移動路線，因此和伊斯蘭國的高層有了矛盾，她或許已經離開了中東。」

鍾為說：「伊娃，你認為她會去哪裏？」

「我們的判斷是，她會出現在歐文出現的地方。鍾為，我已經把我知道的全都告訴你了，我也吃的喝的酒足飯飽，我們真正的節目可以開始了。」

「我們還有別的節目嗎？」

「你不許耍賴，你在電話裏答應的，只要我把所有我知道有關嚴曉珠的事都說了，我在香港停留的二十四小時期間，你都是屬於我的。」

鍾為是在二十四小時後才恢復了自由。

胡定軍在何族右面前講述了危機的背景後，他歎了一口氣說：

「老何，從你們的背景觀點來看，紅二代結盟的政治野心本身不是犯法，因為法律和政治是分開的。我們在改革開放的快速步伐下，也是逐漸的往這個方向走，所以當有人把媒體的報導拿來提醒我們時，我們並沒有對紅二代結盟立案調查。而是你老何的優德大學石莎命案後續調查促成我們國安部的行動。」

何族右說：「真沒想到，原來是這樣的。」

「當你把朱小娟警官所提出的疑點送來時，我們就又提審了周催林，他突然說出來，被蘇齊媚警官槍殺的康達前，也就是替他幹活的馬仔，是和一位中央政治局委員有親戚關係。我們馬上就想到康雍洲，他是唯一姓康的中央委員，我們深入調查後，所有搬到檯面上來的事實都讓我們嚇了一跳。」

「我想要讓國安部部長嚇一跳還不容易呢！」

「首先，康雍洲一輩子在黨裏和政府裏任職，做到了中央委員的高位，填寫過無數的履歷表，說明他的身世和人生經歷，但是他從沒有說過他是客家人，是康達前的遠房堂兄。這是嚴重的違反規定和紀律。面對著非常嚴重的後果，我們想知道的是他為什麼要這麼做？什麼事讓他值得冒這個險？其次，他在新疆讀書時就皈依了伊斯蘭教，所以他是穆斯林，他為什麼要隱瞞？根據我們取得的資料，他曾數度到澳門，每次都進出了周催林所說的那間清真寺。讓我發毛的是，他去幹什麼？為什麼不讓組織知道？」

「周催林知道他去澳門清真寺的目的嗎？」

「他說康達前從沒有跟他說過康雍洲是穆斯林，只說他是中央委員。我擔心的是康達前的台灣軍情局身分，他會不會把他的堂兄吸收了，去當叛徒，當台灣的間諜？如果是的話，我們國安部的麻煩就大了，說不定我這個部長也得下台鞠躬了。」

「有任何跡象嗎？」

「到目前還沒有看到，但是我們得到了更嚴重的情報。老何，你對我們內地的『煤老闆』知道多少？」

「就知道他們是一群山西人，因為挖煤礦發了財。我還知道澳門航空公司每週有三個航班來回山西太原和澳門，就是為了煤老闆們提供去賭場的方便。」

「和我前面說的一樣，中國人挖煤礦發財，發天大的財，然後窮凶極惡的去揮霍，都不犯法，既是犯了法，那也是共產黨中央紀律檢查委員會和公安部的事，也輪不到國安部來多管閒事。但是我們有一名潛伏在新疆伊斯蘭分裂組織的臥底，他送出來的情報說是有一個名叫『韓本偉』的山西煤老闆是他們的財神爺，捐款支持了不少疆獨的活動，所以我們啟動了對這位煤老闆的長期調查和監控，發現了他的驚人企圖。同時也發現了一位中央委員是他的同夥。」

「您是說康雍洲嗎？」

「是的，就是他。我現在晚上睡不好覺，就是因為中情局送出來的情報，說是那兩個失蹤的核彈頭是賣給了韓本偉。我們想知道的是這個姓韓的要兩個核彈頭做什麼？這和康雍洲、紅二代結盟，都有什麼關係？」

何族右說：「從我們拿到的優德大學聯通記錄裏。可以明白吳宗湘是知道核彈頭的事，說不定還和他有關係呢。但是，胡部長，我認為一個煤老闆買核彈頭可能是為了金錢利益，但是如果是伊斯蘭恐怖份子或是中央委員要買核彈頭，那可是完全兩碼事了。」

胡定軍說：「老何，你說的，我完全同意。現在當務之急是要攔截這兩個核彈頭，但是先要弄清楚它們是放在哪裏？動向是什麼？我們才能形成攔截的方案。我認為韓本偉來到了香港是個可能的突破口，讓我們切入。香港是你的地盤，老何，我們要看你的了。」

「投入香港的警力是不成問題，但是國安部需要先把韓本偉和康雍洲購買核彈頭的目的弄清楚，我們才好針對它做出行動方案。還有就是，金正男是核彈頭的賣家，他是怎麼到中國來找到一個煤老闆的買家呢？胡部長，您知道一個核彈頭在軍火的黑市要開價多少嗎？」

「老何，你到底是個大偵探，這個問題問得太好了。康雍洲的母親是鮮族人，他從小就會說朝鮮話，他大學畢業後曾經到朝鮮去學習，中央政治局也把有關朝鮮的事務讓他分管。所以很自然的，康雍洲和朝鮮的領導班子建立了關係。金正日訪問中國時，中央就派他為主要的接待人。所以當金正男在推銷他的核彈頭時，康雍洲就找到他的煤老闆好朋友當金主了，他應該有足夠的財力。」

「找出他們買核彈頭的目的還是當務之急。」

「是的，我們正在努力。最後一件事，就是吳宗湘在聯通記錄裏提到的『藏寶圖』。現在我們在韓本偉的組織裏成功的安排了一個臥底，我們拿到的信息說，韓本偉手上也有一份『藏寶圖』，不知道是不是同一張『藏寶圖』。還有就是不久前，有人偷走了他的重要文件，韓本偉動員了他所有的人追殺此人，我們也在暗中追尋這個人，最後的小道消息是他逃到了香港。所以我才請你幫忙找他，可是隨後就發現這個竊盜犯已經在深圳被殺害了，但是身上沒有文件，我們認為是韓本偉的人殺了他，把文件拿走了。我自己覺得，也許它和核彈頭有關，否則他們也不會費這麼大的功夫，志在必得。」

何族右說：「胡部長，別忘了，這份『藏寶圖』是嚴曉珠和吳宗湘之間的重要話題。」

「老何，我當然記得了，所以我想問問你的意見，我們去找鍾為教授幫忙，請他到嚴曉珠那裏去打聽一下。」

「鍾為跟我說，他和嚴曉珠已經沒有任何瓜葛了，我看他是不會同意的。」

「但是你看得出來，嚴曉珠可沒把鍾為忘了，還惦記著他身邊的女人。老何，鍾為會聽你的，你就算是為我們國安部去求求鍾為。」

「真沒想到，國安部的大部長居然會想到請我們的鍾為教授使用美男計。也許我能說服鍾為，可是他身邊的女人可不一定會答應。」

「老何，我們理解香港警方要追捕嚴曉珠和席孟章的決心，國安部將全力以赴，協助你們完成任務。但是我們國家現在可能面對著空前未有過的大災難，我們需要你們的說明。我請求你們，在攔截到核彈頭之前，對這兩個人暫緩採取行動。」

「沒問題，你們給中聯部打個報告，特首一批，轉給我，我存檔，這事就合法了。」

「那就謝了。還有就是那個被韓木偉追到深圳殺了的人，他身上有一張紙條，上面有兩個人名和電話號碼，一個是吳宗湘，另一個是洪肖蔡。」

「洪肖蔡？他不是香港中聯辦的秘書長嗎？」

「是的，我們注意他已經有一陣子了，但是一直沒找到他在香港的上家是什麼人，只是懷疑他是被英國人收買了。」

「洪肖蔡還在新華社香港分社時，我就跟這人打過交道。真沒想到，我聽說他還是解放軍出來的，他父親也曾做過國務院司法部部長，怎麼會當起叛徒了？」

「上世紀八十年代，中英談判香港問題時，我們就懷疑到有內鬼，但是一直都查不出來。最近我們才發現他的老婆和兒子都在英國，但是多年來他都是登記報告，兒子到美國讀書，老婆去陪讀。我們才抽絲剝繭，順藤摸瓜，把和他接觸的英國特工摸出來了。」

「真是說得沒錯，國安部的案子都是很複雜的，連一個盜竊案都非常不簡單。」

當韓本偉和康雍洲走到一起時，並不是因為他們都是有共同宗教信仰的穆斯林，而是因為更具體的互相需求和利用。韓本偉需要在北京有一位中央大員做他的保護傘，康雍洲是中央政治局委員，正滿足了韓本偉的需求。而康雍洲急需一位財神爺金主，幫助他完成政治野心，煤老闆韓本偉正合適他的要求。

他們兩人多次的討論過「藏寶圖」的可能去向，得到的結論是當馬步芳強行奪取了《古蘭經手抄本》時，他發現了「藏寶圖」，但是在歸還時就將它扣留了。他們認為馬步芳雖然是穆斯林回教徒，但是他更是一個非常貪財的西北軍閥，見到了有發財的機會一定不會手軟。現在馬步芳已經死了，「藏寶圖」很可能是在他的後人手裏。台灣軍情局特工康達前是康雍洲的遠房親戚，他曾數次潛入中國大陸聯繫上康雍洲，他們也討論過有關馬步芳和「藏寶圖」的事。康達前從台灣官方檔案裏找出了馬步芳的背景，他對韓本偉敘述了他所得知的：

在中國的西北的「馬家軍」統治了青海四十年，他們的頭頭馬步芳非常殘忍兇狠，荒淫橫暴，人稱土皇帝。中國共產黨在兩萬五千里長征到了延安後，派了一支隊伍向西北進軍，稱它為「西路紅軍」，他們遭遇到強悍的馬家軍，發生了慘烈的戰鬥，部隊裏著名的「紅軍女兵」隊，也投入了作戰。但是『馬家軍』打敗了西路紅軍，擊斃了大部分的紅軍戰士，被俘虜的男兵被迫做奴隸，紅軍女兵被迫和馬家軍軍官睡覺，生孩子。所以共產黨和他們有不共戴天的血海深仇。

中華人民共和國成立後，馬步芳將歷年搜刮來的財富源源不斷地運往國外，在五十年代末，馬步芳行賄台灣當局，謀得了駐沙烏地阿拉伯的大使。在任時，他還是不改他一慣的作風，沒有選擇性的姦淫婦女，最後被人揭露了他作過的傷大害理，令人髮指罪行。為了逃避制裁，捐出了所有的黃金珠寶。他在錢財都用盡後過著潦倒的生活，一九七五年，馬步芳暴斃在沙烏地阿拉伯。台灣軍情局特工康達前在被香港女警蘇齊媚擊斃之前，曾告訴過康雍洲，馬步芳在擔任台灣駐沙烏地阿拉伯大使時，曾透露給沙特王室成員，阿布・伯克爾親王，說他有一張古老阿拉伯帝國時代的藏寶圖，因為急需用錢，他願意高價轉讓。此後，就再也沒有聽到任何有關藏寶圖的消息了。

阿布・伯克爾不僅是個非常富有的親王，他也是個知名的伊斯蘭學者，在他個人的圖書館裏，收藏有豐富的伊斯蘭和阿拉伯歷史文物。多年後，當阿布・伯克爾非常年老和病重時，他將藏寶圖交給他的年輕好友，英國人巴伯拉，他是歐洲少有的傑出伊斯蘭學者，親王的遺言是請他將寶藏找到，歸還給穆斯林信徒。嚴曉珠和巴伯拉有了婚外情，並且改信伊斯蘭。她和員警丈夫離婚，嫁給巴伯拉，並且非常熱心於伊斯蘭活動。後來巴伯拉以學者的身分被推舉為英國伊斯蘭組織的領導人，但是他還是專心他的伊斯蘭學術研究，組織裏的事就落在嚴曉珠的身上。

當巴伯拉病逝後，嚴曉珠就很自然的被推舉出來取代了她丈夫的位置。當她認識了吳宗湘開始交往後，很驚訝的發現他原來是大軍閥馬步芳的親戚，因此知道「藏寶圖」的存在，他提到一位名叫「歐文先生」的英國商人老朋友，是尋找古代寶藏的熱心者和專家，他們正在積極的尋找「藏寶圖」。

嚴曉珠曾經將藏寶圖拿去給兩位有權威的歷史考古學家，請他們鑑定藏寶圖的真偽，結果是一致認為藏寶圖所用的羊皮紙是來自和《古蘭經手抄本》的同一時期，其次是找了地圖專家來決定藏寶的所在地，專家們的判斷是藏寶的位置是在波斯灣的南岸，面對霍爾木茲海峽的阿拉伯半島的東部，在阿曼和沙烏地阿拉伯中間，那一帶的沿海平原是一片荒涼的沙漠，往內地是沙丘，靠東部的是山地。這一地區也就是現今的阿拉伯聯合大公國，也被稱為阿拉伯聯合大公國，或簡稱為「阿聯酋」的所在地。精確的地點是當今阿聯酋的第二大城「杜拜」。整個藏寶事件是當年什葉派的最高領袖「伊瑪姆」下令執行的，可想而知藏寶的地點是非常可能會在什葉派所控制的地區。

歷史上整個阿聯酋地區的居民絕大多數是屬於遜尼派穆斯林，唯一例外的是現今的迪拜地區，那裏的什葉派占多數。自從一九六六年在阿聯酋地區發現石油以來，原來的荒蕪沙漠一下子變成了富庶的油田，使這個地區在經濟上發生了巨大的變化。

一九七一年，阿布達比、沙迦、杜拜、阿治曼、富查伊拉和烏姆蓋萬六個酋長國宣告獨立，制定臨時憲法，組成阿拉伯聯合大公國。一九七二年，哈伊馬角酋長國加入。整個阿聯酋的石油儲藏量，阿布達比酋長國就占了百分之九十以上，而杜拜的石油儲藏量相當小。而杜拜的繁華也並不是因為有石油，杜拜因為堅信「當第二名會餓死」，它在十年來，ＧＤＰ總值成長百分之二百三十，其中，石油收入卻僅占百分之六。它的發展建設是全方位的多元化的。七〇年代開運河，八〇年代做貿易，九〇年代推廣觀光旅遊，到二十一世紀，這裏已經是中東地區的轉運中心，觀光旅遊購物城，科技網路城。旅遊經濟已成為杜拜的主要經濟收入來源之一。

二十一世紀起，阿拉伯聯合大公國發展了民航產業，阿布達比王室投資的阿提哈德航空與杜拜王室投資的阿酋航空，在短期內達到急速發展，共擁有數百架民航機，並發展以阿布達比與杜拜為核心的全球航空轉運網路，市場佔有率在中東是執牛耳的地位。因此，從七〇年代起，杜拜的建設可以說是「上天，下海，以及入地」。整個地區，包括了地圖專家所指出來的「藏寶地」，全是現代化的摩天大樓，不僅是上層建築的高樓，還有多層的地下設施。毫無疑問的，在整個的建設過程中，每一寸的土地都被挖掘了，建造了很深的地基。如果那裏埋有寶藏，一定已經被挖掘出來，如此巨大的價值連城寶藏，也一定會見到新聞報導。但是這一切都並沒有發生，顯然的結論是：這一張「藏寶圖」是假的，但是藏寶圖所用的羊皮紙又是和古代的《古蘭經手抄本》來自同一時期，因此一定是一開始就故意繪製的，目的就是要掩人耳目，隱藏真正的藏寶圖，嚴曉珠決定要隱藏這個「秘密」。吳宗湘曾多次問她有關藏寶圖的事，她都回答說，她的前夫沒跟她提過。

當多年前，台灣軍情局接到康達前的報告說他和一位中國大陸的中央政治局委員有了接觸後，軍情局指示他要耐心的培養關係，見機吸收，對台灣來說，要吸收中共的叛徒，中央委員是一條最大的魚了。

沒想到的是這條大魚又帶來了一條完全不同的魚，但是同樣大，同樣重要的魚。自從山西省出現了「煤老闆」後，澳門航空公司就開始了每週兩次山西太原到澳門來回的班機，主要的乘客都是從事山西「煤炭業」的財主，純粹是為了他們能在最短的時間，到達澳門賭場去消費而設的航班。煤老闆們是在賭場最受歡迎的豪賭客人。但是韓本偉和其他的山西煤老闆有一個很大的不同，他是虔誠的穆斯林，在賭場和酒店裏花天酒地一番後，一定會到澳門的清真寺去膜拜和洗滌一下他的心靈，康達前是接到他遠房親戚康雍洲的委託，當韓本偉在澳門時，順便照顧一下。台灣軍情局瞭解到韓本偉的鉅大財產，就決定也將他作為吸收的對象。

中央委員和山西煤老闆一箭雙雕，台灣軍情局有史以來還沒有遇見過這麼好的機會，康達前接到命令要他全力以赴，一定要作到「通吃」。透過康達前，吳宗湘也在澳門和韓本偉見了面，他們原本的任務是為台灣軍情局策反和吸收中國大陸的重要官員和財閥，但是當發現韓本偉是來自青海的撒拉族時，吳宗湘說出了在青海街子廟的撒拉族清真寺裏可能會有一張「古蘭經寶藏」地圖。韓本偉義不容辭的也加入了尋寶行動，並且主動負擔起所有的尋寶費用，勇往直前的去追尋「古蘭經寶藏」。

吳宗湘和他的朋友歐文，曾經應韓本偉的邀請，來到過山西太原，他們是第一次看到有如此豪華的私人宅第，房子本身是模仿歐洲的古典皇宮，巨大的庭院是出自專業的設計師，花草樹木和大片綠茵茵的草地，讓人如置身在童話故事中。可觀的財富可以從停在院子裏的十幾輛世界頂級的昂貴汽車和跑車看出個端倪，親身的體驗了山西煤老闆們特殊群體的生活，聆聽他們講述如何一擲千金，如何揮金如土，如何醉生夢死的生活，到澳門賭場玩玩時，所花費的賭資少則幾百萬，多則幾千萬。

讓他們最震撼的還不是煤老闆們的多金，而是他們和官員們的勾結，使他們能享受到常人沒有的呼風喚雨能力。

韓本偉原先給人的印象是個鄉下土財主，實地見面一切都完全改觀，不僅對他的內涵有了新的看法，對他追求人生目標的能力也刮目相看，歐文先生以他商人的背景，說服了韓本偉到香港開闢一個新局面，將山西的煤炭業推進世界。韓本偉在香港註冊了晉能股份有限公司，總部設在香港的中環，分公司設在美國的紐約，中國大陸的北京，上海和山西太原。他物色了一棟座落在香港島南灣附近的豪宅，做為晉能股份有限公司董事長的住宅。他以尋找古代寶藏專家的身分將「古蘭經寶藏」的來龍去脈解釋給韓本偉。

歐文先生和韓本偉的互動越來越頻繁，當他再一次來到了韓本偉的香港島南灣豪宅時，這位山西超級煤老闆已經在客廳裏等他，他們寒暄入座後，韓本偉馬上進入正題：

「原來歐文先生是康雍州委員的老朋友了，真是失敬得很。」

「那裏，那裏，因為康委員的特殊身分，沒有經過他的同意，我不能隨意透露我們的關係，所以還請您韓先生，多多包涵。」

韓本偉說：「為了大家的安全，這是應該的。康委員還說，您將在他的未來國家行動計畫裏扮演非常重要的角色，他要求我一定要給您提供一切的方便。」

「是的，有一件非常重要的事，我需要瞭解一下。希望您能據實的告訴我，就是最近發生在您山西宅院盜竊的事。康委員非常關心這件事。」

「噢！是這樣的。老康有一個文件袋存放在我太原家的保險箱裏，他說裏頭有非常重要的最機密文件，所以保險箱的號碼是中他來保管。兩周前他的一個手下打開了保險箱，拿出裏頭的文件，正要用手機照拍照時，被我的保安發現，結果他拔腿就逃。我們馬上就通知了老康，結果他動員了全國的公安追捕這個人。」

「韓先生，我相信那一定是個非常重要的文件，否則他不會費這麼大的力量去追捕他，結果追到了嗎？」

「老康後來告訴我，他們在深圳追到了這個人，把他殺了。在他身上找到一張紙條，上面寫的有兩個人的名字和電話號碼。」

歐文先生說：「這兩個名字是吳宗湘和洪肖蔡，是不是？」

韓本偉說：「歐文先生，您太神了，您遠在英國，怎麼會知道的？」

「吳宗湘是台灣軍情局的情報員，是他安排了一個臥底在康雍周的身邊。他逃到深圳想去見他的上線。洪肖蔡是香港新華社的機要秘書，以前是解放軍裏出來的，多年前就被一個英國的特工收買了。韓先生，您有沒有看到保險箱裏的文件？」

「我看到了，原來那是康雍洲委員要發起政變，奪取政權的詳細計畫。多年來他最大的野心就是想要取得中國共產黨總書記的大位，所以他一直在苦心的經營，利用他的影響力廣結善緣，在結骨眼上佈施他的政治利益，同時也利用我的財力，大方的分配金錢。但是在這一次的黨代表大會上，他還是失敗了，眼看著別人被選上了總書記的位置。當新的領導班子上任後，他並沒有拿到一個過渡性的一官半職，等待著他的只剩下了即將來到的退休。同時也有一些風言風語，說中央有不少人主張要調查他多年來，所做的一些違法違紀的事，還有他個人的操守問題。這些讓他憂心的困擾，更促使他形成奪權的陰謀。康雍洲有他的官二代死黨，和他最親近的是成都軍區司令員牛道峰和上將軍銜的第二炮兵政委馮向華，他們在多次商討後決定，要發起政變。」

歐文先生說：「這是個很大膽的決定，也是會改變歷史的決定，談何容易。」

「他們認為，第一，必須要把等待上任的總書記去除，要安排他意外死亡。如果不成，必要時執行暗殺。第二，在此同時要製造一件驚人的『重大事件』，促成『國家需要領導人』的廣大民意共識。第三，在黨內促成召開緊急中央政治局擴大會議，選舉接替的總書記。以賄賂和威脅的手段，促使康雍洲當選，必要時剷除其他候選人。」

歐文先生問說：「您知道這『重大事件』是什麼嗎？」

「『重大事件』就是要選擇一個緊要的關頭，以及在合適的地點，引爆一顆核彈頭。」

「但是，世界上每一個核彈頭都被很嚴格的控制，他們到哪裏去找呢？」

韓本偉說：「老康說過，是朝鮮『二號人物』張成澤手下的特工提供的。」

「現在朝鮮窮得連飯都吃不上了，他們不會白送核彈頭給康雍洲的，韓先生，我相信是您在背後提供財政支持的。」

韓本偉不說話了，隔了一會兒才回答：「老康這幾年也幫了我不少忙，替我打開了許多大門，我需要幫他。何況他如果真的當了總書記，我們更不能得罪他了。」

「韓先生，您說得真對，我們應該幫助康委員，但是我們也要在節骨眼上助他一臂之力。康委員和他的團隊在發起政變，組織新政府後，一定要在第一時間得到世界上重要國家，尤其是西方國家的承認。這一點我是有能力做出貢獻，但是我需要您的配合。」

韓本偉說：「您的意思是……」

歐文先生馬上回答：「韓先生，康委員問朝鮮買幾個核彈頭，您知道嗎？」

「他本來說是要買兩個，一個是拿來備用。可是我告訴他，我只能出一個核彈頭的錢。」

「韓先生，我跟您商量，現在伊斯蘭組織是最想要買核彈頭的買家，他們在國際軍火市場上已經放話了，要出天價來購買。但是美國的中央情報局看得非常緊，所有的黑市軍火商都動彈不得。您告訴康委員把兩個核彈頭都留下，我們有用。」

韓本偉說：「我們要核彈頭幹什麼？」

「我們可以拿來轉賣到中東，這方面我有人幹這事。我們會收到一筆可觀的差價，它可以拿來確保西方國家的政府，在關鍵時機支持和承認康委員的新政府。」

「這真是太好了，這件事就交給我了，我一定會辦好。康委員還有一件頭痛的事，就是國安部在調查我們共同的朋友吳宗湘，懷疑他是台灣軍情局的特工，派到中國大陸，企圖滲透到中央委員康雍州的身邊。康委員說，現在是敏感的關鍵時刻，千萬不能吸引國安部的注意力，他希望吳宗湘不要再出現在他身邊。」

歐文先生說：「請您告訴康委員，請他放心，吳宗湘不會再出現了，他現在被關在美國的大牢裏。但是他的情婦嚴曉珠還在，如果她出現在這裏，請您馬上扣留她，並且立刻通知我。」

韓本偉說：「吳宗湘曾經介紹我見過嚴曉珠，她是個女人家，扣留她幹什麼？」

「多年來我一直想得到她，她也很可能知道藏寶圖在什麼地方。」

嚴曉珠是在兩星期前就來到了香港，目的是來見韓本偉，商討藏寶圖的事。在此之前，她是在土耳其的伊斯坦布爾發現了菲力浦斯的行蹤，雖然他刻意的把自己化裝，同時也使用「歐文」的化名，但是嚴曉珠還是將他認出來了。和他在一起進出的，是一位美國國會裏著名的極端保守派參議員助理，嚴曉珠非常驚訝的發現，他們到伊斯坦布爾來的目的是來會見一位被西方國家通緝的重要恐怖份子。菲力浦斯是軍情六處香港情報站的站長，也是英國秘密情報局局長約翰•索厄斯爵士最親信的幕僚。

但是她萬萬沒有想到，韓本偉會將她立刻扣押，並且將她關在南灣豪宅三樓的房間裏，看守的非常嚴密，無法脫身。但是在第三天，有一位訪客來見她，看守她的警衛把房間的門鎖打開，讓一位高大的西方人走進來，馬上又把門鎖上。嚴曉珠坐在一張小沙發椅上沒有起身，但是她帶著笑容說：

「我是該叫你菲力浦斯呢？還是叫你新的大名歐文呢？」

雖然已經被監禁了好幾天，但是嚴曉珠看起來還是那麼的迷人，他說：

「嚴曉珠，別得意得太早了，現在你的小命是在我的手裏，你要識相一點。」

從菲力浦斯進來時的難看臉色和他的口氣中，嚴曉珠似乎能感到情況起了變化，她的信心增加：「菲力浦斯，你是軍情六處的叛徒，我可以告發你。」

「你別跟我裝糊塗，我是要和你天長地久，才去這麼幹的。」

「你是有老婆的人，怎麼跟我天長地久呢？何況你是為了要那張藏寶圖才向我獻殷勤，別以為我不知道。」

「都到了這時候了，我就老實的跟你說了吧，沒錯，我是在找那張藏寶圖，但是我也要你的人。我已經都做好了安排，你就跟我去過日子。」

「你和美國國會議員中的極端保守主義份子聯合，計畫幫助中國的反政府團夥奪取政權。就這一點，你已經犯了叛國罪，你不怕我去告發你嗎？」

「嚴曉珠，你別不識時務，目前有很多志同道合的英國人和美國人，都認為中國政府是邪惡的，他們是反對基督和上帝的異教徒，是造成世界動亂的根源，因此要消滅他們。利用他們的反政府團夥是暫時的手段而已。我們最終的目標是要他們的政府接受西方國家的領導。」

嚴曉珠冷笑了一聲說：「你們這批極端保守主義的信徒都是大腦有問題，老是把時間搞混了。菲力浦斯，現在已經是二十一世紀了，不是十八和十九世紀的殖民地時代了。醒醒吧，別做你的白日夢了。否則你下輩子就準備在監牢裏度過吧！」

菲力浦斯說：「是你們這些自認為跟著時代走的人該醒醒了，嚴曉珠，你沒錯，政府很可能會把我送上法庭，用叛國罪起訴我，但是我告訴你，陪審團裏一定會有和我們同路的人，他們會認為，我是為了要恢復大英帝國昔日的雄風，打擊中國，為強奪我們的香港復仇。軍情六處把我看成是叛徒，但是陪審團會把我當成愛國者。你別忘了，我們的制度是只要有一個陪審員認為被告是無罪，罪名就不成立。所以我不會進監牢的。」

嚴曉珠說：「但是你在軍情六處的事業，也就結束了。」

「會是這樣嗎？法庭審判的無罪結果會造成極大的轟動，它將喚醒人民藏在內心的保守思想，保守派將重新執掌政權，進行政府的巨大改組。英國秘密情報局，也就是我們的『軍情六處』，會來一次大換血，它的高層會被我們保守派接管，到時候也許是我當家作主了。那時你還往哪裏跑呢？」

嚴曉珠說：「那是我的事，不用你來費心。」

菲力浦斯說：「我追求你這麼多年，你不理不睬。別以為我不知道，你心裏一直愛著你的初戀鍾為，等事成之後，我要親手殺了他，讓你死了這條心。這麼多年了，我愛你之心一點都沒有變，反而更是強烈。嚴曉珠，你對我難道一點感覺都沒有嗎？」

「你聽我說，我當然知道你很喜歡我，但愛情是不能強迫，有時也是不可理喻的。我和鍾為的愛情就是典型的例子。本來我們是不該相愛的，但是偏偏我們成為戀人，兩個人都無法趕走這麼多年的苦戀。記得我跟你說過，我很感激你的這份情，但是我這輩子就只愛一個男人，所以我們只能做朋友。你要是傷害了鍾為，也就是傷害了我，這是我完全不能接受的。」

菲力浦斯說：「嚴曉珠，你拒絕我的愛情是我不能接受的。所以我現在就要把你搞定了。」

他用力的把嚴曉珠抱在懷裏，強吻她，把舌頭強力的伸進她的嘴裏。嚴曉珠在掙扎著，但是她不是身高馬大男人的對手，菲力浦斯將她緊緊的摟在懷裏，兩人的下身緊貼住，動彈不得。透過薄薄的衣料，他能感覺到嚴曉珠的皮膚，他的手開始撫摸和玩弄她的身體，下身也用力的磨擦。他用從喉嚨深處發出的聲音說：

「我受不了，我現在就要你。」

嚴曉珠終於掙脫了菲力浦斯的擁抱，她起手一巴掌給他臉上一個耳光，但是她沒想到，眼前這個說他是如何愛她的男人會回她一個耳光，並且打得她眼冒金星，她兩腿一軟就跌趴在地上。菲力浦斯把她拉起來推倒在床上。嚴曉珠用手摸著發燙的臉說：

「這就是你說的，如何的愛我嗎？」

「嚴曉珠，你少囉嗦，你是要我撕破你的衣服，還是你自己脫下來。」

「你是要恢復大英帝國昔日雄風的愛國者，你們的行為也包括對女人用暴力嗎？我告訴你，菲力浦斯，用暴力穿刺女人是強姦，不是做愛。」

「你放心，我不會強姦你。我會讓你濕得徹底氾濫，哀求我來穿刺你。」

嚴曉珠全身的衣服都脫得精光，赤裸裸的躺在房間的大床上，菲力浦斯用一隻手撫摸她，從她的乳房一直摸到她的大腿之間，他終於看到了他夢裏愛人的肉體，眼前這光溜溜的女人不僅有一身雪白光滑的皮膚，有一個漂亮的臉蛋和熱力四射的身材外，還有一對誘人的大眼睛。

毫無疑問的，他是一定要征服這個女人，讓她心甘情願的臣服在他的身體下。他一邊揉著嚴曉珠的一對乳房，同時也貪婪的看著她那完美的身體，他沒有感到嚴曉珠有任何的反應。菲力浦斯開始他熱情的濕吻，同時用手撫摸她的大腿根部，擴大範圍，輕重緩急，變化多端。等到他感到自己已經是處在即將爆炸的完全興奮狀態時，他抬頭看見嚴曉珠瞪著眼睛看他，但是沒有任何反應，他的手所接觸到的仍然是一片乾旱。菲力浦斯從喉嚨的深處發出了像動物在吞食敵人前的低沉示威：

「他媽的，我就不信你能挺得住我這一招。你給我把大腿分開。」

他很驚訝的發現，嚴曉珠不但沒有抗拒，而且她是大八字的分開了大腿，他感到終於擊中要害，找到了嚴曉珠的弱點，從此這麼漂亮誘人的洞，就要讓他長驅直入了。菲力浦斯跪在她兩腿中間，握住她的臀部，張開了嘴，把頭埋下去，開始了他最後的「前戲」。但是他很有把握的預期反應；嚴曉珠會彎起她的雙膝蓋，夾住他，開始呻吟，這些反應都沒有發生。她像是一塊木頭，靜靜的，分開著大腿，毫無動作，讓男人辛苦的努力工作著。預期的一片氾濫沒有來臨，來臨的是急驟的特別手機鈴聲，菲力浦斯立刻翻身而起，在第二次的鈴聲後就接通了：

「是我，有什麼事？」

他靜靜的聆聽著，沒有說話，但是握著手機的手顯然是越來越緊，手指發白了。最後他說：

「你確定沒聽錯嗎？我馬上過去，你立刻啟動我們的行動計畫。」

菲力浦斯一句話都沒說，他開門就走。站在門口的保安人員聽見他說：

「他媽的，什麼水都沒有勾引出來，滿嘴尿騷味。」

何族右想到了朱小娟和鍾為在廣州見到劉金輝老先生，以及他說的有關「夢斷魂」的事，他認為在香港只有兩種外國人能說流利的廣東話，一種是在香港生活了二三十年，完全融入了香港社會的外國商人，另一種是外國政府的官員，尤其是英國派來的，來上任之前，他們都曾經受過嚴格的職業外交官語言訓練，這是當年殖民地政府所留下的要求。朱小娟派人帶了在香港的英國官員名冊和照片又去見了劉金輝老人，他一眼就認出了「夢斷魂」。被認出來的不是別人，就是在英國總領事館開會時也在場的哈利．菲力浦斯，他是軍情六處香港情報站的站長，也是英國特工的最高領導索厄斯最信任的助手。

何族右停止了所有和英國軍情六處的聯繫，同時將情況通報給中情局的富爾頓。何族右要求會見軍情六處香港情報站站長，正式的回應是菲力浦斯站長目前不在香港。但是所有的進出口岸都沒有他出境的記錄，菲力浦斯失蹤了。何族右在英國總領事館，也就是軍情六處香港情報站的所在地，以及菲力浦斯的住所，都布下警力，監視是否「夢斷魂」會出現。

國安部部長胡定軍請求香港警署暗中監視韓本偉和晉能公司的任務是落在朱小娟的身上，她將人員分成兩組，一組負責監視中環的僅能公司總部，另一組負責監視韓本偉的南灣豪宅。她和一般的員警不同之處是，不僅將所有的目標盯住了，而且將每個目標的來龍去脈，都弄得一清二楚。香港的晉能公司基本是韓本偉在山西煤炭業集團的總部，是個管理機構，所以它的工作人員不多，其中只有五位是從山西來的高層，除了董事長韓本偉之外，還有就是副董事長，總經理和兩位副經理。其他的工作人員都是在香港聘請的。香港島南灣的豪宅是晉能董事長的住所，可是除了韓本偉之外，還有一位副經理羅峰巒也住在那裏，豪宅裏的服務人員也都是由香港一個家政服務公司以合同方式提供的。朱小娟派人接近晉能公司和家政服務公司的員工，旁敲側擊的打聽出來，副經理羅峰巒是實際負責公司和豪宅的安全。

北京國安部給朱小娟的資訊是，羅峰巒是韓本偉的山西老鄉，是從解放軍特種兵退伍後被韓本偉招到身邊，國安部特別提醒，他在部隊裏就有心黑手辣的傳聞。朱小娟看過由英國反間諜部門軍情五處傳來的嚴曉珠檔案，但是沒見過她本人，當她坐在離南灣豪宅一條街外的汽車上，看見一輛已經被確定是晉能公司的汽車開進了豪宅的大門，有兩個壯漢把一個女人押下車，朱小娟用望遠鏡觀察，嚇了一跳，以為是蘇齊媚出現了，她愣了一下才明白是嚴曉珠，她實在是太像蘇齊媚了。

朱小娟曾將嚴曉珠的姓名和她的英國護照號碼，都送到香港的每一個入境關口，要求一見此人，馬上通報。親眼看見嚴曉珠出現在她的望遠鏡裏時，馬上就想到了兩個可能：嚴曉珠是用另一本護照進香港，或者是偷渡進來。但是情況越來越詭秘，「夢斷魂」浮出水面後，軍情六處裏很可能是「警匪一家人」了。嚴曉珠被押解到韓本偉的豪宅來，意味著什麼？他們之間產生了矛盾，已經不是追蹤藏寶圖的同夥，而是敵人了嗎？那麼「夢斷魂」，這位軍情六處的叛徒，現在和這些人之間的關係又是如何？

因為嚴曉珠長得實在太像蘇齊媚了，朱小娟甚至還覺得被扣押在豪宅裏的是她的師父，想破門而入，把她救出來。朱小娟的頭漲得很大，只能求助於何族右。他的判斷是：「夢斷魂」菲力浦斯，

人還在香港，所以嚴曉珠才出現。她被晉能公司扣押，說明「夢斷魂」和山西煤老闆有非比尋常的關係，但是和「奪權」及「核彈頭」是否有關還不明確，還有就是除了晉能公司韓本偉的一夥人之外，「夢斷魂」還有哪些同路人，特別是軍情六處之外，在美國和英國政府及國會裏的保守派，都還不清楚，他要利用這次機會一查到底。他在南灣豪宅任務增加了警力，同時命令攻堅的飛虎隊也在附近待命，何族右告訴大家，負責豪宅安全的是解放軍特種兵出身的羅峰巒，絕對不能掉以輕心。然後他到優德大學向鍾為說明了情況，主要是告訴他，嚴曉珠現在是被綁架成為「人質」，關押在南灣的一棟豪宅裏，朱小娟已經在嚴密的監視，並且警方已經布下了天羅地網，一切都在監控中。鍾為希望香港警方能立刻執行搶救「人質」的任務，他願意參加行動。

于瑩是剛從警校畢業的實習警官，被分發到重案組，她拜朱小娟做師父，于瑩的出現讓朱小娟想起她和蘇齊媚在一起的日子，特別是于瑩有很多的言行都很像她自己年輕的時候。兩人是穿著便裝，坐在距離韓本偉豪宅一百多公尺外街口的車上執行監視任務。于瑩說：

「我們什麼時候才能進去抓人呢？老是坐在這裏孵豆芽，也不是辦法啊！」

「豪宅裏的人是跟北京的特大案子有關，他們是要在結案時刻執行全面大逮捕，我們必須要配合他們的行動。這跟你在尖沙咀盯上個小毛賊，隨時想抓就抓，不是一碼事。懂嗎？」

「但是北京總該有個抓捕計畫和預計行動的時間吧？」

「老何說，大概還得等個三，四天。」

「師父，我總覺得晉能公司最近要有行動了。你看見第三組的報告了嗎？晉能把他們所有的資產都換成有價證券了。你知道是誰去換的嗎？就是他們的副經理羅峰巒。但是他並沒有將有價證券交給董事長韓本偉。」

朱小娟說：「老何說過，他覺得這個副經理羅峰巒不是個簡單的人物，很可能是被派在韓本偉身邊的一顆釘子。」

于瑩看著朱小娟說：「說到老何，他可是要我監視你，不許你勾引鍾為上床。」

「你老實跟我說，你是不是在我背後打我的小報告？老何也真是的，私人的事他也要管，他管的也太寬了一點。」

「老何是為了你好，他怕無孔不入的狗仔隊發現你和我們的調查對象上床，那是違反我們警員行為規範，要是一上報，大家都吃不了，兜著走。以老何一貫鐵面無私的作風，他一定會把你炒魷魚的。」

「都是這些男人，煩死人了。」

于瑩說：「我的朱大警官師父，你是不是愛上鍾為了？」

「我愛人家，人家不愛我，有什麼用？」

「你就別騙我了，從鍾為看你的眼神，就知道他不會放過你。但是我要提醒你，不要賠了夫人又折兵。當年蘇齊媚也是愛上了她的調查對象鍾為，最後被他在愉景灣給擺平了。所以你可要千萬小心，別跟著你的師父一樣掉進鍾為的陷阱，被他拿下。不要賠了自己，讓他上了你，還要被老何炒了魷魚。」

「不許胡說八道，人家是大教授，做事有板有眼，才不像你們年輕人，沒說兩句話，就脫衣服上床。」

「大家都說你最近看起來年輕多了，別人不知道，但是你瞞不了我。是你把鍾為帶到廣州去見那個劉老頭，回來後，你就容光煥發，變得年輕了。這不是明擺著的，你讓他把你當成蘇齊媚，你們男歡女愛的，他把你折騰得死去活來。不過你放心吧，我不會跟老何說的。」

「于瑩，你是要拿這件事來威脅我，是嗎？」

「我不敢，不過請我吃一條清蒸石斑魚，會更增加我對師父的信心。但是我要告訴嚴曉珠，我的師父是鍾為最新的女朋友。」

朱小娟的手機響了，來電顯示是鍾為打來的：「小娟，有新情況嗎？」

「菲力浦斯來過了，但是停了不到半小時，又走了，並且走得非常匆忙。」

鍾為不說話了，朱小娟安慰他：

「這種時候了，你不要胡思亂想，我們要找到突破口把嚴曉珠安全的救出來，其他的都不重要。我知道你是在想我們為什麼不動手抓人，讓菲力浦斯有機會把嚴曉珠強暴了。鍾為，豪宅這麼大，我們在沒有確定嚴曉珠被關押的地點之前，不能輕舉妄動，否則嚴曉珠有被當場槍殺的可能。菲力浦斯現在是個亡命之徒，他不會有心情玩女人的。」

「可是他想嚴曉珠已經想了很多年了，他不會放過這大好機會的。」

朱小娟可以感到鍾為的痛苦，也完全明白了這兩個青梅竹馬戀人的愛情還是在燃燒著，她聽見鍾為繼續說：「我是擔心菲力浦斯知道他得不到嚴曉珠的心，所以在強暴了她的人之後，就會殺了她。」

鍾為的絕望很清楚的從電話裏傳出來，朱小娟傳開了話題：

「鍾為，你看見我傳給你的照片了嗎？認得照片裏的項鍊嗎？」

「很像我以前送給嚴曉珠的翡翠墜子，你是在哪裏發現的？」

「就在五分鐘前，它出現在豪宅二樓的一個窗口。如果你確定這是嚴曉珠的，那就是她傳出給我們的信息，她是被關在那間屋子裏。更重要的是項鍊是掛在窗戶的外面，這是她告訴我們她已經把窗子的鎖打開了。這就是我們要找的突破口，老何已經下了命令，菲力浦斯再出現時，我們就立刻執行營救行動。老何的人跟蹤菲力浦斯到一家在沙田的酒店，原來那是個窩點，他的團夥都集中在那，可以一網打盡了。」

鍾為歎了口氣說：「終於聽到好消息了。」

汽車裏的無線電對講機響了，傳來的是何族右的呼叫：

「總部呼叫朱小娟，請回答。總部呼叫朱小娟，請回答。」

「這是朱小娟，信號清楚。」

「目標有動靜嗎？」

「有負責採買的女工進出一次，目的地是附近的超市。負責清潔衛生的女工也有到最近的郵局寄信。」

「韓本偉、嚴曉珠和羅峰巒有沒有出現？」

「否定！但是羅峰巒曾出現在窗口，似乎是在等人。」

何族右的語氣變得很沉重：

「你們聽清楚我的命令，現在情況極轉直下，北京已經接到英國的正式要求，以企圖購買核彈頭進行恐怖活動的嫌疑，逮捕軍情六處香港情報站站長菲力浦斯，反間機構軍情五處取得了伊斯蘭組織的內部情報，核彈頭的來源是朝鮮。國安部決定要提早收網，現在菲力浦斯已經離開了沙田的窩點，他一旦出現在南灣的豪宅，就立刻執行搶救逮捕菲力浦斯的行動。由軍裝警隊攜帶必要裝備，以及飛虎隊員組成的行動隊，全體逮捕行動人員由朱小娟警官指揮。明白嗎？」

「明白！」

何族右接著說：「現在情況非常不穩定，北京方面接到情報，有境外不法集團已經和他們的頭號嫌疑犯康雍洲接觸，中間人就是菲力浦斯，英國的軍情五處已經派代表飛往北京協商，我必須出席會議，看樣子情況相當嚴重。剛接到報告說南灣附近的赤柱卜公碼頭有一艘高速遊艇從澳門開來停泊，帶來一批英國和美國的極端保守派份子，來接的人是香港中聯辦的秘書長洪肖蔡。胡定軍部長送來的資訊說，要特別注意羅峰巒，他是特種兵出身的職業殺手，你們一定要穿上防彈背心，準備雷明頓散彈槍，豪宅裏的任何人，有任何敵對行動，馬上格殺，明白嗎？」

朱小娟說：「知道了。」

「我和鍾為馬上就會到現場，一切按計劃執行。朱警官，我已經代表香港警方答應了國安部部長，南灣豪宅裏的目標一定只能在兩種情況下離開，要麼是帶著手銬離開，或者是平躺著被抬出去。你明白我的意思嗎？」

「署長，我完全明白，您就放心吧！」

何族右問：「朱小娟，你還有問題嗎？」

「署長，最近這幾天，有沒有偷渡客在南灣一帶出現？」

「你等著，我馬上叫人查，然後通知你。」

兩分鐘後，朱小娟接到通知：

「昨晚午夜有一輛人蛇的車出現在赤柱附近，車子後座有三個偷渡客，他們沒有接受停車檢查，高速開走，巡邏的警車發現了人蛇車停在路邊，人蛇被槍殺，偷渡客不見蹤影。他們有可能是豪宅內目標的援兵。」

于瑩說：「豪宅裏頭多出三個人，但是我們有一隊軍裝員警加上飛虎隊員，他們還是不夠看的。」

朱小娟說：「沒幹幾天刑警就很自大了，別小看他們人少，但是如果有強大的火力，還是會讓我們流血的。」

她和于瑩下車從行李箱裏拿出防彈背心穿上，從槍袋裏取出手槍做了最後的驗槍，將一顆子彈頂進了槍膛。兩人都將警證掛在脖子上。雷明頓散彈槍的槍托已經被短短的把手取代，槍管的長度也少了三英吋，它在近距離覆蓋面積大，同時殺傷力也很大，是在近戰的有效武器，朱小娟將五顆四號散彈裝進去，把槍放在膝上，將車移動到離豪宅只有五十公尺的近處，發動機沒有熄火。

于瑩可以感覺到她師父的緊張：「師父，我們這麼近，他們會不會查覺到已經被監視了？」

「我的感覺是他們應該已經知道被監視了。于瑩，如果他們要逃跑，不可能走後門，那裏離有計程車的大路太遠。看到那院子裏的三輛車嗎？他們一定要用這三輛車中的一部，院子的鐵門已經打開了，所以我們進去之前，必須用車把大門擋住。知道了嗎？」

于瑩說：「我知道了。」

朱小娟聽出來她的聲音裏，有著恐懼：「于瑩，別害怕，有我在，一定能把他們制服。更何況我要從天而降，嚇死他們。」

韓本偉怒氣沖沖的跑下樓來，到了客廳就對著羅峰巒大聲的說：

「你告訴我，是誰讓你把公司的資產變換成有價證券的？」

在晉能公司，當董事長和員工說話時，員工都是會起立，站得直挺挺的注意董事長所說的，多年來，打從羅峰巒從部隊裏退伍，回到老家，被晉能公司收留的那天起，他對韓本偉的必恭必敬態度，就如同他在部隊裏見到最高的司令員一樣，公司裏各部門的主管都以他為榜樣，教育員工們學習。但是今天他的態度變了，不僅沒有起立，還依舊坐在沙發上翹起二郎腿，手裏還是拿著一份報紙。韓本偉看在眼裏更是火冒三丈，他走到羅峰巒面前指著他說：

「他媽的，你是想造反了嗎？給我站起來！」

這時房間裏的人才發現，韓本偉手上握著一把黑呼呼的手槍，站在羅峰巒旁邊的三個人馬上往後退，拉開了三人之間的距離，同時三個人的手上都出現了手槍，韓本偉的聲音突然軟了下來：

「他們是誰？是哪裏來的？」

羅峰巒還是很鎮定自若：「他們是康委員派來的，因為帶著器材，不能從正常管道通關，只能在半夜裏上岸到這裏來。」

他很清楚的告訴韓本偉，這三個人是帶著傢伙來的，除了他們的手槍之外，還有其他的武器。但是韓本偉並沒有把他的槍收起來：

「他們是來幹什麼的？那些有價證券你放在哪裏了？」

「董事長，他們是康委員派來的保鏢，是不是先把槍收起來，我們慢慢說。槍不長眼，萬一走火，大家都不好。」

韓本偉說：「你說得沒錯，第一個腦袋開花的就是你姓羅的。」

「這裏有三支槍對著董事長，不難想像第二個開花的腦袋是誰的。」

「姓羅的，我提醒你，這裏是香港，不是山西太原，不會讓你胡作非為的。」

羅峰巒還是穩如泰山的坐著，手裏還是拿著報紙：

「同樣的，董事長也一定不想讓香港警方知道我們幕後的真正目的，更不想讓香港工商局發現晉能的真實活動。董事長，是不是？」

韓本偉還是一點都不退縮：「你老老實實告訴，你們是要幹什麼？」

羅峰巒說：「現在事情已經到了這個地步，我就讓你徹底的明白吧。我從開始就是康委員安排在董事長身邊的人，所以我並不是一個吃裏爬外的人，董事長當了山西煤老闆是得力於康委員的一手支持，但是他的春秋大業到了緊要關頭，需要晉能公司的資金大力支持時，董事長就一再拖延，這是忘恩負義。我將晉能的資產換成有價證券是執行康委員的命令，我們馬上要出發到赤柱的卜公碼頭，有一艘高速遊艇會把我們送到澳門，從那裏直飛太原。」

韓本偉說：「但是我老韓還不想動地方，我還沒有打算離開香港的計畫。」

突然，大門打開了，菲力浦斯走進來，他的手裏握著一把手槍，槍管上裝了烏黑的滅音器，他一句話都沒說，就向韓本偉開了兩槍。羅峰巒把報紙放下，他手裏也握著一把槍：

「站長，有情況嗎？」

菲力浦斯說：「你們現在就把嚴曉珠帶下來，我們需要馬上撤離。」

羅峰巒說：「我看香港警方已經在外面布控了，我們可能要強行撤離。」

「軍情六處和中情局都在法院取得了扣押我們的逮捕令，顯然那批保守派的議員們是一群廢物。我們需要馬上撤離，到赤柱卜公碼頭，有一艘高速遊艇在等我們去澳門。我們開兩部越野車，老羅和我坐第一輛，老林和老梁帶著嚴曉珠坐第二輛。雖然很近，大約只要二十分鐘就能開到，但是沿途如果有任何障礙，馬上集中火力壓制。」

三名保鏢把手槍收回槍袋，從手提袋裏拿出了衝鋒槍，裝上長長的彈夾，拉開槍機，把第一顆子彈推進槍膛。其中一把衝鋒槍交給了羅峰巒，他取出手機，按下快撥鍵，響了一聲就接通了：

「洪秘書長，我是羅峰巒，我們二十分鐘後到達，叫船老大啟動引擎。」

嚴曉珠從二樓被押到客廳裏，她首先看到菲力浦斯，又看見倒在地上的韓本偉，走過去摸一下脖子上的脈搏：

「他死了，菲力浦斯，你們不是準備要離開了嗎？那為什麼還要殺他？」

菲力浦斯說：「別囉嗦，你老實的跟我們走。」

這時有個帶槍的保鏢推門進來：「羅總，這個姓鍾的說有要事，一定要見菲力浦斯先生。我搜過身了，他身上沒帶傢伙。」

菲力浦斯走過來說：「啊！我們的鍾為大教授，歡迎，歡迎！您是來找我，還是來找您的老情人嚴曉珠呢？」

嚴曉珠大聲的說：「鍾為，你來幹什麼？這裏沒你的事，你快走吧！」

鍾為沒有回答她，但是說：「軍情六處多年來有一個令人刮目相看的傳統美德，那就是你們的叛徒都是為了高尚的理念，但是你這位香港情報站的站長卻打破了傳統，為了女人和金錢……」

菲力浦斯打斷了他：「閉嘴！我沒時間跟你瞎扯。告訴你，你的女人我要了，她的床上功夫是第一流，但是就在這樓上，我把她搞得死去活來。」

嚴曉珠看得出來，鍾為被傷害，他在極端痛苦裏掙扎著，但是他在承受著：

「菲力浦斯，我是來和你談交換條件的。你不是千方百計想要拿到伊斯蘭寶藏的地圖嗎？它在我手裏。你讓嚴曉珠走出這大門，我就把藏寶圖給你。」

「所有的人都說你這位大教授為人正義，你難道不知道，她是殺害你所愛的石莎和蘇齊媚的幕後兇手嗎？」

「沒錯，員警也是這麼說，但是嚴曉珠還沒有承認，我要嚴曉珠在法庭上接受審判，如果判決有罪，她就應該受到法律的懲罰，大門之外有員警在等著她。但是在此之前，她還是我小時候的朋友。」

「果然是正義凜然。鍾為，藏寶圖現在你身上嗎？」

「沒想到，軍情六處香港情報站站長，還是保有當年大不列顛帝國對殖民地的思想，認為被你們統治過的人，世世代代都變傻了。你真的認為我會把藏寶圖放在身上嗎？」

「那你先告訴我，你是怎麼拿到藏寶圖的？」

「我們海天書坊的總經理梅根，她從一位伊朗軍火商手裏拿到的。軍火商的名字叫銀狐，他是從伊朗的一個清真寺裏搶來的。你應該非常清楚這個背景吧！」

菲力浦斯哈哈大笑，他對鍾為說：

「銀狐生前是我的老朋友，是他告訴我伊朗清真寺裏有一張藏寶圖，多年前我和他帶人去奪了過來，然後銀狐就被殺，那張藏寶圖也就失蹤了。現在終於從你這裏知道了它的去處，這是第一次我聽到有關藏寶圖的資訊，它的一切都對上了。有了溫哥華的海天書坊和梅根線索，我自己去取，相信不會太難。你的青梅竹馬老相好嚴曉珠，我是非要留下來，我每天都要睡她，為了要讓她不想你，鍾為，你必須死。所以你就上路吧！我要了你的女人，你一路走好了。」

菲力浦斯舉起手槍，對準了鍾為，正要扣下扳機時，嚴曉珠飛身撲了過來，菲力浦斯的兩槍都擊中在她身上，她驚叫一聲，向後倒下在鍾為的懷裏。

朱小娟和兩名穿著制服的刑警從關押嚴曉珠的房間爬了進來，客廳裏的人都還被眼前發生的驚心動魄悲劇吸引住時，她大聲的呼叫：

「香港員警！把槍放下，不許動。」

同時，刑警于瑩和飛虎隊的全副武裝隊員從大門破門而入，也高聲呼叫所有的人都放下武器，投降。但是羅峰巒的手下和菲力浦斯的死黨都是亡命之徒，他們明白投降後的結局是什麼，他們沒有放棄和投降，反而是開槍頑抗，一時整個豪宅裏槍聲大作，裏面的人掙扎著要奪門而出，外面的員警用強大的火力壓制。

菲力浦斯知道他的整個計畫失敗了，他以為鍾為一時糊塗，拿著藏寶圖來自投羅網，他正好可以殺了鍾為，帶著嚴曉珠和藏寶圖，人財兩得，去享他後半生的福。但是他終於明白，這是精心設計的攻堅營救行動，現在全盤皆輸，他是活不成了，可是他想到多年的努力折騰，都沒讓他得到嚴曉珠，他想到了滿嘴的尿騷味，一定要她在棺材裏替他墊底。他看見嚴曉珠還是一動都不動的伏在鍾為的身上，她的背上流滿了鮮血，顯然是在為了保護鍾為而被擊中。正想再給這一對戀人補上兩槍，但是聽到身後的聲音：

「菲力浦斯，叛國賊，把槍放下。」

他稍一猶豫，槍聲就響了，最後出現在他腦海裏的是一片黑暗。

近距離的駁火，槍戰很快的就結束了。朱小娟和她的刑警居高臨下，發揮了很大的殺傷力，晉能公司的保鏢和菲力浦斯的團夥最後是死的死，傷的傷。鍾為坐在地上緊緊的抱著受了重傷，渾身是血的嚴曉珠，他輕聲的說：「曉珠，你挺住了，救護車馬上就到了。」

她氣若遊絲的回答：「晚了，一切都晚了。鍾為，我對不起你，我以為只要我累積了足夠的財富，你就會留在我身邊。但是我錯了。可是你一定要明白，我是愛你的，我這一生也只愛過你一個人。」

「我知道，你別說了，省點力氣，把傷養好，就不晚了。」

「別安慰我了，最後死在你懷裏，要比一輩子關在牢房裏好多了。唯一遺憾的是，我們就只有在德國小鎮的那麼一次，你就再也不碰我了。唉！這就是命，我就認了。來，你聽好了，讓我告訴你要的資訊，北朝鮮的兩個核彈頭，一個給了康達前的親戚，已經拿走了，另一個是要給伊斯蘭國的，但是還沒送出來。鍾為，你一定要好好的活著，能偶爾想到我……」

嚴曉珠的生命是在醫院裏結束的，她的遺體運回到英國，火化後骨灰葬在穆斯林墓園。「夢斷魂」菲力浦斯的遺體是由香港總領事館負責火化和處理骨灰。因為追蹤核彈頭的問題還沒有完全確認，何族右就把南灣豪宅的槍戰實況壓住，不對外公佈，只說是黑道火併。整件事情的經過，只通知了中情局的富爾頓。

朱小娟在攻堅營救的行動裏立下了大功，他人眼裏，是個真正的英雄人物。但是她辭職了，雖然她是以有家人在加拿大需要照顧為理由，這位敢愛和敢恨的女英雄，決定奔向愛情。出乎所有人的意料，何族右馬上就批准了朱小娟的辭職申請，因為已經積累了三個月的年假，她可以立刻休假，三個月後就離開員警的工作。朱小娟有一個無人知道的秘密任務，必須完成。

鍾為在香港優德大學最後的一年是他一生的專業達到最頂峰的時候，但是當他深愛著的女友蘇齊媚，一位優秀的員警，為保護他而犧牲在他懷裏的瞬間，鍾為的世界破碎了。他放棄了一切，陷入

了黑暗的深淵。癡心的邵冰用無比的溫柔為他療傷，帶他來到了溫哥華，鼓勵他提起筆來把一生的感受寫下來。鍾為並沒有和將他的故事寫成「傳記」，而是以他的經歷為背景和故事的主軸，創作了一部長篇小說，內容有纏綿緋惻，蕩氣迴腸的愛情和驚心動魄的行動。沒想到的是出版後深受讀者的喜愛，成為暢銷小說。意想不到的寫作成果，使鍾為全心的寄情在筆墨之間，他隨後又寫了幾本非常暢銷的懸疑愛情和偵探小說，寫作成為他新的人生活動。鍾為和邵冰沒有很多新交往的朋友，他們是在逛書店時遇見了梅根．班達，她是「海天書坊」的經理，也許是因為趣味相投，她和邵冰成了好朋友。當時海天書坊的經營不是很好，連年虧損，店主急著要想脫手，在邵冰大力的慫恿下，鍾為就把書店買了下來。請梅根．班達繼續擔任總經理。

鍾為一生沒有成家，他的生活簡樸，作為名教授所拿到的薪酬大部分都交給理財專家作了長期的投資，因此，到了加拿大後，雖然是他一生中第一次沒有一份「固定收入」，但是他的生活還是很寬裕。他又繼承了一位遠房堂伯父留給他一棟坐落在離卑詩大學不遠高級社區裏的房子，鍾為將它徹底裝修，改成書店，把海天書坊搬了過去。邵冰本來是想，鍾為寫書，她開書店，是個天長地久的好安排，但是不能忘懷的舊情，使他無法跳出孤獨和哀傷，邵冰使出了一切的力量都無法改變他，最終他懷著無限的歉意和遺憾，看著邵冰離去。鍾為發現自己愛上了梅根，但是她已經是有夫之婦，他只能將這份情深深的埋在心裏。

陽光海岸是坐落在加拿大卑詩省和溫哥華島之間喬治亞海峽的東岸，它是得到上天眷顧的世外桃源，那裏有蔚藍的天空，溫暖的陽光，清淨的海水，靜謐的叢林，有山海之間的淡泊和遺世明珠的優雅，一切都是非常浪漫又返璞歸真。陽光海岸沒有讓人有精雕細琢的感覺，但是給人一份廣闊的野性，原始與孤獨。它的海水沒有加勒比海的蔚藍或碧綠，在多雲天空的映襯下，茫茫一片灰色，但是近看是清澈透明得讓人不相信是海，水中的鵝卵石歷歷在目。

沙灘上，海水沖刷上來的貝殼、海藻、粗木頭、石塊鋪陳一路，組合成一種蕭索和嚴峻的原始美態。尤其是泛白的巨木，像是崢嶸白骨，堆砌出一種異樣的歲月滄桑感覺。雖然看得到稀稀落落的房子，但是看不出太明顯的人類沾動痕跡，海邊常常有突出的岩石、暗礁和植物覆蓋的石頭小山。在礁石上三三兩兩停著的海鳥不時發出尖銳的叫聲，更加重了這裏蒼涼的感覺。陽光海岸的一邊是大海，另一邊是山脈，海岸線深入茂密的原始森林。溫帶雨林區最適合生長杉樹和松樹，樹木粗大，樹影濃密遮天閉日。道路筆直地穿林而過。陽光海岸的與世隔絕環境把鍾為牢牢的吸引住。他在這裏買了一棟房子。作為一個孤獨和有沉重哀思的人，陽光海岸是最能讓鍾為得到心理上的平靜，讓他安心的寫他的小說和專業書籍。每當看到書架上排著他所出版的書，其中還包括了被翻譯成他看不懂的文字版本，鍾為就非常的高興。這些幾乎就是他生命的全部了。

沿著陽光海岸還有一條非常吸引人的步道，輻射了一整天的陽光，最後成為夕陽光彩散落在彎曲的步道上和岸邊的海面上，步道像似一條小河，河裏流著溶化了的黃金，而岸邊的浪花像是一顆顆在閃爍跳躍的鑽石。

在三英哩多長的步道上，鍾為是常客，他發現每天周而復始的景色和環境帶給他想不到的舒適，當他經過同一棵樹和同一個彎道時，像是又見到了相識的老友。但是老朋友也會穿不同的衣著出現，他會驚歎分明的四季帶來景色變化的美。鍾為特別喜歡在冬天慢跑，步道邊上一塊塊的積雪將深秋初冬的金黃色彩裏加上了一抹的蒼白，在他面前永遠出現凍結成霜的呼氣和眼睫毛上白色的霜，都會在他孤獨的生活中增加一分讓他思考的空間。鍾為在慢跑中思念失去了的愛情和離去了的愛人，但是讓他喜悅的是梅根會在最後出現。

朱小娟來到溫哥華的海天書坊時，梅根已經在辦公室等著她：

「朱警官，您好！您大老遠的從香港來，一路上一定很很辛苦。」

「班達女士，我已經到加拿大三天了，先去拜訪了我家裏的長輩，也休息夠了。現在我需要檢查一下海天書坊最近安裝的安全警報系統。」

她們握手打招呼後，朱小娟注意到梅根不僅有美麗外表的大美女，還有一股說不出的吸引力，她禁不住盯著她看，忘記了把她的手放開，梅根笑著說：

「我不會跑掉的，可以把手放開了。您忘了嗎？你還當過我的保鏢呢！」

朱小娟立刻鬆手，漲紅了臉說：「對不起。您搖身一變，變成了絕美的婦人，我是不認得了。」

「當時我一把鼻涕，一把眼淚，一定很難看，是不是？」

「我記得那時醫院裏有人說，到底是美人胚子，哭起來都很漂亮。怪不得鍾為現在是左一聲梅根，右一聲梅根，我看他想你想得都發瘋了。」

「太好了，我還以為他眼不見，就把我忘了。鍾為他還好嗎？嚴曉珠的事把他折騰壞了吧？」

「嚴曉珠是殺害石莎和蘇齊媚的幕後兇手，讓鍾為非常的沮喪，但是當她被綁架成了人質，鍾為不顧我們的阻擋，單槍匹馬進入豪宅救她。最後在槍林彈雨中，嚴曉珠和我師父蘇齊媚一樣，奮不顧身地替鍾為擋住了兩顆子彈，人性的光輝在她的最後時刻終於出現了。我相信鍾為對她的影響終於體現了。」

梅根說：「鍾為每次說起蘇齊媚還是非常的傷心。這世界也真說不清，兩個長得一模一樣的美女愛上同一個男人，經過了大風大雨，結果都走了。」

朱小娟說：「鍾為要我仔細的檢查測試你們這裏的安全系統，他怕嚴曉珠已經下達了加害你的命令。他跟你說蘇齊媚的事之外，還說過誰？」

梅根笑得花枝招展：「當然是說比師父更漂亮的徒弟了，所以你在珠江河邊如何的被男人穿刺得死去活來，我都一清二楚。」

朱小娟滿臉漲得通紅，不知說什麼好時，有人推門進來，放了兩杯熱騰騰的咖啡，牛奶和糖在辦公室的小圓桌上，梅根說：「朱警官，坐下來嘗嘗我們海天書坊的咖啡，這是我們有口皆碑的賣點，很多客人都是因為想喝我們的咖啡才來的。」

加了一點牛奶後，她喝了一口：「真的是很好喝。別叫我什麼警官了，叫我小娟。」

「我也一樣，所有的人都叫我梅根，除了鍾為要氣我的時候，沒人叫我班達女士。」

從這話裏，她能感覺到梅根和鍾為之間的親密。端起咖啡杯，透過從杯子中上升的蒸汽，朱小娟看見坐在面前的梅根臉上沒有化妝，但是卻帶有一絲淡淡的健康色紅潤，近距離的觀看，她覺得梅根是在對她發射魅力，她想去抱她和吻她。沒有化妝的臉，雖然是穿著剪裁合身的衣服，但是全身都是素色，朱小娟說：「對不起，梅根，你是在守喪嗎？」

「是的，我丈夫去世不久。」

朱小娟不假思索的說：「那你已經是寡婦了？」

梅根笑起來了：「沒錯，根據加拿大的民法，我現在是寡婦了。」

「那你是單身了，梅根，你什麼時候和鍾為結婚？」

「我很年輕的時候就嫁人了，沒有經歷過真正的單身女人生活，很希望經驗一下。小娟，但是現在我又當了寡婦，寡婦的單身和一般的單身很不同，有太多理不清的過去。又加上有一批虎視眈眈的男人，要拉你上床，很煩人的。我知道鍾為很擔心我會跟別的男人跑了，但是我一定會嫁給鍾為的，不僅是為了愛情，我還欠他欠的太多了。你不是說你還要待好幾天嗎？我很希望跟你說說鍾為的事，當然還有你和他的事。」

朱小娟低下了頭，小聲地說：「對不起，梅根。」

梅根握住了朱小娟的手：「小娟，別緊張，鍾為和我經常通電話，交換電郵，最近的一兩個月，他跟我說的事都是關於你的事，他很喜歡你。」

「梅根，我知道我是個不錯的員警，但是作為一個女人，我是一敗塗地。當年我師父蘇齊媚和鍾為戀愛的時候，我就愛上了鍾為，那時我的未婚夫還是鍾為的學生。所以面對著師父和未婚夫，我只能把我心裏的一把火硬是熄滅。但是這次鍾為回到香港，我再也無法忍住，我侵犯了他。梅根，對不起。我知道鍾為就只要和你天長地久。他是因為太寂寞了，所以才讓我有機會侵犯他。」

「沒錯，我們是互相的承諾在我們的一生，他和我是要天長地久。你能照顧他，我很感激，你沒有對不起我。小娟，男人的事可是一輩子都談不完的，我們先談重要事，然後再來談鍾為，好不好？」

「謝謝你，梅根。我和吳秉思的事你都知道了嗎？」

梅根說：「鍾為都跟我說了，真難為你了。」

「吳秉思是個很優秀的國安部偵查員，梅根，我們是那種好朋友，你明白嗎？」

「我不是老古董，當然明白了。像你這麼可愛的女員警，無論男人或女人，人見人愛。」

她嚇了一跳，因為梅根抱著她，親了她一下，朱小娟就順勢摟著她說：

「鍾為一直在讚美你，還有你們的詹森教授是當今最精彩的古本文物專家，所以我才來找你們。」

「鍾為把申婷熙給他的藏寶圖照了相傳過來。我們將它的來源和前後發展的經過都做了對比和研究。根據伊斯蘭宗教的傳統，古蘭經是最神聖不可侵犯的『神器』，只有善人才能去接觸，並且還要沐浴更衣才能去朗讀。以後的宗教領袖也常把他們留給後人的重要文件和古蘭經放在一起，目的是防範被不肖之徒取得。根據青海循化縣的老人說，當年古蘭經被送回來時，放經書的匣子裏頭的一張地圖，還有古蘭經的最後兩頁，都不見了。合理的推論是被西北的馬家軍閥奪走了，同時也可以推測那最後兩頁的內容也很可能和失蹤的地圖有關。」

朱小娟說：「啊！我知道了，所以你們就找了另一本古蘭經做對比，看看那失蹤的兩頁上究竟是寫的什麼。」

「這麼聰明的美女，怪不得鍾為不放過你。在中國有兩本古代的手抄本古蘭經，一本是保存於甘肅臨夏東鄉縣坪莊鄉哈穆則嶺拱北，這是一部非常珍貴的古籍，根據它所採用的封面風格，彩繪藝術，書法字體及紙張，傳承的資訊，成書及修補的時間等等，可以判斷抄寫的年代是在西元九世紀到西元十一世紀之間，約有一千年左右的歷史，毫無疑問是最古老的《古蘭經》手抄本之一。第二本手抄本古蘭經就是我們說的青海循化縣街子清真大寺裏的那本，相傳是七百多年前，撒拉族先民尕勒莽和阿合莽離開故鄉撒馬爾罕舉族東遷時帶來的。」

「你們還跑到青海和甘肅去做對比，挺老遠的。」

「我們是在北京國家圖書館裏借到了影印本，做的對比。結果是除了最後的兩頁外，其他的內容完全相同。」

「最後這兩頁的內容說的是什麼？」

「這最後的兩頁顯然不是用一般的阿拉伯文字寫的，那是一種古阿拉伯文字，是從上古時代的閃族象形文字延伸出來的。詹森教授，在海天我們都叫他大約翰，他馬上聯絡到一位在德黑蘭的什葉派伊斯蘭學者和一位在埃及的古阿拉伯文和閃米人文字專家，他們願意幫忙找出這兩頁所寫的內容，所以他馬上提著行李就上路了。我們基本上是清楚了這兩頁附件裏的內容是什麼，但是沒想到的是，它引起了一批伊斯蘭學者非常大的興趣，說這份文件和數百年前遜尼派和什葉派穆斯林的流血鬥爭有關，是個天大的發現，他們把大約翰當成寶貝似的，他樂不思蜀，不想回來了。」

「他對那兩頁附件是怎麼說的？」

梅根站起來說：「這兩頁的內容是描述當年什葉派穆斯林領袖『伊瑪姆』，為了應付遜尼派的挑戰，開始將巨大的金銀財寶隱藏，他選擇了貝多因遊牧民族的地盤作為藏寶地點，製作了兩張相同的詳細藏寶地圖，交給了從當地出來的貝多因伊斯蘭宗教學者，依薩克・沙爾基，並且告訴他，這些寶藏一定都要留給什葉派的穆斯林。十四世紀時，遜尼派裏的居心不良份子知道了寶藏的事，計畫以武力奪取藏寶檔。因此依薩克・沙爾基的後人將一張特別製作的模擬假藏寶圖，放進一部《古蘭經手抄本》交給撒拉族的阿合莽帶出到東方的中國。」

「這兩頁用古象形文寫的附件是誰放進去的？」

「顯然是放假圖的同一個人，也就是伊斯蘭宗教學者，依薩克・沙爾基的後人放進去的，它是告訴《古蘭經手抄本》的所有人，如果藏寶圖被壞人搶劫，不用擔心恐懼，藏寶圖非真，寶藏終歸將是回到虔誠的什葉派信徒所有。」

朱小娟問：「真本藏寶圖是存放在哪裏呢？」

梅根說：「依薩克．沙爾基的後人是請了當時最有名的繪圖專家製作了假的藏寶圖。同時模擬製作了一張真圖。他將真本藏寶圖千辛萬苦的送到什葉派穆斯林最大的集中地波斯，交給一個清真寺裏的大祭師。同時將一張模擬本藏寶圖帶回他的家鄉，交給他的家人，也就是當時的富查伊拉酋長國的酋長，哈馬德．本．穆罕默德．沙爾基。富查伊拉酋長國是阿拉伯聯合大公國裏最東邊的一個很小，又是非常貧窮落後的酋長國，面積只有一一六五平方公里，只有十三萬人口，全都是虔誠的什葉派穆斯林。」

朱小娟說：「這樣就真的完成了當年『伊瑪姆』的遺願了。」

梅根接著說：「富查伊拉酋長國地下沒有蘊藏的石油，是阿聯酋裏最貧窮的一個國家。但是龐大豐盛的『古蘭經寶藏』給他們帶來了空前的財富，穆罕默德．沙爾基酋長聘請了理財專家，在全球的市場投資，他用所得的利潤在十幾年的時間裏，改善了富查伊拉酋長國人民的生活，發展教育，帶動多元化的經濟。進入了二十一世紀後，富查伊拉成為阿拉伯聯合大公國裏最適合居住的地方。但是穆罕默德．沙爾基酋長沒有忘記他的先人，著名的伊斯蘭宗教學者，依薩克．沙爾基所留下的遺言，將寶藏所換來的財富分出了一半，分別的請一家端士理財銀行保管和投資，等待另一張完全雷同的藏寶圖來臨。」

梅根發現朱小娟來到她身後，靠得很近，站在落地窗前看著海天書坊的院子，她繼續說：

「多年後，波斯成為伊朗王國，七〇年代，伊朗人推翻了親西方的巴勒維王朝，建立了伊斯蘭共和國，趕走了西方的石油公司，和中東地區的伊斯蘭聖戰組織建立了絲絲縷縷的關係，同時採取了『聯合泛阿拉伯國家，堅決消滅以色列』的立場，為了對抗由美國牽頭的西方勢力，它和俄羅斯建立了密切關係。幾百年來，依薩克．沙爾基的另一張真本『古蘭經寶藏』地圖是收藏在德黑蘭郊外的一

座清真寺裏，但是二十一世紀初，來了一群蒙面的武裝份子，強行進入清真寺，奪走了藏寶圖。最後落入了伊朗恐怖份子，也是黑市軍火商，伊塞艾的手裏。他把藏寶圖交給朝鮮金家王朝大太子金正男，作為他准保購買一系列核彈頭的預定金。申婷熙從金正男手裏拿到了藏寶圖後，就交給了她的妹妹吳秉思，我相信，那張真藏寶圖現在就在你的手裏。」

朱小娟從她背包裏拿出一個信封：

「藏寶圖就在這裏，是申婷熙留給鍾為的，我帶來交給你了。」

她打開信封，正要拿出來時，梅根高聲的說：「別動！」

梅根打開抽屜拿出一副白色的棉布手套戴上，然後小心翼翼的把藏寶圖從信封裏取出，她說：

「我的朱大警官，你知道這張藏寶圖本身的歷史和考古價值是多少嗎？任何細微破損都將嚴重的影響它在古籍文物市場的價值，你也太不小心了。」

「還好你不知道我把這信封都放在什麼地方。」

「什麼地方？」

朱小娟嘻皮笑臉的說：「就放在廚房的火爐邊上。」

「你是存心來氣我，是不是？」

梅根從櫃子裏拿出一個特別的透明塑膠盒子，蓋子的四周是用橡膠做的密封邊緣，然後又拿出一個小型的壓縮氣筒。她將藏寶圖放進盒子裏，把密封蓋子緊緊的蓋上，固定封死。最後將壓縮氣筒的管子插入通氣口。她說：

「這些古籍文物最怕的就是氧化作用，如果放在空氣裏一久，首先就是褪色，字跡和圖案都慢慢的模糊，再放久一點，這些羊皮紙也會變質，最後就完全碎裂了。我現在把它放在密封的盒子裏，又把盒子灌滿了惰性氣體，基本上是把氧化的過程停止了。」

「真沒想到，這裏頭還有這麼大的學問。」

「本來就是這樣，我們想盡方法把歷史事件的證據保存下來，讓你們這些學歷史的人來大做文章，可是你們一點都不把我們當回事，總認為我們的目的是為了賺錢，太不公平了。」

朱小娟轉過身去，面對著梅根，把她抱住：

「梅根，你要是讓我親一下，我就再給你一張同樣年代的藏寶圖。」

「小娟，你不可以騙我。」

梅根的身體貼緊了朱小娟，抱住她，張開嘴迎接。互相愛撫一陣後，梅根推開她：

「另一張藏寶圖在哪裏？」

朱小娟又從背包裏拿出一個信封：

「被軍閥馬步芳從青海撒拉族的清真寺搶走的藏寶圖被他賣給了阿拉伯親王，後來輾轉到了嚴曉珠的先夫巴伯拉手裏，他去世後，嚴曉珠請專家鑒定，知道它是假圖，但是她不動聲色，穩住了對她有野心的人。後來，嚴曉珠把它給了鍾為，這就是這張假藏寶圖的來龍去脈。」

梅根很小心的把第二張藏寶圖從信封裏取出，仔細的觀看了一會兒，做了同樣的處理，她說：

「小娟，你過來看看，看得出不同的地方嗎？」

朱小娟靠了過去，仔細的觀看，她吃驚的說：

「我看這兩張圖是完全一樣的，到底不同的地方在哪裏？」

梅根說：「這說來話長，我餓了，我請你吃晚飯，我們這裏新開了一家中國餐館，你來點菜，我們邊吃邊談。但是我跟你說，我不明白古人是怎麼想的，這張假圖和真圖是千年前同一個繪圖者製作的。它們在古本文物的價值上是同樣的，都是百萬級美元以上的古本文物。現在都放在我們海天書坊，我要跟你痛快的喝一杯慶祝。」

梅根和朱小娟吃了一頓豐盛的晚餐，兩人一起喝了一瓶酒，她們似乎是相見恨晚，談得很開心。

朱小娟說：「對不起，梅根，我知道鍾為是你的，可是我忍不住侵犯了他。」

梅根說：「鍾為是個大男人，如果他是真的不願意，你能侵犯他嗎？所以你也不必內疚了。」

「你誤會我的意思了，我對他不內疚，後來他蹂躪我的時候一點都不手軟的。我是感到對你有內疚。」

「小娟，你別這麼想，雖然鍾為是說了要和我在一起，但是你還是有權力愛上他，何況他也挺喜歡你。你和他的事我們慢慢的談，你先告訴我，回答我問你的問題。吳秉思不是在朝鮮長大的，而是在中國的吉林長大的。她對朝鮮還有很深的感情嗎？」

「吳秉思跟我說過，從她懂事的時候起，她就是吳家的人，父母親和她弟弟對她都非常好，並且還讓她受最好的教育，她根本沒感覺到是被領養的。雖然她姐姐申婷熙跟她說了很多她親生父母的事，但是他們從來沒來看過她，所以對他們一點感覺都沒有。她一直覺得一定是親生父母不喜歡她，才會把她送給別人，然後就不聞不問。」

「我是想問你，吳秉思對朝鮮這個國家還有沒有認同感？」

「她對朝鮮的認識是來自她的姐姐申婷熙，還有就是從一些脫北者的道聽塗說，可想而知都是負面的。尤其是申婷熙，她對朝鮮是充滿了仇恨。梅根，你問這些幹什麼？」

「我是想知道她對那張藏寶圖的看法。」

朱小娟說：「那是申婷熙遺留給鍾為的，鍾為叫我送到海天書坊，所以我才來交給你了。」

梅根說：「你說的是沒錯，可是鍾為提醒我說：這張藏寶圖是申婷熙從她老公金正男手上拿到的。藏寶圖的原本所有人是伊朗的什葉派清真寺，後來被他們的恐怖份子伊塞艾搶奪了，最後，這張藏寶圖是用來購買朝鮮改造的箱型核彈頭。如果不管核彈頭的原始所有人，理論上朝鮮應該是這藏寶圖的主人了。在一個極權國家，獨裁者的大太子代表為主人，不足為奇。鍾為認為他個人或海天書坊不合適做藏寶圖的主人。」

朱小娟思考了一會兒說：「如果大太子把藏寶圖送給他的妻子，在朝鮮是件正常的事，所以吳秉思的姐姐就是藏寶圖的主人了。她有權把它送給別人。」

梅根說：「也許你說得對。但是鍾為對這個藏寶圖有心理障礙。」

「梅根，你是說什麼？」

「把藏寶圖送到朝鮮的伊朗人伊塞艾個恐怖份子，外號叫『銀狐』，他是個大色鬼，我和他打過交道。」

「我知道，你們是在香港的國際古籍文物排賣會上碰到，他色迷心竅，想引誘你，沒想到他居然色膽包天，在晚上闖進你酒店的房間，把你打昏倒了。」

梅根接著說：「等我醒過來時，發現我一身光溜溜，赤裸裸的躺在床上，伊塞艾把頭埋在我大腿的中間，用他的舌頭想挑起我的情欲，然後才來玩我。當我把腿彎起來時，他以為我終於有反應了，就起身要穿刺我。」

朱小娟說：「你被他穿刺了？」

「我讓他失望了。他沒想到，我會用腳大力的踹他完全膨脹了的老二，然後我又把一壺滾燙的咖啡潑在他老二上。當時他還口出惡言罵我，我一氣之下，敲破了咖啡壺，刺進他的下體，把他閹了。」

朱小娟說：「太好了，應該給這大色鬼一個教訓。但是也太危險了，就差一點，你真的沒被穿刺啊？」

梅根說：「你和鍾為一樣，都還不太相信我沒有讓伊塞艾穿刺了我，是不是？」

「你知道嗎？梅根，愛你的人是怕你被別人穿刺。當我告訴我的愛人吳秉思，我愛上了鍾為，她說我做什麼都行，就是不能讓他穿刺我。我和鍾為親熱時，還特別的告訴他，怎麼玩我都行，就是不能穿刺我。可是他就是不聽話。害得吳秉思還跟我大吵一頓。」

「是你自己忍不住招供了？」

「吳秉思一眼就看到，我的臉色容光煥發，春情蕩漾，她馬上就明白鍾為已經上了我。」

「我們女人就是不能偷情，一眼就會被人看出來。我和鍾為到紐約去，回來後，我老公的姐姐就問我是不是有了婚外情。」

朱小娟說：「對我們女人太不公平了。但是你知道嗎？被你閹了的大色鬼後來的下場也很慘。」

梅根說：「我聽說，伊塞艾被香港員警逮捕，檢察官以非法侵入和強姦未遂罪起訴他，他被法院判了驅逐出境。但是在他準備上飛往莫斯科的航班時，被人神不知鬼不覺的綁架，最後是被人活生生的推進了火力發電廠的鍋爐裏燒死的。但是每次一提起和這個外號叫銀狐的伊朗人，鍾為就不高興。你現在知道了他為什麼不肯從你的手裏收這張藏寶圖的原因了。」

朱小娟說：「你是鍾為的人了，他當然是在意你被這個大色狼剝了衣服上下其手，還舔了你的全身。要我是他，我也受不了。我現在看你這大美人，想到你被壞人摸了全身我也來火，把他燒死是罪有應得。」

說完了就撫摸著她放在桌上的手，還再問：「梅根，你真的沒有和他發生關係嗎？」

「你要是再氣我，小娟，我就不理你了。一個鍾為就夠我受的了，現在又加上了你。」

但是梅根沒有把手抽回來，她聽見朱小娟說：

「別不知好歹，我和鍾為一樣，只是關心你這個大美女。」

「別以為我不知道，你是因為他，才關心我，是不是？不過沒關係，有人關心，總是好事。」

朱小娟低著頭不說話，梅根就繼續說：「你知道嗎？鍾為是不會接受申婷熙給她的藏寶圖的。根據大約翰說的，那是張真藏寶圖，它將帶來巨大的財富。我猜想鍾為會把它還給朝鮮，交給申婷熙的老公金正男。但是依照目前的情況，這筆財產就會到了朝鮮的獨裁者手裏。這是我們都不願看到的。所以我才問你，吳秉思對朝鮮的感覺，小娟，你覺得這筆巨大的財富該怎麼辦？」

朱小娟說：「原始的寶藏是來自什葉派穆斯林，始作俑者的原意也是要留給什葉派穆斯林的後人，你們的大約翰說，從原始的寶藏中已經創造了一大筆財富給什葉派穆斯林的後人。如果鍾為不要秉思的姐姐給他的藏寶圖，它能帶來的財富也不能給朝鮮的獨裁者。其實朝鮮和它根本沒關係，這是恐怖組織拿來換核彈頭用的，但是核彈頭不是屬於朝鮮的，它是從俄羅斯偷來的。所以我建議這筆財富應該拿來作慈善事業。」

梅根回應說：「我舉雙手贊成，我相信鍾為也會同意的。朝鮮目前還是有不少人吃不飽，每年還有人餓死，我們可以捐錢給朝鮮買糧食。」

「但是不能交給朝鮮政府，他們會拿去買核彈頭。應該交給國際組織買糧食送進去。」

「那就交給聯合國開發總署的凱薩琳。」

朱小娟問：「凱薩琳是誰？」

梅根說：「是鍾為的老相好，一位烏克蘭美女。她是聯合國開發總署在朝鮮的圖們江計畫負責人，做了很多改善朝鮮人民生活的工作，他們需要經費，我想這筆錢就給他們吧！」

朱小娟說：「太好了，這樣鍾為也不會有意見了。到底是幹總經理的，就是高人一等，怪不得鍾為這麼愛你。梅根你為什麼不叫他回溫哥華呢？」

「我說了，但是他不肯。因為正好碰上我老公走了，雖然他成為植物人已經好多年了，他的家人對於我愛上鍾為還是耿耿於懷，在我背後說我不是個好天主教徒，鍾為不想給我再添麻煩。可是我心疼他，怕他會受不了。一直等到你出現了，他的心情才好多了，所以我很感激你。」

「梅根，你是真的不會恨我嗎？」

「小娟，我喜歡你。」

朱小娟緊緊的握住了梅根的手：「梅根，我也喜歡你，還有你的男人鍾為。我要和你們做朋友。」

「小娟，有一件事我需要和你商量，我也希望你能同意我的提議。鍾為和申婷熙曾經有過一段非常不尋常，但是很濃郁的愛情，申婷熙明明知道這段愛情是不會有結果的，但是她還是勇往直前，無怨無悔。而你和吳秉思也勇敢的面對世俗的眼光和社會的譴責，發展你們的愛情，但是你們的愛人都無奈的離開人世，她們留下了讓人刻骨銘心的思念外，還留下了一個無辜的孩子申飛，他現在是真正一無所有的孤兒了。我的建議是從藏寶圖換來的財富中，拿出一筆錢，成立申飛的教育基金，保證他能受到最好的教育，直到他成人自立。」

朱小娟突然把梅根抱住嚎啕大哭，她嗚咽著說：

「秉思在她執行任務犧牲前，曾使出渾身解數來伺候我，讓我怎麼玩她都行，就是要我答應，她走了後一定要把申飛教養成頂天立地的人，因為這是她答應了姐姐申婷熙的。我正在發愁該怎麼辦，我辭職到溫哥華來就是想找個私家偵探的工作，賺錢來養申飛。梅根，你真的是救了我。」

「小娟，我現在也碰到困難，不是我個人能解決的，我希望你能幫我一把。」

朱小娟說：「梅根，只要你開口，我一定會去做的。」

「那我們一言為定，到時候不許後悔。」

梅根說：「你知道嗎？我的家庭責任是重的，查理，我去世的丈夫有過婚外情，還生了個女兒，去年這個孩子的媽得了癌症走了，我有責任要扶養她。你認識的邵冰也走了，我是因為她才認識鍾為的，她也留下一個兒子，我想收養他，他長得很像鍾為。除了照顧鍾為外，我要花不少時間在這兩個孩子身上，所以海大需要人來接替我，尤其是在追尋古本書籍上，我們要一個會抽絲剝繭，調查分析的偵探，小娟，我需要你。」

第八章 情繫海天喋血大同江

梅根和朱小娟的友誼飛快的發展，雖然她們之間有不少共同的興趣，但是談得最多的話題當然就是鍾為了。

梅根對鍾為的理解是從西方的文化背景為出發點，這是鍾為在成人後的成長、求學及工作的環境，它塑造了鍾為成為學者的內心思維，也就是這份深度的理解，使鍾為愛上了她，讓他覺得在梅根的身邊就像是寒冷空氣裏吹來了一股暖風，舒適極了。但是梅根不時的感覺到，在鍾為的言行舉止裏有一種和常人不同的氣質，譬如鍾為和所有的男人一樣，他喜歡美女，但是他不濫情。但是當兩情相悅時，他的愛情裏會帶著很深的責任感。

當梅根和鍾為克服了心理的障礙，互相的表達了愛慕之情後，兩人都處在非常不堪的情況，梅根是有夫之婦，又是天主教徒，社會和家人給她無比的壓力，不讓她在感情上越雷池，而她愛上的鍾為，又是她好友邵冰的男人。她和鍾為見面時，只能深情的看著他，他們沒有任何的肌膚之親，但是鍾為義無反顧的負起了照顧梅根和她家人的責任，包括改善她植物人丈夫的醫療情況。既是當鍾為買下了海天書坊，聘請梅根當總經理，為她鋪出一條光明的事業前途，他也是難得的出現在她身邊，也從不給她任何的壓力，要她早點結束她沒有實質的婚姻。

梅根曾多次的從惡夢中驚醒，面對著兩個男人要她做出選擇，鍾為知道後，告訴她，即使她的一生都是班達夫人，他對她的愛情永遠不變。梅根陷入了痛苦的深淵，只有在看到鍾為偶然出現時，帶給她短暫的快樂。梅根不能理解鍾為這份濃情蜜意的目的是什麼，後來還是邵冰提醒她，鍾為還是保留了中國文化裏那份誠摯的精神愛情，至死不渝。梅根告訴朱小娟：她已經沒有婚姻的約束了，她一定要和鍾為天長地久，但是她曾經害怕這份中國的傳統愛情會把這個優秀的男人套住了，讓他跳不出他和嚴曉珠那段刻骨銘心的初戀。

朱小娟來到溫哥華，主要是來探望申婷熙的兒子申飛，他現在已經是小學三年級的學生，在溫哥華的一間天主教學校寄讀。申飛是申家後代唯一還沒有遭到朝鮮金家獨裁者的毒手，倖免的存活下來。但是申飛被認為是對金家王朝未來的威脅，金正日在世時就曾想找到他，是申婷熙千方百計的將申飛隱藏起來。但是朱小娟感到還是不安全，一定要改名換姓，隱藏在茫茫人海中，但是誰會收留他呢？更重要的是誰會對申飛有父母般的感情，願意全心全力的把申飛培養成為頂天立地的成人，在這世界上也只有她朱小娟了，但是她有這個能力嗎？

海天書坊是一個非常現代化的三層樓書店，還有一個很大的地下室書庫。它的電腦和網路和全世界的主要出版商和圖書館都可以聯網。因為要搬運沉重的書本，還加建了電梯，它可以從戶外就通到地下室和各樓層。但是海天書坊的閱覽空間是它受客戶們歡迎的最大賣點；原本一樓就是個傳統的書店，由於面積的增加，使擺設書籍的空間加大，更多的書籍可以上架，除了將原來的閱覽地方也隨著加大了之外，打開了落地窗走到大院子，那裏也是個戶外的閱覽空間。它是由專業的庭園設計師規劃，精心建成的一個大「書苑」，著名的溫哥華晴朗天氣和悠然絕美的花木，讓在戶外讀書成為享受，既是在冬天，只要是陽光明媚，海天書坊的大院子裏還是有不少的人在看書。靠著落地窗外有一個亭子，裏頭擺設著桌椅，那裏飄出來濃郁的咖啡香味，顧客自己動手，理論上是免費，但是也歡迎在罐裏投一個銅板。在院子的另一頭還有一個亭子，裏頭是鋪了地毯，還有不少的小椅子，這裏是給小朋友們看書和聽人「講故事」的地方。書店的二樓就是著名的「珍本書室」，它是海天書坊營利最大的部門。二樓還有辦公室及會議室，還有一個起居間，是個有浴室和小廚房的套間。在加蓋的三樓，是一個很現代化的，有三間臥室的公寓，就是海天書坊總經理梅根的宿舍。梅根堅持朱小娟搬進來住在她公寓的客房裏，那要比住在她親戚家舒服多了。

梅根和朱小娟才分別的去洗澡，換上了舒適的使裝，她們從臥室出來到客廳看到對方時，不約而同的笑了起來，朱小娟先開口說：「梅根，你別搞錯了，我不是鍾為，你不必穿得這麼性感迷人，把兩條大腿和半個乳房都露出來了。」

「你還敢說我，小娟，不看看你自己，穿的比我還露。來，我們坐下來喝一杯。你喜歡白酒還是紅酒？」

「都喜歡，你是想跟我談天呢，還是有別的壞心眼？」

梅根從冰箱裏拿出一瓶白酒給朱小娟去開瓶，她從酒櫃裏拿出兩個高腳酒杯來，兩人一邊喝酒一邊把自己的身世講給對方，講完了就開始講鍾為的事。等一瓶酒喝完後，梅根又從冰箱裏拿出一瓶紅茶，然後從碗櫃裏那出兩個水杯，等她倒好了兩杯冰茶端出來時，朱小娟把茶盤接了過去後，就握住了她的兩手，深情的看著她：「梅根，你好漂亮，我喜歡你。」

「謝謝你，都說些我愛聽的話。我們已經是朋友了，理所當然是彼此互相喜歡了。」

朱小娟拿起她的兩臂，放在自己的肩膀上，梅根說：「你要幹什麼？」

你。」

「我要吻你。」

說完了，她就開始用牙齒輕輕的咬著梅根的耳垂子，梅根說：「不行，你別這樣，快停住。」

但是她沒有把朱小娟推開，反而把她身體靠了上去，朱小娟說：「我知道你喜歡我吻你。」

梅根把頭彎到一邊，把整個脖子都給出去了，朱小娟撫摸著她柔軟的頭髮，看著她說：「我要

朱小娟吻她的嘴唇，梅根沒有反抗，她張開了嘴讓朱小娟用舌頭和她作愛。當朱小娟要鬆開她時，她的全身已經起了反應，她不想中止震動她心弦的感覺就緊緊的抱住朱小娟，最後她放手時，朱小娟說：「不知道為什麼，只要一接近你，我就想要你，那種特別的感覺馬上就會瀰漫到我的全身。起初我還以為是你的香水味把我迷住了，現在我才知道，真正的原因是你。是你讓我都濕了。梅根，我愛上你了，你知道嗎？」

「我也喜歡你，我願意跟你做好朋友。但是你愛上了鍾為。」

朱小娟不說話了，梅根繼續問：「你們不是上過床了嗎？」

「是我勾引他，跟他有了一夜情。」

「他對你好嗎？」

「他很溫柔，但是也一點都不手軟，我差一點沒死在他的手裏。讓我最洩氣的是他到高潮時是呼叫著你的名字，他愛的是你。」

梅根說：「我很愛他，我們說好了是要天長地久的，但是我不能一直在他的身邊，所以他去睡別的女人我也沒話說。可是他告訴我，他喜歡你。」

「鍾為把你和你老公查理的情況都跟我說了，現在你是自由人了，別讓他再等得太久了。我們

走。」

「走到哪去？」

「去臥室上床，我要把你吃了。」

「不行，我已經是鍾為的人了，你不能吃我。」

「鍾為把我吃得死去活來，我一點反抗的力量都沒有，所以我一定要把你也吃了，我要報復他。但是別害怕，我會比他更溫柔。」

梅根在使出了一點象徵性的抵抗後就全面的投降，讓朱小娟為所欲為的將她的衣服脫了，躺在床上，朱小娟說：「看你這一身細皮嫩肉，雪白的肌膚和這麼誘人的身材，難怪鍾為要等著你。」

朱小娟對梅根發起了全面的進攻，梅根像是一條離開了水的魚，全身扭動著，呼叫著鍾為，一直到汗水和歡愉的泉湧濕潤了她和朱小娟。兩個赤裸裸的美女糾纏在一起。

隔了許久後，朱小娟說：「梅根，我問你一件事，你要老實的回答我，我會替你保密的。」

「你問吧！」

「你說在香港時，那個大色鬼想要性侵你，結果被你閹了。你告訴鍾為，他並沒有穿刺你。我相信你，但是我想要知道，當那男人埋頭在你的大腿中間，努力舔你的時候，難道你沒有衝動嗎？」

「當然沒有了。」

「梅根，你騙人。那時候鍾為還沒碰你，你老公又是那樣了，你全身的荷爾蒙都往哪發洩呀？」

「我每天都用冷水淋浴。」

「胡說！是你自己說的，你把大腿都彎起來了，那不就是想要讓男人穿刺才會有這種反應嗎？」

雖然在微弱的燈光下，還是看得出梅根的臉泛紅了，她說：

「你是女人，你知道我們有血有肉，也有情欲。所以我們會思念和渴望心愛的人，需要他們的滋潤。那個大色鬼玩女人的經驗豐富，他是想要挑起我的情欲，再來穿刺我。這是他犯的錯誤，也是讓我逃脫魔掌的唯一機會。我把他想像成是鍾為在吃我，所以我才會濕了。大色鬼知道，一旦穿刺了我，他就可以隨心所欲的玩我了。等我把大腿彎起來時，他就以為我是準備開門歡迎他了，正在得意的時候，我就狠狠一腳踹到他老二上。」

「梅根，你好厲害啊！」

「小娟，你要千萬替我保密，不能告訴鍾為，你答應過的。」

「這麼好的事，為什麼不讓他知道？」

梅根曖昧的笑著說：「也許他會以為我有踢男人老二的習慣，把他嚇住了，就不敢碰我了。」

朱小娟說：「我看你是想他想瘋了。鍾為應該感到很驕傲，你為了他，保護自己不被穿刺，奮不顧身的和恐怖份子對抗。那個大色鬼沒殺了你，算是你命大。鍾為一定是好好的伺候了你，滋潤了你。」

「哈！他還是那副正人君子的樣子，口口聲聲說要等我一輩子，跟我天長地久，但是沒有實際行動。最後是我受不了，眼看著自己一天天的凋零枯萎，我就狠下心來，在紐約的酒店裏把他擺平了。」

「我可以想像，鍾為一定是把你愛得死去活來的，是不是？」

「到了節骨眼時，他可一點都不手軟，就往死裏整我。別想瞞我，你一定也有同樣的經驗。我問你，鍾為在極度的侵犯你時，是不是很溫柔，不但讓你沒辦法拒絕他，身體還會配合他，讓他全面的征服。奇妙的是，雖然被他蹂躪了，但是覺得其中卻有無限的愛情。」

朱小娟沉默不語，隔了一陣才說：

「是的，我也經歷和你一樣的感覺，但是唯一的遺憾是，鍾為是呼喊著你到達了他的高潮。我好羨慕你，覺得你很幸福。」

梅根把朱小娟摟得更緊一點：「小娟，你願意跟我分享這份幸福嗎？」

「我是羨慕你有個優秀的男人愛你，我怎麼去分享啊？把鍾為分了？你想上下分還是左右分？」

「看你說的這麼恐怖，我是要你分享我們的生活。你知道我很喜歡你，我也知道鍾為也喜歡你，但是我還有一個更重要的理由，我需要你幫我的忙，和我一起把鍾為從嚴曉珠的黑暗深淵裏拉出來，讓他恢復到陽光裏。」

「為了鍾為和為了你，我願意做任何事，但是我能做什麼呢？」

「小娟，鍾為一直保留了中國文化裏那份誠摯的精神愛情，至死不渝。雖然他接受了西方的開放男女關係，但是他的感情豐富，一旦在男女關係裏出現了刻骨銘心的愛情，他的責任感會油然而生。看看他和嚴曉珠的初戀就明白了。」

「我也覺得鍾為是個異類人，他是個學科學的人，但是在感情上又是很衝動。」

「其實鍾為是有原則的，只要對他釋放出愛情，他就會赴湯蹈火在所不辭。他的老情人凱薩琳因為鍾為不能忘情嚴曉珠而黯然離去，多年後她成為以色列的摩薩德特工，她請鍾為幫助她到大馬士

革攔截伊斯蘭恐怖組織走私的核彈頭，他二話不說就去賣命了。」

梅根接著說：「鍾為告訴我，他和申婷熙有了一夜情，雖然她隱瞞了她是朝鮮獨裁者的大媳婦身分，但是她將所有的愛情都付出了，所以當她不辭而別的失蹤後，鍾為以為她出事了，就到處找她，最後找到了朝鮮。」

「秉思曾說過，她姐姐不辭而別，離開了和鍾為有肌膚之親的陽光海岸是她一生的遺憾，沒想到她真的一語成讖。離開了人世。不知道她是不是思念著鍾為走的？」

「小娟，鍾為需要這一份精神內涵，只有你能給他，你就幫幫我吧。」

「鍾為有了你，就不會要我了。」

「我問你，當鍾為征服你的時候，你沒有感覺到他排山倒海的愛情把你淹沒了嗎？節骨眼的問題是，你難道不愛他嗎？連吳秉思都知道了，你還想騙誰呢？」

梅根接著說：「小娟，你聽我說，我需要你一起和我創造一個鍾為夢寐以求的家，我一個人是無能為力的。只有你能給他，他要追求的精神內涵。另外就是這間海天書坊，鍾為和我都認為我們一定要把我們的特色發揚光大，才會有未來。」

朱小娟在深思著，她聽見梅根繼續說：

「鍾為在電話裏跟我說，他準備安心的在溫哥華定居，好好的照顧我和海天書坊。所以他計畫到卑詩大學去申請一個教書的職位。我老早就看出來，鍾為從骨子裏就是個教書和作研究的人，他不能離開大學。所以我必須要全時經營海天，同時也要做鍾為的老婆，照顧他和他的學生。你受過專業的調查和分析訓練，一定能勝任海天珍本書室為客戶在全世界追蹤古本書籍的任務。為了鍾為，你就留下來，好嗎？」

朱小娟又開始了對梅根的侵略性撫摸：

「梅根，你終於口吐真言，原來你要我在外面為你拚命，還要面對色狼把衣服剝光的危險，而你自己想要在家裏每天和鍾為玩得死去活來，我要你先投降，然後我們再商量。」

凱薩琳是從中情局的富爾頓那得知了在香港發生的案情，她匆匆忙忙的趕來看鍾為。久別重逢還是非常的高興，少不了熱烈的擁抱和親吻。因為時近中午，鍾為就請她到機場大廳旁的富豪大酒店的西餐館吃午飯。等啤酒來了後，兩個人就開始邊吃邊談。鍾為說：

「凱薩琳，我知道你是個大忙人，還來看我，真是受寵若驚。其實我這人命大，沒事。打個電話來，不就行了嗎？」

「鍾為，你不必再我面前裝了，嚴曉珠死在你懷裏，你是什麼感覺，我難道會不知道嗎？」

鍾為不說話了，凱薩琳說：「你真的沒事嗎？」

「能跟你說說話我就會好多了。平常有空就多來看看我，不要總是我去巴黎看你。」

「你說得好，我敢嗎？海天書坊的那位性感妖豔美女梅根還不把我殺了嗎？」

「怎麼會呢？我以為你們是好朋友了，她一直是誇獎你，說你的好話。」

「鍾為，我當她的情敵，結果是一敗塗地，所以就只好當她的朋友了。梅根是個好心腸的女人，以前是因為她有老公，沒法經常伺候你，她是要我照顧你，現在她要嫁給你了，還容得下我嗎？」

「看你把她說的，凱薩琳，其實梅根挺喜歡你的。」

她曖昧的笑著說：「鍾為，你也跳不出男人想要多多益善的小心眼。你當心，梅根現在是寡婦了，有特別需要，會把你整死。」

「是嗎？梅根告訴我，是你教她的功夫。」

凱薩琳的臉漲得通紅：「我是要你別想忘了我。」

他們是在機場餐廳吃午飯，等上了咖啡和甜點時，鍾為說：

「你在電話裏說，這次來香港還是有公事。可是你能多待幾天嗎？我有時間陪你。」

「你千萬不要誘惑我，我要是真的留下來，你會吃不了，兜著走，到時候看你怎麼辦？但是今天晚上我就得去馬尼拉。」

「太遺憾了，我還以為又可以再跟你說一次甜言蜜語呢！你不是說要跟我談重要的事嗎？那就快說吧！」

「鍾為，你知道以色列是最害怕伊斯蘭恐怖份子拿到了核彈頭，因為他們多年來就是千方百計要在以色列放路邊炸彈，所以萬一讓他們拿到了核彈頭，以色列就會籠罩在巨大的恐懼裏，那就是有不堪設想的災難將要來臨。我相信中情局的富爾頓已經告訴你了，他們又發現朝鮮還有兩枚核彈頭，是先前漏網沒有核查出來的。」

鍾為說：「是的，富爾頓是在電話裏跟我說過，還提到可能要我幫忙去攔截，因為我可能認識保護核彈頭隊伍裏的人。我覺得這是件很奇怪的事，但是富爾頓說，他的副手李建成會來找我，要跟我當面詳細的說明。」

凱薩琳說：「富爾頓有沒有說，這兩枚核彈頭的最終目標是什麼？」

「他說，伊斯蘭恐怖組織的目標從開始到現在都一直沒有變，就是要毀滅以色列，所以目標也是不變，仍然是鎖定在以色列。」

「兩枚核彈頭之一是會瞄準以色列，沒錯。但是另一枚是要在中國引爆。」

鍾為說：「什麼？這情報可靠嗎？你是從哪裏知道的？」

「這是中情局的情報。」

鍾為知道中情局有關朝鮮的情報都是歸「朝鮮專案辦公室」匯總的，為什麼一個摩薩德特工會知道呢？但是他決定不問這問題，他說：「為什麼富爾頓不跟我說這事呢？」

凱薩琳握住鍾為放在桌上的手：

「美國是個超級強國，但是在它對朝鮮的蠻橫無理，在國際上處處和美國作對為難，卻顯得無計可施。美國認為這是因為有中國在朝鮮背後撐腰。現在中國內部將有人為了某種理由引爆一枚從朝鮮偷運來的核彈頭，這將會使中國徹底的和朝鮮決裂，讓它走向滅亡之路。這是符合美國的利益，中情局當然不會跟你說了。」

鍾為說：「凱薩琳，你為什麼要告訴我呢？」

「我認為這個世界還是應該有公平正義的存在。」凱薩琳回答說：「他們知道你在意中國的一般百姓，引爆一枚核彈頭不會將政府消滅，但是會有千萬人死傷，你會悲哀下半輩子的。我覺得你為他們玩命，出生入死的幫助他們，他們至少也要考慮你的心裏是怎麼想的。」

「我明白中情局的思維，他們認為我是美國公民，理所當然是會同意將美國利益放在第一優先了。不會考慮到知識份子還有民族感情的存在。你記得嗎？在大馬士革，我曾經問過你，你是烏克蘭人，為什麼要為以色列出生入死的賣命。你說你不是為以色列賣命，而是在意那裏有很多人是和你有同一個祖先。凱薩琳，這就是我們知識份子的包袱。」

「鍾為，我還記得你是曾經問過我這些事。」

「中情局是你們摩薩德最親密的戰友，除了我們說的包袱外，還有別的原因讓你對中情局有意見嗎？」

「其實我對中情局並沒有意見，我們只是長期的密切合作和互相利用。但是我知道我自己，如果我不說，我會一輩子後悔，一輩子不敢正眼看你。所以我一定要在李建成之前來見你。」

鍾為看著她說：「凱薩琳，我越看你越可愛，我要親親你。」

鍾為湊過去想吻一下她的額頭，但是凱薩琳揚起頭來將開著的嘴唇送上來。然後她說：「你在被梅根拿下前，到巴黎來找我。鍾為，你一定要答應我，好不好？」

這時，凱薩琳的手機響了，她看了一下來電顯示：「李建成到了。」

「建成，你下飛機了嗎？……我就在機場的富豪酒店西餐廳，……正在和你的救命恩人吃午餐，……好的，那你快過來吧，你出了到達大廳，就能看見富豪酒店是在你左邊，西餐廳就在一樓。」

半個多小時後，鍾為看見一位三十多歲的人，肩上背著背包，手裏拉著行李箱，出現在他們的餐廳門口，他的臉型消瘦，身材修長但是健壯。他的上身穿的是一件灰色有細小格子的薄呢西裝上衣，下身是一條卡其布的西裝褲，淡藍色的棉布襯衫上沒有打領帶。這和他三年多前從朝鮮北部咸鏡山脈的最高主峰冠帽峰地區所接走的李建成是完全兩個人，當時鍾為遇見的是個衣著襤褸，面目黝黑的農民，就在要逮捕他的特工追殺過來時，鍾為強行降落，將李建成從空中帶走。在飛越圖們江返回吉林延吉機場途中，他看到一個完整的蘑菇雲徐徐的在朝鮮上空升起，同時也看見李建成揮拳空擊，自我慶賀，他放置在摩天嶺白岩山洞內朝鮮秘密核武器設施基地裏的定時裝置，已經成功的將核彈頭引爆了，鍾為知道他是參與了將中情局一名極優秀情報員的撤離任務。他們在延吉機場握手道別時，李建成是用中國話和他道謝，說再見和後會有期。是後來，鍾為才知道李建成的父母是韓國華僑，他是加州大學物理學的博士，他的導師和鍾為還互相認識。雖然只是很短暫的相逢，也許因為他也是科學家出身，這位出生入死的特工給鍾為留下了很深刻的印象，但是三年來，李建成和他沒有再見面，鍾為知道這可能是規矩，也是為了他的安全考慮。現在終於又見面了，鍾為感到很高興，他們熱烈的握手後各自就座，李建成首先說：

「真不好意思，我們是因為要趕去馬尼拉的航班，來不及去拜訪您，就請您到機場來見面，太失禮了，還希望鍾為教授不要見怪。」

「你們是有任務在身，要趕時間，到機場來看你們是應該的。」

凱薩琳說：「建成提過多次，他應該對你這位救命恩人，親自來登門道謝，但是他們的規矩不准。可是我看多半是建成發懶，對鍾為教授太不尊敬了。」

李建成說：「鍾為教授，您可能有所不知，凱薩琳現在被以色列任命為我們兩個單位在亞洲事務的聯絡官員，經常拿她的官位欺壓我們這些幹活的人。」

鍾為轉開了話題：「說到官員，我要恭喜您成為富爾頓先生的副主任，實際負責你們辦公室的事。你們二位要趕時間，您是不是一邊用餐，一邊談正事了？」

李建成很快的點了一份三明治午餐，他開始說：

「自從金正恩開始清洗金正日時代的國安部特工後，在逃出到中國東北的朝鮮脫北者裏，開始出現了被清洗的特工，從他們的訪談口供裏，顯示了一件事，就是朝鮮還有兩枚前蘇聯紅軍流失的核彈頭。」

鍾為問：「消息的可信度如何？」

「起初我們認為只是謠言或是無中生有，但是這半年來聽到不少的脫北特工都在說同樣的事，我們就開始有點相信了。所說的內容是金正男或是他的老婆申婷熙私下要求我們的叛徒給他們兩枚核彈頭，但是一定要避開正常的管道，不能讓任何人知道，尤其是要對主管核武的軍方保密。」

鍾為說：「聽說金正男愛錢，是不是他想私售核彈頭到黑市的軍火市場？」

凱薩琳插嘴說：「以色列在黑市軍火市場的眼線並沒有聽到任何謠傳，只是說有私貨核彈頭正在待價而沽。」

李建成繼續說：「我們的分析和判斷是金正男是個無能的花花公子，但是他的老婆申婷熙卻是有能力也有野心的人，所以是她要準備用來發起政變用的。她失敗身亡後，核彈頭就落入主持清洗申婷熙家人的張成澤手裏。」

鍾為說：「你們的分析和判斷能證實嗎？」

李建成回答說：「我們啟動了在平壤的臥底，不但證實了核彈頭的存在，還接觸到一個前特工，他知道核彈頭藏匿的準確地點，並且有能力去取得。但是他需要先見到一個人，然後才開始行動。他想見的人就是您，鍾為教授。」

凱薩琳說：「建成告訴我，這個人的名字叫權功原，原來是國安部的特工，曾經是我們圖們江計畫的工作人員，但是我不記得這人。」

李建成說：「他是負責你們隊伍安全的人，不會經常和你們有直接的接觸，所以不會有印象。但是我查了圖們江計畫的人員名單，是有一個叫權功原的人，他的職務是行政事務。他傳來的資訊是，他信任鍾為教授是受人敬佩，有很高的道德標準，是他唯一能信任的人。他只是想問您幾個問題，然後他就開始行動。」

鍾為說：「他是想叫我替他偷運核彈頭嗎？」

「當然不可能，我們也絕對不會允許的。如果您同意和他見面，我們目前的想法是，圖們江計畫馬上就要圓滿結束，您去做一次最後的檢查以及和工作人員道別是很正常的事，到時候您的行程是公開的，權功原應該會找到機會跟您見面。」

「就這麼簡單完事了？」

「如果他跟您說，核彈頭已經在他手中，或是在他掌控中，那就請您告訴朝鮮政府，有一台風廓儀的電子設備需要更新，然後再送回來。這些設備本來就是屬於聯合國的，凱薩琳會將所有必須的檔都準備好，您只需要請他們打包裝箱就好了。」

鍾為說：「我知道了，核彈頭就會和這些電子設備一起被運出來，是嗎？難道你們不考慮朝鮮海關會檢查嗎？」

凱薩琳說：「鍾為，別小看他們，走私犯一定是在驗關後才會裝貨的。」

李建成說：「果然名不虛傳，你們是很有經驗的走私犯。我想細節的事，鍾為教授就不必費心了，反正這都是非常初步的想法。無論如何，這更新電子設備的事，會在您離開朝鮮後才去申請，保證您的安全。」

鍾為說：「看起來，要找幹的事還很簡單，你們要我什麼時候動身？」

凱薩琳說：「圖們江計畫還有兩個半月就正式結束，只要在此之前，你這位顧問大人去做最後的視察都沒問題，我只要事前通知朝鮮就行了。動身的日子要建成來定的。」

李建成說：「鍾為教授，我的老婆崔蓉姬，她是我們的合同工，現正在北京和瀋陽替我們審問一些脫北者。她以前是朝鮮特工，所以她特別有能力從他們嘴裏套問出有價值的情報。我剛剛告訴您的情況，基本都是她問出來的。她會在三天後跟您聯繫，也許會有更具體的情報，您動身的日子就由她來定，我們會把一切的後勤工作做好。」

鍾為說：「太好了，那我就等她的消息了。你們航班起飛的時間快到了。」

凱薩琳起身去付帳，鍾為想阻止，但是李建成攔住他：

「就讓我們報公帳吧！鍾為教授，中國人說，做一天和尚撞一天鐘，我是美國公務員，必須遵守規定，因此有很多的事，我不能按照自己的意願去做，讓我非常的遺憾。但是崔蓉姬不是公務員，她不必去撞鐘。所以在你去朝鮮這件事上請聽她的想法。您明白我的意思了？」

鍾為非常的驚訝，但是他點點頭，表示明白，但是正要說話時，李建成舉了一下手，表示他還有話說：「在我的生命即將結束時，您從天而降，救了我，我活了下來。您的大恩我這一輩子是無法報答的，我只能告訴您，將來有一天，我會把整個故事講給我的孩子，也許他們會替我報答您。崔蓉姬和我一樣的感激您，她也很希望能有機會報答您。」

李建成和凱薩琳．波頓快步的走向出境通關的出口，鍾為看見李建成把抹過眼睛的手帕放回褲袋。

鍾為是在接到崔蓉姬的電話後，從香港上環的港澳碼頭上了雙體快船，用了四十五分鐘的時間橫渡珠江河口，到達澳門時已經是黃昏，天色漸漸的暗下來。他在到達大廳裏看見一位修長身材的美婦人，穿著一身剪裁很貼身的黑色洋裝和黑色的高跟鞋，襯托出膝蓋下一雙勻稱和誘人的小腿，微紅秀麗的臉龐向他露出了笑容，鍾為看見她手上握著一本精裝硬皮的書，走近了就看出來那是他寫的第一本小說。她快步的走過來：

「對不起，請問您是鍾為教授嗎？」

「您一定是崔蓉姬小姐了？」

兩人熱烈的握手，「啊！歡迎您來澳門。」

「我們通過電話，現在終於見面了。崔小姐好眼力，一下就把我認出來了。」

「我們說好了的，叫我蓉姬。我看您一身的打扮就是大學教授的樣子，錯不了。」

「但是世界上有多少大學教授啊！怎麼知道就是我呢？」

崔蓉姬把手上的小說晃了一下：

「我是您的忠實讀者，小說的封裏有作者的照片，我已經反覆的看過多次，所以一眼就看出來了。」

「那是好多年前的照片了，我現在老多了。」

「我看不見得。何況您知道我的出身是什麼，我對認識男人是有獨到之處的。」

鍾為覺得崔蓉姬的話裏充滿了挑逗，他轉開了話題：

「現在我們有很重要的事需要討論，是不是找個地方坐下來談？」

「您不用客氣了。是的，我還要請我老公的救命恩人吃一頓飯呢！來跟我走。」

他們坐上了渡輪碼頭的計程車，崔蓉姬緊靠著鍾為，讓他看到她貼身的衣服將誘人的身材線條都顯出來，除了一對小小的珍珠耳環外，她身上沒有別的首飾。雖然只是薄施脂粉，崔蓉姬散發出一股女人的魅力，讓近距離的鍾為有點透不過氣來。他們來到了離碼頭不遠的文華酒店，崔蓉姬在酒店三樓的海鮮餐廳定了座位，也預定了很豐富的一人套餐。一共有七、八道菜式，每一道的分量都很

少，但是非常精緻可口。崔蓉姬還要了一瓶上好的白葡萄酒，他們坐在海鮮餐館靠窗的位置，從落地窗外收進眼底是波光粼粼的珠江河口，近處是從上游流來，含著泥沙的黃褐色江水，遠處是碧藍色的南中國海水，筆直的一線分水嶺像是人工在大自然裏繪製的。火紅的夕陽有一半已經沉落到海平面下，它將不同顏色的江面和海面再次著色，用添加的金色燦爛，送走了最後的餘輝，迎接第一個閃爍星光的來到。崔蓉姬說：

「真想不到，居然在澳門看到了這麼美的黃昏。」

鍾為笑著回答：「那是因為大自然看見一位非常漂亮的美女出現時，它就會將自己的美麗呈現出來。」

「果然名不虛傳，我聽說鍾為教授看見了稍有姿色的女人，就會發起進攻。」

「崔小姐，您一定是聽到了有心人在破壞我的名譽。」

崔蓉姬笑著說：「我們不是說好了，你叫我蓉姬，我也就指名道姓，叫你鍾為，好不好？」

「蓉姬，太好了！我也正想這麼跟你說，我覺得你是個挺可愛的人。」

「鍾為，這是你的第二波進攻，是不是？第一波是說我漂亮，第二波是說我可愛，那第三波會是什麼？」

「別胡思亂想，我是在形容一種自然現象，當受到外來美的衝擊，天然的系統就會釋放出它自己的美。蓉姬，在中國，從古代起，就傳說，當美麗的物景出現時，孔雀就會開屏。所以我說，當珠江河口看見美女來了，就趕快把大自然的美表現出來，和你爭豔。」

「你說的不對，我以前曾經來過澳門很多次，可是鍾為，我不記得看過這麼美的黃昏。一定是大自然要給你對我進攻的武器。」

「蓉姬，你以前怎麼會多次的跑到澳門來呢？」

「沒有人告訴過你，我以前是朝鮮國家安全部的情報特工嗎？澳門是朝鮮特工在海外最重要的基地。為了執行海外任務，我才來過這裏多次。」

鍾為說：「好像中情局的人有跟我提過。當年我們接到任務，要在朝鮮北部咸鏡山脈的冠帽峰地區將他們的在地情報員撤離，就說是一對夫婦兩個人，結果只有李建成來了。事後他們告訴我，說李建成的妻子是朝鮮特工，起先我還以為他是決定殺妻逃亡，後來才曉得你們是分頭逃亡。在這背後一定有一個驚心動魄的故事，如果已經解密了，你就可以講故事了。」

「還不行，我在朝鮮的檔案裏說我最後是在叛逃時被格殺。所以我叛變的故事是已經解密了，但是如何又活了下來的部分還不能見光。抱歉了，鍾為。」

「能夠被派到海外執行任務，你一定是個很出色的特工，怎麼會走上叛逃之路呢？」

「說來話長，你想聽我的故事嗎？我是在農村裏長大的，當時家裏很窮，田裏長的糧食只能養活一個孩子，所以我父母就決定把我哥哥留下，把我送走。當時我只有十二歲，剛念完小學，我父母是把我送到特工學校去換了糧食。我前後受了六年的特工訓練和三年的舞蹈訓練，被我親生父母親遺棄後，沒想到的是我的命運也改變了，作為一名小特工，我被派參加了幾次要命的危險任務，結果不但沒事，我還立了功，所以國安部就答應了我的請求，因為喜歡跳舞，我就選擇舞蹈作為我的社會生活。他們把我安排進了朝鮮最有名的萬壽台舞蹈團當一名舞蹈員。那是我的人生裏很快樂的日子。」

鍾為問：「那你是什麼時候嫁給李建成的？」

「李建成是朝鮮建國以來唯一從敵人美國投奔過來的，當然要嚴格的監視，看他是不是來臥底的．這個任務就派了我去，安排我和他結婚，近距離監視她．」

「太讓人羨慕了。」

崔蓉姬笑著說：「你是羨慕李建成嗎？」

「當然了，有人告訴我，在朝鮮如果每天晚上能抱著萬壽台舞蹈團的美女睡覺，就是最幸福的男人。」

她的笑容變得更曖昧：「鍾為，你也想當幸福的男人嗎？李建成要我一定得滿足你。」

鍾為沒有預料到，崔蓉姬會這麼直接的挑逗他，一時愣住了說不出話來，但是她繼續的說：「我知道你曾經和最精品的朝鮮美女有過親密的關係，我想你對萬壽台舞蹈團的美女就沒有興趣了。」

「我沒有和萬壽台舞蹈團的美女交往過，更沒有過親密關係的經驗，所以談不上喜不喜歡。」

崔蓉姬說：「聽你的口氣是想要試試，那我就期待它的來臨了，可別讓我等得太久了。」

崔蓉姬步步逼人的言語進攻，最後讓鍾為啞口無言，她說：

「還是講回到我的特工生涯吧，我的上司，還有李建成和我自己都沒想到，我和他會互相愛的死去活來。」

鍾為說：「怪不得李建成的老闆富爾頓把他當成寶貝，他不僅臥底成功，完成了任務，還把朝鮮最美麗和最能幹的特工策反了。我真的很佩服他。」

崔蓉姬說：「其實我是有感覺到他是來臥底的，但是我很快樂的在當李建成的妻子，把別的事都忘記了，我是被愛情迷住了。一直到有一天，我在偶然的機會裏發現了一個報告，列舉了李建成可能是臥底的事實，以及對我忠誠的懷疑。我知道大禍臨頭了，我們馬上就會被逮捕了。我提著手槍質問他，到底他是不是間諜，結果他馬上就承認他是中情局派來臥底的間諜。」

「後來呢？」

「我發現了他是真正的愛我。我把手槍交給他，叫他逃命。他拒絕了，他說在朝鮮沒有任何被通緝的人是能逃脫的，我們會面對比死還殘酷的命運。唯一的機會是我發現他是來臥底的間諜，把他格殺，也許國安部會放我一條活命。我當然不肯，李建成拿起槍來，就要自我了斷，被我搶了下來，我們抱頭痛哭，等著他們來逮捕時，就一起自殺。」

鍾為說：「你們真的決定做同命鴛鴦了！」

崔蓉姬說：「我們一直等到天黑也沒有人來抓我們，李建成說也許拿我們的命來拚一下，會打出一條生路。他要我幫他完成中情局給他最後的任務，事成後他會說是把我吸收成為中情局的行動員，和他一起撤離。所以我就成為朝鮮的叛徒了。」

「原來是你幫了他把核彈頭在山洞裏引爆，徹底的催毀了朝鮮的核設施。可是我們來接的時候，怎麼你沒來呢？」

崔蓉姬說：「當時全朝鮮鋪天蓋地的查緝我們兩人，我們走在一起目標太明顯，何況我一個女人家，很容易消失在茫茫人海中。我是在六個月後從新義州過鴨綠江脫北，李建成在丹東接我，我們夫妻才團圓。」

鍾為說：「有一天讓我把你們的故事寫成小說，行嗎？」

崔蓉姬笑一笑說：「這個我們再說吧！我在朝鮮最後的六個月正碰上金正日去世，金家王朝繼承的變化。大太子金正男和太子妃申婷熙在知道金正恩要接大位時，就指使由申家世代掌控的國安特工，發起了政變，但是他們失敗了。金正恩執政後，他派姑丈張成澤對特工系統展開了血腥的大清洗，尤其是對申家的人，用了極其殘酷的手段，全家族都處決，一個都不留。當然還有漏網之魚，脫北逃出了朝鮮。」

鍾為說：「李建成說，就是從這些脫北的特工嘴裏，聽到在朝鮮還有兩枚前蘇聯紅軍流失的核彈頭。說是金正男或是他的老婆申婷熙私下從中情局的叛徒手裏取得的。金正恩上台後，核彈頭就落入主持清洗申婷熙家人的張成澤手裏。現在他們潛伏在平壤的情報員送來的消息說，有一個叫權功原的漏網之魚前特工，想要見我，告訴我核彈頭的所在地。李建成還說，你會有更具體，關於和他見面的時間地點資訊。」

崔蓉姬說：「按照安排，我是今天晚上會在澳門拿到資訊，所以我才約你來這裏見面。」

鍾為說：「我聽說，你現在是中情局的合同工，專門為他們審問脫北逃出來的特工，工作非常出色。」

崔蓉姬說：「我問話的這些對象都還認識我，他們都以為我在叛逃時被殺了，我們都曾是朝鮮特工，感覺上比較親切，所以我問出來的內容就比較豐富。就是他們中的一個人帶了口信給我的，說權功原能和你見面的時間和地點定了，今天晚上我會接到最後的資訊。」

「是什麼人把資訊帶給你？要在哪裏交給你？」

「應該是個不認識的人，在朝鮮是有一些特殊人物，他們因為工作需要，常來往平壤和澳門之間，為了賺一點外快，會同意傳遞資訊。但是一定要滴水不漏，送信人和接信人都要保密。我是在三天前接到一個脫北者的消息，要我在今天午夜到一間澳門夜總會，身上穿著指定的打扮，放一份平壤日報在面前，自然就會有人來告訴我要的資訊。鍾為，等一會兒，你需要陪我去，因為單身女性是不能進那家夜總會的。」

鍾為說：「沒問題，還有這種夜總會，我倒要見識見識。」

崔蓉姬說：「我希望到時候別把我們大教授嚇壞了。鍾為，我知道你是個見義勇為的人，凱薩琳告訴我，申婷熙和你有了一夜情就不辭而別，你以為她出事了，就天南地北的去找她。你還為了曾是情人的凱薩琳在大馬士革身入虎穴，幫她攔截核彈頭，這些都是為了曾經有過的一份愛情。鍾為，你和我一樣，都跳不出迎面撲來的愛情，被牢牢地困住。」

鍾為說：「很多人都覺得愛情雖然非常寫意，但是也會帶來很多煩惱，甚至悲傷，所以就不去碰它。但是你能想像一個沒有愛情的世界嗎？」

崔蓉姬的臉上又出現了曖昧的笑容：「所以我們的鍾為大教授一定會擁抱下一個迎面撲來的愛情，對不對？」

鍾為愣住了，但是很快的回答說：「你知道中國人說的：『曾經滄海難為水』的意思嗎？」

「我是在問你，不是問所有的中國人。鍾為，你不公平，我把我的一生完全都攤開在你面前了，而你還是把自己包得緊緊的，不露口風。告訴你，我是在你把李建成接走後的六個月，才脫北離開了朝鮮。當時我是窩藏在平壤的一個金正恩親信家裏。她也是被李建成吸收成為了中情局的臥底間諜。是她說的：申婷熙是朝鮮的第一號人美女，也是床上功夫的第一號高手。她和朝鮮的大太子和二太子都上過床，但是這兩個兄弟都不能滿足她，讓她達到高潮。只有她在加拿大的男朋友能讓她有了進入天堂的感覺。年輕的三太子金正恩本想在取得大位後也要玩玩她，嘗嘗她伺候男人的功夫，但是她卻自爆身亡，恨得金正恩牙癢癢的。鍾為，你千萬不要被他發現，你就是申婷熙的加拿大男朋友，那你就完了。」

鍾為說：「你的這位臥底間諜還說了些別的關於申婷熙的事嗎？」

「我看你還是念念不忘她，可見她對你有多大的魅力。我們主要都是在談申婷熙的野心，還有

她的能力，那是比她老公金正男強多了。所以也有人猜測，是她的野心想建立申家王朝來取代金家王朝。」

「蓉姬，有人告訴我，雖然從朝鮮的歷史開始，金家和申家就是世代的通家之好。你說申婷熙是朝鮮的第一號美女，她的初戀是二太子金正哲，但是兩人在熱戀時，老大金正男就把她強姦了，毀了她的一生。申婷熙的母親也是個大美女，但是金正日也經常強姦她。申家母女就這樣被金家父子性侵。也許申婷熙發起政變，是為了復仇。」

崔蓉姬說：「但是到頭來，申家的人都被清洗了，很多脫北的特工都說，所有申家的人都被處決了，從老到小，全殺得乾乾淨淨，一個都不留。但是我總覺得，申婷熙這麼聰明，她一定會安排為申家留下漏網之魚的後代，延續香火。有傳說申婷熙在國外有個兒子，金正日在世時，曾千方百計地想把他的大孫子找回來，後來申婷熙告訴他，這個孩子不是她和金正男生的，才不了了之。」

等到時間差不多了，崔蓉姬請鍾為到她的房間等她換衣服，然後就去夜總會去取從朝鮮來的人帶的資訊。崔蓉姬的房間在五樓，落地窗面對珠江河口，她親吻了一下鍾為就走進浴室。把房間的燈關上，對岸遠處香港島的一片輝煌燈火立刻就出現在窗外，近處珠江河口來往的船隻像是點點漁火，一幅絕美的畫吸引住鍾為的注意力。他聽見身後有人說：

「鍾為，看看窗外和窗內的景色，哪個更吸引你？」

崔蓉姬身上穿著一件寬寬大大，露胸的極短迷你裙，把兩條修長誘人的大腿全都露在外面，腳上穿著三吋的時尚高跟鞋，迷你裙上的頭三個扣子沒有扣上，沒有胸罩，露出了半個豐滿的乳房。她在原地轉了一圈，寬大的裙擺漂浮起來，讓黑色的小小比基尼三角褲若隱若現。鍾為被眼前的性感美人迷住了，崔蓉姬說：「鍾為，你想要吻我嗎？你讓我想起了我的初戀。」

崔蓉姬抱住鍾為熱情的親吻他，她張開了嘴，奉獻出舌頭來。他們緊緊的摟著，彼此的撫摸著，互相享受對方的身體。在這短短的第一次見面，鍾為完全感到了，崔蓉姬渾身散發著女性魅力，她身體的動作，說的每一句話，一舉手，一投足，和有意無意的肢體接觸，都像是「前戲」，隨時都要開始做愛。她慢慢的，很不情願的推開他：

「鍾為，我很高興你有了反應。我不知道你是如何來迎接排山倒海，迎面撲來的愛情，可是我的初戀會隨我來擺平他，毫不反抗，因為我身上有功夫。鍾為，我們一定要走了，否則我會錯過接資訊的機會。」

「可是，蓉姬，你這身打扮一出門就會被澳門員警抓去關起來，說你是有傷風化。」

「我這打扮加上一份平壤日報，是預先設定的識別訊號。別害怕，我是有備而來。」

崔蓉姬穿起放在沙發上的薄外套，牽著鍾為的手走出房門。他們在大堂出口坐上了計程車。

文華大酒店所在的友誼大馬路是澳門最寬廣的馬路，它和澳門其他的大馬路一樣，都是有個一百年前葡萄牙政府為它們取的，但是沒人會用的路名。這條馬路上最重要的建築物就是全世界的賭徒都知道的葡京大酒店，葡京大酒店周圍的街道是澳門有名的妓女集中地，除了有內地來討生活的「北姑」之外，各種膚色的都有、黃、白、黑和棕色，近年來大量的俄羅斯和東歐的妓女也加入了行業。

葡京大酒店晚上的客人很多，酒店的建築是圓形的，它每一層樓的走廊也是圓形的，走廊的兩邊是商店、飯館或是其他的商業用戶。有很多的觀光客只是在一樓的商場打轉，以順時鐘方向一圈又一圈的漫步在櫥窗之間。和他們一樣的在轉圈子的還有來自各地的妓女，她們一群又一群的在圓形走廊上漫步，用眼神來邀請，也用超短迷你裙下赤裸的大腿來引誘遊客。而一個個遊客則在賭桌和「性需求」之間的煎熬下掙扎著。

這是葡京大酒店的典型夜晚，像一個巨大的熱帶魚缸，遊客和妓女就像五顏六色的大小魚群在裏面一圈一圈的遊動，他們的共同目的是金錢，但是各自懷著不同的想法，在等待著機會。葡京大酒店的二樓有一間私人俱樂部，它的門口沒有牌子，但是有把門的人，需要有邀請才能入內。裏頭的女侍者都是近乎全裸，不穿衣服。表演的歌舞也是極具挑逗和誘惑性，有時還有真刀真槍的「性愛劇」。崔蓉姬從手提袋裏拿出邀請卡片，看門人就請他們入內。裏頭的黑暗是伸手不見五指，突然有一個磁性的聲音響了：

「歡迎來到迷宮俱樂部，請讓我看一下邀請卡。」

一個微型手電筒亮了，兩人這才看清楚了迎賓小姐是個身材誘人的美女，微電筒只照亮了她完全赤裸的上半身，鍾為笑著說：「要當心啊，千萬不要著涼了。」

迎賓小姐的全身貼上來：「我期待您的熱力來穿刺我，就不會著涼了。」

鍾為一下子愣住了，全裸的迎賓小姐繼續說：

「先生，小姐，你們預定的坐位是七十五號，請跟我來。」

崔蓉姬說：「我們是第一次光臨這裏，雖然很黑，但是能不能先帶我們走一圈？瞭解一下俱樂部的佈置。」

「沒有問題，你們的眼睛也慢慢的會適應，應該看得出大概的佈置情況。」

鍾為看見崔蓉姬脫下了薄外套掛在手臂上，又從手袋裏拿出了平壤日報，他明白這是要讓已經到場的朝鮮來人知道她已經到了。裸體的迎賓小姐帶著已經慢慢適應黑暗的兩人邊走邊講解，她說：在迷宮俱樂部中設置了各種隔間，死胡同和偷窺用的眼孔，來滿足客人們的好奇探索。在某個昏暗死胡同的盡頭，可能會有專業演員正在進行性愛表演，甚至會看到多人的性行為。

迷宮中的「意外驚喜」不僅來自演員，在迷宮曖昧氛圍的誘惑下，有些客人也會一時興起，在迷宮中發揮即時恩愛，上演性愛真人秀。在這裏的性愛是不怕被人撞見的，如果在轉角處不小心撞見了親密行為，不必覺得非禮勿視。說不定眼前正在相擁親吻，大有寬衣解帶之勢的這對男女，是特別期待別人的注視觀賞呢。

俱樂部還聘請了豔星和性藝術家在中央舞台進行演出。有不少粉絲會出現在俱樂部，就是為了要接近他們，期待和他們能有親密接觸，甚至「性福」的時刻。鍾為和崔蓉姬看見舞台上正有一個帶著面具的裸男在接受一位女優的「調教」，他已經是汗如雨下，氣喘如牛，但是女優還是不斷的在鞭策他。迎賓裸女將他們帶到七十五號座位，兩人各要了一杯紅酒和一杯冰水。等他們坐定後，又聽見了柔和的背景音樂，其中摻有男歡女愛的呻吟和呼喊。現在聽清楚了，這些摻入的人聲並不是背景音樂的一部分，而是從四周座位中傳來的。但是每一個座位都有很巧妙的隔板，在一片漆黑裏，無法辨認發聲的人。崔蓉姬緊靠著鍾為，將乳房壓在他的上臂，一隻手來回的撫摸著他的大腿，讓他開始有點心猿意馬：

「你要是再不停下來，我就要有反應了。」

「太好了，我還正擔心，我是不是已經失去了萬壽台歌舞團演員的魅力了。鍾為，我已經很久沒有碰過男人了，你又讓我想起了我的初戀，所以你就多忍耐一點吧！」

「蓉姬，你想來送情報的會是什麼人？會不會是你認識的？」

「是有可能，但是朝鮮官方的聲明是我叛變後被格殺了，如果來人認識我，看我起死回生，也許會把他嚇死。我相信來人一定是常來往平壤和澳門，很有可能是朝鮮之友協會的人，那裏沒有我認識的人。」

但是鍾為看見崔蓉姬把一個貝瑞塔手槍從手袋裏取出，在桌下將滅音器扭上槍管，然後把它放在面前的桌上，用她帶來的平壤日報蓋住。她說：

「我剛才告訴你我是有備而來，是因為有可能，我還活著的事實曝光了，所以朝鮮派特工來殺我，在這裏可以神不知鬼不覺的把我暗殺，為了自衛，我會讓他一槍斃命，然後輕悄悄地離開。」

舞台上的表演換了節目，美豔的女主角在渾身肌肉的男主角前顯得嬌弱，她無力抗拒面前完全膨脹了的男人，被推倒在舞台的中間，就在她奮力抵抗壓下來的壯健胸部時，男人按住了她的下身，強力的進入她，他繃緊全身的肌肉，開始蹂躪她。一個黑影出現了，向他們接近，崔蓉姬的手離開了鍾為的大腿，伸進了桌上的平壤日報下。當黑影走近時，原來是一位女人，她手裏也拿著一份平壤日報。她開始用朝鮮語和崔蓉姬交談，她們說話很快，也很簡短，來人把手裏的平壤日報放下，當她把桌上的報紙拿起時，看見崔蓉姬手中握著裝了滅音器的手槍，她驚嚇了一下，但是很快的轉身走了。崔蓉姬將留下的平壤日報翻開看了一眼，她說：

「我們需要馬上離開。」

她很快的穿上了薄外套，把平壤日報放進外套口袋，握著手槍的手垂下來，另一隻手拉著鍾為快速的離開了夜總會，離去前他看見舞台上的女人已經停止了反抗，男人進入了最後的衝刺，被壓在下面的女人全面的配合著侵犯她的男人，有韻律的劇烈運動使汗水覆蓋了全身，兩人的皮膚在閃閃的發光。出了俱樂部，崔蓉姬和鍾為沒有用電梯，而是從樓梯下到大堂，然後從後門走出葡京大酒店。

雖然已經過了半夜，附近的行人還是不少，她沒叫計程車，帶著鍾為走進友誼大馬路邊上的叉路和小街。一路上她用手機通話，形容在夜總會出現的女人，要求即刻進行監視，如果離開澳門，一定弄清楚她的目的地。他們在四十分鐘後走到了文華大酒店，但是沒有進酒店大門，而是進了旁邊的美容院，從它內部通道走到酒店的電梯間。等進了房間，鎖好了房門後，崔蓉姫才吐了一口氣，她說：

「別開燈，鍾為，抱抱我。」

他們緊緊的擁抱著，熱情的濕吻。崔蓉姫脫下了薄外套，將平壤日報和手槍都從口袋裏取出來，她說：「鍾為，房間裏還是不能開燈，因為如果我們被跟蹤了，看見這裏亮燈，就知道我們是在這個房間。」

「那他們到櫃檯一查，不也就知道了嗎？」

「但是在櫃檯登記的名字不是崔蓉姫，是另一個人入住的。鍾為，我們到浴室去開燈。」

崔蓉姫拿起平壤日報和手槍，鍾為跟著她走進浴室，把門關上後才把燈打開。平壤日報裏夾有一張很薄的面紙，上面有用鉛筆寫的字。崔蓉姫低聲的說：

「我看得出來這是他寫的字，說明了他要見你的時間和地點。可是他可能已經被逮捕或遇害了。」

她的聲音變了，開始低聲哭泣，她全身緊貼在他的身體上開始抽動。鍾為摟住她的下腰，吻著她說：「蓉姫，老實的告訴我，你說的他是誰？到底發生了什麼事？」

崔蓉姫和鍾為回到客房，沒有開燈，窗外的星光瀰漫在屋內，他坐在沙發上，讓崔蓉姫跨坐在他的大腿上，面對面的聽她的故事。她說：

「寫字條的人就是想要見你的權功原。他是我初戀的情人。我們是在受特工訓練時認識的。當時是絕對不可以談戀愛的，但是我們證明了愛情要比任何規定都偉大，雖然是在那種絕對秘密的環境中，我們瘋狂的愛上了對方，把我們的初夜給了對方。從特工學校出來後，我們被分配到不同的工作地點，見面的機會反而少了，但是每次難得的相聚時，我們就日夜不停地做愛。等到我嫁給李建成以後，他感到我變了，我也老實的告訴他我假戲真做，愛上了我任務裏的丈夫。他說為了不影響我的工作，等我的任務結束後我們再聯繫。」

崔蓉姬緊緊的抱住鍾為身體扭動著，呼吸變得急促。他說：

「我覺得權功原非常愛你，他也是個很高尚的男人。」

「我對他充滿了歉意和感恩。鍾為，當你把我老公撤離後，我一個人躲在一棟別墅裏，哪裏都不能去，每天過著心驚膽戰和極度寂寞的日子。面對被逮捕或被格殺的可能，我聯絡上他，他找到了我。他問我，為什麼國安特工對我發出了追殺令？我就把整件事都告訴了他，也說了中情局在找機會把我偷渡出境。」

鍾為說：「你們有舊情復燃嗎？」

「長久的分離和重逢，當然讓我們的激情如火山似的爆發。權功原明知道我們沒有任何未來，但是他還是釋放出無比的愛情來征服我，沒有他，我不能想像要如何的過這六個月的日子。」

崔蓉姬的手伸到了鍾為的兩腿之間，她繼續說：

「我在脫北的前一天問他，我幫助中情局的情報員，也就是我的丈夫，把朝鮮的核彈頭截走，還把核武設施徹底的破壞了，他不恨我嗎？他回答說，核子武器會給朝鮮人民帶來災難，而朝鮮特工有保護朝鮮人民的責任。所以他認為我沒做對不起朝鮮老百姓的事。」

「蓉姬，你沒把你的初戀看走眼，他是條漢子，我真想會一會他。可是你剛剛為什麼說，權功原可能已經被逮捕或遇害了。」

「剛剛在夜總會裏，我一眼就認出送情報的人，她是個朝鮮特工，身上也帶著武器，因為我已經用槍指著她，她沒敢輕舉妄動。但是她問我是權功原的什麼人，我說我不認識這個人。她又問我是不是崔蓉姬，我說崔蓉姬不是死了嗎？結果她轉身就走，我也趕快帶你離開了。」

崔蓉姬的全身火熱，她扭動著：「鍾為，你是我的權功原，你不能對我太殘忍了。」

她已經失去了語言的能力，只拚命用力呼吸和拉扯衣服，鍾為緊緊的擁抱著她半裸的身體，而她也用力的貼在他身上。她希望一切都會消失，但是她有更多的需要：

「鍾為，我和你一樣，忘不了我們的初戀，初戀就是有它的迷人魅力，永遠是美好的。」

「我的初戀是很不堪的，我很羨慕你有這樣的回憶。蓉姬，我認為權功原現在還是安全的。」

「我是從脫北的特工聽到，他對清洗中家的男女老少表示過反對，所以已經靠邊站了。從平壤臥底所形容傳出洩露核彈頭的特工，就是他，不會錯的。」

「如果他已經被捕獲是遇害了，那為什麼還要把紙條送出來呢？」

「他們是設陷阱，要抓捕來接觸權功原的人。」

「所以你認為他是在被捕後，被逼而寫的，是嗎？」

「沒有人能夠抗得住朝鮮特工的酷刑。」

「但是我認為他並沒有被捕。」

「你怎麼知道？」

「蓉姬，我問你，為什麼紙條要用薄薄的面紙？」

「因為在緊急時可以很容易的放在水裏溶化，或是吞進嘴裏。」

「如果權功原已經被逮捕，他有必要這麼做嗎？」

崔蓉姬驚喜的說：「還是我的大教授聰明。」

她已經完全感覺到鍾為的碩大、堅硬，因需要而飽滿，她渴望著初戀將要穿刺她，淹沒她的需要。她從喉嚨裏發出了低聲的索求：

「功原，我需要你，現在就要。」

「我知道，你需要初戀的愛情。」

一個滿天星光的夜晚，在珠江河口西岸的澳門，一對初戀情人在久別重逢後，開始了一場纏綿激蕩的愛情。崔蓉姬張開嘴來，瞬間就被男人的舌頭佔領了，男人的身體覆蓋了她，在她下一個呼吸前，進入了她。

我的初戀回來了，馬上就進到我的身體裏，又硬，又快，又深的男性將她帶入到高潮的邊緣，她無法控制的，本能的，非常激烈的圍繞著他收緊，牢牢的鉗住，但是不能阻止在她身上的男人有力的抽動和堅定專注地帶著她邁向高潮。崔蓉姬感到全身忽而充滿了光和熱，但是在下一刻又被星光密佈和有如針刺似的黑暗籠罩住了，這是她的高潮來臨了，接著她全身顫抖，失控的呼喊；「你是我的初戀嗎？」她將要癱瘓時，忽然覺得身體裏的男性慾望脹得更粗，更硬，在她體內抽搐磨擦，再度開啟了她的高潮，用無比的意志，她以雙腿用力夾住了他的腰，小腹挺上去迎接他最後的衝刺，讓他在她的體內爆發、噴射。滾燙、濕潤的活力注滿了她，趕走了所有的黑暗，迎接生命的來臨。崔蓉姬聽見耳邊喘息的聲音：

「蓉姬，我的初戀，我要再一次到你的身體裏，讓你把我緊緊的包住。」

當他退出來時，她無力的讓雙臂落在床上，幾乎是在瀕臨將要失去知覺的邊緣，但是她強迫自己，不能讓他知道是她迫切需要解放自己與遺忘過去。她的需要得到了滿足，以為可以風平浪靜了，但是她的身體還沒有遵循她的意志，最後的迷失高潮依然使她的身體抖動，激蕩著她的靈魂。他不停的愛撫和深深的親吻，又重新把她的需要召喚回來，但是她已經將最後的體力消耗殆盡，無力去迎接他再起雄風的男性，他輕輕的、溫柔的把她的身體翻過來，分開了她的大腿，在她的兩手用最後一絲力量抓住了床單時，從後面強力的進入。她覺得眼前所看到的，她感覺到的，還有她的思維，都似乎蒙上了一層不真實的薄霧。

和他有了性行為，但是又從心理上不想承認，用初戀的面紗擋住他，可是這是不折不扣的性愛，當他進入她的身體時，給了她無比的衝擊，帶給她高潮，是那麼的猛烈，那麼的強大，完全抵擋不住，然後就是一波接著一波的衝刺，最後的投降和徹底的征服也不能讓他停止。但是她下意識的收縮，全身的肌肉都集中在將他緊緊的包在他的身體裏，在一片朦朧的感覺中，她被溶化了。

過度的疲倦讓初戀情人陷入了沉睡，直到天光發亮時他醒了，窗外的珠江河口已經清晰可見，身邊躺著的全裸女神臉上掛著滿足的笑容，她全身皮膚上的光澤像是一層包著水的薄膜，落地窗的裏外景色美的讓鍾為窒息。他情不自禁的親吻她時，聞到了她的體香裏夾著香皂的芬芳，顯然崔蓉姬已經洗了淋浴，把一個晚上折騰出的臭汗都洗掉了。他輕手輕腳的下床，一眼就看見床頭小桌上放著裝上滅音器的貝瑞塔手槍，還有一杯白水，裏頭似乎是有溶化了的細渣。他想這是朝鮮特工的訓練還是中情局情報員的規定？走進浴室，好好的洗了一個熱水淋浴，擦乾了全身又刷了牙後，鍾為才回到床上，輕輕地撫摸著身邊的女神。崔蓉姬的眼睛還是閉著，她說：

「你好香啊！」

「蓉姬，你醒了，累嗎？」

「被你折騰得都不行了，當然累了。洗了澡又睡了一覺，好多了。」

鍾為用手支起頭來，看著她說：「你好美！」

「看你說得言不由衷，我知道，比起你的申婷熙，我讓你失望了。」

「不對，你才是朝鮮的精品美女。說娶了萬壽台舞蹈團美女是最幸福的男人，太有道理了。」

崔蓉姬滿是紅暈的半個臉埋在枕頭裏，細聲的說：

「昨晚我的身體和靈魂都經過了翻天覆地和天搖地動的經歷，我已經無法面對著你，我想求你繼續委曲，你將永遠是我的初戀權功原，好嗎？」

鍾為想了一下說：「鍾為？他是誰？你弄錯了，我是你的初戀權功原。」

崔蓉姬笑著說：「太好了！功原，我剛洗完了澡，在鏡子裏發現我自己年輕了。一夜的意亂情迷，居然能把失去的青春找了回來。」

權功原又開始了他熱情和挑逗的長吻，他的手也開始在她的敏感地帶若即若離的漫遊，她感到全身酥麻和發熱，他開始吻她的耳朵，輕咬了她的耳綴，然後就聽見耳邊的輕聲細語：

「小小姑娘，清早起床，提著花籃上市場。」

「功原，你還記得我們小時候唱的兒歌啊！」

「為了引誘萬壽台舞蹈團的美女，才去苦練的。」

權功原又進入了她，她感到全身又被身上的男人充滿了，並且他還在她的身體裏繼續的膨脹著。他開始了緩慢，帶著韻律的長驅直入，她又聽見了耳邊的輕聲細語：

「走過大街，穿過小巷，賣花賣花聲聲唱……，蓉姬，用力把我包緊在你最深的地方。」

崔蓉姬感到她是在做夢，但是她的身體本能在反應她初戀的侵犯，亦步亦趨的配合著：

「功原，我好熱啊！我把你包住了，夾得緊緊的，再也不讓你出去了，你喜歡嗎？」

權功原的韻律很平穩，但是持續著他的長驅直入，她開始喘氣。但是他加快了韻律，崔蓉姬的反應也更強了，汗珠在兩人的身體上移動著，也在清晨的陽光下閃爍。

「花兒雖美，花兒雖香，沒人來買，怎麼辦？……」

「我愛你，你是我的初戀，再快一點，我挺不住了，求你，用力，再快一點……」

滿是汗水的兩個身體配合著在加快韻律，當他們到達了最高峰後，權功原還是緊緊的抱住了她，不離開她的身體，她的頭埋在他的胸膛，在一陣顫抖後，她用牙齒咬住了他，長長的高潮帶來全身鬆弛的熟睡，她感覺身體像是溶化了，成為壓在她身上男人的一部分，她的手已經分不出來是放在自己的身上還是在摸著權功原的皮膚。崔蓉姬再次醒來後，就在她身邊男人的耳邊說：

「鍾為，謝謝你。」

大同江是朝鮮地理標誌之一，位於朝鮮半島西北部，是朝鮮的的第五大河流。長四五〇點三公里，流域面積達兩萬平方公里，因河床深，又受黃海潮水影響，利於航運。發源於朝鮮咸鏡南道狼林山脈的慈江道，流程蜿蜒，流經平壤城後就向南流，在南浦市附近匯入西朝鮮灣，最後注入浩瀚的黃海。中國史書漢魏時代大同江稱列水，隋唐時期稱浿水，後長期成為中朝兩國的界河。所以南浦港也是大同江航運的起點和終點港口，江面上來往的各種輪船絡繹不絕，在這裏可以看見四千噸級的大貨輪，但是大部分都是數百噸級的小型貨船。運輸量最大的是出拖船牽拉著的駁船隊，一艘拖船往往可以拉著七、八條，甚至十條駁船。現今，這條江上建有好幾個水閘，形成了四季不枯的大人工湖。大同江流域支流眾多，其主要支流有南江和載寧江等。上游地區灌溉發達。大同江上從上至下先後建成了順川、成川、烽火、美林和西海五座水閘，取得了防洪、灌溉、航運、供水、發電等綜合效益。

從朝鮮的氣象變化觀點來看，注入黃海的大同江是個重要的水氣通道，從南方吹來的海風將大量的太平洋上水氣從大同江河口輸運到朝鮮內陸，最終形成降水。因此監測和量化通過大同江河口的水氣就成為聯合國圖們江計畫中農業氣象項目的重點，所以鍾為這次到朝鮮「視察」的行程裏就包括了對在大同江口的「自動氣象站」作重點考查，他安排了兩整天的時間，進行實地考查以及和負責人員的交流。「聯合國開發總署朝鮮圖們江計畫農業氣象項目自動氣象站」的超長銅製大橫牌子是豎立在大同江河口，離岸邊有二十多公尺，但是「自動氣象站」的監測設備和資料傳輸系統是建在一個平台上，它是從岸邊往海裏又伸出十多公尺。

雖然它是個無人值守的氣象站，因為它的位置所在，基本上沒有任何閒雜的人會走到附近。這裏有一條彎曲的車道通往三十多公里外的南浦市，鍾為和朝鮮的陪同人員住在南浦市的南浦飯店，陪同他的人裏有兩位新人，鍾為以前沒有見過，也不清楚他們的職務是什麼，但是不難想像他們是負責「安全」的特工，在朝鮮，「安全」除了監視外國人之外，還包括了監視自己朝鮮人，是否有「叛國」的行為和言論。

圖們江計畫的朝鮮團隊裏有一位技術員，是負責觀測設備的維修工作，雖然鍾為在頭一次來到朝鮮時就認識他了，但是他沉默寡言，不愛說話，他們除了在技術問題上交談過幾次外，並沒有更進一步的交流過。鍾為按照指示，從「自動監測站」回來後就到飯店的小賣部逛逛，買一點當地的土特產和紀念品。他是在這裏看到了那位技術員也走進來，鍾為移動到小賣部的角落，技術員也跟著來到他身邊，對他微笑了一下說：

「鍾為教授是來買東西嗎？」

「是的，我來看看有沒有什麼土特產可以買來做紀念品。」

「南浦農民做的小泥人是很有名的。」

「是嗎？噢！您是從平壤來的嗎？」

「是的。」

「請問，平壤有下雨嗎？」

「平壤天晴，但是元山下雨。」

說完了，技術員拿起一份雜誌，在他轉身離開時，小聲的說：

「黃海麵館有信息。」

南浦飯店裏的人告訴鍾為，南浦市有一間有名的黃海麵館，它的大滷麵和冷麵是很好吃的，鍾為就邀請了陪同他的人，包括那兩位負責安全的人，由他來做東，一起去嘗嘗。因為距離不遠，他們沒坐車，走到了黃海麵館就發現客人不少，還等了一會兒，在二樓才有一個大桌子空了出來。果然名不虛傳，除了各式的麵點外，它的菜式也很不錯。一行人在酒足飯飽後，因為還有在等的客人，他們沒有久留就走回南浦飯店。回到屋裏，鍾為即刻鎖上房門，他伸手進褲子口袋，馬上接觸到一張紙條，他在黃海麵館的樓梯下來時就感到有人碰了他褲子的口袋，紙條上是中文寫的：

「今晚十一點半在大古松樹。要確定無人知曉。——ND312」

《ND312》是他和約見人的識別暗號，也是鍾為心愛的「天風一號」航測飛機的註冊編號，大古松樹是一棵超過三百年樹齡的古松樹，是一個國家級的被保護古物，它是在南浦市的城外，從南浦飯店步行大約要一個小時才能走到。

鍾為是在十點鐘時打電話給飯店的總機，請求在第二天早上七點叫醒他。離開他的房間時，他將門把上掛了「請勿打擾」的牌子，在確定了走廊上沒有人後，他將房門反鎖才離開。他沒有用電梯下樓，而是走樓梯下到大堂。他發現大堂還是很熱鬧，很多人都是從香港旅來的遊團的觀光客，他很快的從飯店的邊門走出去。

南浦市和其他的朝鮮城市一樣，因為電力的缺乏，除了最熱鬧的幾條馬路外，街道上的路燈很少，並且亮度低，所以入夜後一片昏暗，鍾為在黑暗中快步的離去。他是在十一點鐘走到了大古松樹，比預定的時間早到了半小時，他確定了四周無人後，就在邊上的小樹叢後面隱蔽。時間過得很慢，好不容易等到了十一點半，但是不見任何人。

鍾為又等了二十分鐘，他看了一下手錶，有夜光的錶面顯示還差十分鐘就到午夜，他想到來人很可能是出事了，也連帶的想到他會不會將他也出賣了，所以「大古松樹」的會面也許是個陷阱，他開始出冷汗，決定要離開現場。當他從小樹叢後站起來時，很清楚的聽見了手槍的拉槍機的聲音，一顆子彈被推進了槍膛，同時在身後有人說：

「站住，把手舉起來。」

鍾為舉起了雙手，他身後的人說：「姓名？」

「鍾為。」

「從哪裏來的？」

「加拿大的溫哥華市。」

「你母親的娘家姓什麼？是什麼地方人？」

「姓王，她是中國東北的瀋陽市人。」

「是什麼人派你來的？」

「崔蓉姬。」

「你可以轉過身來，把手放下了。」

鍾為看見站在他面前的人穿著朝鮮人民軍的軍服，他身材不高，但是看起來很精悍，手上有把槍，但是放下來槍口朝下，他問說：「請問貴姓大名。」

「我就是權功原。」

「平壤有下雨嗎？」

「平壤天晴，但是元山下雨。」

權功原伸出手來，鍾為緊緊的握住：「太好了，終於見到你了。我以為我們是要在平壤見面的。」

「但是我已經暴露，特工們在追捕我了，我需要馬上脫北，所以提前來找你。」

「還有希望取得核彈頭嗎？」

「核彈頭我已經拿到手了，現在就由你負責把它運出去。我已經是被通緝的人，我們必須分開走，跟我在一起目標太大。鍾為先生，你現在跟我去取核彈頭，然後我送你到指定的地點，中情局的交通員會帶你撤離朝鮮。」

「我在朝鮮的工作還沒有完全結束，匆匆的離開會引起疑心。」

「交通員說，中情局有可靠的情報，說朝鮮特工很可能已經知道你到朝鮮的真正目的，因此要即刻把你撤離。」

權功原帶著鍾為走進一條巷子，在盡頭停著一輛軍用的小型卡車，它的載貨箱是密封式的。他跳進路邊的一條乾涸了並且長滿了雜草的水溝，拿出一個軍用背包交給鍾為，裏頭就是箱型核彈頭，然後把車門打開，讓鍾為上車。在開車之前，權功原把和交通員見面的地方很詳細的說明，告訴他，交通員會在會面地點的附近停留四十八小時。他們開車不久就上了公路，權功原說：

「你是崔蓉姬的朋友嗎？」

「我是她丈夫的朋友，他告訴我，你是崔蓉姬多年前的男友。」

「你最近見過崔蓉姬嗎？」

「我到朝鮮來之前有見過他們夫婦。」

「他們有孩子嗎？」

「沒有。崔蓉姬已經在工作了。」

「她好嗎？」

「我想應該不錯。你知道在美國生活是很忙的。她請我向你問好，要我告訴你，她很關心你。」

權功原沉默不語，靜靜的開車，只有窗外傳進來的風聲和車聲瀰漫在車裏，他說：

「請你替我謝謝她的關心。」

鍾為說：「你們不久就會見面了，你可以當面謝她。」

隔了一會兒，他又想起來問說：

「幾年前，當金正男陪同金正日訪問中國時，曾經秘密的出售了一個箱型核彈頭，您知道這件事嗎？」

權功原說：「中情局的交通員要求我去探聽一下這件事。其實當年金正男是出售了兩枚核彈頭給中國，第一枚已經交貨了，現在我手上的就是當年交易的第二枚。」

鍾為問：「中國是核武器大國，不需要進口核彈頭。這筆交易的目的是什麼？」

「朝鮮的核彈頭一直都是由軍方控制的，當年就是張成澤硬是從他們手裏取來，轉賣給他的中國朋友，他是一位鮮族的中共中央委員。顯然是秘密交易，作為他達到政治野心的手段。」

鍾為問：「是拿來嚇唬人的，還是要真的引爆？」

權功原說：「暗地裏買核彈頭一定是要引爆它。要嚇唬人，就得明目張膽，敲鑼打鼓的把核彈頭擺到台上。我聽說有一位俄羅斯顧問科莫克維奇訓練出來的技術人員派在這位中央委員身邊，顯然是要玩真的了。」

鍾為問：「引爆地點是在什麼地方？」

權功原說：「是在一個中國南方海岸邊上的 個小島上，這個島是歸台灣管的，但是現在成為中國大陸和台灣觀光客的進出口岸。在那裏引爆核彈頭，應該有很大的震撼效果。」

鍾為問說：「這兩枚箱型核彈頭，有沒有什麼特別的設計？」

「和以前的完全一樣，只是起爆裝置從計時器改成用互聯網的電子郵件遠端引爆。」

權功原突然顯得很緊張，鍾為說：「有什麼不對勁的嗎？」

「我們是在通往南浦港的主要公路上，那是個二十四小時運作的港口，這條路上應該是全天有大量車輛通行。但是現在看不見任何的車，唯一的可能是這條路已經封鎖，進行安全檢查。一定是發現核彈頭失蹤了。」

權功原不時的看著後視鏡，他說：「有一輛車跟上來了，可能是特工，你坐穩了，不要動，讓我來應付。」

他放慢了車速，讓後面的車子超越，但是車子超越不遠就停下來，車內的兩人下車揮手叫他們停車。權功原從車位下拿出一個大牛皮紙的信封，把他的手槍放進去，然後開門下車。他走到車頭前站住。前面車上的兩個特工走向車頭，他們手裏握著的槍都對著權功原，三個人都出現在小卡車的車燈照明裏，權功原攤開了雙臂，身體轉了一圈，顯然是表示他身上並沒有配帶武器。但是特工們沒有把槍收起，只是放下手來將槍口對地。

權功原和其中的高個子說話，不時的指指大信封，高個子點點頭，權功原伸手到信封裏拿出一張文件給高個子，兩人又交換了幾句話，他又伸手到信封裏，但是他沒有拿出文件，而是一把手槍出現在他的手裏，隨後發生的事就像是慢速放映的電影，兩名特工舉起手槍，權功原的槍也舉起來了，三人幾乎是同時開槍，在寂靜的夜晚，似乎是個極大的雷擊就在附近發生，聚集一起的三聲槍響，震耳欲聾。三個人的身影都從車頭燈的光亮裏不見了。

鍾為愣住了，隔了好一會兒他才下車走到車前，權功原坐在地上，身體靠在小卡車的保險杠上，左手按在胸前，鮮血不斷的流出來，右手還是握住了手槍，他的臉色白得像一張紙，兩眼緊閉著。鍾為看見他突然張開了眼睛，眼神告訴他，權功原有話要說，他把耳朵湊過去，聽見了氣若遊絲的臨終囑咐：

「請告訴崔蓉姬，我心裏裝著她走的。鍾為，你一定要把核彈頭帶出朝鮮，告訴崔蓉姬，她一定要好好的活著，那就是我們最後的勝利，快去把核彈頭帶好。」

鍾為到小卡車上把核彈頭背包拿出來，再回到車前時，權功原已經倒在地上，脖子上也摸不到脈搏了。他取下了還是緊握住的手槍，走到倒在地上的特工面前，驚訝的發現兩人不但還活著，而且眼睛是睜開的，用祈求的眼神看著他。鍾為對準兩人的頭部各開了一槍，格殺了他們。鍾為把前後兩部車子的大燈和引擎都關上，他希望現場被發現時，特工們不會聯想到還有另外一個人曾來過，所以他將兩部車的鑰匙都留在車上，按權功原所說的，如果他再繼續前進一段路才棄車步行，會快一點到達指定的地點，但是為了安全和隱蔽，他需要馬上離開這條大路。

箱型核彈頭的外箱是有背帶，可以將它背在背上，便利行動。鍾為背著核彈頭快速的在樹林裏奔走，他開始清楚的聽見跟著追來的武裝人員走在樹林裏的步履聲，他們之間的距離正在縮小。他明白一旦身後的追兵看見了他的身影，他們會毫不猶豫的用衝鋒槍向他射擊，鍾為加快了步伐，大同江的緩緩流水終於出現在前方。

樹林裏下坡的斜度越來越大，鍾為感到略微的放心，因為正如給他的指示，一條用石板鋪蓋的山路出現了。雖然天色已經是夜晚，他可以在石板路上快跑。石板路的盡頭是接著一條小街道，路的一邊有昏暗的路燈，路的兩旁稀稀落落的有房子，也有行人出現了。鍾為在第三個交叉街口右轉，這是一條大馬路，路的兩邊有人行道和路燈，每隔不遠就有一個賣東西的亭子，路上也出現了來往的車輛，顯然這裏是個山邊的小市鎮，再往前走大約十幾公尺，鍾為就看見來接他的人了，是在對街的售貨亭邊，他的頭上戴著一頂帽子，黑色的夾克和黑色的褲子，但是腳上穿的棕色皮鞋和帽子的顏色一樣，夾克的左邊袖子是卷起來的，露出了白色的襯裏。看起來他是在買香煙，他盯著鍾為看了一會兒，兩人的目光接觸，同時的點一點頭。他拿出一根煙，點著了，深深的吸了一口，慢慢的從鼻孔把煙吐出來，然後他將只吸了一口的香煙丟在地上，用皮鞋將煙頭熄滅，很快的過了馬路向鍾為走過來，他從口袋裏拿出煙來，在鍾為面前停下，用中國話說：「老鄉，借個火點煙。」

鍾為從口袋裏拿出火柴盒點火，他用兩手握住鍾為的手，為火苗擋風，同時用手指在鍾為的掌心點了三下，他說：「平壤有下雨嗎？」

鍾為回答：「平壤天晴，但是元山下雨。」

所有的識別信號都完全對上了，來人說：「你早到了。貨拿到了嗎？」

鍾為說：「在我的背包裏。我後面有追兵，所以跑得快一點。」

「追你的是特工還是軍方人員？」

「不知道，但是都拿著衝鋒槍。」

來接他的人突然抓住鍾為的手臂說：「請聽我說，現在出了情況，你已經暴露，朝鮮的特工已經在追捕你了。在北方所有的邊界渡口都已經封鎖，滴水不漏，就是要阻擋核彈頭被運出。所以原來要將你從丹東撤離的計畫已經無法執行，我們正在尋找其他的管道。第一步就是將你送到平壤，在那裏等待機會。」

「平壤是首都，戒備會是最森嚴的。」

「但也是朝鮮特工最想不到會是你隱藏的地方，現在中情局已經介入了行動。」

「我要如何到首都平壤？」

「所有的公共交通都要被檢查，不能用了，公路上的車輛也非常可能要停車檢查，所以我們必須走水路。」

「如果公路上的車輛要檢查，很可能輪船也會被檢查的。」

「沒錯，所以我要把你送上一條運貨的船上，比較容易隱蔽。但是重要的是你必須在到達平壤的碼頭之前，就要上岸，我們已經安排了接你的人。」

鍾為跟著來接他的人來到了一個小街，一輛有點破舊的口哨牌小汽車停在路邊，他們上車後，來人交給他一個袋子，他說：「這是中情局交給你的，裏頭有三件東西，都是放在防水袋內。一件是一本外交護照，說明你是中國大使館的二等秘書。中情局的指示是：你可以在朝鮮員警和安全人員面前用它作為身分證明，使館裏只有大使和一等秘書知道有你這位新來的二等秘書，但是你千萬不要進到使館裏，他們可能有叛徒會暴露你的身分。另一件是個貝瑞塔手槍，你會用嗎？」

「我會的，有幾個彈夾？」

「除了裝在手槍裏的外，還有兩個彈夾，每個彈夾都是十五發子彈。」

「還有一件是什麼？」

「是一個發聲器，按下開關後十五秒，它會發出三響貝瑞塔手槍的槍聲，五秒鐘後又會發出三響槍聲，然後就自我爆炸毀滅。」

南浦市碼頭是在大同江的出海口附近，停靠輪船的岸上設施都是沿著江邊建立，從這些岸邊的設施，可以看得出碼頭是分成：貨櫃貨輪、散裝貨輪和內河貨輪，三個部分。內河貨輪碼頭和另外兩個碼頭之間有一段距離，因為它需要較大的空間來停泊拖船和牽拉著的駁船。貨櫃碼頭和散裝碼頭的燈火通明，顯然是相當的繁忙。由於地盤較廣，內河碼頭就顯得燈光稀少，一片昏暗。口哨牌小汽車開到了內河碼頭的大門口，但是沒有停下，大門口和門內的一棟二層樓房，是燈火通明，大門的兩邊是用很高的鐵絲網作為圍牆，顯然這裏是管制區，不能隨便出入。他們開到碼頭盡頭邊上的一條小街，又再轉了一次彎，才停了下來。開車的人說：

「今天晚上會有一條拖船牽拉六條駁船從這裏開往平壤內河碼頭，我會送你上到第四條駁船，它裝載的是散裝貨。你在上面隱藏，駁船隊會在天亮前開到平壤的大同江碼頭，在到達碼頭前，岸邊會有一段茂密樹林，你必須在那裏離船上岸，來接你的人會在那裏等候。」

「來接我的是什麼人？識別信號是什麼？」

「我不知道是什麼人，只知道你們見過面，互相認識。」

兩人下車沿著小街走，路上的行人已經很稀少，他們彎進一條羊腸小徑，走了不遠就看見高高的鐵絲網圍牆。羊腸小徑變了方向，和鐵絲網平行。突然，來接他的人按住了鍾為的肩膀，他說：

「就是在這裏，我們要進入碼頭的管制區。」

來接他的人把鐵絲網邊上的雜草翻開後，地上就出現了一條乾涸了的水溝，在下雨的時，會是個排水溝。顯然有人將它挖掘擴大，來接鍾為的人，從鐵絲網底下爬了進去，鍾為脫下背包，先將它遞進去，再跟著也爬了進去。

這一帶的碼頭只有稀稀疏疏的幾盞燈，非常的昏暗。鍾為被小心翼翼的帶到江邊，蹲在一堆散貨和一個貨櫃之間，他看見眼前的一個駁船船隊是由一條拖船和六條駁船組成，它是碼頭上停靠的唯一駁船隊，前面三條駁船上裝的是每船兩個貨櫃，上下疊著，下面的貨櫃有一半是在駁船的船艙內，所以露出水面的只有一個半貨櫃的高度，但是還是要比前面拖船駕駛艙要高。後面的三條是散裝貨駁船，它的出水高度不等，但是要低得多，最高不超過一個人。整個駁船隊除了拖船上是燈火通明外，其他的全是一片黑暗。鍾為問說：

「就是這條駁船隊要開往平壤嗎？它什麼時候要啟程？」

「大約在半小時後。船隊在離開前會有武裝人員來做安全檢查，完畢後拖船就會起錨，就在那時，你要登上第四條駁船。送你上了船之後我就必須離開，把我們進來的地方修復還原。我需要再強調一次，在平壤接你的人是在到達大同江碼頭前的樹林中等待。」

「知道了。我自己可以登上前面的第四條駁船，不必送我上去了。只要告訴我登船的那一時刻就行。」

二十分鐘後有一輛吉普車從碼頭的行政大樓開出來，上面坐了四個武裝人員，唯一讓人注意的是車上有一個強力的探照燈，頓時把黑暗驅逐，同時在地面上也產生了不同形狀的移動影像。吉普車慢慢的在碼頭上行駛，探照燈來回的掃射停在碼頭上的貨輪和駁船，顯然是在查看是否有任何嫌疑人物和行動。探照燈在掃射完最後一條駁船後關閉，碼頭即刻恢復了原來的黑暗，唯一的亮光是來自吉普車的車頭燈，當它轉頭往回開時，碼頭就恢復了原來的黑暗。鍾為起身離開了隱藏的地方，快速的跳上了第四條駁船。

大同江流經平壤城，使朝鮮的首都增添了不少秀麗風景，有「乙密賞春」、「浮碧玩月」等著名八景。大同江畔還有許多歷史遺跡。離玉流橋不遠處有練光亭，柱子上掛著「天下第一江山」的匾額。這是幾百年前訪問平壤的某國使者，在練光亭欣賞大同江一帶風景後題的字。練光亭旁有顯示著朝鮮民族悠久生產文化傳統的平壤鐘和大同門。大同江畔還有不少具有大紀念碑意義的建築物。東平壤江岸聳立著高一百七十米的主體思想塔，對岸有人民大學習堂和金日成廣場。大同江畔處處設有文化福利設施、遊戲場和各種服務設施。

坐落在江心的綾羅島上有「五月一日」體育場，頂著降落傘似的屋頂，有十五萬個座位，曾舉

行過第十三屆世界青年學生聯歡節、青少年學生大型團體操和藝術演出，常舉行各種體育活動。牡丹峰腳下大同江畔有朝鮮式青瓦屋頂的玉流館，這裏做的平壤冷面聞名內外，顧客絡繹不絕。大同江畔還有平壤大劇場、東平壤大劇場、青年中央會館，羊角島上有平壤國際電影會館等。也就是這些設施的燈光，將平壤大同江上的天空照亮了。

鍾為在注意到平壤大同江碼頭就在前方時，也注意到有一艘巡邏艇從前方快速的接近，艇上的燈光都打開了，除了甲板上背著衝鋒槍的士兵外，船頭還有一挺機槍，透過駕駛艙的玻璃窗，可以看見有三個人，其中的兩人手裏拿著望遠鏡，他們看來是艇上的軍官。中間的一人顯然是巡邏艇的舵手，駕駛艙頂上還有一個大型的探照燈。當巡邏艇的高分貝喇叭發出了指令後，鍾為馬上就能感到駁船隊在減速，並且脫離了江心的主航道，緩慢的向左方的江邊靠去。他需要決定眼前所在的位置，才能決定他的下一步行動，首先他將防水包裏的貝瑞塔手槍拿出來，拉開槍機，把一顆子彈推進去，再把身上的重要文件和皮夾子放進防水包。

巡邏艇在駛過駁船隊後，就在江心調頭，開始接近駁船隊最前面的拖船。平壤的大同江碼頭在左前方出現，鍾為無法知道駁船隊是要就地停船，還是要去靠到碼頭。顯然，這就是他來朝鮮的真正目的曝光後追捕他的行動。巡邏艇上的探照燈打開了，讓鍾為吃驚的是，它將整條駁船隊都涵蓋在它的燈光下，如同白晝，一覽無遺，鍾為不能動彈，一動就會立刻被發現。但是探照燈的餘光也將岸邊的樹林映襯出來，這裏就是他要上岸的地方。

當他看見巡邏艇上的武裝人員拿著衝鋒槍開始登上駁船時，鍾為明白逐船搜索的行動開始了，他必須馬上離船上岸，但是不能讓武裝人員發現他的行蹤。

鍾為蹲在駁船右邊的一個散裝貨袋的後面，露出半個頭來，舉槍對著探照燈開了一槍，他聽見了一聲慘叫，但是探照燈沒有熄滅，只是燈光變成朝天照射，顯然這一槍沒有擊中探照燈，但是擊中了它的操作員。鍾為跪起來，把握住手槍的雙手固定在一個箱子上，當探照燈重新又開始水平的照射時，他對準了目標連續開了三槍，探照燈的光源爆炸，然後變成一團向四面八方散發的燦爛光點，隨即，所有的光亮就只剩下是來自前面拖船的和巡邏艇駕駛艙的燈光，以及遠處平壤大同江碼頭的燈光。黑暗又籠罩了其他的一切。鍾為把手槍放進防水袋，然後將發聲器打開，放在甲板上的箱子下面，他迅速的移身到駁船左邊的欄杆，跨越後悄悄的把身體滑入大同江的水裏。全身的衣服都浸透後，鍾為的全身都直接的接觸到了江水，接近冰點的水溫讓鍾為馬上感到全身的肌肉都凍結了，連帶著他的心臟也幾乎停止跳動。鍾為知道如果他不能很快的離開，他的生命就會在這冰冷的大同江裏結束。

第九章 南北分界生離死別

他開始無聲的向岸邊的樹林游去，當他聽見手槍的發聲器響了後，巡邏艇上的機槍開始射擊的聲音，以及駁船上的貨箱被子彈擊中的破裂聲，馬上就瀰漫在黑暗裏，鍾為吸了一大口氣後開始潛水，他知道如果他不能很快的游到岸上，浸泡在這麼冷的水裏，他會失去了知覺，跟著失去了他的生命。梅根出現在他的腦海，想到了和她在一起的喜悅，鍾為加大了他在水中潛泳的力度。

當肺裏的氧氣完全消耗完了，他將頭部浮出了水面。駁船已經完全的停住，靜止在江中，巡邏艇和拖船上的小型探照燈在往復的照射駁船，機槍已經停止射擊，但是可以看見駁船上有人影出現了。顯然駁船隊是在江中停船接受檢查，它成為巡邏艇的注意力所集中的目標，四周的水面和附近的岸邊並沒有引起興趣。

鍾為回頭，目視最近距離的岸邊樹林，開始有韻律的游泳。當他的腳碰到了河底時，他開始擔心來接他的人如何找到他，走上岸來的第一件事，是將貝瑞塔手槍從防水袋裏拿出來，換上一個新彈夾。走上陸地後，也許因為有風吹來和停止了激烈運動，鍾為覺得更冷，他不知道下一步該走的方向，但是下意識的感到要儘快的離開岸邊，越遠越好。眼前是一片黑暗，唯一的光線是來自從江面反射過來的拖船和巡邏艇燈光，他有一腳沒一腳的在樹林中奔走，濕透了的全身讓他的骨頭都感到寒冷，他不知還能支持多久，但知道一旦倒下，就不能再起來了。突然，他聽見有人在不遠的身後說：

「站住，不許動。」

鍾為立刻移動到一棵樹後雙手握槍對著聲音的來源，發聲的是個女人，聽來似曾相識。同一個人又說話了：「報上姓名。」

「鍾為。」

「從哪裏來的？」

「加拿大的溫哥華。」

「天風一號的號碼是什麼？」

「Nancy-Delta-3-1-2」

「認識我嗎？」

一個手電筒打開了，照亮了一張漂亮的臉孔。

「趙晨倩？」

電筒的光滅了，鍾為感到有人走到身邊說：

「鍾為教授，好久不見了。你可以收起槍來，東西拿到了嗎？」

「果然中情局是介入了，他們要的東西在我背包裏。」

「跟我來！」

他們在黑暗中往前走，鍾為已經凍得牙齒在上下打戰發抖，發出聲來，趙晨倩說：

「你剛從水裏上來，一定是凍壞了，再堅持一會兒，馬上就到我的車子了。」

他們走上了樹林中的一條小路，再往前不遠就有一輛賓士越野車停在路邊，趙晨倩用鑰匙打開車門，將車發動，開了後座的門，叫鍾為進去。她也跟著進來，關上車門：

「我已經把暖氣開到最高，溫度馬上就會上來的。但是你還是要把濕衣服馬上就脫下來。」

當鍾為把背包放下來，又把上衣脫下後，馬上就能感到車內在升溫，趙晨倩打開一個小熱水瓶，他馬上就聞到了一股人參的香味和酒香，她倒進了蓋子裏：

「你先把這杯救命湯喝了，體內也會感到熱了。」

他喝了一口後問：「這是用什麼做的湯？」

「用我們這裏最好的高麗參，再加上最好的烈酒。以前只有皇帝能喝這種湯，否則他後宮裏的那些美女就要造反了。鍾為教授快喝了它，然後趕快把濕衣服脫了，否則你會生病的。」

趙晨倩動手幫他脫衣服，很快的把他的毛衣、襯衫和內衣扒下來，然後就解開他的皮帶，把長褲脫下來，鍾為的身上就只剩下了小小的內褲，她正要把它也扯下來時，手被抓住了，鍾為說：

「不行，你去開車吧！」

「怎麼？大男人還會害羞了嗎？你需要把濕衣服全脫下來，才能用毛巾把身體擦乾。」

結果鍾為還是被她剝光了衣服，全身都是濕淋林、赤裸裸，光溜溜的皮膚反射著夜光，趙晨倩用一條大毛巾把他全身都擦乾，同時也盯著看，沒有錯過他身上的任何一塊肌肉。

因為他身上所有的衣服都是濕的，他們開車上路時，鍾為是坐在車後座，身上只披著一條大毛巾，趙晨倩問他：「鍾為，你還冷嗎？」

「不冷了，把濕衣服全脫了，全身都擦乾了，當然不冷了。」

「我是怕你沒穿衣服會冷。」

「喝了你的救命湯又開了車子的暖氣，當然不會冷了。但是我擔心，等一下在路上被攔下來檢查時，看見我光溜溜的，又有一堆濕衣服，很可能會露餡的。」

「接你的人沒給你一個新護照嗎？」

「他給我一本外交護照，是中國大使館的二等秘書。」

「我的車是有特別通行證的，可以不受檢查。萬一被攔下來，我就說你是我的中國男朋友。」

鍾為笑著問：「沒想到朝鮮會是這麼的開放，女人會帶著赤身裸體的男人開車出來。」

趙晨倩沉默不語，似乎陷入了沉思，她說：「你見到李建成了嗎？」

「見過。」

「他好嗎？」

「他現在是朝鮮專案辦公室的副主任了，負起具體的行動責任，應該是幹得很好。」

「我想也是，他和他那漂亮的老婆在一起，應該是夠他辛苦的了。」

鍾為聽說過李建成和趙晨倩在朝鮮為中情局臥底的驚心動魄事蹟，也知道他們間的男女之情，他不曉得該說什麼，只好轉開了話題：「聯合國的圖們江計畫進行的怎麼樣？」

「今年是最後的一年了，感謝你的女朋友凱薩琳．波頓，計畫的目標完全達成了。朝鮮老百姓應該很感激聯合國開發總署。」

「凱薩琳是烏克蘭人，原來的名字叫鐵木辛科，她不是我的女朋友。是她當學生的時候曾和我有過一段短暫的戀情，但是我們沒有緣分，沒能開花結果。後來她就出嫁了，但是離婚後，她沒恢復原來的姓，還保持著波頓的夫姓。」

「凱薩琳說是你幫了她的大忙，讓她在朝鮮圖們江計畫有了出色的表現，奠定了她在聯合國開發總署的地位，還當上了他們的計畫處處長，她非常感激你。她說當年你們分手是因為你被初戀的情人罩住了，忘不了她。隔了多年後凱薩琳去加拿大找你，你已經另有新歡，她還是沒戲唱。」

「你們成了朋友嗎？」

「是的，我覺得她是個不錯的人，當年你沒娶她，是你的遺憾。」

「她的事業心很重，不可能會當一個教授的老婆。」

「這一點我同意。可是我很羨慕她，當年你們兩人在執行圖們江計畫時，白天她陪你翻山越嶺，建立測量設備，晚上你就伺候她，翻雲覆雨。她告訴我說你好厲害，每次都被你征服得死去活來，毫無招架之力。」

「看樣子你們是成了好朋友，無話不談。」

「我還知道你和凱薩琳在大馬士革的驚天動地事蹟。」

「是她告訴你的嗎？她還透露了她另外的身分了嗎？」

「是李建成警告我，說凱薩琳是以色列摩薩德特工，你幫她在大馬士革攔截了核彈頭。我看你是個大情聖，為了烏克蘭美女，連命都不要了。」

「其實，我和你一樣，都是為李建成的老闆在賣命。」

「我看中情局是把你當成他們的一個大寶貝了，這次他們下了死命令，不惜任何代價，要保護你的安全。」

「現在核彈頭在我手上了，有具體的撤離計畫嗎？」

「行動方案已經定好了，但是細節還正在安排。第一件事就是要製造一個假像，你已經成功的『脫北』了。」

趙晨倩將車開到平壤市南方的一個有警衛把守的社區裏，裏面都是一棟棟獨門獨戶的別墅，還有相連的停車庫，顯然這裏是給政府的高官們住的地方。她告訴鍾為說：

「你需要好好的洗個淋浴，大同江裏的水不是很乾淨的，裏頭什麼都有。」

「只要有熱水和肥皂就行。」

別墅裏的洗澡間很大，淋浴間是用玻璃門和大浴缸分開的。鍾為把蓮蓬頭的水開到最大，站在底下讓熱水將他從頭到腳的全身都包住，他慢慢的感覺身上的毛孔張開了，全身的血液又開始流動了，肌肉也恢復了彈性，幾天來所造成的精神緊張也開始放鬆，他不知不覺的吹起口哨來。整片的玻璃門都被凝結的水蒸汽變成半透明了，浴室的門打開了又關上，鍾為看見一個模糊的人影走進來，他聽見趙晨倩說：「鍾為，淋浴的熱水還行嗎？」

「太好了，真想不到，站在熱水底下就這麼一會兒，就把被凍得快完了的小命撿回來了，真是太感謝了。」

「我給你送肥皂來了。」

淋浴間的玻璃門打開，看見滿臉笑容的趙晨倩，她換了衣服，穿了一條短褲和白襯衫，頭髮紮起來包在浴帽裏。她說：「大同江的水很髒，裏頭什麼東西都有，我來幫你洗掉它，你轉過身去，把兩手舉起來，放在牆上。」

她開始替鍾為在身上抹肥皂和擦拭，從頭髮開始，全臉、耳朵、脖子、肩膀和手臂，然後伸手到他的胸前，在他的胸脯和腰上擦抹。鍾為能感到趙晨倩把她的胸脯靠在他的背上。

「鍾為，把腿分開，我要洗你的下身。」

把他的小腿，大腿，下腰和小腹都上了肥皂，擦拭和用水清洗了之後，趙晨倩跪下來專心洗他的下體，鍾為突然發現身體起了異樣的變化，趙晨倩笑了一聲：

「鍾為，你興奮了嗎？」

「不好意思，讓我自己洗吧！」

「你不可以剝奪我的樂趣。」

鍾為感到趙晨倩是在把玩他，但是想到自己是否能把核彈頭帶出朝鮮，同時保住自己的一條命，全是握在她的手裏，也只能全聽她的了。她說：「都洗好了，你可以轉過身來了。」

鍾為面對著的是全身都濕透了的趙晨倩，沒有內衣，白襯衫緊貼在她赤裸的皮膚，將豐滿的乳房完全的顯印出來，堅挺的乳頭把布料繃緊。她用兩手輕輕慢慢的上下撫摸著鍾為的胸膛：「我想應該洗乾淨了，外面有大毛巾和浴袍。你先到客廳去，咖啡準備好了，我也要沖洗一下。」

全身從頭到腳被人用熱水肥皂洗得乾乾淨淨，喝著香噴噴的咖啡，讓鍾為忘記了不久前在大同江上驚心動魄槍戰，接著的跳水逃生，以及被凍成落湯雞的遭遇，他完全失去了身在北朝鮮的感覺。

趙晨倩是穿著短短的半身浴袍走進客廳，腰帶鬆鬆的把大半個胸脯和深深的乳溝都露出來，兩條雪白的大腿露在外面，顯然浴袍裏就只有她赤裸的身體了。鍾為端著一杯熱咖啡迎上前去：

「晨倩，我就直接稱名道姓了，你不在意吧？當我泡在冰冷的大同江裏，以為我這條小命要去閻王爺那報到了，後來終於看到有人來接，本來以為是中情局的行動員，沒想到是你本人。這才不必去見閻王爺了。你是我的救命恩人，該怎麼謝你呢？」

「原來你們中國也有個閻王爺，不曉得是不是和我們朝鮮的閻王爺是同一個凶神。鍾為，是李建成叫我一定要去接你的。何況你曾是凱薩琳的大情人，而她是我們朝鮮老百姓的恩人，她讓很多朝鮮人沒有挨餓，就為了這個理由，我當然要去把你接來了。來，我們坐下來說話。」

鍾為在長沙發上坐下，趙晨倩就緊挨在他身旁，

鍾為問：「你最近和凱薩琳常有聯繫嗎？」

「不是很多，但是她每次到朝鮮來，我們都會在一起。圖們江計畫正式結束時，她一定會來參加慶祝儀式的。」

「太好了，你們除了慶祝圖們江計畫順利的完成之外，凱薩琳還會帶給你一個好消息，你會更高興，因為你這些年來的心願可以得到保證了。」

趙晨倩說：「能不能先說給我聽聽，我已經很久很久沒聽過好消息了。」

「本來是要讓凱薩琳告訴你，既然救命恩人要求了，那我就說了。晨倩，你知道我曾經認識朝鮮總書記金正恩的大嫂申婷熙嗎？」

「凱薩琳跟我說過，她還是金家大媳婦的時候，背著她老公金正男，在溫哥華跟你有了一段婚外情，對不對？」

鍾為看著她很嚴肅的說：「晨倩，請聽我說，有一件重要的事要告訴你。因為販賣從紅軍流失出來的核彈頭，金正男從軍火商手裏拿到一張古代的伊斯蘭藏寶圖，申婷熙拿到手後送給了我們海天書坊。藏寶圖給我們換來了一筆不小的財富，除了為申婷熙的兒子成立了教育基金，讓他完成學業，我們計畫在以後的二十年購買糧食，經由凱薩琳運給朝鮮，不但要保證朝鮮沒有人餓死，還要每個人都能吃飽。我不信任金家統治者，凱薩琳會把一部分經費直接交給你，讓你更有效的運用。為了安全，這件事要保密。晨倩，我知道這些曾是你的心願，所以就算是我對你這位救命恩人的報答吧！」

趙晨倩掩面而泣，哭出聲來：「真的是這樣嗎？還是我在做夢？鍾為，你不是在騙我吧？你除了認識申婷熙之外，你和朝鮮的老百姓沒有一點瓜葛，而她又是朝鮮王朝的一份子，除了對權力感興趣外，對民間疾苦沒有任何的關心。你在圖們江計畫裏所付出的辛勞，我們有目共睹，都由衷的感激，現在你又拿出這麼大的財富說是報答我，你讓我怎麼承受呢？」

「晨倩，我最看不得女人掉眼淚，你就別哭了，我還有很多的話要說呢！」

鍾為把桌上的面紙遞給她，趙晨倩擦乾了淚水：

「對不起，鍾為，我不哭了，請你快說吧！」

「記得嗎？是凱薩琳帶我第一次去見你，當時你的才能，談吐和風度留給我很深的印象，和我接觸到的朝鮮女性非常不同。從他人的口中，我知道你是代表金正日辦公室，負責爭取國際組織的糧食援助，是你一手促成了聯合國的圖們江計畫，認識了凱薩琳，希望徹底改善朝鮮的糧食生產。」

趙晨倩說：「這是我多年來的願望，就是盼望有一天，朝鮮終於會沒有人因饑餓而死。但是那一天還是沒有來臨。」

「後來凱薩琳告訴我，你和金正恩是初戀情侶，為了愛情你放棄了國外的生活，回到朝鮮，投入了賑救饑荒的工作。等到金正恩繼承了大位，娶了別人，你還是無怨無悔，繼續你的人道工作。當李建成吸收你為中情局臥底時，明知那會帶給你萬劫不復的災難，但是為了那一船一船的糧食，你義無反顧，勇往直前。」

趙晨倩說：「凱薩琳和你曾有過愛情，所以她對你無話不說。」

「我知道了你有非常高尚的情操，在日後的圖們江計畫工作中，我們相遇過，讓我對你肅然起敬。別人認為我把財富捐給朝鮮是因為申婷熙，其實我是被你的高貴人格所感動了。」

趙晨倩握住了鍾為的雙手：「謝謝你，鍾為，說了我這麼多的好話，我都不知道該怎麼回答你才好。其實我還很感激金正恩，雖然他背叛了我們的愛情，他還讓我繼續為朝鮮人爭取糧食。我看見那些骨瘦如柴的孩子，狼吞虎嚥的吃飯就特別高興，所以我的日子還是過得很快樂的。唯一的遺憾是每天工作完了回家就很寂寞，沒有人可以跟我說話。」

鍾為說：「你為中情局臥底，和李建成在一起出生入死，不會提心吊膽嗎？」

「我做了準備，隨時能自我了斷。李建成曾讓我動心，但是每次見面都得偷偷摸摸的。這些年來，他不來看看我，也不聞不問，讓我一個人孤單的凋零著。我想他是只顧著抱著他那風騷妖豔的老婆睡覺。我還記得最開心的是，我和凱薩琳，還有你，三個人在一起吃過兩次飯，我們天南地北，無所不談，我被你的豐富學識震住了，也曾幻想被這樣的男人征服。我們一直談到半夜，我才放你回酒店，讓你去伺候凱薩琳。」

「我也記得，不知道你是從哪裏取得了上好的紅酒，我們喝得都有點醉了。」

趙晨倩說：「你的記性還真好，都沒忘記。鍾為，你知道，我有多久沒有被男人碰過了嗎？」

她用渴望的眼光看著鍾為，但是聽見他說：

「晨倩，你是個高貴和神聖的女人，我不能褻瀆你。」

趙晨倩歎了口氣，哀怨的說：「我知道自己是什麼樣的料子，比起朝鮮的精品女人申婷熙，我是差了十萬八千里。可是你剛剛不是也興奮了嗎？」

鍾為說：「對不起，是男人的劣根性使我褻瀆了你，更何況你的手彩牢牢的吸住了我，引起我想征服你的欲望。請你原諒。」

「是你說的，你要謝謝我救你一命，那你就什麼話都別說，跟我到臥室去。」

趙晨倩脫下了浴袍，將鍾為身上的浴袍也拉下來，從後面緊緊的抱住鍾為，一邊用乳房磨他的背，用手撫摸玩他的小腹，還用牙齒咬他的肩膀：

「你別怨恨我，李建成把我放在這裏，不聞不問，我都快爆炸了。這些都是他欠我的，你去找他算帳吧！」

她的兩隻手，櫻桃小嘴和舌頭發起了攻勢，很快的，鍾為就感覺到帶著麻醉性的快感從身體的一點擴散，漫延到了全身，徹底的癱瘓了他。趙晨倩把他推倒在床上，順著他的身體爬上去，騎在他的腰上，她仰起了頭，閉上了眼睛，從喉嚨裏發出一個無法形容的，介乎於呻吟和嘶叫之間的聲音，然後按住了他的雙肩，完全的吞噬了他。

鍾為一直睡到第二天中午日上三竿時才醒，他發現一個人光溜溜的躺在大床上，但是有一件男人的睡袍放在床邊的椅子上，他穿上後覺得很合身，想到了李建成和他的身材差不多。一走出臥室就聽見趙晨倩在叫他：「鍾為，我在廚房給你做早餐，你過來吧！」

他走進一間非常現代化的西方廚房，趙晨倩站在爐子前面正在把兩個煎蛋放到盤子裏，她穿著一件男人的襯衫，修長的大腿是光著的，臉上薄施脂粉，但是長頭髮沒有梳起來，披在肩膀上，在太陽光底下顯得很漂亮。

「鍾為早安，我不知道你會不會習慣我們朝鮮的早餐，所以我準備的是西式早餐。」

「太好了，我想是你燒的咖啡香味把我從睡夢裏喚醒了。」

鍾為摟住了她，發現她在襯衫裏，除了軟玉溫香的肉體外，什麼都沒有，他有點情不自禁的要吻她的臉霞，但是趙晨倩轉過頭來，張開嘴濕吻他，過了一會兒還把手伸進睡袍裏撫摸他，她的手從胸脯移動到小腹，還要往下時，被鍾為及時的抓住：

「別，我渾身是臭汗，讓我先洗個淋浴。」

「你先把早餐吃了，等一會兒就涼了。別怕，我不騷擾你了。你的咖啡要加糖和牛奶嗎？」

「加牛奶就行。」

「幫我把早餐端到餐桌上去。」

鍾為喝了一口熱咖啡後，驚訝的說：

「真想不到，朝鮮人還能喝到夏威夷的咖啡。」

「你說得不對，朝鮮人是喝不到夏威夷咖啡，只有金家的老闆才喝得到。我是沾了光，才有時候能分到一點。」

「理解，全世界都一樣，這就是所謂的獨裁者特權。你什麼時候起來的？我一點都不知道。」

「我是聽到窗外的鳥叫聲和你說夢話的聲音，我才醒的。」

「我平常沒有說夢話的習慣，只有在太累的時候睡著了才會說夢話。」

「昨天你做了兩件事，都是很累人的，先是要躲避追兵和逃命，然後就是替李建成代勞。都是很累人的，是吧！鍾為，你知道你在夢話裏都說了些什麼嗎？你是和一個叫梅根的人談情說愛，她是不是凱薩琳．波頓說的那位加拿大美女，你的愛人？」

「是的。你想不想知道你在到了高潮時是叫誰的名字？」

「是不是李建成？你覺得我挺可憐的，是不是？」

趙晨倩的語氣裏充滿了哀怨，鍾為趕快說：

「我認為你是個讓人敬佩的女人，為了理想，冒生命的危險也勇往直前。我很感激你，冒死前來搭救我脫險。你知道嗎？剛剛我見到你時，突然覺得你像是變了一個人，變得比昨晚更有風韻。」

趙晨倩露出了燦爛的笑容，她說：「我醒來時看你睡的很香，就輕手輕腳的走進浴室，好好的洗了一個熱水淋浴。我已經很久沒有這麼的享受過了。」

「洗熱水淋浴？」

趙倩晨笑得花枝招展：「我才不稀罕熱水呢！我是說征服了一個男人，真是爽快極了。」

「是嗎？對了，我的那些濕衣服呢？」

「我替你洗了，正在烘乾。」

「謝謝你，趙晨倩，你很會體貼人，一早起來還替我洗衣服，不好意思。」

「我想你最好還是穿睡袍，免得我還得費工夫去剝你的衣服。」

「趙晨倩，你不可以嚇唬我，自從我拿到了核彈頭後，我時時刻刻都在提心吊膽，想到朝鮮特工會突然出現來殺了我。所以你不可以再增加我得心臟病的可能。」

趙晨倩曖昧的笑著說：「我們可能是世界上第一對男女在核彈頭旁邊做愛。太酷了！」

「上帝！極恐怖。」

「哈！你現在才知道我們朝鮮是世界的恐怖份子集中地啊！」

「李建成和崔蓉姬都說你是個敢愛敢恨和天不怕地不怕的人，一點都沒錯。可是我們三年前第一次見面時，你給我的印象是個規規矩矩的政府官員。」

「在金正恩和聯合國官員凱薩琳面前當然要裝出一份規規矩矩的樣子了。」

「所以三年後的樣子才是你的真面目。太好了，我喜歡你現在的樣子。」

她曖昧的笑容又出現了：「是嗎？鍾為，你吃完了就去洗澡吧！衛星馬上就要過頭了，我需要下載中情局的資訊。」

「你也可以上傳資訊給他們嗎？」

「當然，要告訴他們什麼？」

的事。

鍾為把權功原所說有關核彈頭的引爆地點和新的引爆裝置告訴了她，但是沒有說權功原犧牲了的事。

鍾為洗完了淋浴，擦乾了身體，走出淋浴間時，看見他的梳洗小包，但是沒有看見他的衣服，刷完牙後，他只好將睡袍再穿上。走進客廳就看見趙晨倩坐在長沙發的一頭，聚精會神的看著放在小桌上的筆記型電腦。她沒有抬頭，但是用手拍拍她身邊，要鍾為坐下。趙晨倩還是穿著那件男人的襯衫，兩條修長、雪白和誘人的大腿還是露在外面，她用鼻子吸了一口氣：

「嗯！你好香啊，讓我好好的吻吻你。」

她抱住鍾為濕吻他，還把手伸進他的睡袍裏。鍾為說：「你從衛星上下載了中情局的消息嗎？」

自從李建成到朝鮮來臥底不久後，中情局利用他們的低軌道間諜衛星在通過朝鮮上空時，將壓縮的密碼文檔下傳，李建成利用衛星電話連接到他的筆記型電腦就能在幾秒鐘內完成文檔的下載。同樣的，他也可以將情報上傳到衛星，再轉送到中情局。原本的目的是要用它作為輔助傳統的交通員來傳送資訊，但是現在趙晨倩是拿它作為主要的通訊工具了。

「我收到了。鍾為，你的撤離方案已經啟動了，所有的細節都安排了，四十八小時以後，我們就要動身。」

「你說『我們』，是你又要親自送我嗎？」

「他們要我和你一起撤離。」

「是發生了什麼情況了嗎？你暴露了？」

「我想不是的。中情局一直認為，金正恩上台後並沒有完全掌握住全域，反對他的勢力還是很大。他們害怕如果朝鮮的內鬥擴大，因為我和金正恩的關係，我會成為打擊的目標，甚至成為犧牲者。所以要把我撤出去。」

「李建成也是跟我這麼說，他很擔心你的安全，所以他們要把你撤離是對的。」

「鍾為，可是我還不想離開。」

「能告訴我為什麼嗎？」

「我有兩個還不能撤離的理由；第一，國際組織對朝鮮的糧食和醫藥援助源源不斷，這是因為中情局要收買我送出去的情報。要我撤離一定是李建成的主意，我一走中情局去問誰要情報啊？沒有情報，朝鮮老百姓就要挨餓，我不相信老美會基於人道和同情心繼續送糧食來。鍾為，你認為我說的對不對？」

「美國的集體行為是以美國利益為基礎，人權、人道和道德只是在表面上說說而已。但是我認為朝鮮應該努力的做到糧食的自給自足。」

「沒錯，這是我們最終的目標，但是我們需要時間和過程，我想做的就是不想看到在這期間有人餓死，至少沒有很多人餓死。你的捐贈要保留，作為巨大天災時救難用，否則金家的人又會動歪念頭了。」

「你的思維很周密，凱薩琳也是這麼說過。」

「但是我有時也會很恐怖的，你不是剛剛也說過嗎？」

「你不想撤離的第二個理由是什麼？」

「中情局對目前朝鮮局勢的評估是不正確的，他們認為金正恩正面臨著嚴重的挑戰，不能掌控他的政權，但金正恩執政已超過三年了，中情局認為現在有跡象顯示還有反對他的力量在蠢蠢欲動，那是不對的。當年金正日為金正恩排除了所有的執政威脅和障礙，當時最大的威脅是來自他大兒子金正男和大媳婦申婷熙，但是都被清除了。我需要將朝鮮的真實情況讓世界知道，這是我的責任。」

鍾為說：「我明白了，中情局是你的管道。目前，朝鮮的局勢還緊張嗎？」

「金家王朝從第一代金日成開始，威脅他們政權的力量都是來自軍隊裏的大老，當年金日成自己就是先拿到了軍權，然後把勞動黨裏的反對勢力清洗了。同樣的，金正恩是利用朝鮮勞動黨行政部部長張成澤和朝鮮人民軍總參謀長李英浩來取得軍方對他的支持。張成澤是金正日妹妹金敬姬的丈夫，曾被認為是朝鮮『二號人物』。但是我聽到的消息是李英浩已經被清洗了。」

「這麼大的事，怎麼還沒有官方的公報呢？」

「這說明了一件事，就是目前還正在清洗李英浩的黨羽。連我都是從小道消息裏才能聽到這些事，中情局就更無法知道了。」

「李建成說，他認為你們的『二號人物』張成澤，可能是個有篡位野心的人。」

「他的觀察是正確的，他不僅是個有野心的人，也是個手段極為殘酷的人。金正日在世的時候就警告過金正恩，此人有反骨，決不能留。果然，是他來告李英浩的狀，說他羨慕西方的武器裝備，所以有叛變之心，然後也不等勞動黨的中央委員商量，就派武裝人員去逮捕他，他們當場就和李英浩的衛隊起了流血衝突。張成澤送來的報告說，李英浩在槍戰中被擊斃。但是有人說他是被張成澤處決的，他是明目張膽的不把金正恩放在眼裏。」

「如果他發動政變奪權，你的生命馬上就會受到威脅。這就是李建成擔心你的地方，才要把你撤離。」

「這一點你就放心吧！這兩年來，金正恩已經一步一步的作好了制裁他姑丈張成澤的準備，也許在最近就會收網了。金正恩擔心的是，再有一輪腥風血雨的殺虜發生，造成社會的不安。」

「你說再有一輪，同樣的殺虜已經發生過了嗎？」

「申婷熙的奪權行動主力是申家控制了多年的國安部門特工組織，事後，金正恩派張成澤去接管他們，他將還沒有來得及逃跑的人全部處決，好些高級人員的家屬也一起殺了，脫逃者留下的家屬也無一倖免，並且殺人的手段非常的殘忍。可想而知，這份仇恨會延續到好幾代的人。金家王朝的執政一定會受到影響，張成澤已經放出空氣說，這些極端手段的大清洗是金正恩模仿當年蘇聯清洗紅軍軍官來鞏固史大林的執政。而他僅是奉命行事。」

「看起來，這位姑丈不是個簡單的人物。」

「他心黑手辣，連崔蓉姬的父母和姐弟都不放過。其實他們只是老老實實的鄉下人，就是因為他們家有一個幹特工的人，所以就全部被處決了。」

鍾為問：「你是怎麼知道這件事的？」

「是中情局和一些脫北者作訪談時聽到了一些蛛絲馬跡，李建成就深入調查發現的。」

「是你做的實際調查工作嗎？」

「不是，李建成決不允許我介入任何的調查行動，我唯一的任務是睜開眼睛和耳朵看和聽。要我去接觸你是我的第一次實際行動任務。」

「李建成告訴我說，他們也是從不同的脫北者訪談裏，拼湊出還有箱形核彈頭留在朝鮮的蛛絲馬跡。富爾頓，他就是李建成的老闆說，也許是因為有在朝鮮生活的經驗和朝鮮的文化背景，崔蓉姬有能力從脫北者探聽出很有價值的情報，是別人問不出來的。」

趙晨倩說：「她的初戀情人權功原知道核彈頭的所在地，就是崔蓉姬抽絲剝繭推斷出來的。然後我們才去主動的接觸他，瞭解了情況後才定了行動方案，由你來把核彈頭取走，你已經有過一次經驗，應該是駕輕就熟了。」

「趙晨倩，請你告訴你中情局的老闆，這是最後一次，下不為例，我還想多活幾年呢。」

「李建成說你福星高照，命大得很。」

「李建成吸收了你，你和他上床了嗎？但你居然還替他隱藏他老婆，挺寬宏大量的。」

趙晨倩低下了頭，沉默不語，過了一會兒才說：「你是怎麼知道的？」

鍾為說：「崔蓉姬自己說的。」

「當時她走投無路，跑來找我，請我看在李建成的份上收容她。我就把她藏在這裏六個月，但是我們有了感情，我很喜歡她。」

「是嗎？」鍾為想到了他和崔蓉姬短暫但是熱情奔放的時刻。趙晨倩說：

「鍾為，你知道嗎？在我們朝鮮，女人的存在就是為了生孩子和取悅於男人。只要男人想發洩性慾，女人就要脫了衣服。至於女人是不是也有性生活的要求，完全不在考慮的範圍。當李建成自我招供說他是中情局的臥底時，他的小命就完全是在我手裏，我擺平了他，把他強姦了，但是沒想到的是他釋放出了愛情來反抗，結果是讓我第一次經驗到如何的被一個男人用愛情迷倒了。」

「所以你收容了崔蓉姬，那是李建成愛情的延伸嗎？」

「她到這裏的第一天晚上就和我做愛，她是特工，身上有功夫，我根本無法反抗，但是她給我的不是傷害，反而是身體的喜悅和靈魂的昇華。前後六個月，我每天都像是在天堂裏，她的一舉手，一投足，每一句話和每一次的撫摸都讓我震撼。」

鍾為說：「崔蓉姬是一個很奇特的女人。」

「她告訴我說，她和李建成是正式的夫妻，有很正常的夫妻生活。但是同時他們也將性生活作為他們的特別工具，利用它讓他們完成任務。他們和普通出賣肉體的人不同，就是他們將真正的愛情釋放在性行為裏。崔蓉姬從烏克蘭顧問科莫克維奇探聽出核彈頭的所在，就是和他睡覺時付出了愛情。我擺平了李建成，他不但沒抗拒我，反倒釋放出了愛情，所以我就死心塌地的被他吸收了。」

「我還是很難相信，世上有這樣的夫妻。」

趙晨倩說：「李建成曾講給我一個世界上最偉大的愛情故事，就是發生在中國的元朝。」

「元朝是蒙古人打出來的天下，他們是有和漢人不同的觀念。」

「元朝的蒙古人有很強烈的殺戮文化，當他們的敵人拒絕投降而選擇了戰爭，在戰爭結束後就會將敵人的首領處死，但是在此之前還要在他面前將他的妻女強姦。歷史上最偉大的蒙古人是鐵木真，在他成為成吉思汗大帝前，為了鞏固自己的力量，和許多部落結盟，但是也和不少部落發起了戰爭。在一次戰敗後，鐵木真被俘，敵人部落的首領在他面前將他美麗的妻子衣服撕下來強姦她。」

「對男人說來這是最大的羞辱，是生不如死的痛苦。」

「但是吃驚的是，鐵木真的妻子不但沒有反抗，反而配合了敵人的欲望，用她赤裸火熱的身體和喃喃的甜言蜜語使出了混身解數讓敵人享受到從來沒有過的肉體歡愉和愛情的感受。鐵木真看著自己美麗的妻子在被另一個男人殘暴的侵犯著，她在男人強壯的身體下面輾轉的呻吟，激烈的動作使兩個人全身流著汗水，燈光在他們赤裸的身體上閃耀著。她說她有更多的本事能讓她丈夫的敵人享受到天堂般的快感，她說服了侵犯著她肉體的敵人讓鐵木真多活一陣，讓他多受點煎熬。」

「我無法想像做丈夫的如何忍受下去。」

「但是，也就是在這多出來的時間裏，鐵木真讓自己逃脫出來，他聚集了族人，聯合了其他的部落，從新對敵人燃起戰火。最終，他將敵人打敗，救出了妻子，但是這時他的妻子已經有身孕，她懷了敵人的孩子。她說她必須以真實的愛情和行動來打動敵人，所以一開始就不是一場男人強姦女人，而是一個女人在做愛，真心誠意的獻出自己的身體來換取另一個男人的愛情。也就是這份愛情換取了讓鐵木真脫逃的機會。」

鍾為問：「後來呢？」

「鐵木真逃脫後，他的妻子和敵人真的戀愛了，但是她知道早晚鐵木真會回來報仇，將侵犯過她肉體的敵人殺死，所以她在以後的日子裏每天都愛著他，讓他在自己身上享受天堂般的肉體歡愉，最後鐵木真手刃了這個和她有過短暫愛情的男人，他在斷氣前還一往情深的看著這個曾讓他瘋狂的女人，但是當他的眼睛閃爍出不解的迷惘時，她告訴這個曾經愛撫過她身體上每一寸肌膚的男人，她永遠是鐵木真的女人。」

「這些都是真的嗎？」

趙晨倩沒有回答他，但是繼續說：「我認為鐵木真是世界上最偉大的男人，因為他不但沒有感到妻子背叛了他，反而更加愛她，連她和敵人生的孩子都當成是自己的。後來鐵木真當了成吉思汗大帝後一共有四個皇后，但是他一生中最愛的就是他曾親眼看著和別的男人做過愛的大老婆。」

鍾為被這個傳奇式的愛情故事愣住了：「歷史上真的有這樣偉大的愛情，太神奇了！」

「崔蓉姬在這裏時，我們接到了中情局的報告，說你冒死強行降落在北方的山區裏，把李建成撤出朝鮮。她說她一定要好好的謝謝你。我問她要如何的謝你，她說她只能把身體給你。我知道她有特別的床上功夫，可以讓男人銷魂蝕骨，但是你有沒有用愛情把她罩住了呢？」

鍾為不說話，趙晨倩就問說：「你是不是把她搞得死去活來的？」

鍾為轉開了話題：「我的衣服放在那裏，我想換上。」

「鍾為，還有四十八小時，我們就要離開朝鮮了，這裏是我的故鄉，有我關心的人活在這裏，並且非常可能我這輩子就再也不能回來了。如果你真的要謝我，就和我做兩天的露水夫妻。」

一九五三年，朝鮮半島南北雙方停戰，根據和約，雙方在北緯三十八度線設定了軍事分界線，南北各兩公里的地帶為非武裝地帶。半個多世紀來，非軍事區兩邊雙方共部署著大約一百五十萬的兵力，這裏成為世界上駐守軍人最多的軍事分界線。

但是令人沒有想到的是，這片被鐵絲網，地雷陣重重隔離的非軍事區，意外的為不少瀕臨滅絕的動植物提供了一個世外桃源，今天的三八線已經成了植物的王國和鳥獸的天堂。這塊區域裏，包括了濕地、森林、山脈、河流和海岸線，獨特的自然環境，不僅招來了來自俄羅斯、中國、日本乃至澳大利亞的各種候鳥前來棲息，還有梅花鹿、野豬、山羊甚至是黑熊出沒。三十多年前就被認為已在朝鮮半島上絕跡的丹頂鶴，竟然成群地徜徉在三八線的沼澤裏，總數最多時達到三百多隻。更令鳥類學家驚喜不已的是，有人居然在這裏看到了朱䴉的身影。還有十二隻紅白相間的朝鮮鷺，在一個小湖畔悠閒地漫步，牠們無疑是全世界最後一群朝鮮鷺。

黑面琵鷺是國際自然保護聯盟確定的「瀕臨絕種」的鳥類，全球僅存一千多隻，鍾為在香港優德大學時就有研究生態學的同事關心每年飛來九龍濕地過冬，在養殖基圍蝦魚塘裏覓食的黑面琵鷺，而三八線附近的荒島早已成為這種水鳥在世界上的主要繁殖地。

這些稀有的珍禽卻能在有高度智慧的人類所開闢出來的殺虜戰場中生息繁衍，是多諷刺的對照。從上世紀七〇年代開始，朝鮮在這被全世界保護著的鳥類繁殖地腳下開闢了另一個戰場：韓國方面在非武裝地帶附近先後發現四條朝鮮地道。最有名的第三地道於一九七八年十月十七日被發現，現在已成為對外開放的旅遊點。地道位於板門店南側四公里，距離最近的韓方村莊只有三點五公里。地道長一六三五米，寬二米，高二米，地道內壁是暗紅色的花崗岩，地面是用廢舊輪胎進行切割組裝後鋪成。在如此堅硬的花崗岩中開鑿地道，還要在秘密情況下進行，艱難程度可想而知。像這樣挖過來的地道約有數十個，但是現在大部分還未被發現。

其中有一條絕密的地道，它和其他的地道非常不同，因為它是唯一的一條由韓國特工所挖掘的，入口是在韓國一方的非軍事區，出口是在朝鮮元山港的南方一個天然山洞裏。中情局的交通員，也就是來接鍾為在南浦港上駁船隊的同一人，帶領趙晨倩和鍾為在黑暗中來到元山港南方的山洞口，告訴他們，有一位中情局的情報員帶著三名韓國突擊隊員在等著，然後會掩護他們從地道穿越非軍事區進入南韓。但是讓他們嚇了一跳的是，那位來接他們的中情局情報員就是崔蓉姬。兩個女人分開三年後重逢，恍如隔世，她們都流下眼淚，緊緊的擁抱著失聲痛哭。是崔蓉姬先止住了哭聲，擦乾了眼淚：「晨倩，我還以為我再也見不到你了，你還好嗎？」

「終於又看見你了，我是一天一天的活著，活得很好，就是想念你們。」

「別以為我不知道，你是想他，才不會想我呢。」

「李建成他還好嗎？」

「他很好，就是想你。老闆把朝鮮辦公室交給他負責，他整天窮忙。」

鍾為看看手錶，乾咳了一聲：「二位，你們還有很多的時間敘舊，我們該動身了，這裏不是久留之地。」

趙晨倩突然變了語氣：「崔蓉姬，你聽我說，你們要的核彈頭和你寶貝的鍾為教授都在這裏了，你趕快帶他們走，我決定不離開了。」

崔蓉姬驚叫說：「絕對不行，不是說好了你要跟我們一起過日子嗎？為什麼你變掛了？你陪我過了六個月心驚膽戰的日子，你說你愛我，再也不離開我了，現在是為什麼你不要我了？」

趙晨倩抱住了崔蓉姬：「我對你的心沒有變，你會永遠的在我心裏。但是我不能為了我自己，就放棄了朝鮮的老百姓，我一走，會有一大群孩子們餓死的。崔蓉姬，我的良心過不了這一關。」

崔蓉姬說：「不行，你一定要跟我走，既使你不願意走，我們也要把你綁架離開朝鮮。我如果不把你接出去，李建成會殺了我的，他想你都想得快發瘋了。」

趙晨倩說：「別想騙我，有你這位美女妖姬，李建成會連看都不想看我了。」

「那還有站在你面前的鍾為教授，他也一定把你伺候得神昏顛倒了。我答應你，這兩個精品男人都是你的，我決不碰他們。」

趙晨倩抓住了崔蓉姬的肩膀很嚴肅的說：「我要告訴你一件重要的事，你聽好了。現在朝鮮有了反政府的組織，是由一群年輕人，都是金家清洗的受害者或是家屬，我也是其中的一份子。我們共同的理念是，為了朝鮮人民的未來，必須推翻金家王朝。我們的頭就是你的初戀權功原，我有重要的任務必須留下來，我不能遺棄他們。權功原是為了你，挺身而出，蓉姬，你不能讓他失望。現在我們有了意想不到的財政資源，還有你在海外幫我們，最後的勝利會是我們的。」

大家都聽得目瞪口呆，鍾為插嘴說：「二位都冷靜一點，我想知道，你留下來的心意是什麼時候決定的，是在這一兩天，還是先前就想好了？」

「當李建成通知我要撤離時，我很高興，提心吊膽的日子終於要結束了，和你們在一起的日子也終於來了。但是隨後才想到我要為朝鮮老百姓脫離饑餓的任務還沒完成，我一走，又要有人餓死了，還有這批志同道合的年輕人，所以就決定不走了。」

鍾為接著說：「明年這個時候，圖們江計畫的農業氣象項目應該已經完成了，朝鮮糧食的自給自足也指日可待，那你是不是可以撤離呢？」

「到了那時候，就是中情局不管我了，我也會自己去脫北。」

「那我就去鴨綠江邊迎接你。」

「鍾為，梅根會放你走嗎？」

崔蓉姬說：「我發誓，趙晨倩，如果明年這時你還不離開朝鮮，我一定回來把你押解出去。」

一名南韓特工突擊隊員領頭，鍾為和崔蓉姬緊跟在後，另兩名突擊隊員殿後，一行五人的頭盔上都有照明電燈，把狹窄的地道照亮，他們快速的在地道裏行走了兩千多公尺，在到達出口前將頭盔上的照明燈熄滅，離開地道進入了南韓方面的非軍事區。他們下了一個小山坡就看見一架美國軍方的黑鷹直升機，登機後即刻起飛，向南貼地飛行了一段距離，才進入飛向首爾的航線。

鍾為和崔蓉姬是在離開朝鮮後三小時入住到首爾的凱悅大酒店。鍾為打電話到溫哥華，和梅根談了半個多鐘頭，然後脫了衣服在淋浴下沖了很久，把身上所有的朝鮮氣味都洗掉。他穿著酒店的浴袍出來時，看見崔蓉姬也是穿著同樣的浴袍坐在沙發上，她笑著說：

「我們的房間是通著的，我就進來了。我給你倒了杯我帶來的特製人參茶，喝了對你好。」

「是嗎？我以為是喝了會對你有好處。」

崔蓉姬曖昧的笑著說：「你是不是喝了趙晨倩的救命湯？她玩了你，是不是？」

鍾為不說話，崔蓉姬繼續說：「從她看你的眼神，就知道你是日夜的伺候她，是不是？」

「崔蓉姬，對不起，我沒能把你的小情人帶出來。」

她歎了一口氣說：「鍾為，中情局已經告訴我，他犧牲了。也許是我們真的沒有緣分，連最後看一眼都不成。鍾為，這不能怪你，你把他找到的核彈頭帶出來已經很難得了。」

「權功原是為了保護我而犧牲的，他要我告訴你，他心裏是裝著你走的。我看著他嚥下了最後的一口氣，然後開槍把殺他的兩個朝鮮特工槍斃了。」

「鍾為，謝謝你為我做的一切。但是你還得幫我最後一件事。」

「沒問題，你說吧！」

「你要幫我把他忘了。」

崔蓉姬脫下了浴袍，拉著鍾為的手，向床邊走去。

國安部接到在成都軍區臥底的吳秉忠偵查員寄出的資料後，胡定軍部長也接到了鍾為從中情局轉來，有關核彈頭會在金門引爆的情報，他立刻到了中南海，向總書記和中共中央政治局的常務委員們作了報告，三小時後，胡定軍的收網計畫被批准了。

中央政治局委員康雍洲，成都軍區司令員牛道峰和第二炮兵部隊政委馮向華，分別接到中央政治局和中央軍委的緊急絕密通知，由國家安全部胡定軍部長率領，要他們代表中共中央和台灣的一個特別集團代表開會，議題是台灣的未來和中央的政策。開會時間就是這三四天內，但是地點待定，要求他們立刻到廈門集中待命。他們到了廈門軍委招待所的第二天，胡定軍來通知他們說會議地點就在對岸的金門島，三個人都愣了。康雍洲首先問：

「胡部長，您知道為什麼指派我們去呢？」

「因為在台灣問題上，三位的立場是非常的強硬，有濃厚的民族主義思想。台灣代表們會感到壓力，自然而然的會趨向兩岸未來統一的方向。」

「開會時間定了嗎？會要開幾天？」

胡定軍說：「就在明天下午，我想開會只要半天的時間就夠了。」

牛道峰問：「國際上的反應有考慮嗎？尤其是老美和日本的反應會很強烈的。」

胡定軍說：「在政治層面上都已經做了準備，給了他們不少的好處，但是軍事的層面就需要你們三位來考量了。你們都知道，在台灣並不是人人都贊成統一，為了行動保密及安全，我們要穿便服，使用化名證件，並且我們是參加小三通旅遊團，進入金門。但是你們不用擔心，旅遊團裏都是我們國安部的行動員和軍委的特種兵，必要時可以提供安全保證。」

因為離他們計畫的「特殊事件」還有四天的時間，三個人也樂得去金門參觀遊覽。

金門，舊名浯洲，又名仙洲，它位於大陸福建廈門灣內，總面積約一百五十平方公里。金門其實有非常悠久的歷史，遠自五胡亂華的時候就有人到島上開墾，唐朝以後更有人在此牧馬、曬鹽。宋朝的一代大儒朱熹更曾經在此講學，有些文風鼎盛的村莊，更被稱為「人丁不滿百，京官三十六」。很多唐山過台灣的祖先們，更是以金門為中途的轉接站。這裏當然也包括了以金門為據地，趕走荷蘭人的民族英雄鄭成功。

金門的開發始於晉朝，歷代文官武將輩出，留下許多豐富細緻的人文史跡，處處可見典雅的古厝、官邸、宗廟、牌樓、碑坊、風師爺，彷彿置身天然的博物館。居民絕大多數來自福建泉州、漳州一帶，無論語言、風俗、宗教、建築，皆深受閩南文化影響，至今仍保存完整，成為閩南古文化最鮮活的例證。

金門以一小島，卻出過四十三名進士，其中文進士四十人，武進士三人，實屬不易。明朝洪武二十年，一三八七年，明太祖朱元璋令江夏侯周德興經略福建沿海，共設五衛十二所。金門守禦千戶所為十二所之一，明兵部稱呼金門是「中左所」，下轄峰上、管澳、田浦、陳坑四個巡檢司，後又增設烈嶼巡檢司。因金門固守福建東南海口，取「固若金湯，雄鎮海門」之意而得名金門。南明時期，金門由鄭成功政權實際控制。清康熙三年，一六六四年，清軍攻佔金門後，曾採取遷界措施，強制居民遷至海岸線三十華里外，島上人煙無存。

康熙十三年至康熙十八年，一六七四至七九年，鄭成功復占金門，並以此作為對中國內陸進行軍事行動的前進基地。

康熙十九年，一六八〇年，清軍二度攻佔金門後，沿襲舊制隸屬於福建省同安縣，康熙二十二年，一六八三年，清軍攻佔台灣後實施複界，因遷界離開的居民陸續返回原籍。

一九四九年，國民政府退守台灣。廈門與金門，在兩岸對峙的年代成為國共兩黨的心戰前線。隔空喊話三十八年，既是無煙的戰鬥，亦有彼此的默契；既是特殊年代裏兩岸僅存的對話管道，也是兩岸關係由緊至鬆的見證。

金門面對廈門的大喇叭。聲音能傳廿五公里。一九五八年八月廿三日，十七時三十分起，解放軍三萬多發炮彈開始炮擊金門，震驚了全世界。

當地人講，金門的土地裏種的最多的就是炮彈。沒想到的是，它成為金門的特產「金門菜刀」，這是一九五八年八月廿三號以後才有的產物，當時打出的穿甲彈，跟隨後數十年間打下的「文宣彈」，超過百萬顆，每顆三十公斤，做一把菜刀大約只要零點五公斤，也就是說，金門大約可以生產最少六千萬隻菜刀。除了品質好又耐用外，更讓人生起一股歷史的滄桑感，做出來的菜，或許更能有點歷史味也說不定。

隨著兩岸關係的逐漸和緩，現在金門島已成為旅遊觀光的好地方。這裏有潔白的海灘，有清甜的水源，還有醉人的海風和古樸的民俗，使得來島上觀光的遊客留連忘返。以往，滿島軍人的草綠色服裝，如今逐步為色彩斑斕的時裝所替代。在距大陸海防最近的古寧頭上，排列著四十八個直徑一米多的巨型喇叭，那是當年國民黨軍向大陸喊話用的工具，四十八個大喇叭仍在灘頭一字排開，似乎還在向人們講述著那段過去了的歷史。

根據海協會與海基會台北會談達成的協議，兩岸海運直航、空運直航和直接通郵在二〇〇八年十二月十五日全面啟動，宣告兩岸「三通」時代來臨。但是在此之前，二〇〇一年一月二日來自金門和馬祖的民眾訪問團和進香團分別直航廈門和福州成功，完成了兩岸分隔五十多年來的首次客輪直接通航。這就是後來被稱為「小三通」的開始。金門位於福建省東南海上，與大陸最近的地方是馬山到角嶼，僅有二三一〇公尺。金門碼頭距離廈門碼頭約有十八海浬，乘坐的渡船離開廈門碼頭後，只要半個小時就到達金門。

廈門白鷺旅行社主辦的金門三日遊帶來了一個特別的旅遊團，全團十五名團員都是男性，他們的面部表情非常嚴肅，一點都不像是開心的觀光客。另一點讓人驚訝的是，他們沒有住進酒店，而是住進了警衛森嚴的金門防衛司令部的招待所。

住定後，康雍洲、牛道峰和馮向華感到第一件不對勁的事就是沒有手機信號。但是客房裏的座機卻完全正常，他們打回家裏和辦公室的電話都能順利接通。第二件不順心的事是會議遲遲沒有召開，而領隊胡定軍也不見人影。一直到傍晚快天黑時，胡定軍才來宣佈說，台灣的代表因為金門機場大霧，飛機無法降落，要改到明天上午開會。當天晚上手機信號又恢復了。三個人都分別的和他們主要的助手通了電話，確定了一切的情況都沒變，他們才安心的入睡。

但是第二天吃過早飯後，胡定軍將他們三人聚集在招待所的會議室裏，他宣佈機場的天氣情況還是沒有改善，金門機場還是關閉，台北飛來的班機還是不能降落，康雍洲急切的問說：「那麼台灣的人什麼時候才能到？」

「大霧是季節性的，有時候可能會拖上一個星期。」

牛道峰說：「請胡部長告訴機場，延誤一周是不能接受的。」

胡定軍笑著說：「牛司令員，我相信天氣變化不在軍委管轄的範圍。」

康雍洲和另外兩人使了個眼色：「我們不能在這裏浪費時間，還有重要的事等著我們，必須先回廈門，等台灣的人來了後，我們再回來。」

胡定軍臉上還是保持著同樣的笑容：「我們是想到一塊了，但是我剛去問回廈門的船什麼時候開，他們說還不知道，因為廈門港關閉了。」

牛道峰說：「廈門港是歸廈門市管，老康，就請你給他們市長打個電話，叫他趕快開港。」

胡定軍插嘴說：「我已經跟市長打過電話了，他說是廈門的衛戍司令部的指示。」

康雍洲說：「老牛，給軍委打電話，問清楚到底是怎麼回事。」

牛道峰說：「我找我副官去問，他知道誰是分管廈門衛戍司令部。」

他用手機撥了副官的號碼，一聲鈴響後就接通了，但是接電話的不是他的副官，他不耐煩的說：「我是牛道峰，副官到哪去了？」

接電話的人說：「請等一等。」

隨即就有另一個聲音：「請問是哪一位？」

在電話的另一端不是跟隨了他多年的副官，但是他聽得出是什麼人，牛道峰說：

「你是魏副司令員嗎？我是道峰，我有急事要找我的副官。」

「副官被中央軍委的人帶走了。牛道峰同志，你已經被解除所有的職務，現在成都軍區的司令員是由我代理。」

「什麼？是誰的命令把我調離成都軍區的？」

本來只是牛道峰的臉色變得蒼白，現在康雍洲和馮向華也是面無人色，牛道峰聽見新任的成都軍區代理司令員回答說：「你只是被解除了職務，並沒有被調離成都軍區，還是要接受軍區的管轄。這是中央軍委書記的命令，解除你和二炮司令員馮向華的職務。同時也以緊急紅頭文件傳達到全國各大軍區了。道峰同志，我提醒你還是軍人和黨員，服從命令是你的天職。我命令你現在原地待命，等軍委的調令。」

他的兩腿開始發軟，軍委紅頭文件的傳達把他和馮向華在部隊裏所有的人脈關係都切斷了，他能做的只剩下保命了。牛道峰說：「老魏，我向你保證，我會堅決服從命令。可是現在有個人命關天的事，我必須要找軍區安全處的馮志剛。」

「如果是有關安全的事，你可以和國安部部長胡定軍商量，他應該是在你們身邊的。」

「但是，老魏，喂，喂，……」

電話被掛斷了，康雍洲和馮向華都在用手機企圖和他們的關係人聯絡，但是沒有一個人接他們的電話。三個人一時不知如何是好，只想到有一枚核彈頭會在三天後在金門引爆，而他們到時候也可能困在金門。他們聽見胡定軍開口了：

「我知道你們想要馬上就離開金門，能告訴我為什麼嗎？也許我能幫忙。」

康雍洲馬上回答：「我不是說了嗎？我們有要緊的公務在等著辦。」

「是嗎？我這裏有兩份紅頭文件，一份是由中央政治局全體常務委員簽署的解除康雍洲委員職務的傳達。另一份是中央軍委的，傳達解除你們二位的軍職。你們三位現在都是下崗的人了，要是有重要的公務，會是什麼呢？」

康雍洲說話了：「三天後，在金門會有一枚核彈頭爆炸。」

「啊！這的確是件重要的事，你們說是公務，那是政治局還是軍委的任務？我們為什麼要把金門化為飛灰？」

康雍洲不耐煩的說：「這些都不是要點，重要的是我們必須馬上離開金門。」

胡定軍說：「那這枚核彈頭怎麼辦？引爆後，金門島上好幾萬老百姓的生命和財產，會即刻化為飛灰，那由誰來負責？國際上的反彈誰來承擔？你們有想法嗎？」

馮向華說：「現在說這些都太晚了，我們也無能為力。胡部長，你有具體的辦法把我們送回廈門嗎？」

胡定軍說：「我就跟你們打開天窗說亮話吧，國安部調查你們企圖以非法手段推翻中央領導班子的行動已經很久了，你們要擁護康雍洲來接替總書記，以及你們從朝鮮買了核彈頭，準備在金門引爆，製造事件，來更換中央領導的這些計畫方案，我們也都拿到手了。我們也知道核彈頭已經由你們買通的台商運到金門，三天後就會引爆。現在大陸和台灣的有關單位已經完成了運行方案，要在三天內將金門島上的四萬多人全體撤離，現在行動已經開始了。」

牛道峰說：「我們必須在第一批撤離。」

胡定軍的臉色變得很難看：「憑什麼？就憑你們是下崗的中華人民共和國叛徒？我告訴你們，在撤離的方案裏，沒有你們三個人的名字。」

他從口袋裏拿出一把鑰匙來，再繼續的說：「你們知道這是哪裏的鑰匙嗎？這是金門監獄裏牢房的鑰匙，犯人撤離後，整個監獄就全是你們的，我把你們鎖在牢房裏以後就把鑰匙扔到海裏。你們就好好的去經驗一下核彈爆炸的感受吧！」

康雍洲大聲的吼叫：「胡定軍，你等一等，國家的法律和共產黨的黨規，都給了我們申訴的權利，我要求到北京去。胡定軍，你是國家的執法人員，你不能做違法的事。」

會議室的門打開了，旅遊團裏的人都走進來，他們沿著會議室的牆邊派開。胡定軍用手指著他們三個人說：

「你們現在想起了國法和黨規了，當初想奪權叛變的時候就忘了嗎？你們有野心，我管不了，但是你們殺了為保護人民的三個國安部的調查員，當初是我派他們去攔截你們的核彈頭。都那麼年輕就犧牲了，我要是不把你們留在這裏，讓爆炸的蘑菇雲把你們燒死，我對不起他們，更對不起我身邊的這些同事。所以你說得沒錯，我是要做違法違規的事，那你們就去告我吧！」

康雍洲終於感到他在胡定軍面前，已經完全失去施展的空間，遠離了權力的中心，能讓他啟動精心培養厚植了多年的人脈關係，就是要使用電話求救，同時也能讓他有空間施展威脅利誘的手段，但是顯然這條路是被胡定軍切斷了，剩下來的唯一生路就是要設法回到北京，在那裏也許會碰到願意伸出援手的人。他說：「胡部長，現在我明白我們犯下了十惡不赦的罪行，說後悔太晚了，我們三個是必死的人了。但是我們不想死在這個島上，至少我自己不想。我以一個臨死的人，向部長提出我人生最後的要求，就是讓我死在北京秦城監獄的刑場。」

整個會議室安靜得連一根針掉在地上的聲音都聽的見，終於康雍洲又開口了：

「當然，我願意將所有的事實招供，老實的回答所有的問題。」

胡定軍思考了一陣，他說：「你們聽好了，我把歹話先說在前。我們對你們的調查已經有相當的深度，如果我發現你們是在跟我耍滑頭，我馬上就送你們到金門監獄。」

在以後的五小時裏，康雍洲、牛道峰和馮向華三個人被隔離，在不同的房間裏自我招供和回答問題，將他們的奪權計畫，行動方案，以及最重要的有那些同夥人，都一一的吐露出來，同時全程錄影錄音。中華人民共和國自建國以來，最嚴重的一次政變奪權企圖宣告徹底失敗。當三個人又被帶回到會議室時，他們發現胡定軍完全變了一個人，他滿臉笑容的說：

「三位辛苦了，你們供出來的一百多個同夥，基本和我們調查所得的情報符合，我們已經開始逮捕行動了。我剛接到上級的命令，責成國安部正式以叛國的罪名逮捕你們。廈門方面的快艇還有半小時就到了，接我們離開金門。但是還有一些手續要辦，到底金門不是歸我們國安部掌管。」

這時有人敲門，進來三名穿著制服配帶著警槍的員警，其中一個顯然是頭子的，對著胡定軍行了舉手禮：「對不起，胡部長，我是金門縣警察局刑警隊長，我們接到海基會的通知說有大陸的通緝犯在這裏，我們需要調查。」

胡定軍點點頭，他就走到三個人面前說：「麻煩你們出示身分證。」

三個人從皮夾裏拿出了身分證給他，警官很快的看了一眼：「就是這三個人。但是你們入台證上用的不是你們自己的名字，你們是非法入境，我需要將你們送海基會處理。」

馮向華問：「你們不是來把我們撤離到廈門的嗎？」

金門警官說：「撤離？誰要撤離你們？我的任務是把你們帶到碼頭，在那裏海基會和海協會的官員要簽署文件，把你們正式交給剛才到達的北京公安人員。需要給你們帶手銬，請把手伸出來。」

康雍洲突然恍然大悟，他用銬在一起的手，指著胡定軍說：

「姓胡的，原來你是設了圈套，讓我們不打自招。你別太有自信了，北京還有我的人，到時候鹿死誰手還說不準呢！」

「姓康的，我就不信共產黨制服不了你。你就放馬過來吧！」

「共產黨要是不跟我合作，你就等著看一個蘑菇雲從金門升起來吧！」

「啊！我差點忘了告訴你們，一位老朋友在朝鮮得到情報，說你們買了一枚前蘇聯紅軍的核彈頭，要在金門用互聯網發出的信號來引爆。先前我們鎖定的一位你們嫌疑同夥人，成都軍區安全處的處長馮志剛，他招供了。所以我們就請台灣把金門的互聯網信號暫時中斷，又動員警力在酒店裏找到一位台商，抱著有核彈頭的手提箱在看電視。但我們告訴他抱著的是核彈頭時，他當場就昏倒了。」

胡定軍從會議桌下拿出一個手提箱放在桌上，他說：「你們看一看，是不是這個箱子？」

然後毫不經心的就要按下箱鎖開它，第二炮兵部隊，也就是核導彈部隊的政委馮向華，大叫一聲：「別動！會引爆了。」

但是胡定軍笑著說：「會嗎？讓我試試看。」

他打開了箱子，然後才說：「別怕！我們已經把引爆裝置取下來了。」

康雍洲、牛道峰和馮向華被押解到廈門後，就分別被送到遠離北京的外地，隔離審判。一直到他們被送上刑場處決，都再也沒有回到北京，二個人也沒有再見過面。

席孟章花了大本錢，對自己進行了改頭換面和改名換姓，甩脫了已經沒有愛情的老妻。在這世界上，他是個沒有過去的新人，他有的是財富和寂寞。原來以為會帶給他的快樂，卻一直沒有出現。所以當他接到夢中情人許菲迪充滿了思念的電郵時，雖然是非常驚訝，但是也欣喜若狂，完全沒有想到要去詢問，她是如何找到了他這個不曾存在的人。他很快的收拾行裝，回到曾經工作了多年的香港，興奮的走出赤鱲角機場。來迎接他的不是他期待的大美女許菲迪，而是九龍警署署長何族右。他拿著法院開出來的逮捕證在機場到達大廳歡迎他：「席孟章教授，我們終於等到你了。」

據法新社消息稱，被解除了所有職務的金正恩的姑父，朝鮮前國防委員會副委員長張成澤，被判處死刑，處決的方法是「炮斃」，就是在行刑時，以一門火炮代替傳統的步槍射殺犯人。

鍾為是在韓國仁川機場登上了加拿大航空公司的班機直飛溫哥華，航機在平穩的飛行，機艙外是一片黑暗的天空，機艙內的燈光也熄滅，大部分的乘客都已入睡，有些在觀看座位上的電視，還有幾個乘客開著小燈在閱覽。鍾為盯著窗外的黑暗，思潮洶湧，一生裏的起起伏伏在他眼前一幕一幕的出現。嚴曉珠、石莎、蘇齊媚，輪流在他腦海中出現……

一出了溫哥華國際機場的接機大廳，鍾為就看見梅根飛快的跑過來，張開了雙臂抱住了他。但是等她放開了手，仔細的看他時，梅根嚇了一跳。鍾為的臉色蒼白，還有淚痕，她急著問：

「鍾為，你怎麼了？是身體不舒服嗎？」

「我要回家。」

梅根感覺到鍾為在心理上出了狀況，並且是在返回溫哥華的路上發生的，因為鍾為在離開韓國仁川機場時，還和梅根通過一個電話，在他的話語中，還是充滿了愛人將要久別重逢的期待和喜悅。可是在這十個多小時的越洋飛行中，鍾為掉進了深淵。梅根沒有聽他的話，而是來到一家安靜的咖啡館，他們坐下後，梅根要鍾為把所發生的事，詳詳細細地說給她聽，在這中間，她也主動的問了不少問題。很顯然的，鍾為的心情在講完了以後就好多了，「一吐為快」幫助了他恢復。梅根說：

「你說完了，心情是不是好些了？真沒想到一樁校園裏的命案，會有這麼多的枝枝節節。你把這些都悶心裏，當然難受了。朱小娟居然把這些事也瞞著我。」

「她是有命令，一個字都不能透露。因為嚴曉珠的核彈頭牽涉到中國的政治大局，所以整個案子還在保密中。這也是使我不去思考案子發展的原因。等到我上了飛機開始回想整件事，就越想越難過。梅根，你想想，世界上有多少人會像我一樣，會有一個從小到大的朋友回來殺害你身邊的人。怎麼就讓我給碰上了？」

「朱小娟曾經說過，嚴曉珠雖然曾是你青梅竹馬的戀人，你們是在同一個環境裏成長，但是她看見你的成就越來越超過她，於是她的愛情裏有了嫉妒，對你的背叛也是她和你競爭的一部分，你對她的感情越深，你就越沒有還手之力，她想用累積財富來對抗你的學術成就。但是當你重新開始戀愛時，她失去了青梅竹馬的優勢，而她的努力也沒有意義了。惡向膽邊生，她起了殺機。」

鍾為說：「我在巴黎直接的問她，是否是殺害石莎和蘇齊媚的幕後兇手。我還提出香港警方的證據，但是她都一一的否認。我當時就決定了，一定要協助香港警方將嚴曉珠送上法庭，接受審判，來決定她是不是個謀殺犯。」

「我想你單槍匹馬一個人，手無寸鐵進了豪宅，就是想要保住嚴曉珠，好送她上法庭。我認為你是為了石莎和蘇齊媚才這麼做的。我不知道嚴曉珠是怎麼想的，也許她以為你是衝進來，要救青梅竹馬的初戀情人，然後看見你將被槍殺時，突然良心發現，捨命救了你。欠了你一輩子，她一下就全部還清，我想你該安心了。」

鍾為握住梅根的手說：「我在飛機上思考了我的一生，最令我震驚的是，只要是我心愛的人，都會離我而去。先是石莎，後有蘇齊媚，她們都走得那麼不堪。我問自己，我是不是被詛咒的人，現在你是我的愛人，也會遭遇同樣的命運嗎？我在想，你會離開我嗎？還是我不該自私，自己走開。」

梅根用很奇異的眼光看著鍾為，她說：「你是個大科學家，但是你在說瘋話。鍾為，我不知道我未來的命運如何，但是我知道我現在要做的事。你跟我走，什麼話都別說。」

梅根帶著鍾為到了溫哥華的法院，找到了值班的法官，要求馬上替他們證婚。四十五分鐘後當他們走出法院時，法官稱呼他們是：「鍾為先生和夫人」。

梅根帶著鍾為到附近的百貨商場，在一家珠寶店挑了一個三克拉的鑽戒，戴上手之後，對他說：「嗯！挺好看的。放心，我先付錢，回去後會掛在你的戶頭上。居然還想要逃婚，告訴你，沒門，勸你就死了這條心吧。」

他們沒有回到海天書坊，而是去到陽光海岸鍾為的房子，到達時，鍾為已是超過二十四小時沒有合上眼睛，完全進入了極度的疲倦狀態，他倒在床上馬上就入睡了。

難得有一個無夢的沉睡，鍾為是被人搖醒的，眼睛還沒睜開就聽見了：

「醒醒吧！老公，都已經是日上三竿了。」

等他迷迷糊糊的睜開了眼，看見了坐在床邊美女的燦爛笑容，接著全身的神經系統啟動，感到了一隻軟綿綿的手在撫摸他，舒服極了，鍾為說：

「太好了，梅根，睜開眼睛第一件事就是看見一個大美女。對了，你剛剛叫我什麼了？」

「我叫你『老公』啊！老婆叫丈夫『老公』，不是天經地義的事嗎？」

鍾為的大腦思維也啟動了：「對呀！我們昨天結婚了，終於是夫妻了！」

「想起來了嗎？想要逃跑，結果被我綁架到法院結婚，所以從現在起，你就乖乖的，哪裏都別去了。」

所有的事情都想起來了，短暫的離別，刻骨的相思，花好月圓的期待和來臨，讓他們有了很長久的激情纏綿愛撫和親吻，當鍾為的反應越來越強烈時，梅根抓住了他的手：

「鍾為，你慢一點，現在時間都是我們的，你不用急吼吼的。我有很多事要跟你說。你先去洗澡，然後嘗嘗我新學的廚藝。」

「不對，洗完澡後的第一件事就是老公要求做丈夫的權利，老婆要履行做妻子的義務。」

在此之前，鍾為也是很久都沒有吃東西了，洗完澡後，肚子餓了，食欲大振，把梅根為他做的美食都吃了。他摟著穿著性感熱褲的梅根坐在客廳裏的沙發：

「你說有很多事要說，我現在頭腦清醒了，說吧！」

「我們在電話裏談了很多的事，但是你愣在那，沒有反應，是不是你不同意我說的？」

「不是的，我是被你嚇住了，才愣得說不出話來。梅根，我沒想到你原來是個很有雄才大略的人，把發展海天書坊的眼光放得那麼遠，比起你來，我這半個老闆就只能自歎不如了。」

「鍾為，你千萬別這麼說，還不都是你給了我機會，我才有今天。你認為我的計畫可行嗎？」

「我覺得計畫的本身是完全可行的，並且我也同意你說的古籍文物專業是有它特殊的前途，很值得投入。但是你知道嗎？任何超大型的計畫都需要有兩個必要的條件，一個是要有足夠的資金，另一個是要有精彩的人才。其實有了資金，人才是可以找到的。雖然海天書坊這幾年賺了不少錢，但是距離你所需要的資金還差得很遠，所以籌集資金，應該是當務之急。」

梅根很燦爛的笑了：「我親愛的老公，你要原諒我，還沒有來得及向你做我們最新的財務報告。大約翰把申婷熙給你的藏寶圖請專家們驗證後，他就按你的指示去到了阿聯酋的富查伊拉酋長國，見到了他們的酋長，說明海天書坊準備將伊斯蘭寶藏中我們的部分歸還給什葉派穆斯林。大約翰還提出來，在寶藏分配完畢後，海天書坊希望能以合理的價格收購那張藏寶圖。酋長說藏寶圖可以讓我們以古文物保留，但是對於財寶，他堅決認為要給持有藏寶圖的人。」

「為什麼呢？」

「他說，當年什葉派穆斯林領袖『伊瑪姆』將伊斯蘭寶藏分成兩部份是有特別目的，這在手抄古蘭經的附本裏都作了說明。『伊瑪姆』預見會有遜尼派的壞人覬覦財寶，所以就將其一分為二，用其中的一份作為誘餌，將壞人引走，讓另一份安全的留傳給什葉派的後人。結果是『伊瑪姆』的真灼見完全應驗。富查伊拉酋長還特別的提到，第二個藏寶圖是被遜尼派的恐怖份子從伊朗的清真寺裏強行奪走，但是現在又到了我們海天書坊的手裏，這是阿拉的意願，要把寶藏給我們。根據大約翰的資訊，那是一份天文數字的財富，鍾為，如果你能大方一點，分一點給海天，我們的發展資金就完全搞定了。」

「梅根，你知道我對錢沒有興趣，是多大的天文數字，都是你的。可是原則上這些財寶是恐怖組織用來在朝鮮買核彈頭頭的。我是想應該幫幫在朝鮮挨餓的老百姓。」

梅根說：「我也是這麼想，我們找凱薩琳談談具體該怎麼做。還有，鍾為，海天書坊需要發揚光大它的特色，那就是我們在古籍文物方面的業務。大約翰也認為這樣才會有未來，但是我需要多花點時間照顧我們的家，海天也需要我，所以我想請朱小娟參加我們的隊伍，她受過調查和分析的專業訓練，你認為如何？」

「她是個很優秀的刑警，說是想當私家偵探，人家不一定會看上海天書坊。」

「沒錯，但是她會看上海天書坊的老闆。」

「你是說她會衝著你到海天來，是不是？」

「別跟我裝糊塗，朱小娟已經瘋狂的愛上你了，只要你開口請她，她一定會來的。更何況你也挺喜歡她的。是我要她到海天來當私家偵探，追查古本書籍的。」

「難道她不明白我是要跟你天長地久的嗎？」

「我跟她說了。我相信，只要你願意，她是會到我們身邊來的，她無法抗拒你的男人魅力。得意了，是不是？我終於明白了，你無法從嚴曉珠的感情中解脫出來，是因為你在追尋從小就深植在你心裏的精神內涵，這和你們東方的文化相關，你在我身上也是找不到的。但是我感覺在朱小娟身上就有同樣的內涵，所以你一定要使出渾身解數，把她拿下。」

「梅根，你千方百計的想說服我，把朱小娟留在海天，是不是她把你給迷住了？」

「不許你懷疑我對你的愛情，鍾為，我只是和你一樣的喜歡她。我們在電話裏說了結婚後的計畫，你說要安頓下來，準備在卑詩大學找一份教書的工作。而我可以把精力放在發展海天的古籍文物事業上，現在我們已經是小有名氣了，如果要再上一層樓，我們就需要有一個調查員經常到世界各地，為客戶追尋他們要找的文物。朱小娟會喜歡這種工作。你別口是心非，你是最大的受益者，你又可以好好的去蹂躪她了，可是你要對她特別溫柔。」

鍾為說：「別忘了，她到溫哥華是來找你的。」

「鍾為，她告訴我說，在認識你之前，她以為自己有同性戀的趨向，但是等到她被你蹂躪得死去活來後，她才明白自己是個完全正常的人，然後她也愛上了你。為了你，她是會同意的。鍾為，你一定要相信我，我只愛你一個人，朱小娟只是個朋友，我們之間是友情。」

「她跟我說，你讓她把你吃了。」

「那是因為我告訴她說，你是我唯一愛的男人，而你是和她有了一夜情，把她弄得死去活來之後，你就不聞不問，棄她而去。我是為了要安慰她，告訴她你是個很多情的男人。她為了報復你，就把我弄得死去活來了。你是男人，她沒法跟你比的。」

「她說，她讓你進入了天堂。」

「鍾為，你知道嗎？你是她一生裏，唯一把她真正征服了的男人。我是同情她被我的男人擺平了，才讓她吃了我。否則誰能碰我？當年那個大色鬼銀狐想要強姦我，不是也被我給打趴在地上，還被我閹了嗎？」

「但是她還是把你帶進了高潮。」

梅根開始笑起來，全身都在抖動：「鍾為，你知道嗎？朱小娟說，你是喊著我的名字到高潮的，而我是喊著你的名字到高潮的。」

「她怎麼說？」

「她說氣死她了，在我們兩人中間，她是沒戲唱了。」

「你可真大方，不在乎她勾引我和她有一夜情。」

鍾為的手遊走在她的兩個乳房，而梅根的手從鍾為的背上游走到他的兩腿之間，發現目標已經是劍拔弩張，梅根說：「別又猴急了，話還沒說完呢，正經一點。鍾為，隔了這些年，你又重回優德大學，讓你很感慨吧，那裏的變化很大嗎？」

「校園基本上是一樣，樹木長得更茂盛，幾乎所有的道路都是林蔭夾道。但是可以感覺到學生增加了，並且顯然從大陸內地來的相對多了，所以講普通話的人也多了。」

「在校園裏，還有很多人認識你嗎？」

「當然還是有人會主動的上來和我打招呼，但是有些人的名字，我就叫不出來了。對於我自己來說，最大的衝擊是人事全非的感覺。當年我們一群教授從世界各地來到香港，在一起打拚，努力的創建一所世界級大學，現在很多人都和我一樣離開了。有的是退休，有的是被別的學校挖走，另有高就。新來的教員，有不少是很年輕的。」

「鍾為，大學的可持續發展，不就是這樣嗎？」

「你說得沒錯，賈校長也是這麼說的。他還特別提醒我，因為香港人當教授的不多，所以當年來參加創校的華人教授，多是從台灣到美國求學，然後在美國大學裏成名立業，才來到優德大學。」

梅根說：「你自己不就是其中之一嗎？」

鍾為回答說：「是的，這次我也碰見幾位當年的創校教授，我們聚會了兩次，大吃大喝一番，挺開心的。他們都快到退休的年齡了，所以我們就圍繞在退休後要幹什麼的話題上談天，也問起我在加拿大開書店的情況。他們和我一樣都不打算回到台灣去養老，反而是回到美國和留在香港成為他們的選擇。」

梅根說：「前些時候有一位認識你的從中國來的教授問我，你是不是一輩子都是工作和生活在西方世界，我說是的。他說你是他認識的人裏唯一維持了高水準的兩種文化素養。你是個西方社會的學者，但是保留了中國知識份子不可不弘毅，任重而道遠的美德。」

「那你是怎麼回答他的？」

「我說這就是你最可愛的地方。」

「就只是文化素養嗎？」

梅根笑著說：「你已經很久都沒有讓我經驗你其他可愛的地方了。」

鍾為將她摟進了懷裏，走向臥室。

「梅根，你要我碰你嗎？」

梅根歎了一口氣說：「是的，我要你現在就碰我。鍾為，今天是我們的洞房花燭夜，我要你。」

鍾為將她抱起來走進了臥室，在床邊輕輕的把她放下，開始替她脫衣服，就剩下了小小的胸罩和更小的三角褲，發亮的黑色布料將梅根的雪白皮膚襯得更加透亮，誘人的身段讓鍾為盯得目不轉睛，他情不自禁的撫摸著她的全身，一股電流傳遍了她的全身，幾乎讓她癱瘓，最後的三角褲和胸罩被褪了下來。

不知不覺中，時機到來了，梅根將他引導進入，慢慢的穿刺到了她最深的地方。像是一首浪漫的迴旋曲，她的抽動和收縮韻律非常的緩慢，但是深深的，每一下都觸摸到了她的靈魂深處。她聽到耳邊的輕聲，是在敘說愛情故事？還是夢裏的囈語？兩人的親密和前次的別後激情不同，一切的動作都是很緩慢，親吻和撫摸像是小河裏的流水，輕輕的移動著，沒有激起任何的波漣，但是它流過了所有的彎曲河道，濕潤了所有流過的地方，讓岸邊的土壤和石塊，沒有錯過被流水撫摸的歡愉。時間停止運轉，讓新婚的夫妻在互相享受著對方的肉體和靈魂。

許久之後，擋不住的激情回來了，他被炙熱的肌膚緊緊的包住，彎起的兩腿讓他進入得更深，夾的更緊，有韻律的運動，深深的衝刺，都帶著對她愛情的傾訴，她的指甲挖住他肩膀的肌肉，指揮著她的上挺韻律，在幸福裏跳躍，他們奮不顧身的擁抱著進入一個接一個的高峰，到達了忘我的心醉神迷境界。他在最深的地方爆發，梅根被高潮淹沒了。她的世界分裂成幾百萬個閃亮的星星，而她是在其中的一顆星星上，正在飛向天堂，很久之後才慢慢的回到了地球。聽見了覆蓋著她的鍾為從喉嚨裏發出了一聲：「哇！」那是對愛情的驚喜和滿足嗎？

睜開了眼睛就看見漂亮臉蛋上的燦爛笑容，梅根一副頑皮的樣子：

「鍾為，你剛剛說了一聲，『哇！』是什麼意思？那是你的甜言蜜語嗎？」

「是嗎？我想我的甜言蜜語應該是多於一個字。」

「鍾為，你跟我說過，男人最爽的就是當征服女人的剎那，所以你最喜歡的就是穿刺我。可是你今天說了一聲，『哇！』的時候，也是我看見了天上的星星的同時，怎麼樣？你舒服嗎？」

鍾為想要翻身下來，梅根抱住他說：

「別動，我喜歡你壓在我身上的感覺。何況你還在我身體裏，我還不想放行。」

「會不會壓得你太重了？」

梅根恢復了自控，她又開始了很慢但是有韻律的收縮，鍾為閉上了眼睛。

「鍾為，我知道你的小心眼裏在想什麼。」

他的一隻手開始了漫遊：「是嗎？我是在想什麼？」

「在想怎麼把朱小娟比下去，對不對？」

鍾為搖搖頭，沒說話，但是手的漫遊區增大了，梅根還是在持續著她的韻律：

「那你是在想什麼？快告訴我。」

「沒想到，我現在終於有老婆了。」

「所以，從今以後，你想做什麼事，首先要得到老婆的批准才行。」

「梅根，等到我老了後，我要找一個風景優美、人煙稀少的地方，做我從小就最喜歡的事，走完我的餘年，那我此生就沒有遺憾了。」

「你想做什麼？」

「寫小說。」

「鍾為，你要我陪你嗎？」

「當然了，要不我娶你幹什麼？」

全書完

古蘭經的追緝

作 者：追風人
出版者：風雲時代出版股份有限公司
出版所：風雲時代出版股份有限公司
地址：105台北市民生東路五段178號7樓之3
風雲書網：http://www.eastbooks.com.tw
官方部落格：http://eastbooks.pixnet.net/blog
Facebook：http://www.facebook.com/h7560949
信箱：h7560949@ms15.hinet.net
郵撥帳號：12043291
服務專線：(02)27560949
傳真專線：(02)27653799
執行主編：劉依慈
美術編輯：MOMOCO
法律顧問：永然法律事務所 李永然律師
北辰著作權事務所 蕭雄淋律師
版權授權：陳介中
初版日期：2017年3月
ISBN：978-986-352-439-7

總 經 銷：成信文化事業股份有限公司
地　　址：新北市新店區中正路四維巷二弄2號4樓
電　　話：(02)2219-2080

行政院新聞局局版台業字第3595號 營利事業統一編號22759935

定價：340元

國家圖書館出版品預行編目資料

古蘭經的追緝 ／追 風 人著；-- 初版
臺北市：風雲時代，2017.01 面；公分

ISBN 978-986-352-439-7（平裝）

857.7　　105023524